七殺簡史

A Brief History of Seven Killings

MARLON JAMES
馬龍·詹姆斯

楊詠翔 譯

給莫里斯．詹姆斯（Maurice James）
一名自成一格的非凡紳士

目錄

獨領風騷搖滾客 一九七六年十二月二日 17

暗夜伏擊 一九七六年十二月三日 159

角色表

大京斯敦地區，一九五九年起

亞瑟．詹寧斯爵士，前政治家，已逝
歌手，世界雷鬼巨星
彼得．納瑟，政客、野心家
妮娜．博吉斯，前接線生，目前失業中
金－瑪莉．博吉斯，妮娜的妹妹
拉斯．川特，金－瑪莉的情人
愛醫生／路易斯．赫南．羅德里哥．德．拉斯．卡薩斯，CIA顧問
貝瑞．迪佛羅里歐，CIA牙買加站站長
克萊兒．迪佛羅里歐，貝瑞的老婆
威廉．艾德勒，前CIA幹員，目前叛逃
艾力克斯．皮爾斯，《滾石》雜誌記者
馬克．蘭辛，導演、前CIA局長理查．蘭辛之子
路易斯．強森，CIA幹員
柯拉克先生，CIA幹員

比爾・比爾森，牙買加《拾穗者》記者
莎莉Q，中間人、線人
東尼・麥佛森，政客
華森警官，警察
奈維斯警官，警察
葛蘭特警官，警察

哥本哈根城

洛老爹／雷蒙・克拉克，哥本哈根城幫派教父，一九六〇至一九七九年
喬西・威爾斯，頭號打手、哥本哈根城幫派大哥，一九七九至一九九一年、風暴隊首領
愛哭鬼，幫派打手、風暴隊頭號打手，曼哈頓／布魯克林
迪馬斯，幫派成員
赫克，幫派成員
碰碰，幫派成員
時髦雞，幫派成員
蘭頓，幫派成員
出籠野獸，幫派成員
東尼・帕華洛帝，打手、狙擊手

牧師，信差、線人

幼稚靈魂，線人／據說是八條巷來的間諜

王幫，王三地的幫派，與哥本哈根城往來

銅哥，幫派打手

中國佬，哥本哈根城附近的幫派首領

樹頂，幫派成員

公牛男，打手

八條巷

幫派老大／羅蘭·帕默，八條巷幫派大哥，一九七五至一九八〇年

玩笑哥，幫派打手暨二當家

彩旗說書人，共同首領暨八條巷幫派大哥，一九七二至一九七五年

抹布，共同首領暨八條巷幫派大哥，一九七二至一九七五年

牙買加之外，一九七六年至一九七九年

唐納·凱瑟利，毒販、牙買加自由聯盟會長

理查·蘭辛，CIA局長，一九七三至一九七六年

林登·沃夫斯布里克，美國駐南斯拉夫大使

華倫・塔尼上將，ＣＩＡ局長，一九七七至一九八一年

羅傑・瑟洛，ＣＩＡ幹員

邁爾斯・柯普蘭，ＣＩＡ開羅站站長

愛德加・安納塔利耶維奇・契普羅夫，俄新社記者

佛萊迪・魯哥，聯合革命組織統一陣線「Alpha 66」組織幹員，代號AMBLOOD

赫南・里卡多・洛薩諾，聯合革命組織統一陣線「Alpha 56」組織幹員，代號AMBLOOD

奧蘭多・博許，聯合革命組織統一陣線「Omega 7」組織幹員，代號AMBLOOD

蓋爾和佛萊迪，聯合革命組織統一陣線「Omega 7」組織的兩名幹員，代號AMBLOOD

沙爾・芮尼克，《紐約時報》記者

蒙特哥灣，一九七九年

金・克拉克，無業

查爾斯／查克，艾爾柯普鋁礬土公司工程師

邁阿密及紐約，一九八五年至一九九一年

風暴隊，牙買加販毒組織

大尾老大幫，與風暴隊競爭的牙買加販毒組織

尤比，風暴隊頭號打手，皇后區／布朗克斯

A+，崔斯坦·菲力普斯的朋友

雙馬尾，風暴隊打手，皇后區／布朗克斯

懶狗，風暴隊打手，皇后區／布朗克斯

歐瑪，風暴隊打手，曼哈頓／布魯克林

羅密歐，風暴隊毒販，布魯克林

崔斯坦·菲力普斯，萊克斯監獄囚犯、大尾老大幫成員

約翰－約翰·K，殺手、偷車賊

帕柯，偷車賊

葛蕾斯達·布蘭科，毒梟、麥德林集團邁阿密支部

巴克斯特，葛蕾斯達·布蘭科的打手

夏威夷襯衫仔，葛蕾斯達·布蘭科的打手

肯尼斯·寇瑟斯特，紐約第五大道居民

蓋斯東·寇瑟斯特，肯尼斯的兒子

蓋兒·寇瑟斯特，肯尼斯的媳婦

多加·帕默，護士

米莉森·瑟格里，實習護士

貝西小姐，神愛世人人力仲介公司經理

莫妮法·錫伯杜斯，毒品成癮者

「必須說實話啊，甜心，這才是最難的部分。」

——邦妮．芮特，〈糾結與黑暗〉

「如果事情不是這樣，那也八九不離十了。」

——牙買加俗諺

亞瑟・喬治・詹寧斯爵士

聽。

死人從來不會閉嘴，或許是因為死亡終究不是死亡，只不過是放學後的留校察看。你知道你從哪裡來也永遠都會回去，你知道你要往哪裡去雖然你好像永遠都到不了然後你就死了。死了，聽起來像是完成式，但卻是個少加了進行式的字。你會遇見比你死更久的人，無時無刻都在走動卻哪裡都沒有要去你還會聽見他們呼號和發出嘶嘶聲因為我們全是鬼魂或是我們認為我們全是鬼魂但我們全都只不過是死了而已。鬼魂，是會滑進其他鬼魂體內的鬼魂。有時候某個女人會滑進某個男人體內哀嚎地像是做愛的回憶，他們會大聲呻吟及號哭但聲音穿過窗子彷彿口哨聲或是床底下的低語，而小孩子就以為那裡有怪物。死人喜歡躺在活人底下，有三個原因。一，我們大部分時間都躺著。二，床底下看起來就像棺材頂部。還有三，上面有重量，上面有人類的重量而你可以滑進去讓重量變得更重，邊聽著心跳聲邊看著心臟跳動邊傾聽他們肺部擠壓空氣時鼻子發出的嘶嘶聲就連最短促的呼吸都會讓你心生羨慕。我不記得有棺材。

但是死人從來不會閉嘴而有時候活人會聽見，這就是我想說的事。當你死掉時說出來的話就什麼都不是只會離題和偏移完全無能為力只能迷失和徘徊一陣子。嗯，至少其他人是這麼做的。我想說的重點是逝者會從其他逝者那邊得到資訊，但這有點難搞就是了。我可以聽我自己的說法，繼續對任何願意聽的人堅稱我不是摔下去的，而是被人從蒙特哥灣日落海灘飯店的陽台上推下去的。我也不能說閉上你的狗嘴，亞蒂．詹寧斯，因為每天早上醒來我都得把像南瓜一樣摔個稀巴爛的頭給拼回去。就算我現在正在講話我也能聽見我聽起來是怎麼樣的，你聽得懂嗎，你們這些瘋狂的混蛋？意思是來生並不是正在發生的場景，也不是時髦的狂歡，老兄啊，看見那些癱在坐墊上的酷哥沒？他們永遠不會懂而我也束手無策只能等待那個殺了我的人，可是他又死不了，他只會變得越來越老越來越老越來越嫩的老婆一個接一個換然後生下一群弱智小男孩再把整個國家給搞得一場糊塗。

死人從來不會閉嘴而有時候活人會聽見。有時候如果我在活人睡覺而眼神正好開始閃動時逮到他的話那他就會回話，還會回到他老婆打他巴掌為止呢。不過我寧願聽死更久的人說話。我看見穿著裂開馬褲和血跡斑斑長大衣的人然後他們會開口說話，可是他們口中吐出的是鮮血我的老天啊奴隸起義真是件可怕的事而自從西印度公司相較東印度公司面臨了更嚴峻的式微之後女王當然也更他媽有用了而為什麼又有這麼多黑鬼在他們覺得適合的隨便什麼地方如此不舒服地陷入沉睡呢一切真是太混亂了然後我似乎弄丟了我左半邊的臉。死掉就是去理解死掉並不是離開，而是來到死者之地的單調乏味之中，時間不會停下來，你看著時間前進但你留在原地，就像一幅擁有蒙娜麗莎微笑的畫作一樣，在這個地方活了三百歲被割喉和出生兩分鐘就猝死的嬰兒都一樣。

如果你睡覺時不多注意，就會發現自己回到活人發現你時的樣子，我呢，我是躺在地上，頭跟砸爛的南瓜一樣右腿反折到背後兩隻手臂以手臂不該彎折的方式彎折然後呢從高處，從陽台上看我就像一隻死掉的蜘蛛。我在上面那裡也在下面這裡然後從上面那裡我用殺了我的人看著我的方式看見自己。死人會重新體驗當時的動作、當時的行為、當時的尖叫，就像這樣又一次重演，是直到脫軌前永遠不會停下的列車，是那棟建築物十六樓上的外簷，是空氣耗盡的後車廂。混混的屍體像被刺破的氣球一樣爆開，五十六發子彈。

沒有被推是不可能像那樣摔下來的，我很確定，我也知道感覺起來跟看起來是怎麼樣，一具在往下墜落全程都在和空氣搏鬥的身體，試圖抓住不存在的支點然後哀求，就那麼一次，就那麼他媽的一次，耶穌啊，你這個流著鼻涕的雜種婊子養的，就這麼一次讓我可以抓住空氣吧。然後你就摔到五英尺深的水溝裡或是下方十六英尺的大理石瓷磚地板上，嗜血的地板等得厭煩於是抬起來猛然撞上你時你還在搏鬥。我們依然死透了但我們醒來了，我是隻被壓爛的蜘蛛，他是隻燒焦的蟑螂。我不記得有棺材。

聽。

活人等著看因為他們騙自己他們還有時間，而死人看著等。有次我曾問我的主日學校老師，如果天堂是永生之地，地獄則是天堂的相反，那地獄到底算什麼啊？是個像你這樣的骯髒小男妓會去的地方，她這麼說。她現在還活著。我看過她，在薄暮老人之家變得太老又太蠢，連自己名字都不知道講話聲音又這麼小根本沒人能聽見而她害怕黃昏因為這就是老鼠出沒要吃掉她剩下那些還完好腳趾的時刻。我看到的還不只如此。只要看得夠仔細又或許往左看你就能看見一個和我離去時一模一樣未曾改變的國家。永遠都不會改變，不管我什麼時候來到人們身邊他們都跟我離開時一個樣，變老對他們沒有任何影響。

那個身為一國之父的男人，對我來說比我自己的父親還更像父親的男人，聽到我死掉的消息時哭得跟個突然喪夫的寡婦一樣。在你離開之前你永遠不會知道人們的夢想和你有關但接著也別無他法了，只能看著他們以不同的方式死去，慢慢地，器官接著器官，一個系統接一個系統凋亡死去。心臟出問題、糖尿病、名稱聽起來也很緩慢的致命慢性病，這是身體不耐煩地朝死亡邁進，一次一個器官。他會活到親眼看著他們把他變成一個國家英雄而他死時會是唯一覺得自己失敗了的人，當你把希望和夢想投射在一個人身上就是會發生這種事，他只會變成一種文學技巧。

這是個關於諸多殺戮的故事，關於對一個仍在旋轉震盪的世界來說什麼也不是的男孩們的故事，但他們每個人經過我時都帶著殺死我的那個男人身上的甜膩惡臭。

第一個男孩尖叫到把他的扁桃腺都嘔了出來但是尖叫聲卡在他的牙關因為扁桃腺噎著了他而味道就像嘔吐物跟石頭。某個人把他的雙手緊緊反綁在背後可是感覺起來鬆垮垮的因為皮膚都已磨破而血讓繩索變得滑膩。他用雙腿猛踢因為右腿跟左腿綁在一起，踢起了五英尺高的塵土，接著是六英尺，而他站不起來因為這動作讓泥土塵土沙土落在沙子和石頭上，一顆石頭砸中他的鼻子另一顆子彈射進他的眼睛爆開他在尖叫但尖叫聲才剛要出口就又像逆流一樣縮了回去而塵土是場水災不斷上漲又上漲他都看不見他的腳趾了。接著他會醒來發現自己依然死透了而且不肯告訴我他的名字。

獨領風騷搖滾客[1]

一九七六年十二月二日

碰碰

我知道我十四歲，這我是知道的。我還知道有太多人太多嘴了，特別是那個美國佬，他從來不閉嘴，每次他一講到你就會切換成笑聲，而且他把你的名字跟我們從來都沒聽過的人放在一起聽起來實在很怪，什麼艾蘭德．魯姆巴，這名字聽起來就像什麼昆塔．金特[2]的家鄉。那個美國佬大多數時間都用太陽眼鏡把他的眼睛藏起來就像他是個來自美國的牧師要來跟黑人講話一樣，他和那個古巴佬有時候會一起來，有時候各自來，當其中一個人說話時另一個人永遠都悶不吭聲。那古巴佬不亂搞槍的因為槍枝總是需要被需要，他說。

我還知道我以前睡在一張嬰兒床上，我知道我媽是個妓女，我爸則是貧民窟裡最後一個好人。我也知道我們現在已經監視你在希望路上的大房子好幾天了，有次你跑來跟我們說話好像你是耶穌我們是猶大而你點頭的樣子彷彿在說快點幹你們的事吧該做什麼就做什麼。但我不記得是我見過你還是有人告訴我他看過你所以我想說我也見過了，你走出後門廊，在吃一片麵包果，她不知道打哪裡跑出來好像三更半夜外頭有什麼急事要辦而且還很震驚，震驚到你甚至沒穿衣服，接著她伸手要你的水果因為她想吃即便拉斯特[3]不喜歡放蕩的女人然後你們倆就在午夜大幹了一場，我握著自己也尻了起來可能是因為我看見了或聽見了吧，接著你還為此寫了一首歌。來自水泥叢林[4]的男孩騎著同一台少女般的綠色小綿羊為了棕色的信封連續四天在早上八點和下午四點到來直到新的保全團隊開始趕他走為止，我們也知道這件事。

在八條巷和哥本哈根城你能做的就只有觀察，收音機裡甜美的聲音說犯罪和暴力正在接管整個國家而如果真的會有什麼改變那我們就必須等著看，但是我們在八條巷這裡能做的其實就只有看著等。我看見屎水恣意流下街道而我等待，我看見我媽接了兩個男人一個人二十塊還有另一個付了二十五塊不拔出來內射而我等待。我看著我爸對她如此厭煩和受不了把她當條狗一樣在打，我看著鋅屋頂鏽成咖啡色，雨水在上面鑿出洞來就像異國的起司，我還看著七個人待在同一間房裡而其中一個人懷孕但大家無論如何還是幹了起來因為大家窮到連羞恥都負擔不起，而我等待。

小房間變得越來越小越來越小，越來越多兄弟姐妹表親堂親從鄉下過來，城市變得越來越大越來越大根本沒地方打鼓或叫人閉嘴別鬧也沒有雞背可以煮咖哩就算有也還是太貴了而那個小女孩被人捅了因為他們知道她每個星期二都會有午餐錢像我這樣的男孩越長越大不常去學校讀不懂課本上的迪克和珍卻知道可口可樂，還想要去錄音室錄一首歌唱著暢銷金曲乘著節奏離開貧民窟但是哥本哈根城和八條巷都太大了而每次你來到邊緣，邊緣都會跑在你前面，像一抹陰影，直到整個世界都變成貧民窟，而你繼續等待。

---

1 譯注：*Original Rockers*，牙買加雷鬼音樂家奧古斯特斯・帕布羅（Augustus Pablo，本名Horace Michael Swaby，1953-1999）一九七九年發行的專輯。

2 譯注：Kunta Kinte，美國作家艾歷克斯・哈利（Alex Haley, 1921-1992）小說《根：一個美國家庭的傳說》（*Roots: The Saga of an American Family*）的主角，是來自甘比亞的黑奴。

3 譯注：拉斯特法理派（Rastafari）的簡稱，這是一九三〇年代源於牙買加的宗教暨政治運動，對雷鬼音樂擁有深遠影響。

4 譯注：出自巴布・馬利與痛哭者樂團（Bob Marley & The Wailers）的歌曲〈Concrete Jungle〉。

我看見你空著肚子等待，知道這只是走運，你在錄音室周遭閒晃，戴斯蒙·戴克[5]告訴那些人讓你休息一下，他讓你休息是因為他甚至在聽見你唱歌之前就聽見你聲音裡的飢餓。你錄了首歌，但不是熱門金曲，哪怕是對那時候的貧民窟來說都太美好，因為我們已經過了美好能讓任何人的生活變得更輕鬆的時代了，我們看見你努力求生存試著靠一張嘴讓自己長高十二吋而我們想看到你失敗，我們知道反正沒有人會要你去當個混混因為你看起來就像個用腦袋的。

當你消失到德拉瓦州又回來之後，你試著想唱斯卡，可是斯卡已經離開貧民窟住進了上城區。斯卡也搭著飛機到國外去讓白人見識這上面的轉折，或許這讓敘利亞人和黎巴嫩人覺得很驕傲吧，但當我們在報紙上看到他們和空姐一起擺姿勢拍照時，我們可不覺得驕傲，只覺得蠢斃了。你錄了另一首歌，這次成了金曲，但是當你在幫一個吸血鬼錄歌時，一首金曲可不夠帶你離開貧民窟，只有一首不會讓你變成史琪特·戴維絲[6]或是那個唱槍手情歌[7]的人。

等到像我一樣的男孩離開我媽的時候，她放棄了。牧師說每個人生命中都有一個空洞是神的形狀，但是貧民窟的人唯一能用來填補空洞的東西就只有空洞。一九七二年和一九六二年截然不同，大家還在竊竊私語因為他們永遠無法大聲說出當亞蒂·詹寧斯突然死去時也把他們的夢想給一併帶走了，是什麼樣的夢想我不知道。大家真白痴，夢想並沒有離去，只是當自己身處其中時，大家並不知道那是惡夢而已。更多人開始搬進貧民窟，因為德洛伊·威爾森[8]才剛在唱〈更好的終將到來〉，而那個後來會成為總理的男人也在唱。更好的終將到來。看起來像白人但必要時講話也跟黑鬼一樣髒的男人，唱著〈更好的終將到來〉。穿得像女王一樣的女人，在貧民窟不斷膨脹並在京斯敦爆開來之前從來就不在乎，也唱著〈更好的終將到來〉。

但是更糟的會先來。

我們看著等。兩個男人帶槍到貧民窟來，其中一人教我怎麼用。不過貧民窟居民早在這之前許久就在屠殺彼此了，用任何我們可以找到的東西：棒子、開山刀、刀子、碎冰錐、汽水罐。為了食物而殺，為錢而殺，有時候有人被殺只是他用別人不爽的眼神看了對方一下。而殺戮並不需要理由，這裡可是貧民窟，理由是給有錢人的，我們只有瘋狂。

瘋狂就是走上一條市中心的高級街道，看見一個女的穿著時下最時髦的衣服，然後就想直接衝上去搶她包包，並且知道我們這麼渴望的其實不是包包也不是錢，而是尖叫聲，當她看見你就這麼憑空出現在她漂亮的臉龐前而你可以把快樂從她嘴裡一巴掌打掉把她眼裡的喜悅一拳揍出來然後當場殺了她並在你殺了她之前或之後強姦她因為這就是像我們這樣的混混會對像她這樣的好女人做的事。瘋狂會驅使你跟著一個穿西裝的男人走下窮人從來不會到這裡來的國王街，接著看著他扔掉一個三明治，是雞肉，你聞得到，並開始思考人是怎麼可以這麼有錢有錢到只是把雞肉拿來夾在兩片不怎麼樣的麵包中間，你經過垃圾堆看見那個三明治還包在鋁箔紙裡面，還很新鮮，沒有跟其他垃圾一起變髒也還沒有生蒼蠅，而你想著或許你想著沒錯然後你想著你一定要，

5 譯注：Desmond Dekker（1941-2006），牙買加著名雷鬼歌手。

6 譯注：Skeeter Davis（1931-2004），美國鄉村歌手。

7 譯注：指美國歌手馬蒂・羅賓斯（Marty Robbins，1925-1982）一九五九年的專輯《槍手情歌及打獵歌曲》（*Gunfighter Ballads and Trail Songs*）。

8 譯注：Delroy Wilson（1948-1995），牙買加雷鬼歌手。

只是想看看雞肉沒骨頭吃起來是怎麼樣而已。但你又說你並不是瘋子，你體內的那股瘋狂並不是瘋子的瘋狂而是憤怒的瘋狂，因為你知道那個男人把三明治丟掉是因為他想要讓你看到，於是你對自己許下承諾有天混混上街時要開始帶刀下一次我就會跳到他面前當場把他給開腸剖肚。

但他知道像我這樣的男孩是沒辦法在市中心晃太久的，條子很快就會逮到我們。警察只需要看到我沒穿鞋子，就會說你他媽這些骯髒黑鬼在對這些好人搞什麼鬼，然後給我兩個選項。跑給他追，讓他追到貫穿城市的其中一條巷弄這樣他就能私下開槍打我，彈匣裡有好幾顆子彈所以至少一定有一發會打中。或是放棄掙扎然後在好人面前被痛打一頓，他會揮舞警棍把我側邊的牙齒打掉並痛砸我的太陽穴這樣我那邊的耳朵就再也什麼都聽不見了並且說把這好好當成一次教訓，你這又髒又臭的貧民窟傢伙永遠別再給我到上城來了。而我看著他們並等待。

但你後來還是回來了即使沒有人知道你是什麼時候離開的。女人想知道你在美國總是能夠拿到像班叔叔速食飯這樣的好東西那你為什麼要回來，我們則在猜你去那邊是不是在唱熱門金曲，我們之中的某些人持續觀察著你像隻小魚逆著條大河而上從貧民窟中翻身。我現在知道你在幹什麼了但當時並不明白，你是怎麼和這裡的槍手當朋友的，那邊大嗓門的拉斯特這邊這個壞人那個混混甚至是我爸，這樣大家就都跟你熟到會喜歡上你，卻沒有熟到記得要拉攏你。你幾乎什麼都唱，只要能變成暢銷金曲就唱，甚至包括只有你知道其他人卻根本不在乎的東西。〈而我愛她〉，因為普林斯．巴斯特[9]翻唱〈妳不再見我〉而成了他的金曲。你想辦法湊合手邊的東西，就連不是你的曲子你都會用力唱使勁唱直接把自己唱出了貧民窟。一九七一年時你已經上電視了，一九七一年時我也開了我的第一槍。

我那時十歲。

貧民窟的生活一點意義都沒有，殺個男孩不算什麼。我還記得我爸最後一次想要救我。他從工廠跑回家，我記得是因為我們倆站著時我的臉碰到他的胸口，他像條狗一樣喘得要死。那晚剩下的時間我們待在房子裡，跪在地上，他說這是個遊戲，口氣太大聲也太快。誰先站起來就輸了，他說。所以我站了起來因為我十歲我已經是個大男孩了而我已經受夠了遊戲但他大叫出聲抓住我重擊我的胸口，我氣喘吁吁上氣不接下氣我想哭想要恨他但這時第一發子彈飛過就像某個人衝過碎石路然後彈到牆壁上。接著是下一發然後又是一發，子彈就這樣**啪啪啪啪啪**擦過牆壁除了最後一發之外那發打到一個鍋子發出砰一聲然後又是六七十二十發炸進牆壁就像**嚓嚓嚓嚓嚓嚓嚓**。他抓住我想要摀住我的耳朵但他抓得超大力大力到他沒發現他都摳到我眼睛裡了。我聽見子彈的聲音還有**啪啪啪啪啪啪**跟**咻咻咻砰**並感覺到地板在顫抖，女人尖叫男人尖叫男孩尖叫用那種生命戛然而止的方式你還能聽見尖叫淹沒在喉嚨湧出到嘴邊的鮮血造成的嗆咳和嗚咽之中。他把我往下拉堵住我的尖叫我想咬他的手所以我就咬了因為他的手也遮住我的鼻子而我拜託爸爸不要殺我，但他在顫抖我在想這是不是死前的顫抖地板也再度顫抖起來，還有腳四處都是腳，男人們跑來跑去經過又經過跑來跑去同時大笑尖叫大喊著八條巷的人全都死定了。然後爸爸把我壓到地上平躺用他自己遮住我但他有夠重我的鼻子好痛他聞起來有汽車引擎的味道他的膝蓋或什麼東西壓在我背上地板嘗起來很苦我知道那是紅色的地板清潔劑我想要他從我身上滾開我恨他而一切聽

9 譯注：Prince Buster（1938-2016），牙買加雷鬼音樂先驅，此處提到的兩首歌都是披頭四的歌曲。

起來都像是用絲襪包住一樣。他最後終於從我身上離開時，外頭的人們在尖叫但已經不再有啪啪啪啪啪啪或咻咻咻砰了，可是他在哭而我恨他。

兩天後我媽回家時在笑因為她知道她的新洋裝是這整個破幹貧民窟裡唯一漂亮的東西，而他看見她了因為他沒去上班，因為沒人覺得上街是安全的，他直接走向她抓住她然後說妳這幹他媽的死破婊妓女，我都能聞到妳身上跟他媽起司一樣臭的男人臭屌味。他扯著她的頭髮揍她的肚子她尖叫著說他根本不算男人因為他他媽連隻跳蚤都幹不了然後他說哦妳不就是想被幹嗎？他接著又說逼我去找根對妳來說夠大的屌是吧然後一樣抓著她的頭髮把她拖進房間我則是在床單底下看著這一切他把我藏在這裡以防晚上壞人跑進來然後他拿了根掃把把她從頭到腳前胸後背都給狠狠打了一遍而她尖叫著直到像條小狗一樣呻吟然後他說妳想要大屌是吧，逼我給妳大屌是吧妳他媽這下賤的死妓女臭婊子接著他拿起掃把並狂踹猛踹把她兩腿給分開。他把她踢出家門還把她的衣服丟在她身後我以為這會是我最後一次看到我媽可是她隔天又回來了，全身繃帶纏得跟里亞托戲院放映的三十分錢電影裡跑出來的木乃伊一樣還有其他三個男的跟著她回來。

他們抓住我爸他們三個人，但我爸奮力抵抗，像個男人一樣抵抗，甚至跟電影裡的約翰・韋恩[10]一樣扁他們，就像個真男人在打架那樣，可是他只有一個人他們有三個很快又變成四個。而第四人一直等到他們把我爸像顆爛番茄一樣痛扁一頓之後才進來，他說我的名字叫玩笑哥，我上面就是大哥了啊你知道你叫什麼名字嗎？你知道你叫什麼名字嗎？我在問你你知道你叫什麼名字嗎，賤屄？而我媽笑了出來但她的笑聲像是粗重的喘息的然後玩笑哥說你以為你在工廠工作就很屌啦？是我給你工廠的工作的我也可以隨時拿走，賤屄。你知道你叫什麼名字嗎，死賤屄？你叫抓耙仔。然後他叫所有人離開。

他說你知道大家為什麼叫我玩笑哥嗎？因為我不接受開玩笑。

即便在黑暗中玩笑哥還是比其他幾乎所有人都還要白，可是他的皮膚永遠紅通通的，就像血液永遠都在皮膚下流淌或像在太陽底下待太久的白人他的眼睛跟貓一樣是灰色的。玩笑哥跟我爸說他現在要死了，就是現在，但如果他能讓他爽一下他就可以像《獅子與我》[11]裡的獅子一樣活下來只不過他必須要離開貧民窟。他說你想活下來只有一個方法接著又說了其他事便把拉鍊給拉了下來然後把那東西掏出來說你想活下去嗎？你想活下去嗎？而我爸想活下去我爸吐了口口水玩笑哥把槍抵在我爸耳朵旁。接著他告訴我爸鄉下還有他可以去的地方他可以帶他的孩子一起去當他說孩子的時候我不禁顫抖了起來但是沒人知道我躲在桌子底下。他又說你想活下去嗎？你想活下去嗎？一直說一直說一直說就像個愛發牢騷的小女孩然後他用他的槍摩擦我爸的嘴唇而我爸打開了嘴巴玩笑哥說如果你敢咬我的懶蛋我就給你脖子來一槍這樣你就會聽見自己死掉的聲音然後他把他的傢伙放到我爸嘴裡玩笑哥又說你也可以舔一下反正你吹得跟條死魚一樣爛。之後他呻吟呻吟又呻吟幹著我爸的嘴然後拔出來時把我爸的頭扶穩開了一槍。**啪**。不像牛仔電影裡的砰也不像哈利．卡拉漢[12]開槍的時候，而是一聲又響又尖的**啪**搖撼了整個房間，血噴得整個牆壁都是。

---

10 譯注：John Wayne（1907-1979），美國演員，以硬漢形象著稱。

11 譯注：*Born Free*，一九六六年英國劇情片，主角原先是要殺死獅子，後來卻把獅子帶回家中飼養。

12 譯注：Harry Callahan，一九七〇至八〇年代新黑色動作驚悚電影《骯髒哈利》（*Dirty Harry*）系列的主角，皆由克林．伊斯威特（Clint Eastwood）飾演。

我倒抽的那口氣和槍響同時出現所以沒人知道我在桌巾下面全身一僵。

我媽又跑了進來開始大笑還踢了踢我爸玩笑哥走到她面前直接朝她臉上開了一槍。她直直倒在我身上，所以當他說把那個小男孩找出來時他們四處都找遍了卻沒有找到我媽屍體下面。玩笑哥說，你們能想像嗎？那個小娘炮說只要我讓他活命，他就會像什麼吹喇叭大師一樣幫我好好吹個爽。那個骯髒的死變態竟然伸手要抓我屌。你們能想像嗎，他對那些四處找我的男人說，但我媽在我上面她的手指剛好擋住我的臉我則像在牢籠裡從她的指縫看出去而我並沒有哭玩笑哥還在一直講繼續講講什麼他就知道我爸是個死基佬，一定是個死基佬啊不然他的女人怎麼會這麼婊一直找人滿足她的穴，然後他說這些事千萬不要跟幫派老大說。

屋子安靜了下來。我推開我媽覺得幸好天黑了但我不能離開因為他們可能會抓到我，所以我看著並等待。我在等的時候我爸躺在門邊地板上然後他爬了起來走到我身邊說英文是學校裡最棒的科目因為就算你跑去當水管工但你話講得很爛那根本不會有人想給你工作，而講得一嘴好話就是一切甚至早在學習一門手藝之前。還有一個男人應該要學會煮菜雖然這是女人的事他一直說一直說一直說不知道要閉嘴，就像他平常一樣總是說個不停而且有時候還說得有夠大聲大聲到我開始思考他是不是想要隔壁鄰居也聽見並且向他學習，但沒有他還是躺在地板上叫我快跑，現在就跑因為他們之後會回來拿走他腳上的Clarks鞋還有屋子裡所有值錢的東西他們還會把整間屋子給拆了找錢即便他已經把他所有的錢都存在銀行裡了。他在門邊斷氣。我把Clarks鞋給脫了下來但看見他的腦袋之後開始嘔吐。

Clarks鞋太大雙了我**叩叩叩**地繞到房子後面，外頭什麼也沒有只有老舊的鐵路和灌木叢我被絆倒了我該死的妓女老媽抽動了一下彷彿她還活著但是她並沒有。我爬上窗戶再往下跳。Clarks鞋太大雙了不好跑步所以我把鞋脫掉跑過灌木叢和破掉的瓶子和溼狗屎和乾狗屎和還沒有撲滅的火而死掉的鐵路帶我離開八條巷我跑了又跑並躲在充滿棘刺的灌木叢裡直到天空變成橘色，接著是粉色，再來是灰色，然後太陽熄滅飽滿的月亮升了上來。當我看見有三輛車開過去裡面除了載著一群男人之外別無他物我便開始奔跑直到我來到垃圾場，這裡除了綿延了好幾英里的廢物垃圾跟屎之外什麼都沒有，除了上城的人扔掉的東西之外什麼都沒有，垃圾拔地而起就像山丘和山谷和沙丘就像一座沙漠而所有地方都在燃燒我也還在奔跑我不想停下來直到我再次看見貧民窟以及一台卡車旁的路障我跑過卡車下面繼續跑男人在大喊女人在尖叫房子看起來截然不同，更靠近也更密集了而我還在奔跑有些男人拿著機關槍出來但女人尖叫說那只是個男孩啊而且他還在流血然後某個東西絆倒我我摔了一跤開始放聲大哭兩個男人朝我走來其中一個拿著一把槍指著我我現在鼻息沉重就跟我爸在睡覺的時候一樣拿著槍的那個男的走向我大聲說你哪裡來的？你聞起來就像八條巷其中一個死基佬另一個男的說這只是個孩子身上還有血呢另一個又接口說有人對你開槍嗎，小子？我說不出話來，我能說的就只有Clarks真是好鞋，Clarks真是好ㄒ……拿著槍的男人將子彈喀嗟上了膛某個人大叫他媽的喬西．威爾斯[13]你是有多愛開槍啦！不是什麼事都可以碰碰兩聲解決的於是兩個男人退開了我的身邊但有更多人圍了過來包括女人。然後他們像摩西剛剛分開紅海一樣讓出一個空間一個男人走到我身前停了下來。

13 譯注：這個名字是源自一九七六年克林．伊斯威特自導自演的美國西部片《西部執法者》（*The Outlaw josey Wales*）主角。

幫派老大現在連自己人也殺了？他不知道四肢健全的人數量有限該好好珍惜嗎？他說。一定是八條巷的生育控制啦，大家聽了都笑了。我說媽媽和爸爸然後就什麼也說不出來了但他點頭表示理解。你想殺回去嗎？他問而我想說是為了我爸但不是為了我媽但我能說出口的就只有呃呃呃呃呃我只好用力點頭彷彿我剛才被打到沒辦法說話一樣。他說很快就可以了，很快就可以了然後叫來一個女人她想要把我抱起來可是我緊抓著我的Clarks鞋那個男人笑了出來。他是個身材魁梧的男人穿著一件白色的網眼美麗諾羊毛衣在街燈下閃閃發光街燈照亮了他的臉，他大部分的臉孔都隱藏在他的鬍子底下，不過眼睛沒有他的眼睛非常大幾乎也發起光來而且他很常笑讓你幾乎不會注意到他的嘴唇有多厚或是當他不笑的時候臉頰就會凹下去，他的鬍子把他的臉切成一個尖銳的V形而他的雙眼冷酷地凝視著你。那個男人說，讓他們知道不是只有貧民窟的狗才能在哥本哈根城這裡活下去，接著他看著我彷彿他不用說任何話就能夠溝通而我知道他看見了某個能為他所用的東西。他說給這男孩來點椰子水而女人回答是的洛老爹。

於是我從那時起就住在哥本哈根城我看得見八條巷而我等待著時機。我看著哥本哈根城的男人從只帶一把刀，變成換成左輪手槍，再變成M16步槍，最後是一把有夠重的槍重到自己根本都拿不了然後我就十二歲了或者至少我是這麼認為的，自從洛老爹把他找到我的那天當成我的生日還給了我一把槍之後他就叫我碰碰。我和其他男孩到垃圾場學習開槍但後座力總是讓我摔倒他們會大笑然後叫我小賤屄我說昨晚我幹你媽的時候就是這麼叫她的他們繼續大笑接著另一個男人，那個叫喬西．威爾斯的男人，把槍放到我手裡教我怎麼瞄準。我在哥本哈根城長大看著槍枝變遷並且知道槍不是來自洛老爹。那些槍來自那兩個把槍帶進貧民窟的男人還有那個教我怎麼用槍的男人。

我們、那個敘利亞人、那個美國佬和愛醫生在海邊附近的小破屋外頭。

貝瑞・迪佛羅里歐

外頭只掛了一個招牌，但實在是大到就連你在裡面都能看見招牌的黃色曲線從屋頂上傾斜而下。真的大到注定某天一定會垮下來，很可能還是在某個小孩跑進來的時候因為那天學校提早放學。所以這個小孩，對，將會在巨大招牌開始嘎吱嘎吱搖晃的時候跨過門檻，而且他甚至不會聽到那聲響，因為他的小肚子咕嚕咕嚕叫得如此大聲，當他要推開門的時候，招牌就會嘩啦嘩啦地砸下來。等他發現是什麼砸到他之後，那個倒楣小孩的陰魂會像個他媽的水手一樣幹譙：「王漢堡：滑堡包之家。」

沿著半樹路再往下走一點也有間麥當勞，招牌是藍色的，在那裡工作的人發誓麥當勞叔叔就坐在後面的房間裡。但我現在在王漢堡：滑堡包之家裡，這裡沒有半個人聽過漢堡王，裡頭的椅子是黃色塑膠，桌子是紅色玻璃纖維，菜單上的字看起來就像戲院寫著「即將上映」的字體。這個地方下午三點時從來沒有人滿為患過，這當然就是我來這裡的原因。一大群人總是讓我坐立不安，你只需要一點零星的錯誤火花，就能讓整群人變成暴民。我在想外頭是不是就是因為這樣才像發爐了一樣。我一月就來到牙買加了。

收銀員後面有個標示寫著如果你的漢堡十五分鐘內沒有好那就免費。兩天前我在十六分鐘後指了指手錶，她說這規定只適用於起司漢堡。昨天，我的起司漢堡又晚來了，她說這只適用於雞肉三明治。這可憐的女孩一定是被客人罵到漢堡都送完了吧。但是根本沒有人會來這裡。我超他媽受不了我的美國同胞的其中一件事就是：不管他們飛到哪個國外，他們做的第一件事都是想盡辦法找到夠美國的東西，就算是一間垃圾餐廳裡的食物也一樣。從詹森任期就待在這裡的莎莉就從來沒吃過阿開果煮鹹魚[14]，即便我很可能是第兩百萬個說寶貝啊，這吃起來就像炒蛋但更好吃的人。我的小孩都很愛，我老婆則希望他們有人明治牌的牛肉醬或義大利肉醬，甚至是漢堡小幫手牌的食品，但要在超級市場買到就祝你好運囉。說真的，能找到任何東西都算你好運了。

我第一次吃牙買加煙燻烤雞是有個傢伙在常春路和另外某條路的交叉口從我車子邊冒出來並大叫，老闆，你有吃過牙買加煙燻烤雞嗎？我根本來不及找到那個壞掉的把手把車窗搖上來。他又高又瘦，穿著白色汗衫，頂著人大的爆炸頭，牙齒亮晶晶，肌肉也亮晶晶的，那些肌肉對一個孩子來說也太多了，但這個男人，其實只是個男孩，聞起來有股牙買加胡椒味，所以我下車跟著他走回他的店裡，一間簡陋的小店，用木材釘成的有著錫屋頂並漆著藍色、綠色、黃色、橘色、紅色的線條。男人拿出一把我這輩子見過他媽的最大的開山刀切下一片雞腿，彷彿他剛切過的是塊溫熱的奶油。他把那塊肉交給我，當我正要吃的時候，他卻閉上眼睛搖了搖頭阻止我。就是如此堅定、平和、無可辯駁。在我開口說話之前，他便指著一個巨大的瓶子，有點半透明，像是已經在那放了一段時間。哈，我可以說是最有冒險犯難的精神了，我老婆可能會說這是發瘋了。那是一個大到不行的玻璃瓶，裡面裝著調好的胡椒醬。我把雞肉浸了進去然後整片吞掉。你知道

14 譯注：阿開果（Ackee）為阿開木的果實，又稱西非荔枝果；此為牙買加的國菜。

《威利狼與嗶嗶鳥》裡威利狼的炸彈在牠吞下去後剛好爆炸，害牠的耳朵和鼻子都噴出煙來的那個橋段嗎？或是某個第一次去壽司吧就覺得這算什麼屁我一次就可以吃一大匙哇沙米的蠢蛋？那就是我本人。我不覺得那個傢伙知道白人的臉可以漲到這麼紅。我飆出眼淚還打嗝了至少一分鐘之久。就像有人把我的嘴唇泡到糖和汽油裡，劃了根火柴然後轟。操你媽的王八蛋臭婊子操雞掰幹這鬼東西真的是幹你娘辣到會噴血！我記得我全咳了出來。

我問王漢堡的收銀員他們有沒有想過要做牙買加煙燻烤雞漢堡。貧民窟的食物？她邊回答邊用牙買加女人那種樣子訕笑了起來，就是閉上眼睛，抬起下巴，然後轉過頭去。我幾乎每天都來這裡報到而這女孩都是一個樣。她會說，我可以幫你點餐了嗎？我要一個起司漢堡。那你要配檸檬汁還是奶昔？都不要，一杯D&G葡萄汁就好。這樣就好了嗎？對。滑堡包吃起來就像華堡，除了味道之外。就連裡面的萵苣都知道可以表現得更好，這漢堡裡面又溼又苦而我每天花錢點這些垃圾來吃，這樣我才能跟我的孩子們說，你們知道我今天吃什麼嗎？老爸今天吃了顆滑堡包哦，然後他們會覺得他們老爸是口吃嗎。

太陽跳船了，夜晚即將來臨。但這個國家需要一間好的迪斯可舞廳。現在每隔三到五年左右換個國家就是唯一能維持我理智的事了，雖然從來沒有人來到「公司」出手幫你維持理智的地步就是了。我聽過一些最瘋狂的狗屁事來自我的前任站長，早在他某天突然莫名良心發現之前。他兒子來這了，從紐約搭美國航班DC301過來。現在已經是抵達的第三天，他還渾然不覺我知道他來這裡了。也不是說他知道我或是怎麼樣，但「帶小孩上班日」可不是他爸會喜歡的那種概念。他來這裡的原因也不是什麼祕密，但是當「公司」前老闆的兒子突然出現在牙買加，就連圈內人都會開始懷疑自己是不是錯過了什麼。

據聞他是個導演，或是那些夠有錢可以買自己的攝影機的富二代。他帶著一大群攝影師和電影圈的人為了這場和平演唱會而來，演唱會是那個雷鬼傢伙辦的，他最近好像比誰都還重要。這應該是件大事，雖然我一月才剛到這裡，但連我都知道這個國家需要某種形式的和平。這不會是來自總理辦公室裡的那傢伙沒錯，但仍然是和平。所以說那個大咖雷鬼傢伙正在籌劃一場演唱會，演唱會是由總理的政黨主辦的，這幾乎讓大咖雷鬼傢伙也涉入了其中的利益糾葛。大使館收到消息說蘿貝塔・佛萊克[15]要飛來，而且米克・傑格和基斯・李察[16]人已經在這了。幹他媽的滾石樂團。

沒，我沒有聽那個雷鬼大咖的音樂。雷鬼音樂單調又無趣，而且鼓手肯定擁有除了王漢堡收銀員以外全世界最混的工作。我比較喜歡斯卡，我比較喜歡戴斯蒙・戴克。昨天的事而已，我問王漢堡的收銀員喜不喜歡〈Ob-La-Di, Ob-La-Da〉，她看著我就像我剛問她能不能打我一巴掌一樣。我不知道那什麼，她說。我說，不然妳都聽什麼？即興表演都在演什麼？她說大傢伙[17]跟大鑽石三重奏[18]啊。我回答好喔，大鑽石三重奏跟大傢伙是很酷沒錯，但他們有跟戴斯蒙・戴克一樣在他媽的披頭四歌裡被提到過嗎？她回答，請注意一下你的用詞，先生，這裡可是個遵守法律

15 譯注：Roberta Flack（1937-），美國知名爵士歌手。
16 譯注：Mick Jagger（1943-）及Keith Richards（1943-），滾石樂團的主唱與吉他手。
17 譯注：Big Youth（1949-），牙買加著名DJ。
18 譯注：Mighty Diamonds，牙買加著名雷鬼樂團。

的場所。

你該怎麼製造一樁意外呢？「公司」裡沒有人是不可取代的，但我有時候常在想他們怎麼不叫另一個人來就好了。至少他們沒讓我在蒙特維多出外勤，看看他媽的那都搞成什麼樣子了。不過我喜歡有一個我不能談論的工作，這讓保守其他祕密更簡單。我老婆最後終於接受了這個事實，那就是只要我們是夫妻，就會有些事情她永遠都不會知道，而且她必須習慣我們所有人的老婆都必須習慣的事，每四件事只會知道兩件而已，每十次出差只會知道五次，每死五個人也只會知道一個。我不覺得她真的知道我到底在做什麼工作，至少我這星期維持的是這個版本。我人在牙買加，而一切幾乎都按照計畫進行。這是種愚蠢的說法，意思是事情進展得就像教科書上寫的一樣容易，事實上在這裡工作還滿無聊的。這完全不意外，牙買加人好像就是會按照你想像的那樣反應。對某些人來說這可能還滿新鮮的，也可能只是鬆了口氣。

所以回到我提到煙燻烤雞那傢伙的時候，那是在五月，我本來不在那一區，因為我突然想要體驗一下真正的牙買加。我當時在跟蹤一個和我隔著四台車遠的車上的男子。這個人非常重要，還有個司機到常春飯店載他。一開始我以為我來這裡是要跟蹤他，結果卻發現是他在跟我。他以前也替「公司」工作，直到他最終也突然良心發現。上頭的人還想從常春藤聯盟刷掉的人之中招人，就是會發生這種事啦，這些上預備學校的死同性戀，簡直就是美國的金·費爾比[19]，要不是外面很冷早就等著要出櫃了。等到我發現他人在牙買加的時候，他早就發現我在這了，我並沒有特地臥底，搞這招也已經太遲。也就是說，我不能讓這個人亂講話惹出我必須收拾的一團亂。我沒有獲准繼續進行還真是可惜。冷戰甚至都還沒結束，我就已經開始懷念了。

比爾・艾德勒在一九六九年時離開「公司」，滿心不爽。也許他只是個不滿的左翼共匪吧，但一大堆這種人都還待在「公司」裡啊。有時候優秀的那些其實是最糟的，平庸的那些則只是擁有竊聽技能的公僕而已，但優秀的那些人不是變成他就是變成我，而他有時候還真的非常棒。他搞定厄瓜多之後，這是四年的工作哦，我必須說他幹得真讚，我要做的就只有簡單擦個屁股而已。當然我更想提醒他特拉特洛科[20]那團美妙的混亂。老闆說我是個創新人士，不過我只是跟著艾德勒的教戰守則而已，在天花板上藏麥克風，就跟他在蒙特維多用的一樣。不管怎樣，他一九六九年因良心發現離開ＣＩＡ，在此之後就一直在惹麻煩、危害人命。

去年他出了本書，不是什麼很厲害的書，但裡面爆了不少猛料。我們知道他會來這招，但還是沒出手，想說好吧，或許他這些過時資訊能轉移注意力，可以協助我們在外頭真正在做的事。結果他的資訊幾乎都是最頂級的，而且又怎麼會不是呢，現在這樣回頭想想。他也供出了一些名字，「公司」裡的。上面的人沒有讀，不過邁爾斯・柯普蘭讀了，他又是另一個愛抱怨的基佬，以前曾經管過開羅辦公室，他下令要倫敦辦公室從頭到腳砍掉重練。接著，理查・威爾許十一月十七號在雅典被謀殺，是一個二流恐怖組織幹的，我們甚至沒有安排義工去監控過。他的老婆和司機也一起掛了。

但是就算這樣，就算知道他有什麼能耐，我還是不知道艾德勒跑來這裡幹嘛。他並不是政府

19 譯注：Kim Philby（1912-1988），冷戰時期潛伏在英國的雙面間諜，實則為蘇聯效力，為「劍橋五人組」一員。

20 譯注：Tlatelolco，應是指一九六八年墨西哥城奧運前夕，發生在此地的大屠殺，有情報指出美國暗地裡在軍援墨西哥政府。

的官方賓客，不然這會是總理無可挽回的失禮之舉，特別是在幾個月前剛和季辛吉瞎扯淡之後，但是總理對於他在這裡顯然很高興。同時我正在等待總部的命令，好徹底殲滅這個人帶來的威脅，或是至少讓他閉嘴。牙買加人權議會邀請了他，讓我不得不在早就塞爆的書桌上再開一份全新的檔案。沒幾天這傢伙就在四處演講了，超冗長的演講，有關各式各樣狗屁倒灶的破事，彷彿他名叫卡斯楚還是怎麼樣。說什麼像我這樣的人和他一起待在拉丁美洲，而他對自己所見所聞感到作嘔，尤其是在智利，我們竟然允許皮諾契[21]掌權。

他沒有指名道姓提到我，可是我知道他在講誰。他說我們是天啟四騎士，會顛覆所有擋路的國家。他這樣根本太浮誇了好嗎，無時無刻都在迴避這其中有多少是出自他自己的教戰守則。而這個總理需要的也只是這些，像顛覆這種悅耳的多音節單字就可以變成一整首他媽的曲子了。他還用一種我會確保之後永遠不再發生的方式，迫使我們採取守勢。唯一會聽的人當然就只有《閣樓》雜誌啊。幹你娘勒，當美國的良知要靠著印鮑魚維生，那是什麼意思啊？像艾德勒這種人，那些突然不知道從哪生出使命感要揭露邪惡美帝的人，就只是一堆內疚又從來都不知道什麼時候該收手的白人而已，而「公司」竟然無法決定我是不是該做掉他們。

他還一度宣稱他握有證據，說「公司」是他們所謂什麼橘街廉價公寓縱火案、牙買加有好幾個古巴人遭到謀殺、碼頭騷亂背後的幕後主謀。他說他有證據證明「公司」在給反對黨錢，這真是可笑到不行，只要想想這是個多蠢的行為就好了，把錢託付給第三世界的人耶？我不知道他幹嘛不直接寄篇文章給《瓊斯媽媽》或《滾石》雜誌或什麼之類的。在「公司」給我明確指令叫我該怎麼做之前，我的耳目就告訴我，他已經跑到古巴了。但這個王八蛋還是造成了傷害。他把名字給了牙買加人，幹他媽的名字，不是我的，是大使館十一名職員的，他至少害七個臥底穿幫，必須在有人發覺他們是用假名之前趕緊送他們回國。都是艾德勒害的，我必須從零開始，在九月中，還是在一個不會幫上任何人忙的年份。一切從零開始，這早就已經造成問題了。

經過路易斯的辦公室時，我偷聽到他在講電話，說碼頭有一批貨出了差錯。我去查了一下，這間辦公室沒半個人有訂什麼貨，而且就算真的有人有訂，他們肯定也不會讓貨經過牙買加海關，因為這樣會有三分之二的東西被幹走。只提供必要資訊對他和對我來說都一樣重要，但是我不喜歡有個他媽的不知道在古巴哪裡的叛逃幹員在我甚至還沒搞清楚我應該要弄丟什麼東西之前就發現有東西不見了，這代表他的低階走狗仍然擁有比我更高的權限，而幹他媽的大局應該是由我來掌控才對。不過路易斯在和天知道是誰講這整件事的時候，聽起來似乎沒有太過焦慮，而我也受夠了站在他們邊好像我要偷聽什麼八卦一樣。

老婆不久前打來說她酒漬櫻桃又用完了。我跟你說，冷戰甚至都還沒結束，我就已經開始懷念了。

21 譯注：Augusto Pinochet（1915-2006），前智利總統暨獨裁者。

洛老爹

現在聽我說。你們知道我警告過他的，我寬宏大量的先生們啊。很久以前我就警告過其他親近的人、朋友和敵人會讓他惹上一大堆麻煩，我們每個人至少都認識這麼一個人，對吧？他們這種人就是死性不改吧？永遠有個想法但從來生不出半個主意，永遠都在構思各種陰謀卻從來沒有個計畫，有些人就是這樣。我朋友是世界上最知名的超級巨星，可是他卻把幾個來自貧民窟目光最為短淺的傢伙當成朋友。我不會說是誰但我警告過歌手了。我說，你身邊有幾個人除了扯你後腿之外什麼事也不會幹，你聽懂沒？我試著想讓他聽懂，講得又煩又累了，但他就只是那樣笑著，是那種會吞噬整個房間的笑，那種聽起來像是他早有計畫的笑。

大家以為我萬事都瞭若指掌。這不是在騙人，了不起的先生們，但是耶[22]知道，有時候我了解得太遲了，那如果太遲了才了解某件事？不如你最好永遠都不要知道，我媽以前常這樣說。糟糕的是，你專注在眼前的現在式卻必須處理周遭突然冒出來的過去式，就像是一年後才發覺有人搶了你一樣。

所以看看我。看見這一切了嗎？西起舊公墓，南至港口，還有整個西京斯敦南部？這全都是我的地盤，八條巷是人民民族黨的地盤，所以他們自己管自己的事。接著還有中部我們必須爭奪而有時候也會輸掉的地盤。他以前曾住在川屈鎮所以有些人以為他是民族黨的走狗，但我願意替他挨子彈，而他也會願意替我挨槍。

可是這些新來的男孩，這些男孩從不跳搖不停[23]也不在乎精進舞技，這些男孩不為任何人工作。我為綠色的牙買加工黨喬事情，幫派老大則替橘色的人民民族黨控制地盤，但這些新來的男孩只服從他們後口袋裡的黨，你甚至已經無法再控制他們了。

今年早些時候他去巡迴時，在他跑來求我和他一起去見識見識倫敦城之後（我當然是不能去囉，我這麼愛睡覺又注定待在貧民窟裡），他在屋裡留了幾名弟兄。他前腳一走，那些男孩就叫來了叢林區的貧民窟小子，因為他們要幹大事。這票很大，就像你在電視上會看到的大幹一票，漢尼拔．海斯跟柯瑞小子[24]搶了銀行還有性感女孩乖乖把錢雙手奉上。我們試圖維持和平，我和幫派老大，但是每當事情失控的時候，比如有人為了午餐錢殺了學校的某個女孩或是在某個女人上教堂途中強姦她，通常都是某個來自像叢林區這種地方的人，這些人生來眼裡就沒有光，而他們就是心懷鬼胎和歌手的朋友混在一起的人。

國王賭馬賽的一週前，五個叢林區的人在某個訓練日一路開車到開瑪那斯賽道，等待從來沒輸過的第一名騎師出來到停車場。穿著賽服的他一走出來，就有兩個人抓住他，另一個人用麻布袋套住他的頭。他們把他帶到我不知道的某個地方做了某件事，我也不知道是什麼事，結果那個星期六，他參加的三場比賽全部落敗，三場他本應輕輕鬆鬆獲勝的賽事，包括賭馬賽在內。隔週

22 譯注：Jah，拉斯特教派中對上帝的稱呼，為耶和華的簡稱。
23 譯注：Rocksteady音樂，承繼斯卡音樂，為雷鬼音樂的前身，特色為較慢的節奏及富有旋律性，歌詞主題多著重於情愛關係。
24 譯注：一九七〇年代美國西部影集《又名史密斯及瓊斯》（*Alias Smith and Jones*）中的兩名主角。

一他便搭上往邁阿密的班機，然後咻！不見了，沒人知道他去哪了，連他家人都不知道，賭馬事先喬好就跟賽馬本身一樣古老，但有一小群人發大財發得太快了，太快啦。騎師消失的那同一個星期，兩個叢林區的人也同樣咻！消失了，彷彿他們從沒有出生在這個世界上過，而某些弟兄突然間就必須去衣索比亞朝聖。現在我尊重拉斯特法理派尊重到不行，而且覺得如果某個人覺得他應該要在他的家鄉，那他就回去沒有問題。可是不知道為什麼，突然在大家要拿錢的時候，拿著所有錢的弟兄突然就消失了耶。天知道錢到哪去了。

就是這樣開始的，從那之後所有糟糕的詛咒就開始降臨在歌手他家，帶著騙人計畫的騙子就這麼走進這間純粹的音樂會震懾人心的屋子。我還記得當年那裡是唯一任何人（無論你站在哪一邊）能躲掉子彈的地方，是全京斯敦唯一會打中你的只有音樂的地方。但這些垃圾人用糟糕的氣氛汙染了這裡，說不定他們某天早上走進錄音室，然後在控台上拉屎拉得到處都是還比較好勒，我就不說是誰了。等到歌手巡迴完回來時，叢林區那群混混早就在等著他了。牙買加男人的腦袋蠢得像磚塊，更別說那傢伙出去巡迴也不知道什麼賽馬的事，而且他也從來沒有誆過人。叢林區的人說，計畫是在你的房子裡策劃的所以你要負責，接著他們就把他帶去赫爾夏海灘，說他需要吃點魚。

這一切全都是他自己跟我說的，現在他是個能夠跟上帝和魔鬼講話並叫他們分辨出彼此差異的男人了，只要他們兩個都沒有女人就行。但是那天早上他們六點就來抓他，在他出門跑步運動並到河裡游泳，像他每天做的那樣之前。這是第一個徵兆。沒有人可以打擾歌手的早晨，這時是太陽升起傳遞訊息給他的時候，是聖靈告訴他接下來要唱什麼的時候，是他離至高最近的時候。

不過他還是跟他們走了。他們開車來到克拉倫斯堡海灘，離西京斯敦二十英里左右，但就在海岸對面，近到你隔著海都可以看見。這一切全都是他自己跟我說的。他們在說話的一整段時間都別過頭去，不斷轉頭，盯著地板，因為他們不想要他認出他們的臉。

——你的弟兄，他在我們的計畫參了一咖，懂？你的弟兄跑到叢林區來因為他想要壞人幫他幹些骯髒事，懂？你的弟兄帶我們去你家談生意，懂？

——懂，但我什麼都不知道啊，好傢伙，他對他們說。

——喂！我、我、我他媽才不在乎你想說啥，事情是在你的屋簷下發生的所以你要負責。

——弟兄，你話怎麼這麼說呢？畢竟那人又不是我，也不是我兄弟，不是我兒子，我是要怎麼負責？

——喂，你、你聽到我們說的了嗎？我才剛說過……我意思是，我是說我才剛說過，你是沒聽到逆？事情發生在你的屋簷下他就像個臭婊子一樣跑掉了因為他貪，懂？在我們給騎師露了一手然後說老兄，你這三場最好放水哦，不然我們就來找你跟你女人肚子裡的寶寶。我們做好我們的事，騎師做好他的事，每個人都做好自己的事，結果你朋友和他朋友帶著錢跑了，讓我們這些可憐人還是窮巴巴的。人怎麼能他媽的這麼爛啊？

——我哪知道，老兄。他對說最多話的那個人說，又矮又壯，聞起來像鋸木屑的那個。我知道他在說的是誰。於是他們對他說，你，聽好了你這小婊子，懂？我們想要我們的錢，懂？所以每天我們都會派個弟兄騎車去拿兩次錢，早上一次晚上一次，你懂沒？

他從沒告訴我他們到底要多少錢，但我還是有耳目。他們說據說這次騙局得手了四萬美金，但他們半毛都沒拿到。他們肯定至少要求一萬美金，很可能還更多，所以他們現在每天都想要拿大筆現金直到他們覺得自己拿夠了為止。他說不要，老大，這是騙人的生意，我才不要付錢。你們又能拿我怎麼辦？我要每天付三千塊給你們，送你們去上學還養你們？每天三千耶。

第二件事就是在這時發生，他們幾乎所有人都掏出槍指著他，就在克拉倫斯堡海灘上。其中有些人甚至都還沒滿十四歲，而他們竟然敢掏槍指著那個理解他們究竟要面對什麼的男人。但是他們這種人是一種全新的人，他們的行事作風不一樣。所有人，衣著華麗的先生們啊，哥本哈根城、八條巷、叢林區、瑞瑪區、上城、下城的所有人，都知道沒有人可以拿槍指著歌手。就連天氣都知道這是件新鮮事呢，天空中出現了某種以前從來沒人見過的烏雲。歌手必須用三寸不爛之舌把這所有槍，這七把槍，給說回他們的後口袋、皮帶扣、槍套裡。隔天某個騎著台綠色偉士牌的人就開始出現在房子那，一天兩次，每天都是。

他在我去他家跟他打個招呼、抽點大麻、聊聊和平演唱會的同一天跟我說了這些。很多人都說辦演唱會不是明智之舉。有些人已經覺得他支持人民民族黨了，而這只會讓情況變得更糟。還有些人說他們已經不再尊重他了，因為拉斯特不應該卑躬屈膝。你沒辦法跟這些人講道理，因為他們生下來時腦袋就少了人用來思考的那部分。我跟他說了這一切，還有他不用擔心我什麼。老實說，我變老了，而且故意想讓我的孩子們看我變得這麼老，老到他們要背我。上星期我在市場看到一個小男孩來接他的老阿公，他要是沒拿那根大拐杖甚至沒辦法好好走路，而他的小孫子助他一臂之力，我真的好羨慕那個虛弱的老人，差點就在市場裡原地哭出來。我回家之後又出門去並且第一次注意到一件事，貧民窟裡沒有半個老人。

我對他說，朋友啊，你認識我，你也認識另一邊的幫派老大，就打給他跟他說叫那些叢林區的人收手吧。但他比我更聰明，他知道當拿槍的人開始胡作非為，那幫派老大也愛莫能助。上個月碼頭有批貨就這麼消失了，不久之後這些亂來的壞孩子就有了機關槍、M16步槍、M19跟克拉克手槍，沒人說得出這些東西是哪來的。女人生下孩子，但男人就只會創造出科學怪人。

不過當他跟我說那些叢林區男孩的事時，語氣就像是父親剛剛跟他的孩子說了什麼大到他無法掌握的事情似的。他甚至在我發覺前就知道了，就是我也幫不了他。我想要你了解一件好事，我愛那個男人到了極點，我願意為歌手擋子彈。但是先生們啊，我只能擋一顆子彈而已。

妮娜・博吉斯

就在他們在大門口告訴我除了親屬和樂團成員沒人能進去之後，有個騎著萊姆綠小綿羊的男人在我後面跟了上來。他在我走上去的同時一起騎上來，什麼也沒說，就只是聽著保全跟我說話，引擎也沒熄火，然後就走了，也沒跟保全說上話。這是來取貨還是送貨啊？我問保全，他不覺得這有什麼有趣的。自從和平演唱會的消息傳出之後，這裡的保全就比總理的車隊還森嚴。或是跟修女的內褲一樣，我前男友會這樣說。大門口的人是新來的。我知道和平演唱會的事，全牙買加的人都知道，所以我本來就預期會有保全或警察，但不是這些看起來就像你會想要擋在外面的人。事情越來越嚴峻了。

或許這是件好事吧，因為計程車一放我下來，我在晨間咖啡後就想關掉的那部分自己就說，妳以為妳在這裡幹嘛啊，細腿傻女人？公車的好處就在於後面會有下一輛，在你一發現自己犯錯之後，就準備好把你帶走；但計程車就只是把你丟下來，然後就消失了。至少我現在要開始走了，可是他媽的要是我能想出更好的主意就好了。

海文戴爾不是愛爾蘭城，但還算是上城，而且即便我們不覺得這裡安全，也不會覺得這裡很鳥。我是說，這裡畢竟不是貧民窟，嬰兒不會在街上哭，懷孕的女人也不會被強暴，就像貧民窟每天都在上演的那樣。我見識過貧民窟，跟我爸一起去過。每個人都住在自己的那塊牙買加，他媽的要是有天這裡也有我的位置就好了。上週在晚上十一點到清晨三點之間，有三個男人闖進我爸的房子。我媽總是在尋找徵兆和奇蹟而對她來說上星期的報紙說持槍份子已經跨越了半路樹的界線並且開始尋找上城的目標就是個非常糟糕的徵兆。宵禁還沒解除，即便是體面的上城居民也必須在某個時間之前回家，六點或八點吧，誰知道，不然他們就會被搶。上個月四戶人家之外的雅各布先生輪完夜班回家被警察攔下來，把他扔進一台廂型車後面然後送到槍枝法庭監獄關起來。要是老爸沒有找到個法官告訴他如果我們甚至開始關這種奉公守法的人那簡直就是蠢到家了，那他現在還會待在監獄裡。他們兩人都沒有提到雅各布先生膚色太深深到警察不會假設他是好人，就算穿著斜紋布羊毛西裝也是一樣。然後歹徒闖入我們家。他們搶走我爸媽的婚戒、我媽從荷蘭帶來的所有小雕像、三百塊錢、她所有的訂製耳環雖然她告訴他們這根本就不值什麼錢，還有他的錶。他們也揍了我爸幾次，還在我媽問其中一人他媽媽知道他在犯罪嗎時賞了她一巴掌。我問她有沒有人侵犯她但說出口的卻是薔薇開得跟出籠的野獸一樣野，並假裝自己正在跟別人說話。即便他們報警報了一整晚，警察還是直到早上才來，早上九點半，在我到了很久之後（他們早上六點才打給我），而他用一支紅筆在一本黃色的記事本上做筆錄，**嫌犯**這個詞他必須自己唸了三次才搞得清楚究竟該怎麼拼。當他問說他們有使用任何侵略性武器嗎？我忍不出爆笑了出來而我媽叫我應該先迴避一下。

這個國家，這座該死的島，遲早會殺了我們。自從被搶劫之後老爸就不說話了。男人喜歡覺得自己能保護屬於他的東西，但當某個人闖入把東西拿走而他就再也不算是個男人了。我不會看不起他，不過老媽總是在說之前他本來有機會在北溪區買一棟房子但他拒絕了因為他已經有間安全又舒服的房子而且不用再付貸款。我不是說他是俗辣，也不會說他很寒酸，可是有時候當你太過小心翼翼就只是會變成另一種形式的粗心大意而已。不過也不是這樣。他來自一個從來就沒奢望過能爬到梯子半途的世代所以當他爬到半途時已經太過震驚而不敢再爬得更高。這就是不上不下的問題。往上是一切往下只是代表所有白人在星期天晚上都想在你住的街上開趴只為了感覺到真實。不上不下哪裡都不是。

以前中學時我都會叫他停在公車站或是祈禱燈號轉紅這樣我就能在他送我到學校前先下車。金咪，她還沒回家看過她爸媽就算他們被搶而且她媽很可能被強暴了，她從來沒有搞對重點並且總是在他說妳也下車之後咒罵兩句。事實上老爸不是就讀聖母無染原罪始胎女子中學的十四歲女孩，所以不會試著表現得她好像是個有錢又有權跟任何搭著富豪汽車來上學的人一樣探出頭來並且走路也走得像空姐一樣。你不能就這麼開著一輛福特護衛者來到那群總是在校門口埋伏就只是為了看誰搭什麼車來上學的小婊子面前。**妳看見麗莎她爸開了台破車載她來嗎？我男朋友說那是福特柯蒂納，是爸爸讓女傭開的車**。真正讓我怒火中燒的並不是老爸沒錢，而是他從來沒辦法想出半個花錢的好理由。這就是為什麼從某種程度上來說，他被搶其實還滿合理的，不過搶匪並沒有得手什麼值錢的東西同樣變得頗為合理。而他唯一會說嘴的事，就是那些狗娘養的只得手三百塊而已。

沒有任何地方安全時就不能再打安全牌了。老媽說過程中的某一刻他們把我爸的兩手都抓住這樣他們每個人都能踹他的蛋蛋像他們在踢足球一樣。還有他是怎麼樣堅定地拒絕去看醫生，即便他撒尿的力道已經不如一週前那樣強勁了……我的天啊，現在我聽起來就像我媽。事實上他們如果來過一次那就有可能再來一次，而且天知道，他們甚至可能會做出什麼更糟糕的事讓金咪在她天殺的爸媽被搶而且她媽很可能被強暴了之後打電話來。

這個社會主義派總理最新的主義是落跑主義。我肯定是牙買加唯一漏聽到總理說有五班飛往邁阿密的航班讓所有想離開的人搭的女人。更好的終將到來？更好的四年前就應該來了。現在我們有東這個主義西那個主義還有就愛講政治的老爸。這還是在他沒有成天盼望自己有個兒子時勒，因為男人真的會在乎國家的命運而不是成為什麼選美皇后。我恨政治，我恨只因為我住在這裡，就得要實踐政治。而你根本無能為力，如果你不實踐政治，政治就會實踐你。丹尼來自布魯克林，這個金髮男子為了他的農業科學學位南下來做研究。誰知道牙買加創造出科學唯一會羨慕的東西竟然是乳牛呢？總之，我們當時在約會。他會帶我去上城的梅菲爾飯店喝一杯然後突然間高加索人就會出現，男男女女，老老少少，彷彿上帝揮了揮魔杖然後咻！白人出現了。我是他們所謂的淺膚色，但即便我膚色如此，看見這麼多白人還是相當震撼。某個人一定把這裡和北海岸搞混了這裡竟然有這麼多觀光客，但接著某個人會張開嘴吐出滾滾方言。雖然我太常去那裡去到都數不清了，但每次偷聽白人講話講很爛還是會驚訝到下巴都掉了下來還要從地板上撿起來。**等等！吼吼吼，是你嗎，老弟？吼吼吼，這幾天都沒看到你內，老兄，你是發財換工作了逆？**他們甚至都沒去曬黑呢！

丹尼會聽超怪的音樂，有時候他還會大聲放噪音為了惹我生氣。就是噪音，搖滾樂，老鷹合唱團跟滾石樂團還有太多應該要停止假裝白人的黑人。不過晚上時他會播一首歌，我們分手將近四年了，但每次我看出窗外我都會不斷反覆唱著兩句歌詞：**我確實相信，如果你不喜歡你就離**

開[25]。說來有趣，是因為丹尼我才遇見他的，是唱片公司在山丘上辦的某個派對。會住在這裡的只有野蠻人和白人而已，對吧？我記得當時我這樣說。丹尼說他從來都不知道黑人也能種族歧視。我去拿了些潘趣酒，故意倒得慢吞吞地來打發時間接著看見丹尼在和廠牌老闆講話，我完全就是這些人認為的那樣，某個睡了美國人的高傲黑鬼。他就在丹尼和廠牌老闆身旁，一個我永遠想不到會遇到的人，就連我媽都喜歡他最新的單曲，不過我爸很賭爛他就是了。他比我想像中的還矮，而我、他、他的經紀人是那裡唯一沒有在問客人飲料要不要清爽一點的黑人。他站在那裡就像頭黑色的獅子。性感妹子就這麼遇到男人啦，他說。受了十五年的教育學習怎麼講話得體之後，這依然是我這輩子從男人嘴裡聽過最甜蜜的話了。

我後來很長一段時間沒再見過他，直到丹尼回去許久以後而我跟著我妹妹金咪（在她爸媽被搶而且她媽很可能被強暴了之後她還是沒打給他們）去他家參加一個派對。他沒有忘記我。但是等等，妳是金咪的姐姐？妳都躲在那嗎？還是妳就像睡美人，呃，等著真命天子叫妳起來？那整段時間我都一分為二，我在晨間咖啡後就想關掉的那部分自己說來吧，和我講講道理吧我性感的弟兄；另一部分則說妳以為妳在跟這個長蝨子的拉斯特老兄幹嘛啊？金咪不久後就離開了，我沒看到她走。我留了下來，在所有人都走了之後。我看著他，我和月亮看著他裸著身子走出露臺像某種黑夜的鬼魂，拿著刀在削蘋果，頭髮像頭獅子而渾身肌肉在月光下閃耀。只有兩個人知道〈午夜狂歡客〉[26]是在寫我。

我恨政治，我恨我應該要懂政治。老爸說沒人能把他趕出自己的國家但他還是覺得那些歹徒是某個人。我希望我很有錢，我希望我正在工作而不是被炒我也希望他至少會記得那晚在他家陽台跟蘋果的事。我們在邁阿密有家人，就是麥克．曼利[27]跟我們說如果想離開可以去的同一個地方，我們有個地方可以待但是老爸一毛錢都不想花。該死，現在歌手變得這麼有名誰都見不到他，哪怕是一個比大多數女人都跟他更熟的女人也不行。其實我也不知道我在說什麼，女人就總是在想這種蠢破事，以為妳認識一個男人或妳揭開了某種祕密就只是因為妳讓他摸進了妳的內褲裡。媽的，如果真要說我現在反而跟他更不熟了，又不是說他之後有打電話給我過還是怎樣。

我過了馬路，在公車站等車，但我已經目送兩班過去，接著是第三班。他從來沒有從前門出來過。一次也沒有，沒能讓我在那瞬間跑過馬路並大叫，還記得我嗎？好久不見了，我需要你的幫忙。

---

25 譯注：出自美國樂團地下絲絨（The Velvet Underground）的〈我找到了個理由〉（I Found a Reason）。
26 譯注：即巴布．馬利與痛哭者樂團的歌曲〈Midnight Ravers〉。
27 譯注：Michael Manley（1924-1997），即時任牙買加總理。

碰碰

兩個男人帶槍到貧民窟來。

其中一人教我怎麼用。

但他們先帶了其他東西來。沒人知道該怎麼辦的鹹牛肉和傑邁瑪阿姨楓糖漿，還有白砂糖，跟酷愛跟百事可樂跟一大袋麵粉跟其他貧民窟沒人買得起的東西而就算你買得起，也沒人有在賣。我第一次聽洛老爹說大選要到了的時候，他的聲音冷酷又低沉彷彿山雨欲來而你束手無策。其他人來找他，沒人看起來像他，有些人的膚色甚至比玩笑哥還紅，幾乎是白人了。他們坐亮晶晶的車來之後離開沒有人多問可是大家都知道。

同一時間，你回來了。你比戴斯蒙·戴克大牌，比斯卡衛星[28]大牌，比米莉·史摩[29]大牌甚至比白人都還大牌。你從你和洛老爹兩人都還沒長胸毛時就認識他了然後你開車回貧民窟像夜裡的賊一樣，可我看見你了，在我屋外，洛老爹讓我住的那間房子，我看見你開上來，只有你和喬吉。洛老爹叫了出來幾乎就像個娘們一樣然後跑出門去擁抱你他很大隻而你總是很小隻你必須大叫才能叫他把你給放下來，要是再多一點擁抱跟肢體接觸的話你可能就會把他誤認成米克·傑格啦。你變成了那種會聊一堆沒人知道是誰的人然後提到某個吸古柯鹼的毒蟲自稱史萊·史東[30]但其實有個像女生的本名叫什麼席維斯特之類的是怎麼給你一個暖場的席次就像丟骨頭給狗一樣而你跳上舞台把整個氣氛炒得超嗨但某些黑人竟然說這種慢到不行的嬉皮狗屎是什麼鬼東西啊？而且他們根本不喜歡你，所以你說幹他媽的這些狗屁，我乾脆自己去巡迴算了結果史萊．史東就走了又跑去吸更多的古柯鹼把你一個人丟包在拉斯維加斯。我們也不認識他，但你現在成了那種會聊那些我們不認識的人，你說那個死毒蟲的粉絲受不了真正的震撼啦然後你只表演四場就走了。

但這已成往事了。你踩過腐敗的國家機器而故事剩下的部分洛老爹就能說因為大家都知道，所以洛老爹說了你就只是點頭。接著你說你有大事要聊但必須等等因為現在大家都聽說你人在哥本哈根城而他們會過來感謝和稱讚這個變成大明星的窮鬼，不過他沒有忘記他們這些窮鬼還在受苦受難有些人則是為了錢感謝你因為到目前為止你已經養了三千個人，這人家都知道卻沒有人明說，可是你的車看起來破爆了不是我們期待的那樣而這讓我很生氣因為沒有什麼事情比一個人有錢卻假裝自己一毛錢都沒有像你們窮人一樣生活假掰在裝裝樣子還糟糕了。一個女人擁抱了你說她準備了一些燉豆子而你回答，老媽你知道我不吃豬肉的而她又說這是天然的燉菜！這很好你懂嗎？你說好吧老媽那幫我去盛一碗大的來吧，要用廚房裡最大的碗然後拿到洛老爹家來因為我跟他有很多事要好好聊聊。於是你和洛老爹就離開了而他的副手沒半個跟著他，就連喬西．威爾斯也沒跟。我看著喬西．威爾斯看著他們走開他就站在那，凝視著，並發出嘖嘖聲。

那兩個帶槍到貧民窟來的男人看著你一路唱出他們的手掌心實在不太爽。在上城唱歌的人沒

28 譯注：The Skatalites，牙買加斯卡及雷鬼樂團。
29 譯注：Millie Small（1947-2020），牙買加斯卡及雷鬼歌手。
30 譯注：Sly Stone（1943-），本名Sylvester Stewart，美國放克音樂先驅。

人感謝你和稱讚你，帶槍到八條巷的男人也沒有，那裡依然是由幫派老大掌管。那個男人知道他的黨要參加改選而他們必須要贏，才能繼續掌權，才能為人民帶來力量，全部是同志和社會主義者。不是帶槍到哥本哈根城的敘利亞人而他想勝選想到不行要是上帝本人卡了他的位他也會把上帝給拽下來。帶著槍來的那個美國佬知道誰拿下京斯敦就是拿下牙買加而誰拿下西京斯敦就是拿下京斯敦，在任何貧民窟的人告訴他之前他就知道了。

麥克・曼利總理在電視上和廣播裡告訴大家是他給了你你第一個大突破的要不是他你根本就不會成名，還有他永遠支持受壓迫者的聲音，這些是在苦苦掙扎的同志們啊，接著你就唱了永遠不要讓政客幫你忙不然他就會想要永遠控制你[31]不過他並不覺得這是在說他因為他現在已經不是政客了，他是約書亞。

而那個帶槍到哥本哈根城的男人這樣才能處理八條巷的問題聽說你無時無刻都在和洛老爹講話彷彿你們兩個回到了以前上學的時候正在密謀什麼要扭斷他的敘利亞脖子於是就去問洛老爹他幹嘛和你講話，因為你是眾所皆知的民族黨人士而且他們給了你你第一個大突破啊，搞不好這個小拉斯特是試著要拉攏洛老爹到民族黨呢。你不知道從那時起就有人像獵鷹一樣在盯著你，因為你無時無刻都在和洛老爹講話現在洛老爹甚至還會跑到你上城的家裡待上一整天呢，那個週末洛老爹真的走了而且沒有人知道他去哪，傳聞說他真的跑去英國看你的演唱會了。還有消息傳來說你也去跟幫派老大講話，那個男人的副手殺了我全家於是我學會了以一種新的方式恨你，就算我很愛洛老爹也是。你改變了他，你讓他變成了某種別的東西而大家都看得清清楚楚，特別是喬西・威爾斯。喬西・威爾斯在盯著你而我盯著他盯著你他不喜歡事情發展的方向他雖然沒有大聲說出來但他會跟任何願意聽的人說。還有小小鳥說洛老爹變好了。

但接著某天一個哥本哈根城的男孩拿槍搶了一個女人，那個女人在公主街和港口街的轉角賣布丁跟椰糕。她跑來洛老爹家裡指認了兇手，是個離我家三戶的男孩從來沒人喜歡過他，男孩的媽媽大叫，老大！拜託！可憐可憐這男孩吧，老爹。因為他沒有老爸教他這些事！但這是個謊言，她說謊，看看她鮑魚有多乾啊。喬西·威爾斯又發出嘖嘖聲因為洛老爹最近總是想太多了，可是接著老爹把那男孩的衣服剝個精光大叫拿把開山刀來並用鈍的那邊痛打了男孩一頓，每次重擊都像電閃雷鳴一樣劃破空氣，每次重擊都削去一點皮肉。男孩又哭又叫但洛老爹跟大樹一樣巨大又比風還快。動手啊，洛老爹，老大，洛老爹，但是洛老爹，是因為她想要我但我從不給她，他說，這只是讓洛老爹更凶了。他把男孩踢倒在地痛打男孩的背跟屁股跟腿當他用膩了開山刀就把自己的皮帶解下來用皮帶扣那邊繼續抽男孩，皮帶扣在男孩背上胸口跟額頭上鑿出洞來。媽媽尖叫著跑向他但他往她臉上抽了一下，她嚇到閃開了。人們出來圍觀。他掏出槍來要開，但媽媽衝過來護著他尖叫著哀求洛老爹，求那個被搶的女人，還有在錫安山山丘間安息的耶穌基督。抬出耶穌之後連洛老爹也不會再繼續了。接著他說，養出這種狗娘養的傢伙的女人也應該要被斃了才對並把槍口往下移到她的額頭前，但他最後走開了。

牙買加工黨在六〇年代統治這個國家但人民民族黨告訴全國更好的終將到來並在一九七二年勝選。現在工黨想把國家要回來而且他們的字典裡沒有不能，他們的字典裡也沒有不可以。市

31 譯注：出自巴布·馬利與痛哭者樂團的歌曲〈Revolution〉。

區封鎖了警察已經在高喊宵禁，有些街道安靜得就連老鼠都知道最好不要出來。西京斯敦則爆發了。人們仍然想知道工黨是怎麼拿下哥本哈根城卻輸了京斯敦的。大家猜測是瑞瑪區，這個在工黨和民族黨之間搖擺的地區他們投票反對工黨因為民族黨承諾會有醃牛肉、烘焙麵粉和更多孩子可以帶去學校的作業本。帶槍到貧民窟的男人帶來了更多槍並說除非在瑞瑪區的所有男男女女跟孩子都流血否則他是不會開心的。但是當第三個黨崛起時這兩個黨都嚇了一大跳，那就是你，你在中國佬商店的電視中出現說你的命不屬於自己要是你沒辦法幫助很多人那你寧可不要，你也在貧民窟做了其他事即便你人並不在這。我不確定你是怎麼做到的。也許就跟貝斯一樣吧，是某種你看不見卻能感覺到的東西而感覺到的人都懂。但某個女人會為她自己發聲，在她自家後院嚼起舌根，咒罵她正在洗的每坨衣服和褲子，說她厭倦了腐敗的體制跟那個主義這個主義[32]而現在正是大樹遇上小斧頭的時候啦。不過她不是用說的，她是用唱的所以我們知道那是你。在貧民窟、在哥本哈根城、在瑞瑪區、當然還有在八條巷的許多人都在唱。帶槍到貧民窟來的那兩個男人不知道該如何是好因為當音樂襲擊你時你可無法反擊。

像我這樣的男孩不會唱你的歌。感覺到的人都懂，你這麼說，但你已經很久沒有感覺了。我們聽其他用施塔雷節奏[33]寫的歌，來自沒錢買吉他也沒有白人送吉他給他們的人的歌。當我們正在聽自己人唱歌時，喬西．威爾斯跑來找我，我開玩笑說他是尼哥德慕[34]吧，夜裡的賊。十三歲時他給了我一個差點從我手上掉下來的禮物因為槍的重量是另一種不同的重量，不是說很重而是另一種不同的重，冰冷、光滑、堅硬。槍不會順從你的手指除非你的手先證明夠格拿槍。我記得槍從我手上滑掉然後喬西．威爾斯跳了起來，喬西．威爾斯是不會跳起來的。這種事上次發生時乾脆地轟掉了四根腳趾，他邊說邊把槍撿起來。我想問這是不是就是他走路一瘸一拐的原因。喬西．威爾斯提醒我是他教我怎麼在民族黨的小子輕舉妄動時開槍射他們的而且很快就要輪到我捍衛哥本哈根城了，尤其是如果敵人來自家裡而不是外人的話。喬西．威爾斯從來沒辦法像音樂那樣說話，不像洛老爹也不像你，所以我笑了出來然後他揍了我臉頰一拳。給我對老大放尊重點，他說。我本來想說你又不是老大，但我保持沉默。你準備好當個男人了嗎？他問。我說我已經是個男人了但他在我說完前馬上抄起槍指著我的左太陽穴。喀嚏。我記得我緊緊縮起自己想著拜託不要尿出來，拜託不要尿出來，拜託不要看起來像個想去尿尿的五歲小孩。

換作洛老爹就會如此迅速又篤定地宰了我，就像他突然想到這件事一樣。可是如果洛老爹是在某個星期五宰了你，那他就是從星期一開始就在思考、評估、衡量、計劃了。喬西．威爾斯不一樣。喬西．威爾斯不會思考，他只會開槍。我看著槍口漆黑的O形就知道他現在大可當場殺了我然後想跟洛老爹怎麼說就怎麼說，要不他就不會這麼做。沒有人敢打賭他們覺得喬西．威爾斯究竟要幹什麼。仍然拿槍指著我太陽穴的他抓住我褲子的腰部往下拉直到屁股彈了出來。我只有三條內褲之後也不會再買，而且除非要離開貧民窟不然我也不會穿。喬西．威爾斯抓著我的褲子然後放手看著褲子掉下來，他瞧上瞧下接著又往上瞧，往上再往上然後露出微笑。你還不是個男人，但很快了，很快。我會讓你變成男人，他說。你準備好當個男人了嗎，他問，我當時確實

32 譯注：出自巴布．馬利與痛哭者樂團的歌曲〈Get Up, Stand Up〉。
33 譯注：stalag，一種雷鬼次樂風，名稱源自描述二戰德國戰俘營的電影，此字即為德文中的戰俘營之義，此處指樂風故採取音譯。
34 譯注：此處典故可參見《約翰福音》，本書聖經經文相關翻譯皆採用新譯本。

以為他是用政客那種方式在問，就像麥克．曼利會說的那樣，你們想要更好的未來嗎，同志們？所以我點頭同意於是他走開了而我跟著他走下某條再也不會有人開車經過的街因為有太多江湖傳言，也沒有半間房子只有沙子和磚頭堆，本來是要蓋廉價公寓的院子可是政府不會蓋了因為我們是工黨。

我跟著他走下這條街來到似乎是街底的地方，就在從東到西貫穿京斯敦的火車鐵軌上。在軌道旁，這麼南端的地方已經沒有東西擋住大海的景色。京斯敦可以包圍住自己，直到你可能其實已經身在海邊卻忘了自己住在一座島上。還有些貧民窟的男孩每天都會跑到海邊只為了直直跳進某種東西裡面以忘卻一切，我只有在看到海時才會想起他們。太陽正在落下卻依舊很熱空氣聞起來像魚，喬西．威爾斯往左轉，來到一間小破屋，古早以前住在這裡的人會早起封路這樣火車才能經過。他連叫我跟上都沒有，當我最後終於走進屋內時他看著我就像他等了一整天一樣。

屋裡黑夜已然降臨而地板嘎吱嘎吱又劈哩啪啦。他點亮一根火柴人後我先看見的是他的皮膚，汗溼又閃亮。好笑的地方在於你聞到汗味之後很快就會聞到尿騷味，不是清爽的氣味，而是滲入地板裡面才剛尿不久的騷味。有個男孩在角落，肚子朝下趴在地上。喬西．威爾斯或某個人綁起了他的手，又把繩子綁到他腳上讓他看起來就像把人形弓。喬西．威爾斯指著他在地上的衣服接著又用槍指著我說撿起來，可能合你的尺寸。現在你有四條內褲啦他說，我不記得有告訴任何人我有幾條內褲過。我去把衣服撿起來但喬西．威爾斯開槍了。子彈射中地板而我和那男孩都跳了起來。還沒有，婊子養的，你還沒證明你是個男人。我盯著他，這個有顆光頭的高個子光頭是他馬子每個星期幫他剃的。渾身肌肉的棕皮膚高個子，而洛老爹則是又黑又壯。喬西．威爾斯笑的時候看起來就像個中國佬，但如果你這樣講他肯定會開槍打你，因為中國佬的懶叫就像肉塊一樣小，可不像黑人的大屌。

你看到瑞瑪區的小子過著怎樣的好生活了嗎？你以為你可以買他們的牛仔褲，是吧？這是Fiorucci牌你知道的吧。你懂三十塊銀幣可以幫瑞瑪區小子買些什麼嗎？喬西．威爾斯知道那些牌子，他大部分的衣服都是他馬子從工廠的工作拿來的工廠做完衣服後運回美國這樣大家就能穿去迪斯可舞廳了，這就是美國佬會做的事，大家都知道因為她跟每個人都講。你想要這東西，他媽就給我硬起來。現在就硬起來，他邊說邊把槍塞到我手裡。我聽見那男孩在哭，來自瑞瑪區的哭聲但我不認識半個那裡的人，要是我現在看見八條巷的人應該也認不出來。現在給我硬起來，喬西．威爾斯又說了一次。槍的重量是另一種不同的重量，或許完全是另一件事吧，是種感覺不管什麼時候你握起槍其實都是槍在握你。現在，不然我就把你們兩個一起搞定，喬西．威爾斯說。我直直走向那男孩聞到他的汗臭味和尿騷味和其他東西然後扣下扳機，男孩沒有尖叫或大叫或是啊啊啊啊啊像哈利．卡拉漢殺人時那樣，他只是抽動一下然後就死了。而槍在我手上晃了好大一下但槍聲聽起來也不像哈利．卡拉漢開槍的時候，回音持續得超久甚至不會跟著電影一起結束。槍聲其實是兩塊板子拍在一起朝你耳朵快速襲來然後消失得彷彿一記鐵鎚的敲擊。

子彈射進一個男孩體內時你只會聽見噗一聲就這樣而已。我確實想殺了那個瑞瑪區男孩，我確實想要這樣勝過其他一切。我也不知道為什麼，我真的不知道。喬西．威爾斯什麼也沒說。他說再開他一槍確保他死透了，我就照做。屍體抽動了一下。射頭啦，白痴，他說然後我又開了一槍。我看不見血是不是流到地上了。槍更輕也更溫暖了，我告訴自己槍開始喜歡上我了，殺個男孩真的不算什麼。但我知道這是怎麼一回事，或許這是某種貧民窟男孩就是會知道的事吧。不是死亡而是屎尿跟血在我把他拖去扔進海裡時讓我吐了出來，三天後報紙的頭條寫著〈京斯敦港男孩浮屍：行刑式謀殺〉，喬西・威爾斯笑了然後說我現在是個大男人啦，大到上了新聞全牙買加都怕我怕得要死。我不覺得自己長大了。我一點感覺也沒有。我一點感覺也沒有這件事反而還更大條吧。不對，這也不是什麼大條的事。他告訴我別跟洛老爹說否則他就親自宰了我。

喬西・威爾斯

愛哭鬼一如往常在享受自己的好時光。他和那些白人非常處得來，真的處得很來自從其中一個給他看怎麼像個真男人而不是蠢貧民窟男孩那樣開槍之後。路易斯・強森一開始就是那樣叫他的，就像那樣。白人都帶種，我會這麼說啦。愛哭鬼跳上前去掏出把槍來，是把小小的廢物點三八就抵在白人面前卻只發覺有把更大的槍在蹭他的蛋蛋。我還是能殺了你，愛哭鬼說。你的槍在我腦袋上我的槍也在你那裡，強森說，這對牙買加人來說你會死得更慘，你說是吧？愛哭鬼看著他然後笑了出來並握了握他的手，甚至給他一個擁抱並稱他我的兄弟勒。啊你是什麼時候學會像個牙買加人一樣講話的？我記得他穿著一條Wrangler牛仔褲。美國人在離開美國後會想讓自己看起來更美國。這是發生在這間酒吧裡的事，就是佩瓊街上的粉紅女郎，這是京斯敦市區和京斯敦貧民窟之間的最後一條街，每週四都會進幾個新女孩，雖然上週的新女孩是兩年前就出現過的同一個她跳舞依然跳得像棵顫抖的香蕉樹。連托兒所員工都必須要在台上上空的時候就代表日子難過而且一天比一天還難啦。愛哭鬼也喜歡幹她。

粉紅女郎早上九點就開門，自動點唱機裡只有兩種東西，一些六〇年代的超棒斯卡和甜美的搖不停，像是海補通[35]和肯・拉撒路[36]，沒有那種拉斯特雷鬼垃圾，要是我再遇上半個不梳頭髮並把耶穌當成他們的上帝和救世主的婊子養的我可能會直接送那個小混蛋下地獄去，好好給我記住這個笑話。牆壁對粉紅來說太紅對紫色來說太粉到處還有金色斑點，是老闆自己噴漆的。現在在台上的瘦女孩是勒蕾特，她就是那個一直想跟著〈貝克媽〉跳舞的女孩。有一年波尼M合唱團[37]來牙買加時我們負責保全工作，而沒有人知道來自加勒比的三女一男可以全都看起來這麼甲，每次這首歌以合唱「她知道怎麼死個痛快！」結束時，勒蕾特都會馬上在地上劈腿然後舉起雙手比出開槍手勢，彷彿她是《他們有多囂張》裡的吉米．克里夫[38]一樣。那女孩一定是帶著她的鮑魚挺過各種千辛萬苦。愛哭鬼以前也會幹她。

她跳完舞，把內褲穿了回去然後走到我的座位來。我對女人是有原則的，如果妳的奶子比我馬子的還正身材又比她辣，我就願意跟妳玩玩，不然的話就閃邊去。已經十年了我都還沒遇過這種女人，我花了好久才找到溫妮芙瑞，這女人能生下那種我會想當兒子的男孩，因為一個男人可負擔不起到處留種啊。上星期愛哭鬼帶著叢林區某個女人幫他生的兒子到我家來，就連他都記不清楚她的名字了。那小子要不是智障就是太早開始呼麻，像隻大狗一樣流口水和喘氣。在牙買加你必須確保自己好好留種，要找不會太乾的好看淺膚色女人，這樣你的小孩才會有好的母乳跟漂亮的頭髮。

——賭你不敢來一炮？

——臭婆娘把妳的臭鮑魚拿開，妳沒看到本大爺在這嗎？

——老大，你硬了吧，嗯？愛哭鬼怎沒跟你一起來？

——我長得像愛哭鬼的保母？

她沒回答，只是走開，然後把內褲從屁股裡扯出來。我就知道小時候她媽一定有摔過她的頭，還兩次。如果要說有什麼我最受不了的事，就是別人話講得很爛；更糟的是，他們還沒有自知之明。我媽一路送我念到中學，我他媽什麼屁也沒學到，但我聽了很多。我聽電視，聽比爾・梅森[39]跟《我夢到精靈》[40]，還有每天早上十點RJR的廣播劇，雖然這是女人的玩意啦。我也會聽政客講話，不是他們對我說話然後把我當成什麼下賤貧民窟黑鬼時，而是他們和彼此交談，或是跟美國白人交談的時候。上週我兒子說，**爹地你想知道我學誰說話嗎？我去那邊看人家吵架，懂？**然後我就用力打了這小王八蛋一巴掌，大力到他差點哭出來。別這樣跟我講話好像你是牛生的一樣，我對他說。

該死的小子看著我好像我欠他一樣。這些小屁孩的問題就是出在這，一九六六年巴拉克拉瓦淪陷時他們又不在，但我已經說夠這事了。大家講話的方式都好像他們只會貧民窟的語言一樣，尤其是他。我幾年前曾在電視上看到他，這輩子沒覺得這麼丟臉過，一想到你有這麼多錢，這麼多金唱片，各種白女的口紅都印在你屌上，然後你這樣子講話？什麼**如果我的命只屬於我自己，那我就不想要了？**那就別要了啊，幹你娘，我已經準備好要動手了。

35 譯注：The Heptones，牙買加搖不停樂團，團名來自同名補藥，故如此翻譯。
36 譯注：Ken Lazarus，牙買加斯卡歌手。
37 譯注：Boney M，一九七〇至八〇年代的傳奇迪斯可團體，上一句的〈貝克媽〉（Ma Baker）即為其名曲。
38 譯注：Jimmy Cliff（1944-），牙買加斯卡及雷鬼音樂家，《他們有多囂張》（*The Harder They Come*）即為他領銜主演的電影，劇情描述一名牙買加音樂天才，本想藉音樂扭轉人生，卻遭唱片公司欺騙，因而走上販毒的不歸路，電影亦以其雷鬼配樂聞名。
39 譯注：Bill Mason（1929-1988），加拿大博物學家、導演、環保人士，以大自然紀錄片聞名。
40 譯注：*I Dream of Jeannie*，美國奇幻情境喜劇。

現在聊聊愛哭鬼，他就不一樣。他出獄第一天（那天也不是什麼出獄的好日子啦，他在戰爭爆發時出來），後口袋超鼓的。他把那東西掏出來的時候，甚至連封面上的紅墨水都有夠多，多到我問他是不是屁眼在流血，結果是他唯一能從監獄裡幹走的筆所流出來的紅墨水。我問他是不是在那本書裡又寫了另一本書。沒老兄，他說。伯特蘭羅素[41]是我上面最大尾的弟兄，大尾到不能再大尾，我不能蓋過他寫的話啦。伯特蘭羅素是一本我仍然還沒讀過的書，愛哭鬼告訴我多虧伯特蘭羅素他再也不信神了但我對這有點意見其實。

等待愛哭鬼。現在不就有個歌名啦，也可能是首暢銷金曲勒。上週我告訴他，還有碰碰、迪馬斯、赫克[42]這幾個少年仔，每個牙買加男人都在尋找父親，如果有人生下來沒有老爸，那他就會去找一個。這就是洛老爹為什麼自稱洛老爹，但他已經不能再當誰的老爹啦。愛哭鬼說那男人變孬了，但我說才不是你他媽的蠢貨，看仔細一點。那男人不是變孬了，他只是到了鏡子裡看起來是個老人不再像他自己的那個年紀了，而他才三十九歲而已。不過出來混這樣已經算老了，走了這麼遠的問題就在於他不知道該拿自己怎麼辦才好，所以他開始表現得像是他不再喜歡這個他自己也出了份力創造的世界。你不能就只是扮演上帝然後說我不喜歡人類囉就用洪水把一切沖乾抹淨重新開始。洛老爹開始想得太遠也開始覺得他應該更大有可為才對。他是最糟糕的那種笨蛋，那種開始相信事情會變得更好的笨蛋。更好的終將到來，但不是他想的那種方式。哥倫比亞人早就開始跟我談了，他們厭倦了那些瘋狂的古巴佬吸了太多他們應該只拿來賣的東西，還有那些自從他們教會自己怎麼精煉古柯鹼之後就沒三小路用的巴哈馬人。他們第一次問我要不要驗貨的時候，我說不要，**兄弟（西語）**，但愛哭鬼說好。**兄弟，古柯鹼是我在監獄裡面唯一能操人的**

方法啊，他對我說，知道貧民窟裡沒有人敢走到他面前嗆他臭基佬，而那人現在還會從監獄寫信給他勒。

人們，連那些應該更精明的人都開始覺得洛老爹變孬了，覺得他已經不在乎要捍衛黨，會落跑然後允許民族黨的人侵門踏戶，還有總是想分一杯羹的叢林區跟瑞瑪區很快就會把他們綠色的衣服漂白然染成橘色。他並沒有變孬，他想得很遠，但政客付錢給他不是要他思考的，政客東升西落你根本拿他們沒皮條。我們就是在這裡走上兩條不同的道路。他想忘掉他們，我則是想利用他們。他們覺得他已經不再在乎人民了，但問題其實在於他開始太在乎，而且已經把歌手給拖下水了。

去年，他們先打給我，叫我去城外的綠灣碰頭，我問的第一件事就是，那老爹勒？那個黑的（他們幾乎所有人的膚色都是白、棕、紅）說**受夠老爹了，老爹的時代過了，現在是新血的時代**，一副在《偷拍秀》裡演他媽的貧民窟黑道一樣。那個小王八蛋路易斯・強森還一度拿著一張便條紙但拿反了，是什麼寫在大使館信箋上的狗屁關於大使接待之類的，假裝那是什麼情報機關的備忘錄，邊讀邊對其他人微笑彷彿他確認了什麼他對他們說的關於我的屁事呢。老爹才不在乎什麼爛人命但這些智障死基佬沒搞懂的是我他媽也不在乎。麥德林[43]在二線哦。

所以我讓騙子路易斯用他的假計畫拐我。我聽著他們掛著微笑對我說他們不覺得自己可以

41 譯注：此處為配合本章敘事者沒讀書誤認，便不當作人名翻譯。

42 譯注：這個綽號應是來自二戰後二十世紀福斯公司推出的卡通《赫克與傑克》（*Heckle and Jeckle*），主角是兩隻會說話的喜鵲。

43 譯注：Medellín，哥倫比亞第二大城，本書情節中代指由哥倫比亞大毒梟艾斯科巴創立的跨國販毒集團。

信任我並在他們說給我們個徵兆時假裝我聽不懂，以為是在演聖經喔，我繼續裝傻直到他們老實告訴我他們到底想要什麼。路易斯・強森是使館那邊我唯一遇到的人，他負責和黑人保持聯絡，他高個子、棕髮，戴著墨鏡遮住眼睛。我告訴他他現在人在哥本哈根城又稱我的手掌心，要是我爽，我隨時都能幹架。我撩起衣服給他看一九六六年的歷史。左胸，子彈幾乎射中心臟。右頸，子彈直接貫穿。右肩，皮肉傷。左大腿，子彈彈到骨頭上。肋骨，子彈震得骨頭嘎啦嘎啦響。我沒告訴他我正要派人去邁阿密搞事，還要派另一個人到紐約。我也沒告訴他**我西班牙語好到知道你是全南美洲最大的笑話（西語）**，我像個蠢黑鬼一樣跟他抬槓還問了各種智障問題像是所以美國每個人都有槍嗎？美國人射哪種子彈啊？你們怎麼不把骯髒哈利調來牙買加分站勒？嘿嘿嘿。

他們給我消息，說歌手在給洛老爹錢還有他們兩個都想幹大事，在想某種方法消滅對所有像他們這種人的需求。我假裝洛老爹沒有早就告訴我自從他上次在叢林區殺了個男孩就後悔了因為他看到他正要去上學。而我跟政客還有美國人說沒問題，為了證明我是大哥中的大哥我會去做該做的事。那男的說讓我澄清一下美國政府並不支持或縱容在鄰居的主權領土上發生的任何違法或顛覆行為，他們全都表現得一副好像我不知道他們早就在計劃找抓耙子，早就在找我手下裡他們可以單獨見面的人就像夜裡的尼哥德慕並叫他在我一完成任務之後就料理我。所以我人在這裡等愛哭鬼，要聊那些只有他和我可以聊的事，因為明天我就要來處理幾個人。後天我就要幹翻這個世界啦。

妮娜·博吉斯

十七班公車，十輛小巴士，包括一台上面寫著露華濃Flex洗髮精的已經經過兩次了。二十一台計程車，還有三百七十六台車，我想。而那男人一次都沒有踏出他的屋子，甚至沒有出來呼吸點新鮮空氣，或是確認保全有在做事，甚至也沒有告訴太陽，等等我老兄，本人有些重要的工作要做。騎著萊姆綠小綿羊的男人在傍晚回來而他們再次打發走他，不過是在他下車並和大門口的人講了兩分十七秒的話之後。我有幫他計時，丹尼的錶還能用，不過直到我有次在新天地飯店吃午餐撞見一名以前的同學，胸部雖然下垂得像隻疲憊的山羊但依然是個自大的臭婊子，才發現天美時錶**和我爸他上週送給奧頓絲紀念她為我們家辛勤服務了十五年**的是同一隻錶。這個賤人是在說我很廉價。我想告訴她那她現在變成已婚婦女想必很快樂囉因為她再也不用擔心需要看起來很迷人了，但我露出微笑並說，我希望妳的孩子會游泳因為我剛看見他往泳池跑了。

我希望他們能發明你可以帶著走的電話，這樣我就能打給金咪問她去看她可憐的爸媽了沒還有在更糟糕的事情發生之前我們到底該不該離開這個國家。我懂金咪她很可能終於穿著她的大麻大學上衣和牛仔褲出現，就是屁股蛋都露了半個出來的那件，並邊叫老媽她的姐妹邊說這全都是那個腐敗爛國家機器的計畫，他們應該生氣的對象不是那些搶匪而是那個先搶了他們的腐敗國家機器。他們在那個叫作西國王住宅區的亂糟糟社區裡的十二支派集會所就是這麼說的，那地方就在女王代理人的家附近[44]。我的嘲諷功力真的得再進步一點才行。我可能是個勢利鬼，但至少我不是偽君子，我還在四處亂晃，因為既然我睡切．格瓦拉並幫他生小孩的畢生夢想就這麼在我眼前破滅那我現在也沒別的事可幹了。我也不想和西國王住宅區的那些有錢人混，他們現在都不洗頭了還自稱本人故意讓他們的爸媽不爽，可是每個人都知道兩年內他們就會回到老爸的船運公司接班，然後迎娶隨便哪個剛贏得牙買加小姐頭銜的敘利亞婊子。

第三百六十七台車，六十八，六十九，七十，七十一，七十二。我必須回家，但我還待在外頭這裡，等待著他。你有沒有跟我一樣想過家就是那個你不能回去的地方？就像你起床梳頭髮時對自己許下承諾，說今天晚上等我回來之後我就會是個在嶄新天地的全新女人了，而現在你不能回去因為家裡對你還有期待。一輛公車停了下來，我揮手打發，試著告訴司機我並不想上車，但是公車還是卡在那裡，等我上車。

我往後退並看著地面，假裝大家沒有在公車裡幹譙著他們有家要回啊還有一堆孩子要養所以這個他媽的臭女人是為什麼不上車。我走開，走得夠遠到讓公車可以開走，但在塵土落下之前又走回了公車站。

路對面的貝斯聲讓我雞皮疙瘩都起來了，聽起來他好像整天都在彈同一首。歌聽起來像是另一首關於我的歌，不過現在全牙買加大概有二十五個女人還要加上世界上另外兩千個女人只要每次他的歌出現在廣播心裡想的都是同樣的事吧。可是〈午夜狂歡客〉真的是在寫我。有天我一定要告訴金咪然後她就會知道，是吧，知道只因為她是最正的並不代表她能得到一切。一輛在繞圈的藍條紋白警車停在大門口前，我甚至沒看到車子開過來。牙買加警察一天到晚總愛鳴他們的警笛，只為了要大家讓路這樣他們就能早點到肯德基去。我從來沒跟警察打過交道。這不是真的。

有那麼一次我搭著八十三路公車到西班牙城去面試因為那時候是一九七六年，你只要能找到工作就會去做而那是間鋁礬土公司，結果三台警車對我們鳴笛並逼迫司機在高速公路上就地停下來。**所有人都給我下車，現在立刻馬上**，第一個警察說。就在高速公路上耶，什麼都沒有只有一條窄窄的路兩旁都是沼澤然後每個人都必須魚貫下車。大多數女人都開始幹譙說得準時去上班啊，大多數男人則默默站著因為警察只有在開槍射女人時才會三思。**這是搜查**，那警察說。**我們會按照程序詢問各位的名字**。

——啊妳叫什麼名字，甜心？

——不好意思？

——妳啊，這位左搖右晃的辣妹，妳叫什麼名字？

——博吉斯，妮娜・博吉斯。

——我還龐德，詹姆士・龐德勒，還以為在演電影啊。妳下面那邊有藏什麼武器嗎？等等提醒我記得搜妳身。

——等等提醒我記得尖叫強姦哦。

——反正他媽的有誰會在乎啦，哈？

他叫我回去另一個女人旁邊，另一個警察則用槍托砸了其中一個開始嚷嚷起平權和正義的男

44 譯注：應是指牙買加總理辦公室。

人。有個關於警察牙買加人絕不會大聲說出來的祕密，所有被迫必須和這些渾球打交道的牙買加人啦，不管在什麼時候，只要有人中槍，而且很多人真的會中槍，都會有一部分的我，在喝晨間咖啡之前的那個我，露出一絲微笑。我搖頭把這個想法驅走。我在想大門口的保全此時此刻是不是正在跟警察說，我整天都待在公車站這裡監視著房子。不過反倒是某個人說了什麼話，接著那個胖警察，總是會有個胖警察的，爆笑出聲而他的笑聲一路迴盪到路的這一側。他離開門口走回他的車子，但裡面有某個人對他大喊。我知道是你，一定就是你。有台車從我所在的這一側開過來，距離九十英尺吧？我在車撞上我之前一定可以閃過而我知道那是你，我就是知道，那台車，現在剩四十英尺了？跑吧，現在快跑，他媽的別對我按喇叭，狗娘養的幹，跟你的死老媽一樣聾了嗎我在分隔島上路的另一側有太多他媽的車了我卡在中間跟班．岡恩[45]一樣智障而我只是想要你看見我，是你，一定是你，快想起我，〈午夜狂歡客〉是在寫我就算那時已經過了午夜你也可能不知道我在白天的時候長怎麼樣，我只是想請你幫個忙而已，我只需要你幫個小忙，他們搶了我爸還強姦了我媽。不他們沒有強姦她，不我不知道，但是每當老女人的穴被亂搞故事聽起來就會更緊急，而我知道那是你沒錯，那個警察在等，太好了幹真他媽的太好了他就要出來外面了，結果不是你。另一個保全跑到外面跟他說了什麼然後那個幹他媽的死肥警又笑了出來並把他的肥屁股挪回車裡，我卡在分隔島上，車流從我身旁呼嘯而過吹起了我的裙子。

——哈囉，我是來找——

——訪客禁止。現場導覽下週就會恢復了。

——不是，你沒聽懂，我不是來參加導覽的，我是來見……他在等我。

——女士，除了親屬和樂團成員之外沒人能進去。妳是他老婆嗎？
——什麼？當然不是啊，這是什麼鬼問題——
——那妳會彈樂器嗎？
——我看不出這有什麼關係，只要告訴他妮娜．博吉斯來這裡找他而且事情很緊急就好了。
——女士，妳想叫叔比狗也沒問題，但就是沒人能進去。
——但是，可是……我……
——女士，請妳離開大門口。
——我懷孕了，是他的孩子，他必須關心一下自己的孩子啊。
保全今天一整天第一次認真看著我，我以為他要認出我來了直到我發覺他真的是第一次看到我。他同時也上下打量著我，或許是想知道哪種女人才能幫像他這樣的巨星生孩子吧。
——妳知道從星期一開始有多少女人跑來這裡跟妳說他媽一模一樣的話嗎？某些人還挺著個大肚子給我看勒。我說啊，訪客禁止，除了親屬和樂團成員之外。下星期再回來吧，我很確定孩子在那之前是不可能跑去邁阿密的，如果有什——
——艾迪，閉上你的狗嘴去顧好門啦。
——但這女人不想走啊。
——那就把她弄走。

---

45 譯注：Ben Gunn，史蒂文生經典名著《金銀島》裡的瘋子。

我快速往後退。我不想讓這些男人中的任何一個人碰我，他們總是會先摸屁股或胯下。我身後有輛車停下來一個白人走了出來，有那麼一秒鐘我差點大喊出丹尼，但這男人只是另一個白人而已。他的頭髮又棕又長，下巴留著一小撮鬍子，我以前還滿喜歡這樣的不過丹尼不愛。他穿著一件黃色的素T跟藍色緊身喇叭牛仔褲。或許是因為炎熱的天氣吧你可以看得出來第一點他是美國人，還有第二點美國男人痛恨內褲的程度超越美國女人痛恨胸罩。

——幹他媽的。看過來，塔菲，耶穌要復活囉。

——三小？可是我還沒懺悔呢。

那個白人似乎沒有聽懂這個笑點。我讓出路來，或許有點太過浮誇了。

——嘿老兄，我《滾石》的艾力克斯．皮爾斯啦。

——乖乖在那等著，你這緊身牛仔褲耶穌，耶和華知道你在說謊嗎？已經有兩個滾石的人來了，一個叫基斯一個叫米克，他們沒半個長得跟你一樣。

——但他們倆長滿像的，艾迪。

——這倒是，確實。

——我是《滾石》雜誌的人啦，我們通過電話。

——你才沒跟我通過半通電話。

——我是說，某個辦公室裡的人跟我通過啦，他的祕書還什麼的我怎麼知道。我可是那個雜誌的人耶？美國的雜誌你知道嗎？我們報導過一堆人從齊柏林飛船到艾爾頓．強都有。我不懂耶，祕書叫我十二月三號晚上六點來，說他那時候會是排練的空檔，我現在來啦。

——老哥，我可不是什麼性感祕書。

——但——

——聽著，我們有嚴格規定，除了親屬和樂團成員之外沒人可以進出。

——噢。為什麼每個人都有自動武器？你們是警察嗎？你看起來不像我上次來時的保全。

——關你屁事，你現在最好快點滾。

——艾迪，那男的還在大門口煩你？

——他說他的雜誌是報什麼蕾絲邊飛船還有艾爾頓．強的啦。

——不是，是齊柏林飛船跟——

——叫他快滾。

——不如我來幫你一把如何？

那白人把他的錢包拿出來。我只需要十分鐘，他說。死美國佬總是覺得我們跟他們一樣而且每個人都有個價錢。就這麼一次我很高興保全是個死渾球。但是他正看著美金，看了好一段時間。你就是無法拒絕美金，無法無視這張紙比你皮包裡所有東西都還更值錢的事實。只要你掏出一張來，就能改變整個空間裡所有人的行為。這感覺就是不太對，那只是一張除了綠色什麼顏色也沒有的紙。天知道漂亮的紙鈔並不是唯一沒有用的漂亮東西。保全看了那疊紙鈔最後一眼，便走向屋子的門口。

我輕輕笑了出來。當你無法抗拒誘惑時，那最好是逃跑囉，我說。那個白人盯著我，一臉不爽，而我就只是繼續笑著。這事可不是天天都會發生，竟然有牙買加人看到白人的時候不會馬上變成是的主人我現在就去幫您搞定主人。丹尼以前對此非常震驚，直到他也開始喜歡上這件事。當白皮膚變成最好用的通關護照時真的是他媽的。我有點驚訝自己感覺有多爽，我和這個白人都像乞丐一樣被擋在外面，至少在這個層面上我們是同一個等級。你以為我沒跟白人相處過嗎，或至少是那些自以為是白人的敘利亞人啦。

——你從美國大老遠飛過來就只為了寫篇歌手的報導啊？

——呃對啊。他現在是最大條的故事。有多少明星為了這場演唱會來這裡，多到你會以為是胡士托勒。

——哦。

——胡士托是——

——我知道胡士托是什麼。

——哦。嗯牙買加今年上遍了新聞，還有這場演唱會，《紐約時報》才剛做了一篇報導說牙買加的反對黨領袖被槍殺，就在總理辦公室那邊，沒騙妳。

——真假？這對總理來說肯定是個新聞，因為反對黨根本沒理由去他辦公室啊。再說那是在上城，就在這條路上。那裡才不會有人開槍。

——報紙可不是這樣說的。

——那肯定就是真的囉。我猜如果你寫的都是垃圾，那你就必須相信你讀到的所有垃圾。

——別這樣啦，別對我這麼不爽。我又不是什麼他媽的觀光客。我了解真正的牙買加。

——那還真棒，我一輩子都住在這也都還沒找到真正的牙買加。

我離開房子但那白人一直跟著我。這裡只有一個公車站吧，我猜。或許現在金咪已經去探望她該死的父母了，他們被搶了而且她媽很可能被強暴了。但是一走到另一側我就想要留下來。我也不知道。我知道我沒理由回家，不過這和其他日子也沒什麼不同。我只不過是需要記住每一則有家庭被人開槍的頭條、宵禁的公告、某些女人被強暴或是犯罪怎麼像一波浪潮一樣往上城延伸的新聞報導，然後把我自己嚇個半死。或是我媽和我爸試圖想假裝好像那些搶匪沒有奪走某種他和她之間永遠都存在而且也只屬於他們的事物，我和他們待在一起的那一整天他們沒有碰觸彼此一次都沒有。

那白人搭上了第一班來的公車。我沒有搭而我告訴自己這是因為我不想和他搭同一台公車。但我知道我也會錯過下一班。再下一班也一樣。

迪馬斯

有人必須聽我說而這個人很可能就是你。在某個地方，以某種方式，某個人將會審判活人和死人。某個人將會寫下有關善惡的判決，因為我是變態的人是邪惡的人而沒有人比我更邪惡更變態了。某個人，也許四十年後上帝來接我們所有人沒有拋下任何人的時候，某個人將會寫下這些事，在某個星期天下午坐在桌子前木地板嘎啦作響冰箱發出嗡嗡聲但他身邊沒有鬼魂不像我身邊無時無刻都有鬼魂而他將會寫下我的故事。可是他不會知道要寫什麼，或是該怎麼寫因為他沒有經歷過，也不知道無煙火藥聞起來怎麼樣或鮮血嘗起來如何當血就這麼固執地卡在你嘴裡不管你吐多少口水都沒用，他連一滴血都沒有感覺過。沒有印度鬼魂會睡在他身上並用夢遺愚弄他當她從他的嘴巴吸出他的生命即便我咬緊牙關當我起床時我整張臉依然充滿黏稠的口水就像某個人剛剛把我插進果凍裡然後把我冰進冰箱。施洗者約翰看見他們到來。現在惡人在逃跑[46]。

一切就是這麼開始的。

某天，我在叢林區，在我家外面的消防栓邊只是想在清晨沖個澡而已，因為一個人出去找工作時可不能聞起來臭烘烘的。我在外頭的後院，廉價公寓的後院只有我一個人而我正想用肥皂跟水把自己給洗乾淨，這時警察衝了進來因為某個女人，某個上教堂的女士說她只是要去奉主之名祈禱而已，警官，可是某個叢林區臭氣沖天的貧民窟男孩出現在我面前強姦我，警官。你，你這個跟變態一樣在玩自己懶趴的小子現在給我過來這裡！我試著跟那警官講道理因為耶拉斯特法理說我們必須和敵人講道理於是我說，警官啊你沒看到我在洗澡嗎我在洗澡啊然後他直接走過來用槍托狠狠砸了我嘴巴一下。別他媽跟我講這些屁話，你這髒鬼，他說。像個他媽的死基佬一樣在那邊玩自己爽自己啊。接著他說是你強姦了北街的教堂女士吧？而我說了什麼？沒老兄我不強姦女人的，我有那麼多女友幹嘛要去強姦別人啊但他打了我一巴掌像我是個娘們然後說到外面去。我說警官讓我沖乾淨或是至少讓我穿條內褲吧老兄然後我聽見喀噠聲。快走，王八蛋，他說，所以我就走了外頭還有七個男人排排站有人在圍觀某些人看到我就別過頭去有些人繼續盯著看而我身上所有能維持體面的東西就只有肥皂泡泡而已。你趕在他把證據洗掉之前抓住他了，另一個警察說。

警察，我數了數總共有六個，說你們其中一個人是骯髒的強姦犯，在上教堂的女士們讚美完上帝的回家途中強姦了她們，因為你們全都是愛說謊的骯髒貧民窟傢伙所以我甚至不會要那個有罪的犯人站出來。我們都不知道該怎麼辦，因為要是我們其中一個被說是強暴犯那警察在他到監獄之前就會斃了他。接著一直講個沒完的第一個警察說，但我們知道該怎麼抓到你。你們所有人現在給我趴到地上去！我們一頭霧水所以我們左顧右盼而我看著肥皂泡泡一個接一個破掉露出我的那玩意。那警察對空鳴了兩槍說現在就給我趴到地上！於是我們就趴下了。他跟另一個警察要了一個打火機然後抓住一張飛下路面的報紙。現在聽好我要你們所有人幹什麼，他說，我要你們

46 譯注：出自《箴言》二十八章一節。

全部給我好好幹死地板。我們其中一個人笑了出來因為情況顯然變成什麼電視喜劇了，但那警察馬上朝他側腹踢了兩下。我說給我幹地板，那警察說，所以我們幹起地板並在他說不要停的時候繼續幹，地板很硬又有鵝卵石跟瓶子跟塵土我的髖部直接撞了上去我的皮膚也開始磨破所以我停了下來。誰叫你停下來的那警察說然後點燃報紙。幹，幹，幹，我說給我幹，那警察邊大叫邊把燃燒的報紙丟到我屁股上，我尖叫出聲他說我是個娘們。我叫你幹你就幹，他說。接著他燒了另一個男孩又一個男孩而我們所有人都在幹地板。

再來他沿著隊伍邊前進邊說，你是會不會幹，給我回家。你也不會幹給我滾。你看起來像是能幹的哦，留下來。你走，你走。等等，你等一下，你動得樣子好像你才是被幹的那個。死基佬，滾吧，還有你，你最好給我留下來。他說的是我。他們抓了我們之中的三個人把我們丟到廂型車後面而我還是什麼都沒穿。我跟他們要上衣警察說好啦，老兄，我們會幫你找件女用內褲的。我馬子帶了褲子和衣服來，某個警察跟我說。但這看起來好到不像貧民窟的衣服所以我們留下了，他們說。然後有個警察打了她一巴掌並說去找點事做吧妳不要再搞貧民窟男人了。我們在監獄待了一週他們才放我們出來。他們踹我的臉，用警棍揍我，抽我的蛋蛋，用九尾鞭打我好像他們是什麼奴隸主一樣，還折斷了我兄弟的右手。這只是第一天他們還打算好好對待我們的時候，這整段時間我依然什麼都沒穿光著身體他們看著我的裸體取笑我。

以下是第七天發生的事：那女人改變了心意，說強姦她的是川屈鎮的人而她不想提告於是他們就放我們走了。監獄裡沒半個人跟我講話而警察連抱歉也沒說。所以我第一次回到哥本哈根城之後有個警察跑來，開了他的左輪手槍說他是在維護安寧時，我也確保了我自己有槍。他們不知道的是我在貧民窟時學會了一手好槍法，就像《決死突擊隊》[47]裡的士兵一樣，我看了那部電影然後看了又看看了又看看了又看。等到警方放棄並逃出叢林區的時候我射中了他們之中的兩個人，一個在腦袋另一個在蛋蛋因為我想要他活下來但他的屌卻一輩子都沒鳥用啦。

事情就是在這裡發生的。歌手弟兄，不對不是他是另一個人，留話叫我們去歌手他家。光是這件事就不尋常。那個拉斯特現在去上城了，而且只有特定人士會受邀他們所有人都是大人物或一流的槍手。但這次不是那個拉斯特，而是那個弟兄邀請了赫克而赫克說他還需要五到六個人和他一起去。歌手的房子是我見過最大的房子，我跑上去摸牆壁只為了能說我碰過這牆壁。那趟旅程中有好多第一次多到我甚至不記得其中大部分了，我第一次去上城，我第一次在希望路上，我第一次看見這麼多女人穿著漂亮的衣服在街上走來走去，我第一次看見歌手的房子，我第一次看見白人女人看起來像拉斯特，我第一次見識到那些有錢人是怎麼生活的。但是歌手從來都不在那裡，只有那個弟兄和一大群我以前從沒見過的人，甚至還有白人。他說事情很簡單。賽馬在牙買加是件大事，大家都知道。事情必須這樣子發展：冠軍騎師可能會贏得比賽，也可能不會贏，但要是你賭他不會贏，雖然風險很高但要是他真的輸了，那你就會發一筆你做夢都沒想過的大財，就算你做兩次夢也想不到，錢多到貧民窟的每個男人都可以幫他馬子買張超棒的席伊麗床墊。

我才不在乎什麼床墊。我只想在屋裡面洗澡不用到外面去我還想要看自由女神我也想要Ｌｅｅ牌的牛仔褲而不是什麼蠢蛋在上面縫個Ｌｅｅ牌子的蠢牛仔褲。不對這不是我想要的。我想

[47] 譯注：*The Dirty Dozen*，一九六七年上映的美國戰爭片。

要的是夠多的錢多到讓我不再想要錢，在外面洗澡只因為我他媽就是爽在外面洗澡，還能說席伊麗床墊根本就是垃圾，怎麼樣你們沒有更好的了嗎？可以看著美國但不要去，但是讓美國知道我爽什麼時候去就什麼時候去。因為我已經受夠人們活得像是他們可以隨便浪費錢看著我好像我是什麼動物一樣。我想要夠多的錢這樣當我殺死他們的時候我身上有現金什麼屁都不用在乎。綁了那個騎師，跟他講點道理什麼的，那個弟兄說。

比賽日是星期六。星期二時，赫克載我和另外兩個人到開瑪那斯公園賽道。冠軍騎師一練習完走到他車子那裡時我們就衝到他面前，用袋子套住他的頭，把他推到車上然後載走他。我們帶他到市中心一間不再有人使用的舊倉庫。赫克把槍管塞進騎師的嘴裡塞得深到他都噎到了。

——王八蛋，你星期六就是要這樣做，他說。

騎師連輸了三場比賽，然後跳上往邁阿密的班機跟變魔術一樣消失了。但接著還有其他人也消失了。那四個在開瑪那斯公園負責收錢的人，包括那名弟兄在內。結果我、赫克和其他好幾個人都兩手空空。真的什麼屁都沒有。我以為我已經夠賭爛了，直到我看到我兄弟把一個好立克瓶子用力擠爆，還得去縫上好幾針。等到星期六我們去到歌手家因為總要有某個雞巴人把我們應得的給我們，可是歌手巡迴去了。再下一次我們去歌手家時他在但我們聽說他已經跟叢林區的人見過面，沒人跟我或赫克說過這件事，這些人又再耍我們。甚至沒人注意到我和赫克讓他們其中一個小子人間蒸發。但現在似乎有些人看起來拿到錢了，而我們現在又什麼屁都沒得分。早知道我就不要跟我馬子說任何事，因為現在我也成了另一件讓她心情不爽的事。我一想到那個帶著錢落跑到國外的老兄我他媽就想把這整棟在希望路上的房子全都燒掉幹。他們就是這樣搞的，他們就是這樣讓其他人永遠沒錢的。

喬西·威爾斯第一次找上我時，他問我會不會用槍。我要笑死。我用槍比隔壁老王用他的屌還強，我說。他又問我殺人會不會有任何問題。我跟他說不會，但我只殺條子或是誆我的人，我已經殺了三個人在殺到十個人之前是不會停手的。他問為什麼是十個而我回答因為十聽起來像是連上帝本人都會覺得沉重的數字。他說很快的，很快我就會餵警察給你就像我餵蛇吃老鼠一樣。我告訴他我的腿從坐牢時就開始痛現在已經痛了一年都沒停過。他朋友愛哭鬼說，我現在馬上就可以治好啦。第一次之後，我很快就喜歡上這種如此愉快的感覺以至於從那時起我幾乎就像個娘們一樣求他給我更多的古柯鹼。疼痛消失了，跟我呼了一點大麻時一樣消失了，但大麻會讓我遲鈍，古柯鹼則讓我變得更靈敏。我說，可是等一下，這也太好了吧，你們要給我白粉、槍、錢去殺那些我本來不用錢就會殺的人？今天四月一號是不是？喬西·威爾斯說，不是的我的兄弟，我們要用警察的血把京斯敦給染紅，但我想先來點其他人的血。

這就是我在那個作家幫我說之前想說的事。當疼痛實在太強烈時能幫我的只有強效大麻，另一個唯一能幫上我的就是歌手。他們從來不會在電台上放他的歌，某個照顧我的女孩給了我一捲卡帶。並不是說音樂會帶走痛苦，而是當音樂播放時我感受到的就不是痛苦，而是感受到旋律。但喬西·威爾斯昨晚告訴我我們要去殺誰後我回家就吐了。我在早上醒來想著這一定是個又蠢又可怕的夢，直到他在我門前留下訊息要我在海邊舊鐵軌邊的破屋跟他見面。我是個邪惡的人，我是個變態的人，但要是我早知道他想幹掉的是歌手那我絕對不會攪和進來。這讓我的頭有夠痛前所未有的痛，現在我根本睡不著，我躺在我房間裡睜著雙眼聽著我馬子在睡夢中打呼。

當月亮升起一道月光射入窗戶切開我的胸膛時我知道上帝會來審判我。殺警察的人沒半個會下地獄但殺歌手就是兩碼子事了。我放任喬西．威爾斯跟我說歌手就是個偽君子，還有他兩面下注把所有人當白痴在耍。我放任喬西．威爾斯跟我說他有更遠大的計畫還有我們是時候不用再當白人的貧民窟走狗了那些白人住在上城根本就他媽的不在乎我們只有選舉時才在乎。我放任喬西．威爾斯跟我說歌手是民族黨的走狗在捧總理的懶趴。我放任喬西．威爾斯跟我說再取三條命而我不在乎是誰。我也放任喬西．威爾斯跟我說那弟兄回來了。他也住在歌手家裡就像隻腦滿腸肥的家鼠只會死在我手上而且只有我才能讓他了解為什麼你不該耍叢林區男孩。當早晨來臨時我還醒著而這就是我腦中所想的。一切都夠了。我要把槍插進他的屁眼然後他媽的賞他一顆子彈。

我坐在床上度過了整個白天邊聽我馬子抱怨都沒東西可以吃了還有她要去工作因為要是民族黨又勝利那她就沒辦法找到好工作了。我等到她離開後才穿上長褲到外面去。自從警察上次逮捕我之後我就再也不在消防栓旁邊洗澡。外頭，還沒日正當中，所以外頭明亮、生嫩、冰涼。我赤腳走下巷子，經過鋅籬笆和木籬笆還有大家用石頭、磚頭、垃圾支撐的鋅屋頂。有工作的人和找工作的人都走了，留下那些找不到工作的人因為這是個工黨城市而現在是民族黨當權。我繼續走。等我走到叢林區邊緣時，幾乎是日正當中了而我聽見音樂和某個人的收音機。迪斯可。我也聽見溼溼的擠水聲，有個女人在她家後面手洗衣服，就在消防栓附近。感覺就像我半個人都不認識或我認識的每個人都走了。

喬西．威爾斯和我見面時問了我兩個問題。我正從叢林區往下走到垃圾場，他開著一輛白色的達特桑然後停了下來。車裡還有另外兩個人，愛哭鬼跟另一個我還是不認識的人。他說他聽說我很會用槍並問為什麼，因為貧民窟的男人都只會亂掃射一通而已。我說我這麼屌是因為我跟他們不一樣我有特定想殺的對象。然後他說，你很屌沒錯但很多人都很屌，我想知道的是你夠不夠飢渴。他不需要跟我解釋，我完全知道他在說什麼。那是一週前的事情。我每晚都在鐵軌旁的破屋跟他見面。有天夜裡出現了一個白人說碼頭那有批貨沒人在監視如果這批貨發生了什麼事那還真是可惜啊，但這裡是牙買加，對吧？東西無時無刻都在不見。

這就是你需要知道的。必須有人知道我是從何而來，雖然這其實也沒有任何意義。那些說自己沒有選擇的人只是太孬不敢選擇而已。因為現在是晚上六點鐘。我們再二十四個小時就要去歌手他家。

艾力克斯・皮爾斯

像這樣的差事有自己的魅力所在。我人在京斯敦，第一錄音室和黑色方舟[48]之間的某個地方，想著嬉皮看著此情此景會硬起來肯定有個原因。我是說，窮小子什麼都做不了只能去搖滾樂團裡唱歌嘛。但有錢的小子就是另一回事了，他可以不用再剪頭髮，跟幾個胳肢窩毛茸茸的小妞廝混稱自己是嬉皮，把有辦法隨隨便便加入又拍拍屁股退出跟幹他媽就這麼做吧的決心混為一談然後自稱是拉斯特法理派啦。之後他再跑去聖巴瑟米、茂宜島、尼哥瑞爾、瑪利亞港，在蘭姆潘趣酒之間黏著人家不放。我他媽一直都超討厭嬉皮的。更糟的是，現在還有有錢得要死的牙買加人在學嬉皮模仿拉斯特，幹這是三小。但是嘿，這裡畢竟是牙買加，至少大家都該聽點大傢伙跟吉米・克里夫之類的。

可是當我真的來到這裡，一年來的第一次，電台裡唯一播的東西卻是**再來再來再來，你喜歡嗎你喜歡嗎**[49]，我還想說是不是轉錯台了。我調到另一台結果播的是**貝克媽她知道怎麼死個痛快！**再轉到FM電台竟然是**飛吧知更鳥飛飛飛飛上天！**[50]我問飯店打雜的小弟，那我到底要去哪才能聽到大鑽石三重奏或是迪林傑[51]啊？他看著我彷彿我剛問的是可不可以幫他吹喇叭一樣然後說並不是每個牙買加人都有在賣大麻，先生。就連ABBA合唱團在這裡都比雷鬼音樂還紅，我聽了〈跳舞皇后〉這麼多次都覺得自己他媽的快變同性戀了。

我住在天際線飯店，這間飯店擁有絕致景觀，可以一覽……前面的那間飯店。在京斯敦你只要走下這條街就會看到黑人白人還有一大堆混血兒，而他們全部都住在同一間飯店，不然就是住在歌手家或住在街上。就連電視上報氣象的人都是黑人。你在美國本土隨時隨地也都會看到黑人，沒錯，但你並不會真的看見他們，當然也不會是在報新聞啦。你無時無刻都會在廣播上聽見他們但只要曲子一結束，他們就消失了。他們也會上電視，但只有在某個人表現得像是個騙徒或某個人故意讓他們說要爆炸啦！可是牙買加截然不同。

有個牙買加人上了電視。一個白人女人剛贏得世界小姐后冠，但她來自這裡，她剛說歌手是她男朋友而她已經等不及要回家和他團聚了。沒開玩笑。這座城市住著一些性感小野貓，她們全都超會跳舞，就連窗外的交通都有種韻律。這個再加上大家都會用方言彼此「問候」來「問候」去，美國人在度假勝地也會用牙買加方言「問候」一下，並覺得他們這樣比較酷因為他們找了個女版星期五來幫他們編頭髮（不是來自電影，這是某種《魯賓遜漂流記》的狗屁黑人貼身男僕，沒開玩笑，當我第一次聽到的時候連飲料都不小心打翻了他們還用奇怪的表情看著我），還學會怎麼跟真正的牙買加人一樣講話，真的是拜託哦老兄。

48 譯注：Studio One與Black Ark，兩者皆為牙買加著名雷鬼廠牌。
49 譯注：出自美國歌手安德麗雅．楚（Andrea True, 1943-2011）一九七六年的迪斯可歌曲〈More More More〉。
50 譯注：出自德國迪斯可團體席爾瓦合唱團（Silver Convention）一九七五年的歌曲〈Fly, Robin, Fly〉，和前兩首歌相同，指的是敘事者想聽牙買加雷鬼樂卻怎麼轉都是迪斯可。
51 譯注：Dillinger（1953-），牙買加雷鬼音樂家，本名Lester Bullock，藝名便是取自同名的著名美國江洋大盜。

形形色色的人都在這裡來來去去，言談交流間帶著某種滑溜的搖擺，但沒有人會忘記自己的位置。如果你跟飯店裡足夠多的人聊過天，你就會獲得白人的待遇，大家對你犯的錯彬彬有禮因為他們就是受到這種訓練跟你講話的。因為這一切全都和種族有關，所以總是他媽的一定會搞砸。有次一個黑人請打雜的小弟幫他提行李，結果小弟看都沒看他一眼直接走開，那人於是開始鬼叫說這簡直就是戀奴癖的湯姆叔叔[52]之類的鳥事活生生上演啦，這時大家才明白他是美國人。即便如此，打雜小弟還是要求要看他的房間鑰匙。出去到街上情況也是一樣，直到你走得夠遠人們才會變得真實。

話雖如此，這裡畢竟是牙買加而這個地方真的是屌爆了。賽吉．甘斯柏[53]那個一直做垃圾唱片並到處上超辣正妹的醜法國佬就有個故事，反正說他來牙買加是因為想做雷鬼音樂就是要來這結果錄音室那些雞巴人都快笑死了叫他滾蛋，行嗎？覺得這他媽瘦巴巴的矮法國佬以為他是哪位啊。賽吉說可是我是最大咖的流行歌手耶，他們說我們他媽的又不知道你是誰，我們唯一知道的什麼鬼法國歌只有〈我愛你〉啦。賽吉回說，〈我愛你〉，那就是我唱的啊。從此之後甘斯柏在京斯敦就宛如上帝了，沒蓋你。所以我現在來到一號錄音室並問這邊的某個人可不可以幫我倒杯咖啡，黑咖啡不加奶，結果他說，三小？你手殘是不是？要喝就他媽自己去倒。真的是太經典啦，老兄。

我應該要跟在米克．傑格屁股後面跑才對不過反正也沒人會說《黑與藍》是張被誤解的神作啦，十年內不會，二十年內也不會，而且我是白紙黑字這麼說哦。反正他跟基夫都他媽給我去死吧，《滾石》雜誌的「隨機便條」欄位八卦狗屁也一起去死一死吧。我離某件大事的內幕消息都這麼近了，簡直是〈末日時刻〉[54]嘛，不蓋你。全世界最繁忙、最重要的音樂活動就要炸開啦，而且不是在排行榜上。那個歌手，他正在策劃什麼事，不只是和平演唱會而已。我在上城和下城投入了好幾年時間跟好些功夫才向大家證明我不是什麼在凌波舞派對等大家和我講話的蠢白人，櫃檯那個死京斯敦娘炮甚至不知道唐·卓蒙德[55]是誰，但還是一直跟我說我可能需要的一切都在新京斯敦了。

還有這件事也是，所有牙買加人，不只是在飯店工作的那些人，還有那些總在餐廳喝蘭姆酒的膚色比較淺的人和白人，跟那些一看到我的相機第一個問題都是我是不是《生活》雜誌的人，接著都會告訴我哪邊不要去。但如果你去他們去的地方，那你最後就會出現在鬣蜥俱樂部，那裡播著該死的〈迪斯可鴨〉還有無聊的有錢婊子才剛打完網球就想要打炮。當我告訴他們我願意花錢詢問唱盤俱樂部在哪，他們就會一臉震驚地看著我，更糟的是我根本懶得問路，因為我知道他們也不會知道。我幾個小時前才剛問門房，要去哪裡看即興演出？他回答，我原文引用喔沒在跟你開玩笑：「先生，為什麼您想去結交那些三教九流呢？」我差點脫口而出說他媽的老兄你去吃屌吧，屌很讚。但這個故事，真的也滿屌的吧。

我坐在開往飯店的計程車上然後計程車司機問我賭不賭馬。我不是個愛賭博的人，不過他

---

52 譯注：典故出自美國奴隸文學名著《湯姆叔叔的小屋》。
53 譯注：Serge Gainsbourg（1928-1991），法國殿堂級流行音樂歌手。
54 譯注：牙買加雷鬼音樂家威力·威廉斯（Willi Williams，1953-）的歌曲〈Armagideon Time〉。
55 譯注：Don Drummond（1934-1969），牙買加斯卡伸縮喇叭手，同時也是「斯卡衛星」的創始團員。

是然後來猜猜看他幾個星期前在賽道那裡看到誰了勒？歌手。他和兩個男的一起，其中一人自稱洛老爹。我稍微研究了一下這個洛老爹，勒索、敲詐、五件謀殺，只有一件進行到審判階段，無罪開釋，掌管某個叫哥本哈根城的貧民窟。所以歌手在那裡，還有另外兩個來自一個他不應該支持的政黨的傢伙，他們廝混在一起像學校老同學之類的。接下來幾天，有人看到他和幫派老大出去，那人是八條巷的教父，八條巷是由另一個黨、另一邊在控制。一週見了兩個大咖罪犯，這兩人幾乎可以說是一人一半各自掌控了京斯敦市區彼此爭鬥的勢力。或許他只是想當和事佬吧。我的意思是是，他不過就是個歌手啊。但事實是我已經領悟了檯面下的暗潮洶湧，知道在牙買加從來沒有人只是表面上看起來那樣子。有什麼東西正在醞釀，而我已經聞到了。我有提到兩週內就要大選了嗎？

假如紐約的白人小子們也嗅到了一絲氣味，那這條線索就已經涼去啦。和我搭同班機來的還有那小王八蛋馬克．蘭辛，他還加倍努力想躲我，真沒騙你，這個三流導演還在用老爸的錢錢拍電影來牙買加這裡就是為了要拍和平演唱會。他說唱片公司聘請了他，也許吧，但像他這種白痴狗娘養的突然出現在牙買加要拍演唱會而先前沒有半點進行過這種規模事件的經驗，我怎麼想都覺得疑點重重。

我的計程車司機只是想試著贏到足夠多的錢這樣他就能飛出去。他覺得要是人民民族黨再次勝選，牙買加或許就會變成下一個共產共和國。這我不敢說，但我確實知道大家都在密切關注著歌手，彷彿有一狗票事情都跟他的下一步牽一髮動全身。而這可憐的老兄可能只是想發一張情歌專輯然後就收工回家。或許他也感覺到了，所有人都感覺到了，京斯敦正蠢蠢欲動。已經連續兩個晚上，門房都睡在接待櫃檯後面，他不需要告訴我，我可以從他的黑眼圈看出來。他可能會說他盡忠職守啊，但我敢打賭他只是太害怕不敢在深夜的時候回家。

五月時有個叫威廉．艾德勒的人在當地電視台說有十一名CIA幹員在牙買加的美國大使館工作。到六月時已經有七個人出境，真的是幫幫忙哦。同時，從來不會嘴下留情的歌手唱著拉斯特不會替CIA工作[56]。在牙買加二加二等於五，但現在加一加已經變成七了，而這所有鬆散的線頭纏繞在歌手脖子上就像絞索。你今天應該去看看他家，保全固若金湯，沒有半個人能夠進出。保護他的人也不是警察，就是一群罪犯啦。我發現他們叫作「回音小隊」，最近大家都是什麼小隊、警衛隊、護衛隊。某個可憐的小妞整天都守在外面等，可能是宣稱懷了他的孩子或之類的吧。蘭辛有辦法混進去嗎？他說他在幫唱片公司拍攝演唱會，那他肯定在做些什麼狗屁幕後工作。要取得任何資訊的唯一問題在於代表要對這小王八蛋畢恭畢敬，想都別想。

我試著不要表現得這麼渴望。我二十七歲都大學畢業六年了我媽一直問我什麼時候才要停止當個左膠騙吃騙喝然後找份像樣的工作。她聽過左膠這個詞我覺得還滿的但我想「騙吃騙喝」她應該是從我妹那裡學的。她也覺得我需要一個好女人的愛，而且最好不要是黑人。或許她看著我聞到了一廂情願的味道吧。我想我試著在說服自己我不是那種到處漂泊要找歸屬感的白人小子，要找某些還有點該死意義的東西，因為在尼克森跟福特跟五角大廈文件跟他媽的木匠兄妹還有東

56 譯注：出自巴布．馬利與痛哭者樂團的歌曲〈Rat Race〉。

尼·奧蘭多及黎明合唱團[57]之後已經沒有什麼東西可以相信了，天知道不該相信搖滾樂。車子開到西京斯敦，那些遊手好閒的小屁孩不想管我因為他們知道我一無所有，或許我也只是個耍婊在抱怨世界的蠢屁孩吧。我覺得我有問題但我又沒有任何問題。

我第一次來牙買加時我們飛進蒙特哥灣再開車到尼哥瑞爾，我和一個女孩她爸是退伍軍人。我喜歡她毫無頭緒何許人合唱團是何許人也，但會聽地下絲絨因為她在軍事基地和德國小孩一起長大。幾天後，並不是說我好像感覺到了歸屬感，不是這麼庸俗的東西，但我確實有種感覺，是種感觸或只是一種信念說著，你現在可以停止逃跑了。不，這不會讓我想要住在這裡。可是我記得某天早上很早就醒來，就在氣溫終於降低的那一刻，然後說著，你的故事又是什麼？也許我指的是這個國家，也許我指的是我自己。

我太老哏了。我最好趕快想出是什麼在這個國家滴滴答答，隨時就要爆炸。離大選已經不到兩週。ＣＩＡ蹲坐在這座城市裡，肥胖的屁股留下了冷戰的汗漬。雜誌對我沒什麼期望，只要隨便寫幾段講講滾石樂團在錄些什麼就好，最後加上一張米克或基夫耳機半戴的蠢照，照片裡再有個牙買加人點綴色彩就完成了。但幹他媽的勒。馬克·蘭辛到底在玩什麼把戲？小王八蛋沒這麼聰明到能一個人獨立策劃整樁騙局。我明天應該要再回去馬利他家。我是說，畢竟我有預約，好像這在牙買加有什麼意義一樣。還有這個威廉·艾德勒到底又是誰啊？

57 譯注：Tony Orlando and Dawn，一九七〇年代美國流行音樂組合。

喬西．威爾斯

愛哭鬼是個有一拖拉庫故事的男人，而所有故事都以一個笑聲展開，因為愛哭鬼也是個愛開玩笑的男人。這就是他怎麼當漁夫釣你的因為笑話就是魚鉤，但一旦他釣到你這男人就會把你拖進你所能想像最黑暗、最猩紅、最滾燙的地獄裡，接著他會笑著往後退開，看著你試圖自己爬回來。總之千萬不要問他電子排舞的事就對了。

我坐在一間酒吧裡看女人跳舞而男人盯著看，然後聽著音樂播放還滿合理的，但我現在在幹嘛？竟然在想著愛哭鬼。叢林區以前從來沒有出過半個像愛哭鬼這樣的傢伙，以後也不會有。他並不像其他在一九六六年巴拉克拉瓦淪陷之前住在那裡的男人，愛哭鬼他媽送他去上學一路上到中學，沒什麼人知道愛哭鬼通過了三科GCE考試，英文、數學、工程製圖，而且甚至早在條子送他進監獄之前他就在讀磚頭書了。愛哭鬼讀書讀得超認真，認真到他得開始偷眼鏡直到他找到一副可以用的，現在這個戴眼鏡的壞男孩讓大家覺得他的臉後面藏著些什麼。他孩子的媽也在自由貿易區找到一個好工作，只因為她是自由貿易區史上唯一寄了一封正式求職信來的女人，當然這封信是愛哭鬼寫的，不是她。

現在每個愛哭鬼的故事裡都只有一個英雄，那就是愛哭鬼本人，除了那個還在寄信給他的男人之外啦，那個他無時無刻都很愛掛在嘴邊的男人，這男人做了什麼、這男人說了什麼、這男人教了他什麼，只要吸了點古柯鹼甚至是更少的海洛因，他就會讓這男人幹那檔事，而他們兩個都會很爽。愛哭鬼談論起這男人的方式彷彿他根本不在乎其他人的看法，因為大家都知道愛哭鬼就是那種狠角色，會當著父親的面前殺死他的小孩，並要父親去數兒子的最後五口氣。總之千萬不要問他電子排舞的事就對了。

愛哭鬼甚至還有個關於歌手的故事。那個人不可能一次關注到所有人，尤其是當他在某個地方有任務要完成的時候，但愛哭鬼出於某些原因把這當成是在針對他個人。一九六七年時愛哭鬼還是個來自市中心交叉路口區的男孩，那是上城和下城的交界，他那時沒有惹上任何麻煩，心想靠著數學、英文、工程製圖他可以去哪邊找個建築師當學徒。那天愛哭鬼沒有忘記要梳頭髮，他穿著他媽為了上教堂買的灰色襯衫和深藍色長褲。想像一下愛哭鬼走過交叉路口區就像隻驕傲的公雞，腳步還帶著搖不停的韻律，對一個來自下城的男孩來說實在太過招搖了。想像一下愛哭鬼看起來跟大家都截然不同，因為和其他人不一樣他有個地方要去。

愛哭鬼左轉要前往加勒比戲院時，一大群警察拿槍指著他。兩車滿滿的警察，一個抓住他，另一個用槍托打他屁股，還有一個在他倒地時踹他的頭。在槍枝法庭上警方說他拒捕還蓄意攻擊了兩名警官。法官大人說，你被控一樁交叉路口區張雷珠寶店的搶案加上蓄意傷害罪，你要怎麼為此辯護？愛哭鬼說他根本不知道什麼搶案的事，但是警方說他們有證人。愛哭鬼說你們根本什麼都沒有，你們就只是逮捕隨便一個在上城看到的黑人就像哥本哈根城的馬庫斯·史東因為一樁在他被捕後四十八小時發生的謀殺案坐牢。這讓法律看起來又蠢又腐敗或是兩者皆是。法官給他機會供出他的共犯，愛哭鬼說根本沒有什麼共犯因為根本就沒有犯罪。愛哭鬼是無辜的但他請不起律師，於是法官判他到總監獄坐五年牢。

入獄前一天，警察去探望愛哭鬼。來白哥本哈根城、叢林區、瑞瑪區、水房區的小子都不會和警察當朋友，但警察告訴他在監獄裡該期待什麼。即便到了那個時候，即便在審判過後，愛哭鬼都還懷著一絲希望，因為他媽媽還活著而且他通過了三科GCE才正要有一番作為。愛哭鬼以為這是場勢均力敵的比賽，他們有權力，他也有權利。他覺得一個戴著眼鏡的小子肯定不會是無所事事的壞男孩吧。愛哭鬼哪怕到了那個節骨眼都覺得上帝隨時會降臨把但以理救出獅子坑[58]。有六個警察，其中一個說，愛哭鬼我們是來給你些東西的。愛哭鬼直到那時還叫作威廉·佛斯特，但警察說他哭得跟個娘們似的。愛哭鬼從來都沒辦法把俏皮話留在該待的嘴裡，竟然告訴那條子他長得還滿美的可惜老子的屁眼只出不進啦。第一下警棍沒有打斷他的左手可是第二下就成功了，警察說你要把你所有的貢犯都供出來。愛哭鬼因為痛苦開始大叫但還是管不住他那張嘴。你是要說共犯嗎？他說。警察說我們知道該怎麼讓你開口，不過他們知道愛哭鬼沒什麼好說的，他們就是同一群警察只因為骯髒的貧民窟男孩沒有權利穿著體面的衣物在那裡假掰他好像是個人物一樣，所以就把他給抓了起來，他就是個賊這個他媽的男孩從好人家那邊偷了衣服而骯髒的黑鬼永遠都該知道自己的位置才對。

他們砸爛了他眼鏡的左邊鏡片，那副眼鏡愛哭鬼現在甚至都還在戴，就算他有錢去換新的他還是留著。他們把他帶進禁閉室裡一個他從來沒見過的空間，並脫掉他所有衣服，包括內褲，然

58 譯注：參見《但以理書》第六章的故事。

後把他綁在一張窄床上。那警察說，知道他們說的電子排舞是什麼嗎，小賤貨？其中一個拿著一條他們從烤麵包機上拔下來的電線走過來，把電線分成兩條。小心他們以後叫你死基佬其中一個警察說這時另一個抓住愛哭鬼的雞巴把第一條電線繞在龜頭上，接著他們接上電。他們這麼做的時候什麼事也沒發生，但是當他們拿另一條電線去碰他的指尖、牙齦、鼻子、乳頭、屁眼時發生了某件事。愛哭鬼從沒跟我說過這些，但是我知道。

愛哭鬼對監獄而言是件新鮮事，一個在他們把他關起來之前而不是之後就已經壞掉的男人。我聽說在他坐牢的第一個星期每個人都離他遠遠的因為一頭受傷的獅子比起健康的更危險。任何人都能盯上他，但這麼做的人都要跟他一起下地獄去。愛哭鬼光用眼神就能進行一整段對話，現在還是可以，這又是另一個為什麼他是最佳拍檔的理由。他在某間雜貨店的一頭，我在另一頭然後在兩次眨眼和一個眼神之間我們就知道他要負責後門我則是負責櫃檯並且只要有人有任何動靜就算只是伸手下去喬一下褲子或摸進手提包裡就要開槍打他們。愛哭鬼的槍左側有五條刻痕，右側一條也沒有。每一條刻痕，代表一個警察，而——

——呦！呦，喬西！老兄，呼叫，地球需要你。

——愛哭鬼？你啥時來的？不覺得我有看到你進來耶。

——我，我兩分鐘前進來的啦。你覺得在這間酒吧裡做白日夢分心是個好主意啊？

——為什麼不行？

——蛤？沒事啦，老兄。反正像你這樣的人也不用瞻前顧後嘛，因為有人會幫你顧。

——你怎麼現在才來？

——你也知道我嘛，喬西。每條路一定都有路障啊。所以你剛剛是從哪個世界回來的？
——冥王星，最遠的那個。
——水哦，是女人只有一個奶子但有兩個鮑魚那裡？
——不是，老兄，比較像是《浩劫餘生》[59]啦。
——我也是不排斥把屌拿去插兩隻猴子啦，畢竟——
——不要又開始講什麼人也是從猴子演化來的五四三了，愛哭鬼。
——這誰說的？
——不就你那個無神論演化論白痴弟兄在講的嗎。
——喔對，老兄，我還有那個一流的查爾斯．達爾文啦。不過兄弟，沒人是從猴子演化來的。哦除了玩笑哥以外，他一定是從什麼大猩猩陰道生出來的。
——愛哭鬼，你到底在講三小？
——蛤？什麼？
——老兄，我很確定我的啤酒還剩超過半杯。
——感謝告知喔。
——幹你娘，你把我啤酒喝光了喔？
——你看起來又沒在喝。阿嬤以前都是怎麼說的？留著太久的東西就會有兩個主人囉。

59 譯注：*Planet of the Apes*，即《猩球崛起》系列一九六八年的原版第一集電影，台灣當時正式片名譯為《浩劫餘生》。

——那阿嬤知道你喝人家喝過的嗎？

——好啦說真的，你都跑哪去了？

愛哭鬼甚至比平常還多話。可能因為這間酒吧的酒精讓每個人的舌頭都鬆了除了我的以外，他知道我討厭他在我們辦正事時這麼嗨。他會說是古柯鹼帶來的影響，但這只是他聽某個販毒被關的白人講的鬼話之後大使館就來把人弄出去了，或是從某部電影裡聽來的，他根本就不知道那他媽到底是什麼意思。在這個狀態下他會在沒事可以惹的時候硬要惹事，而且還比背叛耶穌之後躲起來的猶大更偏執。

——嘿喬西，你的達特桑停在外面嗎？那邊那個男人，三點鐘方向。

——啥？你現在是在講三小？而且這又關我的達特桑屁事？

——那個男人，三點鐘方向。

——我是要跟你講幾次不要跟我來美國電影那套狗屁？

——好啦，他媽的。你右後方——別轉頭，很高，很黑但不帥，嘴唇像掛著一條魚，在吧檯那裡可是沒在跟任何人講話。他已經往這裡看三次了。

——搞不好他煞到你了。

愛哭鬼一臉嚴肅地盯著我，有那麼一秒鐘我以為他要說什麼蠢話讓我把他轟出去。愛哭鬼掙得了想做什麼就做什麼的權利，就算他要去搞基也無所謂。他會無時無刻把這掛在嘴邊，但就像伊索寓言一樣打擦邊球，或是謎語或韻文之類的。他可以形塑它和塑造它把這東西變成希臘風格，這是他說的，不是我，我他媽完全聽不懂他在講什麼狗屁希臘。不過這並不代表他想要任何人當他的面回嘴。當某個人跟你說某件和你有關的事，即便你早就知道了，還是會出事的。

——幹，死基佬，他說。我踢了踢自己的腳。

——那男的在看我們。

——那是古柯鹼告訴你的啦。他當然在看我們啊，如果我是他在這間酒吧裡也沒辦法把眼睛從我自己身上移開啦。他真正在想的是，他呢，就像這裡所有人一樣，認出了我，也認出了你。他在那邊想，他們倆是要來這裡幹掉誰的然後他們還要多久才會動手？而我應該是要放鬆到底呢，還是要跟個小娘娘腔一樣趕快落跑？我甚至不用看，他一定一手擺在飲料上，另一手在敲吧檯。注意看我轉過去時他一定也會快速別開眼神，一、二、三……就是現在。

——哈哈，他打翻他的飲料了。老兄，搞不好那是警察。

——或許你他媽不應該再這麼手癢。你有二十二天的聖誕假期可以再去多加幾條刻痕。

愛哭鬼又一臉嚴肅地凝視著我，然後笑了出來。愛哭鬼的笑聲獨一無二，一開始像在喘氣接著到了半途，而你永遠不知道會是什麼時候，就會爆開變成整個空間裡最巨大的東西。到底是誰教這個黑人小子給我這樣笑的？笑聲在整個空間內迴盪，其他人也開始笑了，天知道為什麼。

——這幾天比平常還更偏執啦。

——那是因為你覺得明天很重要，不過明天就跟其他日子沒什麼不同啦。你知道我為什麼選中你嗎愛哭鬼，你知道為什麼嗎？因為如果說我有什麼受不了的事，那就是一個只會告訴我他之後要幹嘛幹嘛的人，這就是為什麼我他媽信不過政客，政客只會在那邊說他之後要怎樣怎樣。

——永遠不要讓政客幫你忙不然他就會想要……我有告訴過你我怎麼認識歌手的嗎？

已經講過一萬次了可是我不會這麼告訴他。有些事情愛哭鬼就是要說個十幾次、上千次，直到他不再覺得需要去說。

——沒，你從來沒說過。

——服務第三年時……

他總是把坐牢的那些年叫作服務。

——第三年時，他們帶我們去韓德森港海灘。

——他們讓囚犯游泳哦？那我肯定馬上就會落跑。

——**沒有**，不是，不是啦，他們帶我們去那邊工作，讓壯漢去砍樹。你說的對，我那時候應該直接拿彎刀把獄卒的頭給砍了才對。隨便啦，老兄，總之我們在那幹活，歌手和他的朋友剛好也去了那裡。那傢伙看著我然後說，我們全都在外頭這裡為你奮鬥，懂嗎？我看著那傢伙並聽著他跟我講道理，對吧？他竟然說他在為了我的權利奮鬥耶！我耶。然後他笑了笑就走開了。從那之後我就痛恨死那個王八蛋了。

他是真的痛恨歌手。不過真正的故事其實跟愛哭鬼沒什麼關係，他以為他們在跟他說話他心跳都加速了，愛哭鬼甚至還想走過去，即便有獄卒在看。接著他發覺歌手其實是在跟他旁邊的人講話，而不是他。因為某些原因，甚至在九尾鞭、槍托、在他和某個獄卒起爭執結果飯菜被尿了之後，這才是傷他最深，讓他最怒火中燒的事。而這件事甚至根本沒發生過。但是愛哭鬼心裡的某些東西需要這件事發生過，需要這件事這麼結束。我是不在乎啦，因為這就是當我需要他的時候驅使他掏槍的東西。

——他們現在已經在破屋那裡等了，該走了，我說。——所有人除了碰碰之外。你開我的車去載他吧，他整天都在那監視房子。

——來真的，老兄，來真的啦。

碰碰

有把槍回家跟你一起生活的時候真的是他媽的。和你一起住的人會先發現，和我一起住的那個女人跟我講話的語氣都不一樣了。當大家看見你褲子裡鼓起的一大包時，所有人跟你講話的語氣都不一樣了。不，不只是這樣而已，有把槍來到你家之後，是那把槍，甚至不是擁有槍的人，講話才最大聲。在男人和女人的對話間就會發現，不只在認真講道理的時候連瑣事都是。

——晚餐好了，她說。

——我不餓。

——好。

——等我餓的時候晚餐要是熱的。

——遵命。

當有把槍來到你家，和你一起住的女人也會用不同的方式對待你，不是冷淡，而是她現在開始惜字如金了，在跟你說話之前會先斟酌評估。但槍也會跟主人說話，先告訴他你永遠無法擁有這東西的，外頭還有很多人沒有槍但知道你有，他們會在某個晚上像尼哥德慕那樣跑來把槍拿走。從來沒有人能真正擁有一把槍，在你有槍之前你是不會知道這點的。如果是某個人給你槍，那麼這個人也能把槍拿回去。另一個人會覺得槍是給他的即便他看到槍握在你手上，而他睡不著覺直到他拿到槍因為他睡不著。對槍的飢渴比對女人的飢渴還糟因為至少女人或許可能也對你飢渴。夜裡我不睡覺。我在暗影中清醒著，盯著那把槍，摩擦那把槍，邊看邊等。

洛老爹離開兩天後，我們聽說他跑去英國看歌手的巡迴演出了。謠傳玩笑哥同一時間人也在英國，不過沒人能確定這是真是假因為他們在垃圾場直接釘死了最後一個線人。那個帶槍到貧民窟來的男人告訴我們還有更多在黑夜裡靜靜等待就在一個寫著「和平演唱會」的箱子裡，我們三個到碼頭時那裡空得像克林．伊斯威特剛剛騎馬離開一樣，沒有起重機在工作，沒有泛光燈開著，沒有半個人，只有海水拍岸。板條箱已經打開並準備好了。愛哭鬼把喬西．威爾斯的達特桑直接開上來，我、他、赫克把後車廂和後座塞滿超多彈藥多到愛哭鬼把車開回去時我和赫克都坐不下了。他給我們錢搭計程車，但沒有計程車願意到貧民窟，宵禁的時候更慘，所以我們把錢拿去買肯德基炸雞，然後看著收銀員等著我們離開這樣他們才能關門但又太害怕不敢叫我們離開。

那晚跟佛瑟開玩笑的同個白人教我們怎麼開槍。很多人從貧民窟來當他看到其中一人時他露出微笑說，是在抖什麼啊，東尼？但東尼沒有回答。他隨口說東尼和他從我們在班寧堡的那間小學校時就認識囉，可是沒半個人聽說這個東尼上過什麼學。他擺好標靶叫我開槍，接著那個帶槍到貧民窟來的男人看著我並露出微笑。愛哭鬼告訴那個白人洛老爹變孬了但白人聽不太懂愛哭鬼在講什麼，他就只是邊點頭邊笑邊說我懂！然後盯著喬西．威爾斯用更慢的速度再重複一次不過他還是在不是笑點的地方笑得太大聲。這讓喬西．威爾斯的臉更臭了因為人家都知道他很驕傲他很會講話。那個白人說我們是在極權專制、恐怖主義、暴君獨裁下為自由奮鬥，但沒人聽得懂他在說什麼。

我看著其他男孩，兩個比我還年輕，五個比我還大包括迪馬斯和愛哭鬼，我們全都是黑人，我們全都討厭梳頭髮，我們全都穿著卡其褲或斜紋布羊毛褲或牛仔褲右腳褲管都捲到膝蓋上左後口袋還有塊破布露出來因為這看起來像是在隨風搖擺。我們有些人戴著圓帽但有些人沒有因為圓帽是給拉斯特戴的而拉斯特看起來就像他們快變成社會主義者啦，社會主義是另一種主義連歌手都已經受夠了各種主義他還因此寫了首跟主義有關的歌呢。接著那白人說某些人是如何企圖用花言巧語博取人心還有極權專制總是在同意之下發生而我們點頭假裝我們聽得懂。他說了九次混亂。他說這個國家有天會怎麼感謝我們而我們點頭假裝我們聽得懂。

但喬西．威爾斯想要的不僅是黨的事情。我想到他是怎麼聞起來總是有點臭即便他馬子有幫他打扮，那是像大蒜和硫磺的味道。在他們再次向我們示範怎麼開槍之後，喬西．威爾斯說我們要去瑞瑪區因為「那邊」的黑鬼在搞事。你幫自己找來了一些自大的黑鬼啊，那白人邊說邊笑坐進一台吉普車準備離開。又是瑞瑪區，夾在工黨和民族黨之間，夾在資本主義和社會主義之間。喬西．威爾斯告訴那白人他不支持什麼主義不主義的，他只是比他們所有人都聰明就對了如果他們在邁阿密都不管他那他就會完成他們想做的事。那白人說他不知道喬西．威爾斯在鬼扯什麼但接著笑了像是他和魔鬼有個祕密似的。謠傳瑞瑪區的人抱怨工黨在哥本哈根城撒了錢跟醃牛肉跟汙水系統但什麼都沒為他們做所以或許他們是時候該真正加入民族黨了，把八條巷變成九條巷。這些都是愛哭鬼在我們沿著鐵軌走回破屋時說的，他把白色的古柯鹼和乙醚混在一起用打火機加熱時也持續跟我們說著，他先給了我一點之後就用鼻子把古柯鹼給吸了進去。

我們搭著達特桑來到瑞瑪區，我抓著車門但門感覺軟綿綿的空氣削過我的頭髮就像兩百個女人的手指拂過我的奶頭而這肯定就是你吸女人奶頭時她們感覺到的我的頭感覺好笨重清晰不見了就像我沒有頭還四處走來走去接著我的頭回來了但現在變成了一顆氣球而黑暗的街道變得更黑黃色的街燈變得更黃對街屋子裡的那個女孩讓我好想要但我褲子的接縫不願意碰碰碰撐起來然後幹幹幹我必須幹幹幹幹死世界上所有女人我絕對會幹死牙買加小姐而當小寶寶從她鮑魚裡跑出來時我也會幹她我要扣下扳機殺爆這個世界。可是我想幹人卻硬不起來，硬不起來！硬不起來！一定是精煉的關係，一定是古柯鹼的關係，也可能是海洛因吧，我不知道，我真他媽不知道為什麼而這台車應該要抵達要前往的目的地不要再當一隻蝸牛了我想用力把車門打開跳出去一直跑一直跑回去再跑一次跑超快快到飛起來而我想要幹幹幹但是竟然硬不起來！硬不起來！而我腦中的電台正在播一首電台從來不會播的超屌曲子現在旋律抓住了我，旋律很狂！車裡的其他男孩也感覺到了也知道了我看著愛哭鬼他也看著我並且知道我可以跟他喇舌然後因為他是個基佬斃了他然後大笑特笑一笑再笑而車子開上一座山丘我們感覺就像要上天堂了不對吧還真的是天堂，達特桑在飛而我的頭變成一顆氣球接著我想到瑞瑪區還有住在那邊的人是如何必須好好學到教訓我希望他們狠狠學到教訓所以我抓住並緊握M16，但我真的很想去街上隨便抓一個小男孩把他的脖子給扭斷扭斷扭斷直到他的頭掉下來然後我會舀起一把血塗在我臉上並說在緊急狀態下的所有人現在都是王八蛋而我想要幹幹幹幹但是竟然硬不起來！硬不起來！達特桑發出尖叫。在愛哭鬼開口說任何話之前我們就跳下車跑下某條街而街道溼答答的街道是一片海洋不是，街道是空氣我正飛過空氣我能聽見我的腳步聲彷彿這是別人的腳步聲拍打在人行道上就像槍聲一樣接著我人在國家戲院裡和喬西・威爾斯在一起因為哈利・卡拉漢帶著《全面追捕令》重磅回歸，還有另一個壞人因為拿著槍的男孩就是男人了不是男孩，而每一次克林．伊斯威特射死一個男孩喬西．威爾斯都會唱著大家準備好了嗎？我們唱著死吧！噢神啊，然後就開槍射擊銀幕直到我們看見的一切都是坑坑巴巴和煙霧，而大家這時都應該要跑出劇院但他們知道他們最好繼續放電影不然我們就會跑進放映室把他們就地正法。在我再次朝銀幕開槍之前我想起我人在瑞瑪區的外頭不是在電影院我們是在朝一間屋子跟一間還在營業的商店開槍人們四處逃竄和尖叫，**沒錯，賤人，再跑啊再跑啊給我跑因為槍手來啦咻咻咻碰碰碰！**可是我們根本沒有好好射中任何人也沒有殺死半個人而這讓我非常非常生氣我還是想幹幹幹幹我也不知道我為什麼這麼想幹人但我的屌卻硬不起來所以我跑向其中一個女孩並大叫我要宰了妳然後抓住她我真的想要但愛哭鬼抓住我用他的槍托砸我的臉並說你他媽是中邪喔？這是明明白白的警告而我也想宰了他，但他已經示意我們該離開了因為雖然瑞瑪區的男人什麼鬼東西都買不起，他們其中一兩人也還是有槍的，但他媽的誰又在乎瑞瑪區的賤人了？子彈從我身上彈開我他媽就跟超人一樣，我把超人胸口的S拿掉再把蝙蝠俠肚子上的B拿掉。我們看見一個男孩並追著他，但他卻像隻只會為同類探出頭的洞中老鼠一樣消失不見了我大叫你這死同性戀最好給我出來並像個真男人一樣赴死吧，我實在有夠想要宰了他，我想殺殺殺殺殺接著一隻狗跑了出來我追著那條狗因為我想宰了這隻他媽的狗，我必須殺了這條狗，我正要殺了這條狗，我成功殺了這條狗！喬西．威爾斯和其他人朝車子跑他們抓到一個男孩並踹他背踹他脛骨踹他屁股然後說這就是所有瑞瑪區王八蛋的下場他們以為可以就這樣改當民族黨啊，你最好給我記得我們有槍而且知道你們的立場，然後他們又踹了那男孩他逃跑了我追上去要開槍射他這時愛哭鬼瞪著我我也想斃了他，我想射爆他我想射他現在現在現在但愛哭鬼說把你幹他媽的屁股給我坐回天殺的車上去不然這裡的每個人絕對會把你射得跟蜂窩一樣你還會在微風中咻咻響勒而我不知道因為當我想要幹人的時候，我就只想幹幹幹幹而當我想殺人的時候，我就只想殺殺殺殺殺而既然我不想死，我就怕得要死怕得要死怕得要死了我從來都沒有這麼怕過我的心跳實在跳得非常非常快。不過我還是跳上後座然後我想到剛剛的槍擊和感覺起來有多爽跟我自己覺得有多爽但正當我開始想我覺得有多爽我也開始覺得沒那麼爽了，離開那個臭基佬區卻沒有殺任何人讓我感覺就像某些人在有人死掉時會感受到的心情一樣而我不知道為什麼，這並不是什麼值得有感覺的事但我還是有感覺。而黑暗從來沒有這麼黑暗過路途也從來沒有這麼遙遠過即便根本就不遠而我知道愛哭鬼在對我生氣但我覺得他會殺了我殺了所有人還有整個又灰又破又髒的哥本哈根城我討厭這件事卻不知道為什麼因為這就是我所知道的一切了而我能想到的一切就是當我吸了那東西時一切看起來都很美好每條路都很漂亮每個女人我現在都想上當我開槍時我什麼人都能殺掉而這會是史上最屌的大屠殺但現在我沒有史上最屌的大屠殺了現在紅色已經不是最紅藍色也不是最藍旋律也不是最甜美的旋律了這所有一切都讓我好難過同時卻也是某種我無法形容的東西而我只想要一個東西。再次感覺美好而且是現在，就是現在。

然後洛老爹跑了出來像瘋子一樣氣到不行說是誰允許喬西．威爾斯和愛哭鬼到瑞瑪區去搞事的，到底誰他媽的允許他們了然後他回答一個比你大尾的人啦洛老爹看起來就像要扁喬西．威爾斯了但他接著看見了我，他看見了我他也看見了槍我不知道他在想什麼但肯定是什麼沉重的事因為他轉身走開了。不過在此之前他對著任何人、所有人、沒有人說有天我們全都會沒人可殺。喬西．威爾斯發出嘖嘖聲然後離開去搞他馬子或跟他小孩玩去了。和我一起住的那個女人看著我彷佛她以前從來沒見過我一樣，她是對的，她從來沒見過像我這樣的人。

一九七六年來了並且帶著一場大選。那個帶槍到貧民窟來的男人說得很清楚，社會主義政府絕對不可能再度獲勝。他們會先帶來地獄業火和毀滅，他們一開始先派我們去八條巷的其中兩條掃射接著又派我們去其他條。在加冕市場我們走向一個女攤販和一個穿得很招搖彷佛她來自上城的女人，然後把她們兩個都給宰了。隔天我們去了交叉路口區，就在下城和上城交界處然後闖進一間中國商店大殺特殺。再隔天我們攔下一台經過西京斯敦開往聖凱瑟琳的公車，我們攔下車來搶劫並恐嚇乘客但車上一名女警大叫住手，好像她是史塔斯基還哈奇[60]之類的。她還來不及拔槍出來我們就把她拖下公車公車就開走了。在路邊的野灌木叢中我們對她開了六槍一旁還有車子經過呢，我們射她的時候她的身體跳起了子彈之舞，不過喬西．威爾斯在這之前所做的事是讓我把自己的嘔吐給吞回去。洛老爹永遠不會允許這件事，喬西在我們面前揮著他的槍說要是我們敢說就死定了。

和我一起住的那個女人看著我改變但我什麼都不在乎只要我能哈一口就好，而愛哭鬼很快就讓我知道擋在我和爽爽哈一大口之間的就是那些應該要去死的王八蛋。我需要得到獎勵，需要某種東西任何東西去停止壓下。現在的情況是這樣的，你要不是在哈就是想著要哈而且你悲傷得像是有人掛了不會再回來了。

消息在牙買加傳開說犯罪已經失控，整個國家要完蛋啦，就連上城都不安全了而且民族黨正在失去對這個國家的控制。這時離大選還有兩週，洛老爹派我們挨家挨戶提醒大家該怎麼投票。其中一個小子說他才不要聽洛老爹的命令勒。喬西．威爾斯可能會在那發出嘖嘖聲跟抱怨然後說些反話但喬西．威爾斯從未忘記洛老爹之所以變成老爹是因為他是貧民窟裡最帶種又最心狠手辣的男人。洛老爹直接走到那小子面前問他幾歲。十七歲，他說。看起來像是活不到十八歲了，洛老爹說然後朝他腳上開了一槍。那小子慘叫著彈起來然後又開始尖叫。這裡的人都在不爽是不是？老爹喊道。大家是忘了這裡他媽誰最大尾是吧？你！你忘了是不是？他邊說邊把他的槍指向另一個男孩，那男孩跳了起來邊發抖邊說不不不洛老爹你才是大哥，大哥中的大哥啊，洛老爹笑了而那男孩開始尿褲子。舔乾淨，洛老爹說，那男孩愣了一秒直到洛老爹又開了一槍說你要不是把尿給我清乾淨要不就是我們把你的血清乾淨，而那男孩發覺洛老爹並不是在開玩笑，便蹲了下來開始舔他的尿就像一隻發瘋的貓。

於是我們上街敲著打開的門踹開鎖住的門其中有個人，又老而且也快瘋了，說他不會為了任何人投票的，所以我們把他拖出他家並把他所有衣服拿出來放火燒光然後我們也把他扒光並把那些衣服也燒了再踹了他兩下接著說他最好記得怎麼去投票不然下次我們燒的就是房子裡的東西了，而和我住一起的那個女人問他們是不是也會找上她因為工黨跟民族黨都是垃圾我說我們可能會哦然後她就再也不跟我說半句話了。但是當那白人還有那個帶槍到貧民窟來的男人來的時候，他們是和喬西．威爾斯講話，而不是洛老爹。老爹甚至不那麼常出現在貧民窟，他花太多時間和歌手待在一塊了。

晚上。十二月到現在應該要開始涼快了才對。歌手在他家裡，生活唱歌玩樂。全牙買加還

60 譯注：一九七〇年代美國警匪影集《警網雙雄》（*Starsky & Hutch*）中的兩名主角。

有貧民窟都在議論他是怎麼決定要辦微笑牙買加和平演唱會的即便這是民族黨的政治宣傳而且日口夜夜回音小隊，領民族黨薪水的壞人，都在保護他的房子。沒有警察除了一台在剛入夜時停下的車以外，沒有人進得去也很少人出來。我看著車子經過也看著房間的燈開開關關又開起來，我看著那個矮壯的經理來來去去還有那個棕髮白人。他有次說過他的命不算什麼如果他不能幫很多人的話，而他也確實幫了很多人但是他一直給大家他們需要的而年輕人根本就什麼都不需要，他們就只是想要一切。我們唱其他的歌，那些沒錢做歌的年輕人的歌於是我們乘著真正的搖滾旋律搖擺因為只有女人才會跳舞，我們也唱我們在夢中編出的歌如果你乘著閃電你就會像雷聲一樣墜毀。而歌手以為強尼曾經是，但強尼現在是，強尼在改變強尼要來抓他了[61]。今晚之前我見過他和洛老爹在呼麻，接著把信封拿給替幫派老大辦事的人甚至連比我大尾的人都在想這個留辮子的拉斯特[62]到底他媽想幹什麼。歌手以為他來自我們來自的地方所以明白我們是怎麼生活的，但他其實什麼屁都不懂。每個離開又回來的人他們都會用他思考的方式思考，以為一切都和他們離開時一樣原封不動。可是我們不一樣，我們比他還堅強而且我們不在乎，他在變成像我們這樣的人之前就跑了。

那我們呢？我們是最屌的壞蛋。赫克他媽有天跑來我們那時控制了街角在玩骨牌她說著她是**如何聞到他房間裡所有的骯髒臭味**於是他打了她一巴掌並說壞人在街上時給我放尊重一點。和我一起住的那個女人問說我是不是也會那樣對她但我什麼都沒說。我不想打女人，我只想要一些免費的古柯鹼，除此之外我別無所求，我需要的也只有這個。兩天前我路過某個女人家看見愛哭鬼沒穿衣服走出來到後頭的消防栓旁，他把小兄弟上的保險套拿掉，扔得遠遠的然後開始洗澡。大家都知道保險套和生育控制是白人的陰謀為的是要滅絕黑人，但他竟然不在乎。我看著他拿掉他的眼鏡並用布和肥皂擦洗全身彷彿消防栓和樹是專門為他蓋的一樣即便這甚至不是他平常睡的馬子家。我不想幹他，不是那種死基佬的骯髒事，我只是想要像個鬼魂一樣進入他在他動的時候動跳的時候跳喘氣的時候喘氣並感覺到我自己一點點一點點 點點地抽離然後再次進入先硬再軟，先快再慢。然後我想當那個女人。我他媽只是需要呼吸而已。

今晚我一個人監視歌手家，但其他時候我會和同伴一起監視。那個負責幫他管理的大嘴巴矮男人，他以為我們只是另一群來這裡找錢、大麻、大發一筆機會的小子，但歌手看我們的眼神不一樣。接著我們回到貧民窟而那個好像認識他的白人跟我們講了他屋子裡每間房間的配置。**每個人都有自己的價碼，即便是在他下面做事的人也是在適當的時機他們會好好休息一下，不對是好好休息一陣子，是個超棒迪斯可小睡就像我給你的超棒京斯敦！**[63]只有一條路能進去一條路能出來。他通常會在九點左右休息一下，九點十五分到廚房去，一個人，因為小孩不在那邊而其他所有人都還在錄音室或是正要離開，通往廚房的台階有很好的視野但我們還是應該搜過整個地方確認。兩個人負責開車，兩個人進去，四個人圍捕。我們不知道他是什麼意思，喬西．威爾斯說他的意思是把槍從箱子裡拿出來，但這聽起來很蠢。那個美國人的臉又漲紅了而那個帶槍到貧民窟來的男人說他的意思是包圍那個地方啦。他們給我們看照片。歌手在廚房，他和那個管唱片公司

61 譯注：出自巴布．馬利與痛哭者樂團的歌曲〈Johnny Was〉。
62 譯注：出自巴布．馬利與痛哭者樂團的歌曲〈Natty Dread〉。
63 譯注：應是出自牙買加雷鬼樂團土茲和好東西（Toots and the Maytals）的歌曲〈Funky Kingston〉。

的白人、他在錄音室裡雙眼因為上等大麻從頭上暴凸出來、他和那個直接從美國來的新吉他手、他幹某個女孩、他幹她的姐妹、他靠在暖爐上好像現在連歌手本人也受夠歌手了。全牙買加都在等待微笑牙買加演唱會，就連某些貧民窟的人也會去因為洛老爹說我們都應該為了巴布而去，即便那是民族黨的政治宣傳活動。而我所能想到的一切都是只要再一晚我就不會再飢渴了，只要再一晚我就要把超人胸口的S拿掉再把蝙蝠俠肚子上的B拿掉。

艾力克斯・皮爾斯

貧民窟的報導永遠都不該附照片是有原因的。這個第三世界的屎坑根本是個違抗信念或事實的惡夢，即便是那些直瞪著你的也是。這片地獄的景象自顧自地扭曲及旋轉還搭配著自己的原聲帶，正常的法則無法應用在這裡，而是要透過想像、作夢、狂想。你只要去一趟貧民窟，特別是西京斯敦的貧民窟，景象就會馬上脫離現實成為這種怪誕，像是出自但丁筆下或是耶羅尼米斯・波希的地獄繪畫，這是個鏽紅色的地獄空間筆墨無法形容所以我也不會試圖形容。這裡也不能拍照因為西京斯敦的某些地方，比如瑞瑪區，受制於如此荒蕪和持續令人反感的狀態使得拍照過程中固有的美麗會欺騙你讓你沒發現這裡實際上是那麼的醜陋，美麗無邊無際但悲慘也是而唯一能夠準確捕捉這名為川屈鎮的無盡醜陋漩渦各方面的方法就是想像。你可以用顏色來形容，又紅又死氣沉沉就像陳舊的鮮血、棕得像塵土、泥土或狗屎、白得像涓涓流下一條太過狹窄街道的肥皂水。閃耀得像支撐屋頂的全新鋅金屬或是舊鋅旁邊的圍籬，材質本身就是活生生的歷史顯示上次政客是什麼時候幫了貧民窟個小忙。八條巷的鋅閃亮得跟硬幣一樣，叢林區的鋅則布滿彈孔並鏽成牙買加鄉下塵土的顏色。要理解貧民窟，要真正體會，就不要想用眼睛看。貧民窟是種氣味，有時候甜甜的：是女人在胸部擦的爽身粉，還有Old Spice、English Leather、Brut古龍水[64]的味道。剛屠宰山羊的腥味、羊頭湯的胡椒和甜辣椒味、清潔劑的化學酸味、可可脂、石炭酸、肥皂裡的薰衣草、發酵的尿味和陳年的屎味飄下路邊。牙買加煙燻烤雞裡又會再次出現甜辣椒。剛開過槍枝的無煙火藥味、嬰兒短褲裡的屎味、街頭火拼凝結鮮血裡的鐵味，在屍體清走之後都還會留在那裡。氣味也帶著聲音的記憶，這裡當然也少不了。雷鬼，滑順又性感但同時也殘酷又憤怒就像超級悲慘和超純的三角洲藍調，而從這甜辣椒、槍殺的鮮血、流水、甜美的旋律中走出來的就是歌手，是空氣中的聲音但同時也是一個活生生在呼吸的窮鬼不管他人在哪裡永遠都代表他來的地方。

幹他媽的。這狗屁聽起來像是我是為在第五大道吃午餐的女士們寫的。**無盡的醜陋漩渦？**真是聳動到靠北，蝙蝠俠啊！我他媽到底是為誰寫的啊？我可以再靠近一點觀察，接觸真正的歌手，但我只會跟在我之前的每個記者一樣失敗因為，幹，根本就不存在什麼真正的歌手。重點就在這裡，那個真實存在的婊子養的就在那裡，但他現在進入告示牌排行榜前十名就變成別的東西了。就像是某種象徵吧，他存在於某些女孩經過飯店窗前唱著她已經厭倦又厭煩這個主義那個主義了。街上的男孩唱著雖然他們肚子飽飽我們卻飢腸轆轆，聲音在下一行歌詞之前越變越小[65]，並且知道不要唱出眾所皆知的事因為會帶來更大的威脅。

窗外的街燈閃耀著橘光一路延伸到港口就像這些劃開的火柴，一、二、三。然後正當你注意到燈光時，某些黃光，跟其他白光，就真的熄滅了，一個街區接著一個街區。我眨了眨眼然後我的房間也陷入一片黑暗。京斯敦把自己熄滅了這是自從我來到這裡之後的第三次，不過窗外是皎潔的滿月而有那麼一會兒整座城市又銀又藍天空則是美麗的靛藍色，彷彿城市剛剛變成了鄉間一樣。月光從側邊襲向建築物亮灰色的牆壁拔地而起，唯一的光來自車流。

下方出現一陣嗡嗡聲。我在十樓還是十一樓，我永遠都記不得，然後燈又回來了，這次伴隨著滋滋聲。我的飯店把自己打開接著是我面前的那間飯店然後又另一間而人造光線帶回了橘色殺死了我們的銀色。不過市中心依然黑漆漆一片，停電可能會持續整晚。我去過市中心一次，在停電時跟著李・「鬼畫符」・派瑞[66]。這是每個記者都聽說過的事，是世界末日，這座城市的各種犯罪都爆發成無法無天的時刻。然而這次卻如此安靜彷彿京斯敦成了一座鬼城，我第一次聽見了海浪拍打港口的聲音。

我不知道我想怎樣。我陷入泥沼了。誰想在搖滾樂已死的時候當個音樂寫手？也許龐克有點搞頭吧又或許這一切就只代表搖滾樂生病了並且住在倫敦。也許這個叫作雷蒙斯[67]的樂團會闖出什麼名堂搞不好搖滾樂就是必須一直回到查克・貝瑞[68]然後不斷重生。幹你娘，亞力山大・皮爾斯，難道寫音樂文章唯一的方法就是像個他媽的搖滾樂評家一樣講話嗎？韋納[69]在想，他希望啦，他有夠他媽的希望米克和基夫現在隨時會醒過來，放下海洛因，擺脫那所有讓樂團卡住的狗屁然後再搞出一張《讓血流吧》，不是像《羊頭湯》這種狗屎爛泥和什麼又棒又甜美的耶穌，也

64 譯注：三者皆為男性理容品牌。
65 譯注：出自巴布・馬利與痛哭者樂團的歌曲〈Them Belly Full (but We Hungry)〉，下一行歌詞是「一群飢餓的人就是一群憤怒的暴民」。
66 譯注：Lee "Scratch" Perry（1936-2021），牙買加知名唱片製作人，以製作雷鬼音樂著稱。
67 譯注：Ramones，美國龐克先驅。
68 譯注：Chuck Berry（1926-2017），美國殿堂級搖滾樂手。
69 譯注：即《滾石》雜誌創辦人Jann S. Wenner（1946-）。

沒有雷鬼。結果他們跑到這裡卻真的在這麼幹，用超垃圾的雷鬼小鼓花招飛快打過他們的這首歌到現在已經將近十九次了。我來到這個國家心知我一定會找到什麼東西。我覺得我找到了，我知道我找到了，但該死的要是我知道那到底是什麼就好了。

燈光熄滅又亮了，這次沒有嗡嗡聲。不騙你，我不覺得有人料到會這樣。我想像城市外圍就這麼被殺個措手不及，當場人贓俱獲。燈光回來前馬克．蘭辛在幹嘛呢？他在這裡真的有認識什麼人嗎？那個告訴我貧民窟是怎麼運作的傢伙自己以前也曾是個小混混直到他入獄，出來時已經改頭換面多虧了他有讀書。我想應該是讀了《麥爾坎．X自傳》之類的吧，就連我都去研究了一下艾德里奇．克利佛70呢。可是伯特蘭．羅素的《哲學的問題》？他們不怎麼理他因為他是個老派的前混混負責一個青年團體並協助協調各個幫派，不過也因為大家對一個印度佬沒太多期待就是了。

有時候我會羨慕那些越戰老兵因為他們心中至少還有個信念可以失去。你有曾經超級想要離開某個地方想得要死想要到你根本沒半個離開的理由其實就是更應該離開的理由嗎？

一九七一年我沒來得及離開明尼蘇達。

每個牙買加人都會唱歌而每個牙買加人都是從同一本歌詞學會唱歌的，馬蒂．羅賓斯的《槍手情歌》，就算是抓住最大尾的混混領口然後說艾爾帕索，他就會用完美深情的低音接著唱：艾爾帕索城ㄥㄥㄥㄥ，在格蘭河邊ㄢㄢㄢㄢ。這可以說是牙買加江湖黑話的前身，你想知道任何有關京斯敦綠橘戰爭的事，一切有關混混變成的槍手你必須知道的事，都不是在巴布．馬利或是彼得．陶許[71]的歌詞裡，而是在馬蒂．羅賓斯的〈大左輪〉裡。

他是人人口中亡命天涯的不法之徒

他來這裡是要辦點事

腰際掛著把大左輪

這是西京斯敦飆風戰警[72]的故事。這個西部需要一個英雄戴白帽一個惡棍戴黑帽，但事實是，貧民窟的智慧比較接近保羅．麥卡尼對平克．佛洛伊德《月之暗面》的看法，全都烏漆嘛黑的，每個窮鬼都是無家可歸的牛仔而每條街上都有用鮮血寫在某首歌曲中的槍戰。只要在西京斯敦待一天，就會知道某個大尾流氓自稱喬西．威爾斯完全合理。不只是無法無天而已，而是抓住某個神話，並將其變成他們自己的，就像某個雷鬼歌手為舊版本添上新歌詞。如果說西部需要一座OK牧場，那OK牧場就需要一座道奇城[73]。京斯敦，這裡的屍體有時多如蒼蠅，所以這個形容實在有點太過貼切。據說市中心已如此目無法紀，導致總理本人已經好幾年最遠都只有到交叉路口區了，就連這個交叉地帶也正等著各方強取豪奪。因為得了吧，只要白人和能言善道的總

70　譯注：Eldridge Cleaver（1935-1998），美國作家暨政治運動家，為黑豹黨初期的領袖。

71　譯注：Peter Tosh（1944-1987），牙買加雷鬼音樂家，和巴布．馬利同為「痛哭者樂團」的核心成員。

72　譯注：《The Wild Wild West》為一九六〇年代美國西部暨科幻影集，威爾．史密斯一九九九年主演的同名電影《飆風戰警》即改編於此，此處敘事者直接將片名當成形容詞形容喋血的京斯敦。

73　譯注：一九五七年著名西部片《龍爭虎鬥》（*Gunfight at the O.K. Corral*）所依據的真實事件原型發生之地。

理一講出什麼民主社會主義之類的詞彙，沒過幾天你就會看見一大群穿西裝的美國人突然蜂擁而至，全都叫作史密斯或什麼的。就連我都能聞到一場冷戰，而這甚至還不是飛彈危機呢。當地人要不是匆忙搭機出國就是被殺，不管怎樣所有人都他媽的離開道奇城啦。

這樣好多了，我猜。不要想當杭特，不要想當杭特。幹他媽的湯普森[74]，垮掉的一代[75]也去死吧，我的故事需要一條敘事線，需要一個英雄、一個惡棍、一個卡珊德拉[76]。我感覺到我的故事在沒有我的情況下正邁向高潮、結局、大災難。諾曼·梅勒[77]為了撰寫《邁阿密與芝加哥圍城》，把比較下流的那個自己弄進了一場活動裡，假扮成隆納·他媽的邦佐該睡覺囉·雷根[78]的保全人員以便混進一場共和黨晚宴，而這場晚宴本來他媽的永遠不可能會邀請他的。這只是個想法，就這樣而已。

歌手跟最大尾的罪犯見面，彼此敵對的罪犯，就在一週內連續。不應該出現在碼頭某批貨物內的槍枝也消失無蹤，根據我那個讀哲學的抓耙子的說法啦。而且兩週內就有一場大選，甚至都還沒提到馬克·蘭辛呢。同一時間這整個國家似乎都凍結在一場等待遊戲之中，或許我真正需要知道的其實是為什麼威廉·艾德勒幾個月前會出現在牙買加，跟他知道些什麼，還有歌手、百姓跟這整個他媽的國家該怎麼撐過接下來這兩個星期。接著我就會寫一篇絕世屌文投書給《時代雜誌》或《新聞週刊》或《紐約客》因為呢，嗯，幹你娘的《滾石》去死吧。因為我知道他知道，我他媽就是知道，他一定得知道。

74 譯注：應是指《滾石》雜誌另一位明星寫手Hunter Stockton Thompson（1937-2005）。
75 譯注：一九五〇年代興起的美國文學運動，代表作品包括傑克．凱魯亞克的《在路上》。
76 譯注：Cassandra，希臘羅馬神話中的特洛伊公主暨先知。
77 譯注：Norman Mailer（1923-2007），美國著名作家暨記者，曾獲普立茲獎及國家書卷獎。
78 譯注：應是在嘲諷雷根總統一九五一年出演的喜劇片《Bedtime for Bonzo》，邦佐是一隻黑猩猩。

洛老爹

他們以為我的思緒像一艘遠航的船。在我自己地盤裡的某些人，我在眼角看著他們。在我拉拔他們長大之後，他們覺得我現在才是那個阻礙進步的人，所以他們已經把我當老人對待啦，還以為我沒發現他們話講到一半就停住因為剩下的話不是講給我聽的。以為我沒發現那些傢伙跑來貧民窟要講事情，卻不是對我講，以為我沒發現他們把我當空氣。

貧民窟裡的人動作頻頻因為政客現在有不同的願景，消息似乎傳了出去說我不再喜歡見血的場面了。兩年前有兩件事在一個星期內連續發生在我身上。第一件事是我在叢林區斃了一個小新星，當時傳言說某個小子又開始囂張啦，賣自己的大麻之外還跟民族黨的男孩拉幫結黨好像我們簽了和平協定還什麼的。於是我們抓了個混混來殺雞儆猴但那混混沒穿卡其褲因為他以為自己硬到不行或以為自己是什麼古巴的游擊隊員。那小子正在他去亞登中學的路上，他單膝跪地然後往側邊倒背著地滾了滾我才看見學校的領帶。

我不記得有多少人因我而死而且我也不太在乎，但是那一次啊，你殺了一個人然後他就死了是一回事，但當你開槍射他時他靠得太近而他抓著你然後你用他看著你的方式看著他，那又是另一回事了。他的眼神他媽的害怕到不行因為死亡是最可怕的怪物，比你小時候夢到的所有東西都還恐怖而你能感覺到死亡就像惡魔一樣，慢慢吞噬你，大嘴巴先吃掉你的腳趾腳趾就變冷了，接著是腳掌腳掌就變冷了，再來換成膝蓋、大腿、腰部，而那小子抓著我的衣服大喊著不要、不要、不要牠來吃我了，不要不要不要……然後他用力抓著你，比他以前抓著所有東西都還用力因為要是他把所有吃奶的力氣，所有意志力都放在那十根手指頭上並抓著某個活物，那或許他就能抓住生命。然後他吸了一口氣就像要把世界都給吸進去並且開始害怕吐氣比什麼都還要怕因為要是他吐氣他可能會吐出他剩下所有的命。再對那小子開一槍啊，喬西．威爾斯說但我什麼事都做不了只能就這麼看著。喬西於是走到我身前，把槍指著他的額頭然後碰。

這導致了新的分歧。大家都知道洛老爹很嚴厲，尤其是如果你偷竊或強姦女人，但先前從來沒有人說我邪惡過，不像那小子的母親一路走到我家門前尖叫著她的孩子是個多棒的孩子愛他的媽媽還會去上學他才剛通過六科ＧＣＥ考試正要拿獎學金去上大學。她說上帝降臨之時祂對像我這樣的小黑鬼希特勒必定會有特別的懲罰。她為她的兒子尖叫也為了要耶穌出手干預然後喬西．威爾斯用槍托敲了她的後腦勺並把她就這麼留在路上，每次風吹過去都會把她的裙子吹起來。

有次歌手跟我說，老爹，你東擔心西擔心的是要怎麼變成最大尾的啊？我沒告訴他要管事就是要擔心。一旦你登上頂峰，全世界就都能對你開槍了。

我知道歌手知道很多人都痛恨他，但我懷疑他知不知道那是種什麼樣的恨。每個人都有話要說，但真正痛恨他的人比他還更黑。法庭的老大說他讀過艾德里奇．克利佛寫下的每個字然後離開幫自己拿了個他媽的屌學位結果只是讓這個一半是白人的小矮冬瓜變成黑人解放之聲。牙買加的第一號人物就是這傢伙啊？他識字嗎？剛從紐約和邁阿密回來的老大說這真是這個國家天大的公關災難。海關攔下他兩次問他是不是在玩雷鬼樂團還有他行李箱裡傳出來的味道是什麼，大麻嗎？在北海岸擁有一座飯店的老大說那個喝黛綺莉調酒玻璃杯裡還插著根小雨傘的臭白婊剛剛竟然問他多久洗一次頭，還有是不是所有牙買加人都是拉斯特，即便他顯然髮質很好而且天天都會梳頭。然後她就在他桌上留了五十美元跟她的房間鑰匙。我有次曾告訴歌手，我不覺得自己曾在靈魂上感覺到這種情況過，這麼多有權有勢的惡勢力集結起來對抗同個人就像他們聯合起來對付你這樣然後他說，魔鬼對我沒有半點力量。說魔鬼魔鬼到，我跟魔鬼握了手，魔鬼也有祂的事要做。魔鬼還是個好朋友呢，因為你還不認識祂的時候，就是祂能搞垮你的時候。我跟祂說，老兄，你就跟羅賓漢一樣。祂說，但我這輩子從沒搶過任何人啊。我說，老兄，羅賓漢也沒有啊。

但是邪惡之力和假鬼假怪的力量是在夜晚崛起的。歌手聰明得很，他和我當朋友也和幫派老大當朋友，歌手和我講道理也和幫派老大講道理，當然不是一起啦，這樣還是太瘋了，但他用同樣的方式跟我們倆講道理。如果貓狗可以同住一個屋簷下，我們為什麼不能相親相愛呢？耶不就是這麼說的嗎？可是貓跟狗並不想住在一起，我告訴他。但接著我仔細想了想這回事然後就想出了另一番道理來。當狗殺貓，貓又殺了狗時，唯一開心的就只有紅頭禿鷹。而紅頭禿鷹一輩子都在等這一天，頭是紅色胸口有白色羽毛翅膀是黑色的禿鷹。牙買加官邸裡的紅頭禿鷹，還有常春高爾夫俱樂部裡的紅頭禿鷹，他們想邀他去他們時髦的派對，因為現在他已經大牌到無法忽視了，然後把烤豬肉推到他面前，並告訴他他們是怎麼樣**想過要試試看雷鬼樂**彷彿雷鬼樂是種他媽的辮子一樣，還會問他有沒有遇過什麼真正的明星啦，比如英格伯·漢普汀克[79]。

而邪惡之力和假鬼假怪的力量都是在夜晚崛起的。特別是像今天這種炎熱的夜晚，對十二月來說也太熱啦，你滿腦子想的就只有誰有誰沒有而已。我在露臺上沒有開燈，我從我家望出去路上萬籟俱寂，什麼聲音也沒有只有情人搖滾從更遠處的酒吧傳來。一聲啪噠然後第二聲、第三聲，某個人剛贏了一場骨牌，我看見這寧靜聽見這寧靜但深知這寧靜無法持續。對我不行，對他不行，對京斯敦不行，對牙買加不行。

到現在已經三個月了，兩個白人到貧民窟來，還有彼得·納瑟。其中一個只會講英文，另一個講太多西班牙文了，他們來見喬西·威爾斯，不是我。一個人想覺得自己多大尾都行，但是當政客結交新朋友時，最大尾的會是他們來找的那個人。我在想喬西答應了什麼他們要我做的事。喬西是個自成一格的人，我從沒想過要控制他以前沒有現在也沒有，自從巴拉克拉瓦淪陷之後就沒有。哥本哈根城是座擁有四到五個王子的宮殿，以前從來沒有人想當國王。但是當那兩個新來的白人來貧民窟之後，他們雖然來我家拜碼頭不過卻跟喬西·威爾斯一同離開，而在我期望喬西打發他們走的臨界點時，他竟然上了他們的車而且回來後還什麼都沒說。

喬西六點半時去看他女人並穿著她從自由貿易區拿來的全新工作服跟長褲離開她家，接著他就走了。我不是他媽也不是他的監護人，他不需要告訴我他要去哪。碼頭上的槍枝在他也不知去向的同一晚消失無蹤，美國人唱著給和平一個機會[80]，但他又不是住在這裡的美國人。我想，我知道喬西召集人馬想一勞永逸夷平瑞瑪區。他不知道我知道他放火燒了橘街的廉價公寓而裡面還有人並槍殺任何想救火的人，包括兩名消防員。

---

79 譯注：Engelbert Humperdinck（1936-），英國知名流行歌手。

80 譯注：出自約翰·藍儂的歌曲〈Give Peace a Chance〉。

一九六六年，沒有人能夠從一九六六年全身而退。巴拉克拉瓦淪陷奪走了許多人命，就連支持的人也喪命了。我確實也是支持者，而且還不是靜靜支持是大聲疾呼。巴拉克拉瓦根本就是一坨屎會讓你乞求廉價國宅有豪華院子，巴拉克拉瓦是女人可以躲避謀殺、搶劫、強姦的地方但卻會因為一杯水死掉。巴拉克拉瓦被推土機剷平了所以哥本哈根城才會崛起，而當政客跟在推土機後面帶著他們的承諾到來時他們同時也要求我們把所有民族黨的人都趕出去。一九六六年以前，德納姆鎮的人和叢林區的人並不怎麼喜歡彼此，但即便他們在足球場上和板球場上幹架甚至就連兩個男孩吵起架來就會有一張嘴被扁得血跡斑斑，卻不會發生戰爭也沒有戰爭的傳言。可是接著政客來了。我歡迎他們因為更好的肯定也終將為我們到來。

一九六六年。這一切都發生在安息日那天，喬西從他當學徒的米勒先生鎖匠鋪走回他家院子，他走某條從來不會在意膚色的街回家，但他不知道上個星期五，政客跑過來說閉上你們的嘴開槍就對了。他們對他開了五槍，第五槍時他臉朝下直接摔在一灘髒水裡。大家都跑了，而那些沒逃跑的人，看著等直到有個人騎著腳踏車過來把他抱起來放在前座邊試圖扶著他不要讓他倒下去邊騎去診所。三個星期後走出那間診所的是一個徹頭徹尾改頭換面的人。

邪惡之力和假鬼假怪的力量是在夜晚崛起的。歌手跟我講了一個故事，說以前雷鬼是怎麼樣只有少數人知道的東西，白人搖滾明星又是怎麼跟他稱兄道弟的。你們這些雷鬼老兄都是很讚的人，棒得很，你有大麻嗎？但是等到這個留辮子的拉斯特開始唱起暢銷金曲並打進腐敗國家機器前百名之後，大家對待他的方式就都變了，他們比較喜歡他還是個窮表親的時候他們會因為注意到他而自我感覺良好。我告訴他政客發覺我識字之後也是這樣對待我的。一九六六年時他們瓜分了京斯敦從來沒有問過我們我們想要哪一片，所以每一塊卜在邊界左右兩端的土地，瑞瑪區、叢林區、玫瑰城、蜥蜴城，他們都留給我們去爭奪。我努力去爭直到我累了。我拉拔了那個現在以喬西．威爾斯之名走跳江湖的男人而沒有人比我更壞，我讓哥本哈根城膨脹了兩倍大並將搶劫和強暴從社區中根絕，今年是大選之年而現在什麼也不剩了只有戰爭和戰爭的傳言。但是今晚我從我的露臺望出去而夜晚緊緊保守住祕密，露臺是木頭搭的已經很久沒重漆了。我的女人打呼打得像隻踢腿的驢子，不過你會漸漸喜歡上那幾樣永遠不會變的東西。明天某些年輕人會來這裡談談他們自己的和平演唱會，因為現在這個是民族黨的政治宣傳。這一整夜幾乎要結束了而警方的掃蕩小組一次掃蕩都還沒開始呢，這讓今晚變得陌生，因為貧民窟的人們從不習慣一夜好眠。在某個地方，以某種方式，特別是一個像今夜這麼炎熱的夜晚，某個人一定會為此付出代價。

貝瑞・迪佛羅里歐

——你今天午餐吃什麼啊，爸，滑堡包ㄠㄠ嗎？

——當然啦，甜心。

——爸，別再那樣叫我了。

——哪樣叫你？

——甜心，我不是女生。

——你不是女生喔？你沒有什麼女生有的嗎？

——沒有，絕對沒有。所以我不能當甜心。

——但你還是我的甜心啊。

——不。男生不能當甜心，女生才可以，女生才是甜心，而且很噁。

要跟這種堅若磐石的邏輯爭辯實在有點難。我可以寫一整篇文章談那些我六歲時知道但到了三十六歲時就他媽不懂了的東西。

——她們是有點噁啦，沒錯吧？但等你十三歲你就會無時無刻都想跟她們待在一起囉。

——不～～～～～可能。

——有～～～～～～可能。

——那她們會喜歡跟我的青蛙們玩嗎？

——可能會吧。好啦，明天要上學，甜心。

——爸。

——抱歉，我忘記你現在是個小大人了。明天要上學，兄弟，所以快去睡覺吧。你也是，提米。

——噢，天啊，真他媽爛爆了。

——你剛說什麼？

——呃……沒什麼，爸。

——我也是這麼想的，去睡覺吧，小子們。哇，你們都不想再親你們老爸啦？

——他們現在是大人啦。

——我注意到了。記得刷牙，你們倆都是。

我老婆跟著他們。

——妳要去哪？

——也去刷我的牙啊。今天很漫長，不過話說回來在京斯敦的每一天都挺漫長的，不是嗎？

我知道她在幹嘛。女人總是可以利用各種機會來找架吵真是太棒了，尤其像現在這種你根本不想吵架的時候，可是不吵又會顯得你好像漫不在乎，所以你會說些好話或是恭維她，但這又只會讓她說你是在紆尊降貴，而這當然不管怎樣都會導致大吵一架。

——我等等就上——

電話響了。

——給我一分鐘。

她走上樓梯邊碎唸著什麼我在家時電話竟然響了。由於我禁止任何人打來這裡，公事不行閒聊也不行，這還真是件怪事。

——喂？

——一千萬美元而你拿得出來的東西就只有你讓那個死玻璃沙爾．芮尼克在《紐約時報》上寫的垃圾？

——威廉．艾德勒。比爾。屌朝哪邊啊，比爾？

——上次我穿四角褲時歪左邊啦。

——你在的地方那鬼東西應該要配給吧，嗯？

——真的喔，那我在哪？

——某個社會主義烏托邦吧，某個地方。用自由換世界上最好的鳳梨可樂達值得嗎？

——什麼，比如說在古巴嗎？你真以為我在古巴啊？你的情報就這樣？不要讓我對你的敬意再往下掉啦，貝瑞。

——不然你在哪裡？

——你不問我是怎麼拿到你號碼的嗎？

——不問。

——不要裝得像沒事一樣耶。

——兄弟，我要去唸床邊故事給我小孩聽了。我們這場約會是往好的方向走嗎？

——你在馬戲團最喜歡哪個座位？

——你知道我討厭什麼嗎，比爾？用問題回答問題的人。牙買加人幹他媽一天到晚都這樣。

——那你追蹤我的電話啊，我等你。

——不需要，你可能高估你的吸引力了。

——不，我覺得我對我的吸引力評估得剛剛好。

——你他媽要搞死我了，老兄。你想幹嘛啦，比爾？幫卡斯楚搞些好屎嗎？

——可能哦，但我何必打給你？自從蒙特維多之後你就拿不到好情報啦。

——最近你手上好像除了好情報外一無所有呢。

——我想是吧。你必須送回去的那七個人真是可惜。我是說，公司做事總是跟稀屎一樣軟爛，但這次，老天。

——你危害到人命了，婊子養的。

——我是危害到一千萬美金的預算了吧。對牙買加這樣的小國來說，可是他媽一大筆錢啊。

——書賣得如何啊？

——沒得抱怨囉。

——登上小說類暢銷榜了沒？我很關注。

——沒，不過在心靈雞湯類上節節高升啦。

——讚哦。聽著，比爾，雖然我很喜歡我們在這裡情話綿綿，但我其實真的很累了，所以你到底想幹嘛啦？

——幾件事。一，要不叫那幾個你派來追蹤我的蠢豬滾回去，不然就換好一點的人來。

——就我所知沒人在跟蹤你，而且要是我真的做了，那我不就早知道你在哪了嗎？

——叫他們滾就對了，不然就不要這麼明目張膽羞辱我了。話說，你可能也會想派些人力到關達那摩去接他們，趕在古巴人這麼做之前。我就讓你自己猜猜他們在哪啦。二，你可能會想重新考慮一下把那一千萬美金全砸在工黨上把我們從共產主義中拯救出來。大多數錢都會花在槍枝上啦，剩下的則是——

——想要我順便外送和平給中東啊？

——噢，就繼續當你的井底之蛙吧，貝瑞。三，如果你以為那些你叫路易斯教他們怎麼開槍的槍手蠢到不敢動你，那你就是在自欺欺人。我想那就是路易斯．強森人在牙買加的唯一原因吧，後座力可能會搞死你的，兄弟。

——你在開玩笑嗎？他們就像剛拿到兒童玩具的小朋友：這是我第一把真槍耶。

——所以你親自出馬去訓練那些男孩？我不這麼肯定啦。真是隨便，貝瑞，就算對你這個按表操課的傢伙來說也是。

——我不知道你到底在講什麼。至於路易斯，他自己管自己的事，所以你有什麼話就直接去跟他說吧。你這次又要搞什麼事了？我很驚訝你竟然不是在某個人民總是老老實實的地方，東德之類的。你這次又要我們策劃什麼祕密戰爭啦？安哥拉嗎？也許我們在尼加拉瓜正在醞釀些什麼，我聽說巴布亞紐幾內亞已經萬事俱備，社會主義現在隨時都有可能接管哦。

——你甚至搞不懂社會主義是什麼好嗎。你只是隻受過訓練的猴子只會瞄準跟開槍。話雖如此，我還懷疑你做不做得到。那理查·蘭辛的兒子在那裡幹嘛？忙著幫你惹火老爸啊？

——我聽不懂你在講什麼。

——又沒有人在竊聽，貝瑞，別再講屁話了。某個端狗屎給季辛吉因為正在捧卡斯楚懶趴的總理就要連任啦。

——你確定？

——就跟我知道你小孩在哪間學校念書一樣確定。

——比爾，別他媽搞——

——你他媽的給我閉嘴，貝瑞。就像我剛剛說的，某個似乎有點太無知到沒發現自己正要加入冷戰的總理，就要連任了，竟然還辦了一場演唱會找了世界上最大咖的巨星來表演，他剛好也是牙買加人。而全世界所有應該跑來這裡拍攝這整件事的人裡，來的竟然是理查·蘭辛自己的兒子。我不喜歡他們任何人啦，但你還是必須承認這一切有多巧。

——你構思的小小陰謀論還真棒。那幕後黑手又是誰啊？你忘了一件事，對吧？

——什麼？

——蘭辛已經辭職了。從很多層面看來，他都只是更經典的你，你們倆都是自由派男學生的良心突然發作了。

——我認為我是在報效我的國家。

——不，你以為你是在報效某個理想，但就算指示用白紙黑字寫得清清楚楚，你也不會知道一個真正的國家怎麼運作。

——你想把這變成階級辯論啊，貝瑞？這還真是社會主義呢。

——我沒有想要挑起任何事，我只是想上床睡覺，結果我現在卻卡在電話旁，跟一個不是沒有國家就是沒有重點的人。

——我就不懂你們這些傢伙是怎麼想的，社會主義不是他媽的共產主義。

——總之都是某種主義，這是肯定的。你的問題呢，而這一直以來都是你的問題，比爾，就是你以為他們花錢聘你來是要你思考的，或是覺得他媽有任何人在乎你在想什麼鬼。

——很多牙買加人都在乎。

——對啦，你六月待在這的兩週期間我也在，記得嗎？牙買加人才不屌什麼CIA的政策，他們甚至搞不清楚CIA跟FBI差在哪。不，一堆牙買加人都因為有個白人幫他們解套爽到發瘋，因為**草根**雷鬼正好出現而且他們當然絕對什麼錯都沒有，有這麼多邪惡的白人在這跑來跑去耶。他媽的真的是饒了我。你最近跟南西．威爾許聊過沒？

——我幹嘛跟南西．威爾許聊？

——不怪你啦。畢竟，你是能說啥？嘿，南西，我害你哥跟他老婆在希臘被幹掉真是衰事一樁。

——幹他媽的給我等一下，你覺得是我害威爾許夫婦被殺的？

——你跟你的小小爆料，你那本小小的垃圾小說。

——他媽的書裡根本就沒提到他，你這蠢貨。

——講得好像我真的會去讀。

——認真嗎？你覺得威爾許掛了應該要怪我？我實在人高估你了，貝瑞。我以為公司信任你所以託付了你更多情報，顯然沒有。我肯定找錯人講話了。

——是喔？你不是唯一對我看法正確的人啦。

——路易斯・強森在西京斯敦教年輕的恐怖分子怎麼使用自動武器，那一批武器從來沒有抵達京斯敦港過所以之後也永遠都沒有被幹走。

——你又沒有證據。

——唯一用過路易斯的人就是我在智利那時候。他在牙買加一定只會是因為這個理由。或者是叫布萊恩・哈里斯，或奧立佛・派頓之類的最近他叫自己什麼都隨便。你們這些人永遠都聞不到後座力，直到後座力狠狠打你們的臉。幹他媽的你們這些死常春藤仔，永遠不用跟人打交道。我的問題是他媽的歌手為什麼會出現在你們的雷達上？他是可以做什麼？

——晚安，比爾。或是**明天見**（**西語**）或**晚點見**（**西語**）或隨便你想怎樣說。

——我是說，說真的，他媽他是ㄅ——

——別再打給我了，你這婊子養的。

——哪個婊子養的打給你？我老婆說。我沒聽見她走回來，也不知道她在這待多久了。她坐在沙發上而我我站在那後面，沒有看我也沒說半句話，卻期待一個答案。我拔掉電話線走到吧台那裡有瓶半空的思美洛伏特加和一瓶琴酒在等著。

——妳要喝嗎？

——我剛刷完牙。
——那就是不要囉。
——聽起來你想繼續跟我的那場小爭吵啊。
她揉揉脖子並拿下項鍊。如果牙買加不是這麼熱的話，她絕對不可能把頭髮剪到脖子以上。我好幾年沒看過她的脖子了而我懷念吻上去的感覺。好笑的是她竟然這麼痛恨待在這裡，因為在來到牙買加之前我他媽超擔心她已經變成那個我他媽再也無法忍受的女人，那個不再覺得有需要看起來吸引人的女人。也不是說她有不吸引人過，或我有對不起她過，還是我有偷吃過其他女人什麼的，就連在巴西也沒有，不過不久前我開玩笑說要離開她，只是為了看看這會不會讓她再次開始擦口紅。她每天分分鐘都在抱怨這個國家，可能每一兩分鐘就會抱怨一次，可是她開始穿起小可愛，把頭髮剪得像個花童，還把全身曬成古銅色像個佛羅里達州的女繼承人似的。或許她睡了其他人也說不定，我聽說那個歌手吃得很開。
——孩子們睡了嗎？
——至少在裝睡吧。
——哈哈。
我在她身旁坐下。紅髮正妹就是這樣，對吧？不管你跟她們住了多久，當她們轉過頭來直勾勾地看著你時，你總是會很驚訝。
——妳剪了頭髮。
——這裡熱到受不了。

——很美。

——已經長回來啦，我兩個星期前就剪了，貝瑞。

——我應該上樓去幫他們蓋被子嗎？

——現在三十二度，貝瑞。

——也是。

——而且現在十二月了。

——我知道。

——現在一九七六年，貝瑞。

——這我也知道。

——你說我們只會在這裡待一年或更短時間的，貝瑞。

——寶貝，拜託，我沒辦法在兩分鐘內吵兩場架啊。

——我不是在跟你吵架，事實上我幾乎沒在跟你說話。

——如果我們離開——

——**如果**我們離開？真他媽的，貝瑞，什麼時候從等我們離開變成如果我們離開了？

——對不起。等我們離開時，妳在佛蒙特以外的其他地方會開心嗎？或許我應該退休靠妳的薪水過活就好。

——真好笑。我不是在跟你吵架，我只是在提醒你一年有十二個月而這個月就是第十二個月了。

——孩子們會想念他們的朋友。

——孩子們根本就沒朋友好嗎，貝瑞？

——妳說得對，甜心。

——不要高估你以為自己有多少選擇。

——妳絕對不知道我對這個天殺的世界有多幹他媽的厭倦。

她不會問我是什麼意思的，她就喜歡讓她自己的話像這樣懸在那。工作嗎？還是婚姻？她絕對不會明說因為如果她明說，就降低了其中的威脅性。我可以問她是什麼意思，接著她就會一，跟我解釋彷彿我是智障之類的，好像理解力有問題一樣，還有二，把這當成找架吵的方式。我不知道她以為她的人生會變成怎麼樣，但我又累又煩根本不想跟她解釋彷彿我在什麼他媽的電視節目裡面一樣，每個星期都必須讓觀眾跟上最新進度。在上上上上上上一集中，我們從前的英雄，貝瑞·迪佛羅里歐，這個勇敢無懼、瀟灑迷人、不知道該何去何從的英雄，帶著他老婆來到牙買加的水泥叢林，進行一場充滿陽光、沙灘、性愛、祕密的任務。貝瑞·迪佛羅里歐努力工作但是他老婆——

——不要這樣。

——不要哪樣？

——哼出你在想的事，你這麼做的時候自己甚至不會發現。

——那我現在在想什麼？

——噢天啊，看在上帝的份上，在佛蒙特養三個小孩已經夠糟了。

我花了一會兒才理解她說的是三個。——妳生氣時真是有夠正，我說，並在她瞪我之前就有所期待。不過她並沒有瞪我，她甚至連看都沒看我一眼，我就坐在她旁邊，試圖想抓她的手。我心想還是再說一次吧，但還是沒說出口。

妮娜・博吉斯

四十二路公車開了過去連停都沒停，是想在變回南瓜前趕快回家吧，我猜，只不過現在是六點。宵禁七點開始，但這裡是上城所以周圍沒有任何警察會強力執行，實在無法想像他們攔下一輛賓士，車上的人搞不好是總理的內閣大臣。最後一班是一台迷你巴士，側邊用藍色漆著「至高平靜」，而不是紅、綠、金。也有更大台的公車經過，有政府經營的綠色公有JOS巴士，以及我必須彎身才能擠進去（而且整趟車程也都必須彎著身子）的小巴士，多數公車都是要去公牛灣或淺黃灣或其他什麼灣的，代表海岸線，代表鄉下。晚上六點時「至高平靜」也把我抛在後頭了。我在十點四十五分時聽見最後一個貝斯音符，現在已經十一點十五分了。

公車繼續經過而我繼續不搭。也有兩輛車停了下來，兩台都是非法計程車，兩台都有兩個人擠在前座四個人擠在後座，包括一個手裡拿著一疊美金的男人大喊著，妳想去西班牙城嗎，寶貝？一開始我以為是同一台車，我往後退並別過頭去，等得夠久讓車開走，然後又重複了一次。

我終於發瘋了。一定是的，竟然在大門外等著希望某個男人會想起跟我打過炮還期待我是他打過炮，或許甚至加上他此時此刻正在打炮的所有女人中最難忘的那一個，而要是他記得那次性愛或許他可以動用點人脈把我和我的家人弄出這個國家最好還順便幫我們付錢。早上七點時這感覺起來實在太合理，在看見我爸試著表現得好像那些更年輕的男人並沒有讓他覺得自己是全世界最老的男人之後。或許他們也沒有強暴我媽，搞不好他們只是打她，或是用什麼東西搞了她的鮑魚並要他看著他們這麼做而已。也許他們說不臭婊子妳太老了不能幹，那鮑現在是給耶穌的啦。又或許這只是我在快要午夜時，穿著愚蠢的高跟鞋站在這裡，我的雙腳快要殺了我了因為我花了整天在荼毒我的雙腳，而我能做的就只有聽著我的理智發瘋。那個婊子養的一次都沒出來，就連一次都沒有。或許我搞錯了。或許我實在令人難忘，太過難忘，而他從某扇窗戶看見我便下令說不要讓那女孩進來。也許我床上功夫太鳥或是床上功夫太屌，我身上有某種東西對他說，小子，你最好待在裡面不要跟那女的扯上關係，那個妮娜．博吉斯。搞不好他甚至記得我的名字，搞不好沒有。我的高跟鞋和我的雙腳都髒兮兮的了。

大概在兩點或三點左右我雙腳的痛苦往上來到我的脛骨接著是我的膝蓋，這感覺好了一點但完全只是因為疼痛分散了。到了某個時刻你會失去所有痛感直到你發覺，可能是一小時後吧，你其實並沒有失去所有痛感，疼痛只是蔓延到了所有地方直到你全身都成了疼痛本身。或許我不是瘋女人，但我肯定有什麼不同之處。一小時前經過我的那兩個女人絕對知道些什麼，我從天知道多遠就看見她們了，一英里外吧，她們當時只是移動的白點直到她們離我僅僅二十英尺，兩個黑人女子穿著白色的教堂洋裝並戴著帽子。

——可是那就是我在跟妳說的啊，梅薇絲，為攻擊全能耶穌而製成的武器，都沒有效用[81]，左邊那個女人說。

81　譯注：出自《以賽亞書》五十四章十七節，此處經改寫，原文作：「為攻擊你而製成的武器，都沒有效用。」

她們同時雙雙盯著我看然後沉默了下來。她們甚至沒有等到走過我其中一個就對另一個低聲說起話來，那時晚上十點我知道她們在竊竊私語些什麼。

——我才剛為了二十塊上了妳的男人，我說。

她們加快腳步如此努力想要離開左邊那個還差點跌倒，在那之後就沒人經過我了。但也不是說希望路入睡了，在我後方是許多公寓前方則是他家，所有地方的燈都開著。那些人不是去睡覺了，他們只是把自己跟路上隔絕開來。這就像是整座城市都背叛了你，就跟那兩個教堂女子一樣。我想著這件事，不如當個妓女，跳上第一台朝希望路開來的賓士或富豪，或許去愛爾蘭城吧，某個住在新京斯敦的生意人或外交官會強姦我因為他逃得掉。如果我就站在這裡站在橘色的街燈下並掀起我的裙子這樣燈光就會照到我的陰毛，或許就會有人停下來。我好餓而且我需要尿尿。他家最高那間房間的燈剛剛熄滅。

金咪帶我到這裡然後離開的那晚，我並沒有打算要和他睡的，我確實想看他的裸體但不是像那樣。我聽說他每天早上五點就會起床接著開車到公牛灣在瀑布下洗澡，這其中有些什麼聽起來同時既如此神聖又如此性感，我一直都在幻想他從瀑布下起身，全身赤裸因為時間還夠早，我也在想像河水真是全世界最傷心的東西了因為遲早必須從他身上滑過。當我看見他光著身子出來到他的陽台上吃水果我覺得月亮一定也很難過吧，因為知道他很快就會進去裡面，我的想法是要延長這一刻。我想都沒想，思考會阻止我出去陽台，思考會阻止我把我的衣服脫掉以免我穿著衣服他沒穿衣服會讓他害羞，說得好像他全身上下有哪根骨頭會害羞一樣。他說**我認識妳**，這可能是真的。女人都喜歡被記得吧，我猜。或是也許他就是知道該怎麼讓一個女人覺得自己被想念。

音樂停止後有幾個人離開了，這是那道大門第一次打開，幾台車，一台吉普車，沒有他的車。他還在那裡，他跟大概一半的樂團成員都還在吧，我思考著要直接衝進去，把高跟鞋脫掉然後快速衝刺，快到我衝進去之前保全都來不及抓到我，等到他們抓住我的時候他們會看見我的淺膚色並放了我而我會大喊他的名字他則會下樓來。但我仍然待在我這一側的馬路上，就在街燈和公車站旁，右手邊某間房間的電燈剛剛熄滅。我爸一直說著沒人能把他趕出他自己的國家，但是在襲擊發生的幾個月前他叫我在廚房坐下並讀了一篇《拾穗者》的文章給我聽，我只是回去看看他們並沒有計劃要待太久，但他不願意讓我自己讀，他必須聽見自己親口跟我說。那篇文章叫作〈如果他失敗了〉，他指的是總理。爸，這篇文章是一月的耶，你一直等到現在才讀喔？我說。我媽後來告訴我他每週都會讀一遍，所以現在是第四十七遍了。樓下左手邊某間房間的燈光熄滅了。現在有宵禁而我不應該還在外頭的，如果有警車經過我根本沒辦法跟警方解釋。我也沒辦法對自己解釋。

他讀那篇文章給我聽時金咪也在家，所以她聽第二遍了而她可沒有要好好坐著聽什麼ＣＩＡ唬人破事的意思，在那之前她發出嘖嘖聲、打哈欠、抱怨彷彿她才六歲而我們不得不坐著撐過大人的教堂禮拜。這只是工黨右翼的政治宣傳啦，她在他唸完最後一句之前說。完全都是宣傳。你怎麼可以找個工黨主席寫篇文章搞得好像他是記者似的？這只是更多政治花招和一些騙人的狗屁事啦。為所有人提供免費的教育一路讀到學士學位在哪？婦女平權法案在哪？那現在至少讓所有鋁礬土公司在強姦我們之前得付點錢吧？我媽給了她一個「我才不是這樣養大妳的」表情。

我呢我只是很開心她沒有跟拉斯．川特一起出現，他是「非洲採藥人」[82]的貝斯手，另個身分是觀光部長之子。我媽說他們在交往即便他當著金咪的面叫她腐敗國家機器公主，即便身為部長之子他在參觀完他爸四間房子裡的所有房間之前就超過三十歲了。但是金咪需要某個人能把她從不管老爸把她供在的什麼神壇上給敲下來，這樣她就能用他再做出個新老爸了，而如我所說，切・格瓦拉已經死啦。老媽，她在這場討論中從來都不選邊站，更不用說談論了，竟然說她覺得我們需要一個住宅保全，連總理本人都在說這件事，說什麼隨著犯罪率飆升人民也應該自己肩負治安的重擔。我們三人從來沒有意見一致過但我們全都盯著她彷彿她發瘋了，事實上她自己也是這樣講的，你們全都不准像我發瘋一樣看著我。我爸說他絕對不可能在他自己的國家聘什麼麻布袋叔叔[83]的。

他問我有什麼想法，金咪看著我彷彿我們的關係全都懸在即將從我口中說出的任何話，當我說我沒有什麼想法時他們倆都很失望。我比較喜歡記住而不是思考，要是我開始思考那我遲早必須問我自己各種問題，比如我為什麼要跟他睡，還有結束時我幹嘛跑掉，還有我現在為什麼要待在外頭這裡跟我為什麼要待在外面一整天，以及我可以無所事事度過這一整天說明了什麼。這是不是代表我是其中一個那種他媽的整天遊手好閒的女孩，而待在這裡一整天的重點，這整件事真正恐怖的部分其實在於這有多簡單。我媽會唱親愛的耶穌一次一天順其自然，就連老爸也喜歡這樣說，一次一天順其自然，彷彿這是什麼生存策略。但是不要面對人生最快速的方法就是一次只過一天的生活，順其自然別想太多，這就是我發現可以他媽的什麼事都不做的方法。如果你可以把一天分成四等分，再分成小時，接著分成半小時，然後是分鐘，你就可以把任何時間跨度都嚼成一小塊一小塊，這就像是在面對失去了某個男人的時候，如果你可以忍受一分鐘，那你就可以吞下兩分鐘，接著是五分鐘，然後又是另外五分鐘就這樣一直一直繼續下去。如果我不想思考我的人生，那我根本就連想都不必想人生，只要撐過一分鐘，接著兩分鐘，再來是五分鐘，然後是另外五分鐘，那麼在你發覺之前，就可以度過一個月了而你甚至不會注意到因為你只是在算時間而已。

我就在他家外面算時間，甚至沒發覺一整天就這麼從我身邊溜走了，就像這樣。房裡的燈光，左上方那間，又亮起來了。

我本來應該要說的事，我先前想說的事，就是困擾我的其實並不是犯罪。我是說，犯罪困擾我的程度就像犯罪困擾任何人一樣，就像通貨膨脹是怎麼為我帶來困擾的，我不會真的體會到但我知道這影響到我了。並不是真正的犯罪讓我想要離開，而是犯罪隨時會發生的可能性，眼前任何一秒都有可能，甚至可能就在下一分鐘。犯罪確實也有可能永遠都不會發生，可是我接下來十年都會覺得犯罪下一秒就會發生。即便犯罪永遠沒有降臨，重點在於我會等待犯罪到來，而等待本身也一樣糟糕因為在牙買加要是你等著某件事發生在你身上，那你就完全無法做其他事了。這也能套用在好事上，好事永遠不會到來，你擁有的一切就只是等待而已。

等待。那個婊子養的甚至沒有走出到他的露臺，但要是他現在就跑出來，那該怎麼辦？我不知道我能不能移動，我不知道我能不能跑過街並從他的大門大叫，我骯髒的雙腳正在告訴我我實

82 譯注：出自巴布・馬利與痛哭者樂團的歌曲〈African Herbsman〉。

83 譯注：Tonton Macoute，應是指海地政府在一九五〇年代創建的同名祕密警察組織。

在等太久了久到只剩下等待本身了，我唯一沒等的那次就是我在後陽台看到他時，我完事之後也等都沒等。我想過要告訴金咪，她一定沒料到我會來這招，這就是為什麼我想告訴她我比她這輩子有可能的都還更接近切．格瓦拉，腐敗國家機器公主。

馬路對面，不過是距離大門大約整整五十英尺左右有輛車正停了下來，是輛白色的跑車我甚至沒看到車開來。我也沒看見那個男人，從我在的馬路這一側的牆上跳下來並走到車旁。我緊抓我的包包即便他已經上車了。我不知道他在那待了多久，在黑暗中站在牆邊，離我只有幾英尺，觀察著。我完全沒看見他或聽見他，他有可能也在那邊待了好幾個小時這整段時間都在觀察我。白車轉進他的車道並停在大門前，我很確定那是輛達特桑，駕駛走下車我分不出來他是淺膚色還是深膚色但是他穿著一件白色的美麗諾羊毛衣。他走到大門邊，要和保全講話吧，我猜。當他轉身要回到車上時他的雙眼閃動，是眼鏡。我看著那輛車開走。

我必須離開。不只是牙買加，而是這個地方，現在立刻馬上。我必須快跑，所以我開始跑。屋子沒有看著我但是陰影看著我，整條路上上下下，陰影跟人影一樣移動著。也許是男人，半夜十一點附近有毫無防備能力之類的女人時男人就會變了一個樣，有部分的我覺得這完全是鬼扯而或許我只是需要個什麼東西克服恐懼而已。我的中學老師曾警告我們不要穿得像蕩婦一樣她無時無刻都害怕被強姦，某天我們拿蠟筆草草寫了一張紙條並滑進她講桌抽屜裡，她花了好幾個月才發現而且還讀了出來，**說得好像有盲人想強姦ㄋ**——這時她才發覺她大聲讀了出來。

奔跑是相對的。穿著高跟鞋你只能非常快速地跳動，幾乎沒辦法彎膝蓋。我不知道我跳了多久，可是我可以聽見我的雙腳啪噠啪噠啪噠我的大腦決定取笑起我看起來肯定超蠢而睡眠小子小威利溫奇跑過城市，上樓，下樓，穿著他的睡袍跳進我腦海裡並待了下來。敲敲窗戶，從鎖孔大喊，孩子們有乖乖待在床上嗎？現在已經八點囉！睡眠小子小威利，幹他媽的。

有一邊鞋跟斷了。這雙該死的鞋可不便宜，幹你——

——嘿，瞧瞧我們撞見了啥啊？印度鬼魂嗎？

——那這肯定是我見過最正的印度鬼魂哦。

——小妞啊妳打哪來的？妳剛犯完罪嗎？

——搞不好她要開槍了哦？

警察。天殺的警察，還用他們幹他媽的警察調調在講話。我都已經想辦法跑到滑鐵盧路的十字路口了。德文大宅，看起來像鬧鬼的豪宅，就在左邊。紅綠燈剛變綠，但是三台警車擋住了路。六個警察靠在車旁，有些人的長褲上有紅色的縫線，其他人則是藍色。

——嘿小姐妳知道我們正在宵禁嗎？

——我……呃……真的必須加班到很晚，警官，然後就忘了時間。

——妳忘掉的不只是時間啊，妳是長短腳還是妳斷了根鞋跟？

——什麼？噢該死的，抱歉，警官。

——哈哈哈。

他們全笑了，帶著幹他媽警察調調的警察。

——妳有看到任何公車或計程車還在路上跑嗎？妳是要怎麼回家？

——我……我

——妳是要用走的哦？

——我不知道。

——小姐，妳最好喪車。

——我可以自己到家的，我說。我想說是上車不是喪車，但如果女人沒禮貌時他們很可能就會抓人。

——妳家在哪啊，下個街區嗎？

——海文戴爾。

——哈哈哈哈。

警察跟他們的警察式笑聲。

——今晚剩下的時間都不會再有公車經過這啦，妳確定要用走的？

——對。

——只有一根鞋跟？

——對。

——而且在宵禁耶？妳知道晚上這個時間哪種男人會跟妳一起在街上嗎，小姐？妳是唯一晚上不看新聞的女人啊？街上都是人渣哦，妳是哪個字不會拼？

——我只是——

——妳只是在當個他媽的蠢貨，妳還是乾脆繼續工作到早上等公車發車好了，給我上車。

——我不需要——

——小姐，幹他媽的快上車，妳犯法了，妳要不乖乖上車就是去拘留所。

我上了車。兩個警察坐進前座，把剩下兩台車和四個警察拋在後頭。紅燈時只要右轉就能帶你到海文戴爾。他們往左轉。

——抄近路，他們異口同聲說。

迪馬斯

這裡是海邊的那間房子。雖然只有一間房間而且並不是間房子，不過從前依然是某個人的家，那個把路封起來讓火車過的男人，我不知道他叫什麼名字但他一九七二年掛了沒有人接管他的地方，當西京斯敦變成狂野大西部每個男人都變成牛仔之後火車也不再經過了。我想當吉姆·威斯特[84]，但他褲子太緊啦，中國佬商店裡的電視是黑白的可是我猜他的長褲是藍色的，娘們的那種藍。這就是那間一間房間的房子而以前住在這的那個人睡在一塊床墊上拉在一個桶子裡再拿去海裡洗一洗，沒人記得他的名字，當他們發現他的屍體時身上的水全都脫乾了但他還不是具骷髏。這間房子有兩扇窗，一扇面海一扇面對鐵軌，火車不再經過後，貧民窟的人試圖偷走鐵軌，但卻沒有工具可以拆解那麼重的東西。

房間的顏色是這樣的。房間漆了五種顏色都沒漆完，地板到窗戶底端是紅色，窗戶底端到天花板是綠色，另一面牆到天花板處都是藍色，但在抵達角落之前油漆就沒了，第三面牆用粉紅色開始漆漆完了整面，第四面牆底部的綠色到中間就停止了油漆痕跡還很用力，就像他在乞求拜託強迫油漆繼續延伸下去。一個男人身旁沒有女人變老了之後一定就是像這個樣子，他會忘記自己是誰並在他每次必須尿尿的時候因為這提醒了他而難過嗎？還是他會跟什麼變態一樣玩弄著自己？房裡也只有一把椅子，一張椅腳小巧的紅椅。小巧這個字是來自某首我們在學校學到的詩，美麗又小巧的西班牙鬼針草帶著你的黃花和白花，點綴著露水輕輕入睡，你今晚是否會想起我呢[85]？

這是上帝犯下的第一個錯，時間，上帝是個傻子竟然創造了時間，這個東西就連祂都用光了。但是我超越了時間，我身處當下，當下就是現在也是當時，當時就是不久而不久也可以是如果。兩個人剛進到屋裡，讓七變成九，一個來自瑞瑪區，兩個來自川屈鎮，三個來自叢林區，三個來自哥本哈根城。

待在房裡的人名單如下。

喬西・威爾斯，又名富蘭克林・阿洛修斯，也叫掰囉，他剛和

碰碰一起進來，碰碰愛拿槍可是不知道該射哪。

愛哭鬼，讓警察忙個沒完的條子殺手。他像個牙買加人一樣說話時都是在幹譙，他跟白人一樣說話時聽起來則像在讀一本很多生難字詞的書，有件關於愛哭鬼的事如果還想活命的人都不會亂講。

赫克，他以前都和傑克[86]一起行動直到一顆民族黨的子彈把傑克從現在式變成過去式。

來自川屈鎮的蘭頓。

馬提克，來自川屈鎮。

---

84 譯注：即《飆風戰警》影集的主角之一。

85 譯注：出自牙買加裔美國詩人克勞德・麥凱（Claude McKay，1890-1948）的詩作〈西班牙鬼針草〉（The Spanish Needle）。

86 譯注：即《赫克與傑克》中的另一隻喜鵲主角。

時髦雞，他們給他古柯鹼之前他就會海洛因毒癮發作亂抖了。

兩個叢林區的人，一胖，一瘦，我都不認識。瘦的那個甚至還不是個男人，連個男孩都說不太上呢，他的襯衫敞開但沒長半根胸毛。

還有我。

而十個人怎麼變成九個人是這樣的。三個晚上前，來自川屈鎮的馬提克想用愛哭鬼秀給他看的那樣點古柯鹼，但他忘了怎麼弄而愛哭鬼人也不在。那晚沒有月亮我們也沒有手電筒可以照亮進出房子的路。馬提克覺得他知道怎麼精煉古柯鹼而一湯匙滿滿的古柯鹼，就是一湯匙滿滿的古柯鹼啊，不就一湯匙滿滿的古柯鹼。馬提克覺得愛哭鬼一定會把古柯鹼隨便亂丟所以他找了地上、角落、窗戶邊的兩個櫥櫃裡、門旁炭爐的灰燼裡，他找了又找其他人也開始幫忙找，感覺到了古柯鹼的癮頭但古柯鹼並不會讓你發癢，海洛因才會。馬提克終於找到了一些白粉其他人想逼他分享，他掏出了他的槍。他用他自己的打火機加熱，他記得要在水裡加熱古柯鹼並加進他在櫥櫃裡找到的小蘇打粉，他笑得像個專業的其他人則像飢餓的老虎一樣盯著他。但馬提克忘了剩下的步驟。他忘了愛哭鬼用的另一種液體，乙醚。他也蠢得可以竟然以為愛哭鬼會把貨留在房子裡。古柯鹼燒不起來，一點變化都沒有，沒有煙飄出來給他吸，所以他用舔的，他舔燙得要死的湯匙舔得超用力我們都聽見他的舌頭發出嘶嘶聲。精煉古柯鹼藥的效來得很快而藥效需要八、七、六、五、四、三、二、一，什麼都沒有。這個馬提克，真的是個低能，他接著臉朝下直接碰一聲重摔到地上還開始口吐白沫，沒人敢碰他直到愛哭鬼來了笑得要死並問我們覺不覺得好笑啊這麼一個髒到爆的破地方竟然沒半隻老鼠。

而九個人怎麼變成八個人是這樣的。昨晚喬西・威爾斯跟我們說我們要幹嘛。來自川屈鎮的蘭頓說他錄了首熱門金曲他才不要像海補通歌裡的那個男孩一樣掏槍出來然後去坐牢勒[87]而白人會把他的歌放在電影裡，他說他孩子的媽跑去歌手的錄音室而他們給她錢是給小孩的也給她媽跟她全家，他知道她只是上百個受到歌手幫助的人的其中一個而已而要是這停止了會發生什麼事呢？喬西・威爾斯說這不會讓他變得更棒而是變得更爛因為他在做的就只是給窮人魚吃因為現在他發達啦他就不想要其他人學會怎麼自己抓魚。我們某些人聽得懂這番道理但來自川屈鎮的蘭頓可不懂，愛哭鬼掏出他的槍當場就想斃了那臭婊子。喬西・威爾斯說別這樣，老兄，聽聽這人要說什麼想想他的道理吧，接著喬西・威爾斯又說一個人應該要知道係數才對。我們不知道他在講什麼，所以他又說動能：$KE=mv^2/2$（其中m代表質量v代表速率）偏角，形變，裂變，出血，低血容性休克，失血，缺氧，氣胸，心臟衰竭，腦傷。碰。他的頭顱擋住了子彈但血還是噴了愛哭鬼一胸口。幹這是我的《警網雙雄》上衣耶！愛哭鬼邊說屍體邊倒下而他把胸口的腦漿抹掉，喬西・威爾斯把槍收回他的槍套。

而那個白人是這樣教我們幫M16A1、M16A2、M16A4裝子彈的。

把步槍槍口朝向安全的方向。

拉動槍機拉柄並保持槍機開啟。

將槍機拉柄退回前方。

87 譯注：應是出自該團的歌曲〈Warden (Got to Get Away)〉。

把射擊選擇鈕撥到「安全」。
檢查膛室確保裡頭空無一物。
插入彈匣，往上推直到彈匣卡榫撐住彈匣。
向上輕拍彈匣底部確保正確裝彈。
按壓槍機釋放鈕上半部以釋放槍機。
輕拍槍機助進器確保槍機完全回位並鎖死。
這時你並不需要再把射擊選擇鈕撥回「安全」。
有叢林區的人時就是會這樣，他們超愛古柯鹼所以他們會精煉而多虧愛哭鬼教他們怎麼精煉。喬西・威爾斯留下我們但警告有人敢離開就死定了，這時我們想起大家以前都叫他掰囉。他和愛哭鬼關上門時也把門給鎖上我們聽見一聲喀噠聲，房子越來越擠越來越熱我想起我要殺的保全、警察。這腐敗墮落的國家機器。
七個人，二十一把槍，八百四十發子彈。我想著一個人也只想著那個人可是並不是歌手，我想著他跑到死路跟小女孩一樣發出尖叫聲，我想著他說不是我你是來找誰的你是來找樓下的吧因為他一定就是個像這樣的死婊子，我想著誆了人又落跑的傢伙還有運氣用光的傢伙。我凝視著他並說死亡看起來就會像這樣。

亞瑟・喬治・詹寧斯爵士

而我們現在來到了死亡時分，今年再過三週就要投降。就這麼一去不復返了，潮溼炎熱的夏季，在陰影下還有三十五度半，五月和十月的雨讓河流暴漲，殺死牛隻並傳播疾病。男人因為豬肉變肥，男孩的肚子則因毒藥腫脹，林子裡有十四人失蹤屍體就要爆炸三、四、五。還有更多人必須受苦，還有更多人必須死去[88]，這些話是我從一個死亡已經伴他同行的男人那邊偷來的，死亡從腳趾往上殺死他。

我低頭看著我的手也看見了我的故事。一間位於南岸的飯店，一個我的國家本能嘗到的未來。夢遊，他們找到我時這麼說，所以他們從道聽塗說建立了一幅景象，我兩手伸在身前跟科學怪人一樣僵硬，我雙眼緊閉，我的雙腿像共產黨行軍一樣重踩，跨過欄杆，三、二、一。他們發現我一絲不掛，我的雙眼雖然警惕卻失去了棕色的神采，我的脖子軟趴趴的後腦勺砸了個稀巴爛，陰莖則呈現立正升旗姿勢，這是飯店員工第一件看到的事。藏在我鮮血中的是某個人推了我之後留下的塵土。

有些關於死亡的事情是死人也沒辦法告訴你的，就是其中的粗鄙。死亡會把你死掉的地方變成一間屍體丟自己臉的房間，死亡會讓你咳嗽、漏尿，死亡會讓你拉出來，死亡會讓你因為體內的臭氣臭得要死。我的身體雖然腐爛了但指甲還繼續長長成爪子而我看著等。

我聽說美國有個有錢人，一個很有錢的人名字裡就寫著權力，死在某個不是他老婆的女人體內。那個男人像一艘巨船用他死沉沉的重量壓死了那女人，男人十八小時後就由他老婆燒掉了因為她無法忍受在他身上聞到另一個女人。

我當時也在某個女人體內她的名字我記不起來但她要我停下來並抱怨起口渴。可是那邊就有紅酒啊。你可以去拿點冰塊嗎？誰會在紅酒裡加冰塊啦？我啊，而且只要你能拿點冰塊來我還會做其他事哦。我赤條條跑了出去，還一邊傻笑，那時早上五點，我跟睡眠小子小威利溫奇一樣躡手躡腳走下走廊。死人有股味道但殺手也是，我的死亡動用了兩個，一個下令另一個執行。在我飛過欄杆前聞到香茅和溼土的味道，還有腳步在乾淨得跟鏡子一樣的地板上嘎吱響。

我在殺了我的那個男人家裡。我在他手上從來沒聞到我自己的味道，只有徘徊不去的陳舊死亡，不是臭氣而是記憶，腐敗殺戮鮮血裡的一絲鐵味，死了五天的屍體甜膩的臭氣誘惑。在活人的世界他現在是個成熟男人了，不在乎他聞起來像是踩到了其他人的臭錢，就像以前曾經屬於其他人的昂貴西裝。只不過他並沒有穿西裝，他們發現我時我渾身赤裸而我找到他時他也一絲不掛，他的肚子更圓了，他上下伸展時背上盪漾著肥胖他也必須要再重染後腦的頭髮了。他的身體撞向她的，是汗溼的啪、啪、啪，他在她上面悶哼，這是他娶的牙買加小姐亞軍。白色的床是個漩渦。她注意到他沒有要停於是點了點他的肩膀，他頭埋在枕頭裡但他正壓住她，她像在監獄裡她自己也知道所以她又點了他。他發出悶哼而她推他**你知道我不想懷孕的你這婊子養的**，他把體

88 譯注：出自巴布．馬利與痛哭者樂團的歌曲〈Natural Mystic〉。

重壓在她身上直到他到了然後把氣全吐出來到房間裡。牙買加人需要知道他們的領袖是可以辦到的，他說。這是多年來我第一次聽見他的聲音，只不過聲音並不像過了多年。我驚訝於他的聲音都沒變，即便他用正確的方式說話聽起來還是很不對，我人在錯誤的地方她也是，她是他沒辦法把牙買加小姐搞到手後娶的亞軍，她父親想要她嫁給完完全全的白人。在我讓某個擁有黎巴嫩男裝店的敘利亞人娶我他媽的女兒之前我屁眼拉出來的都是稀屎啦，他說。

我在她體內的女人她的名字我記不起來。我從來沒看過她，也不是說我知道要去哪找她。也許曾有愛吧但是鬼魂常常渴望纏身而我別無所求，也許那並不是愛又或許我並不是個鬼魂，也可能我的渴望並不是對她的，誰會要冰塊來加紅酒啊？她知道他就在門外等我嗎？有個人說我是隻被輾爆的蜘蛛上面還插著根屌。不是旅館的職員，他們才不可能懂什麼輾爆這種字。也許是某個看到我掛了就很爽的傢伙吧，我想不起他的臉。

牙買加小姐亞軍把他推開並嘶聲說**我沒忘記保險套還真是件好事**。妳……難道……不知道……他氣喘吁吁說完剩下的話……生育控制是要滅絕黑人的陰謀嗎？……然後他笑了出來。他滾過去開始打手槍。我想滑進他體內，假裝我能感覺到他感覺到的但是就連在這張床的床腳我都聞得到上百個死人。有玻璃碎掉他們兩個都跳了起來，她的睡袍被拉到胸部上所以她拉了下來。妳跟那隻該死的貓，他邊說邊站起身。我看著他的肚子歸位他的臉頰發黃了起來，就連這也不行，就連性愛也不會弄亂他的髮型，跟錫人一樣服服貼貼。他讓我好想念活著、改變、衰老。臥室有她挑的家具，有把手跟曲線跟葡萄藤的雕刻，一頂蚊帳從天花板上吊著，一台電視藏在角落，往浴室的門開著但門口一片漆黑。他總是認為擁有任何風格或美感的男人都是變態，我記得他在另一個黨員開車離開時曾這麼說過。我不像他這樣厭惡因為我每個夏天都會見到諾爾・寇威爾[89]並叫他叔叔，他跟他的旅伴。

下令殺了我的男人伸手拿他的槍，槍就躺在床邊桌上靜靜等待，把他的長褲留在地上。牙買加小姐亞軍指著長褲他還開了個玩笑說我褲子從來沒穿好過因為隨時要遇到上好的美鮑啊然後就離開房間了。我想留在她身邊一下子，因為好奇她要怎麼重拾平靜，但我跟著他出去了。

客廳裡有個我不記得我認不認識的男人。客廳簡直是座公墓，充滿死人的惡臭，某些便是來自這個男人。他前一秒是黑人，下個瞬間又是中國佬或者他其實隨著陰影移形換影。我已經能聞到他是怎麼死的了，他邊朝一個玻璃瓶咳嗽邊說，

——我真的以為這是水。

——你是不知道白蘭姆酒瓶長怎樣，還是你不會拼蘭姆酒這個字？

——聞什麼？我聞之前就喝下去了。

——我是說拼，ㄆ、ㄧ、ㄣ。

——噢，我聽力不太好，太多啪啪啪了，你懂嗎？

——你他媽到底是怎麼把這當成水的？

——我哪知，裝在特別瓶子裡的水聽起來就很像有錢人會做的事啊。恁娘勒老兄，你就這樣在這地方走來走去的喔？

89 譯注：Noel Coward（1899-1973），英國演員暨劇作家，代表作為影史名片《相見恨晚》（*Brief Encounter*）之劇本。

——你覺得我在自己家還要害羞嗎？還是你有看到什麼你沒看過的東西？

——啊，有錢人都這樣啦。

——窮人還都在消防栓旁邊洗澡勒。你想把這變成階級問題是不是？你他媽是怎麼跑進我家的？

——從前門走進來的啊。

——你是怎麼——

——夠多怎麼啦，你怎麼一直在問怎麼的？

——你比較想聽為什麼是不是？好啊那我們就來聊聊為什麼，你他媽為什麼跑進我家在……等等……凌晨三點的時候？我們不是說過你跟我不能在公共場合一起被人看到嗎？

——我都不知道你的臥室是公共場合。夫人如何啊？聽起來她不久之前還不錯唷，真的滿爽的感覺。

——老兄，你想怎樣？

——你知道今天是什麼日子嗎？

——嗯……嗯……我猜是十二月三號吧，十二月二號之後就是這天。

——喂！你沒禮貌沒夠了吧，你最好注意你是在跟誰講話。

——不你他媽才最好給我記住你是在跟誰講話，就這樣跑進我家跟什麼小婊子家鼠一樣，你走狗運今晚皮鞭[90]不在不然你早就已經掛了，聽到了沒？死透了。

——那我還真幸運。

——我要回去睡了，你怎麼進來就怎麼出去。
——我在思考一些事。
——你可別受傷啊。
——什麼？
——你竟然在思考。
——我需要一點錢。
——你需要一點錢。
——明天之後。
——明天已經是今天了。
——不久之後。
——我已經跟你講過了我不知道你在講什麼。我他媽不知道，也不同意，我甚至跟你也沒有那麼熟。洛老爹是下面那邊我唯一認識的人。
——下面那邊？下面那邊？你現在叫那下面那邊了？亞蒂．詹寧斯永遠不會像你這樣講話。
——你跟亞瑟聊得很愉快喔？因為我還滿確定他最近沒說太多話。
披著床單的牙買加小姐亞軍走進房間。
——彼得，到底是在吵吵鬧鬧什麼啊？而且噢我的去——

90 譯注：這個綽號應是出自一九六〇年代的同名美國西部影集《Rawhide》，主角由克林．伊斯威特飾演。

——上帝保佑，臭婊子。閉上妳的嘴回去睡覺。不是所有黑鬼都是小偷。

——呃，在這個情況下也許你老婆算是有點道理啦。

——彼得？

——滾去睡覺啦！

——真的摔了很大一下耶。我覺得整棟房子剛剛都搖晃起來了。鮑鮑今晚剩下的時間都非請勿入了嗎？

——你是在你學會用槍的同一個地方學會懂女人的是不是？她摔門是因為這樣我們就不會覺得她還在那偷聽了。我說啊，**她摔門是因為這樣我們就不會覺得她還在那偷聽了**。

現在她離開了。

——你真是個王八——

——給我閉嘴。

——今天已經徹徹底底沒救了。你現在無能為力啦，就算你真的想要——

——我已經跟你講過了，我不知道你在講什麼，而且我完全不知道你這個喬西．威爾斯兩個星期前明明才剛飛去邁阿密現在又說什麼需要錢的是怎樣。但你知道我是怎麼知道你他媽不需要錢的嗎？你今天才剛飛過去，然後何時回來的，七點來著？

——那只是去辦點小事。

——你這個人沒什麼事是小事。還是你另一趟去巴哈馬的小旅行勒？在這個國家裡搞事的每個人都有幹他媽的小祕密。

——歌手同時在跟洛老爹還有幫派老大見面。

——跟我說點我不知道的事吧。

——洛老爹計劃要在沒有人能聽見他們講什麼的地方跟幫派老大見面聊聊正經事。是說，他們兩個也都開始不吃豬肉了。

——噢，這我倒不知道，他媽的這兩人是想搞什麼鬼？說真的他們到底是有什麼好聊的？而且你說他們都開始不吃豬肉了又是什麼意思？他們要變拉斯特囉？這就是歌手搞的事嗎？是他讓他們兩個去談談的嗎？

——你真的需要我幫忙回答這問題嗎？

——你跟我說太多他媽的步驟了，黑鬼。

——還是穿著你內褲的黑鬼呢，代價變高了。

——把這破事帶去ＣＩＡ那啦。

——拉斯特不會替ＣＩＡ工作。

——還有啊喬西．威爾斯，我他媽也不替你工作。接受我的蠢建議從大門出去吧，而且不要再來這裡了。

——我要拿走蘭姆酒。

——拿兩瓶走吧然後順便幫你自己他媽好好上一課。

——哈哈，你真的很屌，就連魔鬼看到你都會轉身離開，你真的很屌。

那男人走了，一扇門都沒關。

我在這片死者之地還有看到另一個我不認識的男人。是個死錯了的死人，他是個消防員要是死在火災裡就死得其所了。他也在房間裡，和那個叫作喬西·威爾斯的男人一起進來的，他走在他身邊，有時也會直接穿過他而威爾斯以為他只是在打冷顫，他想對他動手但卻直直穿過了他。我以前也會對那個下令殺我的人這麼做，想要打他、揍他、毆他、砍他但我能做到的頂多就只有讓他打冷顫而已。如果記憶沒有消逝的話那憤怒也消逝了，我會說你就接受吧但其中的諷刺實在太過苦澀。我也知道他的故事因為他每次都會大吼大叫。現在就在大吼大叫，沒發現我是整間房間裡唯一的見證者。他是衝進橘街火場的第七號消防員，一幢兩層樓的廉價公寓起火，煙霧像隻瘋狂的蛇蜿蜒穿過窗戶，已經死了五個孩子，兩個是在起火前被槍殺的。他拿著水管，知道水量撲滅不了火勢，卻還是衝進大門。他右邊臉頰燒了起來左邊太陽穴則是炸開來，第二顆子彈打中他的胸口，第三顆擦過後面那個消防員的脖子。於是他現在跟著那個把他送來和我這種人為伍的男人喬西·威爾斯從窗戶離開。消防員跟著他。今天還年輕卻已經死去。

暗夜伏擊

91

一九七六年十二月三日

妮娜·博吉斯

妳不可能真的知道該做何感想，只是在心底深處了解再過幾分鐘這些男人就要強暴妳了。上帝拿妳開玩笑，這個歷史課上希臘神話裡的卡珊德拉根本沒人在聽，她自己甚至都不聽自己的話了。那些男人還沒碰妳但妳已經開始怪罪自己，妳這愚蠢又天真的小婊子這就是穿制服的男人怎麼強姦女人的，當妳還在以為他們來這裡是要把妳的貓從樹上救下來，好像這是什麼小學課本上迪克和朵拉的故事。妳發覺的第一件事就是等待這個字啊有多麼幹他媽的離譜，而現在妳就在等待妳能想的就只有妳他媽到底是怎麼搞砸然後落在幾個男人手上的？他們還沒強暴妳但妳知道他們會的，威脅就在妳第三次瞄到其中一個男人從後照鏡看著妳臉面無表情笑都沒笑而他的手正在調整他的胯下彷彿他在自慰，而不是在喬姿勢。

逮到妳的是其中的緩慢，是種還有時間做點什麼的感覺，是要下車、逃跑，還是閉上雙眼想著寶藏海灘。妳擁有全世界所有的時間，因為當事情發生時都會是妳的錯。妳怎麼沒下車？妳怎麼沒離開？警察聽見了我的想法重踩了油門，風險升高。妳怎麼不下車？妳怎麼不離開？如果妳打開車門跳車一邊抱著膝蓋翻滾直到妳停下來，然後直接往右跑，跑到灌木叢裡，越過某個人的園籬，沒錯妳很可能會弄壞某個東西但腎上腺素可以帶妳到很遠的地方，非常非常遠，我也是在課堂上學到這個的。我可能會有一邊肩膀瘀青，可能會摔斷一邊手腕。警察闖過了他的第四個紅燈。是想自殺還是要殺了我們啊，另一個警察說完笑了出來。

我聽過一個故事有個女人去報警因為她被強暴了，可是他們不相信她所以他們又強暴了她一次。妳很害怕妳能聞到自己的汗味而妳希望汗味不會讓他們覺得妳興奮了，妳兩天前才剛剪指甲因為想變漂亮真的是他媽超貴而現在，因為妳沒指甲可以抓那些婊子養的了妳希望沒能抓他們不代表妳喜歡這樣。但是最重要的，在這整件事送到由一群男人組成的法庭之前，而這些男人出門開庭前很可能先用拳頭教訓了他們的老婆一頓，甚至在這之前就讓妳怪罪自己評斷自己並宣布他們無罪開釋的唯一一件事，就是妳根本連條內褲都沒穿。妳不僅是妳媽在說的那種蕩婦而且就連她都會用那種「妳自找的」表情看著妳，而我在想噢真的嗎？嗯誰叫三個搶匪跑來的時候妳是當個女人？妳被強姦也是妳的錯。一段時間後妳發現妳在發抖並不是因為恐懼，而是由於憤怒。我脫下我右腳的高跟鞋，鞋跟還沒斷的那隻，然後緊緊抓住鞋子。只要他們一開門，那其中一個混蛋的一隻眼睛以後就永遠都看不見了，我不在乎是哪一個。他可以踹我、開槍射我、硬上我屁眼，但是他一輩子都得這樣活下去知道他為了這個婊子必須付出代價。

我想像不出有什麼事情比等著被強姦更慘。如果妳有時間等的話，那妳一定也有時間可以阻止這件事。如果妳不是來賣的，那就不要打廣告，我的中學校長此時此刻正這麼說。

妳已經在想強暴結束之後了，想妳會買的更長的洋裝、長度剛好在膝上會讓妳看起來很老的

91 譯注：出自巴布．馬利與痛哭者樂團的歌曲〈Ambush In The Night〉。

絲襪、領子有褶邊的洋裝彷彿我在什麼《他媽的大草原之家》[92]的片頭曲裡。我以後不會再去弄頭髮，也不會再刮腿毛跟腋毛了，不會再擦口紅，會穿回沒跟的平底鞋並嫁給一個來自史華洛菲爾德教會的男人他願意用耐心對待我，是個黑人他會抵銷一切即便我幫他生下淺膚色的小孩而且還會覺得他賺到了。妳想尖叫說給我停下他媽的車來幹老娘吧趕快把事情辦一辦，因為這聽起來很強悍，好像幾乎夠強悍到可以讓他們稍微嚇到但是妳知道這樣的話永遠不可能從像妳這樣的嘴巴裡說出來。並不是說妳很端莊怎樣的，根本就不是，而是妳沒膽這麼做。而這讓妳更加痛恨這些天殺的死警察了，他們對待妳的方式就像給他們貓玩的鳥。或許這跟自掘墳墓沒兩樣，已經看得到底了只是在中間等，等那件事，那件應該要發生的事。

我不知道我他媽到底在講三小，但我肯定說太多了幹，再繼續罵下去那我就可以改名叫金－瑪莉·博吉斯啦。她才是現在應該要在這台車裡的人才對，她跟她的自由戀愛方式，不對，想這件事實在太惡毒了，只不過我就是停不下來。沒人應該被這樣對待，但她比我更應該。他們應該要左轉，朝海文戴爾去才對，結果他們卻右轉，朝市中心去還宣稱這是條捷徑。他們有兩個人，其中一個說他這輩子還沒見過那種事呢，總理竟然在兩週內就要舉辦大選了，聽起來像是想誆人啊，他說。但這對你來說又差，你又不是一直都是社會主義者，另一個說。

——欸你說誰是他媽的社會主義者啊？你最好還是叫我印度裔或拉斯特哦。

——還有妳，甜心蜜糖小妞，妳喜歡社會主義者還是拉斯特啊？

——哈哈，另一個人說。

——欸，在問妳這個坐後座像印度鬼魂的啦。

我想說抱歉，我忙著思考一九七六年的女人是怎樣不是被男人幹就是被男人惡搞但我還是說，

——不好意思？

——拉斯特還是社會主義者？我們在等妳的答案。

——這條捷徑還有多遠？

——如果妳不冷靜下來做正確的事的話就會更遠，還有……幹這三小啦？我是要跟你講幾次我不喜歡他媽的菸灰彈到我的制服上？

——拍掉不會哦。

——拍到你屁眼裡啦。

——現在停車吧，反正引擎也要休息一下。

於是他們停下車。我都懶得說我得回家了。我知道他們在想什麼，任何午夜後只穿著一隻鞋走在希望路上的女人是不可能需要到哪裡去的。或許這場大選有點太快舉辦了吧，或許共產主義也沒那麼糟，我聽說這世界上不存在半個生病的古巴人或是一口爛牙的古巴人，而也許這是個我們正在進步或怎樣的跡象因為三不五時新聞都會用西文播報，我也不知道。我什麼都不知道除了連我都開始等到煩了要等這些警察把我留在路邊的某條水溝裡，我希望我很害怕，有部分的我

92 譯注：*Little House on the Prairie*，一九七〇至八〇年代美國西部歷史影集，改編自名作家蘿拉・英格斯・懷德（Laura Ingalls Wilder，1867-1957）的同名經典系列作，故事設定在十九世紀末。

知道我應該要感到害怕才對並且也這麼希望，畢竟，如果我不害怕的話那這說明了我到底是個怎麼樣的女人啊？他們兩個都靠在車子上，擋住我這邊的車門，我現在就可以從另一邊出去然後逃跑，可是我沒有。或許他們沒有要強姦我，也許他們要做什麼事而這件事無論好壞，甚至還可能是件好事呢，絕對都強過我這一整天跟一整夜什麼屁事都沒做。不過現在已經早上了，這全都是他的錯、他保全的錯、這整場幹他媽的和平演唱會的錯、這整個國家、上帝、還是什麼超越上帝的事物，幹你娘我多希望他們現在已經完事了。

——昨天晚上的史塔斯基和哈奇超屌，這集才是第一名啦！所以說史塔斯基被注射了某種祕密毒藥，懂嗎？而他兄弟只有二十四小時可以找出是誰注射的不然他就沒救了然後——

——我從來都分不出來哪個是史塔斯基哪個是哈奇，還有為什麼他們一定要這麼甲鬼甲怪的，跟基佬一樣？

——老兄，你滿腦子都是東一個死玻璃西一個基佬的，那男人明明就有馬子，你還覺得這是因為他是個死同志。這是個超屌的節目啊，不過我還是搞不懂那車為啥可以跳得這麼高又這麼遠。

——你要我來試試看嗎？

——然後害死後座那個甜心嗎？

聽見他們提到我我問，

——我們是要去海文戴爾還是我應該下車自己繼續走？

——哈，妳知道妳在哪嗎？

——京斯敦就是京斯敦。

——啊哈！誰跟妳說妳在京斯敦了？所以呢甜心，妳覺得我們哪個比較可愛啊，我還是我兄弟？嗯？我們哪個才能當妳男朋友啊？

——如果你們要強姦我，那就快點姦一姦然後把我扔在隨便哪條你們丟女人的水溝裡吧，反正不要再用你他媽的狗嘴讓我覺得無聊了。

香菸從那警察的嘴裡掉了出來。他們互看彼此，但很長一段時間誰都沒說話，長到我甚至都計算不出來了，超過好幾分鐘，超過五分鐘吧。他們不只是不跟我說話而已，也不跟彼此說話，好像我說的話奪走了所有他們想對彼此或對我說的事。我沒有說抱歉，畢竟當兩個陌生男人把一個女人載到某個她不知道也不是她說要去的地方，她究竟該做何感想呢？三更半夜她能做的就只有希望她尖叫時黑暗不會吞噬尖叫聲。

他們載我回家。那個抽菸的說，下一次如果妳想要的是強姦，那就早點跟我們說這樣我們就能開走然後把妳留在我們找到妳的地方。他們開走了。

那是四小時前而我到現在還是睡不著。我躺在床上，還穿著我穿了一整天的衣服，無視我的雙腳熱辣辣的塵土也弄髒了床單。我很餓，但我動也不動，我想抓我的腳但我動也不動。我想去尿尿、去沖澡、去洗掉已經逝去的一天，但我動也不動。從昨天早上之後我就什麼東西都沒吃了而那也只是切成一半的葡萄柚沾糖漿跟糖而已，完完全全就是我媽告訴我會導致初期糖尿病的方式，我媽實在很害怕麻煩害怕到麻煩緊緊纏著她只因為她從來都不會對證明某件事覺得厭煩。明天就是和平演唱會了而只需要一槍就好了，只要一槍，就算只是為了警告對空鳴一槍那世界就會大亂了。今年早一點的時候在體育場，只不過是開始滴毛毛雨觀眾就陷入恐慌，只花十五分鐘就死了十一個人，被踩死的。沒人會對他開槍的，沒有人敢，但是他們也不需要。幹，要是我早知道這麼一件民族黨大事再十二個小時多一點就要發生我也會把我的槍給拿出來。

這個國家已經擺盪到無政府狀態太久久到這整件事都會變成一次反高潮。我說這話聽起來甚至都不像自己，耶穌基督啊我聽起來就像金咪，或是她另一個男朋友，那個共產黨，不是那個拉斯特。工黨的打手會開車到公園那，只要一小塊區域，可能是馬庫斯．蓋維[93]紀念碑附近吧，然後對某個人開槍。他們只需要殺一個人就夠了，他們會逃走但是人群會夷平半個京斯敦，哥本哈根城會起身對抗可是那時人群會變得太過龐大，他們前進時連我在這麼北邊的海文戴爾都會察覺到震動。他們會把哥本哈根城夷為平地殺光他們所有人而哥本哈根城的人則會把八條巷夷為平地也殺光他們所有人然後港口那邊會揚起一道巨浪沖走所有屍體和所有鮮血，還有所有音樂跟那所有貧民窟的狗屁都給沖到海裡而或許，只是或許我媽終於能不再把她的身體包得像木乃伊一樣只為了讓下流的男人離她的陰道遠一點，然後可以保持理智並睡得安穩。

93 譯注：Marcus Garvey（1887-1940），牙買加著名黑人民族主義思想家。

洛老爹

還有件事，有錢有勢的先生們啊，千萬不要背叛白人老兄。在一個沒有月亮的酷熱夜晚之後你滿腦子想的就只有外面有什麼東西會背叛你，可能是上帝，可能是人，但是千萬不要背叛白人老兄，要是背叛了一個喝了你的山羊湯然後因為辛香料滿臉漲紅的白人老兄他就會跑回美國寫些什麼當地人給他羊腦湯喝，然後裡面的味道來自羊血。背叛某個白人老兄當他說他來貧民窟是要來找旋律的然後他帶著你的四十五轉唱片回去英國他發了大財你卻還是一樣窮。背叛一個白人老兄然後他就會說是他斃了警長的，不是嗎？還只讓你當副手接著走上台說黑人和黑鬼和阿拉伯人和他媽的牙買加人和幹他媽的三小三小三小都不屬於這裡，我們不想要他們在這。這裡是英國，這是個白人國家，因為他覺得黑鬼小子永遠不會去讀《旋律製造者》[94]雜誌。歌手幾個星期前才剛用非常奇怪的方式在希望路的家裡學到這點，當時他正在為和平演唱會排練。

這是沒幾週前剛發生的事，可能才兩週吧。歌手和樂團從清晨一路排練到晚上，朱蒂正把他叫到旁邊跟他說他唱的那行歌詞，**在緊急狀態下**是民族黨的標語要是他唱了就會代表他和民族黨站在同一邊，而這早已有太多人在懷疑。他們又練了一次這首歌那個白人老兄這時就在那裡，他

94 譯注：*Melody Maker*，英國老牌音樂雜誌。

就這麼憑空出現跟魔術把戲一樣——咻！

——欸你從哪來的啊，老大？鼓手說。

——外頭。

——你和克里斯一起的？

——不是。

——你是《滾石》雜誌的小子？

——不是。

——《旋律製造者》？

——不是。

——《新音樂快遞》？

——不是。

——老主人農園？

——蛤？不是。

——基夫·李察叫你拿大麻來？那傢伙的大麻比牙買加所有人的都好啊。

——不是。

歌手去找這個剛剛在錄音室碰一聲出現的白人老兄到底是誰，他甚至不是外頭那種通常都跟螞蟻一樣擠在一起的白人，通常留著長髮模仿拉斯特還戴著太陽眼鏡穿著紮染的T恤邊說你們這些雷鬼老兄實在太潮啦，兄弟，有大麻嗎？不過這個白人打扮得不像他在逃避什麼或是在找尋什麼。歌手想去問出一個名字但是樂團可不等人於是他又馬上回去排練了。那白人老兄搧掉大麻煙霧彷彿那是一大群蚊子，他看起來像是正在憋氣。他三不五時跟著節拍點頭，但是會落拍，就跟大多數白人一樣。他看起來像是在等所有人結束，樂團無視他，可是等他們結束這首歌後那個男人也不見了。

差不多這個時候，歌手一如往常去了廚房，幫自己拿顆橘子或葡萄柚而那個白人老兄就在廚房像在等人。他抬起頭但沒有看著歌手並問著，瘋狂球頭[95]是什麼啊？在他得到答案前，他就開始唱了起來，他們真瘋狂，他們真瘋狂，彷彿他必須感覺到這些字才能了解這些字。你有聽說幾個月前艾力．克萊普頓[96]說了你什麼嗎？真的很屌，那傢伙，他走上台然後說，**讓英國繼續潔白**，趕走所有黑鬼跟所有阿拉伯人跟所有他媽的牙買加人。你敢信嗎？他真的說所有他媽的牙買加人耶！哇，他不是還翻唱了你們一首歌嗎？這只是顯示了你永遠不知道誰是你的朋友，是吧？歌手告訴他他從來都清楚知道誰是朋友誰又是敵人，但是那白人老兄繼續說下去彷彿在自言自語。兩個樂團成員走進廚房他們也很驚訝那男人竟然又再次出現了，跟變魔術一樣。呦，老兄，看來觀光巴士把你丟包了啊，其中一人說，不過他並沒有笑，他甚至沒有發出白人不確定你是不是在開玩笑時會出現的那種笑到快抽氣的嘿嘿嘿嘿笑聲。

——上帝啊，上帝啊，上帝。你知道上帝的問題是什麼嗎？那男人說。我是說，耶和華啊、

95 譯注：出自巴布．馬利與痛哭者樂團的歌曲〈瘋狂禿頭〉（Crazy Baldheads），此處白人搞錯了，講成Ballhead。
96 譯注：Eric Clapton（1945-），英國殿堂級搖滾樂手。

耶穌啊、上帝啊、阿拉啊、耶啊，不管你他媽想怎麼叫祂——

——請不要褻瀆尊貴的陛下[97]。

——但是上帝的問題啊，就是祂需要名氣，你懂嗎？好吧，就是關注、注意、認同，祂自己都說了，在你一切所行的路上，都要承認祂[98]，如果你不再關注或是稱祂的名祂就有點算是停止存在了。

——弟兄——

——現在換成魔鬼，祂不需要承認，事實上呢，越低調還越棒呢。

——老大啊，你是在——

——意思是祂不需要被點名、被認可，甚至是被記得。依我看啊，魔鬼可能是你身旁的任何人哦。

——呦，最後一班觀光巴士已經走了所以你必須去找台計程車啦。現在就去。

——我可以四處走走。

——可是我們在排練而且……等等，今天根本就沒有觀光巴士來啊，你他媽到底是打哪來的？

這整段時間歌手什麼都沒說，是樂團成員在問問題。那男人在廚房走來走去，從窗戶看出去，又看著爐子，然後拿了一顆葡萄柚起來。他仔細端詳，往上朝空中丟了兩次之後又放回去。

——所以說這個瘋狂禿頭是關於什麼的啊？

——老兄，瘋狂禿頭就是關於瘋狂禿頭，如果他需要解釋他的歌的話那他就會去寫解釋，不是寫歌。

——說得好（法文）。

——什麼？

——那我是個黑人呢？〈留辮子的拉斯特〉我是個黑人。我的意思是，我懂〈我斃了警長〉，那是個比喻，對吧？這個主義那個主義？我想知道的是那個唱〈嗨起來〉這種小情歌的人是發生什麼事了，是因為另外兩個人離開你了嗎[99]？所有人都能感受到的愛去哪了？〈放火跟搶劫〉？這就像〈欣喜若狂〉[100]嗎？你知道的，就憤怒的黑鬼音樂啊。

一輩子都住在牙買加的黑人不會覺得黑鬼這個字有什麼問題，不過來自非洲的黑人就不一樣了。其中一個人說是在講三小，但很快就變成一陣咕噥。那個白人老兄不在他的地盤還跟孔雀一樣招搖，沒帶保鑣也沒帶槍，就說明了一些事，好像這裡歸他管一樣，好像想當然耳沒人會碰他，他可是個白人呢。這我懂，我知道這來於自奴隸制度。牙買加人總愛說他們是全世界最勇於反抗的黑鬼，事實卻是奴隸主可能會帶六或十二個奴隸一起到樹林裡去，其中幾個他幾天前才剛抽打過，而沒有半個他媽的黑鬼敢吭半聲。

97 譯注：指拉斯特法理派認為是上帝轉世的衣索比亞皇帝海爾．塞拉西一世（Haile Selassie, 1892-1975）。

98 譯注：出自《箴言》三章六節。

99 譯注：應是指「巴布．馬利與痛哭者樂團」的另兩名創始成員彼得．陶許與邦尼．維勒（Bunny Wailer, 1947-2001）於一九七四年退團一事。

100 譯注：應是指美國黑人女子組合「瑪莎與范德拉」（Martha and the Vandellas）一九六四年的歌曲〈Dancing in the Street〉。

——新專輯看起來就像是會空降排行榜冠軍耶。你行程滿檔啦，瑞典、德國、漢默史密斯音樂廳、紐約。你有在聽美國廣播嗎？我是說，我個人對黑人完全沒意見啦，你懂的，吉米·罕醉克斯知道吧？但你知道怎樣嗎？吉米掛啦而搖滾現在就是搖滾，深紫色、巴克曼－透納疲勞駕駛、《腦沙拉手術》[101]，他們不需要任何人來偽裝，假扮成是搖滾明星……〈我的棒棒糖男孩〉[102]，那是首好歌，曲子好、節拍也好，我喜歡的就是她闖進來，弄了首暢銷金曲然後就離開了。你讓我心醉神迷，哈！

這時候，那男人往後退因為他發現他們圍著他，不過他看起來並不緊張，他只是一直在講話而沒人聽得懂他在講三小。歌手什麼也沒說。

——美國？我們現在不好過啊，真的很不好過，我們必須振作起來。我們最不需要的就是一個引爆錯誤元素的煽動者，搖滾樂就是搖滾樂擁有自己並不需要的粉絲……聽著，我是試著要好好跟你們說這件事啊。但是搖滾樂呢，嗯，搖滾樂是給真正的美國人的。你們全都得停止再嘗試培養新的聽眾了……主流的美國不需要你們傳遞的這種訊息所以這些巡迴你們還是再好好想想吧……也許你們應該跟著海岸線走就好。不要再試著接觸主流美國人了。

他一而再再而三地重複他的論點，從一個方向再到另一個，用新的字和同樣的字直到他覺得他們懂他要說什麼為止。不過一如往常，白人老兄都覺得黑人很笨，從他進門的那一刻他們就知道這件事了。不要再跟白人攪和了。

他想說的話滲進他們心裡的時候那男人沒有看著任何人但他在等他的話滲進去。他說著什麼不想再回到這裡來了，然後又說什麼這所有表演簽證都卡在某個過勞大使館職員的辦公桌上。

歌手什麼也沒說。——我的棒棒糖男孩，現在我有首歌啦。我有首歌啦，他邊說邊離開廚房。廚房安靜了整整一分鐘直到某個人叫了聲幹他媽的白人老兄並跟著他離開，可是到了外頭他又不見了。咻。

有人把這當成魔鬼本人來拜訪，但這時是一九七六年十二月而要是拉斯特不會替ＣＩＡ工作也還有其他人會做。我問保全怎麼會讓那個男人進來，但是他們告訴他他就這麼走了進來好像他有什麼大事大條到他們沒辦法負責一樣。才不是這樣，我知道歌手也知道。沒有人想當那個人，擁有我們這種膚色去碰一個有那種膚色的人。歌手從那之後就開始懷疑所有人，我覺得他連我也懷疑，我的名字和工黨扯在一起而大家早就覺得是工黨在幫ＣＩＡ工作尤其是當一批不要說是槍的貨物從碼頭上消失的時候。咻。可是這個白人老兄並沒有警告或威脅他要終止和平演唱會，至於其他人，打電話來喘著大氣、寄電報來、留紙條給保全或對空鳴槍然後再騎車經過房子這些不敢露臉的人歌手都沒在怕。

但是他沒有說出我也害怕說出的事，就是這一切都會回到我身上。我是哥本哈根城最心狠手辣的人，可是心狠手辣現在已經什麼屁都不是了，光是使壞是無法和陰謀競爭的，也無法和邪惡競爭。我眼睜睜看著他們讓我退休，因為政治現在是新遊戲了需要另一種人去玩。政客深夜會去找喬西．威爾斯講話，不是找我。我了解喬西．威爾斯，一九六六年他們把喬西的靈魂掏空一大

101 譯注：Deep Purple，英國老牌樂團，為重金屬音樂先驅、Bachman-Turner Overdrive，加拿大搖滾樂團、*Brain Salad Surgery*，英國前衛搖滾樂團艾默生、雷克、帕瑪三人組（Emerson, Lake & Palmer）一九七三年發行的專輯。

102 譯注：〈My Boy Lollipop〉，米莉．史摩一九六四年的歌曲，為斯卡音樂的濫觴。

塊時我也在，但是只有他自己知道他用什麼填補了那空洞。

至於其他人，那個來自美國的白人老兄跟那個在牙買加的白人老兄，其實他不是白人而是阿拉伯人，會幹英國金髮妞好讓他們的孩子完全自由，他們現在也對歌手發出威脅了。這全都是因為那個綁辮子的拉斯特想唱熱門金曲並抒發己見。就算到了現在，還是沒人知道那個白人老兄是打哪來的也沒人再看到他過，在大使館沒有，在梅菲爾飯店、在牙買加俱樂部、在鬣蜥俱樂部或馬球俱樂部或其他外國白人和當地白人混在一起之類的地方也都沒有。搞不好他甚至不住在這，就只是為了這唯一的任務飛過來的。在那之後，他們把大門保全的數量加倍，不過某天回音小隊就取代了保全，任何小隊都強過警察沒錯，但我並不信任來自民族黨的小隊。

知道自己有敵人的人無時無刻都必須保持警覺，知道自己有敵人的人睡覺時必須睜著一隻眼睛。但是當一個人擁有太多敵人的時候他很快就會把他們全都歸類成同一團，忘了怎麼分辨他們並開始認為所有敵人都是同一個敵人。歌手並沒有太把那白人老兄放在心上，但我隨時隨地都在想他。我問他那白人老兄長怎樣他完全想不起來。

就長得像個白人老兄啊，他說。

喬西・威爾斯

就連在一個這麼熱的晚上，現在都快早上了，就算有宵禁因為這個冒牌政府什麼屁都管不了，歌手他家對面的希望路上都還有個妓女在工作。搞不好她甚至不是妓女，或許只是另一個迷失的女人，京斯敦有很多這種女人，覺得歌手擁有某種她一輩子都在尋找的東西。我跟你說，如果生育控制是要讓黑人滅絕的陰謀，那歌手肯定就是把黑人給生回來的另一個陰謀啦，就連愛爾蘭城、八月城或其他什麼有錢人住的地方受人敬重的父母現在都在把他們的女兒送來跟那個拉斯特傢伙交配生下有錢嬰兒。不過這一個呢，我轉上希望路來接碰碰時看見的這個，就只是靜靜站在那裡像個稻草人一樣，彷彿她不是出來賣的。或許她是個鬼魂吧，有什麼東西誘惑著我走過去問，所以妳多少錢啊有什麼宵禁特餐嗎，但是碰碰跟我在一起而我不喜歡他在我車上雖然他就在這。跟他一起待太久他就會開始問問題，比如我認不認識他爸還有他在他住的那房子裡發現的Clarks鞋是誰的。另外，玩什麼漂亮文字遊戲是愛哭鬼的招數不是我的。

愛哭鬼跟我一起。就在他要開車離開的時候我發覺我是正要讓這條瘋狗在我的達特桑裡亂搞啊所以在他背後大叫等等我。我還是讓他開車。我們開回哥本哈根城，直直經過洛老爹家他坐在外頭像雷慕斯叔叔[103]一樣。他遲早會想要跟我聊聊，這通常會是他說個沒完不知道在說什麼，自從他開始思考之後那個人就不是同一個人啦。我現在待在家裡已經兩個小時了，也許三個小時吧。有什麼東西告訴我今晚不會有人睡著，我不喜歡這樣，愛哭鬼覺得一切都好。我不喜歡和小鬼一起做事，但愛哭鬼覺得一切都沒事。不過話又說回來，愛哭鬼某種程度上也是個孩子。他現在超嗨還在我車上猛幹某個粉紅女郎的女孩，對啦，這傢伙在我們把那些男孩鎖在火車破屋那之後要我繞到俱樂部去接她，就是那個發展遲緩叫勒蕾特的女孩據說她是亞登中學校史上唯一成功註冊卻在開學第一天被退學的人。不要問我怎麼知道的，當然是愛哭鬼告訴我的啊。我跟他說你絕對別想把那個在當妓女的女孩帶進我養大小孩的房子裡。他說，老兄，我在車上沒問題。

所以我現在在窗邊聽著我的達特桑咿咿呀呀。我應該要去睡覺的，如果我不睡我明天就會很想睡而壞人可負擔不起想睡啊，特別是明天。在愛哭鬼在我車上車震跟彼得．納瑟像個婊子養的一樣炫耀他苗條的老婆之間，我腦中實在有太多問題了根本就睡不著。我應該朝窗外大喊叫愛哭鬼不要再幹了快射一射給我過來但這會讓我變成他的大哥，或他老爸，或更糟的，變成他老媽。

還有那個王八蛋彼得．納瑟，如果說我有什麼無法忍受的事，那就是某個人覺得自己已經夠大牌，覺得只因為他說話的時候派對上的某些人會聽，就以為自己什麼都知道。不過我也沒去過半個派對就是了。他大搖大擺跑進貧民窟耍壞因為他根本不怕我，我也不想要政客怕我啦，我只是想要他們知道我不是鬧著玩的。車裡的女孩浪叫著要他**再深一點，不要寶貝嗯嗯嗯快幹我不要快幹死我不要不要，你像馬鈴薯泥一樣**。我才不要今晚第二次被迫聽另一個男的幹女人勒。我從窗邊走開。

要傷害一個人根本就不需要碰到他。所有白人都覺得他們可以花時間和魔鬼一起犯罪，接著時候到了就拍拍屁股走人。我還記得彼得．納瑟第一次到貧民窟來的時候戴著墨鏡這樣就沒人知道他眼裡在轉些什麼了，還有他是如何跟黑鬼一樣不太會講話，卻依然聽起來像是在美國念過書一樣。不過你還是永遠不能信任一個認為所有人都可以被取代的人，從老婆到打手都是。他已經聯絡過愛哭鬼和東尼·帕華洛帝說等事情鬧得太大或太嚴重，或對一個沒上過中學的人來說太複雜時，要把我替換掉。

這就是他的選民而他有選票跟當地的女人來證明，不過他開始搞混代表人民和擁有人民了，很快就連他都需要還債，不是我去討，而是某個人會去討。像我這樣的人不需要上中學因為我們早就已經畢業了，早在像彼得·納瑟這樣的人開始在半夜帶著一整個後車廂的槍枝來找我們之前，早在像彼得·納瑟這樣的人了解哥本哈根城和八條巷繼續戰爭而不是談和對他來說比較好之前。要我說的話，就讓他們全都在審判日燒成灰燼吧，那時候邁阿密的房子就會蓋好了而彼得·納瑟這種人會被自己種的果噎到。

幹他媽的愛哭鬼。至少他不會再寄信給監獄裡那個死基佬了，他不告訴我是誰但我很快就會找到，而當我找到的時候，

——呃那個方向盤啊我射了不小心弄到……呼！

——你要拿抹布去清一清嗎？

——免啦老兄，所有東西都會真發，他說，邊瞇起眼睛邊擦他砸碎的眼鏡。

103 譯注：Uncle Remus，美國記者暨作家喬·錢德勒·哈里斯（Joel Chandler Harris, 1848-1908）的同名非裔美國人童話故事中的主角。

——是蒸發。

——啥？

——那女孩怎麼回家？

——她腳痛是不是？

——你真是大哥中的大哥啊，愛哭鬼。

——不老兄，你才是。你老大到不行他們應該叫你大哥大才對。

——大個大。

——我是這樣說的嗎？隨便啦，但我真的以為你去睡了耶，結果你還醒著而且跟教母一樣抱怨個沒完。

——現在去睡根本他媽的一點都不合理啊，有太多事情需要我醒著了。

——沒什麼他媽的事需要你醒著啦，再這樣下去哦你很快就會變得像我們剛開車經過的那個老人跟家鼠一樣坐在他家露臺上。

——你知道我為什麼不去睡嗎？那些男孩有什麼地方怪怪的。

——那些男孩會拿槍瞄準扣扳機啊，別再當老媽子了啦。

——我跟你說過我不喜歡跟這麼多我沒辦法信任的人一起做事。

——是你自己找了他們的耶。

——不是，我找了他們並等你點頭同意，你才是那個最會挑男孩的人。我跟你說聯合TEC—9沒有問題，去發電報給紐約的中國佬也沒問題。

——不要，老兄。

——去找公牛男、東尼・帕華洛帝、強尼——

——才不要，老兄！別再跟個幹他媽的白痴一樣講話了啦！你控制不了那些人的，給他們機會但時機來臨時他媽的有一半的人會跑掉，另一半則是想幹掉你，你是什麼哥本哈根城大哲學家喔？你管不了人的，你雖然從沒坐過牢但你還是不知道怎麼管人啦。我們需要的男孩是我說往左他們就往左我說往右他們就往右，男孩聽話照做就對了，男人就是會花太多時間思考了，就像你現在這樣子啦。你帶一個男孩，你改造一個男孩然後你餵他藥直到唯一一件事，那個王八蛋唯一想做的事就是你說的任何事。

——你也是在牢裡學到這個的？你以為我不知道你在說的那種男孩嗎？那種男孩你只能用一次而已，給我聽好了，就那麼一次然後他們就沒了。

——誰說我們要用他們兩次的？怎樣？碰碰現在是你的男孩了？

——我他媽才沒有什麼男孩。

——讓他們在破屋那邊焦慮，讓他們緊張到不行，讓他們在角落爬行哭著要一些白粉。呦，等我回去啊。

——你是想要槍手還是要殭屍？

——讓那些男孩留下來，讓他們吸毒。等到我們回去，那些男孩連遇到上帝都會開槍。

——幹你娘別他媽在我家褻瀆上帝，愛哭鬼！

——不然上帝會讓我天打雷劈是不是？

——要不然我他媽就用這把槍親自宰了你。

——哇，兄弟，冷靜點，冷靜點啦，我開玩笑的我開玩笑的啦。

——他媽的這三小笑話一點都不好笑。

——兄弟，把槍放下來。是我啊，我是愛哭鬼啊，兄弟，我不喜歡別人拿槍指著我，你知道的，就算他們是在開玩笑也不行。

——我看起來像是在開玩笑逆？

——喬西。

——不，告訴我啊，跟我說說你他媽什麼時候聽過我講笑話了？

——兄弟，好啦，我不會再在你家亂講什麼上帝了。冷靜一點，老兄。

——也別再在我家耍什麼他媽猴戲了。

——好的，喬西，好啦兄弟，好啦。

——而且也不要覺得我不會親手開槍打你。

——好的，兄弟。

——現在去給我坐下然後好好放鬆一下，我要來去睡個覺，但你知我知你至少三天沒睡了，所以別再鬧了給我冷靜——

——你看起來像是也需要冷靜一下。

——給我冷靜就對了！

愛哭鬼猛然坐到沙發上正要把腳翹起來卻看見我的表情，他脫掉鞋子，把眼鏡放在邊桌上然後躺平，他安靜了好一段時間。我把槍在手中搓來搓去。接著他開始像個小女孩一樣吃吃笑了起來，然後又繼續笑，一直笑，很快他就大笑了起來。

——幹你是嗑了什麼現在又在開玩笑了？

——那你肯定不開玩笑的吧，因為你本人就是個他媽的笑話。

我把槍在手中搓來搓去，並把食指滑到扳機後方。

——你有注意過你生氣時話講得有多爛嗎？你越生氣，話就講得越爛，我應該把你的舌頭再拉出來一點，這樣才能找到那個和我穿同一條褲子長大的喬西．威爾斯。

他笑得有夠久久到我也開始笑了，雖然我跟愛哭鬼從來沒有穿同一條褲子長大過。他在沙發上翻了個身，現在背對著我長褲滑了下來露出他的紅色內褲。每次他幹女人時我都希望這就是那個可以修好他的女人，因為某種疾病在牢裡征服他了，某種讓他變得不正常的東西。然後他就這樣開始打起呼來，彷彿某個從電視喜劇裡跑出來的人，這婊子養的睡在我幹他媽的沙發上還敢說我是個他媽的白痴。愛哭鬼雖然瘋到不行但今晚他說的一切也都瘋狂得合理。這是件爛工作，真正的問題在於善後，所以不能讓東尼．帕華洛帝這樣的人加入，擁有這種技能的人很少而你必須一用再用才行。有些工具就是拿來重複使用的，而有些工具，你用完一次就會扔了。

貝瑞・迪佛羅里歐

七點十五分。我們已經被卡在一台狂排黑煙的福特護衛者後面十分鐘了。這台車哪都去不了而我的大兒子提米正在哼聽起來像是〈萊拉〉[104]的歌，我對天發誓，他坐在前座邊唱歌邊幻想著一場超人和蝙蝠俠之間豁盡全力的世界大戰因為我老婆告訴他他可以一路玩他的玩具直到校門口但是到了之後他就必須把玩具留在車裡。耶穌他媽的基督啊，第三世界的塞車是最糟糕的，有這麼多車卻沒半條幹他媽的路。爹地什麼是幹他媽的，我的小兒子艾登從後座說，這是我第一次發覺我剛大聲說出我的想法了。讀你的書，甜心，我說。我是說兄弟，還是你比較喜歡我叫你小大人？現在我只是讓那孩子一頭霧水了，確立你的男子氣概在四歲時不應該這麼複雜才對啊。

我們在巴比肯，這是個圓環但不知道為什麼功用似乎只有把交通引導到一間名字非常不巧叫作主人的超級市場。路上塞得滿滿滿充滿載小孩去學校的有錢人，其中不少都往我的方向來要到山丘學院去。我向左轉並經過在賣香蕉和芒果的女人，都是過季的，以及在賣甘蔗的男人，如果你知道該怎麼問的話還有大麻啦，也不是說我曾經問過。你必須比住在這個國家的人更懂這裡怎麼運作，然後你就離開了。公司建議我來這裡之前先讀一本V．S．奈波爾的書，《中間地帶》，讓我驚嘆的是他怎麼能去到某個國家，才在那邊待個幾天就可以點出這個國家哪邊有問題。我去了他寫到的那個海灘，法國人海灣，期待會看到懶洋洋的白人男女戴著太陽眼鏡穿著百慕達短褲，並由海邊小屋的男孩招呼著。但是連這個海灣也受到民主社會主義的浪潮侵襲了。

我們向右轉，車流消失了我們往上坡開，經過巨大的兩層樓和三層樓住宅，其中不少都關了起來，不是那種我們今天不在家的方式還有幾扇窗開著，而是彷彿屋主全他媽落跑了，很可能是在別的地方等大選結束吧。山丘學院就在山腳處，我老婆遲早會再問一次，我們為什麼要住在新京斯敦這麼下面的地方結果我們的孩子卻要一路到山上去上學？她說的有道理，但她要是對的現在還他媽的太早了。我的大兒子在車子停在校門口的瞬間就跳出車門，一開始我想說當然啊，我的車又不夠酷但我突然想到了。他幾乎快走過大門了。

——提摩西．迪佛羅里歐，你給我站住。

他被逮到了他也知道，來囉，他那個「你說我嗎？」的臉。

——怎麼啦，老爸？

——蝙蝠俠，他在座位這邊真的很孤單。超人去哪了？

——搞不好他掉下去了。

——給我拿來，小大人，不然我就親自陪你走去你教室，而且我整路都會牽著你的手。

這招成功了，這樣的命運比死還慘。他看著他弟，上帝保佑他，他還覺得他老爸牽著他的手是這世界上最棒的主意。提米把超人丟回車裡。

——真他媽腐敗爆了。

104 譯注：艾力．克萊普頓一九七〇年的歌曲〈Layla〉。

——嘿！

——對不起，爸。

——你媽也在車子裡耶。

——對不起，媽，我可以走了嗎？

我揮手讓他走。

——好好享受聖誕派對吧，甜心！

他那臉屎樣真是值得這整趟路。她在後座哼了一聲，迪佛羅里歐太太，我以為她現在該要說點什麼了吧，但是她整個人陷進《時尚潮流》的某篇文章中，是某個她會帶去她編織小圈圈的狗屁吧這樣她就能在她超愛穿的那件紅色洋裝上加個新領子了。我太刻薄了。那是個讀書會，不是編織小圈圈，只不過我從沒看過她在看書，她也根本懶得坐到前座來，反而說，

——搞不好他們會有個頭上戴著紅色厚紙板的聖誕老人還有一個裝滿便宜糖果的枕頭套，然後他會說沒問題的兄弟，而不是呵呵呵。

——哇，來瞧瞧爹地的小頑固吧。

——別用這種屁話糊弄我，貝瑞，我的黑人朋友比你多。

——不知道奈莉·瑪塔會不會想知道妳私底下叫她黑人。

——你搞錯重點了。上個聖誕節應該是我在國外，我們在國外度過的最後一個聖誕節。

——老天，我還以為我已經把這張跳針的唱片給收起來了呢。

——我答應媽我們會回佛蒙特過聖誕節的。

——不妳沒有，別肖想了，克萊兒，而且妳忘了妳媽喜歡我的程度遠遠超過她喜歡妳。

——你這王八，你怎麼能講這種話？

——妳們女人到底是怎麼回事？妳們就是學不會，對吧？妳有想過一直嘮嘮叨叨同一件事可能不是最好的表達方法嗎？

——喔我還真抱歉啊，你一定是把我誤認成你那個超完美嬌妻[105]了，或許我們可以繞回家裡接她上車。

——哼，反正我們都要往家裡開。

——你去死吧，貝瑞。

我想到至少十種方法可以回她，包括提到我們昨晚才剛做愛而已，這也許會讓她緩和下來，又或許她可能會指控我是在紆尊降貴，或是轉移話題。提醒你一下，她半點他媽的重點都沒有。今天是十二月三號而我現在實在有太多事情要煩惱了這女人還在那邊給我一直抱怨一直抱怨，所有我想得到的回應我都已經說過十幾遍了所以我閉上嘴巴，我早就知道這一切他媽會怎麼發展了。我們在沉默中一路開到瑪斯格雷夫人路和希望路的交叉口，停紅燈時她下車並跳進前座。我向左轉。

——艾登在幹嘛？

105 譯注：典故應是出自一九七二年的同名小說*The Stepford Wives*，此書亦曾於二〇〇四年改編為同名電影，女主角由妮可．基嫚飾演。

——在《羅雷司》106的書頁間打瞌睡。

——喔。

——怎樣?

——什麼怎樣?我在開車,親愛的。

——你知道的,貝瑞,像你這樣的男人對他們的老婆都很多要求,超級多。而我們都乖乖聽話,你知道為什麼嗎?因為你們說服了我們這都只是暫時的,我們甚至在暫時代表每隔兩年我們都必須去交新朋友以免我們無聊到死時都接受了,我們甚至接受要用這麼爛的方式養小孩,毫無來由就這麼把他們連根拔起,就在他們終於能建立起一些連結的時刻——

——連結,是哦?

——讓我講完。對,你還是個孩子時從來沒被干擾過的連結。

——妳到底在講什麼?我爸無時無刻都要我們搬家。

——這樣哦,難怪你不知道朋友是什麼。我猜我應該要很感恩我們改搬到一個講英語的國家吧,有那麼一陣子我連我自己兒子的話都聽不懂。

她可以這樣一直唸一直唸,唸婚姻、唸孩子、唸工作、唸厄瓜多或是這個幹他媽的國家而我根本一點都不在乎,就是這種破事讓我不爽,讓我真他媽賭爛她。

——因為你承諾會結束,你承諾我們在終點會有個值得的事物,即便這只是代表花更多時間陪你的家人而已。可是你知道你怎麼樣嗎,貝瑞?你是個騙子,就是個大騙子,騙你的老婆騙你的孩子,還全都只為了一個天知道你在做什麼的工作?而且你甚至可能也幹得很爛,因為你似乎永遠連一張好辦公桌都沒有，你就是個他媽的死騙子。

——拜託，夠了吧。

——夠了？

——別吵了，我都聽膩了，克萊兒。

——什麼膩了，不然你想怎麼樣，貝瑞？再繼續簽更多年嗎，去哪裡，這次要去安哥拉是不是？還是巴爾幹半島、摩洛哥？我對天發誓如果我們去摩洛哥我一定上空去做日光浴。

——夠了，克萊兒。

——夠了不然要怎樣？

——夠了不然我他媽就一拳打爆妳兩眼中間快到妳眼睛都會從該死的後腦勺爆出來順便打爛妳這副幹他媽的眼鏡。

她坐在那像是她根本沒在看我，但她也沒有往外望著路上。這種狀況不常發生，是提醒她也許她老公靠殺人維生所以接下來會發生什麼事根本沒人知道。我可以就這樣丟下她，至少這可以給我一點他媽的清淨。這招很骯髒，利用了所有公司職員的老婆對她們老公擁有的恐懼，如果我是那種會打老婆的人，她餘生都會一聲不吭地受苦受難甚至連她該死的老爸都不會在乎。但是這樣她不僅會很怕我她還會把這樣的恐懼灌輸給我的孩子們，然後我就會變得跟其他人沒兩樣了，就像路易斯．強森，我聽說他真的會揍他老婆。於是我給了她可以重新占上風的台階。

106 譯注：*The Lorax*，兒童文學名家蘇斯博士一九七一年出版的繪本。

——上空做日光浴，見鬼了，這只會讓妳變成愛吹喇叭的白人上流小妞，死摩洛哥人最愛這款哦。

——讚哦，你現在要你老婆去當妓女就是了。

——唉唷，妳確實換了個性感的新髮型啊，我說，但是她已經炸裂了。沒有什麼比她感覺到被忽略更能讓她牙起來，我能聽見她的音量加大。我很想說不客氣喔，但我一轉過頭就看到了，就這麼不知道從哪蹦出來，他的房子，我經常開車經過他家不過我不覺得我有好好看著過。這是那種肯定會讓你覺得擁有漫長歷史的房子，我聽說之所以會有瑪斯格雷夫人路，是因為她非常害怕竟然有個黑人在她常走的路上建了棟豪宅，所以她就蓋了一條自己的路。這裡的種族歧視又酸又黏，卻又這麼無縫滲入生活之中害你會很想歧視牙買加人只為了看看他們知不知道自己被歧視了。不過歌手的家就這麼矗立在那。

——你是要順道載他一程去哪嗎？

——什麼？誰？

——我們現在已經在他家前面停超過一分鐘了。你在等什麼，貝瑞？

——我不知道妳在說什麼，而且妳又是怎麼知道這是誰家的？

——我三不五時都會從你把我壓住的那塊石頭下爬出來一下。

——沒想到妳會在乎一個這麼，這麼狂野，這麼不修邊幅的人。

——老天，你真的是我媽耶。我很喜歡狂野跟不修邊幅啊，他就像拜倫，拜倫是個——

——別再把我當成他媽的白痴了，克萊兒。

——狂野又不修邊幅，他就像隻黑色的獅子。真希望我也能野一點啊，結果我卻進了耶魯。奈莉覺得他穿皮褲很好看，真的很好看。

——是想讓我吃醋嗎，甜心？已經一陣子囉。

——親愛的，我這四年來都沒有對你怎樣過。說到這個，奈莉還真的說過今晚的和平演唱會有個招待會而她——

——今晚他媽的千萬不要到那邊去！

——什麼？我為什麼不能去？……我才不會聽你命……等等，你剛說什麼？

——不要去那裡。

——不是，你剛說的是今晚不要去那裡。你有鬼喔，貝瑞．迪佛羅里歐。

——我說了我不知道妳在講什麼。

——我不是在問你。至於你又在那邊嚇唬人要我管好自己的事的部分，我就完全不鳥你幫你省省麻煩吧。貝瑞——

——怎樣？現在又怎麼了，克萊兒？幹你娘到底是怎樣？

——你錯過往髮廊的左轉了。

我老婆以為她是唯一想回家的人。我也想啊，我他媽真的有夠想我都能聞到了，差別在於我早就知道我們已經沒地方可以回去，從這個角度來看已經無家可歸了。我們兩人都忘了小艾登人也還在車上。

艾力克斯・皮爾斯

奇怪的事情是，你試著睡覺，你試得這麼努力努力到你發覺入睡很快就變成一項工作，可是卻永遠無法真正入睡因為這樣就不是在睡覺，而是在工作。很快你就會需要從工作中休息一下。

我打開拉門讓車聲湧入。新京斯敦的問題在於雷鬼離太遠了，我待在市中心時從來沒有這個問題，音樂在那裡，某些即興演出或某些演唱會總是會冒出來。但是該死的兄弟啊，現在是一九七六年，快要一九七七年了。那些來自大使館我甚至不認識的人開始跟我說在特定時間之後就不要再去交叉路口區以南的地方了，那些人已經住在這裡五年囉，結果中午之前還是會大汗淋漓。你是不能信任跟你說他們有多愛你寫憂愁語調合唱團107那篇專欄的人的，我從來沒寫過什麼憂愁他媽語調合唱團的專欄，而且就算我寫了，也永遠不會是什麼被男人幹的混蛋會愛的東西。

我睡不著所以我套上牛仔褲跟T恤然後下樓去，我必須離開這鬼地方。櫃檯的女人在打呼所以我在她照例警告所有晚上離開上鎖大門的白人之前溜了過去。外頭的炎熱他媽在我周身跳舞，宵禁還沒解除所以你擁有的就只有這種麻煩事可能會發生的感覺，不過不是什麼真正的麻煩啦。

我今夜剩下時光的機密消息是這樣的：我看到一個計程車司機在他停在停車場的車上讀著《明星》雜誌，並問他能不能帶我去隨便哪個現在還在跳舞的地方。他看著我好像他也略懂我這種人，但可能牛仔褲太緊、頭髮太長或腿太細了，而且我也不是什麼穿著「我瘋牙買加」T恤來這邊想用他的小屌幹一砲的胖王八。

——我覺得，梅菲爾飯店關門囉，朋友，計程車司機說而我不怪他。

——我不是要去什麼白人逃離黑人的地方啦，兄弟。幫我介紹個真槍實彈的地方如何？

他仔細打量了我一番甚至把報紙都摺起來了。如果我說這不是世界上最棒的感受之一那我就是在說謊：當通常頗為鎮定的牙買加人開始慌了起來。他看著我彷彿這是他今晚第一次看見我。而這當然就是百分之九十九．九的美國人搞砸的時刻，因為他們太興奮了竟然有個牙買加人在他們還沒通過「你能跟著雷鬼旋律搖擺」測試之前就覺得他們很酷，第一號錯誤。

——你怎麼會覺得還有地方開著勒？宵禁啊，我的兄弟，所有地方都在緊急狀況囉。

——少來，在超讚京斯敦耶？就連宵禁也不能封鎖這座城市啊。

——你是在找麻煩。

——不，其實是遠離麻煩才對。

——我又不是在問你。

——哈。好啦，一定有地方還在跳舞的吧，管他宵禁不宵禁。你是在跟我說這整座城市都乖乖關門了嗎？星期五晚上耶？這還真是個瘋狂的玩笑啊，先生。

——是星期五早上。

他又在瞧不起我了。我很想說對啦，兄弟，我只是**看起來**像個蠢觀光客。

107 譯注：The Moody Blues，英國藝術搖滾暨前衛搖滾先驅。

——上車然後看看我們能找到啥吧，他說。我們必須遠離主要道路這樣條子才不會攔我。

——搖滾起來啦。

——你看到這些路之後還真的會這麼說，他說。

我想說兄弟啊，我去過玫瑰城但這只會是白人的第十號錯誤：到某個牙買加人永遠不會覺得去那邊很驕傲的地方然後還覺得很驕傲。他帶我到紅丘路上的唱盤俱樂部，這又是另一條飯店門房針對有高加索人血統（這是她的原話，不是我說的，對天發誓）的人覺得可以安全待多久設下嚴格時間限制的街道。我們經過一群正在用油桶裡烤雞的男孩而煙霧瀰漫整條路，男男女女坐在車裡、站在路旁、吃烤雞配白吐司、閉著眼睛臉上掛著大大的笑容，彷彿沒人應該在清晨三點獲得這種恩賜似的。感覺這裡根本沒人聽過宵禁這事，好笑的是我們竟然要停在唱盤俱樂部因為我上次來這裡時還在跟米克．傑格勒，那老兄因為俱樂部裡滿是呼麻呼ㄎ一ㄤ的辣妹跟全是他最愛的顏色黑色簡直嗨到要發瘋。司機問我有沒有來過唱盤俱樂部雖然我很不想當什麼聰明鬼，但我還是很討厭他們覺得我只是個無知的白痴。

——有經過幾次啦。嘿，高帽俱樂部後來怎樣了？啊以牙還牙俱樂部以前不就是在街尾而已嗎？我看過幾個老兄在廁所裡呼麻然後被痛扁一頓。老兄，就我知你知哦？我其實一直都比較喜歡海王星俱樂部啦，唱盤這裡變得太輕太軟，你看看，而且他們播太多他媽的迪斯可了。

他在後照鏡裡瞪著我有夠久我們沒撞車簡直是個奇蹟。

——你很懂京斯敦嘛，他說。

而這讓我嚇壞了。我甚至根本沒喜歡過海王星而高帽也只是瞎猜而已，我甚至可以發誓那裡其實叫一流俱樂部。沒跟在米克或基斯後頭，唱盤俱樂部也不過是變成了其他隨便哪間太多紅光的俱樂部而已。裡面擠滿了人好像宵禁這事是其他人的事一樣，不是他們的。我要了杯啤酒然後某個人拍了拍我的肩膀。

——在你想破頭要想起我名字的時候我會一直繼續跟你講話，她說。

——妳一直都是這種聰明鬼嗎？

——不是，只是讓你容易點而已，這裡面可是有一大堆黑妹。

——再看得起自己一點吧。

——我夠看得起我自己了。你呢，就是另外一回事了。你是要請我海尼根還是什麼？

所以就是這樣，我在太陽出來前醒來而她躺在我身旁的床上，沒打呼可是呼吸很沉重。我在想是不是所有牙買加人都這樣呼吸的，你知道的，就只是因為壓力或出於必須。不記得她什麼時候把自己緊緊包在被子裡的，好像我做了什麼她不想要我再做一次的事。我想叫她起來然後說甜心我知道牙買加女人那套，他媽的就跟所有外國女人一樣。她們必須掌控局面而這是個冷漠的城市，真的，《奶油》[108]雜誌的彼特兩年前就坐了牢因為當時有個百慕達迷妹開始尖叫強姦啊，但根據他的說法，他只是建議他們可以乳交而已。我想起她了。她是那個說她只要想體驗一下貧民窟生活就會去布魯克林的牙買加女孩，我記得這話讓我爆笑到不行。黝黑的深色皮膚、無懈可擊的直髮跟從來不會撒嬌的聲音，永遠不會。那晚我們當然是一起睡啦，我們兩人都在一場超靈魂

108 譯注：Creem，美國搖滾雜誌。

樂的演唱會上，並因為誘惑合唱團一直想要摻一腳而覺得無聊，而且我們倆也一點都不享受。說實話能在唱盤俱樂部見到她我還滿高興的，都已經過了一年。想起我名字了沒？我們回到那台我不知道還在等我的計程車上時她問。司機點了點頭但我分不出來他是贊同還是怎樣。

——我說你想起我名字了沒啦？

——還沒，但妳長得超他媽像某個我認識叫作艾莎的女孩。

——司機，他住哪間飯店？

——天際線飯店，小姐。

——哦，那邊床單還滿乾淨的。

她很快躺在床上睡著而我什麼都沒穿並在鏡中看著我的肚子。什麼時候變得這麼軟啊？米克·傑格就從來都沒有肚子。我打開收音機總理正好在宣布兩週內就會舉行一場大選，靠，這真是太難了。我在想歌手是在想什麼，政府是不是設計他要從他即將到來的演唱會的美好氣氛沾光。不然還能怎樣呢，第三世界的領導人總是都有些沉溺在這樣的明目張膽裡，我聽說的啦，只是這一切實在也太他媽的方便了吧。

我應該要和馬克·蘭辛吃個午餐，不然喝個咖啡也好。昨晚在飛馬座飯店的大廳撞見他，就在另一次停電之後，我下樓去買菸但是禮品店已經關了，所以我走去飛馬座飯店而我在大廳裡應該看見誰呢他就好像正等著某人看見他一樣？安東尼奧尼[109]那電影拍得如何啊？我問而他乾笑了兩聲，不確定他是要回答還是覺得這很好笑。忙著搞我自己的東西啦，雖然是有些提案沒錯，他說。我應該要問馬克·蘭辛他對這突然宣布的選舉作何感想，但他一定會超驚訝我竟然問他一個嚴肅的政治問題，然後他就會隨便給我一個超鳥答案並問我幹嘛要知道這個因為我只不過是在幫一本音樂雜誌寫稿而已，那一本他曾說過他每週都會讀的雜誌。

在某個時刻我肯定是提到了我是怎麼無所不用其極想跟歌手喬到三十分鐘時間不然他就是從誰那邊聽說了，因為現在他覺得我有求於他。我還記得，他真的一個字一個字這樣說**可憐的傢伙搞不好我可以幫你點忙也說不定**，我沒有叫這個混蛋他媽的去死吧因為，好笑的是，在那麼一瞬間我竟然為他感到抱歉，這魯蛇一定等了很多年才抓到人家把柄吧。所以我之後要來跟他吃個午餐，這樣他才能告訴我他有多屌才有辦法用他的超貴攝影機拍攝歌手，而他就是會用屌這個字，他跟我說攝影機很貴不過從來沒告訴我品牌過，覺得反正我也不會知道吧。幹他媽的低能兒上床睡覺時臉上很可能還掛著一抹白痴笑容，並對自己說，看看我，婊子養的，我終於比你還酷啦。我必須趕快去喝點咖啡趕在我開始徹底崩潰然後把艾莎嚇個半死之前。她還在睡。

109 譯注：應是指義大利現代主義電影大師米開朗基羅・安東尼奧尼（Michelangelo Antonioni, 1912-2007）。

洛老爹

我這樣的人很愛講話，大家都知道。我會跟歌手混是因為他也很愛講話，就連他拿起吉他讓這個主義和那個主義押韻時他也還是在講話，而就算他哼著這個主義那個主義的旋律他依然還是期待你回應，因為我們正在進行對話啊，大家。雷鬼也只不過就是一個人在講話，跟另一個人講道理，來來回回的對話，我的看法是這樣啦。

但是瞧瞧這個，有些人不講話的。就像愛講話的人會跟也一樣愛講話的人混，安靜的人呢，也會跟安靜的人混，有祕密的人，也會跟有祕密的人混。你跑去某個派對，某個聚會，然後你就會看見喬西．威爾斯去找某些人，或是他們來找他然後他們一起都很安靜。不過昨晚是個沒有月亮的炎熱夜晚而今天幾乎還沒出生，我睡了一小時起床後靈魂裡有種煩躁，到現在已經太久了，實在太久了有什麼東西困在我腦裡我實在不吐不快。如果我是個寫字的人那就會寫在白紙黑字上，要是我是個天主教徒那就會在告解室裡講得口沫橫飛啦。

我的女人去廚房泡茶，煮鹹豬肉跟番薯，她知道我愛吃什麼並在我唸她夜裡驢子般咿咿呀呀的打呼聲時笑了出來。我晚上發出其他聲音時你怎麼沒抱怨啊，她邊說邊把她搖擺的屁股移到廚房去。我在她走遠前拍了一下然後她看著我說小心我告訴你唱歌的朋友說你還在偷吃豬肉哦，有那麼一秒我以為她是說真的接著她笑了出來然後就邊唱著〈女孩我有個約會〉[110]邊走開了。有些男人永遠無法從尋找其他女人來找到能療癒他們的女人。可是就連她都對靈魂的煩躁無能為力，她可以讓食物變得更好吃，更溫柔地按摩我的頭，而且她也知道什麼時候該告訴手下今天不要過來家裡這裡，但是她也了解不管她做什麼或說什麼都無法安撫我的靈魂。

也許是因為現在十二月吧，畢竟，只有等我們讀到《啟示錄》時才能判斷《創世紀》如何，對吧？進入十二月讓我想起一月。而且不只是因為民族黨搞爛了這個國家，大家都知道共產黨已經完成滲透牙買加了，越來越多古巴人跑來這裡，但卻沒有人知道也有越來越多牙買加人去了他們那裡，而當他們回來後，他們用起AK－47就像他們生來就是要控制這把槍一樣。是真的，聖凱瑟琳那邊蓋了一棟學校而沒有半個工人是講英文的，接著甚至在上帝都還來不及說，等一下現在到底是什麼情況啊之前，醫院裡的每個醫生現在都叫作厄涅斯托和帕布羅[111]啦。不過一月也從我這裡奪走了某個東西並給了喬西．威爾斯，而現在，大家都知道了。

十二月初在彼得．納瑟給我任何工作任何錢任何聖誕節的善意禮物之前，他先給了我一個消息。他說跟你的人說這一季和之後的季節煮更多香蕉、烤更多番薯、炸更多馬鈴薯、挖更多芋頭吧，但是忘了餃子餡餅蛋糕跟所有需要麵粉的東西。我甚至沒注意到他說得也太好聽了吧，也不記得要把這個消息傳遞給社群甚至消息是怎麼傳開的，除非我真的有跟我女人講過。

十二月三十號是第一個，一月二號又多了三個，接著在一月二十二號，上帝遺棄了聖湯瑪

110 譯注：〈Girl I've Got a Date〉，牙買加歌手艾頓．艾利斯（Alton Ellis, 1938-2008）的歌曲，他又稱「搖不停教父」。

111 譯注：皆為西語名。

斯。十三個人，家人和朋友，開始頭痛、昏倒、嘔吐，還有幾個人瞎了，他們拉了又拉然後拉到停不下來，他們昏倒醒來又昏倒然後抖得跟上帝用閃電劈了他們每個人一樣。就連在他們死後，他們都還是繼續狂拉跟抽搐，他們全都因為同一頓午餐在同一天死掉。謠言就像一九六四年時的小兒麻痺一樣炸開許多男男女女都把自己關在家裡因為他們害怕。是在麵粉裡，是在麵粉裡，是在麵粉裡，他們說。麵粉裡寫著死亡而死亡在十七個人的心臟上留下印記。隔天衛生大臣說某艘德國船隻運來牙買加的烹飪用麵粉確實受到某種除草劑汙染了他們把這種毒藥叫作「惡婆婆」毒，但牙買加認識這種毒藥，我們在《瞞天過海》[112]上映之前就禁止了啊。

彼得·納瑟一月時親自現身。又一次，他過來擁抱我，但卻問喬西·威爾斯新車的電池還行嗎，而我在想這什麼時候關他的事了。不過他跟我講話的方式和跟喬西·威爾斯的不同，跟我說什麼ＩＭＦ真正的意思應該代表「是曼利的錯」，他救不了國家、保護不了國家，甚至控制不了國家。他跟喬西·威爾斯聊車子的電池跟女人並邀他星期二一起去打飛靶還真是好笑，結果他卻跟我聊政治，我跟喬西·威爾斯還有中國佬還有愛哭鬼和更多人說，某些白人商人和政客說到底就是被說服了相信總理可以讓這個國家維持運作，但等到我們完成之後，他們甚至不會相信他能讓京斯敦維持運作。

我從來都不需要說服，民族黨除了民族黨之外永遠不會為其他人做任何事。在我們乞求之前就先來到貧民窟的是工黨，五〇年代就來啦那時我已經大到在上學了並且把那個骯髒的爛地方變成像是《好時光》[113]影集裡的建築物，接著他們建了哥本哈根城然後我媽這輩子第一次洗澡時可以享有隱私。他們愛怎麼說都行，但來到貧民窟的並不是民族黨，他們是在哥本哈根城建好之後才來的然後又蓋了某個急就章的垃圾地方叫作八條巷。他們在那些狹窄的巷弄裡只塞滿了民族黨自己人要來反對我們而已，可是隨便哪個蠢蛋都能開槍。

但是誰拿下西京斯敦就是拿下京斯敦而誰拿下京斯敦就是拿下牙買加，而在一九七四年，民族黨從叢林區放出了兩頭野獸，一個叫彩旗說書人的男人，另一個則叫抹布。民族黨是永遠不可能拿下西京斯敦的，以前如此現在也是如此，所以他們來陰的，他們搞出了一個全新的區域並稱作中京斯敦，然後把裡面塞滿他們的人。而他們叫誰來管事呢？彩旗說書人跟抹布。在他們兩人之前，貧民窟裡的戰爭是刀子的戰爭，他們找來了三十個人騎著紅色和黑色的機車穿越京斯敦，嗡嗡嗡嗡嗡嗡就像一支蜜蜂大軍，當彩旗說書人跟抹布的幫派在一場葬禮上攻擊我們時我當下就知道遊戲結束了現在有新的規則了。大家以為已經久到沒人記得是誰先開始搞事的，但是可不要扭曲了貧民窟的歷史啊，各位好人。是彩旗說書人和抹布先開始的，而一九七二年民族黨勝選之後一切就都失控了。

首先他們把我們趕出我們四年前才剛得到的工作。然後那兩個傢伙開始把我們趕出城，好像我們是流氓他們是懷特．厄普[114]。他們甚至會自相殘殺，去砍和他們自己黨有關的工會代表因為他叫工人去罷工。接著在去年差不多這時候，一台白色廂型車停在退休路上的工黨總部外頭就這麼停了下來，箱型車擋住了視線所以不知道他們從哪冒出來，殺人蜂發動攻擊，彩旗和抹布的幫

112 譯注：*Ocean's Eleven*，此處應是指一九六〇年之原版電影。
113 譯注：*Good Times*，一九七〇年代美國情境喜劇影集，主角是一對非裔美國人夫婦。
114 譯注：Wyatt Earp（1848-1929），即前文OK牧場槍戰中的故事主角，為當地的執法官。

派也騎著機車嗡嗡嗡加入。他們砸爛家具、撕毀文件、踹男人、扁女人還強姦了兩個然後走人，而重點在這裡：在這整段時間裡他們沒半個人說半句話。

但這群幫派只不過是膽小鬼而已。他們從來都沒種來哥本哈根城，從不敢對頭部動手，所以他們就一直砍手指跟腳趾一直砍一直砍直到我告訴彼得·納瑟是時候讓這沉睡的巨人醒來啦。等我們把六號巷燒個精光每個女人都開始痛哭因為她們以前從來不需要把腦漿舀回死掉的兒子腦子裡，等我們搞定七號巷後剩下唯一會動的東西就只有蜥蜴。

但那兩個人竟然開始覺得民族黨是他們管的。黨帶他們去了古巴。抹布，他得到這個綽號是因為他是個拉斯特法理派而他的辮子看起來就像抹布，去了古巴並在派對上見到卡斯楚本人。從沒有人告訴過這老兄古巴的國菜是豬肉，他整個人牙起來就像在猶太人把聖殿變成市場那天來到聖殿的耶穌一樣[115]，他連卡斯楚的桌子都踹翻了，抹布對他自己的黨來說因而變成了問題。這時便有個人打給了另一個人，那個人又打給牧師，牧師是唯一獲准在工黨和民族黨的地盤上都能穿行無阻的人，而牧師打給我。我親自出馬料理那個婊子養的，我跟中國佬說直接去史坦頓酒吧，要低調並朝女孩逃開的方向走，她們會邊咒罵邊抓著自己的屁股、奶子、鮑鮑。中國佬技術夠好一槍就可以幹掉一個男孩，所以當他走到他身後並說呦小王八並朝他後腦勺開槍時，他桌邊的女人甚至沒有尖叫直到他開第三槍，這槍從第一槍打出的同一個洞穿了過去，然後血噴得她們滿身都是。開了六槍之後中國佬就像追憶一樣消失了。

接著在一九七五年三月，幫派老大在某個教堂女士的聖經裡留下訊息告知彩旗說書人會到哪去。就在達令街外，在他要去看他馬子的路上，離海邊只有三個街區，喬西和四個人直接開到他的車旁邊然後瘋狂掃射那個小工八直到連車子的引擎都報廢了。彩旗說書人的葬禮是最大條的事，據說有兩萬人去參加，我不知道確切數字但我確實知道總理、副總理跟勞動大臣全都去了。不過那是一九七五年了，現在是一九七六年十二月而一年也可能會是另一個截然不同的世紀，因為每個對抗怪物的人也都會變成怪物，而京斯敦至少有一個女人覺得我是殺手會殺掉所有叫作希望的事物。大家覺得我迷失了因為我很困擾我錯殺了那個男學生，卻沒發覺我迷失其實是因為這理應要困擾我可是我卻不覺得。但現在我的女人在叫我啦，說，大哥大啊，來吃你的飯吧。

115 譯注：典故參見《約翰福音》二章十三至二十二節。

妮娜·博吉斯

——喂？

——讚嘆全能的耶穌，妳似乎終於起床了，我打第三通了姐妹。是我妹金咪，才講兩句她就已經進入貧民窟模式了。我在想太陽出來了沒，我不知道我今早應不應付得了太陽或是她。

——我真的很累。

——昨晚開太多趴囉。妳聽見沒？我說妳昨晚開太多趴了，妳不問我妳要付出什麼代價嗎？

——我早就知道了。

——妳早就知道妳要付出什麼代價了喔？

——不是，我早就知道妳要告訴我了。

——喔，妳今早還真是沒禮貌啊，姐妹，真不習慣妳這麼聰明呢，一定是因為早晨的空氣。金咪從不打給我所以這說明了一些事，自從她和拉斯·川特好上了他告訴她盡量少和還困在腐敗國家機器裡的人往來，而他逃離這種往來的方式就是每隔六個星期左右就飛去紐約一趟，金咪還在等簽證這樣才能跟他一起去。你會想說拉斯·川特欸，堂堂外交大臣之子，肯定可以幫他的女王安排一下簽證吧，你也會以為這個女王會對他下咒讓他連提都沒提要試試就把事情搞定了，但是牙買加的萬事萬物都有價，就連美國簽證也是，而我今天有事要辦。

——有何貴幹，金咪？

——我在想那天的事，妳對蓋維主義有什麼了解？

——妳打給我就在、就在——

——八點四十五分。早上八點四十五分，妮娜，很快就九點了。

——九點，幹，我得去上班。

——妳根本就沒有工作。

——還是得沖澡啊。

——妳對蓋維主義有什麼了解啦？

——這是什麼廣播益智問答嗎？我現在正在直播中嗎？

——不要再拿事情開玩笑了。

——不然還能怎樣，妳這麼早打給我只是想上堂公民課嗎？

——就是這樣。妳一定不覺得這很重要，這就是為什麼白人可以這樣壓下妳，我說蓋維的時候妳的耳朵應該像狗一樣豎起來才對。

——妳今天跟妳媽講過話了沒？

——她很好。

——她是這樣說的？

——媽咪需要把她的人生貢獻給鬥爭，只有這樣她才能真正從我們作為一個民族被壓下之中解放。

金咪從拉斯·川特那邊學會把英國人給她的字當成壓迫的工具然後再噴回他們臉上。拉斯特不喜歡負面的字所以壓迫現在變成壓下即便這個字裡根本就沒有往上。奉獻就是貢獻，我跟你，天知道這是什麼意思，但聽起來像某個人在嘗試他們自己的聖三位一體卻忘了第三個人的名字。你問我的話我會說這全都是狗屁，而且有太多事情要記得了。但金咪最愛的就是人家給她太多工作要做，特別是當拉斯·川特可能在尋找另一個女人時，不是像她這樣的女王而是一個會幫他吹喇叭還有可能會舔他屁眼的女人，這樣他的不要、不要、不要就會變成哦、哦、哦，是個他不需要尊重的婊子。金咪想要某個特定的東西，但她永遠不會開口問，她更想用釣的。而今天早上誰知道呢？也許她只是想覺得自己比某個人還棒而我的號碼是她少數記得起來的八位數字之一。

——他是個國家英雄，我說。

——至少妳知道這個啊。

——他想要黑人最終可以回去非洲。

——呃，某種程度上。但很棒，很棒。

——他還是個賊，買了艘哪裡都開不到的船，但他大概不是唯一是賊的國家英雄吧。

——妳看吧我就知道，誰告訴妳他是個賊的？這就是黑人無法進步的原因妳懂嗎，他們竟然叫自己人賊欸。

——我都不知道馬庫斯·蓋維的真名是博吉斯耶？還是我們其實姓蓋維？

——川就是這樣說的，他就是這樣說像妳這樣的人就會說這種話。

——像我這樣的人。

——那就不是妳這樣的人。在黑暗中的人，離開黑暗進入光明吧，姐妹。我可以想辦法叫她閉嘴，可是跟拉斯．川特一樣，金咪其實不是真的在跟你講話，她只是需要見證人，不需要聽眾。

——那幹嘛打給我，因為我確定我不是妳唯一認識在黑暗中的人，打給妳其中一個無染原罪中學的朋友還是誰啊。

——姐妹，如果革命將會發生那就必定，妳聽好了，必定會從家裡開始。

——川特他家已經解放了喔？

——不是一切都跟川有關，妮娜，我也有我自己的生活。

——當然囉，一切都跟馬庫斯．蓋維有關。

——妳以為妳的人生會怎麼發展？你們這些黑人全都像無頭雞一樣到處亂跑還不知道你們為什麼會迷失方向。妳讀過《冰上的靈魂》[116]了嗎？我敢打賭妳從來沒讀過《索萊達兄弟》[117]。那《歐洲如何讓非洲發展停滯》[118]呢？

116 譯注：*Soul on Ice*，艾德里奇．克利佛的回憶錄暨文集，為非裔美國文學的經典之作，描述克利佛如何從大麻毒販兼連續強姦犯蛻變成堅定的麥爾坎．X及馬克思主義革命追隨者。

117 譯注：*Soledad Brothers*，一九七〇年加州索萊達監獄黑人囚犯喬治．傑克森（George Jackson）之獄中書信集，他因獄中發生且導致獄卒死亡的暴動事件遭到未審先判，死於獄中。

118 譯注：*How Europe Underdeveloped Africa*，蓋亞那歷史學家華特．羅德尼（Walter Rodney）一九七二年的著作，描述歐洲殖民政權如何刻意剝削非洲並讓非洲發展陷入停滯。

——妳總是那個愛讀書的。

——書是給聰明人讀的沒錯，但也是給笨蛋讀的。

——書的問題在於妳永遠不知道這會對妳造成什麼影響直到妳深陷其中，我真的得去沖個澡了。

——要幹嘛？妳又沒有要去哪。

那妳幹嘛不去死啊，小姐我沒辦法幹切．格瓦拉也沒辦法幫他生小孩所以我就要接受隨便哪個我能用陰道達成的革命？這句話幾乎都到了我的嘴邊然後消失，就像安慰劑。我告訴自己我忍受金咪是因為如果我用她對我講話的方式跟她講話她連一次都撐不過去。我討厭這樣的人，你必須保護但他們卻一直傷害你的人。內心深處她還是那個一心渴望大家喜歡她的女孩，除此之外她最想要的事就是回到過去然後出生在生活快過不下去的貧窮家庭這樣她就能覺得自己夠格痛恨所有住在北溪區的人了。但是總有天她肯定會逼我逼得太過或是逼我逼得不夠。我一直告訴自己我沒時間理她，不過我有次還是跟她去了十二支派的拉斯特集會，忘記是哪時了，可能是我們去歌手家開趴的同一個星期吧。

那整趟路上她都在大聲講話，大聲到蓋過福斯的引擎聲說我該做什麼我又不該做什麼還有我最好不要用任何腐敗國家機器的破事來丟她臉。她大聲嚷嚷著我到了之後會怎麼被正能量的震動吞噬並把我自己貢獻給為了解放黑人的鬥爭、為了非洲的鬥爭、為了尊貴陛下的鬥爭。或是我可能已經困在不公不義裡太深了所有正面的事物都無法吞噬我，因為拉斯特法理一開始都要從一把火開始，一把你內心深處的火你沒辦法用一杯水就撲滅，而你也不能等到這把火像汗水一樣從你的毛孔滲出來，你必須把你的心靈扯開來讓這把火猛燒而出。

——那可能是火燒心吧，我說。那是當晚最後一個玩笑，她給了我一個「我還以為妳會表現得更好一點」的表情，她要不是遺傳自我媽就是跟她學的。

——至少妳穿得像個正經女人是件好事，她對我能找到最無趣的打扮這麼說，一件在我走路時會輕輕刷過我腳踝的紫色長裙和一件我紮進去的白色襯衫，我還穿著拖鞋因為我無法想像拉斯特法理派喜歡他們的女人穿高跟鞋。我甚至記不得我幹嘛同意要去了，就我所知我並沒有同意，但金咪表現得像是她有個名額要填滿，跟大學校園裡那些狂熱的教會男孩一樣他們看起來就像要是他們一天沒有讓幾個人成功改宗那他們回去就會被抽。但人是很有趣的，孩子。等我們到了那場集會，在希望路上的某間房子那看起來就是以前奴隸會在外頭挨打，兩層樓、全木造、法式窗戶還有個露臺，金咪安靜了下來。

整段車程她都一直雞雞歪歪停不下來，結果她一到那裡就變成發了靜默誓詞的修女。拉斯·川特已經在那跟一個女人講話，不好意思啦，女兒，而且笑得比講的話還多，邊摸著他的鬍子邊把頭歪向左邊再來是右邊，而那個女孩是白人但戴著拉斯特帽，緊握著雙手看起來她是在說超級美國版的我真是**超**開心來到這裡。我呢？我真是**超**開心能看著金咪理解這一切，看著她煩躁起來把重心放在一隻腳，接著是另一隻，然後又換回第一隻彷彿她不知道該不該走上前去，還是要離開，或是要等他注意到她。這整段時間她一句話都沒說，所有女人都保持沉默除了那個在跟川特講話的白女之外，如果不是因為紅色、綠色、金色而且裙子大部分都是牛仔裙，我還以為是一群穆斯林女性在圍繞著我勒。

遠處的角落營火照亮了三個女人火是她們生的，在煮些天然食物還是什麼的吧。我全身僵硬，是座燈塔只有我的頭在轉動，從左邊掃到右邊又掃回來，我克制不了，我已經開始在找男孩了還有特別是來自我中學的女孩，他們找到了拉斯特真正的光芒，不過來這裡其實只是要讓他們住在上城的父母傷心而已。你和一個不用除臭劑的男人或是一個不刮腋毛或腿毛的女人就是只有這麼多愛可以做而已，或許要成為真正的拉斯特你就必須很愛男人的體臭跟女人的魚腥味吧。有很多女人但她們全都在走動，我花了一下子才發現她們全都拿著某個東西要給男人，食物、板凳、水、點他們大麻的火柴、更多食物、大冰箱裡的果汁。貢獻跟解放個屁，如果我想活在維多利亞時代的小說裡那我至少想要一個知道該怎麼剪顆帥頭的男人。

金咪還在我身旁，還在煩躁，跟那個剛剛花了整趟車程講話好像她比我還強的女人截然不同。有點像她打這通電話來在做的事，但是過去七分鐘她講的話我半個字都沒聽進去。我知道，因為我瞄了一眼我們上掛的時鐘。

——把情緒能量導向建設性的種族利益，這是大型的犧牲工作，透過科學跟工業跟人格養成教育，強調普及教育，然後，然後，妳真的有在聽我說話嗎？

——蛤？什麼？抱歉我剛在打蒼蠅。

——蒼蠅？妳床上到底是什麼骯髒垃圾堆啊？

——我不在床上，金咪。我還應該這麼叫妳嗎？想說拉斯．川特到現在應該已經給妳某個妳奴隸名字以外的稱呼了吧。

——他、他叫我瑪莉亞瑪。但是這只有他、我跟解放了的人能叫。

——喔。

——這不包括妳直到妳選擇解放為止，姐妹。

——所以現在妳解放了妳要回去非洲啦？

——一模一樣，跟川說的一樣。回去非洲甚至不是蓋維哲學思想裡的主要觀點。

金咪絕對不會用主要觀點這種字的。仔細想想，拉斯．川特也不會，他八成會把女兒拼成「dawta」只為了少用幾個字。她引出我整個人的婊子性格真的是很驚人，但這個婊子只是快從我體內浮出來或從我口中冒出來但從來沒有真的出現。金咪越是閃躲某個問題，這個問題對她來說一定就真的越困擾。

——妳打給我還有歷史之外的其他理由吧，金咪？

——妳在講什麼，我都跟妳說過革命必定是會先從家裡開始了。

——不是床上喔？

——都一樣啦。

我想告訴她我已經受夠當那個她覺得她可以一直貶低的人了。我真的很想，但接著她說，

——妳就是個骯髒的小假掰鬼。

終於。

——妳說什麼？

——妳，妳幹了他？

——妳在講什麼東西？

——妳以為沒人看到妳嗎？像個迷妹在他家附近轉來轉去。

——我還是不知道妳在講什麼鬼。

——雪莉・穆－楊說她很確定她開車經過一個長得很像妳的女人，昨天下午在他大門外徘徊她那時候去接她的小孩。

——上城的淺膚色女孩。當然囉，沒人長得跟我一樣。

——她載小孩回程經過時，她又看到妳了。

——妳跟妳媽講過話了沒？

——我知道妳幹了他。

——幹了誰？

——他。

——關妳什麼屁——

——所以是真的囉，現在妳跟妓女一樣在那裡等他等半天。

——金咪，妳是沒有其他事好做嗎？比如說告訴妳媽是這個腐敗的國家機器痛扁了她老公並強姦了她？

——沒有人強姦媽咪。

——那個拉斯特川特是這樣告訴妳的嗎？還是他跟妳說是腐敗的國家機器強姦她的？繼續啊，跟我說啊，跟我說他跟妳講了什麼因為妳他媽的肯定沒有自己的意見啦。

——什、什麼？什麼啦？什麼鬼？沒有人強姦媽咪，沒有人強姦……

——考慮到我很確定拉斯・川特忍住了還沒碰妳，妳他媽的又怎麼會知道？

——歌手、他、他只是在試妳車，妳知道的。

——試我車喔。

——試妳車因為他還是忘不了我。

——噢金咪，大多數人剛認識妳沒幾分鐘就會忘了妳的。

——媽咪跟爹地不知道妳真是個該死的婊子真是太可惜了。

——沒錯，不過他們大概知道妳已經沒在洗鮑魚了因為妳現在是拉斯特了。我還要去工作。

——妳他媽的根本就沒工作幹。

——可是妳有耶，而且為什麼妳不回去繼續工作呢？拉斯・川特剛拉完屎的屁眼八成需要幫忙擦一下。

——妳就是個惡毒的婊子，妳就是個惡毒的婊子啦。

通常我都會讓她痛罵我直到她沒氣了為止，但我這次太超過了，我閉上嘴因為我知道我想再更進一步。她沒發現我緊閉嘴巴。

——而且，而且，而且他幹妳的唯一理由就是想看看我們家是不是有好的愛。

——所以接下來他要去幹妳娘囉？

——川跟我講過妳。

——川什麼屁事都嘛跟妳說。妳已經整整兩年沒有半點自己的想法了，妳有聽到自己在說什麼嗎？打給我跟我講什麼他媽的馬庫斯・蓋維好像妳是什麼歷史老師勒幹，拉斯・川特叫妳坐下好像妳是什麼該死的四歲小孩然後跟妳聊點歷史結果妳就覺得嗯嗯嗯，那我能去貶低誰並讓我覺得自己比某個人還棒呢，接著妳就一如往常打給我了。我他媽才不在乎妳的什麼鬼歷史課，我不在乎蓋維也不在乎妳那個死拉斯特男友他去紐約的時候八成還跑去舔鮑呢。還有另一件事，如果妳覺得那個紅皮膚的混蛋會幫妳弄到簽證這樣妳就能找出他在紐約到底幹了什麼好事，那妳甚至比妳總是在穿的那件大麻大學T恤還更智障。

我想繼續講下去。我有事要做，但我還是繼續講下去了。我有一對簡直是活靶的父母，就只是等著再次被襲擊被同一群王八蛋，他們可能會為了上次他們機車放不下的東西回來。我完全已經準備好大噴特噴了我根本不在乎我是不是早在過河之前就先放火把橋給燒了，就算對象是我他媽的妹妹也是。我想回去希望路就只是站在大門邊然後尖叫尖叫再尖叫直到他要不是把大門給我打開不然就是給我去叫警察，而要是他報警那我就會直接在監獄裡待一晚出來之後再跑回去繼續尖叫尖叫尖叫。他絕對要幫我，幹，因為要是我可以幫我自己那我他媽才完全不會屌他跟他的什麼〈午夜狂歡客〉勒。而且他要給我錢，夠多的錢這樣我才會閉上該死的嘴，夠多的錢這樣我才能從後門走進美國大使館然後帶著三份簽證離開因為金咪不會想要的而且幹她去死吧，幹她去死吧，幹她去死吧，幹她去死吧。我嘴巴後頭至少還有十年的積怨我終於可以噴個痛快了那些不在乎的人通通都去死吧幹，我想吐口水在她幹他媽的醜臉上然後噴爛她雞掰的爛耳朵幹。可是她掛斷了。

喬西・威爾斯

我和愛醫生有約。客廳的電話響起時今天才正要開始。我已經起來了，像個早晨的鬼魂在我家晃來晃去。在他說哈囉之前，我就說，你他媽還真會抓時機啊，愛醫生。他想知道我怎麼知道是他的，我說他是唯一甘願冒著頭上被開一槍的風險在早茶前打擾我的人。他笑了，說老地方見啦然後就掛斷了。愛哭鬼還在沙發上打呼即便電話聲本來就是要這麼大聲。

彼得・納瑟在跟那個美國人路易斯・強森一起來的那天把我介紹給他，接著這兩個人都犯了同樣的錯以為他們能夠控制我和這個古巴人之間的所有聯繫。不過某次有個教會牧師曾告訴我人可能不認識人，可是靈魂會認識靈魂。他用這來解釋死玻璃是怎麼找到彼此的，我他媽才完全不鳥這種事，但他說的話永遠跟著我了，我甚至把這當成判斷的標準。對你可以跟我說各式各樣的話，我已經知道話語的力量了但是靈魂會認識靈魂嗎？所以當我第一次跟愛醫生見面時我們對彼此說的大部分事情都不是透過話語。

一九七五年十一月某天，彼得・納瑟在他少數幾次光天化日下的貧民窟之旅中，停下他的富豪說他帶了個提早的聖誕禮物來。我看著他心想這個矮肥短的敘利亞狗屎肉塊真他媽有夠智障，接著我看著那個古巴人也想打發他但在他翻白眼時可以看出他的想法也跟我差不多。彼得・納瑟死都不閉嘴，就連他在幹炮的時候也是，所以某個人不說話時我就會注意到。

一開始我想說因為他來自古巴，他應該英語懂不多吧，直到我發覺他只有在必要時才會開口。高個子，也很瘦，留著他太常搔的鬍子還有對一個醫生來說太長的黑捲髮。他看起來反倒像是切．格瓦拉，他也是個醫生，只不過愛醫生至少有四次曾經想殺掉切。**那個小娘炮（西語）**，**那個死玻璃（西語）甚至不是古巴人**，當我指出他們兩個人都是學醫的而且都棄醫從戎時他說。這個人之所以吸引我有部分原因是因為我就是有點好奇。你怎麼從救命變成奪命的？愛醫生說醫生也會奪命啊，**老兄（西語）**，他媽的每一天都是。彼得．納瑟帶他來這裡的那天，他對我說，這個人會帶你到達全新的境界。

現在事情是這樣的。路易斯．強森確實曾試著告訴我外交政策用的是那種白人覺得你蠢到聽不懂的低級精簡說話方式，路易斯．強森認識愛醫生因為他們倆都待過豬玀灣，甘迺迪的小小傀儡秀想要挾持古巴結果在全世界面前失敗了。愛醫生之於豬玀灣就像一九六六年之於我，我看著他我就知道了。彼得．納瑟和路易斯．強森一起走了因為路易斯．強森跟他保證他會去試試牛鞭湯，因為根據納瑟他吃了之後幹他老婆幹得跟十六歲男孩一樣，這時古巴人留在後頭。路易斯，他說，

——路易斯．赫南．羅德里哥．德．拉斯．卡薩斯，但大家都叫我愛醫生。

——為什麼？

——因為反革命是愛之舉，**兄弟（西語）**，不是戰爭。我來這裡是要教你事情的。

——已經從強森那邊學會夠多東西啦，而且幹他媽為什麼你們這些人總是認為黑人超蠢所以你們需要教他們事情啊？

——哇，**老兄（西語）**，我無意冒犯啊，但你也冒犯到我囉。

——我？冒犯到你？我甚至根本不認識你。

——但你已經開始把我跟**美國佬（西語）**混為一談囉，我從你的表情看得出來。

——你們是搭不同台巴士來這裡的逆？

——**老兄（西語）**，就因為那個人還有他那種人喔豬玀灣的事情才會被搞到沒救啦，他跟每個摻一腳的蠢洋基佬。不要把我擺在他那。

——在他旁邊。

——欸。

——所以你又是怎麼成名的？

——你聽過豺狼卡洛斯[119]嗎，有嗎？

——沒。

——好笑了，他聽說過你耶。他已經躲在這邊好一陣子了，自從事情在一次重大的，該怎麼說……跟OPEC的慘敗之後，甚至還幹了好幾個你們的女人，這我很確定。我教了他幾招因為老實說啊，他真的是個超爛的恐怖分子。天主教學校的男孩全都想當他媽的革命分子，我跟你說這整件事真是讓我有夠受不了。

——你是真的醫生嗎？

119 譯注：Carlos the Jackal，本名Ilich Ramírez Sánchez，於一九七五年突擊了OPEC在維也納的總部。

——你病了嗎，**兄弟（西語）**？

——沒，你聽起來不像古巴人。

——我在奧斯陸念書的，**老兄（西語）**。

——你在這是有看到任何男學生嗎？

——哈，我的錯，**但在這個垃圾國家一切都是錯誤的（西語）**。

——沒你來的那個智障國家一半錯啦。

——**哇靠，你會講西班牙語？（西語）**

我點頭表示對。

——啊那個CIA**老兄（西語）**，你覺得他知道嗎？

我點頭表示他不知道。

——想聽件事嗎？假裝你聽不懂，你懂的話，就假裝你聾了。

——**路易斯，你幹嘛把我從我該死的國家帶來這裡跟這個婊子養的講屁話啊？（西語）**

——**路易斯啊，路易斯，就露幾手爛招給這個小黑鬼瞧瞧吧像什麼信件炸彈之類的，或是借他一本無政府主義者的食譜之類的，隨便啦。他跟他的男孩都是吃屎長大的，但他們很有用，至少現在是這樣啦**（西語）。他說他喜歡你，喬西。

——我不知道欸，他聽起來不太友善。

愛醫生笑了出來。他看著我然後露出微笑，知道誰是你朋友總是很棒，不是嗎？他說。總之，我猜你想知道我是怎麼成名的，對吧？明天來京斯敦港跟我見面我會讓你瞧瞧，我的朋友。

——我已經從CIA那邊學會夠多把戲了。

——但是派我來的不是CIA啊，**朋友**（西語）。向你致上來自麥德林的問候。

這正好是在聖誕季節前，就在民族黨男孩在全京斯敦耍壞了一整年之後。隔天我在京斯敦港跟他見面，市區外的碼頭邊。那天早上懶洋洋的，還沒有太多人出門但碼頭旁停滿了車，一定是很早就上工的人，我無法想像有人會把他們的車丟在這裡過夜，即便好笑的是要放車的話這裡會是全京斯敦最安全的地方，更好笑的還有，某些人住在這邊而且還過得很好呢。我好一會兒都沒看到他覺得這是個玩笑，真是太衰了我人竟然在市區沒有任何支援就在彩旗說書人的幫派還在活動的地盤，在港口這麼南邊的地方幾乎所有建築物看起來都像是來自背景在紐約的電視節目，牙買加銀行、新斯科細亞銀行、兩棟在曼利用他的社會主義–共產主義狗屁掌管京斯敦之前肯定想過會發生另一番不同風景的飯店。總之，我沒看到他因為他從我後面過來，他點了點我的肩膀然後把手指放在嘴唇上告訴我不要說話即便他在整個過程中都在微笑。

他放下背包並幾乎一路慢跑到路底。他經過一輛車又一輛車，在某些車旁邊停下來，在其他車旁則是皺眉頭，經過其中幾台他甚至彎下腰來但我分不出他是在檢查輪胎、擋泥板，還是他在找的什麼鬼東西。我在想我一開始幹嘛來這裡啊。他從一台紅色福斯，跳到一台白色柯蒂納，再來是一台白色護衛者，然後是一台黑色卡瑪洛，他一直彎腰但他在車子另一邊，我看不到他到底在幹嘛。如果他真的覺得我起了個大早來到南邊的戰區只是為了看一個受挪威教育的古巴佬怎麼偷車或是割輪胎那他就必須面對一個生氣到不行的牙買加人啦。他從最後一台車旁跳起來然後小跑步朝我跑來像什麼女學生一樣。他把他的頭髮綁回馬尾戴著深色眼鏡並穿著一件寫有「歡迎回來，柯特」[120]的T恤。

——**朋友**（**西語**），我有個字要給你。

——蛤？什麼字？你他媽在講ㄕ——

——鴨子。

——啥？

——鴨子，他邊說邊把我往下推。

那台紅色福斯的車頂直直炸上天接著旁邊其他的車也炸開了，整條路開始晃得跟地震一樣，路上出現波浪就像海上他媽的颳起了風，然後那台柯蒂納也爆炸了。護衛者也碰碰兩聲爆炸直接把整台車給炸上天，再掉下來砸中柯蒂納剩下的部分。卡瑪洛則是留在原地，車頭被炸爛，輪胎也像亂飛的碟子飛到天上。

每次爆炸時愛醫生都笑個不停，每聲轟隆他都像小男孩一樣大叫，我分不出來是不是有人死掉，但我不覺得有。玻璃碎得到處都是人群在尖叫，整段時間我都躺平在路上而這個爆笑的古巴人還壓在我上面。

——你覺得這屌不屌啊，**朋友**（**西語**）？

——要是有人看到我，他們會以為是我幹的，白痴。

——那就讓他們這樣以為吧，你不想讓麥德林那邊刮目相看嗎？你施洗者約翰喔？快點讓我知道這樣我就可以去找耶穌了。

路易斯・赫南・羅德里哥・德・拉斯・卡薩斯，愛醫生。兩個月前在巴貝多有班古巴航空的飛機從席維爾機場起飛飛往牙買加，十二分鐘及一萬八千英尺過後兩顆炸彈爆炸，墜機殺死了機上所有人包括古巴擊劍隊整隊跟五個北韓人。愛醫生確實從CIA那邊學到了不少事，自從他加入聯合革命組織統一陣線[121]之後，而這又是另一個為了擺脫卡斯楚似乎每個月都會創立的那種組織。必須稱讚醫生的是，他是第一個發現我懂這一切狗屁時眉毛連抬都沒抬的傢伙。路易斯・強森到現在還是不怎麼相信我識字，這可能就是為什麼他一直給我看顛倒的雜貨清單然後還說那是機密文件。總之，愛醫生從美洲學校[122]那邊學會了很多東西，其中一樣就是把東西炸飛到天國去。接著他開始教學，他說那班古巴航空的班機爆炸時他甚至人都不在巴貝多勒，而是在這裡。現在他又回來啦，大概是因為哥倫比亞那邊的某個人在今日的牙買加需要多個眼線吧。

我把愛哭鬼留在沙發上，他穿著他的紅色內褲在睡覺。我留下他他現在臉朝上睡著，手放在蛋蛋上，這還滿合理的。我想拿起他的眼鏡戴上，也許用他看世界的方式來看看世界吧，但有什麼阻止了我而且不，我甚至不願意去想這是因為恐懼。我撿起他的長褲因為我馬子絕不能容忍她的地板這麼亂並在後口袋摸到一個鼓鼓的東西，是一本沒有封面也少了最後幾頁的書。我在想那最後幾頁是不是就像大部分的書一樣都是空白的而愛哭鬼在上面寫信給那個監獄裡的男人，我翻

120 譯注：應是指一九七〇年代美國情境喜劇《Welcome Back, Kotter》，柯特是劇中的中學教師，負責教一個種族文化背景多元的放牛班。

121 譯注：Coordination of United Revolutionary Organizations，反對卡斯楚政權的激進軍事組織，主要由古巴流亡人士組成。

122 譯注：School of the Americas，美國在巴拿馬設立的國安學院，專門培訓拉美人士，許多校友都與美國在拉美支持的獨裁政權密切相關。

了幾頁看見了書名：《哲學的問題》，伯特蘭．羅素。我曾問過愛醫生他有沒有讀過伯特蘭．羅素。他說有啊，但是在海德格之後，羅素不過是個得了諾貝爾獎的基佬而已。我完全聽不懂他在講三小，可是我知道我在等可以用這句話嗆愛哭鬼的時候。總之，我離開他時他睡得很熟，這樣也好因為我不想要他跟來。

當你發現關於自己的真正真理，你會發現唯一有能力搞定的人就只有你自己而已，有些人甚至無法搞定這點，這就是為什麼貝爾維精神病院總是人滿為患，有些人無法做到了解自己的能力所在。我以為我懂這件事直到愛醫生教會了我，甚至還不到一年呢。在橘街，除了滿滿的民族黨王八之外什麼也沒有的廉價公寓庭院。

——你想要讓更大尾的……你們是怎麼說的，鯊魚刮目相看？

——更大尾的魚。

——對就是這麼說，比彼得．納瑟更大尾的魚？

——你是說頭頭，我已經——

——比那還更大，比這個國家還更大啊，**孩子**（**西語**）。我們已經在用波多黎各人跟巴哈馬人了，但全都是一堆垃圾。

——聽不懂你在講什麼耶，路易斯。

——不你懂的。不過就讓我們照著你的話說吧，你聽不懂。那個你不知道美國超級需要的禮物，那個來自波哥大的禮物需要一個新的你們是怎麼說的啊？聖誕老人，因為波多黎各的聖誕老人胖得跟豬一樣，而巴哈馬的則是太智障了。還有啊，我們把古巴從那個陽痿**婊子養的**（**西語**）

天主教學校男孩手上解放的努力，如果來自這裡就最有可能成功，因為牙買加和古巴關係很密切，對吧？

彼得．納瑟以為ＣＩＡ派愛醫生來是要教我怎樣捧他懶趴捧得更好，彼得．納瑟是那種不懂他有沒有好好幹他老婆一頓的差別而且也不在乎他是不是幹她幹得很鳥的人。ＣＩＡ看起來像是知道得太多了，可是或許他們就只是不在乎。我喜歡那種不在乎他敵人的敵人在做什麼只要他還是他敵人的敵人的人。愛醫生拿著ＣＩＡ的機票飛來牙買加聽的卻是麥德林的命令，那晚在橘街的廉價公寓他向我示範了該怎麼用Ｃ－４炸藥。

——**哈囉，我的朋友（西語）**。

——喬瑟夫！好久不見啦我的朋友！

他這麼說即便我上次見到他明明才兩個月前而已。開車到半月灣不用很久，但你必須特意尋找才能找到。這是座舊碼頭先是西班牙人在使用，接著是奴隸時代的英國人，甚至一度是海盜在用，這是其中一個那種東西可以運進來或運出去而且完全不干任何人事的地方。我在懸崖頂端的上面可以看到他，等我下到海岸邊時愛醫生跑向我並親了親我的臉頰，這些拉丁男人就是愛這樣所以我不覺得有什麼問題，雖然如果旁邊有其他人那就完全會是不同的故事了。路易斯．強森在樹叢裡把他那台綠色福特柯蒂納藏起來的工作實在做得他媽的超爛，或者是因為聲音吧因為他沒把引擎熄火，他待在車上是件好事。我懷疑愛醫生是不是說太多事了，畢竟這可是個超他媽愛閒聊的**老兄（西語）**啊。

——事情可是比胖女人的屁眼還緊啊，**我的朋友（西語）**，他說。

——巴貝多那邊可不是鬧著玩的。

——**聖母瑪利亞啊**（西語）。雖然從技術上看來這已經是國際上的渾水啦，解放的鬥爭少了犧牲可是無法繼續下去的呢，**孩子**（西語）。

——這是要讓麥德林刮目相看嗎？

——不，一顆炸彈是要讓麥德林刮目相看，兩顆的話就是要讓我自己爽的啦。但是我哪知道，我那時人在委內瑞拉，哈。

——變魔術啊。

——你也得做一樣的事，**兄弟**（西語）。

——我得炸掉一架飛機？

——我跟你講過了我不知道什麼炸掉飛機的事啦。

——那我需要做什麼？

——你必須成功這樣你就不用打給他們，他們會打給你。別讓我懷疑你，喬瑟夫。

——今晚之後就沒人會懷疑我了。

——給他們點顏色瞧瞧吧，**兄弟**（西語）。

——兄弟，我會讓全世界刮目相看的，你會待多久？

——只要共產主義的威脅是真實的而且逐漸逼近我就會一直待著，喬瑟夫。

——可是那傢伙說他是個民主社會主義者。

——社會主義是理論，共產主義是實踐。你需要來點大爆炸，**兄弟**（西語），那些男孩在看著呢。

——我不會指望炸掉整條希望路只靠——

——我不想知道。但我車裡有些禮物，**兄弟**（西語），就三到四個C－4炸藥，我已經教過你啦。

——別用幹他媽的炸彈，路易斯，到底是要我跟你講幾次？

——我只是把東西放在桌上而已，喬瑟夫。

——他知道你把炸藥放在他車上嗎？

——那個低能兒連他是用屌拉屎還是用屁眼尿尿都搞不清楚。

——隨便啦，我比較喜歡釘孤支，那個婊子養的在我審判他的時候會看到審判是從哪來的。

——我從來都不喜歡近距離跟自己來。我待在這就能搞定你了，不是嗎？去做你該做的事吧，我的兄弟。我明天會再打給你，我們會邊喝莫西多邊對那個陽痿天主教學校男孩的照片吐口水。

——後天再打給我吧，我明天很忙。

貝瑞・迪佛羅里歐

我完全不知道那個瘋狂古巴人在牙買加，而且就在他兩個月前在巴貝多搞出那樁破事之後，我必須說這混蛋還真有種。我敢打賭這是路易斯・強森的主意。自從他離開智利到厄瓜多加入我之後他就常常忘記他是在替我工作。

從歌手家到莫納的髮廊只需要二十分鐘左右，但多虧了我老婆感覺像是要兩小時。現在我在我大使館的辦公室等待一九七六年十二月三號的一連串事件發生，今天會是我們駁回歌手簽證的那天因為他有運毒到美國的嫌疑，其實要證明應該也不會太難，只要查他的後口袋就好了。我們應該要拿這件事好好搞一場公開的大秀，這是個跡象代表我們，身為牙買加之友，不會袖手旁觀並允許無法無天控制我們親切的盟友。我已經寫好新聞稿了，更高層也簽呈了。我們也有證據顯示他和邁阿密及紐約的已知毒販往來並和牙買加及海外名聲存疑的人物結盟，包括至少兩名當地的恐怖份子，這已經正式記錄下來了。其中一人，自稱幫派老大，曾兩次因謀殺罪受審，甚至還和目前的政府關係密切。

文件整理好了，安排也做好了，大部分都由我親自處理，特別是在那個婊子養的比爾・艾德勒開始用他的雙面賤嘴唱起歌來之後。我的意思是，說真的，那他媽的王八蛋還真有種啊，否認你曾經做過的一切是一回事，我可以懂，你只不過是其中一個為了某件你根本無法掌控的事簽下去的死玻璃之一，不過別他媽的表現得好像你寫的東西有一半都不是你搞出來的好嗎。至少我沒照抄他的竊聽爛招，他大概還在隨便哪個願意收留他的國家開著厄瓜多那次的玩笑吧，當時希爾達別墅飯店的女傭撞見他站在那張晚餐桌上想要竊聽曼紐爾．阿羅霍，或是那次他想辦法要說服捷克斯洛伐克大使館的那些印度守衛說是的，**兄弟（西語）**，修理工真的會在早上五點出現，即便是在在拉丁美洲。

總之，因為他從中作梗有十名外勤必須迅速撤離，還必須再補上七人，立刻。我們甚至沒時間做完整的身家調查，不然我是絕對不會讓路易斯．強森過關的，尤其他跟那個古巴人要一起打包一起送來。這個島上真的是擠滿了幹他媽的古巴佬，而我甚至不是在講共產黨。

沒錯我可以想像他為什麼會到這裡來，就算是自己來也是。我不懂的是他幹嘛要這麼大搖大擺，反正對我們來說是很招搖啦，不像豺狼卡洛斯，他也在這裡，可是很低調，在妓女幫他吹出來的時候還邊揉著肚子勒。這兩個人有過節，我領薪水就是要知道這些事的，據說路易斯．赫南．羅德里哥．德．拉斯．卡薩斯教卡洛斯怎麼用C－4炸藥，黃色炸藥也有，可是拉斯．卡薩斯每次只要看到C－4炸藥就會硬梆梆的。這不是他今年第一次到牙買加來，而在這兩次案例中，他只要一到這裡就會有東西開始爆炸。

我的辦公室有四面牆和一扇窗看出去是馬路對面的一塊空地牙買加人早上六點開始為了簽證排隊前會先聚在那裡，曼利告訴他們每天都有六班飛往邁阿密的班機而大家聽到這話全都趕緊動作了起來，但自從泛美航空暫停京斯敦和美國本土之間的服務後隊伍就繞整個街區一圈了。這是個很弱的舉動就跟牙買加女人發誓要暫停提供她們的性服務直到政府做出什麼實質改變的差不多程度，但你試圖教導人民一些小小的舉動並希望他們能孕育出更大規模的行動。

這份路易斯・赫南・羅德里哥・德・拉斯・卡薩斯的檔案頗短，短當然是相對的啦，要真的好好研究卡薩斯你必須取得五份檔案，而不是一份。我從我的辦公桌上拿起一份我一看著他騙走路易斯・強森的那秒就馬上叫莎莉調來的。資料夾是藍色的，我打開檔案並認出一大堆名字，Alpha 66組織的佛萊迪・魯哥跟赫南・里卡多・洛薩諾、狡詐的委內瑞拉高級混蛋奧蘭多・博許[123]、兩個只知道叫作蓋爾和佛萊迪的男人，很可能是Omega 7組織的，還有德・拉斯・卡薩斯，全都來自聯合革命組織統一陣線，全都是代號AMBLOOD的幹員也全都參與過豬玀灣事件。他們今年超忙的，從他們全都在多明尼加共和國會合成立這個**統一陣線**開始，而這場聚會「公司」當然完全不知情囉。

七月時從京斯敦機場飛往古巴的一架英國西印度航空班機上有個紅色行李箱在停機坪爆炸，巴貝多的英國西印度航空、哥倫比亞的巴拿馬航空、哥斯大黎加的西班牙航空及拿納科線辦公室，全和古巴航空有關，也都遭到炸彈攻擊，墨西哥有一名阿根廷則有兩名古巴官員被謀殺。接著九月時奧蘭多・萊特列爾[124]在華府遭到暗殺，這是來自皮諾契的審判，但還是出現了那些名字，那些一模一樣的該死名字，只要主題是拉丁美洲就一定會出現。然後還有蓋亞那的那場火，竟然只摧毀了古巴的漁業設備而已。今年六月，事實上是六月十四號，祕魯大使費南多・羅里奎斯在他的客廳遭人刺死，這是在這個牙買加政府宣布緊急狀態之前發生的。

這裡的犯罪已經失控了，今年大多數時候都是這樣，但是牙買加犯罪的把戲在於大部分都發生在特定區域。每次犯罪來到上城你都會有種感覺覺得某個人正試著明目張膽地作秀。我跟兩黨的人都見過面，某間中國商店被掃射了幾十槍，但是即便以他們的標準，即便以槍手的標準，幹他媽的就算是以智利祕密警察的標準來看，羅里奎斯之死也是有點太有計畫、太過縝密、太不自然導致看起來彷彿是刻意為之的隨機。爆裂物是那古巴佬的註冊商標，大家都知道，但是那樁死亡事件有什麼散發著他的臭味，他媽的聞起來就是，當然就美國政府所知我們絕對是不知道任何要終結大使的行動但依舊希望這樁慘絕人寰犯罪的嫌犯以及背後鼓勵、支持、保護他們的勢力能夠被繩之以法啦。

老天，我開始一天比一天聽起來更像亨利・季辛吉了。

——莎莉？

——是的，長官。

——妳可以查一下路易斯・強森跑去哪了嗎？

——馬上好，長官。

我把手拿開對講機並盯著我的辦公桌，我老婆從沒踏進我的辦公室但季辛吉來過，所以她去吃屎吧她。一月時，我們搬來這裡好幾天後，我的第一項工作就是當海因里希的保母，大家在背後都這樣叫他，他在牙買加的那週過得可不太順。不過今天，在「別說那是吵架」的那場吵架後開往髮廊的路上，我老婆做了件非常奇怪的事，她盯著我看。呃，我覺得她是在盯著我看啦，我

124 譯注：Freddy Lugo、Hernán R cardo Lozano、Orlando Bosch（1926-2011），三者皆真有其人。
123 譯注：Orlando Letelier（1932-1976），智利政治家暨經濟學家，曾任該國外交部長、內政部長、國防部長。

整段時間都瞪著我前方的路面，開上希望路前往莫納，但是到了現在只要有人在盯著我看我就他媽一定會知道。總之，她盯著我然後說，

——你知道我發現哪個字我很喜歡，我真的很喜歡，呃，也許不是喜歡啦但每次我聽到真的都會笑出來嗎，貝瑞？

——不知道，親愛的。

——誹謗，ㄈㄟˇㄅㄤˋ。這是像你這種人會用的字之一，我以前從來沒注意過，我跟誹謗真的是超級親密無間的同伴啊，沒有一天我沒有碰上或是被某件誹謗的事搞到生氣的。

——我們從耶魯畢業時帶走的告別禮物就是自己的用詞。

——對啦，你總是會帶走自己的東西。可是你知道嗎，貝瑞，只要你們其中一個說了這個字我總是會笑到不行，特別是在訪談的時候。

——季辛吉又上電視了喔還是怎樣？

——不是，離我們家更近，是那個我不喜歡的大使。上星期二在什麼商務會議上跟奈莉·瑪塔的老公說了這個字，他說：「不穩定的指控是誹謗且錯誤的。」

——我都不知道妳們的午餐婦女團會聊政治。

——嗯，啊不然我們要聊什麼？你們沒半個人的屌有大到可以誇口。

——妳說什麼？

——所以你**真的**有在聽嘛，哈。說真的，你他媽到底是在這裡做什麼啊？就這麼認真地跟我說一次吧，貝瑞，我有問過路易斯·強森的老婆但那可憐的女孩又跌倒撞到臉了，而且——

——美國政府派我們到哪我們就去哪。

——噢我可沒說我們，親愛的，我是說你。我在這邊浪費我的時間跟自己開玩笑，你在這到底在做什麼？你過去這個月都在幹嘛？我對天發誓如果你外面有小三我還比較能接受。

——我也是。

——別往自己臉上貼金了，貝瑞。那些日子已經離你很遠囉。

——**幹你娘勒，臭女人**。

——你到底在這幹嘛？給我一五一十從實招來哦。

——還一五一十從實招來勒？

——嗯，反正我們也塞在這哪都去不了了，而且你已經好幾個星期沒跟我說什麼有趣的事啦。

——妳是叫我洩漏機密資訊嗎？

——貝瑞，你要不是告訴我呢，就是接下來三年都睜著一隻眼睛睡覺因為相信我，我會查出來的，你知道我下定決心時會變成怎麼樣。

——妳想要我複誦備忘錄嗎？

——我是可以理解生難字的人，記得嗎？

我有個理論就是男人雖然不一定總是能得到他想要或需要的老婆，他卻總是能得到他配得上的老婆，我不確定我老婆是不是也這樣覺得，但是從某種反常的角度來說，我一直以來就是喜歡她這點，我說反常是因為所有講道理的男人，就算是比較被動的那種，到現在一定都會賞這蠢女人一巴掌了。

——那妳覺得我們之前在厄瓜多是在幹嘛呢？
——老天啊，貝瑞，我知道ＣＩＡ——
——「公司」。
——喔對啦，「公司」，我知道「公司」不是白宮的什麼外國援助部門，如果你人在某個國家那你八成不是在幹什麼好事。
——不好意思？
——不好意思你個頭啦。你又不是那個總是需要匆匆忙忙幫孩子們打包的人。
——一個孩子而已，我們在厄瓜多的時候又還沒有艾登。
——但是在阿根廷的時候就有了啊。所以你那時候在那邊幹嘛呢，而且這又跟你老闆和奈莉·瑪塔的老公講一些垃圾話有什麼他媽的關係？
——他不是我老闆。
——他可不會這麼說。
——妳是真的想知道嗎？
——對，貝瑞，我是真的想知道。
——厄瓜多ＣＩＡ相關任務指令。
——啊哈。
——優先等級Ａ級。
——靠，你真的要複誦備忘錄啊。

——優先等級A級：蒐集並回報有關共產黨與其他敵對政治組織實力及意圖之情資，包括國際支援、對厄瓜多政府之影響。優先等級B級：蒐集並回報有關厄瓜多政府之穩定性、異議政治團體實力及意圖之情資，在政府單位、國安單位、執政黨及反對黨中安插高階幹員，特別是反對派軍事領袖身邊。

——我真的已經聽夠了，貝瑞。

——優先等級C級：政治宣傳及心理戰：散播反制反美政治宣傳之情報、消滅大型組織中共產黨的影響力、建立替代組織、支援民主領袖。

——我嫁給了一個機器人，這些到底哪邊跟牙買加有關係了？

——「公司」只有一本教戰手冊，親愛的，一體適用啦，或許妳應該更仔細觀察周遭。

——我在觀察周遭啊，這就是為什麼我不相信你。

——妳這話是什麼意思？

——這些東西都沒辦法解釋這裡正在發生的事。

——一月十二日，《華爾街日報》稱麥克．曼利的人民民族黨是所有西方政府中最無能的政府，二月的《邁阿密先驅報》：牙買加正邁向放手一搏。三月，《紐約時報》的沙爾．芮尼克寫道牙買加政府正允許古巴訓練他們的警力並和黑人民權組織結盟。七月：《美國新聞暨世界報導》說牙買加總理麥克．曼利已向共產古巴靠攏，八月，《新聞週刊》說有三千個古巴人在牙買加，芮尼克——

——老天，別再說你的應聲蟲沙爾．芮尼克了。至於古巴人，我根本沒看見半個古巴人。墨西哥人和委內瑞拉人，當然有，可是沒有古巴人。

——那傢伙要求一億美元的貿易信用額度接著覺得他可以就這樣去親共產黨的屁眼拉屎在我們臉上哦？那他媽的就別來要該死的額度啊，靠北，有種就什麼都別來要，但願他能閉嘴別再講什麼社會主義了。

——瑞典的社會主義者嘛。

——妳他媽知道的太多了，親愛的。

——你還真是挑了最詭異的罵人時機啊，**親愛的**。

——所有主義都會變成共產主義。

——他們在耶魯的「死於共匪的一百零一招」課堂上就是這樣教你的嗎？我已經嫁給你很久了，貝瑞，很久很久了，而我了解你。你沒辦法有話直說時，而你大部分時間都是這樣，你就會開始鬼扯一些狗屁想糊弄。

——妳說什麼？

——其中某些，你說的某些事還算有點……有點道理吧。我猜。但這件事……沒有，就是沒有。要不是正發生了什麼事而你沒告訴我，就是有什麼事根本沒人跟你講，老天啊，你還真是個超級辦公室職員。

——妳說的什麼事又是什麼事？

——比這還大條的事，這全都是跟經濟有關，而沒錯，這全都會累積，可是我們只到這裡十個月而已，貝瑞，而你的小小遊戲至少需要三年，如果你加上我們在南美待的所有時間那就是六年。不，一定還有其他事，空氣中飄著什麼東西，一股天然的神祕氣息[125]。

——這到底是他媽啥意思？

——跟你解釋甚至沒什麼意義。我們到啦。

125 譯注：出自巴布・馬利與痛哭者樂團的歌曲〈Natural Mystic〉。

洛老爹

太陽升起並在天空中蹲下彷彿無處可去。這也是，雖然還不到十點，熱氣也已經爬進了房子裡。首先是從最靠近外頭的廚房，接著是客廳，從東到西，一張椅子接一張椅子所以當我在窗邊的長沙發坐下時我差點猛地跳了起來。我還是很煩躁，牧師說我這樣的人永遠得不到平靜我也接受，但是今天有什麼事感覺特別不對勁而且這和喬西·威爾斯有關。再兩週就要大選了喬西在跟彼得·納瑟還有那美國人還有那個我一月後就沒看過的古巴人見面。可是工黨必須拿下這個國家而他們會無所不用其極讓這發生。

我想我知道這代表什麼。喬西在計劃什麼他們覺得我沒魄力去做的事。先生們啊，他們說對了。一九七六年發生了很多事，對，當那個男學生被我的子彈打到，是這樣沒錯，但老實說我很久以前就厭倦鮮血的滋味了。我甚至從來都不想要這一切開始，別誤會了，殺一個人不算什麼更別提不在乎他死掉了。在城市的某些地區你讓孩子上街你讓他在屎水裡玩的時候把他留在那，而當他生病時他就只是個不斷膨脹到就要爆炸還一直尖叫且曾經是個孩子的肚子，你會慢慢前往反正都爆滿了的診所孩子就在你排隊時死去，或是你可憐他在前一晚就用你的枕頭蓋住那孩子不管怎麼樣，你都看著等，因為死亡是你能幫他做的最好的事了。

離大選只剩兩個星期了大家天天都會聽到槍聲。我和幫派老大都宣稱我們想要和平，但是只要一槍，來自比如西班牙城的打手幫，或是說他們才不簽什麼幹他媽和平協定的王幫，只要一槍就夠了。而就算我們想要和平，彼得・納瑟這樣的人還是需要他的黨贏而且不在乎手段。我通常也不在乎手段，但是一個小國的一場小選舉怎麼會變成這麼一件大事呢？為什麼美國人突然間這麼在乎我們？這不是跟地盤有關，也不是跟宣言有關。我想到喬西就會想到那所有美國人我也會想到彼得・納瑟，然後我也會想到哥本哈根城跟八條巷跟京斯敦跟牙買加跟全世界，並懷疑是怎樣的壞男孩宣言會讓全世界往這裡看？而我就這樣像啟示降臨一樣想到了。我知道喬西打算要做什麼了。我從骨子裡發起抖來，柳橙汁從我手裡滑下來掉到地上。是玻璃杯，但杯子先打到我的腳所以沒有破，柳橙汁慢慢流過地板，就像血。

——老天爺，老爹，你覺得我今天事情還不夠多啊？

她拿著抹布和水桶趴在地上就在我甚至還沒發覺發生了什麼事之前。去外頭找點事做吧，她說。外頭讓我很高興我只穿了件網眼上衣。喬西。如果橘街廉價公寓大火的宣言還不夠大到能讓耶穌本人的柳橙汁掉下來那麼他，他們究竟在計劃些什麼呢？某件不包括我的事。有什麼事能這麼大條又這麼黑暗連對洛老爹來說都太黑暗了？

我不知道該做什麼，但我的雙腿開始朝喬西・威爾斯他家走去。看見這個有個他媽的怪名字「愛醫生」的古巴佬，其中有什麼讓我認真思考了起來。上次他一月在這裡時，他跟喬西・威爾斯到市中心的民族黨地盤附近炸掉了港口邊的四台車，一台接著一台炸，他這麼做只是要炫耀沒有人死掉但他在喬西・威爾斯心中種下了什麼現在還在生長的東西。我的雙腿向前走我的心思卻往回去，回到上個十二月和一月和每個月直到現在，你盯著某些東西這些東西就只是某些東西，可是用另一種方式看那某些東西就會變成一件大事，一件糟糕的事，而且更糟糕的是因為你以前從來沒有這樣合起來看過。

一月是彼得．納瑟最後一次打給我，現在他都打給喬西．威爾斯了。他打給我說ＩＭＦ要來開會，ＩＭＦ是什麼來自世界各地有錢國家大人物組成的團體能夠決定要不要給牙買加錢讓牙買加把自己從屎坑裡拖出來。彼得．納瑟就是這樣子說的，因為他依然覺得他必須把嚴肅的事分解成小學生歌詞好讓貧民窟男孩聽懂。我差這麼一點就要叫他去死了，我知道賣弄和長舌的差別而這兩個字都不能用來形容他即便有其他人在幫他寫講稿。彼得．納瑟還說，假如麥克．曼利成功說服ＩＭＦ給國家錢，那他就會用這些錢把這個國家扔進共產主義的深淵裡。

愛醫生在那邊就是要跟大家說共產主義的事，說卡斯楚是怎麼從偉大的領袖巴蒂斯塔[126]那邊奪權的然後就搬進他家並殺光從前的所有人、他是怎麼拆光這所有資本主義的東西像是學校和商店卻留下了熱帶甘蔗脫衣舞俱樂部即便謠言說總司令的小士官早就好幾年都硬不起來啦、他們是有多快就開始圍捕人並把他們關起來的，就像民族黨這整個狗屁緊急狀態一樣。愛醫生說起他坐牢的時候以及有些人是怎麼莫名其妙就進來蹲的，可是他們是醫生或律師或公僕這代表他們反對共產主義。他甚至連女人小孩都關。有天他最好的朋友逃到監獄的側牆邊心想只要翻過十英尺另一邊就是大馬路了，結果這一翻有五十英尺不過他無論如何還是跳了想說他不會摔到路面而是會掉進海裡。那個弟兄並沒有掉進海裡。鄉親啊，這就是麥克．曼利想要帶來牙買加的事啊而ＩＭＦ要給他錢這麼做，ＩＭＦ的意思是「是曼利的錯」，彼得．納瑟說。

一月都還沒出生而我們上工囉。那美國人帶著一大箱東西出現而那古巴佬必須教我們怎麼使用。真希望我們在豬玀灣時有這些啊，**夥計們（西語）**，他說了好幾次。我遇見他時他已經認識喬西了但我從來都沒時間察覺這點。他們的槍不像一九六六年或一九七二年的槍，他們的槍你必須靠在肩膀上，裝進一顆砲彈然後開火。我們最好的槍就算子彈穿過心臟頂多也只能撂倒一個人而已，這個火箭炮可以弄垮一整座牆。我拿了一把Ｍ1火箭炮就再也放不下來了，喬西則是仍然用著他自己的舊槍，但他沒跟那美國人說那是把ＡＫ－47雖然我很確定古巴佬認出來了。我們帶古巴佬到西邊遠處的垃圾場讓他教男孩們。一月五號我帶領一場到瓊斯鎮的任務喬西則負責歌手以前住的川屈鎮，川屈鎮以為這讓沒人敢碰他們可是並沒有。

記住這點，所有體面的好人啊，大選之年從第一聲槍響就開始了。貧民窟總是在戒備著但瓊斯鎮在睡覺，好像他們不知道現在是一九七六年而所有人都得睜著一隻眼睛睡覺似的，我幾乎都想只因為他們的粗心大意就宰了他們。我們搭五台車去，這樣更好因為瓊斯鎮沒人有半台能動的車可以追我們，我們沒有時間思考，就只是衝進去，用一大堆子彈掃射整個地方然後再衝出來。不過在車後的是我們那個拿火箭炮的人，他朝一間酒吧發射，結果車子撞到一個坑洞他在爆炸時手滑，害一間小鋅屋爆炸了。路面開始搖晃，我大叫要他們停下車來開槍，但他們花太多時間裝子彈了，瓊斯鎮傾巢而出用他們陽春的左輪手槍跟一把聽起來像是ＡＫ的槍反擊。可是我們有新槍，可以搜尋並毀滅的槍，給東尼．帕華洛帝這種人的槍他會慢慢來、瞄準、開槍而且從來不會浪費半顆子彈。我開著車我的Ｍ1火箭炮放在大腿上，我猛踩煞車並朝好幾個從我身旁跑開的黑

126 譯注：即Fulgencio Batista（1901-1973），前古巴總統暨獨裁者，遭卡斯楚推翻。

影開槍，那幾個黑影全都倒下了，但是更多子彈從東邊碰碰碰飛來並打中我們一或兩個人我不確定。我對他們大叫要他們撤退，但在這之前火箭炮又發射了，那白痴又射歪了，可是他打中了公車站，鋼鐵和鋅爆開，往四面八方噴飛並砸中一切就像電視上的龍捲風劈哩啪啦。我們撤退。

喬西・威爾斯只帶著一個人還有愛醫生去川屈鎮，我大叫說他發瘋了啊只帶這麼少人去但現在狀況已經來到就算我都大吼了喬西・威爾斯還是聽不見我的地步。他們開喬西的白色達特桑去。一天後，上新聞的是喬西。川屈鎮的兩座廉價住宅庭院被爆裂物炸爛了，七間房子、一間酒吧、一間商店因為火災燒個精光。彼得・納瑟打給我並在電話上唸了一篇《紐約時報》的相關報導給我聽接著幹譙了起來因為我沒有笑得跟他一樣大聲，他掛掉電話而我知道他下一個會打給誰，我還是想不起來喬西・威爾斯是什麼時候裝了電話的。

一月六號，警察抄了王幫他們住在王三地，那是工黨的貧民窟但不歸我們管。那些男孩有計畫、圖表、地圖，還有爆裂物，其中兩個是用另一個名字認識古巴佬的，愛醫生，其他人甚至還講出他們是怎麼從美國搞到槍的。我幹他媽的這些沒人管的小菜鳥他們會變成比幫派老大更大的問題，不過我還是想像幫派老大待在八條巷努力想要睜開雙眼，就跟我一樣。

一月七號，六個我們這邊的男孩衝進馬庫斯・蓋維大道上的一處建築工地並殺了兩個警察，直到他們回程開車經過我時我聽到他們在笑才知道。我馬上整個人牙起來了。

——誰他媽派你們出去掃射建築工地的？我說，但第一個男孩開始衝著我笑，在他笑完之前我的子彈就射穿他的右眼從他後腦勺穿出來了。

——誰派你們出去的，我又說了一次並把我的槍指向另一個男孩，接著發生了一件事我甚至沒有筆能寫下來所以我後來改用石頭在我的槍上劃下記號來記錄。剩下的男孩竟然用他們的槍指著我，我真他媽不可置信。我站在那看著他們看著我然後什麼都沒說，接著其中一個盯著我的男孩頭頂爆出血來直直倒下去了，剩下的人於是扔下他們的槍開始放聲哭號彷彿他們才剛想起來他們沒有半個人滿十七歲。我轉過身看見東尼·帕華洛帝，拿著他的步槍盯著他的狙擊鏡他身旁則是喬西·威爾斯，接著他們兩人轉身走開。同一天，王幫也攻擊了馬庫斯·蓋維大道上的一處建築工地並殺了兩個警察。隔天，這個低能政府立了一條新的法律：只要他們逮到有人有槍那人就等著被關到死吧。

彼得·納瑟叫我再繼續對民族黨社群施壓所以我們就繼續施壓，在沒有彩旗說書人跟抹布幫他撐腰之下這超乎幫派老大可以應付的。總理接著想出了叫人民去雇住家保全保護他們住家和街道的主意，彼得·納瑟這種人則上電視說，牙買加啊，對於這種措施我只有五個字：麻布袋叔叔。他打給我叫我去讀某個叫作《華爾街日報》的美國報紙上的一些文章。

——「牙買加不會變成共產，只會變成香蕉。」哈哈哈，你不覺得很好笑嗎，請管理員哦？超好笑的欸，老兄，好笑到靠北啦。

接著是一月二十四號，十七個人死於烹飪用麵粉。

二月十號，喬西和愛醫生和東尼·帕華洛帝離開。在瓊斯鎮和川屈鎮，好幾個炸彈爆炸。同一個月王幫也闖進杜哈尼公園的一場青年俱樂部舞會殺了五個人，八人受傷。

三月，記不得是哪一天了，警察看見喬西的白色達特桑並跟著他一路來到哥本哈根城，警察命令他下車因為他們計劃要扣押車子，哥本哈根城的人民卻像審判日來臨一樣衝向他們拿著瓶子、石頭、棍棒、隨便什麼東西而那警察差點就像聖經裡的妓女一樣死掉了。我記得兩件事，黨魁必須親自出馬救出那警察，還有二，喬西現在是庶民救星啦。

所有體面的好人啊，其實我還是向你們說了個謊。你們以為我在殺了那個中學男孩後就不再喜歡鮮血的滋味了，但這只是一部分而已，而只因為我不再喜歡用槍並不代表我對喬西還是想要用他自己的槍或甚至東尼．帕華洛帝從不浪費一顆子彈的男人有什麼意見。我有意見的是那個古巴佬，那個該死的古巴佬愛醫生。

五月十九號，沒有我可沒忘記這天。他和喬西．威爾斯跑到橘街的廉價公寓，跟老鼠一樣偷偷摸摸的，但這次他們帶上了我，或許他們確實覺得有什麼東西要讓我瞧瞧而且不只是爆炸而已吧。那古巴佬身上帶的就只有一些白色的油灰跟一些電線，但他在庭院找到一個瓦斯桶並把白油灰塗了上去，也有可能是白色的口香糖吧，而我想說那是口香糖的那秒我也開始懷疑這小鬼的玩意到底是啥還有為什麼喬西．威爾斯這麼爽他幾乎像個女學生一樣跳上跳下了接著古巴佬說，不用再裝啦。然後他把兩條電線黏到油灰上，這兩條電線屬於一個線圈的一部分線圈則遠遠地繞到籬笆那邊。

那地方爆炸時，整面牆都被炸飛了，而沒有炸飛的東西則因為所有噴出來的瓦斯著火，喬西已經準備好他的槍要宰了任何想衝出來的人跟所有想衝進去的消防員。我一聽見爆炸聲就跑了，我想某些人在這之後是不是把我當成膽小鬼啦。

五月、六月跟七月，這座城市受到許多磨難，兄弟姐妹啊。腐敗國家機器的戰爭擴散到西班牙城，警察得知了一個保守得非常嚴密的祕密嚴密到這是我第一次告訴你們所有人，那就是我們在哥本哈根城擁有我們自己的醫院，已經好幾年了。民族黨不知道，幫派老大也不知道，他真的只是覺得哥本哈根城的人很難死掉，以為我們是無敵的。事實是對我們來說我們的醫院比莫納那邊的有錢人醫院還更好，我們不知道是誰洩密的，但警察在六月時發現了，他們從來都不知道我們這治療槍傷的技術比牙買加所有醫生都好。我還是沒找到抓耙子是誰，但他最好祈禱是我先找到他而不是喬西．威爾斯，至少我會給他六個小時逃跑。不過還是有件我不知道的事直到他媽的報紙告訴我。

六月是長久以來第一次有警察直接跑來我住的地方並把我們全都拖出家裡。我的女人去開門，但他們把門踹開並用警棍敲她的臉，我正要說這麼做的人他媽的明天就死定了，可是這只會給他們殺人的理由而他們到現在已經渴望這個理由很多年了。我只聽見門鏈爆開和我的女人在尖叫，我跑出浴室卻看見十五把機關槍正指著我。**這裡每一把槍都渴望一個槍手，所以給我個理由吧，婊子養的**，其中一人說。這才不是警察，這是軍隊。

軍人穿著有一堆口袋的棕綠色制服跟亮晶晶的黑色靴子。軍人不會表現得像我們是犯罪他們是秩序，軍人只會表現得像我們是敵人而這是戰爭。他們翻遍每棟廉價公寓跟每座庭院甚至是社區活動中心理由是這個：在他們發現我們哥本哈根城醫院的差不多時間，他們也在瑞瑪區發現他們當作監獄使用的兩座牢房。應該要聽命於我的瑞瑪區槍手，綁架了兩個八條巷的人囚禁他們九個小時並痛打他們，他們就是這樣告訴突擊瑞瑪區的警察並找到牢房的。接著他們突擊了我們並把我們拖出我們家裡，我們某些人還穿著內褲，我們某些人除了毛巾什麼都沒得遮。我是不介意瑞瑪區擁有牢房去處理什麼覺得自己很屌的民族黨小子啦，我再重申一次，我不想要什麼叫作共產主義的這個主義或那個主義出現在這個國家，我不想要社會主義或共產主義或部落主義讓民族黨的男孩進來搶走我們的空間。但我他媽的什麼都不知道為我帶來了更大的問題。

警察把我們帶去監獄並關了我們三天，久到夠讓我們自己的屎跟臭味從牢房裡滿出來啦。牢房裡只有一扇窗我就坐在窗邊卻從頭到尾半句話都沒說，沒對喬西說，沒對愛哭鬼說，沒對任何人說。我就只是看著等，我坐牢時有兩顆炸彈在天堂花園爆炸。

愛醫生。

艾力克斯·皮爾斯

所以這個消息來源，對齁？告訴我歌手可能涉入幾個月前開瑪那斯公園的一場賭馬騙局。牙買加有句俗語說的是如果破事沒有按照特定方式發生，那麼事實八成也相去不遠了。**如果事情不是這樣，那也八九不離十了**。我連一秒都不相信歌手竟然會涉入任何騙局，這真他媽太鬼扯了，但我很確定有人在他家裡拉了泡臭死人的屎。我的消息來源甚至跟我說某天下午，也許幾週前吧，歌手從克拉倫斯堡海灘回來，這件事本身就已經很不合理因為就連我，一個白人以及腐敗國家機器的化身，都知道他每天早上都會去淺黃灣啊，就跟時鐘一樣準時，而且似乎沒什麼人知道他幹嘛去克拉倫斯堡海灘，這實在很怪。他跟幾個來找他的人一起去，而只有其中一個他自己的人認得，接著他在三小時後回到家，氣到不行他的臉那一整天剩下時間都紅通通的。

艾莎離開已經將近四小時了，我想。我人在飯店房間還躺在床上而且依然盯著我的肚子，他媽的跑這一趟真的是搞砸了幹，我不知道我到底在這衝三小。我是說，我知道我在這裡做什麼，我等同是《國家詢問報》的醜聞獵人為搶先報導丹尼爾·艾斯伯格[127]訪談的爛報社工作。但是我

127 譯注：Daniel Ellsberg（1931-2023），美國前軍方分析師，曾受雇於知名智庫蘭德智庫，一九七一年向大眾公開了五角大廈的機密文件。

比這還更爛，我只是個小賤人負責寫某個只有一首金曲的混蛋今天在錄音室打扮如何的照片圖說，這整份工作真的是徹頭徹尾的冒牌貨，不過也許我應該不要再看我的肚子然後開始專心思考才對。而且，為某個人感到抱歉真的是太他媽一九七五了。有什麼事要發生了，我感覺得到，也許是在音樂上吧，我也不知道。我躺在我的床上，邊聞著艾莎留在床單上的香水味邊看著太陽來到窗邊這時電話響起。

——在幹某件事……或是某個人嗎？他說。

——水哦，這話你想了一整個早上，是吧？

——哈哈，去你媽的，皮爾斯。

——今天是個好日子，不是嗎？今天難道不是個好日子嗎？

是馬克．蘭辛。我遲早得找出這個爛屄是怎麼知道要怎麼找到我的。

——你問我的話我會說就跟從這扇飯店窗戶看出去的每一天沒兩樣。

——先別射啊大哥，你還躺在床上啊？那個出來賣的婊子一定很辣哦。你啊，我的兄弟，人生觀必須積極一點啦。

我很努力思考，但我不知道是因為我是在這裡他唯一認識的美國人還是他徹徹底底搞錯了竟然覺得我們可以稱兄道弟了。

——所以衝三小，蘭辛？

——我今天早上正好想到你。

——我該對這個慈善之舉付出什麼代價？

——嗯，一大堆。我是說，你很可悲沒錯，可是我是你朋友，所以我還是得跟你說。我想告訴他他不是我朋友，告訴他就算我離被撒旦和祂的十個大屌惡魔手下活活肛死只有一線之隔而他是唯一能救我的東西我也不想跟他當朋友，不過他現在正處在一個他還真的滿有趣的狀態下，當他有求於你但直說好像又太傲慢了的時候。

——所以說昨天晚上我和歌手一起在某個房間裡——

——什麼鬼房間？你到底是在講三小，蘭辛？

——你他媽的別一直打斷我我會比較可以好好講啦，皮爾斯。是怎樣，你媽養你時沒有半本艾蜜莉．普斯特[128]的書就是了？

——我狼養大的啦，蘭辛，我就沒禮貌。

我現在實在很想開始五四三，聊到他媽的外太空去算了因為我知道我不好好聽他說話會讓他有多不爽。

——事實上這麼一說我現在剛好想到我媽是怎麼做的，自己抓肉自己殺，說真的，講到艾蜜莉．普斯特啊，我有個前女一——

——三小，皮爾斯，我他媽才不在乎你那死老媽，還是你的三小前女友。

——你應該要關注一下的啊，她超正，不過應該不是你的菜啦。

說真的，我可以這樣玩一整天，真希望我就在他面前看著他的臉漲紅。

128 譯注：Emily Post（1872-1960），美國作家，作品主題多為禮節及禮儀。

——皮爾斯，你到底在衝三小，**老兄**（**西語**）？

還**老兄**（**西語**）勒，這倒是新鮮。我應該也來用用這樣他就會以為他剛發明了新的流行用語還是什麼的，因為「先別射啊」還真他媽有夠鳥。

——你剛在說今天早上啦，你因為某些原因想到我？

——什麼？喔，對啦，是啦今天早上。我在那邊，跟某個《新聞週刊》的人，懂嗎？還有某個《告示牌》的小妞，跟另一個馬子，懂嗎？我想她自我介紹說她叫美樂蒂．梅克[129]，對。他們全都在問歌手一些這場和平演唱會的問題，雖然大部分是他的經紀人在說話啦，對，就是一場在他家的記者會。

幹他媽他在說謊，他絕對不可能今早開了場記者會我卻什麼屁都不知道，而且為什麼蘭辛突然間開始講起倫敦腔了？

——對，還滿匆忙的所以他們大概沒時間通知你。不過別擔心，我的兄弟，某個《滾石》雜誌的人也在那，或者至少他說他是《滾石》雜誌的人，這還滿怪的。我是說，你不就是幫他們工作的嗎？

——這個《滾石》雜誌的人，他有說他是誰嗎？

——恁娘勒我最好是記得，我聽到《滾石》雜誌的那一秒，馬上就想到我的好兄弟艾力克斯．皮爾斯啦。

——你人還真好，兄弟。

我試著想個有禮貌的方式掛掉這低能兒的電話這樣我才能打給我他媽的老闆問問這是不是

真的。我很確定像蘭辛這樣的腦殘才會搞出這種破事，就是個沒朋友的邊緣人，玩笑開得太過火或他媽根本就一點都不好笑的時候他從來都搞不懂。但要是這是真的，那這他媽的雜誌還真是爛出新下限了，我對天發誓，靠北，幹你娘勒，所以他們把真正的新聞工作留給……他媽的天知道哪個人？羅伯特．帕瑪[130]？還是迪柯提斯[131]？同時他們派我去寫他媽的比揚卡．傑格[132]塗她的指甲油，她老公則是在錄什麼雷鬼垃圾？我的意思是，他們要是只想要我做這些的話，他媽怎麼不乾脆派攝影師去就好了，而且幹，我現在連個攝影師的鬼影都沒看到。操他媽的，說真的，幹你娘去死啦。

——而我就在想，我的好兄弟艾力克斯一定是忙翻囉，他似乎都沒辦法好好休息一下。

——你想怎樣，蘭辛？

——叫我馬克，這是一個。

——蘭辛，你到底想怎樣？

——我在思考的比較是**你**想怎樣，皮爾斯。

三十分鐘後我人在牙買加飛馬座飯店泳池邊的某座陽傘下，池邊穿著比基尼的白人更肥了，他們的老婆則曬得更黑，這兩者都代表更有錢，特別是考慮到這些女人往往都更年輕。我不知道

129 譯注：即前文提過的《旋律製造者》雜誌，此處馬克．蘭辛以為那是女記者的名字。
130 譯注：Robert Palmer（1945-1997），《滾石》雜誌樂評家。
131 譯注：Anthony DeCurtis（1951-），《滾石》雜誌樂評家。
132 譯注：Bianca Jagger（1945-），米克．傑格時任妻子，兩人後於一九七八年離婚。

他們是誰因為京斯敦真的不是什麼旅遊勝地而所有來這裡的人都是有事要辦，蘭辛如此確信他有什麼我想要的東西搞得我也有點相信了。現在我人在這裡還在**衝三小啊**，**艾力克斯**，跟**或許他真的有什麼我想要的東西**之間猶豫，但不管怎樣我都很好奇。

而我在這間飯店的泳池邊等待看著一個男人完全不在意他的兩個肥小孩他們的肚子先碰上水地跳進池子裡，比較大的那個啪一聲撞進水中聲音大到他媽的都有回音，我看著他搖搖晃晃走到池邊，看起來一臉要哭出來了，他的嘴唇扭曲並且從鼻子喘氣，可是他往四周看了看然後看到了我。在有陌生人看著的時候哭已經夠糟了，但這個小肥仔是絕不可能在他弟面前哭出來的。我想要笑爛這個小白痴但又想說應該讓他走狗運放他一馬，而且我是在這裡等那個混蛋，邊想起三十分鐘前發生了什麼事。早上十一點，一九七六年十二月三日，就是這半小時我被《滾石》雜誌給炒了，至少我覺得我是被炒了啦，都是這樣子的。我接到一通電話。

——哈囉？

——你他媽在那邊搞什麼鬼，皮爾斯？

——嗨，老大，近來可好？孩子們還好嗎？

——你似乎高估我們有多熟了，皮爾斯。

——抱歉，老大。我能為你效勞嗎？

——你似乎也覺得我喜歡浪費電話費啊，他媽的我的報導呢？

——我正在努力。

——兩百字寫米克他媽的傑格是有還是沒有跟比揚卡一起飛去牙買加然後你他媽連這都寫不

出來嗎？這是有多難？

——我在尋找敘事角度，老大。

——你在尋找敘事角度。讓我確認一下我有聽懂，你在尋找敘事角度。我派你去那邊不是要搞什麼該死騙局的，皮爾斯，我派你去那邊是要你想辦法湊出點狗屁寫一篇他媽有附照片的文章而且這東西好幾天前就應該要出現在我桌上了。

——嘿，老大，拜託聽我說，我呢，呃，我在等這裡的某件大事，真的很大條，沒開玩笑，老兄。

——別他媽在那假鬼假怪講黑話了，皮爾斯，你是從明尼蘇達來的耶。

——這樣講我很受傷，真的。但這很大條，有什麼超級嚴重的事圍繞在硬ㄌ[133]——

——你有讀你賣命的那一本雜誌嗎？我們三月時就已經寫過一篇他的故事了，我建議你去讀一下。

——恕我直言，老大，那篇故事根本就是一坨垃圾。我是說，說真的，那傢伙他媽只是在那自嗨而已啦，文章裡根本沒提到半點歌手或是這裡真正的情況。我三十分鐘內就要跟CIA老大的兒子見面了，沒錯，我剛說了CIA，我意思是，有什麼大條的冷戰破事就要爆發啦，老大，而且——

133 譯注：應是指「硬鑼」（Tuff Gong），這是痛哭者樂團早期錄製唱片的廠牌名稱，同時也是巴布．馬利本人之綽號，此處代指歌手本人。

——我剛講的話你到底有沒有聽進去啊？等一下。不要Helvetica字體，什麼都可以就是不要Helvetica字體，還有天殺的那張卡莉・賽門[134]的照片看起來就像史蒂芬・泰勒[135]要幫人吹喇叭。艾力克斯？

——我在，老大。

——我說我們已經做過他了，而且我們也做過牙買加了。如果你想繼續跟這個狗屁不想做我派你去那裡做的事，也許你應該打通電話給《奶油》。

——喔是哦所以就是這樣囉。好吧，好吧，也許我會打。

——別惡搞我，皮爾斯，傑克森說你甚至都還沒跟他聯絡。

——傑克森？

——那個他媽的攝影師啦，智障。

——你還有派其他人來這裡嗎？

——你是在講什麼？

——你聽到了，這裡還有其他《滾石》雜誌來的人。

——不是在我眼皮子底下，皮爾斯。

——真的嗎，現在你聞到故事了，你難道不會派一個**真正的**記者來這裡嗎，真的不會嗎？

——牙買加才什麼屁故事都沒有，如果有人想要自己去那邊寫報導不用我的支票的話，那是他家的事啦幹，另一方面付錢給你的可是我。

——所以說這不是什麼，這對皮爾斯來說太大條了，他太菜了，所以還是派專業的去吧。

——我想到你的時候可不會想到很菜，皮爾斯。

——真的哦，那你會想到什麼？

——一篇附上傑格捏某個婊子奶子的照片的文章兩天內出現在我桌上不然你就當自己被炒了吧。

——你知道怎樣嗎？你知道怎樣嗎幹你媽的？也許你應該把這當成我不幹了。

——在我幫你這趟該死的旅程買單的時候絕對別想，皮爾斯。不過別擔心，只要你這吃玉米長大的蠢屁股一回到紐約，我絕對會開開心心炒了你。

接著他就掛斷了。所以嚴格來說我被炒了，或至少我之後會被炒，我還不確定我對此作何感想。傑格帶他老婆一起來？還是那個他在幹的金髮妹？這樣他的尋找黑鮑之旅要怎麼進行啊？真的很詭異，這時我看見馬克·蘭辛朝我走來，他在那邊看起來活脫脫就像《怎麼說牙買加話手冊》封面上的那個白人，橄欖綠的工裝褲捲到小腿、黑色運動鞋，配上一件已經離他肚臍好幾英寸的紅、綠、金背心，而且根據風一直吹的樣子判斷，他的後口袋也掛著一塊破布。老天爺，他頭上還戴著拉斯特圓帽，露出金色的瀏海，看起來就像是他剛加入了什麼「反對腐敗國家機器基佬」組織，我真的很希望這會比我剛失業了還更令我困擾。

——地球呼叫艾力克斯·皮爾斯。

134 譯注：Carly Simon（1943-），美國搖滾暨民謠歌手。

135 譯注：Steven Tyler（1948），美國殿堂級搖滾樂團史密斯飛船主唱，其女為麗芙·泰勒。

他不知怎地想辦法把自己扔進了我身旁的躺椅中，並脫下褲子露出他的紫色的比基尼短褲還點了一杯邁泰調酒而且全程神不知鬼不覺。

——也來包菸吧，金寶。萬寶路，不要那種Craven「A」的垃圾。

——沒問題，請稍等，白蘭度先生。

服務生溜走了，我試著不要去想他證實了我的猜測覺得牙買加旅遊業裡的每個人都愛捧懶趴。

——艾力克斯，我的兄弟。

——蘭辛。

——如果你到現在還在幻想那你昨晚一定是搞到了一個超讚的鮑，老兄，我大喊了你名字三次耶，先生。

——分心了啦。

——我想也是。

服務生拿著他的菸回來。

——嘿，金寶，我跟你要的是萬寶路，這個金邊臣是什麼鬼？你覺得我看起來像什麼英國死基佬嗎？

——不是，先生，致上萬分歉意，先生，對的，先生，沒有萬寶路，先生。

——幹，我才不要付錢買這鬼東西。

——好的，先生，白蘭度先生。

——好啦好啦，還有順便幫我把這該死的飲料弄好喝一點，這喝起來像只加了一滴邁泰的水。

——馬上來也再次向您致歉，白蘭度先生。

服務生拿起那杯邁泰又溜走了，蘭辛轉過身來對我露出微笑臉上還掛著「這下終於只剩我們啦」的表情。

——所以，蘭辛。

——我朋友都叫我馬克。

——馬克。他媽的誰是白蘭度啊？

——誰？

——白蘭度阿，他第三次這樣叫你了。

——我沒注意到耶。

——你沒注意到有個人叫錯你名字三次？

——誰他媽聽得懂這些人半數時間在說啥，對吧？

——好喔。

由於他的身分，他使用假名的這個事實本應讓我的陰謀論直覺開始過載才對。但這可是馬克・蘭辛，他大概現在才剛聽說詹姆士・龐德吧。

——所以那場記者會到底是怎麼回事啊？

——比較像一場記者簡報啦，老實說。我真的以為我會在那見到你。

——我猜我可能還不是個咖吧。

——你總有一天會是的。

幹你娘，你這穿紫色比基尼的混球。

——那在那的《滾石》雜誌老兄又是誰啊？

——阿災，但他問了一卡車幫派跟那之類的問題，好像有人想聽歌手講這個一樣。

——幫派？

——幫派啊。關於什麼京斯敦的槍戰還是什麼類似的破事，我是說，還真的勒。然後還問他跟總理有多熟。

——是喔。

——嗯哼。而我整段時間在想的就是我的兄弟艾力克斯人呢？

——你人還真好。

——我就是這樣，超好的。我可以把你弄進去，事實上這星期我幾乎天天都跟他待在一塊。我真的超嗨跟一面該死的風箏一樣，迪奇。一個月前認識他的那時候他的廠牌老闆聘請我找一群人來拍攝這場演唱會，甚至還幫他帶了一雙牛仔靴來勒，一雙又大又閃亮的磚紅色靴子去Frye買的。因為你知道嘛，這些牙買加人哦，他們超愛他們的牛仔電影。他媽的一雙靴子也不便宜欸，我聽說。

——不是你買的喔？

——他媽的當然不是。

——那是誰？

——總之我們有拍攝這場演唱會的獨家權利。
——他們雇用你來拍攝這場演唱會？我都不知道你是個攝影師。
——我有很多事情你都不知道。
——顯然是這樣。
——你要來杯邁泰嗎？難喝到爆不過是免費的。
——不用，我還好。所以你是要幫我什麼忙？還有你想要什麼？
——你一直都這麼蠢嗎？嘿，他媽的我的飲料勒？聽著，兄弟，我只是想幫你而已。重點是這樣，你想跟歌手搭上線，是吧？你想要就這麼近近到只有你跟他嗎？
——呃，好啊。
——我可以讓你變成我工作人員的一分子，你可以當記者或什麼鬼的。
——我就是個記者。
——看吧？你肯定天衣無縫的啦。兄弟，我跟歌手可是前所未有的靠近啊，以前從沒人能這樣以後也不會有，電影劇組肯定是不可能的。是廠牌老闆他本人親自聘我們然後我們要拍下一切耶，夭壽，我們八成還可以拍他拉屎或是幹那個他應該要教什麼曼丁哥性愛的利比亞公主。我會拍攝你部分的訪談放進紀錄片裡，但你想用來做什麼都可以。
——哇，這聽起來真的很酷，馬克，但是為什麼？
——你輕裝上陣嗎，皮爾斯？
——對啊都這樣，比較容易跑來跑去。

——我有些額外的行李需要某個人幫我帶回紐約。

——幹嘛不另外付錢就好？

——我需要東西先我一步抵達。

——什麼？

——聽著，我把你變成我工作人員的一分子，等你飛回紐約時，你幫我拿我其中一袋行李，簡單啦。

——但天下沒有白吃的午餐。袋子裡是什麼？

——拍電影的東西啦。

——你現在是在用歌手跟我交換一個行李吊牌。

——沒錯。

——人不可貌相啊，蘭辛，我發誓我只是看起來像白痴而已。是古柯鹼還是海洛因？

——都不是。

——大麻？你他媽是在跟我開玩笑吧。

——怎麼樣啦？不是，是在講三小，艾力克斯？會有人在甘迺迪國際機場跟你拿那袋行李。

——你是在演哪齣，冷戰諜魂[136]喔？

——拉斯特不會替ＣＩＡ工作。

——哈哈。

——我們看太多詹姆士·龐德了，是吧？袋子裡會裝著帶子。

——什麼的帶子？

——你他媽是什麼意思，什麼的帶子？當然是紀錄片啊。這東西十萬火急啊，兄弟，他老闆想要拍完的隔天馬上就上映，所以現在我們一拍好，我們就送出去。

——我懂了。

——我希望是喔，我不信任陌生人而海關的那些混蛋會跟他媽的白痴一樣讓帶子曝光因為他們就是智障，除非某個白人非常小心翼翼地跟他們解釋。你今晚想來希望路五十六號嗎？

——什麼？幹當然要啊。

——我可以去接你或是你可以在大門口跟我會合。

——來接我吧，幾點？

——七點。

——酷哦。謝啦，馬克，真的。

——沒問題的啦。你預計什麼時候離開？

——這週結束，不過我打算稍微待久一點。

——別這麼做，快閃。

——蛤？

——快閃就對了。

136 譯注：出自間諜小說大師約翰·勒卡雷的名作，一九六三年出版的《冷戰諜魂》，本書亦於一九六五年改編為同名電影。

妮娜·博吉斯

下午三點三十分。我看了看天美時錶。就在我正要出門去希望路前，我媽打給我說馬上回家一趟，她就是這麼說的，馬上回家一趟。因為某些原因這讓我想起丹尼，在美國的某個地方現在應該有個老婆了吧或至少有個知道他從哪裡來並在他第一次提起口交時不會遲疑一下的女友。他現在一定已經結婚了。我不知道這代表什麼，這個離開的男人。有次我在打掃我爸媽的家因為他們出門旅遊去了而我想給他們一個驚喜，我在後頭的房間整理我爸的釣具，這時他的漁具箱掉了下來，裡面是一封他用紅色墨水寫在黃色筆記紙上的信。**我花了整整三十年寫這封信**，他是這麼開頭的，我那時在想的是那個離開的女人。接著我開始懷疑是不是每個人都有個讓他們魂牽夢縈的人，那個離開的人。

十二點的電台新聞上，婦女危難中心威脅要發起另一場和平遊行要穿著全身黑並扛著一口棺材。這裡的中上階級婦女喜歡覺得她們有辦法搞事，但是她們只是在找點破事幹而已。我不確定我幹嘛想這些鬼事而且現在要試著找到某種大宇宙的卡羅斯·卡斯塔尼達[137]說法把這一切都串起來也太早了，我還在因為爆噴了我妹一頓激動不已，我也還沒沖澡即便我想不起來我昨晚回家後有沒有沖，抱歉，是今早。

我搭計程車去我爸媽家時一邊想著大使館一個月前拒絕我的簽證時說了些什麼。我沒有足夠的人脈、銀行帳戶裡空空如也、沒有受撫養人、沒有支付薪水的工作，沒錯，他們真的說「支付薪水」，也就是沒有任何東西可以向美國政府保證我不會一降落在偉大又古老的美國後就人間蒸發。我要離開大使館時有個穿黃色襯衫搭棕色領帶的胖子走向我彷彿他再懂我臉上的表情不過了，在我能夠想像無數可悲女子兩手空空掛著一模一樣的表情走出這同一間大使館之前，他就問我想不想要簽證。我通常不會理這種狗屁，直到他打開他的護照而我不僅看到簽證還有邁阿密跟羅德岱堡機場的戳章。他認識一個人認識另一個人認識大使館裡的某個美國人可以用五千塊美金幫我搞到簽證，這可是我半年的薪水，但我在親眼見到簽證之前還不必付錢給他，只要一張護照規格的照片就好了，而這我包包裡早就有了。我想到一個月前十個人被槍殺的新聞報導，我不知道我為什麼相信他但總之我是信了。

我一直到下午一點左右才抵達我爸媽家。來開門的是金咪，她穿著洋裝，只不過不是她其中一件拉斯特女兒風牛仔洋裝或是褶邊覆滿塵土的長裙，而是件「我不開玩笑好女孩」的紫色無袖洋裝，他們叫作緊身洋裝，彷彿她正要進行選美比賽的訪問橋段似的。她沒穿鞋，表現得像是家裡的小女孩，她一句話也沒對我說而我肯定也不會對她說半個字，雖然我必須咬緊嘴唇才能忍住不問拉斯．川特是不是也一起來了。她開門時整段時間都別過頭去，好像她只是在讓一陣涼風進門一樣。她去死吧她，我心裡這麼想著，而且這麼想實在越來越容易了，就希望這只是我媽叫我去找那個會多給幾顆還怎樣的藥師拿處方藥吧，她永遠不會叫金咪去做這種事。

137 譯注：Carlos Castañeda（1925-1998），祕魯裔美國作家暨人類學家，以一系列薩滿巫師「巫士唐望」之著作著稱。

我來訪時我媽通常不是在編織就是在煮菜，但是今天她卻坐在我爸在電視播放《老爸上戰場》[138]時會坐的那張紅色天鵝絨扶手椅中。她也別過頭去不想看我雖然我說了兩次哈囉。

——老媽，妳叫我馬上來這，什麼事這麼急啊？

她還是沒有看我，只是把指關節壓在嘴唇上。金咪在窗邊走來走去，同樣也不看我，我很驚訝她竟然沒跳到我面前說這又不是像媽咪不讓我參與什麼重要的事。咖啡桌上有個新的編織，大概是老媽編了一整晚的吧，是粉紅色的針線而我媽恨死粉紅色了，而且她通常也會織些什麼動物形狀的東西但這看起來不像任何我認得出來的東西。她多數時候只有在緊張時才會編織我在想是不是發生了什麼事，或許她看到攻擊她的其中一個男人，搞不好是隔壁的園丁或是她們覺得有人在監視房子，可能他們回來偷走了什麼並威脅我爸媽什麼屁都不准跟警察說。我不知道，但她這麼緊張讓我也緊張了起來金咪還在那走來走去好像她在我來之前也束手無策一樣這讓我覺得更糟糕了，我當場看了看四周看看是不是有什麼異樣，也不是說如果有的話我會發現。金咪一直走來走去走來走去。

——金咪，別再像該死的猴子一樣爬上爬下了，我媽說。

——好的媽咪，她說。我想像個嘲諷的六歲小孩一樣重複這句話，好的媽咪妳個頭。金咪變小十歲好讓她的父母繼續寵她的方式哦，妳幾乎會以為她是兒子不是女兒了。

——還是我自己的女兒，我的天啊，我的天啊。

——媽？

——去跟妳爸談談。

——談什麼？

——我說去跟妳爸談談。

——跟爸談什麼？我對她說，但我盯著金咪，她現在故意不看我到一個誇張的程度了。

——就連印度佬都不會這麼糟糕但是……我的天……真是太骯髒了我都能在妳身上聞到了。

——妳在講什麼啦，老媽？

——妳怎麼敢跟我大小聲！妳怎麼敢在這個家裡大小聲，我幫妳洗了這麼多年澡還是沒辦法把妳身上的淫蕩洗掉，或許應該多打妳幾頓才對，或許我應該打到妳不淫蕩為止。

我現在站了起來。我還是不知道妳在講什麼，我說。她還是不看我，金咪終於四下張望並試著面無表情瞪我，但是她撐不住，她別過頭去。

——所以妳現在是妓女了啊還是只是他的妓女？

——我不是妓女，媽的搞什——

——不准在我該死的家裡講髒話，我已經聽說妳到那個他媽的歌手家裡當他妓女的一切了。他是付妳多少錢？這麼多個月妳都沒有像樣的工作我還在這邊擔心說，妮娜沒有支付薪水的工作該怎麼過活呢？是要怎麼辦，因為她沒有來要錢而且她也沒半個朋友——

——我有很多朋友——

——別在我他媽的家裡打斷我，我是用我自己跟博吉斯先生的錢買下這鬼地方的。

138 譯注：*Dad's Army*，一九六〇至七〇年代英國情境喜劇，描述二戰時期的英國國民軍，即因各式因素無法進入正規軍的軍人。

——好的，媽。

——而且還是用現金他媽半毛貸款都沒有，所以不要以為妳可以在我家裡跟我頂嘴。我的雙手開始顫抖就像我剛在冷凍庫裡待了三個小時一樣，金咪開始朝門口走去。

——金-瑪莉．博吉斯，妳的屁股給我好好待著。告訴妳姐她和那個，那個拉斯特搞在一起害自己掉價為什麼顯然是很大條的消息。

——害自己掉價？害自己掉價。金咪也有個拉斯特男友啊。

——妳把他跟那個妳浪費自己私處的人比？至少他來自一個好家庭，而且他正在度過一個階段，一個階段。

——一個階段哦？就像金咪正在度過的就是了。

——我發誓每次我一想到妳跟那個歌手，在某張骯髒的床上抽大麻想辦法懷孕我就想吐。妳聽到我說的了，我就想吐。妳真是個淫蕩的小女孩，我敢打賭妳剛一定把各種頭蝨帶進我家了。

——媽。

——上了那麼多年學結果變成怎樣了？他的其中一個女人嗎？這年頭的中學教育就是這樣教的嗎？

現在她聽起來就像老爸而我在想他人呢。金咪，是她幹的。我媽抖得非常厲害厲害到她起身時又跌回椅子裡，金咪衝過去幫她像個好女兒似的，是她告訴他們的，她跟他們說了某些事，而且她也懂我，她知道我不會跟他們講她的事因為光是一個壞女兒就會讓我媽心情跌到谷底，而兩個可能會讓她去死。她賭的是我會當乖女兒什麼都會逆來順受而她是對的，我幾乎都要佩服起這婊子了。

——我滿腦子就只有妳把那股大麻味跟那骯髒鬼帶進我家，我都能在妳身上聞到他了，真是噁心，真是噁心啊。

——哦？妳在妳另一個女兒身上沒聞到嗎？

——不要把可憐的金咪給扯進來。

——可憐的金咪？所以她就可以跟拉斯特睡囉。

——妳怎麼敢在這裡這麼放肆！這是個虔誠的家。

——神知道這裡除了虛偽別無他物嗎？金咪就可以搞拉斯特——

——他才不是拉斯特。

——去跟他說啊。事實上去跟妳女兒說啊然後看看她還要不要繼續待在他身邊。

——從妳還是個小女孩時妳就總是追著妳妹妹，這麼多恨意跟忌妒到底是為了什麼？我們對妳們從來就沒有差別待遇啊，結果妳身上就是有那骯髒的個性，我應該多打妳幾頓才對，我早就應該這麼做了，打到妳改。

——喔是哦。所以當骯髒的男人痛打妳一頓把妳的珠寶和積蓄都幹走的時候，妳就是這樣做的嗎？

——別那樣跟我媽媽講話，金咪說。

——閉上妳的賤嘴，妳這小婊子，講得好像妳多純潔一樣。

——別那樣跟妳妹妹講話。

——妳總是選她那一邊。

——對啊我總需要一個不是蕩婦的女兒吧，就算是印度佬也不會這麼糟糕。

——妳的賤女兒也在幹拉斯特啊！

——莫里斯！莫里斯快下來跟妳女兒談談吧，把她趕出我家！莫里斯！莫里斯！

——好啊妳就去叫爸啊，叫他下來這樣我就可以跟他說說妳最愛的小女孩在這裡喔。

——妳給我閉嘴，妮娜。妳已經對這個家造成夠多傷害了。

——我才是那個拯救這個狗屁破家的人。

——我可不記得有要我的任何一個小孩拯救什麼事過，我才不想要在拉斯特房子裡有間他媽的房間換妻還有小孩在吸大麻之類的，莫里斯！

我實在很想拿東西扔爆金咪她到現在還是一眼都沒看我。妳八成已經懷了他其中一個孩子了吧對不對，我媽說。她聽起來像在哭但沒有眼淚流下來，金咪在揉她的背，她正在感謝金咪幫她可憐的媽媽度過這一切。算了，已經沒什麼好說的了，做什麼也都已經於事無補除了等我媽說些什麼之外，我以為我會想直接走過去抓住金咪的脖子但我看著她揉著我媽的脖子竟然為她們兩個感到抱歉。可是她接著說：

——媽咪，跟她說她在大門外面等他的事。

——什麼？噢我的天啊，現在她竟然還在他家外面等就像個阻街女郎一樣，就連他現在都發現她是個賤貨了。神啊，看看我家變成什麼樣了啊。

——妳這個臭婊子，我對金咪說，她面無表情看著我。

——我說我不想在我家裡聽到這樣的話，如果妳真的忍不住就是要當個死蕩婦的話那至少在我家的時候講話試著不要像個蕩婦吧。

我想說，所以那個正在揉妳背的蕩婦又是怎麼回事？為什麼不管金咪他媽的說什麼或做什麼，他們總是會有藉口或是正當理由可以開脫好像他們從她出生的那天起就存了一大堆藉口不用一秒就可以隨便掏一個出來。我想說出來，但我並沒有，金咪知道我不會，金咪知道我是那個乖女兒會一直都很乖即便對我來說情況很糟，我幾乎都要因為我有多低估她而讚嘆了，我也幾乎就要因為她走了這麼遠而且很可能還會繼續走更遠而佩服起她來了。我想說至少沒有男人會打我並把我丟下來思考這只是為了鬥爭的一環但我沒有，我的心跳反而加快了起來我滿腦子只想著要拿把刀來而且要是鈍的，一把餐刀然後手裡拿著餐刀走向她，不是要捅她或是砍她，只是要讓她看著我走來並體會到自己束手無策而已。我就站在這間他媽的屋子裡跟我昨天一整天都待在一塊的人一起，因為某件我甚至不想要再做的事像個該死的白痴一樣站在這。我敢打賭金咪一定很爽，她終於可以給假掰的妮娜來點顏色瞧瞧囉。

——那些蝨子在下面那邊沒有搔到妳嗎？在下面那邊沒有咬到妳嗎？妳怎麼還敢站在這裡，老天爺啊，我這個女兒多骯髒啊？我好想吐，金咪，我好想吐。

——沒事的，媽咪，我確定她身上沒有蝨子。

——妳怎麼知道，那些拉斯特很髒的妳也知道，我才不在乎他是以為自己多有錢，他們全都又髒又蠢，站在二十英尺外妳就能聞到他們走來了。

——不沒有蝨子也沒搔到我，不過他確實聞起來比爽身粉還香，我回嘴卻在最後一個音節從我口中說出來之前就後悔了。我想抓住金咪然後搖晃她，就是瘋狂搖晃她就像個他媽的不願意安靜的死嬰兒一樣。

——莫里斯！莫里斯！我才不想要骯髒死拉斯特混蛋的小孩，你聽到了嗎？我不想要我家裡有拉斯特小孩。

我盯著金咪並想著這就是她想要的嗎，她沒發現事情會變成這樣子嗎。我爸媽遭到攻擊而她躲得遠遠的，不是因為她沒辦法面對他們被人攻擊而是因為她無法面對任何她不是身處事件中心的情況，甚至連悲劇也是。好啊她這樣很好啊，她贏了，她知道我不會說她也幹了他，她知道我會試著維持她鐵了心要從她媽媽身上奪走的理智，我幾乎要欽佩起這臭婊子有多狡猾了，我想要她看著我然後露出微笑只是為了要顯示她知道我知道她知道。我媽還在大叫，莫里斯！莫里斯！好像這是什麼魔咒喊了他就會出現一樣。

皮帶扯過我的背，頂端落在我脖子上就像有隻蠍子剛剛螫了我。我尖叫出聲但是皮帶再次劃過我的背接著又打在我腳背兩下於是我摔倒。我爸抓住我的左腳踝猛然把我拉向他，我的裙子被掀起來露出我的內褲。他用左手抓住我並用他的皮帶打我，我在尖叫老媽在尖叫金咪也在尖叫，而他瘋狂打我好像我才十歲一樣。我尖叫著要老爸住手但他滿嘴都是該死的女孩需要教訓那我就在這間他媽的房子裡好好教訓妳不要爸拜託住手爸教訓妳教訓妳他打我屁股打了又打一打再打我縮了起來皮帶劃過我右大腿他揮舞著皮帶毫不在乎當我試著抓住那條有鉚釘的大皮帶因為他很愛那種牛仔皮帶時他打到了我的指關節我都能聞到我的瘀青了並尖叫著爸爸老媽尖叫著莫里斯莫里斯莫里斯而金咪就只是一直亂叫皮帶劃過我全身我縮了起來結果皮帶直接打中我的鮑魚我大聲尖叫老爸說著教訓教訓教訓然後他踢了我我知道他踢了我他繼續揮舞著皮帶我掙扎著放開我的腳放開我的腳放開我的腳我轉過身我的右腳踢中他的胸口感覺就像老人的胸口他跌了回去開始咳嗽可是只有氣流沒有聲音而我還在尖叫語無倫次只有ㄅㄨㄨㄨㄨㄅㄨㄨㄨ不不不我拿起皮帶走向他揮在他雙腿上我開始打他打死這婊子養的，打死他打死他打死不不不不不ㄅㄨㄨㄨㄅㄨㄨㄨㄨ我媽又開始尖叫別殺我老公別殺我老公而他在咳嗽我發現我在打他用的是皮帶扣不是皮帶於是轉過身我將皮帶在我的指關節處拉緊並且盯著金咪。

貝瑞・迪佛羅里歐

我的祕書跟我回報說路易斯・強森的祕書不知道他跑哪去了，這是她表示她不肯說的暗號。我必須從我自己他媽的椅子上爬起來並走下走廊到這女人的辦公桌前問她是不是喜歡在這邊工作以及有沒有計劃未來也想繼續做下去。而如果她想要，那她最好記住她是在幫美國聯邦政府工作，而不是路易斯・強森。我可以看見她眼睛張得大大的即便是在她粉紅色蝙蝠女眼鏡巨大的鏡框中也是，還有她額頭上的皺紋雖然那樸素又油膩的馬尾連動都他媽沒動，在大使館要花很多年才能學會看起來不害怕而她幾乎練成了，幾乎，不過你可以看出她還是沒弄懂該怎麼評估藏在某個上司消極侵略話語中的威脅程度。她分不出來我他媽是不是在跟她開玩笑。鬣蜥俱樂部，納茲佛大道。

我當然去過那裡。讓我想起布宜諾斯艾利斯的紳士牛仔俱樂部和幾間在厄瓜多、巴貝多、南非的俱樂部，鬣蜥俱樂部再怎麼樣也會有黑皮膚的人和不少阿拉伯人在搞永遠不會退流行的「來假裝我們是白人吧」這套。我離開辦公室直接開上大家還在那邊等的牛津路，在大太陽下，等簽證，接著朝西邊開去。在牛津路和納茲佛大道交叉口我往右轉，往北走，大門口的警衛看了一眼車上的白人沒有問半個問題。那台綠色柯蒂納就停在停車場盡頭，我停在另一端，雖然我很確定路易斯不知道我開什麼車。

裡頭，餐廳擠滿了出來午休的穿西裝白人跟穿著網球裙喝著蘭姆酒和可樂的漂亮淺膚色女人。我看到他們之前就聽見他們了，路易斯笑得前俯後仰然後拍著德・拉斯・卡薩斯。那當然是他囉。一開始我想走過去問路易斯他媽到底在搞什麼，而且還要在德・拉斯・卡薩斯的面前。天啊，我真是討厭那傢伙，他身上有種我只會在選美皇后和政客身上發現的東西，那種「在我媽所有小孩裡我最愛我自己」的東東。他自以為是革命分子，但他其實只不過是投機主義者而已。路易斯跟路易斯，現在有齣小品喜劇等著要上演囉。

我在酒吧遠端試著不要看起來像是我在偷看。某個人在某個地方正在寫一本諷刺間諜小說而我就是那個在酒吧想當詹姆士・龐德的傻蛋，媽的，如果我真要這麼做或許我該來杯馬丁尼。他們雙雙站起身來而我突然發覺他們可能得經過我才能到停車場去，強森走到離他桌邊幾英尺的開放式拱門古巴人也跟了上去。他的車從外頭的停車場開走，幾秒內我也跟著上路，他的車依然只在幾百英尺外。感謝上帝世界各地的尖峰時刻都是尖峰時刻。

自從在厄瓜多和艾德勒合作後我還沒需要親自出馬跟車過，對啦我太老了沒腎上腺素了，但他媽的反正你還是會被接管。我真的很愛這樣。我是說，我真的、真的很愛這樣。或許我應該把所有能量往下傳到我的屌然後去幹，呃，某個人。

路易斯在特拉法加路左轉進入更多車流，然後又再度左轉，並在一條我不認識的路上開了一百碼左右。接著他往南走，切過半路樹路，於是在我察覺之前，我人就在貧民窟了。或者至少，房子變得更小了路也變得更窄了，還有越來越多屋頂都只是用磚塊壓著的鋅板，水泥牆成了塗著關於垃圾民族黨、黑心人士、「在緊急狀態下」、拉斯特法理塗鴉的鋅牆。如果我專注在這些東西上面，專注在那台綠色的柯蒂納上，那我就不必去想這一切到底他媽的有多瘋，我這個白人竟然開車穿過肯定是全京斯敦最凶險的貧民窟。半路樹那邊也過得很苦沒錯，可是我從沒看過像這樣子的。想法襲來，我可能不知道回去的路，但我把這想法吞了下去。他們加快速度，我想要猛踩油門但是某個穿藍色制服的小女孩隨時都有可能會衝到路上。

路易斯認識這些路，他以前曾來過這裡，他還滿常來這裡的，我想。我甚至沒注意到我的腳已經踩下油門，但我能聽見我自己的車子，並看見我的手突然間轉動方向盤然後車子便轉向左邊，接著又第一次向右，之後開過一個沒關的人孔蓋。車子跳來跳去、顛顛簸簸、彈來彈去、瘋狂疾駛、發出尖嘯，綠車一下在視線中，一下不在，在某個轉角附近消失又在我閃神時再次出現，離我三四台車遠。天，我希望他不是想辦法要甩掉我，我幾乎要說出「我跟丟了」，我可以感覺得到但我還是沒說。

我們現在在某條高速公路上，又是一片我從未看過的綿延風景，房子甚至變得更小、更多銂、更簡陋而外頭的人也正朝著綠車前往的方向走去。那些東西看起來就像路旁兩側拔起的小丘，要一直到距離二十英尺左右我才發現這到底是什麼。一山又一山的垃圾，不是山，是一座又一座的沙丘就像撒哈拉沙漠只是把沙子換成垃圾和煙霧。煙霧又酸又厚，彷彿也一起在燒動物似的。人們全爬上垃圾沙丘，就連在燃燒的也是，並在垃圾堆中挖掘然後把找到的東西塞進黑色塑膠袋中，我幾乎忘了那台綠車。

好幾分鐘經過。垃圾沙丘無止境延伸下去，人們把垃圾塞進他們黑色塑膠袋中的足跡也是。綠車消失了，我停下車，不太知道該怎麼辦。兩個拿著袋子的男孩跑過我眼前的路而我的右手往儀表板伸，也許我應該把槍拿出來，至少把槍放在我大腿上。我的心跳應該再過幾分鐘就會平靜，我他媽到底在這裡衝三小？接著又有兩個男孩經過，然後是一個女人，再來又是好幾個女人，之後是一長串男男女女男孩女孩從車子前後經過，男男女女都拖著腳步，男孩女孩則是蹦蹦跳跳，每個人都拿著黑色袋子要前往另一邊。某個人撞上車子我跳了起來，揍了置物箱一下於是蓋子彈開來我可以拿槍了。

天知道我再次踩油門之前經過了幾分鐘。路上還是很空，但這是條高速公路，路的一側除了石頭什麼都沒有另一邊則是大海，只有一台車經過，是輛白色的達特桑上面的駕駛看到我時探出頭來，是個眼睛看起來像中國人的黑人，我敢發誓他皺起眉頭，這實在很怪因為我跟他根本素昧平生。綠車憑空冒出來直直朝我猛撞來時我都還沒完成左轉，我的額頭撞上方向盤脖子則甩到頭枕，那個古巴人率先下車，至少我覺得是那個古巴人啦。他衝到我車子旁，掏出槍來，然後直接把槍頂在我下巴上。

——等下，我認識他，他是你們的人，他說。

——誰啦他媽的？迪佛羅里歐？幹他媽的，迪佛羅里歐，跟蹤我是什麼天才主意？

他們堅持送我去醫院即便我沒什麼事。到了京斯敦公立醫院，醫生縫好了我的額頭我一邊試著無視裡面的人群以及地板上的斑斑血跡還有不管是什麼鬼東西。醫生甚至沒有要把他的醫療用口罩拿下來的意思。我真的很想走人，但我完全不記得我是怎麼到這裡來的，就連我在外頭的櫃檯邊看見路易斯·強森坐在某個黑人老人太旁看報紙後也想不起來。

——我的車呢？

——甜心你都縫好了啊？你有好點了嗎寶貝？
——我的車，強森。
——阿災，還在貧民窟的某個地方吧，他們現在大概已經把車拆光囉。
——好笑哦，強森，真的很幽默。
——拉斯．卡薩斯開在我後面，把車開去大使館了，車沒事啦。你可能要跟你太太解釋一下，不過車沒有報廢還是怎樣的。
——他媽的搞什麼，強森。
——我能說什麼呢，甜心，我發現我被人跟蹤，我想說我不喜歡這種破事嘛。還有下一次啊，要是你決定再度採取這種行動，至少他媽的做好一點嘛，沒幾台富豪會跑來貧民窟晃來晃去的，你是不是根本連自己在哪都不知道啊？我們走吧。
——你跟某個黑人說要注意我喔？我說。我們走我不認識的路回大使館去，至少我覺得我們是要回大使館去，真希望我帶著我的槍。
——沒有，但可能是路易斯說的吧，白色達特桑？
——對。
——那就是同一個。
——他是誰？
——你知道的，迪佛羅里歐，我尊重你在做的事。
——真的要來這套。

——沒錯，艾德勒和你在厄瓜多搞的那破事真的很乾淨俐落，跟拉糖蜜一樣慢，但還是一樣俐落。

——你他媽才不知道我在厄瓜多幹了什麼事。

——我不只知道基多那邊出了什麼好事，我也知道這裡可不是他媽的基多。

——意思是？

——你的愚蠢寫信作戰小把戲在這個大多數人幹他媽連共產主義都拼不出來的國家根本就一點屁用都沒有。

他說的寫信指的是我餵給媒體的信警告共產主義在厄瓜多的威脅，還有那些來自「共產黨」支持基多中央大學校長的信，以把人民嚇跑不要投給他，大獲成功。他說的寫信指的是我替青年解放陣線想出的傳單，這是個我一手創立的共產主義組織，只是簡簡單單在報紙上登了半版廣告，然後讓兩個會講西班牙語的娃娃臉幹員假裝是波利維亞的左派流亡分子，以免有人想要見面，我們最終透過在他們每次聚會時都跟軍警通風報信，使學生共產主義運動士氣重挫。他說的寫信指的是我創立的反共產主義陣線還有我在故鄉招募來訓練的三百四十個人教他們怎麼辨認並瓦解共產主義的威脅，因為我曾去過匈牙利而那就是個他媽的共產威脅。他說的寫信在講的是讓阿洛賽梅納[139]成功當選以及在他成為你給拉丁美洲人一絲權力後他們都會無可避免變成的那種討厭鬼後再推翻他所要付出的代價，而在這整段時間還要讓這些鳥事不要登上《紐約時報》與此同

139 譯注：指厄瓜多前總統Carlos Julio Arosemena Monroy（1919-2004）。

時強森跟卡魯奇[140]這種人則是在惡搞民主剛果。他還真他媽的很有種嘛。

——不要以為我不尊重你的軟戰略，迪佛羅里歐，或是因此不尊重你本人。可是這裡並不是厄瓜多，差得遠了呢。

——軟戰略喔，在民主剛果時也可以軟一點啊。

——民主剛果沒問題。

——民主剛果就是一團亂，這裡甚至不是剛果。

——也不是共產黨。

——當然囉。

——你是個愛國主義者啊，迪佛羅里歐？

——什麼？廢話啊，這他媽什麼鳥問題。

——好吧，那我們之中就有一個啦，我只是把工作搞定而已。

——所以現在來到你要跟我說你只是享受這其中刺激的部分了嗎？說你願意免費來幹這事？

——不是，薪水也很棒啊。愛國主義者勒，幹。你的問題在於你相信自己政府說的那套狗屁。

——你以為你摸透我了，是吧？每封從古巴、中國或蘇聯寄來牙買加的信，還有每封從這裡寄出去的信都會先來到我的辦公桌上，在這個爛國家裡的每個左翼組織裡面也都有我的人就連他媽的比爾·艾德勒都釣不到啦，你就跟他揪出來的那十二個死白痴沒什麼兩樣。

——怎麼說？

——你們他媽的就只會搞砸事情，如果你們這種人沒有搞砸，那一開始就不會需要我這種人了。現在我才剛編好一份顛覆分子監控監視清單讓布希[141]樂得很。那你的報告勒，強森？我看你「跟恐怖分子鬼混」那部分可是滾瓜爛熟。

——哈哈，愛醫生跟我講過你。

——哦，他最近都這樣自稱嗎？他跟他的智障古巴富二代們以為他們可以發起什麼反革命就只因為他們的老爸可以幫他們買玩具槍啊，要是他們是把古巴留給我這種而不是他們那種人，現在哈瓦那就會有麥當勞了啦。

——讚喔，只除了一件事。迪佛羅里歐，你有種印象覺得你可以自己搞定這一切，你跟你那種人，他媽的一群死會計師，像你們這種婊子養的對外勤根本一竅不通。但這也沒關係啊，只不過不要再騙自己你不需要我們這種人了。

——不就很精闢。

——還有你的上一個大計畫呢，迪佛羅里歐？一本他媽的著色本，就是這樣，一本幹他媽的著色本能——

——他們必須從小教育起啊，混蛋。

——第六頁：我爸說我們活在民主國家不是專制國家，現在把CCCP[142]這幾個字塗滿顏色。

140 譯注：指Frank Carlucci（1930-2018），曾任職美國駐民主剛果大使館，並先後擔任CIA高官及美國國防部長。
141 譯注：即時任中情局局長老布希。
142 譯注：即蘇聯之簡寫。

——幹你娘。

——嘿，我本人可是覺得反共著色本真的是個超棒的主意喔，對一個大部分人口都是文盲的國家來說真的是超完美啦。

——剛剛那是該死的紅燈，強森。

——怕了嗎？

——覺得很煩，也很累，你要開去哪？

——想說你會想回家啊。

——載我回辦公室。

他看著我然後笑了出來。

——也許你應該回家，我還是搞不懂你們這些人耶，迪佛羅里歐，你就像卡魯奇，你跟他，都是季辛吉男孩。

——別告訴我該做什麼，強森。說真的，你真的滿屌的。

——所以現在來到你要跟我說我不受控的部分了嗎？

——不是，現在來到的部分是我要跟你說眼睛給我看著路面不要盯著我。

——你到底知道什麼，迪佛羅里歐？

——比你以為的還多，強森。

——你知道這裡的某個文化正試著要建立他們自己的政黨嗎？不是左翼人士，不是牙買加裔美國人，不是教會，也不是共產黨，而是截然不同的一群人。這個國家將會在該死的混亂中結束這一年除非有人挺身而出做點什麼，這裡說的混亂我指的是你老闆季辛吉的定義。

——季辛吉不是我老闆。

——那耶穌就不是道路、真理、光芒啦。你只是在記帳，迪佛羅里歐，你來這裡是為了角落的辦公室，那也沒關係啊。總要有人去管收支跟印漂亮的著色本吧，但是在外頭要把事情搞定不是這樣做的，你知道我兩天前差點就抓到他了嗎？差點就紮紮實實逮到那混蛋了？差點就逮到那個婊子養的共匪了幹。

——是什麼阻止你抓到他？

——別裝得好像你知道我在講誰一樣。

——那你是在講誰呢，強森？

——幹，你真的什麼屁都不知道耶，總理啦。

——別唬爛我，王八蛋。

——總理麥克．約書亞．他媽的．曼利啊，我們差點就逮到他了，星期三，大概四點左右吧，民族黨在舊港口安排了這麼一場會議，你知道那在哪吧，嗯？總之，這就只是另一場他們有關暴力問題的會議，因為這些混蛋就愛碰面啊，順帶一提，我們還在等逐字稿啦，但謠傳曼利整週都在接史托克利．卡麥克[143]和艾德里奇．克利佛的電話。反正，因為某些原因，他們吵起架來而那個軍方的傢伙，我們必須搞到他的名字，竟然扁了黨的祕書長一拳，直接往他臉上揍了一

143 譯注：Stokely Carmichael（1941-1998），美國黑人民權運動重要人物。

拳，於是總理先生終於晃了過來然後試著質問那個軍官啊軍官基本上就是叫他去死啦。曼利不想退讓但是在他察覺之前呢他就被士兵團團圍住啦，每個人都拿著上膛的武器指著他，他們就在舊港口那裡哦，士兵竟然對這國家他媽的總理拔槍欸，不過當然他們還是退下了啦沒有人挨槍。

——哇，這還真是個好棒的故事，只要再加點情愛糾葛你就有部好萊塢賣座片囉。可以跟我解釋一下為什麼我們美國人會想要逮到他嗎？沒有任何指令說要終結總理或這個國家的其他政客啊，這裡可不是智利，強森。我可能是在記帳的沒錯，但你就只是個徹頭徹尾的流氓，你的策略總是會帶來一大堆屎而我這樣的人接著就必須去拖乾淨。

——只要能夠達成——

——聽著，沒有人命令你去終結任何人，你聽到了沒？

——我沒有要去終結誰，迪佛羅里歐。「公司」現在不會，從前不會，以後也不會跟任何恐怖分子或組織合作或原諒他們的行動。而且，如你所說，這裡也不是智利。

我想說我很高興他這麼覺得，還有這些是敏感事宜必須謹慎處理這樣才可以盡量不要留下任何馬腳或連帶傷害，但他接著說，

——不是，不是智利沒錯，但是幾天內肯定會變得跟瓜地馬拉一樣，記住我說過這回事。

——什麼？你剛說什麼？

——你聽見了。

——沒有。

——有，這件事比你還大條，恐怕也比「公司」還大條所以別跟我說什麼你他媽的命令。

——不。

——就是這樣。

——我的天啊，你忘了他們派我去瓜地馬拉好幾個月觀察選舉嗎，差不多在同一時間那群拿著我們軍火的神經病就開始大殺特殺。你訓練他們多久了？

——我沒在負責訓練，不過未經證實的報告會說一年。

——那個古巴人，他是——

——你的理解力不像教出你的人那麼慢嘛。

——有多少人？

——別這樣啦，迪佛羅里歐。

——有多少人，你這婊子養的。

——我又不是管情報的，迪佛羅里歐。不過如果真的是我管的呢，我會猜超過十個，少於兩百？維吉尼亞那邊還有另一隊愛國者，還記得唐納·凱瑟利嗎？

——牙買加自由聯盟。有次聯絡我們要現金，給他的小小組織，但我們拒絕給錢因為他是個他媽的毒販。現在是怎樣？豬玀灣馬屁精的第二次機會啊？而且十三天內就有場大選了。

——迪佛羅里歐眼光很長遠耶，瞧瞧這個，這不像瓜地馬拉，因為他們很聰明而且也不像巴西因為他們一點都不想統治這個他媽的國家。

——誰是你該死的目標？

——我不知道你在講三小，迪佛羅里歐，如果說有一群人想要，比如，試試新花樣，比如說，就在今天，干預他國內政也不關我屁事啦。

——幹你娘，你是說今天嗎？

——這種情報我可是不知道的哦，貝瑞，但如果我知——

——叫他們收手，強森。現在就去，天殺的。

——我也不知道要打給誰，拍謝啦，根據我的經驗判斷現在反正也太遲啦。而且，美國聯邦政府的政策是要——

——幹你娘別再講屁話了，強森。

——我這就載你回家找你的漂亮老婆啦。

——路易斯，聽我說，我不知道你是NSA、WRO還是你到底他媽為誰工作，但是現在就他媽收手吧然後讓外交去發揮效用。

——話說厄瓜多那次真的幹得不錯啊。

——閉上你的狗嘴好好聽我說，我們已經投資了啦，幹他媽的，這個政府知道這回事，CIA局長也知道這回事，說真的，你他媽到底是跟誰談的？我們在這場大選整整一年前就已經投資了超過一千萬美金，《紐約時報》的沙爾、工黨的那三十個死肥佬，老天爺啊，還有牙買加的私部門組織。

——你幹嘛教育我這些有的沒的啊，貝瑞？我們可是同一枚硬幣的正反面。

——我跟你一點也不像。

——即便這兩面永遠不會碰頭。

——我們他媽就快成功了幹，你這個婊子養的。

——我不是你應該說這些的婊子養的對象，迪佛羅里歐，你應該去找你的小男朋友喬治·布希吧。而且，已經他媽太遲啦，聽好我跟你說的。回家去，去看《警網雙雄》，去看今晚的新聞吧，一定會很勁爆的。

洛老爹

我記不得上次我走這麼快卻這麼慢才抵達任何地方是什麼時候了。或許是太陽在跟我作對吧，她今天還真是個壞脾氣的熱辣辣婊子啊。我問喬西他知不知道什麼有關狼人行動的事情時，他確實搖了搖頭並說不知道。但王幫有爆裂物而且只有兩個人在和古巴人合作，他們還有喬西。

我想的是這樣的。他控制東邊我則在西邊搖擺而或許東尼·帕華洛帝持續把他的槍瞄準北邊南邊則是大海，那麼我們就有很好的防禦啦，但是隨著每個人像在地圖上分散在不同的點，右手就會開始不知道左手做了些什麼事。我覺得這是我的錯，這一定要是我的錯才對，如果身體生病了，那一定是頭部會先知道，故事難道不是這樣發展的嗎？我跟喬西不再說話，不不是這樣的，有個人，不是，某些人出現在我們所有人之間，那些利用我們再把我們當垃圾一樣丟掉的人。我已經厭倦這邪惡的遊戲了，幫派老大也厭倦了，還真好笑啊比起了解喬西·威爾斯的心思我竟然還更懂幫派老大的心思。我離喬西家還有九十碼。

世界現在感覺像是七個封印一個接一個遭到破壞[144]。有危機或是糟糕的感覺，空氣中有某種東西，不到三十天雙七浩劫[145]的一九七七年就要來臨了。我走向喬西家忘了我的女人長什麼樣子，我只花一分鐘就想起來了可是我忘記她的臉讓我很害怕，但接著我想起一個小女孩，跟她長得很像，不過我們還沒有小孩啊，即便外頭有很多女人說她們的男孩女孩是跟我姓。我走上這條路經過一個又一個庭院，一座廉價公寓下一座廉價公寓再一座，全都四層樓高，圍欄也高到可以遮住一樓，一座是粉紅色的下一座是綠色的再下一座則是骨頭的顏色我甚至想不起來是誰叫我們漆這顏色的，也許是那些女人吧。我離喬西家還有七十碼。

父親背叛他兒子後，那當兒子再也不認識他時他就不能表現得很震驚了。不是說喬西是我兒子，要是我敢叫他男孩他應該會開槍打我。但這是我的錯，我背叛了他因為我背負了我以前覺得他無法背負的東西。有些人什麼都不做只會做白日夢有些人則是什麼都不做只會行動而這同時有好也有壞，喬西這樣的人沒有遠見，我這樣的人則沒有動力，我一直在思考一直在談論一直在給大家看一種新的道理是跟我們有關也只跟我們有關。不是政客也不是政府，是一種不同的系統比這個腐敗國家機器更好，在這種系統中槍太重了拿不起來所以沒人會拿而我的女人，跟他的女人和所有人的女人不需要再只為了讓她們的老闆變得更有錢而工作。你一覺醒來想要新的事物因為老舊的事物實在太老了甚至都不再散發出臭味了，只是像枯萎腐爛的事物一樣被吹走。離喬西家還有五十碼。

我想要離開他家時我和他都有志一同。體面的好人們啊，拉斯特法理為我指引了道路。腐敗國家機器欺騙我們的第一個方法就是讓我們覺得我們在這個腐敗國家機器裡面還有未來，而我厭倦了這點幫派老大厭倦了這點歌手也厭倦了這點。我每次到歌手家都會發現哥本哈根城的人和八

144 譯注：此處典故出自《啟示錄》五至八章。

145 譯注：馬庫斯．蓋維曾預言一九七七年七月七日牙買加將會發生大災難。

條巷的人其實可以坐下來講道理，我正好想到三角形有三個邊，但大家總是只看見其中兩個邊。離喬西家還有四十碼。

我知道喬西在計劃什麼，在這真正發生之前會有很多人死掉。喬西和愛醫生，喬西和那美國人，喬西和彼得．納瑟。民族黨根本不可能贏得這場大選，民族黨如果贏了這座島就有危險了，美國人說和平和混亂、富足和飢餓之間只剩下我們在阻擋。但牙買加人可以很蠢，他們真的可以很蠢。窮人已經知道什麼叫作受苦。如果民族黨贏了，那糟糕的民族黨就會變成更糟的民族黨，但還是一樣，我還是必須思考當一個男人甚至不願意跟我講時那他究竟會搞出多大的麻煩，當攪和在裡面的有太多人看起來不像聽起來也不像我們。離喬西家還有二十碼。

離喬西家還有十碼一排子彈飛越塵土襲來一二三四五六七八擋住了我，三台吉普車從小巷跳出來在我身旁繞圈揚起了塵土就像白人說的龍捲風，塵土飛起又飛起越厚也越密，車子還在一直繞圈一直繞圈但我只能聽見他們，塵土讓我什麼也看不見。要等到視線清楚後我才看見他們所有人已經跳下車，警察和軍人，全都掏出機關槍，有些指著我，有些瞄準街上，上上下下搜尋某個白痴好止住想開火的癢。我也在搜尋，這種事從來沒發生過，就連最爛的條子也知道進入哥本哈根城的唯一方式就只有從一道縫隙或一個漏洞偷偷摸摸溜進來，比如下水道。警察知道最好不要來這裡，尤其是在他們上一次的後果之後，軍人則比較喜歡回到有利的位置這樣他們就可以一個一個除掉我們像蒼蠅一樣。我也在搜尋，因為我的人應該早在半台吉普車來到哥本哈根城之前就拿著武器衝出來了才對，但每間房子的門都關得緊緊的。喬西也沒有出來，喬西不在這裡，東尼．帕華洛帝也沒有在守衛北邊。這地方看起來就像克林．伊斯威特電影裡土匪淨空的小鎮一樣。

兩個穿綠色的軍人和兩個警察，一個穿藍色另一個穿卡其色戴著太陽眼鏡，朝我走來。

——幹他媽的這是怎麼回事，蛤？我對卡其警察說。

——你是洛老爹嗎？他說。他很高他的肚子挺在前面就像個懷孕的女士。

——你他媽又是哪位？

——嘿，我看起來像是喜歡在我發現已知罪犯時重複我說的話嗎？我說你是不是那個大家叫作洛老爹的人。

——你聽起來像是你不知道啊。

——呦，我看起來像是有時間管什麼臭得要死的貧民窟男孩嗎？

他直直望向我身後並點了兩下頭。我太晚才發覺來不及閃我後面的士兵就用步槍槍托猛敲了我後腦勺一下，他肯定又敲了我第二下，因為我聽見兩聲碰然後我的頭就昏昏沉沉的，我甚至撐不到講出下個就要從我嘴裡說出來的字。我的膝蓋拋棄了我。我不想這樣，我努力想辦法再站起來但是膝蓋不願意讓我再站起來。警察和軍人朝我走來，他們踢起了一大堆塵土害我根本就看不到靴子襲來直到離我的臉只有一英寸，他們踢我的臉又往下踢我的肚子跟屁股跟蛋蛋直到某個人大喊他們需要他活著。

我醒過來兩次，他們又把我打暈兩次。我第三次醒來時是從一張窄床上起來並看見一間監獄牢房的三面石牆。

艾力克斯・皮爾斯

出於某些原因這就是讓我很焦慮，坐在副駕駛座和馬克・蘭辛一起開下希望路，他媽的這王八蛋根本不知道怎樣好好開車保住自己的小命，至少在牙買加沒辦法。所以我們一路從新京斯敦開到希望路都開在路中間因為他就是不會往左靠，而且他還跟什麼銅猴子一樣有種在所有牙買加人朝他按喇叭時叫他們全都去吃屎。我呢，我就只是努力沉到座位裡，半是因為不想要讓人看見我和馬克・蘭辛坐在同台車裡，也不是說會有人認出我啦，半是希望如果有人開槍那子彈會先射到他。現在晚上七點，京斯敦多數地區都已經下班了，路上塞得水洩不通保險桿都貼著保險桿，喇叭狂響彷彿在繼續每個人上車之前正在進行的那場幹譙大賽。

突然間響起一陣警笛所有人除了馬克之外都讓出路來。

——快閃邊去，馬克。

——幹他媽的吃屎吧，他們想讓就自己讓啦。

——馬克，不用上過歷史課就知道為何某些牙買加人會迫不及待想踹爛某個白人的屁股了。

——他們可以試試——

——他媽的快讓路啦，蘭辛。

——好啦，好啦，閉嘴，你真的需要放鬆一點，兄弟。

我和葛瑞格．他媽的．布雷迪[146]一起待在車上，悲哀的是馬克八成就是從葛瑞格．布雷迪身上學到這套爛招的，這傢伙做的每件事都在尖叫著我雞雞超小。

救護車疾駛而過而在前一秒還很令人震驚接著在不到一秒後又彷彿注定般的動作下，馬克也切出去跟在救護車後頭猛衝。我喜歡記下那些我真的驚訝到無話可說而且我這麼說絕不是為了戲劇效果的時刻，他也咧嘴笑得跟個白痴一樣，因為自己完成了一個絕妙的主意大感震驚。還有四台車懷著同樣的想法跟在我們後面，我看見我們來到歌手家巨大的雙門前。我是說，我沒有看到啦，不過我知道再一個街區就到了。蘭辛抓住方向盤切進車道，轉了一個超利的右轉利到連輪胎都發出尖聲他後頭的車子則大叫**操你媽**。

——去你媽的，老兄。

我們在歌手家門口外面，天色太暗了不過我可以看見前頭有一棵樹，幾乎擋住了前門，頂樓從這裡看起來就像位在樹上一樣。蘭辛按了兩聲喇叭正準備要按第三聲時我把我的手蓋在他媽的喇叭上。他皺起眉頭，下車並走到大門旁好讓保全注意到他，保全甚至連站起來都懶，我甚至不確定他到底有沒有在說話直到我聽見蘭辛說他幹他媽的應該是要停在裡面才對的，你他媽是什麼意思你知道你在跟誰說話嗎我今天現在就是要來拍大人物的如果你覺得我進不去那你就去死吧幹。保全講話完全沒他這麼大聲，事實上他看起來好像還是沒說半句話。

——混蛋，他們不讓任何車進去除非你是家屬或樂團成員，王八蛋幹。

146 譯注：應是指一九七〇年代美國情境喜劇《布雷迪一家》（*The Brady Bunch*）中的大哥Greg Brady。

蘭辛開到面對歌手家的公寓前面並停在顯然是某個人專用的停車位裡。我和他一起下車，甚至沒打算指出這點，就是他沒有帶他的攝影機。這很好笑，看著他在那跺腳和生氣好像他要好好給某個人吃頓排頭一樣。牙買加人鎮定到不行，他們也有可能是明尼蘇達人，他們八成在他走到大門前的一整路都在大笑特笑吧。

——現在爽了嗎？他對保全說。我會說我不認得他，不過老實說我根本就分不出這些保全誰是誰，保全從頭到腳好好打量了他一番然後便打開大門。

——你不行，只能一個，他對我說而我往後退。

——就在那等著吧，皮爾斯，我會去跟大人物喬好。

——好。這是來真的啊，馬克。

——在那等著。

他朝前門走去然後左轉接著就消失了。我看不到他往哪走，保全盯著我我也盯著他，我點了根樂富門然後整包交給他，他拿了一根又把東西還給我，我們兩人都沒有把這當成某種連結，不過至少他不介意我靠在大門上。我可以聽見樂團停下來又重新開始，大部分是吉他聲，幹我這真是太刻板印象了，但我以為我會先聽見貝斯聲和鼓聲，我聽說樂團的那些新成員正把歌手推向搖滾，我會說這遠離他的根了啦但接著我會變成另一個自以為自己可以教育黑人什麼是他們的根的白人了。

從大門這邊看不太到什麼。歌手的破車停在車庫，幾棵樹、野草、屋子部分的西側以及保全，至少我認為他們是保全啦，大概有十個左右在四處巡視，這時我第一次注意到我身旁所有的建築物，蘭辛停車位在前方的公寓、隔一戶的一排連棟房屋、車流現在上上下下塞滿整條希望路。我甚至還沒想到我第一個要問他什麼問題。你對雙七浩劫的預言有什麼看法？邦尼．維勒的新專輯呢？這場演唱會代表他支持民族黨嗎？如果拉斯特不會替CIA工作，那他知道誰會嗎？

我從背包裡拿出一本便條紙然後看著空白的紙頁，你會以為蘭辛告訴我他搞定了的時候我會寫下一百萬個要問他的問題，結果現在我在他大門口但我卻無話可說，我知道這背後有個故事我也知道我想知道，但我現在開始在想這究竟是不是我要的。我搞不清楚我是突然臨陣退縮了或是我正慢慢理解即便歌手是這故事的中心但這其實並不是他的故事，就像這個故事有個版本其實並不真的是和他有關，而是和他身旁的人有關，比起我問他他幹嘛抽大麻那些來來去去的人可能其實可以提供更大的圖像。幹我要不是在自欺欺人不然就是又在蓋．塔利斯[147]發作了。

車流開始加速，我盯著車子超久久到我都不知道保全離開他的崗位多久了，但我確實知道我的錶表示蘭辛已經進去裡面十五分鐘，我直直走向大門並把頭擠到柵欄之間。

——哈囉？哈囉？有人在嗎？

我不知道保全跑哪去了，這只是大門上一個他媽的小門閂而已，我只要往上開起來我就進去了。我們可以說這是未經授權的進入嗎？去他的杭特．S．湯普森，我現在是凱蒂．凱莉[148]啦。另一個保全出現時我幾乎都快碰到了，他不是先前在這裡的那傢伙，膚色更淺，右臉頰有道像電

147 譯注：Gay Talese（1932-），美國作家，曾在一九六〇年代擔任《紐約時報》記者，是新新聞主義的早期奠基者之一。
148 譯注：Kitty Kelley（1942-），美國作家，以未經授權的傳記聞名，傳主包括賈姬．甘迺迪、伊莉莎白．泰勒、法蘭克．辛納屈、英國王室、布希家族、歐普拉等名人。

話的傷疤，我為驟下結論在內心斥責自己。沒啦我沒有，真的沒有。顯然這些傢伙並不是警察，甚至也不是什麼很厲害的保全，即便他們全都拿著機關槍也是。也許歌手只是從貧民窟隨便雇了幾個男孩來，我真的早該知道不要信任蘭辛，他大概正從裡頭的某扇窗戶望出來，因為把他的好兄弟亞力山大·皮爾斯丟在外面在酷熱中瞎等而覺得很爽吧，我幾乎都要以為他也找來歌手一起在窗邊笑我了呢，可是我無法想像某個這麼酷的人浪費任何時間和蘭辛這樣的豬頭待在一塊，不管他在那裡是要做什麼，但總之。

大門開得只夠他的ＢＭＷ剛好擠過去而已。我心跳加速，我發誓我就是個青少女。但並不是他，是其他人在開車，一個瘦瘦的拉斯特跟一個看起來像是伴唱歌手的女人坐在副駕駛座後座還有另一個男的，駕駛很不爽，先回頭看他再看著她，接著看著我，然後就開走了。等到他開走時我才發覺他正開進一片黑暗之中，車頭燈駛過街道，我都忘了現在已經超過八點了。他們打開了二樓的燈，大門關上，我還滿確定我現在已經在這大門外等了四十五分鐘但老實說我也搞不清楚。你知道我朋友在哪嗎？我對空蕩蕩的空間說。保全離開了他的崗位我想說可以再次溜進去，一切就是這麼簡單，呃，直到我真的跑進去然後十個保全在問問題之前先壓在我身上啦。

一輛紅色Ｆ１００猛踩煞車硬是右轉開上了車道，我跳開來讓路，裡面坐著兩個男人，都是黑人也都戴著太陽眼鏡雖然現在是晚上。駕駛瞪著我我也試著拿出我他媽所有的膽識持續跟他互看，另一個人在輕敲車子側邊，引擎還沒熄火，接著大門大概只開了三英尺吧然後七個男的，穿著牛仔褲、卡其褲、喇叭褲而且所有人都帶著槍和步槍，便朝車子走去，並且跳進後座。最後一個，是個矮小的男子綁著辮子穿著件紅、綠、金背心，看著我整整一秒鐘但並沒有停止奔跑，車子看都沒看一眼就倒車回到車流之中然後往左開去。大門開得更開了我又跳開來讓路一台藍色的護衛者快速開下車道，上面載滿四到五個男人把他們的槍伸出窗外，我忙著在人行道上滾動沒空數，那台車在希望路左轉其他車猛踩煞車。我站起身來朝保全的崗位望去，沒有人關門，我想他們全都走了。

這是我第一次進入他的土地。這裡是他家嗎？我甚至不知道，整條車道是一個圓環中央有一排樹會帶你到一個有四根柱子的入口，還有一個有扇雙扇門的門口門看起來半掩著，房子有兩層樓高所有窗戶都是鏽紅色而且是打開的。樂團還在演奏但外頭的所有人都走了。我向左走，走到他的破車旁，我爸也有一台這種，不是同樣的車而是一台老破車他深愛著更甚於他的孩子，我想他這麼愛那台車是因為這是唯一能夠變老卻永遠不會死去的事物，呃，直到車子真的報廢啦。真他媽太詭異了，裡面明顯傳出音樂但外頭卻靜悄悄的，不是聽起來靜悄悄的，因為還有起起落落的鍵盤聲跟鼓聲跟車聲，而是感覺很安靜，這已經讓我困擾了起來。我不知道還能怎麼解釋。我真不敢相信那個婊子養的蘭辛就這麼把我給丟在這，也許他真的放鳥我了，也許是因為黑暗蜷伏在我周遭，裡面有半個人知道保全全都離開了大門還門戶大開嗎？換班？還是新來的人是按照牙買加時間做事的？

幹他媽的這一切，也幹他的，我早該知道的，也許他是為了我在他背後說的所有壞話報復我，因為現在我覺得自己像個該死的白痴，只不過馬克．蘭辛就不是什麼我會提起的人啊，更不要說講他的壞話了，而且我是要跟誰講啊？幹他媽這婊子養的去死吧而且你知道怎樣嗎，幹這整個鬼地方也去死吧。也許我在騙自己，又一次，也許我最好快去探聽一下米克．傑格人在哪這樣我才能保住我他媽的工作，或至少去跟這個我至今都還沒見過的攝影師碰個面。說到這個，我甚至不確定他人還在不在這國家勒。

我轉過身走出大門，希望路很繁忙，我沒半樣東西放在蘭辛車裡所以我繼續走。車流繼續前進而我看見一台看起來像計程車的白色護衛者，嗯，駕駛的手臂伸出窗外，這通常代表他的手指間揮舞著摺好的美金這是來自他收到的車費。我揮手攔他他停了下來，我打開車門上車，這時我望向路面然後看見一台藍色的車轉進車道。

妮娜・博吉斯

夜晚追上了我。我已經走了好幾個小時。沒錯公車前前後後經過我其中某些甚至還停了下來，但我已經走了好幾個小時了，我是從我爸媽住的杜哈尼公園開始走的，就說是他家的西北方吧，如果你把他家當成中心的話。金咪以為我要去追她所以她跑了，她以為我拿著拿反的皮帶要對付她，皮帶在我手上，皮帶扣則往下垂等著要把她其中一邊該死眼窩裡的眼珠給打出來，她跑得就像《黑色聖誕節》裡第一個死掉的那個婊子，她甚至絆到了老媽忘記收好的吸塵器因為她實在太過心煩意亂她的大女兒竟然變成了個臭鮑魚、哈拉斯特的賤貨。

但我沒有要去追金咪，就像她想要當恐怖片裡尖叫的那個女孩一樣，這會再度使她變成關注的中心，我敢打賭她大概覺得這件事回過頭來燒到她自己了，不是因為我爸躺在地上喘不過氣我媽一邊尖叫要我滾出去我卻無視她，甚至不是因為這件事並沒有演變成她想要的樣子而且還差得遠了，而是因為她找不到方法把這整件事變得和她有關。我應該追在她身後然後至少在她背上狠狠抽個兩下的。但是當妳媽不斷尖叫妳是個來自地獄黑暗深淵的魔鬼而且一定是因為她大齋節時沒有奉獻任何東西不然魔鬼為什麼會滑進她體內把她可愛的寶寶換成另一個魔鬼呢，這時妳可以選擇告訴她她應該看點好一點的電影或是就這麼轉身離去。而我就是這麼做的，金咪只是剛好擋在我走到門口的路上而已。她一路尖叫跑到她的房間，抱歉，前房間啦，然後把門關上。

我扔下皮帶走到外頭，日落一碰到我我就開始奔跑。六點已經來了又去，老媽打來時聽起來就像發生了什麼緊急事件，所以我套上了一雙我從沒穿過的綠色慢跑鞋因為是丹尼買了這雙鞋因為慢跑鞋到頭來就是蠢到爆，我從中學後就沒再跑過田徑了所以我到底需要這雙鞋幹嘛呢？某一刻我停止逃離我爸媽的房子，也許是當我跑到路上而第一輛車猛踩煞車並告訴我他媽是沒長眼睛啊，或是當我持續跑在路中間又有另一台車猛踩煞車說這婊子真是瘋到不行，或是當我搭上那台帶我到交叉路口區的公車時即便我其實並不想去交叉路口區也記不得我是什麼時候搭上公車的。

簽證就是張入場券，不多也不少，我不懂為什麼我是唯一看清這件事的人。簽證就是張逃離地獄的車票而這個他媽的民族黨就是會為這個國家帶來地獄，你得看新聞才會知道，你不需要等到老媽的其中一個天啟四騎士出現或者操他媽的無論這到底代表什麼。她就愛上教堂去聽一些什麼徵兆跟神蹟跟我們是怎麼活在末日之中的，他們兩個還真是不知感恩的賤人，他們難道看不出來這就是……這就是……幹，我也不知道這到底是什麼，或是當我得在希望路時我人為什麼會在交叉路口區。不應該講這麼多的，我應該只要去做就好，我應該就這麼拿到簽證跟飛機票然後推到他們面前就在他們有時間聊過或是讓臭金咪說服他們別這麼做之前，彷彿她爸媽就應該要等著看看什麼時候這個腐敗國家機器會自己撥亂反正。我下了該死的公車。

我在聽見我爸喘過氣來之前就走了。他活該，大家都活該，我只是變得有點受夠所有男人了現在也包括我該死的老爸在內覺得只要他們一看見我，他們就獲得許可可以展現最糟糕的行為。讚哦，現在我聽起來像我老媽了而要是這是我想變成的人那我他媽最好還是去死一死算了。我爸把我當個小女孩一樣痛打，就像我是個他媽的死小孩而這是金咪的錯，不這不是她的錯，她只是個該死的白痴只值得男人告訴她她值得的價值，包括老爸。不，這是歌手的錯，要是他沒幹我，我就跟他不會有任何瓜葛而要是大使館幹他媽的就直接發個幹破爛簽證給我然後不要跟我講什麼我沒有他媽的人脈之類的屁話好像我會想跑到那個爛國家去一樣那個國家可是有山姆之子朝人家的頭開槍還有大人物在強姦小男孩白人也還在叫人黑鬼並且在波士頓還想用旗桿刺他們也不在乎有沒有人拍照，他們還有其他該死的事要應付。

幹他媽的上帝啊我真是討厭我不知道在講三小的時候，我同時也發覺在這整場小小的抱怨中我竟然還大聲說了出來而那個剛好走在我身旁的女學生一拔腿就跑過街去了。同情是永遠沒辦法打敗妳的，我想這麼說。話都來到我舌尖了但我並沒有說出來，我反倒是走到交叉路口區東邊而這所有公車跟人群跟穿著藍色制服及綠色制服的女學生還有穿著卡其制服的男學生實在出現得太快了，我走向馬爾史寇克斯路。

在公車上我的心跳又再度加快，比我先前痛打老爸時還更快，而且還停不下來。我在公車上和公事包、手提包、背包、亮晶晶的牛津鞋跟端莊的高跟鞋在一起，所有放學和下班的人都正要回家，但我不是，我甚至連個工作都沒有，而我該死的腳正在搔我因為這雙他媽的慢跑鞋。我發現左邊有個女人，離車尾四個座位處，正盯著我並且在想我是不是哪邊有問題。我的髮型看起來沒太瘋吧，我想。而且我的上衣好好紮在我的牛仔褲裡我看起來也顯然不像是跟公車售票員乞討了一趟免費的車。我等著她再次從她的報紙上抬起頭來看我而當她這麼做的時候我瞪著她，她快速別開目光，但這個臭女人害我坐過站了幹，我在公車停下時下車結果發現我搞錯了，那女人害我多坐了好幾站，至少五六站。我就是從那時開始走路的，我甚至沒有多想，或是思考要走多久或我到底離了多遠。瑪斯格雷夫人路是條很長的路。

我的雙腿肯定知道我幹嘛要這麼做因為我的腦袋一點頭緒都沒有。或許已經沒有其他事好做了，也許就只有這件事好做。這就是工作的意義嗎，填滿這個我覺得我現在正感受到我需要某個東西來填滿的空間？真他媽狗屁不通，我不知道我在講三小。我爸媽甚至不想再當我爸媽了。也許我會就這麼站在那，站在他大門外，直到什麼東西讓我走開或我找到事做，也許他們想不想要搬家並不是重點而一切重要的就只在於我拿到這些他媽的簽證然後他們想拿這怎麼樣就拿這怎麼樣。我努力過，沒錯他們幹拉斯特的噁心女兒，也許我應該問問他們比較生氣的是哪一點，是拉斯特的部分還是幹炮的部分。

我在十字路口停下來。我想躺在人行道的草皮上我想要奔跑就這麼一直跑下去，我打開我的手提包掏出我的粉盒，但我對天發誓我記不得我什麼時候有個手提包了。我知道對某些女人來說這就像是第十一根手指而你甚至連想都不會去想，即便你每天都會換一個，可是我對這個手提包也沒印象，誰能拿著手提包奔跑啊？我一定是發瘋了。我要去歌手家替不想要錢也不想要我的人拿買東西的錢，但我還是要去，因為呢，呃因為呢，不知怎地我覺得這彷彿是我今天第一次好好看著自己。我似乎騙了自己髮型的事，這簡直就是瘋女人的一團亂，看起來就像我把髮捲拿下來之後卻什麼也沒做，有一大坨捲髮從我頭部的左上方凸了出來另一大坨則是垂過了我的右眉，我的口紅看起來像是一個瞎掉的嬰兒亂塗的。幹，連我自己都會逃離我自己。

我哽咽了起來。幹他媽的，我現在才不要哭出來。妳聽到了妮娜．博吉斯，我現在才不要哭出來，但是草皮看起來好棒，我想就這麼躺下來然後痛哭一場，還要哭得夠大聲這樣大家就會知道別理這個瘋女人。我到底是個多下賤的女人啊，就跟我媽想的一樣。也許是走路把我給逼瘋了，現在到底還有誰在走路啊？昨晚我還真的以為我可以一路走回海文戴爾的家，像個白痴一樣。有任何我這個年紀，任何跟我一起去上學的女人人生有任何意義嗎？我怎麼沒有找個男人？我希望和丹尼一起搬回美國到底是在想什麼？他來這裡只是要釣幾個當地的鮑魚而已，所以任務已經完成，這封訊息會在三年內自動銷毀。我真應該痛打金咪一頓的幹，或至少也要踹她一腳才對。

夜晚就是在走走停停之間躡手躡腳找上我的。

——不好意思，先生，請問現在幾點？

——妳想要幾點？

我盯著這個死肥佬，顯然是要走回家即便他繫著領帶然後我什麼都沒說，就只是盯著他。

——八點三十分，他說。

——謝謝你。

——而且是晚上哦，他邊說邊露出微笑。我把每個我能想到的髒話跟醜陋的想法都放進我回看他的眼神裡。他走開了，我站在那裡看著，沒錯，他轉過頭來兩次。你知道嗎？所有男人都是王八蛋，沒錯每個女人都知道這點，但我們每天都會忘記，把這留給上帝的旨意吧，因為在一天的時間內遲早會有某個男人提醒你這件事。我又開始心跳加快，又快又猛，這可能是因為我終於能看見希望路了。車輛和公車經過我的視線，由東向西，由西向東，我再度開始奔跑。希望路不會撞上我或是跑得夠快追上我。我不知道為什麼，但我就是必須奔跑，我現在就得跑。也許他的車正要開出去，或許他正要啟程前往淺黃灣，可能有人來找他會占用他的時間，也許他剛排練完〈午夜狂歡客〉而且終於，終於想起我長什麼樣子。我現在就必須到達那裡，練田徑的那一年並沒有回來而且我的肺感覺就像要爆炸了，不是我的心。但是我不能停，我幾乎快跑到希望路了，猛地往右轉然後繼續向前跑。你媽和你爸不會想要這樣的，另一個我正在說而這讓我慢了下來。幹她的，她可以去死一死啦。

離他的大門只剩一個街區街燈全都亮了起來車流也很順暢，不會太快，也不會太慢。兩台白車快速衝過十字路口並往下疾駛，第一台轉進他的大門速度非常快快到我都能聽到尖聲，第二台也切了過去。我的雙腳停止奔跑開始走路，我希望這不是那些把他帶離我孤注一擲機會的人。我只能這樣了，我這麼做是因為我現在只能這麼做已經別無他法了，這會成功的，不需要合理也沒關係。現在甚至還沒聖誕節，才剛到十二月，就已經有人在放鞭炮了。我跑了又跑跑了又跑跑了又跑，接著跳了起來，然後直直走到距離大門只有大約十英尺處。

迪馬斯

壞人就是這樣醒來的。先是發抖，第二是飢餓，第三是又搔又癢，你的屌還燙得像要爆炸一樣。而你就該這麼做：點點頭把發抖給抖掉，抓抓癢直到你的黑皮膚變紅然後走進破屋最黑暗的角落拉下你的拉鍊。其他人對你說，你他媽在幹什麼啊小子？但你聽不見因為此時此刻，把那泡尿尿出來才是最甜美的事，可是發抖繼續下去直到愛哭鬼回來才會離開。早上時破屋似乎比較大，即便有六個人窩在裡面試圖睡個壞人的覺。

壞人就是這樣醒來的：永遠都不要去睡覺。時髦雞海洛因毒癮發作開始夢遊走來走去邊說著利未、利未、利未一遍又一遍時我沒有睡著，赫克跑到窗邊想把自己給弄出去時我也沒睡，碰碰有睡但他坐在地上並靠在牆上而他一整夜動都沒動。我醒著作夢，夢到那個在開瑪那斯賽道害我變成窮鬼的弟兄，我讓我體內的熱氣升起來就像發燒然後又降下去接著再度升起，你可以一整晚都這樣幹。昨晚喬西把我拉到一旁一下子說那個小賤人兩個晚上前從衣索比亞回來了，你就是可以這樣利用你渴望的某個東西來讓你保持清醒。

你也是這樣知道房裡的大多數人都太年輕了，他們睡著後不到一個小時就開始打呼和嘟噥而要是你是來自叢林區的胖子，你就會喊出某個女人的名字三次，多加還多拉的，我記不得。只有年輕人才會做春夢，角落的赫克把他的手伸到褲子下面犯罪，只有年輕人能睡得著即便這所有重擔重壓在雙肩上彷彿上帝已經背重擔背膩了然後就把重擔拋到你身上。

我沒睡，我甚至沒有想睡。就連在晚上房裡都有蒼蠅，沒人有錶可以告訴我幾點，但在感覺像是深夜時，那個來自叢林區的瘦子試著把門推開出去。沒人醒來，但我可沒睡著。我聽見他說這他媽是在搞三小他們竟然把像他這樣的大人關在豬圈裡而我想說你最好放鬆點因為喬西．威爾斯是那種愛教訓男孩的人，不過我待在我的角落，背朝下平躺，每次只要有人往這邊朝我看就閉上雙眼。

但那已經是好幾個小時前了，我想。現在房裡的所有人都發瘋還是怎樣的了。碰碰一直尖叫又尖叫，我看見那兩個叢林區的人一直走來走去走來走去而每次他們撞到彼此他們都會打起來，赫克則搜過每個角落、每個縫隙、每個空的果汁盒和汽水罐、屋子裡上上下下只為找點古柯鹼，我知道這就是他要找的，雖然上次有人這麼做時吃到了工業級的老鼠藥。時髦雞再也受不了了所以他跑到我們尿尿的那個角落然後就坐在那並把手伸進衣服抓他的胸口發出**疵疵疵**的聲音，這真是狗屁，你們聽到了，赫克說，你們誰來幫我把這該死的門給拆了？喬西．威爾斯會來找我，另一個人說，但他說得很小聲，彷彿喬西是《啟示錄》裡的天啟四騎士一樣。

我休息一下時碰碰尖叫得像個他媽的娘們似的。我說閉嘴，賤貨，但他還是繼續尖叫就像他睡著時做了惡夢一樣。我如雷般踹了他一下他則像閃電一樣跳了起來，打他一拳至少會讓他覺得自己像個男人，但是打他一巴掌卻會讓他感覺自己像個娘們。窗戶外頭從灰色變成黃色陽光照進來並落在地板上，我們什麼也做不了只能看著陽光撤退，從牆壁，下來到地上，又退回地板另一頭，然後就像倒帶一樣從窗戶消失。沒有陽光照進來但是房裡熱得跟火燒一樣，一定是中午了。

現在有五個人在房裡走來走去散發出臭烘烘的汗味。現在換時髦雞尖叫了，碰碰瞪著牆壁赫克則瞪著窗戶彷彿他在想他擠得進去，我知道他在想如果他退得夠後面然後像超人一樣手往前伸出去狂奔，他就可以像這樣飛過去，或者這是我在想的，因為又溼又熱又臭什麼的，我都能聞到我身旁的所有人了。只有那兩個叢林區的人看起來像是還保有理智，他們不再走向彼此而是開始一起走，但其中一個經過赫克碰到他的腳赫克說，你他媽踢屁踢啊，老兄？然後跳起來推了他一下，兩個叢林區的人於是兩個打他一個，一個抓住他右手，另一個抓住他左手並把他猛推到牆上讓整間破屋都晃了起來。他們正準備要四個拳頭痛扁他一頓時時髦雞說，你們有聽見車聲嗎？

有台車來了但卻開了過去，轟隆隆隆隆隆隆轟地開走了。時髦雞開始唱起**正確的時機來臨時有人會為謀殺痛哭**[149]，碰碰爬起來當場跳了起來，說著一定要像個士兵，一定要像個士兵，我根本沒料到他會這麼做。四面牆擠了過來而我是唯一發現的，我可以聞到五個人而他們全都臭死了，也全都很熱，他們也全都有那種恐懼的味道也就是說他們所有人都孬掉了。我也聞到尿味，還有硫磺，還有樟腦丸跟溼老鼠跟白蟻蛀掉的舊木材。房間擠了過來而喬西·威爾斯跟愛哭鬼拿走所有的槍這樣我就不能在牆上射個洞出來了。

房間越來越冷我一開始以為是海風終於吹到我們身上不過其實是太陽離開，他們要把我們關上一夜又一夜，一定有根棒子、有根柱子、有條水管、有把槌子、有把拖把、有根竿子、有盞

149 譯注：應是出自大鑽石三重奏的歌曲〈Right Time〉，但此處應是因為精神錯亂唱錯，原歌詞為「正確的時機來臨時有人會為謀殺受審」。

燈、有把刀、有個可口可樂瓶子、有把扳手、有顆石頭，有什麼東西可以在他們回來時打爆他們兩個吧。有什麼可以迅速打倒他們並殺死他們的東西，能殺死任何人。這間破屋裡一定有什麼東西可以殺死從那扇門走進來的任何人，因為我什麼都不在乎了，我只想要出去。角落的赫克手又伸到褲子底下了，他環顧房間想看我們有沒有在看然後把東西掏出來搓啊搓的直到他發出一聲娘們的聲音然後踢了牆壁。碰碰睡著了夢到玩笑哥說了一遍又一遍，別碰我的Clarks鞋。

你就是這樣阻止一個尖叫的人的。如果你想要他覺得像個男人就往他臉上打一拳要是你想要他感覺像個娘們就甩他臉頰一巴掌，喬西．威爾斯用左手把碰碰從地上抬起來然後用右手甩他巴掌，從東甩到西再從西甩到東又從東甩到西，就像這人是他馬子一樣。我搔了搔我的頭因為我想不出來溼溼的巴掌感覺會是怎樣，我也完全記不得喬西．威爾斯跟愛哭鬼是什麼時候回來的。前一秒他們還不在這，一眨眼他們就像變魔術一樣出現了，跟巫師一樣。喬西還在甩碰碰巴掌，邊告訴他不要再哭得像個臭婊子一樣了不然他真的就要給他可以哭的理由了，叢林區的兩個男人說去吸你媽屌吧，便轉過身衝向他但是愛哭鬼掏出兩把槍就像什麼牛仔槍客然後說冷靜點，兄弟。

喬西打開一個大箱子露出一堆槍，大部分都是M16。愛哭鬼打開一個小箱子露出一堆白粉時髦雞和我圍在桌邊，碰碰則嗚咽著我我我。愛哭鬼把一大坨切成細小的很多排，所以他先上了再來是時髦雞，再來是我，接著又是愛哭鬼，這讓喬西．威爾斯對他大叫說他明明講過他必須要戒掉這鬼東西才對。愛哭鬼說，一切都很棒，我的朋友，一切都很棒。其中一個叢林區男孩把他的鼻子往下湊到桌上但另一個男孩說不要，愛哭鬼拿他的槍指著男孩的臉然後說不要以為我打死你之後找不到你屍體的其他用處啊，他把槍指著那男孩但那男孩縮也沒縮，愛哭鬼把槍拿開然後笑了出來。我看著喬西．威爾斯看著這整件事，喬西．威爾斯一排都沒吸。

第三排古柯鹼吸到一半時我來到比想法能夠帶我抵達還更遠的地方。迪林傑在電晶體收音機上演奏，我都不知道破屋裡還有收音機呢但是瞧瞧這邊，是台收音機呢，而迪林傑正要去舔白金漢宮裡的聖餐杯並且去追華勒斯先生[150]。鐵軌旁的破屋又熱又臭充滿尿味還什麼的，我吸了三排但愛哭鬼還一直在切而他切得有夠細你一吸就沒了，兩個來自叢林區的男人大笑大哭唱著歌並揮著他們的槍，愛哭鬼又切了一排給我我吸了進去這燒了起來不過是一種甜美的燒像是胡椒的辣而陰影開始從牆上跳下來跳舞。赫克跟時髦雞看起來像傻子但我不是，我已經超越聰明跟傻子了。

小事情也可以填滿漫長的一小時。所以喬西．威爾斯說等等，喬，而我說我不叫這名字，但我也想不起來我的名字所以我就叫作喬了，我說就叫我喬吧，而這是最甜蜜的名字，比糖還甜。十分鐘過去了、十五分鐘、一小時、一天、五年，我不在乎，不管過了多長時間都太久了而愛哭鬼又切了一排給我，但他說除非我先給他看看該怎麼用槍不然我拿不到這排。我告訴他就連一個從屁眼生出來的蠢婊子都會開槍而他打了我一巴掌，可是我一點感覺也沒有，事情就這麼發生了，我感覺不到巴掌、沒有痛苦也沒有子彈，我沒有告訴喬西．威爾斯。而當陰影開始跳舞時他們跟我說我們必須殺了他，我們必須殺了那個當賊的朋友還有他，因為他和那賊是兄弟，而這就讓他變得跟賊沒有兩樣了。我不知道過了多久，但我腦裡的電台甜蜜到不行幹，他問我準備好了沒我說你什麼意思？現在沒人能碰我了，我的雙眼看得又遠又深我都能進到喬西．威爾斯的腦裡

150 譯注：出自其歌曲〈Buckingham Palace〉。

再出來而他甚至根本不知道。就算到了現在我也知道他們會怎麼講這個故事，我知道哪些部分會留下來哪些部分又會消失。

當你知道你能殺死上帝並幹死魔鬼時的感覺就是這樣。喬西．威爾斯說我們很快就要出發了，但我覺得我們現在就應該出發拿起我的槍想著我有多想殺殺殺殺殺殺死這個王八蛋而且除了我以外沒有人能殺他而我想殺、殺、殺這一切感覺都這麼棒，每一次我說殺殺殺的時候感覺都幹他媽的甜蜜就連房間裡的回音都很甜蜜。喬西．威爾斯說該走了，外頭是兩台白色的達特桑。就在我們離開之前喬西．威爾斯告訴我你是怎麼兩面下注但你依舊是個民族黨走狗，還有你是怎麼將要錄一首歌說在緊急狀態下而大家都知道這是民族黨的口號，還有你永遠都不會改變，但是在這之後事情會有很大的改變。

那兩個人解釋我們八個人將要做什麼的次數就只有這麼幾次：三次。我忘了第一次和最後一次因為我覺得這種嗨是不一樣的，不是說什麼我用過很多種古柯鹼啦，但我還是知道這種嗨是不一樣的，時髦雞已經表現得很漏氣了。我覺得很冷，而這不是因為太陽消失了而且剛入夜就已經又黑又暗。喬西看了看他的錶然後罵出聲來，我們他媽的大遲到啦他說。外頭有兩台白色達特桑，喬西、愛哭鬼、碰碰跟我坐進第一台，剩下的人坐進第二台。

上城。上城在我來到這裡時總是對我說著同樣的事。綠燈。我們來啦來啦來啦就像電閃與雷鳴，我想要再來一排，只要再一排我就可以飛了。一台藍車來到我們前方似乎也是要往我們要去的方向，車子是吹笛手而我們是老鼠，我們跟著這矮肥短的經紀人一路來到希望路五十六號。紅燈停但綠燈行。

碰碰

喬西．威爾斯說沒毒給你吸了，有工作要做
我們在車上，大大的重拍貝斯跳來跳去
錄音室裡可沒有音樂，黑鬼
S90斯卡舞[151]不需要音樂，黑鬼
那個又矮又肥的經紀人
走上路來很囂張
路上殺手，肩膀扛得滿滿的嘛
帶路。八個男孩兩台白達特桑
就像光天化日之下跳出來的鬼魂
愛哭鬼先注意到他
我們大笑
那人帶我們前往他自己的審判

151　譯注：出自大傢伙的歌曲〈S90 Skank〉。

彩衣吹笛手，愛哭鬼說
不知道他在講什麼，我問
愛哭鬼是什麼意思
沒人回答但大家都笑了
槍在我大腿上摩擦著我，摩擦著我，
而我想幹幹幹
幹死這個
在上城某處
逃離腐敗國家機器
上城大塞車
車疊著車疊著車疊著車
京斯敦大塞車
讓我們在這裡即興發揮殺了這個爛屄
愛哭鬼看著我用一種方式
他看得見
沒有人動
我們離那個矮胖經紀人非常近我們幾乎都能碰到
我們應該做了他，動他

這樣時間沒了的時候他
就會看見我們來了
兩台白色達特桑
男孩身後還有男孩在那個帶我們找到你的男人身後
我摩擦著槍但這感覺很白痴
槍不是兄弟，槍就只是槍
而我想要幹幹幹
十五歲了卻連誰都沒幹過
壞人十歲就開始幹了
開苞苞開
有天我看見我爸在幹我媽
白色達特桑二號在後頭
紅車追在後面
兩台車在兩邊，藍色柯蒂納，沒有福特護衛者
粉紅色的福斯
粉紅色的基佬在粉紅色的福斯裡
而沒有人動
這不會發生的

這必須發生這必須發生我吸了兩排
三排四排
這將會發生
我想拿起槍開始射
這會讓大家開始動起來
愛哭鬼開始看
著我，你，把他媽的槍放下來
說了什麼有關古柯鹼毒蟲的事
你就是個古柯鹼毒蟲，古柯鹼毒蟲
想告訴他這個死古柯鹼毒蟲接下來
要做什麼但是一路順風
一路順風，順得跟個死掉的主意一樣
粉紅色福斯裡的粉紅色基佬盯著我
四個人在一台白色達特桑裡
我們是要去殺人的，死變態不是要去幹人的
把這把槍指著你粉紅色的基佬臉
然後碰督嚕搭啦
我腦中的旋律大聲到要發瘋

碰碰風格
這台車必須他媽的前進！
接著車就前進了
而經紀人不見了
像公雞奔跑一樣落跑了
從六十隻性感的雞
咻啪颼
他跑了
我們要去同一個地方，愛哭鬼說
迪馬斯什麼都沒說
我不喜歡迪馬斯
他盯著你太久了
像是他在腦中寫你的事一樣
來到希望路上我們看見經紀人轉進去
我們停下來。
我們看著等。
回音小隊沒有在站崗
回音小隊是民族黨

回音小隊只知道一個P：
付錢給我
黑暗突然降下就像你沒注意時那樣
天空變得比紅更紅
變橘，然後更橘
變黑，然後更黑
我想要再來點
我想要再來點
我想要再來點
都是因為你
你擋在我和它之間
而現在我們來找你了
我們尖聲穿過大門
我們的車第一個直直開到門口。
第二台車擋住大門
四個人跳下車
就像史塔斯基和哈奇
數到一，數到四

愛哭鬼往前門去
主人的門，這座莊園
這裡肯定是白人把奴隸鞭打到死的地方
殺殺殺
你在後頭，在樓上的廚房
氣氛和大麻，我們跟著你的足跡但
喬西比我還快開槍
他負責開車但還是第一個跳下車而且是故意的
你的老婆她跑了出來我不在乎
她和某些小孩我不在乎
我的子彈打中她的頭
她直直飛到地上
然後躺平
我走過去要搞定這婊子
但她躺著血從她頭上一直流出來
我快跑想抓到你，想看到你，想幹掉你但
但喬西比我還快開槍
碰碰，老婆死了

然後是你的兄弟
然後是你的姐妹
然後是任何彈吉他的人
我在地上聽到碰碰碰碰
於是起身加快腳步
我腦中有回音，碰碰
血衝上來蓋過了碰碰
幹他媽的賤人，我想第一個對你開槍
沒人會忘記那個對你開槍的人
跑到後頭都站不穩了雖然我停下腳步。
我跑上廚房然後扣下扳機
他們會幫我寫歌！
旋律在我腦中重擊
重擊得更大聲
我爸在唱歌
一二三四
殖民者來了
他的銅鏈啊輕拍著他的肚子

碰碰碰[152]
但是喬西先衝進去
喬西他媽的死喬西
他衝進去找你並舉起M16
但經紀人跑了進來，直接跑向你
直接擋在路上
我動作很快但一切都很慢
我跳上最後一階但是聲音延伸而
我舉槍舉得越快感覺就越慢
我探頭進去並看見你，然後才看見喬西
你不知道你擋在我和它之間
又矮又胖的經紀人直接跑過去
講幹話，亂搞事
碰碰碰碰碰
來自喬西的槍
喬西把他大腿打成蜂窩，掃射他的背

152 譯注：出自牙買加民謠〈*Colon man a-come*〉。

他尖叫我也尖叫而你說的就只有
塞拉西一世耶拉斯特法理
然後一切崩潰
鍋子碰一聲，罐子乓一聲，揚起灰塵並穿過窗戶
爆開
碰
喬西沒有瞄準頭
像那古巴佬告訴我的
要瞄準頭
讓頭像果汁機一樣炸開
你直直盯著我
你丟下你的葡萄柚
你盯著我
而我想要你大叫尖叫一把鼻涕一把眼淚
尿褲子、抖一下然後倒下去
但你就只是看著，你沒有眨眼
而我而我
碰碰

耶拉斯特法理朝你心臟開槍
你大叫塞拉西
你搞定他了？我對喬西說
沒錯
我也搞定老婆了
在前頭那
一槍爆頭
婊子飛了起來然後撞到地上
還以為她可以成功逃跑呢
那婊子以為她誰啊，吉兒，凱莉還薩賓娜[153]
別這樣叫那男人的皇后，婊子
所以你搞定他了？
你搞定他了？
你搞定他了？
沒錯
我們跑到前頭

153 譯注：原版《霹靂嬌娃》影集的三位女主角。

兄弟們把整個屋子打成蜂窩
迪馬斯跑過前門
經過一個躲在後面的女孩
然後射光一個彈匣打中風琴
發出Do Re Fa Me So
裡頭的人跑來跑去四處尖叫
有個女孩大叫要找西科[154]
裡頭的人安靜得跟老鼠一樣
你丟下你的葡萄柚並直直盯著我
就像耶穌在告訴猶大
趕快把事情做一做
我就是你，彼拉多我就是你，羅馬士兵
你甚至都不知道你的猶大是誰
知道猶大沒有一起在這裡迪馬斯一定會發瘋
想說比起你他肯定比較想要他
你只是剛好擋在路上而已
是多餘的，多出來的，料理多出來的醬汁
赫克跑過迪馬斯跑下走廊

並讓他的槍把一個男的扯成兩半
在肚子劃開了一條線
每一槍都噴出血
我們又掃射了整個地方
而就像這樣我想要
確定你死了
讓你死的應該是我
我討厭他媽的喬西・威爾斯
我想回到廚房
而要是你死了
就讓你死得更徹底
來到前頭時髦雞差點對我開槍
你搞定老婆了嗎？
對我搞定老婆了
她跑到
福斯那裡去了

154 譯注：即當時痛哭者樂團的打擊樂手西科・派特森（Seeco Patterson，1930-2021）。

另一個人倒地
房子安靜地搖晃
喔咿喔咿，警察的聲音
條子野獸
我們逃跑
但接著我停了下來
我們跑出去時有個女孩走了進來
天使不知道她正踏入地獄
棕皮膚很正看起來像
她不怕穿著
她性感的牛仔褲和漂亮的罩衫走路
她是為了他來的我知道
棕皮膚和美麗的頭髮
而我確實很想幹幹幹
她看到我們然後就站在那
沒有逃跑也沒有後退，就只是站在那
也許她在哭或是她的眼睛剛好是紅色的
她沒有動

警笛越來越近而我舉起我的槍
她一定是其中一個，我舉起我的槍
但是喬西先走向她
喬西直直走向她，走到她面前
走到她面前然後猛吸了一口
他吸了一口她跳了起來並開始哭
是那種成熟女人的靜靜的哭
我想要她尿褲子
我想要讓她溼但又是喬西
他再擋我的路一次我就要射他
喬西上了他媽的車！
第一台車已經走了
迪馬斯愛哭鬼喬西赫克我
愛哭鬼催爆油門
那女人還站在那就像她是羅得的妻子
回頭望
就變成了鹽柱[155]
三聲槍響我們後面的窗戶炸開

而我想要殺殺殺
還有幹幹幹
但我尖叫尖叫尖叫
我們向下然後切到左邊
朝著開來的車
我們現在死定了
車子發出尖聲然後按喇叭
警察來了在開槍
喔咿喔咿
條子開槍碰一聲
車子衝到路外面，一台撞車再來是第二台
希望路下頭其他車聽到我們來了
警察在後頭追著我們
快他媽的讓開
碰！右轉到東國王住宅區路
闖紅燈
咿咿呀呀的尖聲輪胎很快就要爆了
喔咿喔咿

幹你娘死警察
操你媽死條子
我的頭越來越大心跳加速
碰碰碰
而你看著我
抬起頭有台車直接朝我頭撞來
別再像個婊子一樣尖叫了，臭婊子！
愛哭鬼說然後猛踩煞車
我的頭猛地一撞
他轉彎然後猛踩油門然後，然後，然後

155 譯注：典故參見《創世紀》十九章。

迪馬斯

然後達特桑衝下另一條我不認識的路又另一條接著左轉再衝下另一條一個男孩跳到路邊但我們仍然聽見一聲碰沒人在說話但大家都在尖叫愛哭鬼說閉嘴啦王八蛋閉嘴啦王八蛋我們再次轉彎轉彎轉彎然後衝下一條超窄的巷子窄到我們都刮到了兩側的房子火花爆開來然後某個人尖叫車裡還車外不知道接著我們撞進一個坑洞兩個三個車子就這樣彈上彈下然後我們往右滑經過一間播著**他的**歌的酒吧一間有百事可樂招牌的酒吧還有一個招牌上是舒味思汽水的老人赫克說把槍扔掉把槍丟掉所以他就把他的槍扔掉了愛哭鬼說你真是個他媽的智障但繼續開車我們往右轉路很小沒有街燈車頭燈狗我們撞到一條狗左轉右轉沒有人知道我們在哪我知道我不知道我能感覺到我的腦袋已經冷靜了下來我現在沒辦法來一排這個冷靜越來越悲傷越來越悲傷嘔吐物往上來到我嘴邊我壓回去我們轉下一條空巷子又另一條巷子最後來到一條寬闊的路在垃圾場中間切出一道山谷這時我發現警察現在已經不再跟著我們了我是個男孩而我想要我馬子那個我今早拋下的女人知道我可能不會回來但沒有想太多我想要我馬子可是車裡沒半個人發出半點聲音直到赫克說狗會把我們當晚餐吃了我們會在地獄業火中燃燒他們會搞死我們他們會把我們丟到緊急狀態下他們會消滅我們他開始哭而愛哭鬼停下車並走下車你在搞屁啊喬西說但愛哭鬼掏出他的左輪手槍拉開左後方的車門**他媽的給我下車，你這個小gay炮**他對赫克說但赫克說他哪都不要去愛哭鬼對空開了一槍我在想老天爺啊現在大家肯定都會跑來了但是愛哭鬼把槍直接頂在赫克頭旁邊然後對我說**兄弟你最好換個位置因為腦漿會噴得你滿身都是**赫克開始大哭我出來啦我出來就是了我出來了他爬出車子愛哭鬼從他手上接過M16把槍丟到一座垃圾山丘上然後舉起他的槍並說你最好快跑因為我跟你已經沒關係了而當那男孩轉身時愛哭鬼踹了他屁股一下他搖搖晃晃地爬了起來開始奔跑愛哭鬼回到車上**如果有人想加入他的話那最好他媽的現在就給我下車**沒有人想下車我只想去別的地方海灘附近的洞穴或是某個洞我想要我只想要再一排我只想要再一排再一排在我死之前就在那時我發現他們會殺了我因為他們一定要而我將會成為其中一個殺了**他**的人就像那些殺了耶穌的人我希望我馬子可以唱歌給我聽我希望我早就因為貧民窟的病死了因為小兒麻痺或是壞血病或是水腫或是什麼窮人會死掉的病愛哭鬼發動車子我們開過垃圾場誰知道我們要繼續開多久如果我們永遠都不停下來的話為什麼我們到不了哥本哈根城而在川屈鎮外頭的水溝愛哭鬼停了下來並下車開始跑他就只是狂跑丟下我們三個他就這樣下車開始跑然後消失在灌木叢中就像樹吞噬了他一樣我等著灌木叢打嗝前座的喬西・威爾斯盯著碰碰碰碰也下車開始奔跑並消失在西方喬西・威爾斯再來看著我然後說他媽的白痴就差一點了都是你，都是你啦直到你吸了愛哭鬼的垃圾我說你他媽是在講三小但他朝東邊跑了跑進灌木叢裡樹也吞噬了他我想說再等另一個嗝吧想到打嗝讓我想笑但是根本沒有什麼好笑的這次沒有所以我開始哭沒有人在看我或者至少我看不到有人在看我我想哭得更大聲我想要我馬子我想要來一排因為我討厭冷靜下來我討厭我討厭比我討厭想著他們斃了我還更討厭而甚至都還不到一個月但我開始吸鼻子變成街上有古柯鹼毒癮的瘋子我要瘋了我的大腦一定不知道跑到哪裡去永遠回不來了但現在什麼東西也沒回來半個東西也沒有有什麼東西擦過水溝上方的灌木然後灌木就隨著光炸開就像頭髮著火就像《出埃及記》裡燃燒的荊棘[156]光線表示有台車朝這裡過來了把水溝當成捷徑是警察我知道是警察我感覺就是警察快跑快跑快跑絆到一顆石頭撞到膝蓋痛到發出嘶嘶聲幹他媽的爬起來試著再跑但左腳只能一跛一跛就像《骯髒哈利》裡的殺手現在哈利在追著我不不不那邊有一叢雜草很高可以遮住我就像一張小椅子可以藏一隻兔寶寶兔寶寶往哪邊跑呢牠去哪了呢但我不是兔子我是萊亨雞[157]而我要躲起來我說我要躲起來躲在這裡的這叢雜草後面瞧瞧我要做什麼吧這是個玩笑……我說，這是個玩笑，ㄏㄧㄏㄧ哈哈嘻嘻咯咯噗哧車子開過去了我止不住笑他們會抓到我的ㄏㄧ哈哈然後殺了我ㄏㄧ哈哈我不知道為什麼停不下來一直笑閉嘴啦嘴巴我緊緊閉上嘴巴車子經過嘎嘎隆隆啪嘰在流下水溝的髒水上驚醒了老鼠有一大堆老鼠我想尖叫啊啊啊啊啊啊啊啊啊啊啊啊啊旁邊沒人聽見我啊啊啊啊啊啊的像個女孩一樣現在我的槍不見了我找不到老鼠拿走了他們會把我開膛剖肚吃掉我的腳趾水溝裡有超多垃圾：菜瓜布的盒子、玉米片的盒子、FAB清潔劑濃縮麵粉營養麵粉塑膠袋卡在塑膠袋裡的死老鼠從牛奶盒餅乾盒裡爬出來的活老鼠撞到汽水瓶食用油Palmolive洗碗精我覺得是Palmolive**你都泡在裡面啦**[158]這麼多瓶瓶罐罐就像老鼠還有卡在瓶子裡出不來的老鼠我必須快跑我現在必須快跑忘了槍吧就忘了吧他們要來殺你了我不想死我必須求耶穌必須求洛老爹必須求哥本哈根城但不是洛老爹派我來的是喬西・威爾斯但喬西・威爾斯沒有洛老爹說好什麼屁都做不成不對也許也對我試著直線思考但是線代表白粉代表古柯鹼我需要來點來點來點而我掃射了**他**家現在這已經是件我不會無時無刻都在想的事了而是件在我腦中來來去去的事就像我沒穿內褲時我知道喬西・威爾斯應該會因此賺一大筆錢不然他才不會幹政治什麼屁都不是對這樣的人來說大家都知道那裡沒有警察也沒有保全根本沒半個保全感覺就像他們知道我們要來了但是喬西承諾說我至少會有一個警察可以料理而大門那邊沒有保全我們就這麼衝進去但我們本來可以用走的我覺得我殺死的就只有一台鋼琴而已我必須回去哥本哈根城因為這裡看起來像是民族黨的地盤愛哭鬼為什麼會把我們丟在民族黨的地盤我們才剛殺完民族黨最有名的窮鬼而不管誰找到我都會殺了我直到我死了為止我不知道這地方通向哪裡路斷掉了老鼠老鼠老鼠老鼠老鼠老鼠我跑了出來現在一定很晚了因為這第一條街空蕩蕩的我不知道我在哪這地方有兩根柵欄標誌寫著關閉兩條狗在睡覺一隻躡手躡腳的貓一個燒光的車殼擋住了路有個標誌寫著**玫瑰城走路騎車開車**還有**活著抵達**另一個寫著**學校：慢行**兩個標誌都充滿陳舊的彈孔我看到每個彈孔都聽見一聲ㄅㄧㄤˋ或砰或碰就像哈利．卡拉漢**他是開了六槍還是只有五槍**而我的槍不見了或許我把槍留在垃圾場了沙丘原野沙丘而**在所有告訴你們真相的混亂中我興奮到忘我了但這是一把點四四麥格農，世界上威力最強的手槍會把你的頭轟得一乾二淨，你應該要問自己一個問題我今天走不走運呢，你們這些死廢物**然後哈利碰碰碰手不要再抖了不要再抖了拜託不要再抖了沒人愛我沒人在乎我的頭想不出方法這一定是因為藥效退了為什麼當你冷靜下來之後你就只會越來越沮喪越來越沮喪越來越沮喪而嗨不過只是一個高峰從上面那裡你就只是這樣掉下來掉下來你摔下來永遠不會停止我越來越消沉越來越消沉很快就會沉入路面到路下面到地獄去沒人會看到我跑過黑夜跑得更快讓世界動得更慢但一切都動得比我還快路上冒出坑洞鋅柵欄擋住我我看不到房

156 譯注：典故出自《出埃及記》第三章。
157 譯注：Wabbit與Foghorn Leghorn，皆為華納古早時代的卡通人物。
158 譯注：即Palmolive洗碗精著名的廣告台詞。

子跑啊跑啊跑啊直接撞上人我看到之前根本沒聽到快躲到這叢灌木後面他們在玩骨牌一定有人看到我了一定有人在我後面不他們全都在街燈下四個男人在桌邊三個男人在看兩個女人前面的那個男人往後靠在柵欄上用力丟下一張骨牌接著再一張又再一張骨牌大力摔在桌上桌子搖晃了起來女人又叫又笑收音機**喜歡愛但我的寶貝他愛跳舞他想跳舞他愛跳舞他必須跳舞**[159]可是旁邊沒有半個人我恨他們因為貧民窟的人不應該快樂沒有人該笑大家都應該很悲慘才對我從來都不笑我這輩子肯定只笑過兩次而說我這輩子讓我感覺自己好像老了雖然二十歲生日根本還沒到而我有的就只有我馬子她是個好女人我要跑回她身邊但我跑不回她身邊我只想要離開只用左膝爬行接著右膝然後左右左右有人把圍籬的泥巴澆在我膝蓋上還有我拳頭上神啊哈雷路亞耶穌啊千萬不要有狗啊但我就像條狗一樣爬著在某個人的院子裡這裡一定是民族黨的地盤因為每一面牆都是橘色的而且這些人太他媽快樂了幹我應該帶著我的槍的這些人不知道殺死耶穌他媽的基督究竟代表什麼意思泥土裡有石頭噢噢噢噢幹你娘噢幹那女人聽到了，那個沒在玩骨牌的女人我的槍在哪我的槍在哪我的槍在哪但接著她又笑了然後說那邊有流浪狗耶我爬了又爬直到我再也聽不見骨牌聲接著我跑啊跑啊跑啊直到我跑上大路一台車尖叫我也啊啊啊啊的後退然後跑到路對面的河岸我不知道是怎樣只有上帝知道是怎樣或撒旦知道吧但現在我人在鐵軌上鐵軌推我拉我帶領我回到破屋有人在唱歌**帶我回到鐵軌上傑克**[160]不過是我腦中的收音機帶我回到這一切展開的地方而大家會覺得這是因為什麼政治原因嗎但這確實和政治有關白人才不管什麼賽馬勒我記得那個白人和那個古巴人說要知道舉槍瞄準跟開槍之間的差別而我現在人在賽道上可是太暗了沒辦法知道這是不是真的是賽道但一根木板接著一根一定是這樣的這麼晚了不會有火車來不過有一班清早會經過在公雞叫之前也許我應該就這麼躺在這在鐵軌上睡著然後在地獄醒來不這不是我在說話是冷靜耶穌啊我希望愛哭鬼回到破屋了帶著幾排但是並沒有破屋只有一條通往所有地方的鐵路這可能會帶我回到鄉下或甚至是民族黨的地盤可是至少我聞到海了他們現在大概帶他去醫院了吧一間不屑拉斯特的醫院但你現在就在那在急診室裡一堆白人醫生圍在你身邊護士說他失血過多醫生而醫生說我需要什麼什麼什麼來什麼什麼什麼在什麼什麼什麼數據接著拿了兩片墊子來說沒問題了然後電擊你的胸口音樂響起不是什麼漂亮的音樂而是讓我後頸流起汗的音樂護士先別過頭醫生說我們失去他了所有人都變黑了但願我的腦袋可以不要再神遊讓我的腳自己乖乖走路就好了因為我的腳不知道要走去哪但這裡的半月是橘色的天空又黑又紅然後操他媽的幹你娘我的腳踝斷了瓶子老鼠跟狗屎在鐵軌上老爸說火車上的馬桶沖水都直接沖到鐵軌上而哪個更糟，破掉的瓶子或乾掉的狗屎我不知道破屋出現了我可以捲個毛巾就睡覺拜託因為這並不是一間屋子卻是我的屋子現在越來越近越來越近誰在看誰在監視誰在設陷阱現在越來越近越來越近門不應該這麼容易打開的我不知道我說了我不知道得來一排得嗨一下操他媽的死愛哭鬼臭王八給我來一下破屋從來沒有看起來這麼小窗外看出去什麼也沒有只有一片黑暗而裡面也越來越暗比黑暗還暗接著我醒來溺水了直到我碰到木頭。我聞到一個赤裸的男人和我一起在這裡但卻看不到半個人。

——喂，你不能待在這裡。混蛋，我說你不能待在這裡啦，呦，呦！

159 譯注：出自Tina Charles的歌曲〈I Love To Love (But My Baby Loves To Dance)〉。

160 譯注：出自Louis Jordan & His Tympany Five的歌曲〈Choo Choo Ch'Boogie〉。

——我得等愛哭鬼，我得等喬西．威爾斯。
——克林．伊斯威特要來了嗎？誰在追他，會說話的驢子法蘭西斯[161]啊？
——我先來的，是我先來這裡的。
——不兄弟我昨晚就看到你了，你不是第一個也不是最後一個。
——你是什……你是在第二台達特桑還是第一台？碰碰嗎？真累，真——
（喀噠）
——聽到了嗎？小王八？你知道喀噠聲嗎？你可以分辨喀噠和滴答嗎？
——第二台達特桑還是第一台？我知道你名字嗎？你是……你是……
——就像你一秒前聽到的，喀噠還是滴答？
——那才不是一秒前。愛哭鬼？跟碰碰說別再對我耍壞了。
——爛屄，一聲喀噠前的喀噠啦。我對你來說很好笑嗎？
——我根本就沒聽到什麼喀噠，赫克？
——滴之後是答，那你知道喀噠之後是什麼嗎？
——我根本就沒聽到什麼喀噠。
——沒聽到喀噠嗎？嗯喀噠之後就是他媽的碰，想來打賭說你聽到了嗎？
——啪答啪答碰坐在圍欄上。
——老兄你嗑藥了喔？
——試著從十五分變出一塊錢。

——他們給你吸蜥蜴尾巴大麻啊？

——她旋轉，她旋轉，她像這樣旋轉。

——他們是給你吸了幾排啦？

——你認識喬西．威爾斯嗎？你認識愛哭鬼嗎？你知道他會不會來嗎？

——你就是個古柯鹼毒蟲，王八蛋，如果你是個基佬還更好。

——我才不是古柯鹼毒蟲，我只想要來一點，一排就好。愛哭鬼要來了而他來的時候他會給我一排。

——臭古柯鹼毒蟲。

——去跟愛哭鬼說——

——沒有半個叫愛哭鬼的人來過這裡啦。

——他會來的而他來的時候他會告訴你誰能來這裡誰不能。這裡是他家欸！你等著瞧，你等著瞧啦。

——他家？你在這有看見半間房子？

灌木叢。沒有木頭，沒有地板，沒有窗戶，只有灌木。在地上，在一棵樹下掛著羅望子和蝙蝠，羅望子在土裡面，羅望子在草地裡一片接一片，羅望子接著羅望子接著羅望子接著破掉的碗盤和百事可樂的瓶子和洋娃娃的頭和草和雜草和鋅柵欄。一個院子，某個人的院子，我一發現我

161 譯注：Francis，一九五〇年代一系列同名喜劇片的主角。

躺在某個人院子裡的草皮上那個人就尖叫了出來，她叫了又叫一叫再叫而我聽得出來這是誰。

——你不能回來這裡。

——妳這什麼意思？我不就回來了。

我尋找木頭跟石頭跟指甲跟乾掉的血但這裡並不是破屋，這裡甚至不是裡面而那女人就是那個和我一起住的女人，那個名字我不能說的女人。我說是我啊。

——瘋子，滾出我的院子！

但我不是瘋子啊，我是那個和妳住在一起的男人就像妳是媽咪我是爹地，而就在這時我發覺我記不得她長怎樣了也看不到她的臉但我知道我就在她家裡，我家。史密瑟森巷上的紅色房子路口數來第四間，那間房子的廚房在裡面大多數住這附近的人都沒有他們必須在戶外煮飯。

——可是我住在這裡啊就是妳的，男人啊。

——男人？我才沒有什麼男人。我的男人死了，他對我來說已經死了，現在給我滾出去。

她講完了，她撿起一顆石頭，第一顆沒丟到第二顆也是但是第三顆直接打到我的背中間。

——妳他媽到底在幹嘛啦？

——滾出我該死的庭院啦！強姦啊！強姦啊！有人在我家要強姦我！主啊我的鮑魚要被侵犯啦！強姦啊！

如果說有什麼東西是洛老爹完全沒辦法容忍的那就是強姦犯。你殺了十個女人還比強姦了一個好。那個跟我一起住的女人拿石頭丟我我左閃右躲像隻蜥蜴。她再度尖叫而陽光往下照在我身上就像聚光燈，我在那看到他，太陽派出魔鬼來追我，就像他派出魔鬼去追加略人猶大一樣。

滾出去，她說，我轉過身看見她舉起她的手丟出另一顆石頭。我直勾勾看著她，眼睛眨都沒眨，她放下石頭跑進那間小房間我和她每次都弄得有夠溼她還必須把床單拿出來晾乾呢。在柵欄另一邊我沒有看到或聽到他們但我知道他們要來了，我從柵欄望出去看見喬西．威爾斯後面跟著三個男人我之前都看過，一個是東尼．帕華洛帝但其他兩個人我不知道他們的名字。我想大叫他媽的這到底算什麼啦那老兄甚至根本就都沒待在房子裡，在我能大叫出是我之前遠處傳來啪啪啪接著是在鋅柵欄上的碰碰碰，最後一聲碰剛好擦過我的右耳。我不知道為什麼但我再次望出去這樣喬西．威爾斯才能看到是我而不是什麼強姦犯但是他邊跑邊直直盯著我然後再度開槍，四顆子彈射穿柵欄還有兩顆咻咻直接飛過我。我跑到屋子後頭跳過柵欄但是在我想說應該要落地時卻沒有落地，下面不是路，而是一條深到像通往地獄的水溝，我一直往下掉，我試著像史塔斯基或哈奇那樣翻滾但我的右膝先著地直接插進地上。沒空啊啊啊啊了，朝左跑會帶我深入哥本哈根城向右跑則會帶我到市區。

市區路上的公車沒空等你，太陽很高高到只碰到建築物的頂端，比我還年輕的男孩頭上頂著一疊疊報紙跑過我。歌手被槍擊了！經紀人命危！麗塔接受治療後返家了！

耶還活著。

不。

碰碰

別躲在別人眼皮底下，別躲在別人眼皮底下，混蛋。這狗屁是電影裡學來的槍手只會看到他們眼前的東西。也別躲在人群裡因為人群要變成暴民只需要一句在那裡看到他了！那不是他嗎？而我們變成了我和他們，但他和他們在一起，而從他們開始所有人現在都在跟我唱反調。我想要我爸回來我媽不要是妓女還有喬西．威爾斯不要再試著找我。昨天晚上老兄，昨天晚上。愛哭鬼先跳下車，接著是喬西．威爾斯而我哪知道，我就跟著跳了。我沒有等迪馬斯，沒有，老兄。但接著我沒跑多遠子彈就開始追我，啪啪啪，我開始跑心想是警察在追我，我往左轉子彈也往左轉，我向右轉子彈也向右轉，我一直跑直到我回到垃圾場但子彈還是在追著我。我跳進一大坨垃圾裡聞起來像屎和尿和臭雞蛋，還溼溼的，又溼又臭，而那溼和臭滴到我頭髮裡和我嘴唇上。我動也沒動，發臭的垃圾保護了我，他們經過時我躲著。不是警察。

喬西．威爾斯和愛哭鬼兩個都拿著槍。

——你覺得你搞定他了嗎？愛哭鬼說。

——你問我搞定他沒是什麼意思？我看起來像是有失手過嗎？

愛哭鬼笑了出來然後等待。一台紅車開上來他們上車。現在我不能回家了，我待在垃圾堆裡直到溼臭在我身上乾掉，我動也不動直到我知道全京斯敦市區都睡著了。我跑出垃圾場穿過空蕩蕩的市場，幫派老大就住在這附近，我看見一間商店要不是還沒關門就是才剛開門因為現在是宵禁，我在電晶體收音機上聽到的就只有接受治療並返家，但他還會表演嗎？這時我就知道喬西失手了。這個又髒又臭的王八蛋失手了，我就知道我應該回頭親自解決他的，我就知道我應該回頭確定的，那賤人他媽開了八槍結果還沒打中，現在他還在追我。

我需要古柯鹼，就算只有半排也好，甚至只有三分之一排。昨天晚上，大半夜的某個人潑了什麼東西在我臉上害我沒辦法呼吸，不是水，水很快就流走了，這東西留在我臉上接著慢慢流下去，流到我鼻子和嘴巴裡即便我吹了又吹還是吹不走。就像口水，就像上帝睡在我身上然後流口水流得我滿臉都是。我嗆到醒來牠還在我身上把牠又熱又臭的呼吸噴進我的鼻子裡，不，是隻狗，有隻狗在舔我的臉，我跳起來大叫踹了那隻狗再看著牠哀叫然後用三條腿跑走。現在我在國家英雄公園的一張長椅上。他們說他會來，他們在牆上就是這麼說的，那張海報上的歌手指著天空，微笑牙買加公益演唱會，十二月五日星期日下午五點。他像拉撒路[162]一樣打敗死亡，像耶穌一樣。公園裡的人在講話，已經有人來了，直直走過我，長椅上的瘋子，並說他們希望警察來處理我一下這樣體面的人才不需要容忍臭死人的瘋子。他們大清早就來了，等待他的人。我眨了眨眼看見他們在人群中跑進跑出過來找我，他們看起來就像嬰兒但一個有三顆眼睛一個牙齒長到從嘴巴裡垂了出來一個有兩顆眼睛卻沒有嘴巴一個則有蝙蝠的翅膀。昨天晚上我逃離喬西・威爾斯之後又有人再度開始追我，他們追我追了整條公爵街再到公園。不，昨天晚上我在鐵軌上睡著

162 譯注：聖經中死而復生的人物，參見《約翰福音》第十一章。

了。不，昨天晚上我確實在垃圾場睡著了因為喬西．威爾斯在對我開槍而我會醒來完全是因為某個人點燃了我那堆垃圾。我不知道從我射了他之後是過了兩晚還是一晚，不過報紙不會花了兩天才告訴全世界歌手被槍擊還活了下來，甚至連槍手都無法讓他沉默。一切都只過了一天，不是兩天，我知道我們是在十二月三號去找他的。但是人們兩兩四四來到公園，所以今天一定是十二月五號。

喬西．威爾斯在我腦中蹦出來我記得從他身邊逃跑也記得我當時告訴自己不要哭，不要哭，不要哭，你這個小娘炮，但不管怎樣我還是哭了因為我那時不懂現在也不懂他幹嘛對我開槍明明就是他派我去的而這時我第一次想到其他人我在想他們到哪去了。還是說喬西．威爾斯已經斃了他們全部只剩下我一個。而我不知道這對大人物來說是不是合理，可是對我來說不合理。我一直跑一直跑就連我再也聽不見喬西．威爾斯之後還是繼續跑，我從垃圾場出發跑啊跑啊跑啊一路跑到市區，跑到塔街上從東到西穿過男裝店跟敘利亞商店跟黎巴嫩超市全都關了直到大選結束才會開。塔街切過公主街跟那些乞丐、橘街跟那些女販子、國王街跟那些商人還有公爵街跟那些律師，我轉上公爵街然後跑進黑暗，而我發現並不是喬西．威爾斯在追我，或是洛老爹或是幫派老大，而是他。他打敗死亡來追我了，他甚至沒有過來，而是坐在後頭或許在某個地方的某座山丘上設了個陷阱知道我這樣的人生來就很蠢，會直直飛進陷阱裡。國家英雄公園，這裡今天是他的公園而每個踏進這裡的人都是他的人。全京斯敦。全牙買加。

像口水的濃厚汁液在我臉上，在我眼睛裡在我鼻子裡，我在公園裡的長椅上嗆到醒過來肩膀上有鳥屎。我不知道我是不是又睡著了然後才醒來，或是我上次醒來其實是一場夢。大家已經在公園裡等著看了，我則看著等，等他們，等警察，等工黨的槍手，等民族黨的槍手，等你。到四點時一定有超過上千人了，所有人都在等但有什麼不一樣，這些人並不是工黨或民族黨或其他的黨，他們只是男男女女兄弟姐妹表親堂親母親朋友姐妹窮鬼而我不認識這些人。我起來走動並經過他們、在他們之間、在他們身旁就像個鬼魂，沒有人碰我，他們也沒有為我讓路，他們就只是完全沒看見我，我不知道還有不選邊站的人，我不知道他們長怎樣，在他們說些什麼之前腦裡在想什麼，這些人從來不穿牙買加工黨的綠色或人民民族黨的橘色。而這些人變得越來越多越來越多人群也變得更大公園周遭的區域就要爆開滿出來了但他們在等他他們在唱他的歌直到你出現。

人群是一體的。他們會知道我不屬於他們，遲早，遲早。遲早他們其中一隻羔羊會說看看那邊那個人！看看那隻狼。我不知道他們會怎麼知道但他們就是會知道，可是他們並不在乎我。我只是隻蟲子，一隻蒼蠅一隻跳蚤，比這還微小。第三世界樂團在表演，旁邊圍著全牙買加的警察而全牙買加最美的女人在台上講話好像她是施洗者約翰而歌手是耶穌似的，她讓人群嗚啊耶她的洋裝是橘紅色的垂到地上彷彿她是摩西在燒荊棘，但她並不是在跟他們說話，她是在跟我說話，說嘿，小白痴，你以為你是誰啊以為你能幹掉硬鑼嗎？

人群衝向前方又盪回來，東擺到西西又擺回來我試著不要去看也試著不要讓任何人看到我，然後兩個男孩經過，其中一個盯著我太久，但另一個掉了一份報紙。一片黑暗但街燈照在人群身上有時候也照到地面。《牙買加日報》，歌手中槍，槍手的暗夜突擊讓痛哭者樂團的經紀人唐·泰勒——○○——有人踩到報紙，又一個，又一個，人群把報紙吸了進去報紙消失了。

我抬起頭而他——

不是他，你。

你直勾勾看著我。

你在台上五十碼，或許一百碼外吧，甚至不是英尺而是碼但你卻看著我，你早在我看見你之前就看見我了，但你並不是在看我，現在唯一的光源在台上而我消失在黑暗中。

你緊緊包在一件黑色襯衫裡彷彿你剛從地獄歸來我看不見你的褲子，我不知道是牛仔褲還是那件讓那個和我一起住的女人呼吸急促的皮褲。你旋轉而光線閃過你甩了甩頭髮。藍色牛仔褲。台上太多人了你甚至沒辦法像以前那樣跳舞。那個漂亮女人，你的施洗者約翰，雙臂交叉但她也感覺到音樂了。接著在左邊我看見一個鬼魂並試著逃跑。我撞上某個人的胸口，我說抱歉但那人甚至沒察覺到我，他只感覺得到正能量的震動。我回頭看而那個鬼魂並不是鬼魂，而是你的女人穿著一身白。喇叭響起你站在原地。我沒有聽見你，我聽見人群而他們聽見你我看得見你但你把我排除在外彷彿我一定是聾了而我在想今晚對聾子來說會是怎樣還有你是不是真的展開了一場革命如果他們無法加入的話。

你。

你說你一直以來都知道，一直以來都知道你對邪不勝正的最終勝利有信心。你不是在講我，我知道你不會說出和我有關的預言。你是個白痴。你忘了你是獅子而我是獵人。你又甩了甩辮子。接著我忘了雖然你是獅子而我是獵人，我卻在你的叢林裡，水泥叢林。我轉身準備消失但沒有半個人動，沒有半個人受傷，人群停在原地接著往前推，然後他們開始跳而我停了下來，一隻腳壓爆我的腳趾又一隻再一隻如果我不跟著開始跳那他們全都會開始跺腳一個接一個直到他們把我踩死。

你真的做了。

你告訴他們要靠在一起然後踩爛這個腐敗的國家機器。現在我朝你跳過去你對他們唱著我的歌，你是獅子而你現在是牛仔了，要把那些瘋狂光頭給趕出城外。我看著地板但是貝斯就要把我推倒這樣人群才可以踩死我，接著吉他穿越人群到來就像一把直取我心臟的長矛。我確實在想我們朝你開槍之後只過了一天但當我停下來之後就兩天了而我不知道我到底是不是睡在垃圾場，或是公爵街，或是這個公園當晚上變成早上接著又是晚上就這麼過了兩天。而我那一整天到底都跑哪去了我完全記不得，但我現在什麼都沒辦法想因為你正在攻擊我而我想逃跑的所有地方人群就這麼擋住了我或許他們是該擋住我因為喬西．威爾斯一定也在這裡，還有洛老爹而我發現這就是你一直以來在計劃的事。

我抬起頭人們還在樹裡其中一個人肯定有把槍對準我的頭。**現在你得到你想要的了，你還想要更多嗎？**你說而你是對著我說的，你是在跟我講話，而只有我知道你真正的意思。**你以為你很屌嗎，王八？你以為你可以幹掉這個混蛋嗎？你以為你可以殺死硬鑼？你以為你也可以就這麼除掉尊貴的陛下？耶還活著，賤人，耶還會來挖出你該死的心臟。耶會伸出他的手指就像落下的電閃雷鳴然後把你燒成灰什麼屁也不是只不過是讓一隻流浪狗抬起牠的左腳尿在你身上然後你就沿著水溝沖走了。**

現在你得到，你想要的了，你還想要更多嗎？不想。我什麼都不想要了因為我看見他們了，有蝙蝠翅膀的嬰兒，跟那個有兩顆眼睛卻沒有嘴巴的嬰兒還有更多燃燒的藍色火焰，他們慢慢來慢慢走過人群我想大叫你們難道沒有看到他們嗎？你們沒看到這些惡魔嗎？但人們看著你，只看著你。有什麼東西滑下我的腳鱗片磨過我的腳踝，然後又來了一次我尖叫了起來但吉他同時也發出尖叫把我的聲音給吸走了，也許如果我不跑而是試著用走的話我就能離開。所以我用走的，想切過去但是所有人都在跳跟揮手跟撞來撞去跟唱歌而左邊就是上城，我在左邊看見沃瑪男子學校沒有人會看到我，於是我往左走但是大家繼續唱歌動來動去唱歌跳來跳去動作超大我都看不到路了可是我一直走一直走而每一次我想到什麼事，覺得我終於抵達公園最後面了就會有另一個聲音說**你哪裡都去不了的，賤人**然後你唱著**於是耶說**[163]而且這次是來真的。

我會抵達東邊的。

不會。

於是耶說。

他媽的沒有鬼魂可以抓到我。

不，他們會抓到你的。

於是耶說。

喬西・威爾斯會找到我然後他會殺了我但是他會很快了結因為我就是知道，或者也許是洛老爹會找到我而他會慢慢殺了我這樣所有壞人都會知道。

對。

於是耶說。

沒有人能殺死硬鑼。

於是耶說。

我走路。我用走的，我的腳越走越快但你越來越大聲，越來越大聲，大聲到不行，我停下來張望而你比先前還更靠近。放長線釣大魚啊。接著你看著我我連動都動不了。長著蝙蝠翅膀的嬰兒跟藍色火焰越來越近，我看不到他們可是能感覺到他們而我沒辦法逃離他們因為你正在看著我，而你最好趕快住手，你聽到了嗎？你最好趕快住手，殺你又不是我的計畫，我甚至不在乎你是死是活。離我遠點，離我遠點，他媽的頭上長頭蝨的骯髒死拉斯特。你在看我，我知道，**於是耶說**。台上有這麼多人你甚至都動不了，穿卡其色的警長、拿攝影機的白人、總理站在一台福斯上、黑人有夠多又有夠黑看起來就像穿著衣服的陰影並且在黑暗中跳舞和搖擺。而你在唱歌你的鬼魂老婆也在唱歌大家都在唱歌人群在唱歌你真正的聲音溜到這一切之下。

我看著你並看見你的嘴巴在動，唱是一回事說又是另一回事。**抬頭看看這裡啊腐敗國家機器男孩，以為你能反抗尊貴的陛下海爾·塞拉西國王的貢獻啊，耶和華所立的根基在聖山上。耶愛錫安的城門，勝過雅各的一切居所。神的城啊！有很多榮耀的事，都是指著你說的。在認識我的人中，我提到拉哈伯和巴比倫，看哪！還有非利士、推羅和古實，我說：這一個是生在那裡的，而至高者必親自堅立這城**[164]**，耶！拉斯特法理。所以抬頭看看這裡吧男孩。**

我看了。可是你並沒有看著我，你不需要看著我道理就跟上帝不會看著凡人一樣，因為只要

163 譯注：出自巴布·馬利與痛哭者樂團的歌曲〈So Jar S'eh〉。
164 譯注：此段經文出自《詩篇》第八十七章。

看一眼凡人的眼睛就會燒起來從頭上掉下來，燒個精光一點都不剩，甚至不剩一絲絲，一點點，比這還少。這不是我在說話，而是你。我已經不再是我了，我聽起來也不再像我而是像你四周也沒有人了，只有陰影喇叭也不再發出聲音，只有旋律深邃的盡頭。你把麥克風舉到空中就像根火把並再次閉上你的雙眼，但你還是看見一切。他們以為你在跳舞但你卻是在表示，是你的話不是我的。我的汗變成冷汗而且停不下來，就這麼流下我的背像根冰冷的手指一路往下摸到我的股溝。

然後你揮了揮手甩了甩辮子目光死死釘在我身上。穿過我，進入我，越過我你直接進入我的心並抓住。你說見證拉斯特法理的結果吧，看著他把獅子變成獵人獵人變成獵物。你知道我弄丟了我的槍，那把差點殺了你的槍，你知道就算我真的有槍我也沒辦法開。你知道我什麼都不是，我是個已死之人。你知道我的心跳我腳邊的蛇，你知道你可以命令人群把我推倒把我吞噬。你在叢林裡，在灌木叢裡，而你在空地中為了群眾和尊貴的陛下一起站出來。你走上前並捲起袖子，腐敗國家機器想要從手痛擊你，卻失敗了。你解開襯衫的第一顆扣子，接著是第二顆，再來是第三顆然後挺起你的胸膛跟超人一樣。你指著手臂上的傷口和胸口的傷口，你跳著勝利的戰舞重溫狩獵所有人都看到了但只有我知道。我流著冷汗。你指著你的傷口就像耶穌指著他身側展示長矛的傑作，現在台上更多人了漂亮女人拿回麥克風不過是在風吹起和公雞叫之後而你從皮套中迅速掏出兩把手槍就像西斯柯男孩[165]，就像馬蒂・羅賓斯，就像，就像，就像無名氏[166]。你頭往後仰開始大笑笑得非常久笑聲甚至不需要麥克風，你是在笑我接著又快又猛地停了下來然後直勾勾看著我，你的雙眼是兩團火球。我緊緊閉上眼睛直到我覺得你沒在看了而當我睜開眼睛時你已經走了。而我知道我死了，我只有在看到你離開之後才敢跑。

但是有蝙蝠翅膀的嬰兒飛在後頭追我。人群推來推去，人群擠來擠去，某個東西或某個人直接打中我的臉，接著又是另一下，直直地打在肚子上我覺得我要吐了但我反而尿褲子了。我沒有在哭，我不會哭的。我已經沒辦法阻止任何現在會發生在我身上的事，就連我自己的尿都不行。尿流下我的腳人們又打又搧又揍經過又跑來跑去經過又跑來跑去。我終於逃出公園，在大家發覺你走了而且不會回來了之前，所以街上又黑又空我認不出半棟對街的建築物，我甚至沒注意到喬西·威爾斯的手下東尼·帕華洛帝直到他出現在我面前，直到他的指關節直直朝我的臉襲來。

165 譯注：Cisco Kid，一九五〇年代同名美國西部影集的主角。

166 譯注：Man with No Name，影史經典西部片《鏢客三部曲》的主角，皆由克林·伊斯威特飾演。

迪馬斯

我跑了一整天跑進晚上，兩個晚上前我在一場夢中奔跑。一條超臭的水溝還有垃圾就連老鼠牠們都不太常過來。我從公爵街跑到城南大道並跳上第一台離開的公車，我不記得我有沒有付給售票員五分錢，公車上只有四個人我身後只有一個。我的頭開始痛了起來，不是很痛而是很煩人的那種，就像有隻嗡嗡叫的蚊子飛進你耳朵而現在牠跑到你頭頂上了。是讓你覺得某個人在背後盯著你的那種嗡嗡聲，我轉過頭而那是個男學生，脫掉制服的話他不會比我還大，我想。但他沒有在看我，或者他只是在我轉身回去時才看我。我再次轉頭。我想直接走向他用我的摺疊刀在他右邊臉頰上割個電話記號，我想砸爛他的頭因為他去上學因為我根本沒機會穿著什麼漂漂亮亮的卡其制服去上什麼漂漂亮亮的學校，但他只是個男孩而已。我再次轉身回去而我聽見馬蹄聲，我聽見馬蹄聲變得越來越大聲越來越大聲我知道這是這台老公車的舊引擎喀噠喀噠喀噠的可是我聽見馬過來。我就是這時在巴比肯跳下公車的然後從一座小橋往下爬爬到下面的水溝並待在裡面。

我醒來時，有隻手放在我蛋蛋上。一隻手緊緊抓著我的褲子讓我跳了起來，我能看到的就只有那隻手從一堆垃圾裡伸出來，是一隻報紙衣服塑膠袋壞掉的食物跟狗屎組成的垃圾怪獸。我大叫並用腳直接踹了怪獸一腳牠往後倒也尖叫出聲，有些報紙掉了蹦出了一個女人的頭，她跟瀝青一樣黑頭髮和灰塵跟紙一起結成硬塊還有兩個粉紅色的髮夾而當她再次尖叫時我只看見三顆牙齒，其中一顆又長又黃，她肯定是用報紙偽裝自己的吸血鬼。她還在尖叫這時我四處找找到一顆石頭並威脅要丟她。她迅速跳起來，我都忘了瘋子體格可以多好彈力又有多強而且準備好要逃跑了，她也真的跑了，邊跑下水溝邊尖叫直到她跑到非常遠遠到她只是個光點，一個小點，什麼都不是。

我想不起來我上次吃東西是什麼時候，還有上次洗澡。而我希望如果我不要去想來一點那我就不會想來一點但既然我現在想到了我能做的就只有想辦法停下來而已。可是我接著又聽到了馬蹄聲，我的心跳開始加速，隨著馬蹄達達達而碰碰碰我的手腳感覺都很冰冷還越來越冷，我的大腦說快跑啊笨蛋快跑水溝開始搖晃，但只是有台車過橋而已。我必須保持飢餓，如果我保持飢餓那我就會想到食物，如果我一直想要來一點那我就會想著要來一點，因為要是我想著我有多餓那我就永遠不用去煩惱喬西．威爾斯了**他媽的白痴就差一點了都是你，都是你啦直到你吸了愛哭鬼的垃圾**，我也不用去想這座橋還有我其實只是想要讓那個弟兄瞧瞧千萬別惡搞迪馬斯而不是要給歌手瞧瞧。還有我多麼厭倦跟他媽的受夠利用了我的人，先是那個弟兄，接著是喬西．威爾斯**他媽的白痴就差一點了都是你，都是你啦直到你吸了愛哭鬼的垃圾**，在這之前則是該死的貧民窟裡的每個人他們只想著他們想要什麼還有怎麼利用我去得到，我頭上一定貼著什麼東西說著：利用他吧，因為他蠢得可以而這一定是真的。在水溝底下你就是永遠都不知道臭味能怎樣把人逼瘋，他能怎樣想一些瘋狂的狗屁跟邪惡的狗屁跟骯髒的狗屁，殺一個嬰兒的狗屁或幹一個小女孩的狗屁或在教堂拉泡屎的狗屁因為臭味實在太臭了你能想的一切就只有臭味肯定滲到你身上了就像過濾過的水而現在你一定也很臭。而我只想要把味道洗掉，我只想要把這一切都洗掉可是流過水溝的水也很臭。不。我現在必須好好思考，我必須像個會思考的人一樣思考，我必須離開京斯敦，我必須走。我必須去某個地方，某個大家永遠不會提到的地方，某個像漢諾瓦一樣的地方，誰他媽的會知道漢諾瓦發生了什麼事啊？漢諾瓦離牙買加其他地方有夠遠我敢打賭他們甚至不會在大選中投票勒。就去漢諾瓦然後改個像艾佛頓或寇特尼或費茲哈羅德這樣的名字，一個聽起來像我媽我爸都有在養我的名字。我又聽見馬蹄聲了於是爬起來逃跑。我朝那個瘋女人跑的同個方向跑我一定也瘋了竟然聽見馬蹄聲好像我是什麼連件衣服都沒穿的逃跑奴隸在我前往逃亡奴隸國度時就快要被人抓到。一定是這樣的，也許我應該跑向逃亡奴隸，誰在一九七六年會跑去找逃亡奴隸啊？但是又有誰會去那找我呢？這聽起來很有道理，這聽起來像是很合理的道理，彷彿我還有理智一樣。至少我還有理智。這幾乎讓我笑了出來，我跑過水溝，並看著水溝在我每次跑過某座橋下時變暗又在我跑出橋下時變亮。我跑啊跑啊跑啊直到空氣開始嘗起來有鹹味我就知道我很快就接近大海了，我跑啊跑地直到太陽來到最高處又回到我背後，接著往下滑往下滑往下滑直到用橘色最後一次衝擊天空，接著變成粉色。而我沒有停下來，甚至連我發現我沒穿鞋時也沒有而我踩進的水開始變得更乾淨。

我跑到一台燒個精光的車子旁差點要停下腳步想進去躲起來直到我變成骨骸，但我還是繼續跑。沒有東西能傷害我除非我自己去想，所以當我想到食物時，飢餓狠狠向我襲來讓我跌倒並滾了滾，於是我停止去想食物。奔跑讓我想到一定很快就宵禁了這樣我就能爬出水溝然後去某個有食物可以偷或有水可以喝的地方，但我又幹譙了起來因為我現在又在想食物啦我的肚子開始抱怨並用痛苦割我。是真的，當你逃離某個東西越來越遠你確實會感覺比較好一點。

我再來又經過某台車的殘骸而一直要到我經過一艘船的殘骸我才發現我已經不在水溝裡了，可是我也不在海裡即便我嘗得到鹽也聞得到海浪。我的腳趾插進沙子和泥土裡而我身邊充滿濃密的樹木，是黃色的樹看起來像塑膠樹枝的彎曲很滑順藤蔓垂了下來在地上蜷起來跟蛇一樣。沙地前一步又冷又溼，下一步就又乾又熱，我走過一塊溼的有個小洞打開來各式各樣的螃蟹衝了出來，我彎下身看著牠們，光線消失了大海越來越大聲。我抬起頭而在我面前是一架飛機，看起來像是墜落了但試著再次飛起來卻纏在蜘蛛網裡，飛機還在掙扎可是灌木網已經贏了，機身直挺挺的像個十字架但是腹部依然銀閃閃的，左機翼有一半都不見了機尾也沉入沙中，海邊的灌木和海邊的花朵擠過駕駛艙並穿出窗戶彷彿灌木才是真正的乘客。螃蟹在四周跑來跑去，有部分的我想跑過去打開艙門看看裡面是不是有真正的骷髏一部分的我則想要坐在座位上等待飛機自己掙脫開來然後飛走。灌木發出沙沙聲樹枝劈啪爆開就像有野豬正沉沉踏過灌木而來，我轉過身而五六七八個拉斯特包圍著我，他們全都穿著白色。

——他媽的巜——

碰碰

我大聲尖叫上帝啊！喂！不要不要不要不要不要不要不要不要！我尖叫著但我叫不出來因為布塞住了我的嘴巴而我的舌頭推不出去我的嘔吐物衝了上來我也不能吞回去害我又咳又嗆的。喬西．威爾斯把我的工作服扯下來他們用來蒙住我的眼睛我能看到的就只有手電筒還有人影跟樹上的陰影看起來像巨大的手從地上伸出來但一切都模模糊糊。一片黑暗我試著逃跑但我的腳綁在一起我的手也是，我什麼都做不了只能蹦蹦跳跳的所以我就跳了而喬西．威爾斯大爆笑，我看不到他，我只是聽見那笑聲，但接著他點了點頭然後從樹後面出來於是我看見他確實是個人而不是個陰影。再來愛哭鬼和東尼．帕華洛帝抓著我把我抬起來我連反抗都沒辦法反抗，我不能揍他們，或扁他們，或捅他們，或踹他們，我只能惡狠狠地看著他們，看著他們就像就這麼一次，就這麼一次他媽的王八蛋耶穌基督可以給我我從十二歲就開始乞求的超能力，讓我可以瞪著他們並發出熱能把他們給切成兩半，耶穌啊！耶穌！他們抓住我抬起我晃了起來數一、二、三然後把我給丟了出去我直直摔進墳墓裡肚子著地臉則正中泥土，泥土蓋滿我的右眼又辣又痛我沒辦法眨眼把所有土都弄掉，我翻身而他們就這麼從上面看著我喬西．威爾斯往下看邊露出微笑我的嘴巴嘗起來像嘔吐物還有石頭跟不ㄨㄨㄨㄨㄨㄨㄨㄨㄨ不ㄨㄨㄨㄨㄨㄨㄨㄨ不ㄨㄨㄨㄨㄨㄨㄨ我的手燒了起來破皮又不掉下來！破皮不掉下來！破皮不掉下來不然血就會鬆開繩子讓我的手掙脫。愛哭鬼快開槍打我，快開槍打我吧拜託快開槍打我，快開槍打我你這天殺的幹他媽死混蛋婊子養的，快射我！快射我！快射我！喬西走到邊緣然後往下朝我身上尿。我的手綁在背後我聽見蚯蚓和螞蟻我聽見螞蟻牠們會咬我而帕華洛帝開始填起墳墓不ㄨㄨㄨ不ㄨㄨㄨㄨ不ㄨㄨㄨㄨㄨ泥土像下雨塵土像下雨又踢又踹又踢五尺深不是六尺深起不來起不來泥土和塵土土接著土還有石頭一顆石頭打斷了我的鼻子石頭像子彈打到我的眼睛沒有半根腳趾了不ㄨㄨㄨ用你的頭拍掉拍掉拍掉塵土用力吹用力吹用力吹不不不不不不不不不用力吹吹不動噎到了耶穌啊超人啊蜘蛛人啊美國隊長啊用力瞪超能力會來的超能力而我沒有小指頭我推啊推啊推啊把繩子推過小指頭剩下的部分然後自由了！自由了！但是塵土像下雨又升了起來我沒辦法抬頭但我聽見他們在挖在扔土跟土跟石頭碰一聲打到額頭，不能再想用超能力瞪人了碰嘩嘰轟轟轟轟轟轟隆碰他們這是在開玩笑看吧我可以把土踢開同時用兩隻腳哦可以把土像踢足球一樣踢開，就像你不喜歡足球所以把球踢開看吧就在那裡我很壞我很壞我累了我累了泥土繼續掉下來更溼更重了就像上帝在把我往下推不不不要不要ㄅ——土掉到我左眼裡了沒辦法閉上沒辦法眨沒辦法眨愛哭鬼笑了更多土更多人更多更多更多扭動！扭吧！扭吧！扭吧腳腳卡住了然後是石頭！石頭！石頭一個接一個沒有了只有土轉過去轉過去就要轉過去爬吧像嬰兒一樣爬吧這樣你就有空氣了我早該幹死那個和我一起住的女人不不是她是其他別的女孩那個隔壁兩戶的女孩其他別的女孩白人女孩霹靂嬌娃粉紅鮑魚鮑魚是粉紅色的我在老爸偷藏的書裡看過就在床底下他以為我睡著以後會拿出來然後自己去旁邊發出男人的聲音上帝啊我好硬我可以幹死地板我必須幹死地板幹幹幹幹好想要鮑魚不不想要鮑魚幹幹幹幹幹把她翻過來摩擦她的屄抬起屁眼然後把屌深深插進去會很緊感覺就像一塊肝包在你的屌上很大就像老爸的屌一樣大當他在幹我的妓女老媽時她背對著他她不在乎誰睡著了誰又醒著而當她自己動了起來老爸的屌跟旗桿一樣她動了又動沒辦法離開但她並不想離開她又往下滑進去然後跟小狗一樣呻吟了起來鮑魚跟屌蛋蛋蛋蛋我從沒看過我爸裸體我也從沒看過他幹我媽也許是其他男人吧也許是玩笑哥不他是個基佬他要男人哈他屌然後開槍射他們把他們給斃了而我永遠都到不了古巴也永遠都去不了巴貝多永遠沒辦法把超人胸口的S拿掉也沒辦法用左眼哭裡面充滿泥土所以吸進來的氣很淺不深空氣很稀薄空氣很稀薄已經感覺不到新的土倒在我身上了只能聽見又黑又溼又重，泥土很重我沒辦法了不不不不不不快住手快住手快吸氣氣好淺快救我救什麼？挖挖挖挖喀喀喀死了你要死了你要死了讓我快點死一死沒有生也沒有死你要死了再吸一口氣不要用光空氣空氣感覺又溼又冷又緊有人送走了我的鼻子感覺就像有人送走了我的鼻子啊啊啊啊啊ㄚㄚㄚㄚㄚㄚㄚㄚㄚ耶穌啊！耶穌啊！一一一せせせ穌一口氣呼吸快呼吸一口氣兩口氣三口氣四口氣呼吸快吸ㄨㄨㄨㄨㄨㄨㄨㄨㄨㄨㄨㄨㄨ五口氣六口氣ㄑㄑㄑㄣㄚㄚㄚㄚㄚㄚㄚㄚㄚㄚㄚ八呃嗯嗯嗯嗯嗯嗯嗯嗯哈哈哈酥酥酥酥酥赫赫赫吸一一一一一一一赫赫赫ㄏㄏㄏㄏㄏㄏㄏㄏㄏ哈哈哈哈ㄚㄚㄚㄚㄚ九！ㄐ一一一一一一一ㄡ噗呃呃噗呃呃呃呃呃呃呃噗噗噗噗赫赫赫赫赫赫ㄏㄏㄏㄏㄏㄚㄚㄚㄚㄚㄚㄚ老爸不不要黃色的消防車要紅色的黃色的一定不是真的老爸不老爸我想要一根果汁冰棒還有還有棒棒糖跟一個巧克力棒棒糖還有各種棒棒糖跟一根紫色蠟筆還有紅色的粉紅色不要粉紅色是給女孩的粉紅色是給女孩的HubbaBubba泡泡糖不會黏住就算你吹了一個很大很大的泡泡最大也最泡的玫瑰叢旁圍著一整圈開滿的花朵噢可惡噢真可惡我們——

亞瑟・喬治・詹寧斯爵士

神讓世間離天堂很遠是因為連祂都受不了死屍的臭味，死亡並不是靈魂收割者或是某個鬼魂，而是沒有溫暖的一陣風，是緩慢蠕動的疾病。他們殺死東尼・麥佛森時我會親眼見證的，薄暮老人之家付之一炬燒成灰時我也會親眼見證的。沒有人試著拯救自己。那個被活埋的男孩開始過渡卻以為自己還沒死時我也會親眼見證的而當他走到雷鬼歌手的家裡時我也會跟著他。他們到舊城找最後一個人時我也會親眼見證的。當他們三個遭遇粗製濫造的正義，當用他還沒死去的腳趾跳舞的歌手在賓州倒下他的辮子也掉下來散開時。

那些將死之人可以看見死人。這就是我現在正在跟你說的但你聽不見我，你可以看見我跟著你，你在想我是不是用走的但為什麼看起來像是我沒有碰到地面即便我走在你身後，走在他們身後呢？他們一路跟著你來到沼澤遇上大海之處，你甚至沒注意到直到他們包圍了你，就在還閃亮亮的飛機旁裡面的死人身旁圍繞著一袋又一袋的白粉。他們共有七個人而你以為他們是《啟示錄》裡的騎士不過他們只是拿著彎刀的人而已他們可以從你的恐懼聞出你，這些人根本就沒有在追你，而是在等待直到你自投羅網。我可以看到你看見我了，這對你可不是什麼好事啊。

你醒來時身上有東西，惡魔的口水在你臉上結塊就像有人抓著你的腳然後把你的頭泡在吉利丁裡。你把一些撥開以為這是場夢，但東西已經在你裡面了，你像條魚一樣吸進去了。你和那個被活埋的男孩還有剩下的其他人永遠都不會發現他們現在都睡在你們背上了。

不合理的是那個白人，一點都不合理你正在想。我跟著你就像送葬隊伍裡的寡婦，你的長褲鉤到了一顆半埋的石頭並割破了你的左口袋，這些人拖著你像條魚一樣而每拖一下你手腕的繩索就套得更緊。他們已經拖你拖了好幾英里你又扭又翻但你上次扭動時你翻到了肚子那邊石頭感覺更糟了，在你肚子下方劃開好幾條線，一條鋸齒狀的紅線劃破你的右膝。他們拖著你經過祕密道路、被遺忘的巷弄、雜草埋伏的小路、隱藏的河流，穿過通往京斯敦深處只有死去奴隸知道的洞穴。他們只有其中一個拖著你時不太費力，他從來不會用力拉，他拖著你彷彿你是個裝滿羽毛、海綿、空氣除此以外別無他物的枕頭，你一點也不重。而所有不到二十歲的人都不重。我們前進時我試著尊敬地低下頭，但只要我點頭我的頭就會掉下來我的脖子也會折斷。你又翻了翻而溼草割破了你的臉，你先前尖叫了好幾英里但是尖叫聲死於一塊破布，可是我還是會在那裡傾聽的。

拉斯特復仇者全穿著白色聞起來有大麻菸味血裡有鐵味。七個人彼此無話可說，七個人，其中一個用繩索拖著你穿過灌木、上到這座山丘、下到那座山谷，又上到另一座山丘而血紅的月亮一點也不在意。我在想他們的長褲在灌木裡怎麼還能保持得這麼白啊。七人中的三人也用白布纏著頭，就像非洲部落裡的女人。你看得見我，你希望我讀得出眼神。我可以**而他們不在乎我扭來扭去我的臉我的鼻子我的嘴巴都充滿了土跟草好苦好苦好苦不幹我們要去哪他們要去哪我的臉絕對會被刮下來我的頭也會看起來跟血紅的月亮一樣月亮在流血每一步草都割過我的皮膚他們全都這麼經過灌木好像他們不是在走路沒有人在走路所有人都走在這空氣上滑過灌木灌木的葉片割得我好痛噢**。但你不是我在等的那個人，我這麼想是因為我在你身上聞到他的味道，很微弱，但還是有而我幾乎以為就是他了直到我發現其實是你。還有更多人必須受苦，還有更多人必須死去。

這些人把你拖過樹叢時什麼歌都不唱。我的皮膚和他們的衣服一樣白但我並沒有穿衣服。你沒辦法阻止自己放聲尖叫。你在想我是不是和他們一伙的，他們能不能看見我，還有如果我不是真的那這一切就也不是真的，就連一列朝死亡前進的隊伍也只是其他東西的隱喻。你從來沒聽說過隱喻這個字。

但你擁有某個東西，某個我沒有的東西。你理解那些要料理你的人，也許在被拖了這麼多英里後你已經分化了兩者，本我和超我，你的腦子知道你完了但你心裡卻永遠無法接受。正是人類不理性的這一面抓住了一線生機，想盡辦法想要繼續活下去，在從某座陽台摔下去的途中想抓住一塊塊空氣，尖叫著要上帝讓你抓住。我對殺了我的那個人一無所知。你盯著我，而就算在黑暗中我也能看見你的紅眼睛惡狠狠地眨著。

他就在那。他正看著我也看著他們。他走在最後面，左右左右，落後他們好幾步而他正看著他們也看著我還看著天空就像他在哭他不跟他們說話救救我啊救救我啊警察啊謀殺犯啊停下來不要走得像是你看不見鮮血你也不是目擊者一樣。我不知道這是不是更合理比起他是個白人所以白人都會說點什麼的不是嗎？尖叫吧快跑啊帶著槍回來尖叫吧快跑啊不要就只是在那走沒有我沒有在看你他們把我拖過灌木叢時我也拖回來我的背沒辦法扭動灌木在我底下繩索在我手上燃燒翻過身背著地肚子著地沒有背沒有側面沒有肚子並看見他們兩個不三個不四個我們一定是在一座山丘上因為繩索拉我拉得更大力了而且好痛那個白人在看但接著他的頭不見了我看不到因為灌木很密而灌木的荊棘割到我了幹你娘雞掰啊那白人不見了可是再來他又回來了我看見他在那裡還在後面但他的頭不見了，不，頭在晃就像他沒有脖子一樣然後他用他的手他是在衝三小？他把他的頭接了回去他把頭轉緊耶穌他媽的基督啊耶穌他媽的基督啊，幹你娘那才不是人是鬼啊但他看起來像是個人可是他的眼裡沒有火焰而我又經過一叢灌木還卡住了別再拉了別再拉了我對著破布尖叫別再拉了而他不拉了兩個人來到我旁邊不要別踢我另一個人把腳放在我身邊不要別踢我接著他踢了我一腳把我翻過來其中兩個人是拉斯特他們的辮子活生生的像蛇一樣，沒有菸，沒有蛇他們穿著白色兩個人左手都有開山刀，右手沒有額頭爆開別砍我啊求求你們別砍我我的小腳趾應該在的地方冰冰的在左邊，不在右邊我馬子在哭她現在在哭她找到其他男人來照顧她了這個賣淫的死妓女臭婊子不她在哭她跑去找喬西．威爾斯並問我的男人去哪了？你把他怎麼樣了？喬西．威爾斯也抓到她了他幹了她他幹了她並把她變成笨蛋或是他給了她錢你聽到了嗎？我也有猶大女人啦白人，我也有，穿白色的拉斯特踹了我把我踢出灌木月亮是白色的沒有再流血了幹你娘我的手腕在燃燒他們在拖我我背中間有顆石頭在割在刮鉤在我褲子上了他們繼續拉繼續拉住手住手住手他們又拉又撕又扯他們把我拖上山丘掰掰囉褲子溼草割破我後面那白人不見了他們拉著我撞到我的頭撞到柏油路他們拖著我經過一條路刮著磨著住手住手住手碎石陷進我屁股裡碎石卡在我背上陷進去陷進去我屁股溼溼的，溼溼的屁股是血我知道是血黏稠的鐵味是血白人啊是血真的是回答我啊婊子養的你跑哪裡去了？他們把我拖過路進入樹叢裡山丘還在上頭喬西．威爾斯我要殺了喬西．威爾斯我噢上帝啊耶穌基督啊耶穌基督啊主耶穌啊我不想死主啊耶穌老爹喂耶穌啊我真的不想死那白人回來了那白人就是耶穌不你為什麼什麼都不說看啊血流下他的臉了。

我說得太多了，我是沒有人會聽的人，而你很快也會是了。他們把你拉上山丘最陡的地方，你的身體折斷細枝壓碎樹葉而就連我都在懷疑月亮為什麼不選邊站呢，他們把你拉上一條小徑小徑沿著一條窸窣流過的黑暗河流延伸，我對這個地方有點印象但我不知道這是不是我自己的印象。他們沿著小徑拖了你好幾分鐘，然後停了下來。我往前望這時你也試著扭動身子並照做，當你看見我看見的東西時你的嘴巴會張得非常大連塞嘴的破布都差點就掉出來了。

一排、一道、一座拉斯特組成的城牆，大多數人穿著白色但有些人穿著月光隱藏的顏色，全都排成一排，肩並肩，手上拿著彎刀和刀子，機關槍則用帶子背在背上，視野所及全都是。男人身旁站著男人，而在他身邊，人群一路往右邊延伸，也一路往左邊延伸，延伸得非常遠直到隊伍消失在山丘的彎曲處而且還繼續下去，一大群人圍成一圈圍住一座我知道，但是記不得的山上。我目不轉睛盯著他們。我都忘了你。我想繞著山丘跑看看隊伍是否會中斷但我知道不會的，他們從田野間一路覆蓋到山頂。但他們讓那七個拉斯特拉著你通過，沒有半個人說話除了你尖叫的嘟噥之外，他們沿著小徑拉了你五十英尺接著便改變方向，他們所有人，就像鳥群突然之間轉向。樹叢來到及腰高，已經沒有路了可是他們似乎知道該往哪去。我在你看見之前就看到那棵樹了。

他們停了下來。拉著你的那個人鬆開繩索另外兩個人則拉著你的手臂幫你站起來，他們把你擺成站著的姿勢但你看見你上面散開的樹就倒了下去。他們在你倒下去之前抓住你，你等著他們放手並試著跳走。他們沒有跟上甚至也沒有發出警告，只是等著你倒下，那個拖了你整路的大隻的抓住你的皮帶然後你人就在空中了，他舉你像在舉洋娃娃似的，這座山丘上只有一個人的時間用完了。他抓著你固定，絞索已經在那了，已經在等了，他試著把絞索套到你脖子上但你從左晃到右，從北晃到南，朝著破布尖叫。你扭動，你搖晃，你轉過身並看著我。就算在黑暗中我也能看見你眨了眨眼，你已經尖叫了好幾分鐘但我是唯一知道你是在對我尖叫的人。那個拉斯特巨人用一隻手把你的脖子固定然後把絞索套過去。拉緊。我以為他們會把你放在桶子上接著一腳把你的命踢掉，但是你的脖子在絞索裡絞索則在繩子末端繩子綁在一根粗壯的樹枝上並繞了過去樹下的另一端是兩個拉斯特抓著他們把繩索在手中纏好並用力拉。我在想你是不是跟我一樣覺得這很駭人因為他們竟然這麼安靜，彷彿這是在工作。不會有遺言。我在想你現在是不是在哭了，我在想你是不是希望歌手不知怎地會聽見你哀求他放你一馬。

但你應該知道的。

活人啊，他們永遠不會聽見的。

陰影在跳舞

一九七九年二月十五日

金・克拉克

每次搭上公車都會有個時刻我知道公車就要爆炸，重點是我總覺得公車會從後頭爆炸而因為這樣我都坐在前頭，彷彿坐在前頭會有什麼差別似的，也許是因為二月時倫敦那間餐廳爆炸的關係吧，我已經好幾個月都沒看新聞了但接著打開電視卻只看到這件破事。查克說**妳太瞎操心啦**，**親愛的**，**就不要搭公車就好了啊**。耶穌基督啊我恨死親愛的了，討厭死這個字，沒辦法忍受，想掏出槍把這個字射爛，而這使他更愛這麼叫我了。他說是因為在我察覺到自己揚起眉毛之前，他就能看見啦，查克說那親愛的妳就別搭公車嘛如果妳討厭跟沙丁魚一樣擠來擠去的話。我沒告訴他我討厭的不是這個。

你知道的我可以感覺得到，在我走回家途中我的背越挺越直。其中有什麼東西，關於走回家這回事。我喜歡大家看見我走回那個家，但我不喜歡他們觀察我，他們不是把我當成我，而是把我當成一個走向那間屋子的女人屋子在海灘附近看起來像是某個人從《檀島警騎》[167]直接拔了過來一樣。一間看起來和這裡完全無關的屋子而大家會懷疑這個黑女憑什麼覺得她有理由到那裡去而且頭還抬得高高的像屋子是她的一樣啊。首先他們會把我當成一**個女人**去了那裡一次並且必須在早上帶著我應該收的錢離開，接著他們會把我當成**那個女人**去了那裡很多次而且肯定讓那個白人小子開開心心，或至少也相當謹慎。再來他們會把我當成或許是他的女人隨時能離開，然後他們會看見我來來去去拿著購物紙袋並心想，也許她在屋子裡有什麼事要做吧，就像女僕。接著他們會看見我穿著不太好的衣服離開再回來，或是去慢跑這是美國白人新流行的東西，然後這時才開始覺得搞不好她真的是住在那裡哦。她和那個白人。不，那個白人和她。你也午安啊，先生，「讓我把我的手推車推慢點這樣我才能刺探別人私生活」先生，快走吧，主人。上星期在這條路上搞壞了我很好的高跟鞋，路我個人頭，這根本就只是條小徑，來到山丘上接著又往下，通往海灘附近的小懸崖只有查克這樣的人才會想要住在那裡，或是艾羅爾·福林[168]啦。

查克。一隻土撥鼠會扔多少木柴呢[169]，他在曼塔那酒吧來搭訕我時我這麼說，所有移居這裡的人跟替艾爾柯普鋁礬土公司工作的人都會來這，因為這裡是唯一漢堡吃起來不像牙買加人真心相信這是用火腿做的地方。而且他也脫下了他的帽子好像他是什麼牛仔似的然後說，**妳好嗎我是查克**。你確定你不是銷售部門的比爾他在三個晚上前也才問候了我嗎？我心想但沒有說出來。查克，就像奇普、派特、巴克或傑克，我就愛這些一氣呵成的美國名字，聽起來就像蘋果派和好賺的錢你只要輕輕鬆鬆喊出一次你就搞定了，你會得到一個嗯啊、一句妳好嗎、怎麼啦小妞而突然間你會覺得需要告訴他們不，這並不是那種當地女子洋裝下面沒穿內褲是為了給你方便，不過還是感謝你的蘇格蘭威士忌啦雖然我沒要喝就是了。不知道哪一個我重溫了更多次，是在曼塔那倒數著小時然後把小時變成分鐘等待著**他**或是當查克說妳好嗎時我心想，嗯你也還行啦。

167 譯注：*Hawaii Five-0*，一九六八至一九八〇年播出的美國警匪影集，故事設定在夏威夷。
168 譯注：Errol Flynn（1909-1959），澳洲演員，為好萊塢黃金年代世界知名影星。
169 譯注：此處為英文中的繞口令，原句為：How much wood would a woodchuck chuck，呼應查克這個名字。

家。瞧瞧啊，金小姐，你正在用某種連查克都不會用的方式叫這個地方。我現在就要走進客廳邊想著爆炸的公車然後說，查克，接著他會說**嗯哼？怎麼啦甜心？**然後我就會覺得像隻洞裡的兔子一樣安全。不我不會，這是什麼蠢書裡的蠢狗屁天殺的不要再想了，金・克拉克。今天加班，通常他現在已經在家了。這是件你在過程中一邊胡思亂想時，還應付得過來的破事，**靠北**，**親愛的，我都不知道牙買加的飯裡有放胡椒**，昨晚他這麼說。看看這胡思亂想的狗屁現在帶你到哪兒了吧窗外都有海鷗了，現在我是和海鷗當鄰居的女人，我討厭海鷗，就是一群小婊子每天下午都從牠們的小爛屁眼拉屎就像不請自來的客人還占領了我他媽的露臺跟我說什麼走開啦婊子現在這是我們的露臺囉，我不知道牠們為什麼會一直過來外面根本就沒有食物而我他媽的也很肯定我絕對不會餵牠們的。而且牠們該死的有夠大聲又髒還只有在看見查克時才會飛走，牠們根本屌都不屌我。我知道牠們在想什麼，牠們在想是我們先來這裡的，早在妳開始跟這男人同居之前而且我們也比他先來。尖叫得好像牠們認識我一樣——快離開我的窗戶不然我的美國查克就會拿出他的美國槍然後碰碰快槍俠麥葛勞[170]把灌鉛的子彈射過你們的頭，瞭嗎？耶穌基督啊，我是什麼時候開始看卡通的啊？

今天我會愛著他的頭髮，我會想著他的頭髮跟有多棕但從來都不是全部棕到底而是在接近臉頰處又棕又紅還有他是怎麼喜歡頭髮跟軍人一樣短的可是現在他留長了因為我說甜心你當海盜一定會很好看以為這個句子會消失在其來自的虛無之處但是他很愛所以現在他是我的性感海盜，我從沒說過他性感，一定是因為我說了甜心。

性感。

性感是約翰，他的名字是什麼來著？他的名字叫什麼？《飆風天王》[171]，李將軍，不是那個棕髮的他看起來太像老公了，是那個約翰什麼的，幹他媽的反正他名叫約翰啦。

性感。路克・杜克從車子的後車廂滑下來舉起一腳上車並把他的「蟒蛇」喬到另一腳，其他女人也有看到這個嗎還是只有我而已？金・克拉克，妳這個死變態，妳這個色女孩。他從來都不穿內褲的，那個約翰，史奈德，《飆風天王》這個星期會在衛星天線播出，我唯一知道的衛星天線就只有京斯敦那ＪＢＣ電視公司外頭超大的那個不過查克在他屋頂上也弄了一個。

對，今天我會想著我有多愛他將對他頭髮做的事。昨天，我愛的是他每次進門時總會把他的帽子脫下來的樣子，**遵命女士**，不管在哪都是。前天我愛的則是每次我們打炮只要我在上面他都會叫我金小姐的樣子，不我不喜歡這樣，一點也不喜歡，是金小姐的部分不是打炮啦，但我喜歡他這麼喜歡，他當然喜歡啊這個黑婊子終於讓他整個人野了起來，他兩年前肯定就曾經聽過牙買加女孩的故事那時他甚至都還沒帶著技術繪圖包和一根硬梆梆的屌降落呢。美國人把硬起來叫作勃起，這一點道理也沒有。不，他很甜蜜，這男人很甜蜜，到現在為止人也都很好，而且還會用兩手把我舉起來彷彿我是紙做的但他的手很溫柔很甜蜜他把我抬起來放到廚房流理台上露出微笑然後說**嘿親愛的有想我嗎？**而我不只一次想過沒錯，我確實有想你，我真的很想你因為你不在這的時候就只有我跟我的想法而我討厭思考，我真的超幹他媽討厭的去死吧。

---

170 譯注：Quick Draw McGraw，一九五九至一九六二年同名美國卡通的主角，是一隻牛仔馬。

171 譯注：*Dukes of Hazzard*，一九八〇年代美國動作喜劇影集，描述杜克一家的冒險，主角之一由約翰・史奈德（John Schneider，1961）飾演，劇中的著名車輛就叫作「李將軍」。

把思考留給查克。

把行動留給查克，把決定要帶什麼又要留下什麼留給查克。我喜歡這個想法的後半部比前半部還多非常多但是噢幹天啊夭壽哦。

噢等等，

是消音器。

是消音器的爆裂聲。

耶穌基督啊快吸氣，金．克拉克。吸氣、吐氣、吸氣、吐氣、吸氣、吐氣，這是我第三次叫自己金．克拉克了，連想都沒想過在這之前我必須叫自己金．克拉克或是在說完之後嘿快看看我竟然叫我自己金．克拉克呢。就連這個有關金．克拉克的想法都是在說我到達了一個點我甚至不用再去想這回事了，或是去想另一個名字，那個人給我去死吧幹，看吧？我像美國人一樣罵幹，像查克一樣他還會說該死，超可愛。查克跟他的**婊子養的**，每次他只要看週一晚上的美式足球都是**婊子養的這個**或**婊子養的那個**或**這叫作分散進攻啦**，**婊子養的**，比賽裡沒半個人在用他們的腳，但這竟然叫作足球。我喜歡美國人能這樣就這麼隨便地亂叫某個東西他們爽怎麼叫就怎麼叫，即便事實擺在眼前就不是這樣，就像一場沒有半個人在用半隻腳而且永遠不會結束的足球比賽。上一次他讓我乖乖坐著看完這垃圾時我說寶貝只有性愛應該持續這麼久才對而他叫我他的**性感小騷貨**。我也不喜歡這樣，這是男人每天在和他們一起住的女人身上犯下的兩百個錯之一，而這讓我懷疑起他究竟跟多少女人幹過炮。我是說，他長得又不差。不，他很可愛。不對，他很帥。聽著，此時此刻很可能有三千個牙買加女人會因為我跟他在一起而討厭我，我有你們想要的啦，賤人們。就是我本人，金．克拉克，妳有種的話就自己來搶啊。

這是謊話。我清楚知道牙買加女人是不會到外面去找什麼外國白男的，多數人甚至想不出他們沒穿衣服時是什麼樣子。她們以為白男只有蛋蛋沒有屌，這只是證明了她們從來沒看過A片。在太陽下走回家，下午三點，蒙特哥灣感覺像是邁阿密，妳根本就沒去過邁阿密，金．克拉克。但是反正，回到家，回家時我希望查克人不在，這很雞歪沒錯。他會說很沒必要，最近他超常這麼說，這讓我覺得從我嘴巴裡說出來的一切都被什麼東西汙染了。這並不是我想去想的事，我只是想要一點時間獨處而已，我又來啦跟個什麼趕火車的美國人一樣講個沒完現在我連在自己腦裡都擺脫不了這些美國話啦。拜託好好思考！我希望他不在這只是因為我就想要坐在長沙發上聽著我自己的呼吸看電視上的《楊鍋秀》然後讓我的腦子休息休息而已因為這所有一切，這樣的生活、這樣的路程、這樣的談話、像這樣坐在依然不屬於我的空間的空間真的是他媽的有夠難幹。存在就是很難。不並不難，難的是他媽的人生。我有時候會罵髒話。

這些海鷗聽見了我在想什麼嗎？牠們在外面就是在做這事嗎？聽我的想法然後大笑。蒼蠅和蟑螂噴霧對鳥有效嗎？也許牠們會扯開我的皮膚然後把我吃了。我真他媽討厭這些廢物死鳥，我他媽也不知道該拿我最近講話的查克風格怎麼辦才好幹。事情就是會發生不是嗎，到了某個時刻某個男人就會開始充滿你整個生活。

查克不在家。這沙發感覺真舒服。我總是會在沙發上睡著在床上卻都睡不著，大多數晚上我都只是躺在查克毛茸茸的胸口傾聽他的心跳會不會突然漏拍。

我真的得把這間房子清一清就算我們要離開了也是。即便我們下個月月底就要走了，我願意付出一切在十二月時就拋下這地方。我想要一個白色聖誕節，我一直都夢想有個白色聖誕節。不，我夢想的是一個遠得要命的聖誕節，我能越快離開這個天殺的國家越好。查克告訴我他來自阿肯色州時我想我問了他那裡是不是離阿拉斯加很近，他問我是不是剛好喜歡北極熊或伐木工啊，天知道這什麼意思。我揉了揉他的肚子並說我有我愛的大熊啊但他不覺得這有多好笑，美國男人都很怪，開點小玩笑也不行，接著卻覺得他媽的最糟糕的破事很好笑。我又來啦，又像個美國人一樣思考了，真的是幹你娘，跟他一樣思考。今天我應該要愛著他的頭髮，我會陷進這個長沙發裡並閉上眼睛想著他的頭髮，還有要打包什麼。

他們已經受夠了，真的他們已經差不多受夠了這齣政府的鬧劇。很好笑，這間房子離道路很遠，就在無時無刻都在怒吼的大海旁邊還有那些白羽毛的婊子在我窗戶外面咕咕叫但車聲還是找到了方法來到這裡，就像那聲打斷我思緒的喇叭。但是他們真的已經受夠了，他說他們說，是時候拋下這該死的地方啦。他老闆說。受夠了這個政府跟這個麥克·曼利想從鋁礬土公司吸錢出來啊好像他們為了幫助這個國家做得還不夠多一樣。**幹，艾爾柯普改變了這個幹他媽一灘死水的島，對啦他們沒有蓋鐵路沒錯但是他們肯定把鐵路拿來賺錢了，還有其他東西：學校、現代化建築、自來水、馬桶，真的是直接打臉啊，我們為這國家做了這麼多竟然還要課稅。而這次打臉就是全世界聽到的第一聲槍響表示牙買加要進入共產主義囉，記住我的話，國有化永遠都是第一步，他媽的這些人竟然投票讓民族黨重新執政對我來說真是太幹他媽不可思議啦這三小啊，親愛的**。這段他超常講的小抱怨我幾乎都能一字不漏背出來了，包括那些混雜的比喻。所以你們這些傢伙留下來的瀝青湖又怎麼樣呢這唯一的好處只有給槍手扔屍體而已這樣屍體就會不著痕跡的分解掉囉？我說。有時候就連他都需要我提醒這陰道的北邊三英尺處就是大腦。然而，就連美國男人也不喜歡女人太聰明的時候，尤其是一個第三世界的女人教育她可是他的責任啊。這張沙發比我記得的還軟。

大選過後兩年。牙買加從來沒有變得更爛也沒有變得更好，只是找到了新的方式維持不變而已。你改變不了國家，但也許你可以改變自己。我不知道是誰在這麼想，但我已經思考夠了，老實說。每次我一思考就會想到爆炸的公車或是我往下看著槍管，幹，在抖的只是我，不是沙發，我是說，長沙發啦。幹你娘，那男人正在影響我，我喜歡表現得像是我不喜歡這樣，但我不覺得我騙得過他。每次他和我到哪裡去的時候都會把這當成某種勝利，因為說實話我也不讓他跑太遠。這聽起來很雞歪，我希望我不會太雞歪，我甚至記不得我們是怎麼從打個招呼到他帶我出去了，這是他的話不是我說的。

思考事情是件危險的事，這會讓你往回看而這同樣也很危險。你會一直這麼做你發現自己一直回到那件事，那件一開始推動你往前的事。我不知道而我發誓我把自己放到這該死的沙發上想要停下來別他媽再思考了。我希望他在家。蠢女孩妳才剛希望他不在呢，才不到五分鐘前啊，女孩，我和妳在一起我聽見了每個字。大家可以這樣做嗎？大家可以無時無刻都想待在某個人身邊，好啦大多數的時間，但同時卻也希望他們可以獨處嗎？而且不是在小小的間隔是馬上？同時？無時無刻？我想要獨處但我又需要人陪，我希望查克是其中一個我覺得會懂這件事的男人。通常我會就這麼打開收音機然後讓聲音充滿房子，噪音、人們、音樂，我不需要認可或回應的陪伴但我知道就在這裡陪我，我希望我也能對其他人這樣做，我希望其他人可以和我一起這樣做，那個我可以和他在一起卻不需要我需要他的男人在哪呢？我不知道我在講什麼了，需要是我此時此刻人在這房間裡的唯一理由。不，耶穌啊，還真是個婊子，今天我應該要愛著他的頭髮。

今晚我應該要愛著他睡著時發出的所有聲音，驢叫聲、他一邊鼻子塞住時的呼呼聲、沒講完的半句話、咕噥聲、啪啪啪啪的鼾聲、呻吟聲、美國人的屁聲。晚上的那個部分，三次、四次我可以問問題而他會回答，我就是這樣知道他真的不太確定他的家人對他遇上一個像我這樣的女人會有什麼反應，雖然他媽媽是最甜美的女孩，真的是最甜美的。我知道他所有的聲音因為我從不睡覺。整夜醒著，早上才睡整天我這樣的女人有個名字，我這樣的女人不睡覺的，我們知道夜晚不是我們的朋友。夜晚會搞事，會帶人來，把你吞噬。夜晚才不會讓你遺忘而是會進入夢中讓你記得。夜晚是場遊戲我在其中等待，我倒數著直到我看見粉紅色的細小條紋穿過我們的窗戶然後我就到外頭去看太陽從海上升起。並恭喜自己成功度過了，因為我發誓，每晚都是，每晚都是。

昨晚我發覺我可以殺死任何人，就連孩子也行，也許是個男孩吧，女孩不知道行不行，只因為你不睡覺並不代表你不會做夢。有件事是我媽從沒告訴過我的，昨晚我本來能夠殺死一個孩子，有一道門只是某道生鏽的門但我知道我必須穿過去，唯一前進的路就是穿過去。這是誰說的？我必須穿過去，如果沒有我就會死，被開腸剖肚，一把刀從脖子一路往下劃到陰唇我全程一邊尖叫，我就是必須穿過這道該死的門。門邊就有這麼一個孩子，是那種你在電影裡會看到的孩子你分不出來是男孩還是女孩，也許他是白人但是白得像亞麻不是皮膚白。這整段時間我都能看到白色的鬧鐘就要走到清晨兩點還有我周遭的四面牆壁，兩扇玻璃窗，甚至是外頭的天空，但我也能看到那道門，我能聽見查克在打呼可是我也能看見那個孩子我可以往下看看到我的雙腳應該在的地方是切爛的血肉。我把我的腳給跑斷了。我想穿過那道門這個孩子卻擋住了門用一種表情，不是威脅而是充滿信心、巴結、自以為是，查克就會說是自以為是。而我拿起我有的那把刀子抓住他的頭髮把他舉起來將刀刺入他的心臟而因為血是藍色的我並不因為捅了他一次又一次感到抱歉但刀子每一次刺進他的皮膚就像他的血肉太硬了刀子都會往不同的方向彎偏離我瞄準的地方而那孩子邊尖叫邊笑又尖叫唯一能做的事就只有拔出刀子割斷他的頭然後扔掉。我在跑向門時尖叫，然後我就醒來了，但我並沒有睡著。

也許我應該去沖個澡或幹嘛的。查克出門上班前他問我今天要幹嘛？應該什麼都不要告訴他的因為我出門了，或許我應該把這身衣服脫掉或至少把這鞋給脫掉。就連一個愛說**親愛的，我不懂這是什麼流行狗屁啦**的男人，也知道我穿著要出門的衣服不是我穿著要去買麵包的衣服。要是他看見他馬子穿得漂漂亮亮他就會知道她是要去吸引某個男人很可能還成功了，可是這個男人並不是他。我真的至少應該脫掉這件罩衫，或是躺下來等到海鷗飛走，也許如果他問起我可以說我是為了他打扮的，希望我們會出門去。**但是親愛的外頭沒有地方是安全的**，他會這麼說，**就連在蒙特哥也沒有**。我會說牙買加人把蒙特哥灣簡稱為蒙灣，不是蒙特哥，我會說我想出門，我想去跳舞而他會說**但我跳得比妳更好**我則會假裝這話並不傷人。事實是我並不想去跳舞，每次我問我都希望他說不要，我只是想要他相信我對跟他一起做所有事都有興趣，也許他會再帶朋友回家來這樣我就有個理由可以繼續穿著這些衣服了。上次他帶了四個男同事回來，他們看起來全都像矮版和高版的他，他們全都有同樣曬傷的白皮膚。金髮矮個子的那個我敢發誓他名叫巴克，但這和查克很接近，他說**嗯，妳是我看過最正的馬子啊**。而我竟然還因為牙買加男人叫我胖妞覺得沮喪。今晚我要愛著他睡覺的方式，我要躺在他大大的胸口上舔他的胸毛而且我要抱緊他這樣他沒有我就走不了。我有段記憶是在等我妹妹睡著接著抓住她睡袍的下擺在我手上纏繞著一圈又一圈這樣如果鬼魂要來抓我祂也會拉到她並把我們兩個都吵醒，只不過我並沒有妹妹。

幹。靠北，阿開果，這東西是怎麼跑到我腳下害我差點踩到的啊？我一定是變老或變瘋了才會拿著一個裝滿阿開果的購物袋走進屋裡甚至完全沒印象有這回事，又老又瘋囉。查克超愛阿開果，他一直要**那個東西，親親，那個炒蛋的東西啊，妳知道我在說什麼，那個長在樹上而且很甜的**。我從一個女人那邊買了兩打她在聽她的電晶體收音機上一個有牛仔腔調的美國牧師一直說什麼時候到了。**妳知道我們已經在最後的日子了嗎？**那個小販對我說。不知道，但我確實知道現在是一九七九年，我對她說即便我在想的是那個牧師，跟頭紅色的豬一樣滿頭大汗還一邊用手帕抹額頭一邊調整假髮。這不是她期待的答案，所以她多加了五十分錢來處罰我。我想我說了，妳知道怎樣嗎親愛的？拿去吧，都給妳啊，反正幾週後牙買加錢唯一能做的事就只有拿來擦我屁股而已啦。我愛這句，聽起來很牙買加。不過我什麼都沒說，我永遠不會叫任何人親愛的。

他媽這鬼地方真是太安靜了但我就是無法面對收音機，我不想聽任何新聞。自從我停止聽新聞、讀報紙、看電視後，我的生活似乎變得更快樂了，快樂感覺像是某種你可以拿出來拿去賣的東西，我就是不想知道新聞我也不想要別人來告訴我任何事。我所有的新聞都來自查克而我還是不喜歡。但他的新聞不一樣，他的新聞是某個人要走了，他要走了，我們要走了，他買票了嗎？我們會需要票嗎？會有台直升機過來像這是在戰爭一樣然後把我們空運出去嗎？直升機會直接降落在外面然後查克會說**親愛的，沒時間拿任何東西了現在就過來吧**而他看起來會非常難過並且不知道這完完全全就是我想要的，什麼都不帶，甚至連條毛巾都不帶，沒有半樣東西會提醒我我拋下的所有東西，因為這一切都去死吧幹，真的，全都去死吧幹，我想跟塊白板一樣清清白白到美國去因為白板不會讓我想起任何我留在身後的東西。我想教自己在我的皮膚上寫下某些新的東西並跟我不認識的人打招呼。而那台直升機要一直等到我們到了某個很遠很遠的地方後才會降落，像是水牛城、紐約或是阿拉斯加某個我永遠不會再聽到發生了什麼事的地方，永遠不會。

他媽的電台上一定有什麼好東西。FM：更多音樂，更少人講話。真希望查克在這，他跳舞跳得比我好多了，我是黑人之恥，一個白人很會跳舞真的是很了不起。他帶我到俱樂部去慶祝我們的紀念日，已經六個月了，他想要慶祝我們的六個月紀念日。大家還說女人是比較老套的性別勒，但是總之，六個月是去跳舞，五個月是送耳環，四個月他想煮隻雞結果失敗了，我媽肯定會說這代表他不是同性戀啊，親愛的。我不知道，但有時候就只是太多查克了，我開始在他去上班時比較喜歡他。不，這不是真的。現在我愛上了他的頭髮而今晚我會愛著他睡覺的樣子。

我在曼塔那遇上他時我處在一個那股心裡的聲音說著不管這是什麼，神啊，現在就請發生吧的時刻。我對於受夠也已經超級受夠了，我隨時準備好離開了。那天我老闆把他的手放在我膝蓋上，第二次了？不，第三次，並問我我有多喜歡在這工作，以及他是怎麼看出這份工作是孤注一擲了，是最後一搏，好像在某間太過浮誇還把自己叫作泰姬瑪哈陵的印度店鋪賣便宜得要死的珠寶是我最好的出路一樣。只不過這確實是，金．克拉克，妳接下這份工作只需要知道他們不會浪費任何一秒就會去找其他人了，蒙特哥灣就是需要工作，就是需要，不可能回頭去京斯敦的。

我不會想起京斯敦。我想要想安迪．吉布[172]，他幾乎快跟《飆風天王》的約翰一樣可愛了。

安迪・吉布：頭髮、胸口、頭髮、項鍊、頭髮、牙齒、頭髮、頭髮。杜克兄弟約翰的微笑、頭髮、牛仔褲、像女孩的頭髮，**我只想成為你的一切**[173]，路克・杜克的大白屌在他長褲左腿的褲管裡，耶穌基督啊女孩妳一定是全蒙特哥灣思想最骯髒的女人。但電台上放的並不是〈我只想成為你的一切〉，**輕輕來，帶我穿越黑夜，陰影在跳舞**[174]。我知道我想要什麼，只要有個晚上查克在我裡面，在我上面時我不會想到路克・杜克就好了。不我才沒有這麼想。有我有。我應該去煮他的阿開果了，他喜歡早餐吃這個，也不介意晚餐吃。我會想著我是怎麼愛著他的頭髮。

他遲早會知道的。金・克拉克，妳以為妳有多聰明啊，那男人注定會發現的如果他不是早就知道的話。今天早上我只拿了十塊美金，這是我拿最多的一次，上週五，五塊，再四天前是六塊，不對是五塊，不對是一張五塊紙鈔跟兩張一塊，我從來不碰美金的。聽著，他只會覺得這樣很可愛而已。哪個老婆不會從她老公的錢包裡拿錢啊？我不是他老婆。我會變成他老婆的。不你們在同居，現代人就是這麼做的，現在可是一九七九年欸。我真的得去煮飯了，我很確定他不知道，我是說，哪有男人會去數他錢包裡有多少錢啊？

美國男人。

他們全都是從曼塔那來的。我是說，白人。如果那男人是法國人他會覺得他說問逼而不是賤屄就能蒙混過去，因為我們這些沒讀書的婊子永遠搞不懂他的意思。他一看到妳就會把鑰匙丟在妳腳邊然後說妳，**現在**（**法語**）去停好我的車！**快一點**（**法語**）！我撿起鑰匙然後說是的主人，然後繞到女廁把鑰匙沖下最骯髒的馬桶。如果他是英國人，而且不到三十歲，那他的牙齒就還會掛著也會夠迷人到能帶妳上樓去不過卻醉到什麼事都做不了，他不會在乎妳也不會，除非他吐在妳身上並在化妝台上留下幾英鎊因為這實在是非常、非常糟糕的事。如果他是英國人並超過三十歲，妳就會花一整段時間看著各種刻板印象堆起來，從讓～～～我～～～跟～～～妳～～～講～～～話～～～講～～～慢～～～點，親～～～～愛的因～～～～為妳～～～～～只～～～～～是個小～～～～～～黑～～～～～妞、他們的語速到一口因為睡前喝的那杯可可而來的爛牙。如果他是德國人那他會很瘦他也會知道該怎麼幹炮，呃以一種活塞運動的方式啦，但他很快就會停下來因為沒有人可以讓德語聽起來很性感。如果他是義大利人，那他也會知道該怎麼幹炮，但是他先前八成沒洗澡，並覺得世界上存在一種東西叫作充滿愛意的甩巴掌然後也會留下錢即便妳告訴他妳並不是妓女。如果他是澳洲人，他會就這麼躺著然後讓妳做所有事因為就連我們這些雪梨老兄啊都聽說過妳們牙買加妹子哦。如果他是愛爾蘭人，他會逗妳笑並且會讓最骯髒的事聽起來都很性感，但妳待得越久他也會喝得越久，而他喝得越久呢，嗯那七天裡的每一天妳就會得到七種不同的怪物。

但是美國人啊，他們大部分都會花一段非常長的時間，或是一段長到可怕的時間試著說服妳他們就跟其他人沒什麼兩樣。我只是個來自馬斯柯基的奧克拉荷馬人啦，就連查克自我介紹時都說他**只是個來自小石城的普通人**，當我說怎麼會有人只想當個普通人啊，他不知道該怎麼回答

172 譯注：Andy Gibb（1958-1988），澳洲歌手，為名團「蜜蜂合唱團」（Bee Gees）成員吉布兄弟最小的弟弟，因有毒癮及憂鬱症英年早逝。

173 譯注：出自安迪．吉布的同名歌曲〈I Just Want To Be Your Everything〉。

174 譯注：出自安迪．吉布的歌曲〈Shadow Dancing〉，亦即本章章名。

這個問題。不過確實啦如果有個男人話說在前頭那妳看到什麼就會得到什麼，不會更少但肯定也不會更多，也許我的標準很低吧，也許我只是喜歡有個男人實話實說，我甚至不覺得他有覺得我真的這麼可愛。呃他當然有覺得啦，畢竟他都走過來說**妳好嗎**了，時機也很完美，就在那個法國人因為大吼我的車鑰匙勒，你這個間逼而那個義大利人去跟某個一個人飛到這裡來因為她存了二十六個月錢的蠢美國女人跳舞之後然後幹他媽的，這個死肥婊子就要去**幹**那個義大利人了。他並不是她在《福克赫斯特情婦》[175]讀到的黑皮膚一大包大屌曼丁哥，但他的膚色有點深所以她也可以啦。

而我當然每晚都在那囉。我一月時搬到蒙特哥灣，直接搬進某間屋子裡的一個房間那裡還有個共用的廚房那是一對退休夫婦以前租給寄宿學校學生的屋子。但其實我住在曼塔那。從我第一天去上班我就聽說過這間夜店了，呃，上班時偷聽到的啦因為珠寶店裡的那些印度婊子沒半個會跟任何黑人員工講話，除了提醒我們她們認識警察而只要有個墜飾不見我們整個週末就都會耗在監獄裡被強姦之外。總之，我偷聽到曼塔那**是個可以跳舞的地方**，**而只有你長得正確他們才會讓你進去**，**感謝主不是黑人**。那時誰知道黑色後來會變成正確的長相呢？搬到這裡兩個星期後，我隨便穿了件白T恤、Fiorucci牛仔褲跟高跟鞋，他們就讓我進去了。我就這麼經過其中一個印度女，那個鷹勾鼻、長頭髮的她在看到我在看之前幾乎要開口叫我了並知道她將永遠看不起自己，我也差點都要說出有時候他們想要的是巧克力而不是咖哩。

但一進去聽到音樂後我原先以為會是的一切卻全都不是這樣。DJ一直在放〈飛吧知更鳥〉而白人就像白人一樣在跳舞，不是白人的人呢，幾乎全都是女人，則是皺著眉看著彼此因為只有皺眉才能隱藏我們的表情全都他媽的一模一樣，白人啊拜託過來這裡拯救我因為我已經無處可去了的表情。我覺得我把自己推到了這個國家的邊緣而剩下的只能翻過去了，或是飛走。我在美國要當什麼樣的人呢？《神仙家庭》[176]裡的莎曼珊嗎？還是《踏實新人生》[177]裡那個大吼大叫的女人？我想就這麼跑進城市裡然後把我的帽子丟到空中就像瑪莉．泰勒．摩爾[178]你最後一定會成功的。耶穌基督啊我隨時準備好離開了。

我真的隨時都準備好離開了。

我幾乎都要忘了。我在太陽底下把我的手在上面摩擦了三次，感覺戳記上的每個凹凸，戳記讓這一切變得真實，戳記讓這一切聞起來很棒，沒錯我聞得到，眼見永遠不會使其成真，碰觸才會使其成真，但是聞到讓這更真實了。我的手指聞起來像美國的紙張，像等著蒸發的化學物質，我幾乎都要忘了，金，試著忘掉周遭的一切吧，然後不要再這樣笑了，會讓妳的臉頰很痛，但如果妳不笑妳就會哭。

妳臭死了。得把臭味洗掉才行，把墨水從妳他媽的手指上洗掉，我怎麼能忘記呢？他再幾個小時就會回家而我還沒有把臭味洗掉。女孩，去洗……夠了。我接下來就會這麼做，這會有效

175 譯注：*Mistress of Falconhurst*，《福克赫斯特》系列小說的第八集，故事設定在蓄奴時代美國的同名農園，圍繞著殘酷的奴隸主家族展開。

176 譯注：*Bewitched*，一九六〇至七〇年代美國奇幻情境喜劇，主角莎曼珊是個女巫，嫁給了一個凡人，並立志過上典型郊區家庭主婦的生活。

177 譯注：*One Day at a Time*，一九七〇至八〇年代美國情境喜劇，主角是一名單親媽媽，有兩個青春期的女兒。

178 譯注：Mary Tyler Moore（1936-2017），此處應是指她的經典情境喜劇影集《瑪莉．泰勒．摩爾秀》主題曲中的著名場景。

的。我會去洗澡，我會幫那男人煮他的阿開果，他會帶我到樓上然後他會幹我，不，我們會幹彼此，接著我們會一起醒來，然後他會。不，我們至少還要三個星期才會離開，我會打包。去吧女孩，去把臭味洗掉。

每天他都會從辦公室帶些東西回家，這部分似乎是這些美國人的成長方式，他們會蒐集東西，所以湯尼．寇蒂斯[179]或是東尼．奧蘭多會出現在曼塔那而他們會請他幫忙簽名一下，也就是請他在一張餐巾上簽名，然後他們會好好保留這張餐巾，並收藏起來好像他們永遠都不會再見到湯尼．寇蒂斯一樣。現在查克開始把東西帶回家，收藏這些東西彷彿他必須要確保東西都很安全似的，我不知道他幹嘛要保護一個咖啡杯，或是五盒橡皮筋、一張法拉．佛西[180]的照片、一張卡特總統的照片或一整箱烈酒好像美國沒有烈酒一樣，或是一座某個拉斯特握著他勃起陰莖的雕像，龜頭比他真正的頭還大。這男人一定覺得自己是諾亞為了他的方舟拯救一座大屌拉斯特的雕像，如果他要拯救這座他媽的死雕像而沒有計劃要拯救我的話我對天發誓絕對會殺了他。

我會去洗澡然後我會去煮阿開果跟鹹魚。不，阿開果配鹹豬肉，不是鹹魚，還有番茄。金．克拉克，快去把那臭味洗掉，不要再想了就把這些東西留在廚房然後快去洗澡，還有刷妳的牙，並用一點李施德霖漱口水。也許對男人來說這都沒差，對吧？也許吧，我也不知道。把我應該感受到的隨便什麼感覺寫在這裡吧：＿＿＿＿＿＿＿＿這樣我就能感覺到了。我什麼都感覺不到。也許我應該對於沒有任何感覺有點感覺才對但我連這種感覺也沒有。妳這樣到底算是哪款女人阿，金．克拉克？妳每次舔妳的嘴唇，妳就會聞到且／或嘗到他，至少把他從妳嘴裡洗掉吧，淫蕩的女孩。

我可以看見他把我趕出去。那會像是在一部每個人都講義大利文的電影裡，他正把我拖出我的房子，他的房子，這間房子而我在地上尖叫哀求爬行爆哭拜託查克不要，別把我踢出去，不要，別把我踢出去，我求你了。我會跪著求你。我會幫你煮飯幫你生孩子幫你吹喇叭就算你沒先洗過也沒關係，不要！不要！然後他會看著我並問妳他媽說不要到底是什麼意思？這什麼腦殘的狗屁猴子語言不要的意思竟然跟拜託一樣？對妳來說一根屌就是一根屌就是一根屌，他會這麼說因為這聽起來很粗魯，彷彿他沒有花任何時間想出這句話一樣，這樣他就能同時既生氣卻還是很聰明而我則在地上抽抽噎噎說著不要、不要、不要，並心想我能不能像是在《朱門恩怨》[181]裡那樣說這不像看起來那樣，甜心。

我應該去洗澡，刷我的牙，用肥皂把臭味給洗掉。但這樣的話我難道不會太乾淨嗎？這樣我就乾淨到可疑了，我們已經來到一個我已經不需要梳頭髮或是擦口紅和香水的階段，而且也不在乎他是不是抓到我用同隻手抓我的屁股跟攪鍋子裡的東西，他現在爽的時候也會隨時放響屁，我真的很不喜歡這樣。美國人的屁更臭，聞起來像是他們吃人多肉了。當妳終於讓一個男人覺得在妳身邊很舒服時請小心妳想要的東西，妳會發覺這一切追求的狗屁有多少都只是在做秀而已。不是秀，是在表演。他會繼續演下去多久呢？而要是這比他預料得還更久他會不會就這麼拋下我換成下一個瞪著她酒杯的當地女孩呢？感謝上帝黑皮膚不會表現出來，黑女可以隱藏身上的痕跡，

179 譯注：Tony Curtis（1925-2010），美國知名老牌演員，潔美·李·寇蒂斯（Jamie Lee Curtis, 1958）之父。

180 譯注：Farrah Fawcett（1947-2009），原版《霹靂嬌娃》影集的女主角之一，是一九七〇年代的美國性感偶像。

181 譯注：*Dallas*，一九七八至一九九一年播映的美國長壽肥皂劇。

也許這就是為什麼男人覺得黑女比較好把吧，你可以在白女的皮膚上追蹤出她和男人的關係。蠢女孩，那就讓他今天晚上不想要妳不就好了，說妳自己頭痛，說妳月經來，他特別討厭叫這月經，說這聽起來很像鮑魚長麻疹。

我還有留下任何辦護照的照片嗎？

美國有熱水嗎？

蠢婊子，他們當然有熱水，而且他們也不用先打開熱水器等一下，也許我應該在水裡加一點Pine-Sol多功能清潔劑，耶穌基督啊金．克拉克妳身上是他的汗味，不是流膿。聽著，老大，這就是我全部的錢了，你有我的錶，你甚至還有他上星期給我的項鍊，現在我必須得說東西掉下排水孔或什麼的，快把該死的護照給我。你說我還有另一樣珍貴的東西是什麼意思？我不知道你在講什麼。

噢。

我告訴你，你可以是來自南極或是聖凱瑟琳南部但你們男人全都一個樣，**別退縮，跟那男人說話，金，把事情搞定就好了。**這裡嗎？就在你辦公室？有人在外頭耶**當然有人在外頭囉，他想要外頭的每個人都聽見並知道。**我該怎麼知道你完事之後會乖乖把東西交給我？**不要激怒那個男人啦，妳這蠢屄妳已經等兩年了，幾乎兩年但這還是一段很長的時間，而他可以在妳面前把一切都撕爛。我還有更多辦護照用的照片嗎，我實在很不喜歡別人幫我拍照，我有留著底片嗎？牆上貼著一堆照片，全裸的白女，兩個黑女，一起擠著她們的奶子。**噢不脫掉我的洋裝嗎？耶穌基督啊等等先不用，我可以自己把我的內褲脫下來謝謝你哦。**金不要再看月曆了還有他把自己推進妳**

時記得要表現得像痛到不行，他會噢、噢、噢天啊你從沒跟我說過你這麼大大得跟一根爛掉的香蕉一樣，妳也同意吧十二月女郎？妳看見他每次都對每個走進那扇門需要某個她們不應該擁有東西的女人掏出來，這結束之後我還有時間去買阿開果而且可以把他給洗掉嗎？也許我可以去對街的旅館溜進他們的浴室把這個婊子養的從我身上給抹掉。安靜，金・克拉克，閉上妳的眼睛想想阿肯色州。啊、哈、啊、哈、啊、哈，在他門上寫著顛倒的「公證人」跟「治安法官」，當妳背後的男人永遠分不出來他到底要射了沒。幹，甚至沒注意到我他媽的手指弄到印台裡了，讚哦，指尖上有紫色印泥這個男人還一邊繼續在我背後上我而我能聽見的就只有肉體啪啪啪的聲音，也許我應該偷走這些假的印章只是以防萬一我需要另一本護照。你快射了嗎？一年、五個月、十七天、十一個小時、三十分鐘而妳最後迎接的就是這個，最後要拿到就是要付出這樣的代價，護照、簽證、離開這個幹他媽腐敗國家機器的門票，我向上帝祈禱這男的趕快射。就閉上妳的眼睛然後想想風滾草吧，金・克拉克，阿肯色州，不是阿肯薩州，我喜歡。我們將會坐著一台馬車登上某座山丘而蘿拉・英格斯跟瑪麗・英格斯跟那個一直掉到草地上的小傢伙會朝我們跑來因為到現在我們已經有三個小孩了全都是女孩，好啦也許有個男孩，但只能有一個。神啊，我有在吃藥真是件好事，這樣也許這個婊子養的就不會傳染淋病給我了。我聽見他辦公室裡的人停下來聽，七分鐘內沒有半根手指按下半個打字機的按鍵，我一直在默默輕敲數秒並看著牆上的時鐘。還有四月女郎、五月女郎、九月女郎跟八月女郎，沒有在擠她的奶而是張開她的，也許我搞得跟AV女優一樣這就會更快結束，查克，他知道我知道他把他所有的《好色客》雜誌都放在他書房書桌後頭祕密抽屜的保險箱下面嗎？《性交》雜誌在高爾夫球袋後面？[182]《閣樓》雜誌則跟他的領帶

放在同個盒子裡因為他想要我找到那本這樣我才能從《快樂應召女》[183]**那邊學個幾招？**這種事持續得永遠都比妳想的還要更久，好笑的是竟然是性愛讓我又重新開始用牙買加話思考，**不，金·克拉克妳現在可不能去想這讓妳變成什麼樣子了**，結果這個婊子養的又多幹了我七分鐘，外頭沒半個人打半個字。他把護照給我我又打開來看著我看著自己頭上蓋著一個簽證的戳章，是B1 B2[184]。我本來都要開罵我付的錢是綠卡的錢耶，但接著又想說也許我該接受我得到的就好了然後讓查克去處理剩下的事，天知道這個婊子養的為了綠卡會叫我做什麼。

金·克拉克，妳說謊。

妳現在就在睜眼說瞎話。有很多事真的發生了。但妳什麼也沒對那男人說，妳甚至連哼一聲都沒有，妳就只是拉起妳的裙子並拉下妳的內褲然後祈禱那男人沒有梅毒而已。而他幾乎也可以說是很緊張，實在是有夠緊張所以到了那時妳才發現妳大概是第一個被這威脅拐到的女人而他根本不敢相信他的好運，妳也不是在輕敲數秒，而是在輕拍他的背這樣他才能進入節奏然後也許不要想到他老婆，當他最後終於射了時妳還為他感到抱歉，因為他知道妳必須走過那扇門經過他的下屬。而且妳根本也沒看護照因為如果妳真的看了那就連上面那張爛爆的照片都會讓妳問自己這一切是否值得。這值得嗎，金·克拉克？值得，值得，幹他媽當然值得，不要再問我第二次了。我會再幹他一次然後把他的屌放進我嘴裡，我甚至會舔他的屁眼。這可是一九七八年，這是一九他媽的七八年而一個女人必須了解有時候唯一一條前進的路就是穿過去。當我來到蒙特哥灣時我就知道無論是在飛機上還是裝在盒子裡，我都要離開這個地方。你幾乎要覺得你真的逮到我了對吧，牙買加？你幾乎要覺得你真的逮到我了，他媽的來親我的屁眼吧幹。幹，冰箱上到處都是紫色的指紋，這是要洗多久才洗得掉啦？

又在等水了。站在蓮蓬頭下聽著排水管咳嗽，這個操他媽的死國家，每天你需要用水的時候剛剛好就沒水，我希望這間房子後面就有一條河這樣我就可以去洗澡跟鄉下女人一樣，真的是幹你娘太讚了，就在這個我需要沖個澡的下午，在我男人回家前把這個男人給洗掉。我為什麼不能有更多感覺？我為什麼沒有更多感覺？我在跟新菜試車時會心跳加快，也許只要我幹得夠大力或夠久血液就會充滿良心應該要在的地方。難道你不懂嗎，我**想要**有感覺。我想要我的心跳加快因為罪惡感狠狠襲來不願離去，罪惡感會代表著某些意義。我在洗乾淨前還要擦多少次？我願意付出一切只為了讓水現在馬上回來，拜託了，就在他回到家之前。不行嗎？那就去死吧幹。他一踏進家門我就會準備好晚餐然後我會玩他的頭髮就像我根本都沒先想過一樣而他會很愛這樣，也許我會唱〈跳舞皇后〉，他知道我有多愛那首歌搞不好也唱個安迪·吉布吧。也許〈陰影在跳舞〉又會回到電台上而我會把他從椅子上拉起來然後說和我跳舞吧，寶貝，他會說金·克拉克，不，親愛的妳確定妳沒事嗎？而我會直接拿簽證給他看。

不，這是個糟糕的主意。妳早就跟他說過妳有簽證了，笨蛋，而且又不是說他有主動問過，現在給他看他就會發現戳章是上週才蓋的，他也還沒確鑿無疑地說妳要和他一起去。但是他為什麼需要這麼說呢？他要是會這樣拍拍屁股走人我們是不可能同居的，他是在練習想看看哪種告別

182 譯注：*Hustler*、*Screw*，與《閣樓》相同皆為美國成人雜誌。

183 譯注：*The Happy Hooker*，一九七五年美國傳記喜劇片，改編自同名的暢銷回憶錄。

184 譯注：即美國的商務及觀光簽證，非能夠永久居留的綠卡。

會流最少眼淚嗎？哪種告別不會讓我想殺了他嗎？他有在鏡子前面練習嗎？金．克拉克，如果妳有腦那現在妳早該讓自己懷孕了，如果我今天開始就不吃藥等到他預定要離開時我有辦法懷孕嗎？今天我會愛著他的頭髮，並問他我什麼時候該開始打包。

金．克拉克，妳下錯招了。金．克拉克，閉嘴然後給我從淋浴間出去。我的頭髮需要潤絲，我應該要在這裡弄還是去美國弄？一切都會回到這個問題，我是要在這裡弄還是等我去美國？耶穌基督啊，等我開始厭倦那十三台頻道的那天，我該怎麼辦才好？等我厭倦玉米片的那天，不不是玉米片，是糖衣玉米片才對，等我厭倦抬起頭看見雲朵會撞上並撞進的建築物那天，等我厭倦扔掉麵包因為已經放了四天而我需要一條新麵包的那天，等我厭倦Twinkies蛋糕、Halston名牌衣物、Lip Smacker護唇膏、L'eggs褲襪、Revlon所有化妝品[185]的那天，等我厭倦直接從晚上一路睡到早上並在咖啡香跟鳥叫聲中醒來查克還會說，妳昨晚睡得好嗎，親愛的？的那天。而我會說是啊我睡得很好，甜心，而不是一整晚都望著黑夜，聽著該死的時鐘滴滴答答，因為我一旦睡著就會有東西跑來追我。我以為我們要停下來不再繼續思考了，金．克拉克。說真的，思考就是個狡猾的小婊子，因為所有想法都會把妳帶回那唯一的想法而妳永遠都不會回到那唯一的想法，妳聽到了沒？永遠都不會。只有蠢女人才會往回走。

——我愛這個國家。你們大家有個這麼好的國家還身在福中不知福呢。但你們的領導人總理還真是爛爆了，你們大家怎麼還會想再投給他啊？

——你的「你們大家」是說夠了沒？

——抱歉，親愛的，妳知道我的意思啦。

——不我不知道你意思，我可沒有投給他。

——可是——

——不要再說什麼「你們大家」了好像我代表全牙買加人一樣。

——好嘛，這只是個表達方式啊。

——那你表達自己應該要再加強一下。

——靠，妳今天早上內褲裡是塞了什麼啦？

——你也知道我們的，每天都是那個來啦。

——我輸了，我要去上班啦。

妳這鏡子裡的女孩，金．克拉克妳這女孩啊，就承認妳讓自己對他生氣事情會比較容易吧。但妳又做了什麼呢，蠢婊子？妳從來都不生氣，妳從來不給他半個理由甚至想過自己離開把妳給丟下，妳從來沒變成那個難搞的婊子，那是白女的特權。

——嗯希望囉，希望我回來時妳心情會好點。

——希望你回來時不會再講垃圾話了。

有時候我覺得他喜歡我恰一點，我也不知道。一個女人應該知道什麼時候要閉嘴並讓男人覺得他贏了，我甚至不知道這是什麼意思，我以前覺得我知道美國男人想要什麼，當他帶妳去吃肯

185 譯注：Halston即知名時裝設計師Roy Halston Frowick（1932-1990），台灣譯為侯斯頓，Revlon台灣則譯為露華濃，此處為維持句子前後統一皆保留原文。

德基時就是「約會」，但要是他只是三不五時來打個炮那他就是在跟我「見面」，或是我在跟他「睡」。整件事都很瘋狂，要是他來只是為了打炮那我最不希望他做的事就是跟我睡。妳可以讓一個男人更愛妳嗎？

公司在牙買加待了三十年後要撤出了，上星期「約會」時他說。艾爾柯普礦業終於填飽了他們的鋁礬土肚子現在正打包要離開，查克說**這是因為鋁礬土稅**，**這只是邁向國有化的第一步**，**而這本身也是邁向共產主義的第一步**。我說你們這些洋基佬害怕共產主義的方式就像鄉下老女人怕魔神仔一樣。**那是什麼？**他問，就鬼啊我說，他大聲爆笑了起來。

——在這裡變成古巴首都之前得快閃才行。

我也大聲爆笑了起來。

——我可能知道些什麼妳不知道的事，金。

——不你可能聽說過什麼我沒聽說過的事，這是兩碼子事。

——靠北，妳這張嘴啊——

——你在裡面的時候可沒聽你抱怨過。

——親愛的，妳還真是個性感小騷貨，妳知道嗎？

男人會娶他們的性感小騷貨嗎？我得帶他去某個他必須介紹我的地方，這樣我才能聽聽他是怎麼叫我的，看看我的地位。好喔，好像我真的想知道一樣。金·克拉克，妳的人生只不過是一連串的B計畫而已。我有個喜歡搓我腳的男人應該要很高興才對，一個大男人、一個高男人、一座山，六呎四吋？絕對至少有這樣吧。灰眼睛，嘴唇很薄薄到看起來就像有個人割了一條縫一樣。他的頭髮很捲，而他現在開始留頭髮。寬闊的胸口跟手臂，他以前曾用雙手勞動在他開始在辦公桌工作及吃飯前。他頭上長的是棕髮，陰莖以上的毛卻是紅色的而且還從他的蛋蛋冒出一大叢，有時候妳就是必須停下來然後仔細盯著看。

——妳在幹嘛？

——沒幹嘛啊。

——如果妳再繼續這樣盯著看下去，就會在妳眼前縮小消失不見啦。

——我只是在等燒起來而已。

——黑人沒有陰毛哦？

——我怎麼知道？

——啊災，我的意思是，妳是個現代女人，對吧？

——現代女人的意思是蕩婦？

——不是，現代女人的意思是妳已經去曼塔那好幾個月了，而且還很愉快。

——你怎麼知道我的愉快是哪種愉快？

——早在妳看上我之前我就在曼塔那觀察環境好一陣子啦，金。不過說真的，妳從來沒跟半個黑人睡過哦？就連牙買加人也沒有嗎？

要記得，確認一下這個男人在什麼情境下會叫我親愛的什麼情境又會叫我金。這很重要，金·克拉克。男人會娶他們的親愛的，他們當然會啦，也許我應該高興這男人已經好一陣子沒叫我性感小騷貨了。上一次是什麼時候？想不起來了。想用力一點。不，我記不得了。我需要他從我愛妳更進一步，但只能剛剛好從流著淚的告別到我真的很愛妳我們現在就結婚吧，現在立刻馬上，這樣妳才能以查克太太的身分飛回阿肯色州。但阿肯色州難道不是其中一個討厭黑人的地方嗎？如果我能讓他娶我，那我能讓他搬到紐約，或波士頓嗎？不要邁阿密，我想看雪。昨天我把我的手塞在冷凍庫裡超久大概有四分鐘吧只為了感受一下冬天會是怎樣，還差點也把我的頭給塞進去了。我抓了一坨霜用力擠壓直到寒冷開始燃燒疼痛一路抵達我的腦中，我把那坨霜揉成球然後朝窗戶丟去，雪球黏住了一秒鐘然後掉了下來而我開始哭。

——**寶貝，我永遠不會把任何事交給運氣**。

我在想這是不是在說我。他不想冒著我離開然後永遠不會回到曼塔那的風險，即便我根本每晚都去。搜尋著。還是這代表他已經買好票了或是公司已經給他回美國的票了，兩張票，一張票，他們只給他一張來這裡，為什麼會給他兩張離開呢？**查爾斯啊，查爾斯我們不能給每個愛上當地野女孩的男人額外的機票，你以為這裡是哪啊**，南太平洋哦？噢別再想了，金．克拉克，相信我吧妳，妳會把自己給逼瘋的。以前在教會的青年小組時他們會說擔心是有罪的沉思因為你正選擇不要相信上帝，我以前也覺得別的不說，我在中學時學到的唯一一件事就是我至少會上天堂而不是那所有讓男孩隨便毛手毛腳的淫蕩女孩因為她們說她們的奶子長得好快男孩們則說我們才不相信妳勒。我得搬到蒙特哥灣這麼遠來才能確保我永遠不會再遇到那些臭婊子了（不這才不是為什麼，別再說謊了，好像現在這還有意義似的）。至少我他媽沒有半個孩子讓我的奶子都要下垂到膝蓋了，耶穌基督啊我以前真的好討厭這些死婊子。

我該打包嗎？去啊……金，快去啊金．克拉克。快去，賭妳不敢。去打包妳的行李箱，就是妳一起帶來蒙特哥灣那同個紫色的，現在就去打包。我真的應該為了美國買個新行李箱的，我在想他會不會想要帶走毛巾，我上週才剛買的，去他的毛巾，我們應該丟下一切然後永遠不要回頭，可別變成羅得的妻子啊，金．克拉克。

輕輕來，在夜晚的時候來。這個ＤＪ真的是放不下安迪．吉布耶，我現在想聽〈妳應該要跳舞的〉[186]，這就是我想聽的，寶貝我們去跳舞吧他一走進門我就要這麼說，我們會去跳舞，不是在曼塔那可能是八號俱樂部吧而我們灌醉他之後我會說，寶貝我知道你還沒問我，但我已經開始打包了這樣就能幫我們都省掉麻煩。你們美國人是怎麼說的啊？積極主動，你看我就是很積極主動因為你們男人啊不管什麼事總是都會等到快要來不及的時候才會去做，包括求婚也是。不，我不會說求婚的，沒有男人會想覺得自己是被拐進婚姻的。而當他開始如果啊但是啊的時候我就會掏出他的屌並讓他見識見識我完完全全學會了他放《調教貝多芬小姐》[187]的片子時我應該要學會的事。

——我也不知，我沒想到牙買加女人會跟美國黑妞一樣。

——你沒想到我們也會是黑人？

——不是啦別蠢了，我是說我沒想到妳們在性觀念上會這麼保守。我發誓，在阿肯色州長大你絕對會有錯誤概念。

186 譯注：蜜蜂合唱團的名曲〈You Should Be Dancing〉。

187 譯注：*The Opening of Misty Beethoven*，一九七六年美國色情喜劇，情節包括女主角引誘男同志、跟三個男人4P、戴假屌肛男人等。

——你提到我的時候為什麼總是用複數？

——也許我就是特別哈黑妞吧。

——嗯哼，那我肯定就是黑妞代表囉。

——我聽說米克．傑格也這樣。

——你有在聽我講話嗎？

——但我是爵士型的，對吧，寶貝？

——你到底在講什麼啦？

說到這另一個唯一把他的嘴巴靠近我鮑魚的男人也是個白人，而且也是個美國人。還有，不我沒辦法再想下去了，有什麼東西把海鷗嚇跑了，牠們離開多久了？甚至沒發覺我把我的想法大聲說了出來，牠們是不會離開的除非……最好去看一下客廳。

——噢，嗨甜心。

——呃，噢，查克啊。

他用一個大大的笑容回答。

——我不知道你在這，我甚至沒聽到你進來。

——對齁？聽起來妳裡面有伴，所以我正把鞋子脫掉想說進來加入——

——我一個人。

——噢真假？妳跟個瘋妹一樣在自言自語啊？

——只是說出我的想法而已啦。

——喔喔喔，和我有關嗎？

——真不敢相信你進屋來我卻沒聽到你。

——這裡是我家啊，寶貝，我沒必要只是因為我進來就大吵大鬧吧。不這並不傷人，快揮掉，金．克拉克。

——我正要來煮晚餐。

——超愛牙買加人都說煮晚餐不是做晚餐。

——差在哪？

——嗯妳可以就只弄些什麼起司通心粉然後哇，妳就做好晚餐啦。

——你想吃起司通心粉？

——什麼？不，寶貝，妳煮什麼我都想吃。所以妳要煮什麼？

——我不敢相信你剛才就這麼進來了。

——妳很困擾嗎？放心啦親愛的沒有人會跑這麼遠來這裡攻擊妳的。晚餐吃什麼？

——阿開果。

——天啊。

——這次配的是鹹豬肉。

——什麼是鹹豬肉？

——就像很厚的培根。

——我來點培根不錯哦，那妳回去煮飯，我呢就回去讀這份我正在讀的《牙買加星報》，我發誓這鬼東西真的超有趣，完全不像《牙買加日報》那麼鳥。

我希望他不要開始告訴我報紙上寫了些什麼。每一天都越來越難躲開他跟我報新聞，把新聞跟我說讓他超開心，比他自己一開始讀到還更開心。上週二我看到他來廚房找我我說我已經讀過報紙了，想說這可以讓他閉嘴但這整件事還是燒回我身上了。這男人一聽到這話就想要來討論事情，我真的受不了新聞，大多數時間我甚至根本不想知道今天是幾號，我發誓我聽到某件事的那秒，或是我發覺我正要聽到什麼事的那秒，我的心跳就會開始加快而我最想做的就是跑回我的房間，用枕頭蓋住我的臉然後放聲尖叫。哪怕在市場時只需要某個小販說，所以妳沒聽說過那個小姐怎樣怎樣囉？我就會頭也不回地走開，什麼東西也沒買。我什麼事都不想聽，我他媽不想知道任何新聞幹。無知是種幸福。我懂他，他就要走過那扇門了，快把油弄熱啊，快弄熱啊金·克拉克，要弄到有夠熱然後在他踏進來時就放進洋蔥跟蔥這樣啪嘶嘶嘶嘶嘶嘶聲就會蓋過他說的話，我會說蛤啊啊啊啊？然後他會再說一次，我又會說蛤啊啊啊啊啊？並且加一點水這樣油就會滾得滋滋響嚇到他他就會忘了話題，也許吧。我希望海鷗還在這裡因為這樣他就會衝到外頭把牠們趕走我也能問其中一個蠢問題像是美國有海鷗嗎？這種問題會讓白男超愛並露出微笑，微微點點頭然後才回答。他們的國家有腳踏車嗎？他們會在高速公路上騎嗎？你在美國會看《怪胎一族》[188]嗎？你有看《神力女超人》嗎？自由女神像有多高？你們是雙線道嗎？

深呼吸，金·克拉克。一路順風，妳很快樂。

——今天的《牙買加星報》上有個東西很有趣，他邊說邊走進來。

——甜心，你確定你不把你的好衣服換掉嗎？

——妳現在是我媽啦？

他微笑。

——是你把海鷗嚇跑的嗎？

——牠們又讓妳很困擾啦？

——跟平常差不多。阿肯色州的海鷗是哪種啊？

——我三天前跟妳講過的同一種。

——噢，我的腦子就像個篩子，資訊一進來我就馬上又濾出去囉。

——聽起來比較像是直腸不是篩子。

——但你幹嘛講話要這麼粗魯啊？

——就愛妳用牙買加話罵我。

——哈哈，嗯要是有半滴油噴到你那我就會跟你說你他媽是活該啦。

——再來再來。

——幫我把洋蔥跟蔥拿來。

——在哪？

——你旁邊門邊櫥櫃上的籃子裡……小心腳步哦我才剛擦完地板……很滑。

——我是個靈活的傢伙。

188 譯注：*The Munsters*，一九六〇年代美國奇幻情境喜劇，主角是怪物一家。

——嗯哼。

——天，妳切東西真的超快，每個牙買加女人都知道怎麼煮菜嗎？

——沒錯。呃每個有點用的女人啦。所以不對，蒙特哥灣沒半個牙買加女人會煮菜。

——妳是想叫我不要再去曼塔那啊？

——哈。

——嘿，親愛的，我有件事得跟妳說。

——甜心，我現在沒辦法應付那份報紙上的任何事，那個《牙買加星報》就只有破事跟醜聞跟第三版露奶的白女啦。你今天從辦公室偷了什麼回來啊？

——我沒有偷。一個罐子啦，就只有一個罐子，不過是個綠色的哦，就像祖母綠，我想。

——你應該買個祖母綠給我才對。

——金。

——我是說，我是說，我是十一月生的其實應該是黃晶才對啦，但是你自己先提祖母綠的而——

——什麼鬼，金。

——我他媽的一點都不想聽什麼《牙買加星報》上的破事，查克。

——什麼？我又不是在說《牙買加星報》，我是在說艾爾柯普。

——艾爾柯普怎樣了？

——我們今天發了份備忘錄，公司正在逐步結束業務速度比原先預期的行程表還更快，我是說，預計啦。

——你現在要翻譯備忘錄就對了？
——我們下週就要飛了。
——噢，噢幹，那很好啊。
——其實有點搞砸了，說真的。
——不，幸好車庫已經清好了！有好多事要做！但是管他的，就像你會說的那樣對吧？打包不了的就留在這，是吧？
——我們指的是公司，金。
——美國當然沒有阿開果啦所以我煮好時你最好趕快吃。
——我們指的是員工和職員。
——我最好煮得更好吃因為這是最後的晚餐啦哈哈，抱歉囉耶穌，我借用了這句。
——我得去打包了。
——當然要打包啊，說到這個，你一定會覺得很好笑，我不久前才剛在看那個超醜的紫色行李箱呢。
——我的東西，我從辦公室拿回來的所有鬼東西真的是都沒地方可以放半樣了。
——我在想我是不是應該要帶牛仔褲，我真的在思考如果我應該打包牛仔褲呢。我是說，我知道我不會帶毛巾跟抹布因為這真的是貧民窟窮人的行為，但是牛仔褲耶？我的意思是，你知道我有多愛那件Halston，或是說你有多愛我穿那件Halston的樣子啦。
——有這麼多東西要留下。

——但是打包一條毛巾耶，這行為是有多低級啊？又不是說我們要飛去摩丘，這就跟帶一根牙刷一樣。我在美國也想好好刷牙，我知道這聽起來很蠢啦。

——噢天啊金。

——還有牙膏。你們美國人的牙膏稠稠的，裝在那種巨無霸的家庭號包裝裡還有個頭可以擠出來。

——我不覺得需要擔心這個。

——我會有時間去做個頭髮嗎？靠啊，那個ＤＪ又在播安迪．吉布了？這首歌是剛變成排行榜冠軍還是怎樣？你是剛打進去叫他播是不是？

——金。

——好啦那就不要做頭髮，那如果我在飛機上看起來像個瘋女人就都是你的錯，你最好記得幫我說話哦。

——好啦，好啦金。

——在海關把我拖走之前。

——金。

——耶穌基督啊，你真的很懂怎麼給女人驚喜欸，這樣至少沒人會說我們是私奔。

——我們什——

——床單，要帶還是要留？

——蛤？

——我發誓，男人啊，實在他媽一點用都沒有。

——他們並不會——

——我們就把所有白色的都留下來吧，除了那張埃及棉的以外，我們就帶那張走你有聽到嗎？說到這個，你最好讓我來打包你的東西因為你們男人啊也不知道怎麼打包。

——都是你們那個曼利的錯。他用這個……這個……搞爆了一切。

——我覺得你應該打包你所有的斜紋布羊毛褲，曼利裝就都不用帶，不希望美國那邊有人覺得他們的兒子變成社會主義者啦。

——那現在——

——還有那件藍色襯衫我們去跳舞的時候可以穿，阿肯色州那邊有五四俱樂部[189]嗎？

——沒有要去阿肯色州，永遠不會回去阿肯色州。

——噢，好吧，那要去哪都行啊。哈，我才正要說呢，不管去哪都行只要我和你待在一起就好直到我想起來我上星期才剛在某部電影裡聽過這同一句該死的台詞，還是是在《朱門恩怨》裡？你覺得是在《朱門恩怨》裡嗎？潘蜜拉．巴恩斯[190]就會說出這種鬼話。

——操他媽的這就像軍隊要撤退一樣，我和傑克曼說過，這裡是蒙特哥灣，又不是西貢，幹你娘的勒。

189 譯注：Studio 54，一九七〇年代末紐約的傳奇俱樂部，侯斯頓亦經常出入。

190 譯注：即該劇主角之一。

——那我該跟珠寶店說嗎？你知道的，我沒有真的辭職，我只是沒去工作了而已。

——他們還真的包了一台噴射機勒。

——去他們的幹，不幹他們的就像你會說的一樣。我是說，我甚至沒辭職我就只是不去了，你記得嗎？你還覺得這超好笑——

——包了台他媽的噴射機好像這是什麼空運一樣勒。

——我懂，幹嘛現在聯絡他們啊？那我在飛機上就只能忍受其他所有人的太太囉但是幹他們的勒，對吧？我超愛你說幹他們的勒。

——金——

——有好多事要做，我真不敢相信你就這樣給我驚喜，也不敢相信他們就這樣告訴你了。

——金——

——但是嘿，就這樣啦。什麼時——

——**金！**

——**幹嘛？**

——噢寶貝。親愛的我們在這裡擁有的一切都很讚，可是……

——什麼。

——我會寄點錢給妳，妳需要多少都行，妳需要什麼都行。

——什麼。

——妳想待在這多久也都可以，今年的房租都付完了。

——什麼。

——我在想，我是說，真的，我的意思是，這真的很讚，寶貝，真的是，但是妳肯定沒有以為——

——什麼。

——妳知道的。我是說，妳知道我不能……寶貝——

——好啊就去你的空運吧不用帶著我啦，把票留下來就好這樣我就可以走後門去美國了，不這並沒有讓我很火大，還可以。

——寶貝不——

——不要再寶貝寶貝了好好說話好嗎，靠北。

——我過去五分鐘都在說啊。

——說什麼？什麼查克？什麼鬼？

——妳沒有。妳……妳沒有要跟我一起來。

——我沒有要跟你一起去。

——對，妳沒有。我是說，妳肯定知道的吧。

——我肯定知道的，我肯定知道的，對啊，我肯定知道的啦。不等等，讓我學你說話，我肯定知道ㄠㄠㄠㄠ的。

——老天爺啊，金，爐子！

——我肯定知道的。

——金！

這男人硬擠過我身邊把爐子給關掉，到處都是煙。我能看見的就只有他，背對著我，煙飄向東邊又飄向西邊彷彿是從他耳朵裡跑出來的，就像卡通裡的兔寶寶。

——是什麼這麼好笑？是什麼這麼好笑？

金，金，金，妳肯定知道的。

——他媽的別再衝著我笑了，老天爺啊，金我甚至沒有把戒指拔掉。我只是不懂妳怎麼會覺得，妳怎麼會假設……我是說，妳在曼塔那那邊混耶，大家都知道曼塔那是怎樣的，真的是每個人都知道，我的意思是，我甚至從沒把我的戒指拿下來過。噢，天啊，幹，現在瞧瞧，晚餐，全都毀了。

——晚餐毀了。

——沒事的。

——晚餐毀了哦？

——沒事的。

戒指，戒指，幹他媽的戒指就像買甜爆米花的盒子裡送的戒指，裡面有免費玩具哦。

——寶貝妳知道我有多喜歡妳。

——她叫什麼名字，你的白人老婆？

——什麼？

——你的白人老婆啊，那個你背叛她好來搞一些黑鮑鮑的女人。

——她不是白人。

——我需要抽根菸。

——妳根本就不抽菸。

——我想要抽根菸。

——親愛的——

——我說我他媽的想抽根菸幹，所以操你媽雞掰給我根菸就對了幹。

——別他媽這樣叫我，永遠別再叫我這個操他媽該死的鬼名字了。

——好啦，好啦，親ㄞ——

——抱歉，妳的一——

——你是打算讓我在屁眼上摩擦點燃嗎？

——這個打火機，呃是我爸的。

——我看起來像是想幹走你他媽的打火機就是了？

——金，我真的很抱歉。

——大家都很抱歉，大家都幹他媽的超抱歉。你知道怎樣嗎？我已經受夠大家很抱歉了，我希望你不覺得抱歉，我希望你可以說你並不覺得抱歉，說我是個笨蛋，說我們只是在玩扮家家酒因為這樣很可愛而現在你必須回到你的美國白人老婆身邊了就是他媽的現在。

——她不是白人。

——我需要躺下來。

——沒問題，寶貝，妳慢慢來，妳慢——

——別再講得好像你是我他媽的醫生一樣了。小可憐查克，沒想到事情最後會變成這樣子，對吧？這你排練過幾次了？兩次？三次？在你到這裡的路上？我他媽至少值得排練四次吧。

——金——

——不要再這樣叫我了，還是我們現在來握個手然後說交易愉快啊。

——現在聽著，沒有什麼叫作——

——你比較喜歡寫張支票然後放在書架上是吧？

——我從來沒有說妳是個妓女過，一次也沒有。

——你當然就是這麼喜歡我啦，幹你娘這什麼白男狗屁啊。

——這不是什麼白人或黑人的問題，我老婆——

——噢我實在是深深喜歡上妳了，我們實在是噢非常深深的喜歡上妳了我親愛的，超級超級喜歡——

——她比妳還更黑。

——那現在這是怎樣，黑鮑大競賽啊？

——金。

——閉嘴！你沒資格跟我說他媽的什麼這一切都沒理由幹。

——什麼？妳一點道理也沒有。

——就帶我出國吧。

——什麼？

——就帶我出國吧。

——妳在說什麼東西？

——就帶我出國吧，他媽去哪都好，把我留在最近的公車站。

——金妳這是在無理取鬧。

——聽著我必須離開。我他媽就是必須離開，我隨時都準備好要離開了，查克拜託我什麼都願意做，我隨時都準備好要離開了，我隨時都準備好要他媽的離開了我隨時都準備好要離開——

——離開去哪？我完全聽不懂妳在講什麼，金，放開我的衣服，是在衝三小？妳是中邪了嗎？金，金放手啦，金，放、手，幹你娘勒！

——啊——

——我很抱歉，我很抱歉，我……看看妳害我做出什麼了。金這是妳的——

——拜託閉上嘴好嗎。

——可是妳可能流血了，讓我——

——幹他媽的別碰我，把該死的報紙給我就對了。

——但妳從來都不讀《牙買加星報》的啊，妳討厭死新聞了。

——別再講得好像你懂我一樣了。你根本不懂我，你聽到沒？你根本就不懂我，這讓我想吐得要死，這個半是男友半是老爸的父權式炮友狗屁。就是這樣，這讓我想吐得要命現在就吐在你幹他媽的地板上，我甚至根本就不喜歡阿開果。快把報紙給我不然、不然、不然我就開始尖叫。

——寶貝——

——拜託、拜託、拜託、拜託、拜託閉嘴，給我閉嘴啦，我要去找我的腦子了。

我接過他的報紙然後進去臥房還用力摔上門。他手指上有戒指，彷彿我從來沒有在他手指上看過戒指一樣，我當然有在他手指上看過戒指啊。不我沒有看到。我不想看到。這個該死的婊子養的幹。

——你他媽就是個婊子養的幹。

冷靜，金・克拉克，冷靜。妳甚至不能大聲把這罵出來因為妳知道妳根本就站不住腳，記住上帝為什麼引領妳到這間房子裡的，記住上帝為什麼引領妳到這間房間裡的然後回到外頭那裡去愛上他的頭髮吧。告訴他妳不需要當他老婆，妳可以當他想怎樣就怎樣的女人。他想要的是距離嗎？妳是個牙買加女人，妳知道該怎麼給他距離。出去外頭然後說，沒錯，寶貝我懂，你在這裡有這個世界在那裡又有那個世界，但這兩個世界不能混在一起，妳知道的。可是看看我們，看看我們吧，我們一直都讓這兩個世界運作得好好的而我們甚至不是住在一片和你家鄉一樣大的土地上，大屌先生在山丘上有個老婆在俱樂部裡有個女人，老婆從來不會下山，女人則從來不會上山，於是男人就能夠保持平衡啦。我可以讓你看看，我也不需要搭什麼艾爾柯普的飛機飛回去，我不需要住在阿肯色州，我不需要有個家……我們不需要有，噢幹閉上嘴巴臭女人。還說什麼妳可以調適，但這不會讓妳變成一個女人，只會讓妳變成細菌。那男人誆了妳，從小偷那邊偷東西連上帝都會笑妳。那男人狠狠誆了妳一頓，好像妳想在阿肯色州搞什麼他媽的扮家家酒。妳只是想要個出路，妳只是想要一道光，妳只是想要一個可以跳下來的背而這裡的所有人現在都心知肚明了。到外頭去然後愛上他的頭髮吧，妳已經有護照跟簽證了，但是跟著他我本來會有個……有個什麼？女孩妳得他媽趕快離開這個熱鍋在時間用完之前，妳以為妳很安全，但是看看洋裝下妳就會看見一個個同心圓全部通往一個紅心，妳以為妳的額頭上已經沒有記號了嗎？妳以為他們已經沒在找妳了嗎？……不。我會到外頭去然後我會愛著他的頭髮，今晚是我應該要愛著他頭髮的那一晚。但妳搞砸阿開果了，妳知道他有多愛阿開果的但妳還是搞砸阿開果了。也許你們應該出去跳舞，告訴他這是他離開前的最後一次。我們走吧。妳會和這個男人一起降落在上帝的國度然後就這麼吸進美國的顏色。

妳知道怎樣——

閉嘴

閉嘴就是了

妳聽起來就像電視喜劇裡的兩個美國黑人小屁孩，「你閉嘴啦。」幹，我甚至根本都不抽菸。

——金妳在裡頭還好嗎？

——不要進來這裡。

——妳臉上有纏好繃帶了嗎？

——不要進來這裡。

我早該知道的。他天殺的以為這是怎麼樣，覺得曼塔那裡的每個女人從他們一踏進那間俱樂部的那天起就開始在排練這一天嗎？顯然每個女人都是但我不是，我記不得俱樂部裡的其他任何男人。我的意思是，我記得他們但我記不得他們的手指。可憐的金・克拉克，當妳到曼塔那的時候妳的算盤就已經矇蔽妳啦。可憐的金・克拉克，老媽和老爸沒在那裡教妳說當女人和男人懷著不同理由來到岔路口時如果妳給了男人決定權他就會搞死妳。可憐的金・克拉克，妳早就知道艾爾柯普正在停業並認真準備要離開在妳遇見查克之前就知道了，艾爾柯普認真準備要離開妳也認真鎖定了妳的目標，某個人、每個人、任何人，妳該怎麼讓一個男人更愛妳呢？曼塔那的每個男人無名指上都有個婚戒或是婚戒的痕跡嗎？隨機應變啊，金，隨機應變。

——金。

——我沒事，不要進來就對了。

——好吧。

站好。站好然後平靜就會降臨，我發誓現在就是主日學校終於有點用處的時候。不妳現在可不能想到神去，也許我到頭來還是會讀那份報紙，也許我會讀那份《牙買加星報》，人民的報紙。我不知道他幹嘛每天都要讀這個只除了要提醒他自己牙買加人能有多蠢之外，是這樣子嗎？然而我還是聽說了小石城發生的事，這個蠢女孩在歷史課講民權運動和馬丁・路德・金恩時還是有專心聽的。

三個困難的教訓：保鑣、住宅警衛和保全的三角關係。據《牙買加星報》所知……牙買加小姐的雙胞胎……我們的第三版女郎貌美如花的潘蜜拉，我們性感又豐滿的美女正受訓要成為空姐並且愛上了一名警察……對抗漢諾瓦的麵粉短缺，據《牙買加星報》所知店主已經「嫁」給了Baygon牌殺蟲劑，堅持顧客每買兩磅麵粉就要買一罐殺蟲劑……鬼魂在梅欄公墓搧了墓園工人一巴掌，尤拉莉．萊哲斯特正在處理她的事當……共產主義的威脅從聖瑪麗回歸？……一九七九年牙買加小姐參賽者淘汰及得獎名單，雪莉．莎慕達，馬祖卡小姐、艾琳．桑奎奈提，山貓小姐、賈桂林．帕奇蒙，杭特保全小姐、布里姬．帕默，主權超市小姐、金－瑪莉．博吉斯，阿瑪斯百貨小姐[191]。

金－瑪莉．博吉斯，阿瑪斯百貨小姐。

金－瑪莉．博吉斯，阿瑪斯百貨小姐。

金－瑪莉．博吉斯，阿瑪斯百貨小姐。

史黛西．巴拉卡特，河濱路乾洗店小姐。選美比賽真是有夠蠢。家暴最終演變成蓄意傷害罪，派崔克．席爾茲法官在今日一樁判決中……瓊斯鎮槍戰四人身亡……四月二十日，你的生日運勢，你位在牡羊座跟金牛座的交界而你的情緒將會指引你……這就是妳將近兩年來錯過的東西。快翻頁。

從演唱會到社區營造，一年之後

……從一九七六年十二月三日試圖取他性命的事件而導致的十四個月流亡後歸來。演唱會由衣索比亞王儲阿薩法．沃森[192]殿下開幕……這是兩年來苦心經營的成果，工黨政治活躍人士雷蒙．「洛老爹」．克拉克表示。街頭有太多戰爭和苦難，是時候團結起來了，演唱會的進展將延

191 譯注：姓名後的頭銜應皆是贊助商名稱。
192 譯注：Asafa Wosen（1948-），衣索比亞王室成員，為海爾．塞拉西一世的孫輩。

伸到各式各樣的社區計畫，當務之急就是良好的公共衛生設施以及西京斯敦診所的新病房，民族黨頭號活躍人士羅蘭．「幫派老大」．帕默提到。而這一切努力的中心則是雷鬼超級巨星，在缺席將近兩年後終於飛回島上的家鄉。

夠了，別再讀了，金．克拉克。

自今年起共有三百樁謀殺案據說是出於政治動機。

別再讀了，金．克拉克。

照片插入：政治活躍人士因演唱會的進展握手。

別看，金．克拉克。

由左到右：青年及運動大臣————先生、工黨政治活躍人士雷蒙．洛老爹．克拉克、民族黨政治活躍人士羅蘭．幫派老大．帕默。金．克拉克別再看了、別再讀了、別再找了，不要看：洛老爹穿著他的白色背心，胸肌像女人的胸部一樣暴出來，不要看：幫派老大的卡其長褲，像學生的那種，像軍人的那種。這是張黑白照片但妳知道那是卡其褲，不要把妳的眼神蜿蜒掃過一張又一張臉，到看著照相機的臉孔、別過頭的臉孔、看透這張該死的照片裡一切的臉孔。洛老爹身邊站著一個女人，那女人身邊則是個男人，那男人身後是另一個戴著太陽眼鏡的男人，妳知道這表情的，對吧？他沒有在躲妳，是妳在躲他，現在快把報紙蓋起來，金．克拉克。他就在後頭那裡沒有在微笑、沒有在看、沒有同意什麼他媽的和平，他不是在看著和平，他是在看著妳，逃跑了兩年而他還是找到妳了。妳是個笨蛋，他找到妳了。

——金，發生什麼事了？

金？
金？
逃跑了兩年以為是一直線結果是個圓圈。走上大門口，現在沒有東西阻擋妳了，也沒有東西在催妳但妳不管怎樣還是直直走上大門口了因為不然還能怎樣呢，不往前走嗎？走上大門口揉揉妳的肚子好像妳懷孕了一樣，無視那些鞭炮即便在十二月的現在放鞭炮實在是太早了。盯著那個男人，在八點鐘方向臉都已經變暗了卻朝著妳走來而妳動也動不了，他正盯著妳，扒光妳的衣服，評估著妳，聽著來自後頭的尖叫聲跟路上傳來的警笛聲還有就擺在妳面前的槍。妳一旦開始逃跑就永遠都不會停下來了，妳打包了一個紫色行李箱並逃離一九七六年十二月三日因為這一天去死吧幹上帝竟然創造了這天那天的所有一切都糟糕到不行。妳以為妳要跑到美國去，但那男人早就都想好了甚至還想到了最後一張租屋支票他很快就會逃離妳身邊了。而這個男人，這個照片裡的男人，他從這份報紙的邊緣直直走到妳面前，他有個名字——不要去讀。

蠢女人。妳永遠都沒有逃離一九七六年十二月三日，妳就這麼直直跑進了裡面，妳永遠都不認識十二月四日，妳也不知道四月二十日，妳只知道十二月三日，那一天永遠不會結束直到他親自來終結。十二月三日回來找妳了，這張照片正這麼說著。我們還有事情沒解決，這張照片正這麼說著。蒙特哥灣無法阻止美國也沒辦法。我來找妳了妮ㄋ——別用那個名字叫她，永遠都別再叫這個他媽的名字了。那是個死去的名字給一個死去的女人在一座死去的城市裡，繼續逃跑吧因為她已經死了，現在用他想拿回去的那個打火機點菸吧然後不要還他除非他問，點起菸然後吸一口，咳嗽吧，咳久一點，咳久一點，再吸一口，吸吧吸吧直到妳的心臟回到跳動得這麼慢慢到妳如果碰自己的胸口都能數有幾下了。現在拿起菸把他的頭燒掉，把菸給捻熄穿破到下一頁，燃燒吧直到妳用報紙點起一團亮燦燦的火然後把報紙扔到床上。

——金到底他媽發生什麼事了？

燒出一條路穿過那白人的敲門和大喊和尖叫朝推不動的門又撞又捶，還有啪啪作響的枕頭跟嘶嘶叫的絲質床單跟哈哈大笑的聚酯纖維窗簾，看著火焰迅速竄升就像從裙子下方升起並點亮尖叫的窗戶。

燒出一條通往安全通道的路，唯一一條前進的路就是穿過去。

貝瑞·迪佛羅里歐

狗屎剛在伊朗炸開來了。呃，是在一月時炸開的啦，但是餘波現在才抵達我們這。狗屎在世界各地都炸開了。混亂和失序，失序和混亂，這兩個字我講了一遍又一遍彷彿其中有什麼關聯似的，索多瑪和蛾摩拉[193]，蛾摩拉和索多瑪。這些家庭照片全都在我包包裡，不是在公事包，我把照片拿出公事包了還有那個我應該給莎莉拿去碎紙的資料夾，但我應該先拍幾張照嗎？耶穌基督啊我覺得我被傳染到某種尼克森狂熱了，我花了超多時間告訴大家人生並不是像他媽的〇〇七那樣害我都開始懷念起人生真的是這樣的時候了。我真正想做的是坐回這張椅子上，把我的鞋子和襪子脫掉然後猜猜狗屎會先飛到哪裡去。與此同時，另一種截然不同的狗屎也把他媽的南斯拉夫整個給炸爛啦，而北約男孩甚至都還不知道呢，他是ＣＩＡ該死的頭頭而他甚至也都還不知道。

林登·沃夫斯布里克，現在這裡有個名字囉你知道當初父母一定花了超久的時間想破頭想要想出沃夫斯布里克前面到底他媽可以接什麼字。說真的，這聽起來就像你會幫一個納粹狂熱份子取的名字。沃夫斯布里克是美國駐南斯拉夫大使，不要問我他怎麼弄到的但是大使先生不知怎地取得了一道來自「公司」內部的指令，這道指令由祕密服務處提供給全世界各站的站長要我

193　譯注：聖經中的兩座罪惡之城。

們不得把所有重大行動透露給各地的大使。我想到的第一件事是，少來了。我是說，這的確很合理沒錯，某些大使得到這個位置是因為總統本人喜歡他們，而你在一個好地點的好位置幫自己打響名聲，比如說賽普勒斯好了，就能替你競選參議員、州長或是副總統鋪路。某些人得到這個位置則是因為總統本人受不了這混蛋了而除了把你派駐到蘇聯或某個他媽完全沒人屌的地方，像是巴布亞紐幾內亞，還有什麼更棒的方法可以讓你跟你的潛在威脅不再擋路呢？不管怎樣，一個在爭權奪利的路上野心勃勃的智障永遠不會是某個你應該要讓他知道任何事的人就對了，因為最重要的，他就是個十足的王八蛋。而這就有沃夫斯布里克啦，這個電話上的搞事狂，找上了塔尼上將，氣得跟什麼一樣覺得這些資訊竟然瞞著他，這違反了現行的總統命令這道命令可以追溯到十七年前哦順帶一提。

所以沃夫斯布里克傳話給上將說CIA在南斯拉夫沒事做啦直到這個指令撤回為止而且他還真的不是在開玩笑，他說沒半個人可以進辦公室或是在貝爾格勒或南斯拉夫的其他所有地方做任何事。大使先生氣ㄧㄧㄧㄧㄧ炸了啦。更糟的還有他為了某件他根本就狗屁不懂的事跑去痛罵局長，我聽說上將也氣到把他的熱水跟檸檬灑得整個褲子到處都是。世界各地的電話響個不停要找出誰知道這道指令還有是誰授權的，當然啦他們打給我的時候我就只是說「公司」那時在布希先生和塔尼上將之間交接而我只是聽命行事。聽誰的命？不是來自祕密服務處，長官們，如果你們是要問這個的話。我又不制訂政策，我只是確保政策會實行而已。好笑的是我說出這句話的那一秒我就知道我永遠都進不了角落的辦公室了，這件事可是會讓我老婆比我還不爽超多啊。

但是老天啊，現在是一九七九年而牙買加正出現令人愉快的改變是唯一沒有變成屎的地方。

呃，今天還沒有變成屎啦。飛往阿根廷的航班是下週而這是克萊兒好幾年來第一次覺得很開心。**我們現在得學西班牙語了嗎？**我的小兒子說直到這時我才想起我們已經三年沒去過半個講西語的國家了，根據她這個月完完全全用西語打的電話數量來判斷，她似乎正在警告她所有的婊子朋友們老鷹就要降落啦。好笑的是對一個總是一直在耍婊抱怨她有多痛恨這個國家而且想回去佛蒙特的人來說，她甚至連一次都沒提過佛蒙特勒。我在想新來的傢伙會不會想要這個紙鎮。天知道我不想……或許其實我想要。今天真是好容易分心啊，幹，我剛才是在想什麼啊？沃夫斯布里克、南斯拉夫、上將氣到快中風，我是說，幹，「公司」實際上就是犯法了啊。

我兒子可以用這個削鉛筆機。幹他媽的辦公室才不會想念一個削鉛筆機勒，而且就算他們真的想念他媽的又有誰在乎啊？講得好像牙買加這邊真的有人在做紀錄一樣，真他媽是我見過最散漫的地……事實上這不是真的，厄瓜多更加、更加糟糕。我肯定是越來越生氣了而我不知道為什麼，也許是因為我們要回去該死的阿根廷了吧。我真的沒有討厭阿根廷，而且在戶外咖啡廳吃個飯一邊看著性感的阿根廷女人換個口味也真的滿不錯的，但就是這個國家嘛。幹，我肯定不會是第一萬個拜倒在這個國家之下的白人，我並沒有拜倒，或者至少如果我真的要拜倒的話我起碼也應該要在寶藏海灘跟其他所有沒前途的嬉皮一起抽著大麻揮霍我的人生吧。

這是個牙買加的靜夜，此時此刻這裡是全世界唯一真正安靜的地方，因為伊朗，幹他媽的上帝啊，光是想到那裡是我們曾經要前往的地方，還有這個操他媽可惡的驢叫總統。路易斯跟我說在他透過把「公司」趕到另一棟新辦公室並說我們是國恥好把他的鄉下人屁股抬進辦公室的不久之後他給我們的命令就已經多到超過福特而且幾乎跟尼克森不相上下啦。但他當然不會這樣看囉，真是對良心的永久打擊啊，這一招。這傢伙想拯救一些國外的黑人，誰知道呢，因為他對自己國家裡的黑鬼什麼屁忙都幫不上。讓我們來打擊種族隔離制度吧，好啊，因為你需要的就只是一雙紅鞋有跟可以喀噠喀噠就好啦。是為了什麼要打擊種族隔離制度啊？蘇聯已經資助非洲民族議會ANC好多年囉因為猜猜怎麼著，即便有這麼多狗屁，共產主義在社會層面上還是比我們更進步啦。他想幫種族隔離制度打一劑致命毒針然後擺脫掉羅德西亞的那個納粹瘋子伊恩・史密斯[194]。我認識兩個和老大一起工作的傢伙結果他們兩個笨拙的蠢屁股都被他媽的羅德西亞祕密警察給抓到了，要被一支非洲的祕密警察抓到還真的是需要無能到一個全新境界，我們有三個人被那些智障抓到第四個人則是老大自己供出去的，老天那些南非人還真是對自己滿意到不行呢。我們甚至都不應該在天殺的非洲的，把非洲留給他媽的英國佬跟狗幹的比利時人還有要死的葡萄牙人不就好了，在這麼多年後搞殖民主義還是可以搞得這麼夭壽糟糕幹。耶穌基督啊，貝瑞，如果有人偷聽到你說話可能會以為你變成自由派了勒。至少必須稱讚一下路易斯讓我醒悟事情實際上他媽究竟是怎麼發展的，還是或許該感謝威廉・艾德勒才對。

莎莉在想他們會不會也要她轉調。我的祕書好像有點迷上我了，很高興知道有人迷上我。我老婆已經在教艾登西語了，提摩西甚至不記得自己曾經會講，天知道他聽到我們要離開時有多生氣，這真是蠢斃了，他邊說邊把他的叉子扔到盤子裡，真夠糟糕的他現在竟然拒吃美國食物只想吃螃蟹跟番薯跟鹹豬肉跟麵包果了。我得提醒這小王八蛋這裡是誰在作主，可憐的孩子，他以為我不知道那個牙買加小女友啊，他媽的我從他告訴艾登超級英雄玩具蠢斃了的那一秒開始就知道了好嗎，提醒你一下這些可是他的玩具哦。死小孩以為他知道什麼叫作愛啊，愛就是定下來，真的就只是這樣而已。幹他媽的定下來。

路易斯．強森，我七六年時的好哥們（西語），被派回中美洲去了。我在猜美洲學校今年可能需要一點教學吧，得繼續壯大這支軍隊才能擊敗社會主義和共產主義的勢力啊，還有下週出現的不管是什麼沒前途主義。好笑的是我們從來都沒喜歡過彼此，事實上我根本就受不了這個打老婆的人渣，但他現在無時無刻都在打電話給我，說什麼只是需要聽到超過一句英文的狗屁。我大可以說，嗯，如果你別再把你老婆給打得七葷八素，你可能真的還有個人可以講話，但這樣講可能太沒品啦。不過我們在聊祕密服務處，他是其中一份子而我不是，還有是誰真的把事情給搞砸呢，他覺得是塔尼上將。這人啊就算是在狀況好的日子也都只是大概知道「公司」裡的事情是怎麼運作的而已，塔尼就是個公務員啦，我告訴他，他只是在等待時機而已。而且，誰會信任一個喝熱水配檸檬而不是威士忌甚至是咖啡的人啊？下一招是什麼，坐著尿尿啊？不長官，尼克森才是那個真正搞死ＣＩＡ的人，首先他從來都不信任「公司」，不過你還是得欣賞他簡潔扼要的世界觀，就是這個世界是由挺他跟反對他的人所組成的，而且幹我甚至沒見過這傢伙勒。

因為黃鼠狼的問題就出在這裡。你不能往死裡搞，徹底創造出一個他媽的監控文化接著在資訊洩漏時又在那邊不爽，這代表你有這麼多人在監視搞到你甚至搞不清楚誰在監視誰了。更糟的還有，把這項工作交給一個他媽的豬玀灣的咖，我們都知道他們多有能力啦。就說說路易斯吧，他知道一堆事並且完全拒絕保密。國防部長在打探季辛吉或者我是這麼聽說的啦。很難相信季辛

194 譯注：Ian Smith（1919-2007），前羅德西亞總理。

吉不知道這回事，白宮和大衛營[195]都被監聽了，季辛吉自己也在監聽他的助理和各種人，包括我在內，我假設是為了控制資訊外洩，但資訊還是一直在外洩。問題在於他們挑了某個我跟路易斯都很熟的人，媽的路易斯打給我的時候他在電話上還一直打嗝因為他笑到停不下來。奇普·杭特。**真他媽的狗屌，迪佛羅里歐，現在有個白痴叫一個白痴去幹一些智障事，真的是笑死我，老天啊，老兄，他是要怎麼完成任務啊？那傢伙一個人就搞砸了烏拉圭欸，你以為這狡猾的小混蛋挑他是因為他讀了奇普小小的間諜小說啊？**總而言之，差不多就是這樣啦，而且這已經是超過八年前的事了尼克森的小小文化也狠狠搞爆了他，他失勢時也幾乎把所有人都一起拉下去陪葬了。真好笑，比爾·艾德勒七六年那次打給我時我還把理查·威爾許死在希臘怪在他身上，說什麼他洩漏了公司同事的名字並危害到他們安全的鬼話，但這全是鬼扯。他知我知，我就只是必須這麼說。是他媽的死尼克森害死了理查·威爾許，跟我們說在希臘盡量搞事害得土耳其直接跟賽普勒斯開戰，接著更糟的還有，把這坨爛攤子給洩漏出去，然後你得知的下一件事就是理查·威爾許跟他可憐的老婆全都被殺了，全都他媽死透了，我的媽啊，他是站長欸。他媽的尼克森在胡佛一噶屁之後也想搞爛ＦＢＩ，但是幹你娘，一九七九年了誰還在乎這些啊？

這只是我在想還是我大聲說出來了？沒人在這裡而這是個安靜的京斯敦夜晚，我真的得回家了，克萊兒前一秒還在耍婊抱怨必須搬家接著就又打給她在布宜諾斯艾利斯的所有朋友彷彿他們真的是她朋友似的並詢問美國學校是不是越來越爛了。同時我則在試圖思考我認識的人還有誰還待在阿根廷以及有誰是我真正想跟他們講話的？老天，也許我們可以就這麼回到更單純的時光我只要和在那的管他是誰見面然後確保總統的手不會弄髒就好，跟他們簡報他們的世界發生了什麼事，塞點現金給他們然後承諾這些手癢的王八蛋我當然可以去研究研究採購一些新玩具啊。如果他們真的特別棒，我們甚至還會在布拉格堡籌辦一次超棒的小假期勒。

天啊懷念那些工作真的會成功的日子真的是很要命。我那時在阿根廷，聽某個拉巴斯的幹員說我們終於抓到切了。我甚至搞不清楚我怎麼會想到切．格瓦拉，我在想的是阿根廷以及那裡從一九六七年後有了多大的改變。克萊兒，她講電話的方式啊你會以為她剛滑回一個她朋友為她暖好保留的空間勒。我老婆就是這樣，總是認為一切都跟她離開時一樣原封不動，我覺得她只是很高興終於他媽可以離開牙買加了。她告訴我她跟奈莉．瑪塔講過話了時，我加上**終於**讓她真的超不爽。這些牙買加的敘利亞人真的是有夠幹他媽假掰，而且全都粗魯到夭壽，我是說，我知道他們是開店的啦，但是至少中國人就永遠不會像這樣啊。

——我只不過是問問瑪塔她市區的批發店是不是她家留下來的，我是說，正正當當做生意又沒錯，結果因為某些理由她覺得非常、非常受到冒犯。

——實在是想不出來為什麼。

——噢拜託，貝瑞，你要不是開店的要不就是個勢利鬼，你不能兩個都是啊。而且啊，要是我得再告訴她一次她戴的那種帽子只能在賽馬的日子戴我一定會直接把那鬼東西從她頭上給拉下來。

永遠都在想其他人的事，我老婆就是這樣。我是個會計師，是個有效率的人，這就是為什麼

195 譯注：Camp David，美國總統的休假勝地。

他媽總是會有一大堆怪人覺得他們可以想對我說什麼屁事就說什麼屁事。我的意思是，我懂啦，想要重要資訊的人才永遠不會想到要去問貝瑞．迪佛羅里歐勒。而且還有另一件迪佛羅里歐太太似乎也不知道的事，就是阿根廷還陷在一個屎坑中間出不來呢。

埃及人以前會把他們的男性煽動者剝個精光，把他們固定成四肢著地，再用母狗的尿撒在他們身上然後放出一群狗把他們誤認為發情的母狗並且肛死這些可憐的魯蛇。而這個沙阿[196]呢還更糟糕，二月才過了四天屎就噴到電風扇上啦。羅傑．瑟洛打電話給我，比爾．艾德勒頂多只是個他媽平庸的幹員但這個羅傑啊可是真材實料，也許還真的是我們裡面最屌的美國人。我認識華府的某個人他同時認識羅傑和我，問我說想不想看看他在伊朗的報告，瑟洛說的事和「公司」告訴卡特的截然不同，他人就在那裡，出外勤，並說那裡就像一九五九年的古巴，只是還更慘因為這一切都跟宗教有關。

我看得出來為什麼像這樣的一份報告對卡特來說一點道理也沒有，或是對所有人都沒有。宗教欸？革命就是自由派、嬉皮、共產黨、紅軍派什麼狗屁之類的結果驅動這東西的竟然是宗教？少來，現在是一九他媽的七九年耶，這些沙烏地和伊朗孩子有一半都住在巴黎，穿著緊身牛仔褲，給人幹屁眼的次數比一般的美國死玻璃還多——到底宗教是怎樣再度崛起的啊？接著羅傑．瑟洛就被綁架了。

他們痛打了他一頓，馬上指控他說他是ＣＩＡ幹員，還設立了什麼唬人的法庭，定罪他並判了他死刑全程不到一個月。感謝上帝或阿拉，我猜，幸好羅傑很懂他的《古蘭經》。當我最後終於和他說上話時他說，貝瑞啊，我要求要見那個該死的穆拉。那王八蛋終於出現時，因為相信我他真的搞了很久，我說，聽著，你可以讀過一遍又一遍，但是《古蘭經》裡絕對沒有半個地方批准你們這種行為，如果你們這麼做了你們就是違背了你們自己的神和先知的旨意。他們放了他，而即便發生了這一切，兩天前華府還是他媽的驚訝到不行。這讓你不禁會想：一件事情是怎麼可以同時變得令人驚訝又無可避免呢？

我不覺得她有讀到半點阿根廷的事。現在最好還是暫時先別管這個，而且我也很確定事情並沒有影響到她朋友們太多。她至少會想念這間房子的吧？她顯然投注了非常多心血，但她一直都是這樣，就算她是在一間旅館裡面待兩天她也必須要重新布置，讓那裡變成她的空間。我試著思考換作是我會想念什麼，除了牙買加煙燻烤雞之外，三小啦，貝瑞·迪佛羅里歐，都待了三年結果你聽起來還像是搭著愛之船過來的勒。也許我應該告訴她，在一九七七年之後沒有人再聽過她以前邀請來吃晚餐的詩人了，舞者也是，還有那個白髮的同性戀翁貝托她覺得是個超級迷人的共產黨。我能看見他身穿白色，從頭到腳，身上每個地方都是。

那顆炸彈在七八年炸爛那間布宜諾斯艾利斯的公寓建築時，有那麼一秒我以為是德·拉斯·卡薩斯，不過他已經回到牙買加這了，大概是要完成他一九七六年沒能完成的事吧而天知道那會是什麼事。我確實知道他碰不得，更糟的是，他也知道。而且沒有人要取代我，雖然某個人肯定會取代路易斯，就我所知那個人甚至應該要在幾天前抵達了才對，我不知道就連我都不知道他的名字是祕密服務處很有效率還是這個機構實在太無能了。至少某個人覺得現在就結束掉牙買加的

196 譯注：Shah，古波斯語中的「國王」之意。

事還不甚明智。你永遠無法預料這個國家，這裡的人，有時候這聽起來像是我在講菲律賓人呢。

我還是想知道是誰寫了那份該死的報告還有是誰授權的，或是這個總統到底是有多他媽軟蛋他們竟然要這麼重視這份報告，**不是處在革命甚至也不是處在革命前的狀態呢**，老天爺啊。接著三天前，叛軍終於打敗了沙阿的部隊而大家都震驚不已地看著，所有人除了羅傑．瑟洛之外。

而我則正看著一間我永遠不用再見到的辦公室，邊思考我要跟我老婆透露多少，翁貝托應該會讓她打擊最大，她現在已經打去他們家打了好幾個星期了，深信他們要不是搬家了不然就是她一定抄錯了電話號碼，有那麼一刻她甚至還問我他們是不是故意給她錯的號碼，而我真的完全不知道到底他媽該回答什麼才好。最怪的事情是當她問她其他朋友他的事時他們也完全無話可說，我是說，這整件事實在太詭異了詭異到大家什麼都沒說，甚至連費加羅家都是，他們只離他五戶遠，就算他們不知道他究竟出了什麼事，他們還是知道有什麼事發生了。

政治形塑政策，我整個星期都在想這件事，這件事還有比爾．艾德勒，兩天前他又打來給我，還真夠好笑的，他跟路易斯，他對於自己終於被從英國掃地出門感到特別不爽。

——唉唷，比爾，雖然美國的屌超小，那些英國佬還是會跨過大西洋跑來吸啊。

——說得好。我知道我只是在等待時機，但還是滿希望的，你懂的。

——爛方法，就算是對一個前幹員來說。

——不是前，是被炒了。

——有差嗎，聖地牙哥如何啊？

——我聽說那邊夏天很晴朗。說真的，迪佛羅里歐，布里辛斯基[197]對這場對話的興趣肯定不到季辛吉的一半。

——也許沒吧，但你沒聽說嗎？我們到處在節省開支，所有等著他們電話解除竊聽的人運氣都用光囉。說到節省開支，那——

——那張你他媽似乎修不好的跳針唱片如何啊？

——機車耶。

——這真是個操他媽的二月以防你沒有注意到，所有人都很機車。

——你想怎樣啦，艾德勒？

——你怎麼會覺得我想怎樣？

——啊，親愛的，你打來只是因為你孤單寂寞覺得冷啊？

——在外勤這邊還沒遇過半個不是這樣的人勒，迪佛羅里歐。話說回來，你就是個——

——會計師。你知道的，如果我們要當朋友，你真的得別再叫我——

——會計師？

——不，是迪佛羅里歐。

——別這麼巴結了，迪佛羅里歐，這不適合你。

——如果你知道什麼適合我的話你就會叫我老貝，或貝瑞，或伯納德啦，像我岳母那樣。現在問第二次，我可以幫你什麼忙呢？

197 譯注：應是指Zbigniew Brzezinski（1928-2017），時任卡特總統的國安顧問。

——你有看到那堆有關伊朗的事嗎？

——迪斯可爛不爛啊？

——只是想聊聊嘛。

——不，你是在閒聊。我聽說約翰．貝倫[198]正在寫他KGB書的續集。

——有可能哦，天知道我們得揪出那些KGB臥底特務。

——還有那些支援他們的叛徒。

——那會是誰呢？他書裡的那個比爾嗎？我讀到我是個酒鬼兼花花公子還一直都很窮勒。

——所以你讀過了？

——我當然讀過啦，我很驚訝你這麼重視這個自以為是幹員的傢伙。

——他的書最少最少也跟你的一樣很有娛樂性。

——幹你娘。是說，我有另一本書要出了。

——你當然有囉，你至少還有一千多條人命可以搞砸。話說，你的好兄弟契普羅夫還好嗎？

——誰？

——很讚嘛，很會裝傻哦，但是媽的勒，艾德勒，就連《每日郵報》都知道你在和契普羅夫接觸啦。

——不知道誰——

——愛德加．安納塔利耶維奇．契普羅夫，倫敦俄新社，他就是個KGB，繼續講啊，我就坐在這看你演得多錯愕假裝你不知道。提醒你，我沒看見你的臉錯愕可是很難裝的哦。

——契普羅夫不是ＫＧＢ。
——我還穿三角褲，不是四角褲勒。你至少從一九七四年起就在和他接觸了。
——我不認識半個俄新社的人。
——我親愛的比爾啊，你真的得再表現得更好一點，你一開始說你不認識他，然後你又說他不是ＫＧＢ，我們應該先暫停一下讓你埋清你的思緒嗎？如果你不知道契普羅夫是ＫＧＢ，那你要不是蠢到家了就是超好騙，或者你只是需要一點錢吧。古巴情報機關付你多少錢啊？一百萬？
——一百萬？你根本不懂古巴。
——天知道你懂。你到底想幹嘛啦，死混蛋？
——情報。
——多少錢？一座寶庫嗎？你試著幫自己拉皮條時是不是就是對ＫＧＢ這麼說的啊？
——我不是在要情報，豬頭，我是要給情報。其中某些甚至可能跟你有關呢，他媽的死耶魯男孩。
——嘿，不要因為你從佛羅里達塔科馬游出來就跑來射我啊，不管你要賣的是什麼我他媽鐵定都是不會買的，這段對話已經錄下來了。
——我們已經確保這件事啦。
——別擔心，這全都會當成之後的呈堂證供的。

198 譯注：John Barron（1930-2005），美國記者暨作家，著有數本蘇聯間諜活動相關書籍，包括ＫＧＢ在內。

——是說我自首之後嗎？

——是說我們他媽的逮到你之後。

——你們這群會計師連口氣都喘不過來勒。

——這話出自一個想在早上五點竊聽某間大使館結果被抓到的外勤幹員啊。

——你知道你出現在《恐怖》之書[199]裡嗎？

——《恐怖》之書是什麼鬼？

——我不確定他們現在是不是這麼叫的搞不好這根本就沒有名字，我這輩子最大的遺憾，我發誓，就是在這破事爆發之前就出了我的書。

——我不知道你在講三小。而且我們總有一天一定會找出你他媽洩漏的情報的。

——這天很快就要來了嗎？

——比你想得還快啦。這通電話真他媽講太久了，你確定你付得起齁？我真的得打烊關店啦，比爾。

——噢對哦，那些打包啊跟告別什麼的，真的很讚。可憐的福特總統，他在他媽的華倫委員會[200]上還不知道我們並沒有對他全盤托出。

——你現在又是在說什麼啦？

——《恐怖》之書啊，到底誰取這個名字的？你一定在想。

——不我並沒有，我發誓哦有時候啊，艾德勒，你根本就不是在對我講話，就像我們是兩個女孩而你在講某個男孩這樣那個男孩才會偷聽到你在講他。才離開「公司」幾年而已啊你就變得像那些瘋子一樣了覺得外星人綁架你只是要把假屌插進你的屁眼裡，真夭壽。

——也許那並不真的是一本書，也許是一份檔案。

——一份檔案，在ＣＩＡ裡。ＣＩＡ有一份檔案，真是頭號機密啊，你到底是怎麼得到這份工作的啦？

——別侮辱我的情報，迪佛羅里歐。

——我他媽完全沒必要好嗎。

——我在跟你說的是一份施萊辛格[201]幫季辛吉編纂的檔案，他在一九七四年聖誕節交給福特的那同一份報告。

——你竟然在跟我講一九七四年，老兄，我很不想拆你台但我們已經有個新總統啦，而且如果今天的情況變得更糟那他總統再怎麼當也當不了太久了。伊朗在世界各地的媒體上狂轟猛炸而可憐的威廉·艾德勒，現在才在攪一些大家在一九七四年拉出來的屎。

——季辛吉交了一個粉飾掉真正內容的版本，施萊辛格的原始檔案還在外面流浪而我聽說裡面很有料。

——呃，你已經聽說過我對你意見的意見啦，艾德勒。怎樣，寫到沒東西可寫了嗎，老兄？

——你真是個垃圾人，迪佛羅里歐，你不感興趣的唯一原因就是你層級根本沒高到會有興

199 譯注：指記錄了ＣＩＡ自一九五九至一九七三年間各式違法、不適當、敏感活動的一系列報告，又稱ＣＩＡ的「家醜」。

200 譯注：Warren Commission，即詹森總統下令成立之委員會，目的為調查甘迺迪遇刺事件。

201 譯注：應是指James Rodney Schlesinger（1929-2014），曾在一九七三年短暫擔任過ＣＩＡ局長。

趣，施萊辛格的小小備忘錄裡什麼都寫了：一般美國人覺得什麼間諜小說家會瞎掰出來的所有屁事。湯姆．海登[202]最後一票的垮台、比爾．寇斯比[203]在上誰、吃了迷幻藥之後的心靈控制，裡面還有一大堆暗殺，像是民主剛果的魯姆巴[204]，舉個例子，跟你好兄弟莫布杜[205]的一堆料——

——更正：法蘭克的好兄弟。

——反正，你、他、賴瑞．德夫林[206]都可以隨便互換啦，你們是拉美非洲男孩嘛。

——那麼多次暗殺卡斯楚未遂也都是甘迺迪自己授權的啊。

——你知道哈維蘭被逼退休了嗎？

——誰？

——哈維蘭啊，訓練了你和我的那個男人。抱歉，我忘記你無師自通啦。

——你知道如果美國大眾或甚至是卡特拿到了那本書那就會是「公司」的末日吧？你所做的一切都會他媽的燃燒殆盡。

——我發誓有時候我真的是不知道你是不是就是個該死的智障或是你只是在假裝學電視上那樣。你以為這是什麼樣的世界啊，艾德勒？你就是唯一似乎搞不清楚這顆他媽的星球上究竟發生了什麼事的幹員。你覺得你在KGB的好兄弟們是在執行什麼人道任務啊，你是這樣覺得的嗎？

——前幹員，請務必記得。而且你才不懂我在想什麼。

——噢，我他媽可懂的呢，原創性可不是什麼你擁有的東西。

——我早該知道你根本他媽才不在乎這本《恐怖》之書的，你真的是裡面最糟糕的一個，你認同你政府在做的事是一回事，但是你甚至連屌都不屌，就只是打卡下班去兌現支票而已。

——我喜歡你是怎麼假設你摸透我了，這是你最差勁的缺點之一，艾德勒，以為你摸得透別人但你他媽根本屁都不懂。

——是喔真的嗎？

——完全不假，你知道為什麼嗎？因為在你講你這本《恐怖》之書的全程，在你向可憐的我揭穿我的政府參與了各式各樣狗屁倒灶的破事，在你所有無法激起我興趣哪怕只有一次的失敗嘗試中，你從來都沒想過我沒興趣或許是因為幹他媽的這本書就是老子寫的幹。

——什麼？你說什麼？你他媽是在開我玩笑是不是？

——我聽起來像是我有半點興趣開你玩笑是不是？沒錯，你這小王八，就是本人這名小會計寫的啦。怎樣，你以為國防部長會自己去寫這該死的報告哦？你知道嗎，一開始我還有點覺得被忽略了我竟然沒出現在你的書裡就連一次都沒有，接著我發覺你真他媽完全不知道我的工作是什麼，對吧？你幹他媽的連個屁都不知道，因為如果你知道的話，你就不會浪費我過去六分半鐘的時間了。結果現在勒你就從你該死的吊床上摔個四腳朝天吧而你在地上的時候呢，你最好感謝你的共匪上帝他們不是派我這個婊子養的去追殺你。順帶一提，你的Sunbeam Coffeemaster牌垃圾咖

202 譯注：Tom Hayden（1939-2016），美國社會運動家、作家、政治家，為「芝加哥七人案」的被告之一。

203 譯注：Bill Cosby（1937-），美國知名諧星。

204 譯注：應是指Patrice Lumumba（1925-1961），民主剛果前身剛果共和國獨立運動的領袖，該國成功獨立後亦擔任首任總理，後在內戰中遭到處決。

205 譯注：應是指Mobutu Sese Seko（1930-1997），民主剛果的前獨裁者。

206 譯注：Larry Devlin（1922-2008），CIA幹員，曾派駐非洲多年，剛果危機期間為民主剛果的CIA分站站長。

啡機跟你新公寓看出去的景色真的是他媽爛到家了幹，去跟卡斯楚說你想要海景吧。

那婊子養的想當然耳是把電話給掛囉，而且他沒有再打回來過，我懷疑他永遠都不會再打給我了。

幹你娘這張爛書桌，操他媽這間垃圾辦公室，幹你老師這個鳥國家，操你媽個屄勒今年都給我去死一死，我要回家了。

洛老爹

綁架米克．傑格然後賺兩百萬。我和東尼．帕華洛帝我們上車出門，在一條像河一樣彎來轉去的路上開上開下，就開在颳風起浪的大海旁邊。喬西．威爾斯沒來。福特柯蒂納在路緣石上馳騁，猛向左轉又猛向右轉，一道海浪打上岩石激起泡沫噴上擋風玻璃，人海就是離這條路這麼近，我們就是離大海這麼近而帕華洛帝繼續開著車，比冷酷本人他老媽還冷酷。

東尼．帕華洛帝的鼻子就像帕華洛帝，不記得他媽或他爸，也不記得他長大或是做那些男孩成長時會做的事或捲進男孩會捲進的破事，他就像電影裡的跟班，是那個超超超超超超壞的**兄弟**（**西語**）在電影演到一半時突然出現然後開始走來走去跟講話彷彿我們這整段時間都是在等他一樣。東尼．帕華洛帝就是這樣，而你在打給他之前會先好好想想你需要的是什麼，他會整天躺在某間老舊建築的窗邊等著，或是整夜都待在山丘上的某棵樹上，或是在垃圾場的垃圾牆裡或某扇門後只要他能完全變成一抹陰影並從三百英尺外幹掉你的敵人那他需要等多久都行。他確實會幫喬西．威爾斯工作但即便是喬西也沒有辦法把東尼永遠留在他身邊雖然最近這些日子可是有很多人願意永遠留在喬西身邊。我們不講話了，我待在家時我會待在裡頭而我離開時，則會離開這個國家。我不會再去他家的門階了。但東尼．帕華洛帝會為所有人卻也不為任何人服務的人而今天一整天他是幫我做事，坐在駕駛座開著車緊貼這條小路，對這麼憤怒的大海來說實在是太窄了。

學會這件事：監獄是貧民窟男人的社會大學。碰匡噹碰。兩年前條子找上我，已經過了兩年了嗎？我試著不要忘記這個腐敗國家機器每次搞我的時候，在帶我去監獄的車上有個警察吐口水在我臉上（他新來的），還有一個，當我說王八蛋，你的口水聞起來像口香糖時，用槍托用力敲了我頭中間超大力的大力到等到他們在監獄裡拿水潑我我才醒過來。這兩個警察在一九七八年以前就死了多虧了我身旁的這個人我一出來之後他就把他們拖過來見我。所有體面的好人們啊務必學會這件事，洛老媽可沒有教出一個挺直腰桿走路卻像隻流浪狗一樣被吐口水的兒子，而這裡這個洛老爹什麼事都不會忘。老兄啊，我們不會遺忘，我們還會報仇。我們把他們帶到哥本哈根城的盡頭那裡只住著紅頭禿鷹有錢人的屎在這排到海裡而其中一個開始哇哇叫說什麼他老婆沒在工作他還有三個孩子我則說那他們更慘啦因為現在他們的老爸是個死掉的王八蛋。

不過回到他們送我進監獄那時，即便你能偷偷摸摸，可以溜過整個體制你卻沒辦法溜過鋼鐵，鋼鐵就是鋼鐵，鋼鐵比獅子還強壯而且鋼鐵不會讓步。鐵條說著，無路可去了，放棄掙扎安頓下來吧如果你曾計劃要出門旅行那你最好拍拍你的腦袋告訴腦子開始旅行吧。這肯定就是為什麼人最後會開始讀那些他們本來不會去讀的書，還會開始寫書呢。但是鐵條同樣也說著，沒人能夠進來並阻止你的學習，所以或許學習就是去探訪一下你的腦子也許監獄會讓你的靈魂平靜下來於是你就準備好傾聽了，因為先生們啊，沒有人，我的意思是沒有任何人，可以學會任何事如果他們沒有準備好傾聽的話。

車子撞上一個凸起但東尼．帕華洛帝完全沒注意到，我希望我沒有像個不會開車的人一樣彈起來。他是我認識唯一戴手套開車的人，手套蓋住了他的手掌但露出他的手指每個指關節和手背處還特別剪了洞出來。棕皮革。我們到海灣前太陽就逃跑了，太陽沒有見識一個人變得黑暗時所需要的膽量。現在換成月亮，月亮是更好的陪伴特別是當它又圓又飽滿深沉得像是剛從鮮血裡升起來時。你有看過月出嗎？我想問東尼．帕華洛帝但我不覺得他會回答。你不會問這種人這樣的問題。

我從我口袋掏出兩根菸並給了他一根，他把菸放進嘴裡我幫他點燃。柵欄沙洲，經過機場，在往皇家港的狹長土地上就是詹姆士．龐德在《第七號情報員》裡把那人撞下路的地方。我們沿著路開直到我們抵達一座堡壘堡壘建於像我這種人搭奴隸船抵達這裡以前。一九〇七年的大地震，半座堡壘都沉進沙子裡了不過要是你開很快看起來就像是堡壘才剛要從沙子裡升起來一樣，你可以看見大砲從沙子裡探出頭而你不禁懷疑當納爾遜[207]用他的傷腿在四周蹦蹦跳跳時這看起來會有多高大多雄偉啊，納爾遜我們是在中學裡學到的還有羅德尼上將[208]他從法國人手中拯救了牙買加。那現在誰要來拯救牙買加呢？

這條路更遠處就是皇家港和查理堡每個人都知道，但是很少人知道海邊的灌木還藏了兩座堡壘包括這座在內。我把頭伸出窗戶看著最後一絲陽光變成橘色，接著是粉紅色，再來就什麼都沒有了而即便在汽車引擎聲中我也能聽見大海變得越來越狂野。我和東尼．帕華洛帝開往這座失落的堡壘就在下沉的太陽和升起的月亮和消失的陰影之間，我們猛往左轉穿過刺人的灌木並繞過一

207 譯注：應是指Horatio Nelson（1758-1805），十八世紀著名英國海軍將領，曾在特拉法加戰役中擊敗法西聯合艦隊，亦曾參與防禦牙買加之皇家港。

208 譯注：George Brydges Rodney（1718-1792），同為英國海軍將領。

處崎嶇的凸起，我跟個不會開車的人一樣緊抓著車門。我們開過一座土丘，看起來就像是一座山頂，因為過了最高處後就是陡峭地往下直通海灘。顛顛簸簸向下開，晃到左邊又晃到右邊，快把手收回車裡在刺人的灌木劈中車窗之前，不然我的手現在就會在流血啦。向下、向下、向下，車子晃向左邊，又一次接著往右晃，然後彈跳，我們現在一定要翻車了，一定會的，這他媽的傢伙怎麼還可以這麼冷靜什麼都沒說就靜靜握著方向盤像個賽車手一樣啊？車子往下猛滑，我都要大叫出嘿！了，但接著我們煞住了。東尼．帕華洛帝把車慢下來彷彿在爬行我們開上狹窄的海灘抵達堡壘的入口，沒有城門所以我們直接開了進去。京斯敦現在是個海對面的地方了。

車子停了下來。東尼搖下他的車窗爬出車子動作一氣呵成，跟他的風格一樣，他在右邊，我在左邊我們同時來到後車廂旁，他插進鑰匙把後車廂打開，如果第一個男孩能尖叫的話那他一定會對著微弱的光尖叫，這肯定是他們三個小時內見過最亮的光。我確實用上了我所有的憤怒才親自把最後兩個男孩給推進後車廂因為我很久以前就該處理他們了，幾乎兩年前就該，但是到了現在我已經沒剩下半點怒氣了，什麼都不剩了只能用兩隻手把第一個男孩給拉出來。我抓著他領子時他輕得就像根羽毛，他背後的手銬沾著黏黏的血汙而他手腕本來應該是黑皮膚的地方現在變成白色。他聞起來就像屎跟鐵，男孩哭得一把鼻涕一把眼淚所以他的臉頰和雙眼都紅通通的他的鼻子也一條鼻涕接著一條流。東尼．帕華洛帝拉出來的那個人也一樣，兩個人都臭得要死也都因為自己的尿溼答答的。

在來這裡的路上我確實滿腦子想問他們，你們記得這個海灘嗎，賤人？你們還記得你們拿槍指著歌手因為其他人搞砸了你們誆人的勾當但你們想要他付出代價？你們應該知道他那時記住了你們的臉吧？你們應該知道從你們掏槍指著那人的那一秒開始你們就死定了吧？你們根本就跟拿槍指著上帝沒兩樣。我確實有這一大堆話想跟這兩個傢伙講但是現在，在這座西班牙人英國人牙買加人年復一年死去的堡壘裡，這讓我想起了有一天我也很快就會死，所以我什麼話都不想說了。而東尼·帕華洛帝呢，從來什麼屁也不說。

可是他們卻話很多。就算塞著嘴巴我也能聽出字母單字跟句子，每個都猛眨著他們紅通通的眼睛並擠出眼淚。求求你，握老爹，我從來沒參與，看看我還是這麼窮、求求你，握老爹，歌手確實說要放我一馬了、求求你，握老爹，我知道的就只有那場賽馬，我不知道那場暗夜伏擊啊、求求你，握老爹，讓我離開到海上去我會像美人魚一樣游走到古巴去永遠不會再回牙買加來了。但我才不在乎，有一群人在暗夜伏擊歌手，也有一群人在海灘上掏槍指著他因為他們把他扯進了一樁賽馬騙局破事根本從來就不關他屁事。空中的一陣風說他們都是同一群人，另一陣風說他們是兩群不同的人，但就算是這樣我也無話可說，我就只是不在乎。他們害我和歌手之間出現裂痕，這道口子雖然癒合了卻留下了疤痕，人應該要為掏槍受到懲罰人也應該要為開槍受到懲罰，就讓站在地獄大門口等待的魔鬼負責去分類吧，我想對這兩個人說這一切，但我卻沒說。我，洛老爹，貧民窟裡最大尾最凶狠的男人。我也可以當東尼·帕華洛帝。他已經把第一個拖過灌木叢了，往外拖到黑暗的沙灘上。

這個把戲，這整件事就是，全部的重點就在於把他帶回來，不是永遠的只是為了推倒第一片骨牌。為了這場演唱會帶他回來雖然我們已經在談比這還大條的事了，比這還更棒的事。搞事啊，孩子。我也不知道，牙買加，你準備好了嗎？我心中充滿希望卻不放心，真的太不安了不安到唯一能讓這停止的事物就只有記得洛老爹可憐的心從來都沒有放心過。我是說，在英國合理的事在這可不一定會合理，英國是英國倫敦是倫敦而當你人在一個這麼大的城市裡時你也會開始有更大的想法談更大的事你也會預知大條的消息接著你回到牙買加而你在想你的頭是不是真的膨脹得**太**大了。

很多人即便正在受苦受難也會選擇他們知道的惡而不是他們做夢才想得到的善，因為除了瘋子和白痴外還有誰會做夢呢？有時候戰爭結束是因為你忘了自己為何而戰，有時候你厭倦戰爭了，有時候死去的人在你睡著時回來找你而你記不得他們的名字，而有時候你則是發現你應該要對抗的人甚至根本就不是你的敵人。看看幫派老大吧。

海灘都是沙直到碰到海，並在這裡變成隨著海浪翻來滾去的石頭而更多海浪衝來時則像個女鬼一樣顆顆笑著。**顆顆顆顆顆顆顆**。東尼．帕華洛帝把那男孩直接拖下大海撞上沙子的地方然後踹了他膝蓋後面於是他就倒了下來彷彿要祈禱一樣，而他也真的祈禱了，又快又狂，好像他一個字都還沒講完下一個字就脫口而出了。**顆顆顆顆顆顆顆**。那男孩穿著白色內褲前面是黃色，後面是棕色，東尼．帕華洛帝則穿著海軍藍，迷彩服有肩章跟很多口袋以及斜紋布羊毛長褲捲到他的軍靴上就在小腿肚上方，他用雙手慢慢穩住男孩的頭，幾乎可以說很溫柔，幾乎就像在照顧他。

那男孩誤以為溫柔的觸碰是要放過他。他又哭了而他的頭搖晃得太厲害，東尼再次把他的頭穩住。**顆顆顆顆顆顆顆**，碰。我手上的那個男孩對著塞嘴布尖叫，但他同時也癱了下來我必須把他給拖到沙灘上，水還沒碰到他的長褲所以我知道新的液體是新鮮的尿。東尼車子沒熄火而我敢發誓我聽見了電台，不過八成只是石頭啦。**顆顆顆顆顆顆顆**。我把這個男孩拖到另一具屍體旁然後把他往下推讓他跪著，我確實讓他繼續穿著他綠色的短褲。我穩住他的頭但他在我扣下扳機時轉了過來。碰。碰穿過他一邊的太陽穴一顆眼睛爆了出來。**顆顆顆顆顆顆顆**。他抽搐了一下然後倒了下去。東尼·帕華洛帝指向大海，我說不，把他們丟在這就好。

被關提醒了你讓你們變成兄弟的不是鮮血而是苦難，而當身為兄弟你們共同受苦受難你們也會一起獲得新的智慧，因為我和幫派老大同時得到了一項新的智慧當我們停下來並理解到我們真的有志一同我們便把這個道理帶到英國去並發現歌手也擁有同樣的智慧。事實上他還更聰明呢因為他真的就用這樣的智慧來管理他自己的家在那裡有很長一段時間敵人曾以朋友的身分見面，即便我們在其他地方像野獸般在爭鬥。大家以為這和一場演唱會有關或是和來自民族黨的白人跟來自工黨的白人握手有關，好像你能用疫苗治好癌症勒，就連我都知道這場演唱會屁也不是而我還是那個親自把希加[209]給拉上台的人呢。

幫派老大也在台上但他接著跳了下來並開始跟著米克·傑格他正走上走下跟大家講道理隨著旋律搖擺好像他不知道這裡擠滿了壞人一樣，每分鐘他都亮出那口大牙齒的笑容。**讓我們來綁架米克·傑格然後要求個兩百萬美元吧**，幫派老大開玩笑這麼說但他接著看著米克·傑格在人群裡進進出出我就知道他開始在認真想了。反正白人小子沒人管笑得跟有錢的政客小孩一樣聊著他們去邁阿密的事，老大用哈哈哈哈敷衍他說的話但歌手已經聽見了並給了他一個摩西在《十誡》[210]

209 譯注：Edward Seaga（1930-2019），牙買加政治家，一九八〇至一九八九年間擔任牙買加總理，並長期擔任工黨黨魁。

210 譯注：此處應是指一九五六年上映的同名電影，主角摩西是由好萊塢知名男星卻爾登·希斯頓（Charlton Heston, 1923-2008）飾演。

裡但願他能擁有的表情。總之，讓他們以為他回來只是因為他出了張漂漂亮亮的專輯所以要唱漂漂亮亮的情歌而已。讓他去睡覺後我們則像尼哥德慕一樣在做事，因為當我和幫派老大講完演唱會的計畫之後，我們還是繼續講話，而且我們現在也還在講話。太陽正在下山。

東尼．帕華洛帝開著車電台播著一首歌。**輕輕來在夜晚的時候來，陰影在跳舞**。我知道這首歌，我女人超愛的，說是某個叫吉布的人唱的，我問她她怎麼知道的她嗆了回來，**所以你覺得我是個無知的女人囉？**我笑了因為我在黎明和黑夜都跟陰影在跳舞，即便在光天化日之下我們都在尋找黑暗。總共花了四天才抓到所有賽馬騙局時拿槍指著歌手的人，又花了一個晚上把他們扔進那座監獄那座直到幾年前我，身為大哥中的大哥，還是哥本哈根城裡唯一不知道這東西存在的人。喬西．威爾斯還沒跟我好好解釋這件事。

大清早我們把前兩個抓出來，完全只是因為他們跳到前面而且製造出最多噪音，第一個人說著什麼沒穿衣服的男鬼皮膚上覆蓋著藍色火焰還有長長的鯊魚牙齒整晚都在吃他們的血肉還摀住他們的嘴巴這樣他們才沒辦法尖叫，鬼魂搧他們臉頰巴掌打他們的臉一二三四次就像把電鑽。兩個人的眼睛還確實都真的又腫又溼。第一個人指著他的胸口說鬼魂吃掉了他的心雖然他的胸口根本就沒有痕跡，第二個人則是一直鬼叫著什麼有條蛇從他腦子一路吃了出來直到從他左眼爬出來，看這個洞，他邊說邊指著他眼睛。他們所有人都鬼扯著什麼魔鬼在他們醒來時朝他們臉上吐了口水。這兩個人死不閉嘴所以我們用印花布衣塞住了他們的嘴巴並把他們扔進後車廂，我們把他們拖出車子時他們甚至都沒有掙扎，我們帶他們到赫爾夏海灘現在已經封閉的某個掛著一個「禁止進入」牌子的地區，他們是按照自己的意願往前走的，這讓我很困擾。我不喜歡看到有人對於接下來會發生的事已經這麼有心理準備，所以我推了那個腦子裡有蛇的而他跌倒了，不過他還是什麼也沒說，就只是爬起來然後繼續走。

東尼·帕華洛帝把他的手放在第一個人的肩膀上將他往下推可是他們兩個人都快速跪下並閉上雙眼，低聲說著聽起來像是祈禱的話。那個腦裡有蛇的傢伙睜開雙眼時兩眼都溼漉漉的他又點了一次頭彷彿他在說現在就動手吧，馬上就動手吧，我已經等不下去了。東尼·帕華洛帝走到他們身後迅速對兩人開槍，就連最凶惡的槍手都會為了活命痛哭得跟嬰兒一樣，但這兩個男孩安安靜靜，我在想他們的人生是怎麼了，竟然有人可以就這麼準備好去死。穿著藍色火焰的鬼魂，開什麼玩笑。我在想夜深人靜時又會是什麼吵醒我呢？

夜晚來臨時我們又抓出另外兩個。時間來了、走了、不等人而我知道時間拋下我了，但是真他媽的。真的是他媽的如果喬西會讓這種事發生在他身上，他會跑在時間前面然後說，看吧，王八，我比你還快到，我打敗了你就像你在一九六六年時打敗了我一樣。他把這一切都留給我，因為他還是屌都不屌歌手，喬西和那個又回來了的古巴人開會即便他搞了一大堆爆炸跟炸藥還是沒辦法讓工黨在一九七六年勝選。

還有更多人必須受苦，還有更多人必須死去。條子來抓我讓我不要擋路這樣就有人可以去掃射歌手我沒辦法試圖阻止時，條子也去找了幫派老大。兩邊的人都開始在想我們這些大哥中的大哥已經沒路用啦，把貓和狗放在一起然後就帶個籃子來裝血吧。他們覺得如果他們把我們所有人，哥本哈根城的人和八條巷的人，通通都關在一塊然後把鑰匙扔掉那我們注定會自相殘殺。不過真的有些什麼死在監獄裡了，真的有些什麼死去了。

第一天我們對著彼此繞圈就像困在同一座叢林裡的獅子和老虎。我坐在東邊的一間牢房裡找來忠誠又準備好了的人，因為無時無刻都有一堆貧民窟的人住在監獄裡，幫派老大則在西邊休息也帶著對他忠心的人。我們兩人都得到了另一個人人在何方的消息並彼此試探而沒人敢睡覺至少要有兩個人守著才行，人要想出計畫不用花太久，我這邊的某個人自作主張想要幹掉一個老大那邊的人，幫派老大於是傳話說他也要幹掉我的一個人當作報復，我傳話說我永遠不會攻擊他的所以他幹嘛要攻擊我？他又傳話說我的一個手下在他們出去放風運動時拿出了一把餐刀在另一個人臉上刻下了一個像是電話的記號，我傳話給幫派老大說他應該指名道姓說是誰。

樹頂。傳回來的話裡說的就是這傢伙。下一次我們出去外頭放風時我親自走向樹頂然後說，我的小老弟啊，我上次注意到你已經過了很久你還在力爭上游啊，把你的刀給我看看。

——老爹，非要這樣嗎，他說。

——我需要你向我證明砍了一個民族黨混蛋你是能做什麼，我邊說邊握著他的刀並測試看看有多利。

——老爹，他說——我早就那樣幹了。星期二我就劃了一個年輕人了，你想要我來處理幫派老大嗎？

——你很期待是不是，蛤？不我的小老弟，你不需要那麼做，但學著吧，我邊說邊把刀子猛劃過他的脖子然後往上割開他的喉嚨，接著我又在脖子側邊捅了他三刀我的人圍成一道人牆，最後我們全部散開留著這個小王八蛋躺在地上噴血並像隻無頭雞一樣抽搐。

幫派老大後來傳了話來，說我們真的是時候該聊聊啦。貓和狗互相殘殺時唯一會贏的就只有腐敗國家機器，我接受這個道理而且又再繼續思考，腐敗國家機器是個國家，腐敗國家機器是個墮落體制，腐敗國家機器是壓迫者，腐敗國家機器用警察來滲透。腐敗國家機器已經等膩了於是把貓王跟狗王關在一起讓牠們快速殺死彼此，但坐牢時出現了另一種震動，一種正能量的震動。

在那之後我和幫派老大無時無刻都在玩骨牌條子同時在外面徘徊，而他唯一的眼線就是警察。我聽他講道理，他也聽我講道理而我們兩個想出了一種新的道理。我先出獄，一月時他們也放了幫派老大，他做的第一件事就是找我，那天晚上，一九七八年一月九號，挺我的人和挺他的人都把槍放了下來，點起蠟燭並開始唱起我們不要再了解戰爭了[211]，那晚雅各．米勒[212]也做了一首新曲子，這個拉斯特火力全開啊，是首叫作〈特別和平協定〉的金曲，直接衝上排行榜冠軍。正能量的震動。但是請學著這件事所有體面的好人們啊，你要帶著一個針筒或一把槍走進所有情況。有些東西你要治好，有些東西你則要斃了。

真沒想到啊所有體面的好人們：條子的最後一波行動。一月五號，我們點蠟燭唱歌前四天，我心情很好因為在一年的這時候要感覺所有壓在你身上的重擔還太早了，但是新年降臨在沒有槍的王幫身上啦。真的是蠢到家了，王幫啊。這是彼得．納瑟的主意可是一離開哥本哈根城他就控制不了啦。沒錯他們還是在附近，而且還是不聽我這種人甚至是喬西的命令，不過到了一九七七年底時王幫已經沒有槍啦，因為就連彼得．納瑟都發覺你不應該給你無法控制的人武裝。某人告

211 譯注：應是出自黑人靈歌〈Down by the Riverside〉。
212 譯注：Jacob Miller（1952-1980），牙買加雷鬼音樂家。

訴他們如果他們承諾用這批槍枝到八條巷的其中兩條巷幹掉幾個民族黨的年輕人並削弱中心的話，那麼王幫就可以留著一批像變魔術一樣出現在聖凱瑟琳某個舊海灣的槍枝。

這個某人呢會就這麼留下一個裝滿槍的後車廂而他們要做的只是去把槍拿走，在民族黨的地盤上搞些事他們就能留下槍了。一如往常王幫沒有在問其他人意見的，他們開始想幹大事，因為這個通知了他們的某人在牙買加軍方那邊有人脈，他們甚至得到保證說碼頭那邊會有些真正的工作勒，大部分是保全，這樣他們就可以用他們的槍啦。牙買加可沒有白吃的午餐，但這幫派竟然同意了而一大清早兩台軍方的救護車就開到了王三地並帶走了十四個男孩。

這兩台救護車帶他們來到西京斯敦東部，經過韓德森港，上了橋，又經過波特摩爾的四座海灘然後上到一座陡峭的懸崖。他們抵達綠灣時，駕駛叫他們從救護車上下來然後在原地等，另一台卡車會帶著槍過來，沒人記得那軍人確實是說有台車要來而不是台卡車。這群男孩看著等，一個士兵走過來開始跟帶頭的男孩說話，他和那個士兵走進灌木叢這時其他男孩聽見一聲槍響，就像賽跑開始一樣。接著，就是大麻煩了。

牙買加國軍的軍人從遠處朝他們而來並開火，士兵衝向男孩們同時開始發射機關槍其中一個躲在灌木叢裡的大塊頭往前推進也開始噠噠噠噠噠噠噠彷彿這是戰爭。想辦法逃跑的男孩，撞上了其他士兵，男孩的頭炸開掉了下來，有人直接衝進有刺的灌木叢裡刺扯下了他的皮膚直到他抵達海邊。五個人被擊斃，更多人受傷一或兩個跳進海裡被漁夫救了起來，其他人則鳥獸散。軍人上電視說男孩們侵入了他們的靶場他們當時正在進行夜間射擊訓練，總理也上了電視並在電台上說話，他說，「死在綠灣的都不是什麼聖人。」演唱會三天前，我們發起了一場抗議關於貧民

窟的人拉屎跟吃東西都還在同個地方結果腐敗國家機器的警力發動突擊殺死了三個人其中一個還是女人。又是同一個總理，

「如果今年有任何警察被殺，做了這件事的人會像狗一樣被追殺。」

還有更多人必須受苦，還有更多人必須死去。我坐牢的第一週條子照三餐打我，他們不是在找什麼消息，不是要把我變成什麼線人，只是輪到他們讓我瞧瞧誰是更大尾的老大而已。警察永遠不會一次只來一個，在第一個過來找我而我踹了他一腳把他的蛋蛋一路踹到他腦門裡之後絕對不會。之後他們就兩個兩個來、三個三個來，有一次甚至有四個，好像他們正在比賽，誰先讓我痛哭出來誰就贏了。前三個，我記住了他們的名字，華森、葛蘭特、奈維斯，幾乎是在半夜偷溜進來的，但是等我聽到牢房門的匡噹聲他們已經拿著警棍朝我過來。這是為了你對羅德里克做的事，其中一個說，還有他的寡婦。那麼如果你殺了我一定會有人處理你的這一定讓你很不爽囉，我說並吐出了我的臼齒，反正八成也已經因為蛀牙黑掉了。在那之後新的警察幾乎每晚都來來了一個星期，每次都跟著前三個的其中一個好像是嚮導一樣。

最後一晚來了四個，兩個人把我的臉壓在地上地板聞起來有我自己的尿騷味。他們把一條毛巾對折並在裡面放了肥皂水，接著他們輪流痛打我的背一邊唱著一顆馬鈴薯、兩顆馬鈴薯、三顆馬鈴薯、四顆。我已經受夠這破事了所以我告訴葛蘭特和奈維斯在我真的牙起來之前最好快滾，他們很驚訝我竟然知道他們的名字但這讓他們打我打得更凶了。兩天後兩個人都說要請幾天假，葛蘭特的老婆可能永遠都沒辦法再用她的左眼了奈維斯的兒子則是斷手斷腳。奈維斯跑來我的牢房說他要私底下殺了我，我跟他說我對他兒子的事真的覺得很抱歉但他現在得特別注意一下他的

十三歲小女兒啦希望她的處女膜不要被不對的人戳破哦。黑人臉色發白的時候總是特別好笑。等到他們終於放我出去到公共區域有我自己的人在那邊等我時，我身邊的所有人都安靜得要死而且悶到不行，一開始我還真的以為他們聽說了奈維斯兒子的事並且覺得這樣太超過了，或者他們只是在對我展現應有的尊重而已。但接著我從其中一人手上接過一份報紙而頭版頭條是歌手。

夜晚。我跟帕華洛帝遲到了，我沒有手錶不過當時間滴答走過時我數的出來，從我還是小男孩時就會這樣做了，而且我阿公也有教我怎麼像殖民者一樣分辨時間。等等，他不是我阿公，貧民窟裡沒有人有阿公。他只不過剛好是個老人運氣爛到家了成為唯一活到很老的男人，邊唱著殖民者的歌。**一二三四殖民者來了，一二三四殖民者來了，一二三四殖民者來了，他的銅鏈啊輕拍著他的肚子碰碰碰，問他時間他會抬頭看著太陽而他的銅鏈啊輕拍著他的肚子碰碰碰。**

帕華洛帝一臉茫然看著我，我沒發覺我大聲唱了出來。總之是晚上，也許七點半吧但我們在大海附近所以沒有東西擋住正在逃跑的太陽。東尼．帕華洛帝開得很慢我也沒有要他開快一點迪斯可音樂充滿整個空間不然的話兩個人就得說點什麼了。我本來以為這是什麼基佬gay歌但接著歌詞滲透了進來。陰影真的在跳舞，光一開始離開我們陰影就開始跳舞了，在黑暗中做過的事永遠不能回到光天化日之下。

我們平靜地沿著海邊開而我在想第二場和平演唱是怎麼在英國誕生的，因為一九七七年除了戰爭什麼都不是。演唱會呼籲的是團結的愛，我們在「團結」區收兩塊錢、「愛」區收五塊錢、「和平」區收八塊錢，這樣的話如果皮膚曬傷的有錢白人男女想來他們也可以來完全不用害怕，雖然這他媽的當然是不可能會發生的啦。皮膚曬傷的白人才不想要和平，他們想要牙買加變成美國的第五十一個州，幹，他們只要有個殖民地就滿足了。

我們辦這場演唱會是因為無論你是綠是橘，有些地方就還是沒有馬桶而且我們活過棍棒、石頭、子彈的孩子卻只因為喝口水就死掉了。我們辦這場演唱會是因為每三個人就有一個永遠都找不到工作，而且這不只是在貧民窟而已。我們辦這場演唱會是因為腐敗國家機器衝著我們所有人而來。歌手雖然回來了但他身上確實有什麼東西變了，以前他甚至還沒看到你就會先攬著你，現在他會等個一兩秒才點頭或是摸摸他的下巴露出微笑。以前他會說完你起頭的句子，現在他則等你自己說完，直直看透你卻什麼也不說。請了解這點，我跟一九七六年十二月的事一點關係也沒有，不過我知道他現在睡覺時睜著一隻眼睛而那隻眼睛有時候是看著我的。我跟東尼・帕華洛帝離開海邊轉進麥奎格水溝。

那場演唱會。我永遠沒機會見到一九七六年的和平演唱會，但我見證了隨後的戰爭。所以說四月二十二號我在這場演唱會上，我人在舞台上，我看著希加和曼利在歌手頭上形成尖頂，大家總是在尋找徵兆和奇蹟，但是徵兆完全不象徵什麼奇蹟之中也沒有什麼好驚嘆的。我永遠不會忘記的那個人是陶許，一開始我以為這傢伙會來搞砸我的演唱會，這傢伙就是有辦法用錯誤的方式惹到我直到我搞懂他，但即便我搞懂他並覺得我們有共識了之後，他還是有點愛亂搞，也許是因為比起其他兩個，他是腐敗國家機器最愛搞的人，特別是那些死條子。就在歌手回來一個月前，海關官員在機場攔下陶許還把他關了很長一段時間，官員是這樣對他低聲說的：**我在找個理由斃了你**。我甚至也不怎麼想找他因為像這樣的人永遠沒辦法感受到正能量的震動，真正想要他的人是歌手而且也說服他過來了。我不想攪和進家人跟他們的事情裡，已經過了快一個月而我記得的依然是陶許。陶許就是那個會確保大家都記得的人，就在演唱會前他說他**不想演什麼他媽的演唱會因為所有參與這場演唱會的人都會死得很難看**，這傢伙在那個還是很熱的晚上從頭到腳穿得一身黑上台，好像他是什麼官員，像是ＣＩＡ在替拉斯特工作，他做的第一件事就是叫大家收起他們該死的攝影機。**是文字、聲音和力量打破了壓迫的藩籬趕走犯罪並且平等地統治。嗯現在你們眼前有個系統或腐敗體制在這個國家實行了長長久久，四百年了還是同樣的農園主人破事跟黑人弱勢跟淺膚色優越跟白人優越統治這個小小的黑人國家這麼久了還是都一樣。而現在我和你帶著地震和電閃雷鳴到來要打破這些壓迫的藩籬、趕走犯罪，並在謙卑的黑人之間平等地統治。**

我震驚得像第一次看到死掉罪犯的小男孩。就算有拉斯特的震動在我頭裡動來動去，我也一次都沒有想過黑人的事，甚至我開車經過屹立不搖的農園時也沒想過。他說的最後一件事是，

如果你們想上天堂那為了你們大家我會在這裡等上十億年。

米克・傑格邱得像頭喝醉的山羊，像個驕傲的老爸看著。我和東尼・帕華洛帝沿路往下開。我剛錯過了幾分鐘？我感覺像是打了瞌睡又醒來而飛機還在天上。東尼・帕華洛帝什麼也沒說。

——我們轉進麥奎格水溝了嗎？

他點頭表示對，就跟我記得的一樣。也許我只是累了，撥亂反正是很累人的，比犯罪還難。麥奎格水溝聞起來總是像屎工廠的化學物質到處亂排，有人住在這附近但我兩天前傳話來說我來的時候他們最好閃邊，我們走了之後他們隨時可以回來。

警察找不到他們半個男孩但我找得到，兩年來我都看著等，看他們像賤人一樣躲起來而我則等著歌手回來才能真正料理他們。有個人躲在叢林區還有個老媽可以責備，他媽的他們這些人

還有他們愛當媽寶真的是，很多殺女人的人都還會記得母親節勒，所以媽媽把他兒子藏在她的櫥櫃裡超過一年直到連她都覺得煩了。出籠野獸，縮在櫥櫃裡跟麵包蟑螂起司老鼠一起超過一年，只在晚上的時候出來好像他名叫德古拉伯爵，這個小王八蛋從來沒學會如果你要躲在別人眼皮底下，就別當個白痴還叫你媽去幫你買古柯鹼。跟我通風報信的是喬西。

早上七點四十五分。條子還在睡覺，就像每次提到正義他們都睡著了一樣。我放話出去說是時候處理這個死賤屄了，他媽的智障，我派了兩個人去把他從櫥櫃拖出來並把他跟他媽一起帶來，我聽見她尖叫著沒人在裡面雖然根本沒人問她任何事。老天爺啊，女人真的會騙人。他們把那男孩跟他媽帶來給我時，就在我家門口，男孩因為太多陽光一直眨眼他的皮膚從頭到腳都白得要死。我不想要他們任何人因為他們的存在弄髒我家所以我出來到路上。媽媽鬼叫著不要帶走我的男孩，不要帶走我的男孩，我沒有話要對他們兩個說。但我要那男孩瞧瞧他做的事要付出什麼代價，還有他要怎麼還，在櫥櫃裡待了一年讓他不再長大，他骨瘦如柴而且眼神狡詐地看著我，就像蜥蜴，接著又盯回地面，他們叫出籠野獸的男孩竟然是這樣子。我看著他的網眼吊嘎跟他的牛仔短褲，剪得太短了還有他右肩上的結痂，出籠野獸又看了我一次我也好好回看了他，好好掂掂他的斤兩接著快速握緊拳頭直接朝他媽的臉揍了下去。

她往後踉蹌他則大叫出來。我在她往後跌得太遠之前抓住她洋裝的前面然後一二三更多拳一樣直接往她臉上打，她的嘴唇像番茄一樣爆開膝蓋都彎了下去我讓她就這麼倒在路上，再把我的手指併在一起用力搧她右臉頰一巴掌，接著左臉，換回右臉，又是左臉。出籠野獸為他媽大叫了起來。我伸出一根手指我的人就拿起他的槍托用力打他蛋蛋。人們開始圍觀，就讓他們看吧，讓他們記住洛老爹是怎麼教訓人的。我繼續打她巴掌，左、右、左。有個女人尖叫拜託老爹饒了她吧於是我丟下這個臭婊子走向我的人並拿走他的槍，我直直走向那女人把槍頂在她額頭上然後說，妳想求饒是吧？我就讓妳瞧瞧什麼叫作他媽的求饒，如果你代她受罰我就放她一馬。那女人退開了。

我走回那女人身旁然後踹了她兩下，接著我抓住她的左手拖著她的屁股一路拖回她的院子人群一邊跟著我。那男孩為他媽哭喊著。她沒在動所以我跟一個女人說現在去給我拿桶他媽的水來。她用跑的很快把水拿了回來，我把整桶水倒在那女人身上她點點頭咳起嗽並尖叫，我抓住她的頭髮把她的頭拉起來這樣她才能看到我的臉。

——妳有半小時可以離開這，懂嗎？我永遠不想再看到、聞到或聽到妳了，懂嗎？我再見到妳我就會宰了妳、妳兄弟、妳老媽跟妳老爸還有妳其他所有孩子，懂嗎？三十分鐘然後快滾出我該死的地盤，不然我就逼妳看著我幹他媽宰了他。

接著我轉向人群。

——還有聽好了，你們任何人敢幫她，你們任何人就算敢跟這個婊子講話，就等著看我多快會逼你們打包吧。

我把那該死的男孩扔到監獄裡跟其他對歌手開槍的人一起，其中一個已經發瘋了，一直自言自語還拉在褲子上邊說著什麼他腦裡的電台不敢相信他已經死了，他早晚都在講，而在早上他說的是皮膚上包著藍色火焰有長長鯊魚牙齒沒穿衣服的男鬼是怎麼整晚在吃他的血肉還摀住他嘴巴這樣他就不能尖叫了。鬼魂吃飽以後，他就只是打開他的嘴巴然後用口水蓋住他的臉有夠厚就像果凍一樣。我說，王八蛋，你知道你為什麼再活也活不了多久嗎？而他只說耶還活著、耶還活著、耶還活著。

下午三點我叫人到那個媽媽的房子裡把所有東西都拿出來然後當街燒掉，出籠野獸在監獄裡乞求又哀求哭得一把鼻涕一把眼淚還說是喬西．威爾斯找他的那個訓練他們的白人則是CIA。CIA的人穿棕色長褲還戴墨鏡就算在晚上也是帶他們到聖瑪麗的高灌木裡，一定是聖瑪麗因為我們往東去而且上到山丘裡，他讓我們看怎麼裝填跟拉M16的拉柄還有M9，把步槍槍口朝向安全的方向，拉動槍機開啟並保持槍機拉柄，不是拉動槍機拉柄並保持槍機開啟，將槍機拉柄退回前方，把「安全」撥到射擊選擇鈕，不，把射擊選擇鈕撥到「安全」，檢查膛室確保裡頭空無一物，插入彈匣，往上推直到彈匣卡榫撐住彈匣，向上輕拍彈匣底部確保正確裝彈，按壓槍機釋放鈕上半部以釋放槍機，輕拍槍枝助進器確保槍機完全回位並鎖死。那個講話跟飛飛鼠[213]一樣的人教我們怎麼用C-4，懂嗎？弄成跟油灰一樣的形狀，懂嗎？就這樣之後你把這根電線放到油灰裡還有那個機器的東東，再來是雷管然後拿一根長電線來讓這可以爆炸你接著按一下就ㄅㄧㄤˋ啦，兄弟（西語）。因為他們給我古柯鹼跟海洛因這讓我想要殺人跟幹女人、男人還有狗但如果是海洛因你的雞雞就硬不起來啦就算你真的超想讓一個女生生小孩。某些晚上他們把我們關在一間很擠的房間裡並讓我們流汗因為你們這些他媽的死牙買加人沒有動力、沒有靈魂、沒有奉獻，你們一點也不像玻利維亞人或是天殺的巴拉圭人他們在他媽的兩個星期內比你們這些蠢智障

213 譯注：Speedy Gonzales，華納古早年代卡通人物，是全墨西哥跑最快的老鼠，此處指愛醫生。

在兩年內還能學會的多更多。那個第三個星期從威明頓飛過來帶著兩個超大迷彩手提箱的牙買加人碰了碰那白人的肩膀然後說，冷靜點夥伴放鬆點啦我的兄弟，我們在打造的是革命啊，講完他就和喬西跟飛飛鼠走開了飛飛鼠想要我們知道他還在對豬玀灣生氣時就只會講英文，喬西則和他講西文，對啊他會講西文，是真的，是真的我親耳聽到的，不要相信他說的，我們全部的人都聽到了。而我們訓練了一個月，從早到晚還穿著軍人的制服有天晚上喬西走進房裡就這麼朝一個男孩頭上開了一槍因為他說他不要做了，喬西和飛飛鼠走開他們兩個人講道理講了很久，他們講完道理之後我們在午夜後出去要去碼頭拿一批貨，裡面真的裝著更多槍，包括我現在看到你拿著的槍，老爹，你也有來自那批貨的槍。那白人說要拯救牙買加免於混亂就得靠你們啦所以你們必須做上帝的工作，從混亂中拯救秩序，從混亂中拯救秩序。

從混亂中拯救秩序

從混亂中拯救秩序

從混亂中拯救秩序

從混亂中拯救秩序

從混亂中拯救秩序

東尼．帕華洛帝用槍托砸他。

他們第一次給我古柯鹼他們就把我變成了超級想要這東西的人，耶知道，我會扒開我的屁眼並讓白人幹我那裡只為了再吸一排，耶知道。去跟陪審團說吧我對他說好打斷他講這些幹屁眼之類的鬼事，但我注意到他有多讓我困擾，從他嘴裡說出來的一半東西，不只是他說的事，還有他說的方式，都不是從哥本哈根城來的。

這件CIA的事，真是蠢到家了，尤其是我見過所有和彼得．納瑟到這裡來的白人而他們沒有半個說自己跟CIA是一起的。但是這種謊似乎不像是他們腦袋有能力去想出來的事，這就像一個小男孩張開嘴巴結果講出來的聽起來卻跟電視上一樣。這讓我又深入思考了一陣子，畢竟歌手確實唱過拉斯特不會替CIA工作。而我對CIA的理解就只有他們來自美國而且比較想要工黨贏過民族黨因為共產主義在古巴非常糟糕糟糕到母親都已經在殺她們的嬰兒了。

但是CIA為什麼要這麼認真看待他甚至想要殺他呢？畢竟，他又不是什麼政客他也沒有政府啊，為什麼不是派詹姆士．龐德或他們的特務而是三個來自貧民窟的無知智障？我問喬西．威爾斯他們到底他媽是在說些什麼，而他說如果我是不是太蠢到不知道男孩溺水時會抓住任何稻草的話，這聽起來像是我會說的話，接著他就開走了，彷彿這是什麼小孩的事而他已經長太大了。我決定不去談他剛剛是怎麼罵我蠢的，好像不是我親手把他從一九六六年給拉出來，還有他一直都如此囂張但最近他對我就有點太大牌啦，好像我不敢把他這中國雜種打回原形一樣。我看著他心裡想著這些但我沒有說出來，我問說我要怎樣才能確定他真的跟開槍的事沒有半點關係因為有這麼多人都說他參與了而他說，兄弟啊，如果我想殺歌手，那王八蛋現在早就死了啦。

信他還是不信他我不知道。很多黑人不喜歡歌手，但他們大部分是穿襯衫打領帶在公爵街工作。我看不爽的是他臉上的新東西，還有那嘖嘖的牙齒說著我信不信他都不在乎。我抓抓我的頭試著找出，哪一年、哪個月、哪一天、哪個小時這傢伙會超過我然後覺得他比我還壞，還有什麼時候貧民窟裡的許多小混混會發現，我是最後一個知道現在混混已經不叫自己混混，他們現在叫作罪犯囉，而且他們現在也不是幫派了，他們現在是小隊啦。而且他們還會接美國的電話。幾個晚上前我叫東尼．帕華洛帝傳話給歌手和經紀人，和我們在麥奎格水溝碰頭，我說，讓我們徹徹底底實行正義吧。

我們深入麥奎格水溝，深到臭味都變了。出籠野獸和兩個人綁在一起瘋子的嘴巴裡塞著破布因為我受不了聽到他一直講話，東尼．帕華洛帝踹了每個人膝蓋後頭他們全跌在地上。還有兩個男人和帕華洛帝站在一起，另一頭三女三男也聽我命令，判決留給他們，審判留給我。接著我們聽見兩台車停下來的聲音之後四個燈才熄滅，我的兩個手下先從他們的車下來，歌手和他的經紀人跟著。

這世界說人們必須擁有正義，所以我們就給他們正義即便在這個世界上只有腐敗國家機器式的正義而那把我們當成動物。麥奎格水溝就是個洞，是貧民窟下方的一個通道雨水應該要通過這裡以防水災，但是因為腐敗國家機器不派垃圾車到貧民窟來，大家都把垃圾給丟到水溝裡所以下雨時這群貧民窟百姓就會被水、垃圾、屎淹沒。這麼多垃圾都變成一道垃圾牆了。一開始我確實以為法院會說他們會趕快判一判只為了遠離老鼠跟屎但這些男男女女坐在石頭和樹幹上而且他們很嚴肅，我研究著他們的臉他們也研究著我，他們甚至連看都沒看歌手和他的經紀人。出籠野獸一看到歌手，他就開始鬼吼鬼叫跟哀號好像他精神來了一樣我告訴東尼．帕華洛帝讓他閉嘴所以他又用槍托砸他。

——這三個人跑到希望路去想要殺人，我說。

——不是我老爹，不是我是——

——你這小子，閉上你的狗嘴。有人看到他們，而且我們也有證人，但是我是個大好人，我不是為我自己討正義，腐敗國家機器的法院是個廢物所以我們自己設置我們的法院。你們這些人就是法院，你們這些人來審判，這樣一來就是由人民為人民審判而沒有人能說洛老爹就這樣為人帶來麻煩好像他是舊約的上帝一樣。我們要好好做這件事。腐敗國家機器沒有正義，女士和先生們啊，腐敗國家機器也沒有抓到他們半個人因為腐敗國家機器在進行另一項任務。但是現在聽好了，此時此刻，你們聽證人說也聽被告說因為就連他們都有權為自己說話，畢竟在這裡是我們要證明一個人有罪，而不是一個人必須要證明他自己清白。這超過他們應得的而且也比他們從叫作槍枝法庭的腐敗國家機器那邊得到的更多，如果這能上法庭的話啦。警察早在他們上法庭之前就會對他們開槍宰了他們，畢竟我們知道的下一件事，就是在扳機後方就是真正的腐敗國家機器了。你，經紀人先生，告訴我那晚發生了什麼事吧。

——呃，我必須說現在我正看著他們其中一個，但某些重要的人我並沒有看到，我連看都沒看到。

——你沒看到誰？

——他不在這裡。

——是誰？

——但這個當時在那裡，還有這個，還有……把他弄到燈那邊，對，他也有。

——歌手有什麼要說的嗎？

——我為歌手也為我自己發言，因為那時只有他和我在廚房裡。

——我懂了。

——有趣的是注意到這年輕人剛說的話。

——他剛說什麼？繼續說。

——嗯，如同你可能不知道的，我以前是美軍的士兵，役期是一九六六年到一九六七年，那時正是越南危機的最高峰。

——吉米．克里夫確實就有首歌叫作〈越南〉。

——蛤？呃，對我很確定。我剛才說到，所以說我知道CIA所有運作的一切，所以說我知道如果你看見任何專員、顧問、大使館員工、隨便哪個穿西裝的白人人離新京斯敦太遠的話，他幾乎肯定是CIA的人。事實上如果我是你們的話我不會信任半個你在尼哥瑞爾或八河鎮以外的地方看見的白人。所以反正在你們問的那天——

——沒人懷疑是哪一天。

——這是種說法啦。就是……總之，我正在某個牙買加單位裡進行一點亟需的放鬆，那時我必須離開去趕一班往邁阿密的班機去辦點事。我隔天就回來了，這就會是嗯，十二月六號？對，我覺得這是正確的，所以我們來看看吧。首先我回到那個單位確認了一下事情，接著我去了陳家餐廳吃了點咖哩羊——

——這跟這有什——

——我這就要講到了啦，先生們，還有女士，女士們。所以我到納茲佛大道上的陳家餐廳吃了點超讚的咖哩羊，我又從那邊到喜來登飯店要接廠牌的老闆，但他不在那，於是我把車還了因為那是租來的然後改開我自己的車到希望路五十六號。我總是把我的車停在陰涼處所以我也那麼做了，我可以聽見樂團在排練於是我當然進去要找他啦，但他也不在那，他在廚房裡，所以我就進了廚房而他人就在那囉，在吃葡萄柚。總之，他跟我有事要討論，然後，嗯，天知道我幾百年沒吃葡萄柚啦，所以呢，我說我也想來塊葡萄柚，他就揮手要我過去，我一伸手要去拿的時候我們兩個都聽到一個像鞭炮的聲音，當然啦先生們和女士，女士們。那時是聖誕季節所以我當然對我們兩個都以為是鞭炮的聲音沒有多注意，我想他說了什麼像是誰他媽的在我的院子裡放鞭炮？類似這樣的話，但是他連話都還沒說完，我們知道的下一件事，就是更多噠噠噠噠噠啦，突然間我感覺到一種痛苦爆開來，接著是下一次，又下一次超級快感覺起來幾乎像是只有一次，我甚至沒察覺到我是中槍了呢。你感覺起來不會像是你中槍了，你只會感覺到你的腿很痛，然後就腳軟了而且還有時間思考為什麼呢，我知道的就只有我往前倒在他身上然後他說，塞拉西一世耶拉斯特法理。一切就是都這麼快速，超級、超級快。

——那如果你是背後中槍的話你怎麼知道是誰對你開槍的？其中一個女人說。

——我想我昏過去了。等我恢復意識時我人還在廚房裡，他們開槍射我，我死了還是怎樣的，我聽到有人在說，因為他們以為我死了就沒人想要來動我了因為啊，你也知道的拉斯特法理不碰死屍的。大家都一直認為我死了，警察把我扔進一輛車的後座因為他們以為我死了，在醫院時護士也真的看著我然後說，這個死了。他們還真的要把我推進停屍間勒，這整段時間我都能看到大家說著這些關於我的事卻什麼也做不了。想像一下吧。感謝主有巴哈馬人，這個路過的巴哈馬醫生就只說讓我檢查一下然後就告訴他們我還活著。中了四槍啊，先生們，一槍打在我尾椎附近，我今天還能走路真的是個奇蹟，感謝邁阿密的醫生們，嗯，我沒有將就牙買加醫生和護士告訴我的話也是個奇蹟啦。

——歌手在此有任何要補充的嗎請現在開始——

——我為歌手發言。

——他知道誰想殺了他嗎？

——他當然知道啊，他私底下還認識其中某些人勒。

——是誰開槍的？

——開了很多槍。

——開了很多槍。他在這有看到開槍的人嗎？

——其中三個，當然。但是其他人在哪呢？

——其他人死了。

——死了？

——死了。

——肯定不是這樣的吧，我在和平演唱會上至少看到其中兩個，有一個甚至還離舞台很近。

——我不知道你在講什麼，我們這邊現在有三個人而他們全都認罪了。

——連這個嘴裡塞著破布的也是啊？

——另外兩個人說他也參與了。

——他們強迫我的，大人！出籠野獸說。

——他們跟喬西·威爾斯跟CIA而且他們還用粉末來、來催眠我！他們威脅要殺了我。

——我可以聽聽那個塞著破布的怎麼說嗎？經紀人說。

——這個主意啊，不是太好。

——恐怕我必須堅持。

——堅持？這什麼意思？

——意思是如果我們沒聽到他必須說的話那我們倆就都走人。

——東尼，把那東西從他嘴裡拿出來。

東尼把破布拿掉，那男孩就只是流著口水並直直盯著夜晚好像他瞎了。

——少年仔，你有什麼要替自己說的嗎？你，你這小子，你看不出來我們在給你機會嗎？

蠢到家的傢伙，他看著經紀人然後說，

——我可以直接看透我，我可以直接看透，直接看透，《利未記》和《民數記》和《申命記》。

——這狗嘴吐不出象牙啦，我邊說邊示意東尼·帕華洛帝把破布塞回去。

——所以你有看過這些人嗎？

——我們在後頭看過那個，他什麼也沒說，經紀人說。

——這一個，他老媽藏他藏了一年，就在我們鼻子底下。

——CIA誆了我。我甚至什麼事都記不得，是當我媽告訴我說我射了……是到那時候我才知道而我還是想不起來，耶知道。

——先等一下。我跟這個滿熟的，他們叫他出籠野獸，他是叢林區來的，離我們大家長大的地方不遠。他以前真的有夠常來，真的超常常到連我都認得出他而我根本就很少在那。

——是CIA，是CIA跟喬西．威爾斯，還有另外那個聽起來像牙買加人跟美國人的人，跟你一樣。為什麼沒人相信我？

——東尼，讓這王八閉嘴。出籠野獸？你在屋子附近見過他嗎？

——一兩次吧，從來沒在屋子裡，而是在大門外，或是在門口，有一次我們甚至到外面去跟他和他的弟兄講話呢。

——我們？

——我們。你在這裡看到的我們，到外頭去跟他和他的朋友講道理，但他們說他們是叢林區來的而他們有事要找那個朋友，不是歌手。

——我懂了。因為我知道我從來沒有授權任何人可以去打擾歌手，沒我的允許誰都不准到他家去，如果他們跟他要東西還會更慘勒。

——我不覺得是這樣子。

——這我早告訴過你了！我們從來不是為他來的！我們從來不是為歌手來的！我個人真的是為那個朋友來的，我跟迪馬斯。

——東尼，我不是跟你說過讓這小子閉嘴了嗎？誰是迪馬斯啦？

——他是我們的一員，還有愛哭鬼，還有傑克，不赫克，跟喬西。

——讓這傢伙閉嘴。

——你讓這名女士陪審團兼證人啊？經紀人說。他似乎很愛抬槓，而且在他不該笑的時候笑。

其中一個女人跳了起來。

——是時候換更多證人了。提布斯小姐？

——夠了，我講夠了，我說。

——喬西？經紀人說。

——提布斯小姐？我說而她站了起來並環顧了兩次，不過沒有看著歌手。

——那時十點，不那時是十一點整，我剛完成嗯我的禱告，讚美主，然後看出我的窗戶就看見白色達特桑急煞停了下來。我看見四個男人下車，包括後面那邊那個，對我從我的窗戶看見了我親眼看見，他們走出白色達特桑然後往四面八方跑就像你突然對蟑螂開燈一樣。有個人問那個人，出籠野獸後面那個，不是發瘋的那個，就他，有個人問他說他的槍勒？而他說他不知道，他一定是在他們開出希望路時弄掉了，我聽見他說希望路我親耳聽到。隔天他女朋友就離開家裡了而我之後再也沒見過她。

下一個人沒有等我叫他站起來。他站起身然後說，你們都知道我是獲准在哥本哈根城跟八條巷到處通行的人，我就是那個去找幫派老大然後說，對歌手開槍的那些人在這裡，哥本哈根城沒人替他們負責，洛老爹永遠不會授權這種幹他媽的破——

——請注意你的用詞。

——這種事情啦，我意思是。我說，所以老大啊，你知道他們再也不是在工黨的地盤上啦，所以找找你自己的地盤或是之外把他們給揪出來吧。就是他們找到瘋掉的這個的，一路躲到聖湯瑪斯那邊的灌木裡了勒，他的內褲裡確實藏著他的槍，我問老大的人他們怎麼找到他的，他們說警察從他跳上一台小巴士往鄉下去之後就都知道他在哪啦。

——那那個親自開槍射他的呢？那同一個也射了我的槍手？

——他死了，我跟你講過了。

——那個對我開了四槍的人？

——死了。

——我必須誠懇地表達異議，他就是在演——

歌手碰了碰經紀人的肩膀。

——噢，我知道了。也許這樣子最好，那就繼續吧。

經紀人閉嘴了。我確實以為歌手要開口了，我也希望他真的開口，但他已經對我說得夠多了，他知道是誰對他開槍的，我也知道是誰對他開槍的。

喬西．威爾斯。

那兩台車裡的其他所有人都是附加的、額外的，是身體的一部分，卻不是心臟也不是腦袋。我們沒有說話但我們已經說了很多，我看著他並且再次讓他失望了，但他肯定知道這世界這天空這星球還有這些東西都比一個來自貧民窟想要撥亂反正的普通人還要巨大。

喬西．威爾斯。

可是道高一尺魔高一丈啊，我想告訴他。如果你抓不到哈利，那就抓他的衣服然後至少就這麼抓著，我想告訴他。我是個老人而當你老了以後你所有的槍打出來的就都只是空包彈了，我想告訴他。他看著我並看見了那個確實瞄準了他心臟的男人。

喬西．威爾斯。我也希望那人在這三個人裡啊即便我確實知道不可能會發生這樣的事，一個人當然認識另一個想要殺他的人就算只是在靈魂上，經紀人被人從後面開槍，但歌手是胸口中了一槍，可是就連這點都讓我困擾，為什麼會有人想要對歌手開槍呢？就算是那些因為賽馬騙局被誆了的男孩也是和那朋友有仇，不是和歌手。他看著我我也看著他而我們都知道有些人啊我們連看都不能看，我想宰了出籠野獸，讓他復活然後再殺他一次，至少七次直到歌手滿意為止，但這並不能讓任何人滿意，而這個法庭早已是個笑話，在他想走之前我都想走了。

——我從沒開槍打他，我打的是他老婆，出籠野獸說。

這句說完就連經紀人都安靜了，整條水溝安靜到不行我們全都死死盯著出籠野獸。他這話說得好像這應該很重要似的，好像這是最後一根可以抓住的稻草。這時我突然想到，有個人曾對我說過，老爹，我從來沒殺那女人啊，但我確實強姦了她。他旁邊的那個人開始笑。

——是碰碰射他老婆的，不是你，他說。

——不，真的是我射她的。

——射哪？我說。

——那肯定他媽的不是射到頭。對啦，就對著頭。

另一個人，不是瘋掉的那個，開始大笑。在我深處，遠遠超過我心底的地方，我幾乎也差點想笑了。

——你朝他老婆的頭開槍結果還沒能殺死她哦？ＣＩＡ訓練你快兩個月欸結果你連一個女人都殺不了？我們在電影裡看到的那一切又是怎麼回事啊？當八九個人全都拿著機關槍結果連一個人都殺不死那他媽的是在訓什麼屁練啦？一個沒武器的人欸？錄音室裡的十個活靶欸？

但接著我女人說，可是老爹，你是個會思考的人啊。

我看著並覺得我看到她站在水溝頂端，可是什麼都沒有，連棵樹也沒有。寒冷的微風向下掃進通道，我敢發誓我能看見風懸在我們頭上一秒鐘接著才衝下來，雖然微風根本就沒有顏色。那首歌也從電台跳出來並且往下跳進水溝裡。**輕輕來，在夜晚的時候來，陰影**。我和東尼·帕華洛帝開著車。不，我人在計程車裡和三個人在一起但沒有一個是東尼·帕華洛帝。不，東尼·帕華洛帝消失了。不他就在我旁邊。不他在那裡在三個陪審團後面。我們在麥奎格水溝裡，他就在那裡。他望著黑暗，我們不在車上。歌手也在那裡，他跟經紀人。說話啊，經紀人，說些唬爛跟出乎意料的話這樣我才知道你還在那裡。我沒有開槍射歌手，我射的是他老婆，出籠野獸還在說。我覺得我好像在外頭然後回到一場討論而討論在我離開後也遠離剛才的方向了，但是我哪裡都沒去啊，我人就在這裡而風在上頭上上下下掃來掃去像個鬼魂我看得見我看不見我在想我是不是唯一看得見又看不見的人，風從水溝升起就像要飛走的靈魂。

——這堆屁話都說夠了吧。你們認為他們怎麼樣？有罪還是清白？

有罪在整條水溝此起彼落，我四下看看從第一個到最後一個並數了數他們，一……三……五……七……八……九，九？我又看了一次並看到八個人，我眨了眨眼而在眨眼和睜眼之間我確定我看到第九個了那第九個人看起來像耶穌。不，像超人。不像ＣＩＡ？眨眼啊老爹，再眨一次眼，把他給貶走，就把他給貶走然後通過審判吧。
——本法庭宣布——
——這裡才不是什麼他媽的法庭。
——本法庭宣布你有罪。
——你才不是什麼他媽的法庭，我要正義。
——本法庭宣布你有罪。
——你們全是群智障，你跟他跟他，都是。強迫別人做你們想做的事然後——
——你們全都被判死刑，這是個文明的法庭。
——帶頭的人跑了只剩可憐人受苦。
——因為你現在每個人都在受苦。
——他才沒有受苦，他現在就跟錫安的獅子[214]一樣。
——東尼，把那王八蛋帶過來這裡。
東尼把破布又塞回出籠野獸嘴裡並把他拖了過來，他甚至沒有要讓他自己走的意思，就只是拖著他的衣服好像他已經是具屍體了，他的雙腿拖在路上，他把他朝我拖但我對著歌手點頭。我真的以為女人會先離開可是她們留下來看了。我今天第一次走向歌手，他知道我再來要做什麼，他可以只點個頭說要或不要，但他需要親口告訴我，這個被正義辜負的男人就是那個必須選擇我

214 譯注：應是出自巴布．馬利與痛哭者樂團的歌曲〈Iron Lion Zion〉，此處的錫安即指衣索比亞，獅子則是代表塞拉西一世。

們該如何撥亂反正的男人。經紀人讓開來，因為這是我和歌手之間的事。他看著我，我也看著他有那麼一秒我看見一道閃光聽見一聲轟隆跟碰跟嘶嘶聲。我和三個人在路上，但沒有帕華洛帝。歌手若隱若現就像電視上的爛訊號而他眼中閃爍著火焰。我把那畫面甩掉。我沒有感覺到吹在我身上的微風，涼爽的微風就像我們在海邊。我把那感覺甩掉。我看著他而他看著我，在我背後塞在我褲子裡的，是槍，我從背後掏出槍並握著槍口交給歌手。我等著他把槍拿到他手上，我看著出籠野獸再看著歌手，他的手縮都沒縮，他甚至沒有搖頭反對。他轉過身並和在他身後跳來跳去的經紀人走開了，我不想要他在知道洛老爹會確保這個人得到正義之前離開。我扣下扳機時他停住了一秒，在某個地方的某場演出ＤＪ剛說**大家，你們準備好了沒？**出籠野獸的身體直直倒在地上時歌手沒有轉過身我把槍塞回我褲子裡。出籠野獸平躺在地上，他後腦勺上的洞汩汩流著血就像嬰兒在嘔吐。風一直轉啊轉的跟美國的龍捲風一樣。

我們在海邊我可以聞到海裡的鹽，但麥奎格水溝不是在海邊啊。歌手和經紀人不見了，他什麼時候開走的？我眨眨眼他們就消失了，我又晃了晃我的頭，我抬頭看見他在白人國家的一張床上房間則在有一條長路的屋子裡路一路延伸到群山裡這地方看起來像是從童話故事書裡跑出來的。然後我又眨了眨眼另一個人朝我走來，不這不是歌手，這男人幾乎皮包骨而且他是黑人，他直直走到我面前他的呼吸聞起來有大麻和食物的味道而且很臭他說著**戒指在哪？尊貴的陛下的戒指在哪？我知道你看到了，我知道你看到他戴著戒指，他把那該死的戒指給放在哪？我現在就要，這東西不能和他一起入土，你有聽到嗎？我要那個他媽的戒指。我有權利得到戒指，我對尊貴的陛下曼涅里克國王統治以色列的所羅門之子他把造物之火送回示巴女王肚子裡的貢獻擁有權**

利。他邊說邊直直走向我我的視線穿過他風吹得更寒冷更大聲更猛烈了就像風暴，但這並不是風暴，而是大海我晃了很大、很大力一切就都消失了又是看起來很清楚的麥奎格水溝。我的槍摩擦著我的背，還因為剛開過很溫暖，槍管就在皮帶正下方，剛剛還在當陪審團的兩個男人用繩索套住另外兩個男人好像他們都是正要拖回牧場的牛似的而女人仍然留了下，並看著。我看著她們看著，我想知道是什麼會讓一個女人看著男人犯下的罪惡，也許如果女人沒有見證審判的話那麼審判就不算發生了。

可是老爹，你是個會思考的人啊，我女人說。

我聽見她但我卻看不到她。他們用繩索套住那兩個男人並把他們帶進灌木裡，沒有節奏、沒有儀式、沒有音樂，他們把繩索的另一端丟過同一棵樹的兩根樹枝。為什麼這裡會有個白人？為什麼他在他們後面，看著他們而且為什麼他轉了過來並看著我？當他看著我的時候微風也變冷了，那兩個男人站在兩個高凳子上，他們發抖他們尖叫，他們實在抖得太過厲害害凳子移動了，可是凳子每次移動他們又會尖叫。沒瘋的那個以為他只需要繃緊他的脖子就好，只要把每條肌肉都繃起來這樣凳子倒下時他就不會死，我不知道我為什麼知道他在想什麼但他現在正在想的就是這樣我就是知道。但那個白人盯著他們，他上下打量繩索然後又看著我我想跳起來大喊，你誰啊，白人？你是誰？你在跟蹤歌手嗎？你是怎麼跟到這麼遠的？但我沒辦法說話，我一個字都講不出來因為沒有半個人表現得像是那裡突然有個白人冒了出來。沒人看得見他，我也不知道但是他看著他們然後瞪著我。東尼．帕華洛帝沒浪費時間。女人看著。也許他是個鬼魂。

東尼．帕華洛帝踢走第一個凳子，那人少了一英尺，也許兩英尺吧，那人抽搐又噎住晃得又猛又狂把另一個人的凳子也給踢掉了接著他也摔進自己的死亡裡，他們搖晃又抽搐弄得繩子咿呀響而我看著他們我看著他們中間的白人我的脖子開始痛了起來並且割到流血了腦子裡的血也像一顆裝著越來越多水的氣球砰砰作響。他們還在抽搐。這都是牛仔電影的錯，大家以為吊死在音樂一結束時就會發生，但是脖子沒有折斷的吊死可以花上一段很長、很長的時間，實在是太久了，女人開始往後走回黑暗中。那兩個男人的頭因為充滿血膨脹了起來，肺部也放棄了對空氣的飢渴他們兩個人於是停止抽動，但是他們兩個都還沒死透，我知道。我不知道我怎麼知道的，但我就是知道，我從他們體內和體外感覺到，還有只是看著他們的脖子。

那白人還在那裡。那個白鬼魂，我眨眨眼他就和我一起到車上了。我和另外兩個我認識但我不記得的男人，而我們在一條路上，一條跨海的橋，但開車的不是帕華洛帝，是另一個男人。我認識他因為他在取笑我一年前買的那匹蠢馬那匹馬到現在都還贏不了半場比賽，而這根本一點都不合理因為我一週前才剛買那匹馬而已，可是我在講話的時候沒有人聽到因為我在車上也在講話，而我可以看見我自己在車上講話，我可以聽見我在講有關那匹馬的事而我告訴我自己你一週前才剛買那匹馬而已。

屍體現在隨著微風搖擺沒風的時候就掛在那。大家都離開了，女人離開了，男人他們也離開了，夜晚離開了，天空變成灰色海鷗在尖叫，而我沒看到那白人。我們在車上，現在我們在車上但車子很久以前就停住了，我們要去麥奎格水溝，不我們是從足球賽來的，我滿腦子都是賽馬因為洛伊德在車上而他負責訓練馬匹。不，今天是一九七八年四月二十二號，我永遠不會忘記絞刑的日期。不今天是一九七九年二月五號，我永遠不會忘記那場智障足球賽的日期因為我正在跟洛伊德聊他是怎麼訓練我的馬的。
不等等，倒帶一下。我的腦袋不太對勁。
雲層又灰又厚，就要下雨了。
崔佛，為什麼每次你一到該死的堤防就要他媽開這麼快，你是在逃離太陽哦？
你也知道他啊，老大。他等不及要離開波特摩爾了啦。
等不及了哦，哈？這個叫什麼名字啊克勞黛還是多加？
哈哈，你怎麼知道啊老大，這些波特摩爾女孩啊完全就是吸血鬼啊。
別再把你的脖子給他們啦把錢花在你的孩子身上改變一下吧，這樣如何？
說得好，老大！說得好。
每次都在聊女人，怎麼這台車上別的沒有就只有男人啊？靠北！
我們可以調頭去瞧瞧兩樣東西，一個叫克勞黛一個叫多加，老大。
才不要勒老兄，我才不要崔佛吃剩的，那些女孩啊那邊都完了，現在都沒有用啦。
哎呀，老大，你太愛開玩笑啦。
老爹你怎麼這樣對我啊？而且是勒琳和米莉森，不是克勞黛和多加。
克勞汀和多加特。
勒蘭特和米莉馨。
哈哈。
你們全都瘋了，洛伊德跟我講些合理的事吧。

幹你娘勒，老大，老爹。
兄弟我們幹嘛慢下來？
老大……你看。
他媽的這是怎樣？
有四個人，老大，條子。停了三台機車跟四個警察，也有紅縫線的警官。要停車嗎？
不要。你們有人看到我們經過半台停下來的車嗎？一定很快就有人從後面過來了。
我不記得有看到車子。
那我們後面的是什麼？幹你娘，洛伊德我們離錫工廠還有多遠？
大約一百碼，老大。
但我們哪裡也去不了。
我們後面的車停下來了，老大。
有幾個警察？不是他們三個，車上有幾個人下來？
車上沒人下來，我們要停嗎？
稍微慢一點，他媽的幹你娘靠北啊。
如果你不停下來他們就會彈洗這台車。
只是四個人三台機車而已。
四個拿著ＡＫ的人，老爹。
倒車並調頭。

他們很容易就會抓到我們的，老大。
為了什麼抓我們啊？畢竟我們車裡什麼東西也沒有。
我們不管幹什麼他們都會全力追過來的，老大，那個人有擴音器。
等等，我認識他。
停車然後手舉高下車。
崔佛，崔佛把車停下來，但引擎不要熄火。
這是例行檢查，下車雙手舉高。
老爹，不要下車，千萬不要下車啊。
這是例行檢查，快他媽下車雙手舉高。
老爹，我不喜歡這樣，兄弟。不要下車。
聽著，我們不會再跟你們講第四次，他媽的快下車，洛老爹。
這是怎樣，警官？
老爹，他們知道是你？
警官這是怎樣？
我看起來像是有要跟你對話的意思嗎？你跟你的人員必須從車上撤離。
兄弟，把車往後退。
直接撞上我們後頭的車嗎？你是白痴還是怎樣啊？老爹，你到底想幹嘛？
這裡有誰有帶武器的？我帶著我的點三八。

我沒有。

我也沒有。

我負責訓練馬，老大。

幹。

老爹，如果我得再叫你出來一次你不會喜歡的。

老爹？

下車吧。我們要下車了，警官。看到我們——

我不跟你這種人講話，下車然後就給我站在灌木叢旁邊，對就是路對面的灌木，蠢蛋。

放輕鬆，夥伴。

我才不是你的夥伴，混蛋，你以為我怕你嗎？

你應該要ㄆ——

崔佛，給我閉嘴。你想要我到哪，警官？

你他媽是耳聾了還怎樣？你要我慢慢講是不是？給我從車輛周邊離開這樣我們才能搜車，移動到左邊然後一直走直到你人在路邊的野生灌木前。

老爹，老爹你覺得他們——

閉嘴，洛伊德，放輕鬆就對了。

你洛老爹先生你想知道我們今晚為什麼攔下你嗎？

我跟任何條子想要的東西都沒關係。

嗯今晚結束之前我們顯然必須教你點禮貌啊。

隨你便，警官。

大隊長，你肯定不敢相信這裡面有什麼。

在車裡面嗎？

在車裡面，他們竟然有收音機。

一台收音機？在貧民窟傢伙的車裡？這怎麼用的啊？開起來，等一下，開上去……大聲點，這東西真讚啊。那小隊長你知道怎麼跳迪斯可嗎？好好搖，搖過夜晚，陰影在跳舞。

哈哈，這首歌後面不是這樣唱的啦，大隊長。

你現在是要跟我說這歌怎麼唱的就是了？你跟我昨晚真的有去唱盤俱樂部逆？

昨晚？但是我們正在宵禁啊，大隊長。

閉上你的嘴啦。警員，同時間你想搜一下他們四個人嗎？最好快點還有記得拍一下屌跟屁股，因為這些貧民窟男孩啊覺得我們笨到不會檢查那，先搜洛老爹。沒錯兄弟，好好搖，搖過夜晚陰影在跳舞，吧啦啦啦，繼續搖，繼續搖啊搖啊搖啊，陰影在跳ㄧㄠㄠㄠㄠㄠ舞吧啦啦啦啦，就是這樣，兄弟，就是等到你學會這些迪斯可招式之後啊女孩她們才會愛上你啊。警員，他們那邊有人在跳陰影舞嗎？

沒有，大隊長，但如果你眨眼你可能會抓到他們在跳hustle舞[215]。

215 譯注：應是指美國歌手Van McCoy一九七五年的迪斯可歌曲〈The Hustle〉。

小隊長，車上還有別的東西嗎？

啥屁都沒，大隊長，啥屁都沒啊。啥屁都沒除了這把點三八左輪手槍某個人以為可以藏在副駕駛座下面勒。

搞什麼竟然有把他媽的點三八？就在地上？不是你媽老爹？不是像你這樣優秀正派的鄉里之光啊，說真的這槍到底誰的，你媽的嗎？警員啊去看一下這槍，我跟巡官會看著他們四個。真的是把點三八啊？

跟我老婆懷孕的肚子一樣假不了啊，大隊長。

幹你娘，點三八。我現在懷疑的是，警官們，我們這裡這把點三八啊，這把點三八呢，我在想這跟洛老爹和他的跟班們用來對警察開火的是不是同一把呢。

很難說，警員。

是啊，老兄，你不記得了嗎？洛老爹和他三個跟班在一次本來應該只是簡單的例行檢查中對警察開槍的那次？你們四個，手繼續給我舉高。

我不記得這回事耶。

好好想、仔細想啊，警員，我看得出來你已經知道我在說的是什麼啦。你不記得洛老爹對警察開火的時候嗎？就用這同一把點三八開的槍而那些可憐的警察他們啊別無選擇只得還擊？

他什麼時候做這事的啊？

就是現在。開槍！

他用老子的點三八開槍子彈在我嘴唇射出了一個洞並炸爛了兩顆牙齒破皮讓舌頭燒了起來

而我的後腦勺讓空氣衝進來我的血則衝出去但我們只不過是吊死了兩個人而已啊，沒錯我們吊死了兩個人先知迦得問我那他媽的戒指在哪好像我知道歌手手上戴著什麼一樣勒子彈YKK拉鍊在我胸口下一二三四五六七八而在他家那裡的是彼得·陶許跪在地上在一顆子彈射穿一個女人的嘴並炸爛她的牙齒之後勒波把槍抵在陶許的額頭上然後碰又碰再兩顆子彈給那個電台上的男人一顆子彈給下個人就在他背上而且也永遠待在那了但中槍的是我我在我雙腳之間形成血與尿之河卡爾頓我看到你了，卡爾頓跟著旋律而你身後的老婆用她的鮑魚包住那個要殺了你的人，卡爾頓！而歌手已經沒頭髮了歌手在一張床上歌手從一個白人身上得到一根針白人的額頭上燃燒著一個德國希特勒的標誌子彈把我的手指炸爛並在我的左手掌留下印記就像耶穌基督沒有痛苦只有快速燃燒我的身上有二十幾把小火但是空氣衝過我聽見我的身體在吹口哨崔佛和洛伊德也在跳子彈之舞他們抽啊抽啊抽的轉身抽搐尖叫咳嗽搖晃彷彿他們發作了一樣子彈讓他們跳了起來而我也在跳我躲過槍擊就像來自遠處的鞭炮我的脖子說著血我的嘴巴張不開死亡天使坐在歌手肩上那天使是個白人我已經見過他了我就知道現在看著他站在台上就像希加和曼利向窮人承諾美好的東西接著我的脖子爆開了我看著我自已在跳子彈之舞就像我在看著劇場表演從樓上越升越高越升越高的座位，高過了堤防和大海高過了開過來的七台車他們全跟蒼蠅一樣聚在下面警察傾巢而出他們全都走上來開槍一槍兩槍三槍我倒在地上沉進柏油裡然後另一個警察開了兩槍射死這個王八蛋你現在壞不起來了吧又一個警察又一個警察再一個碰碰碰現在再站起來射我們啊不是很屌嗎死廢物槍手和警察在對講機上說猜猜我們剛搞定了誰的案子啊更多警察到來每個人都在致敬這一個瞄準我的脖子碰那一個瞄準我的膝蓋碰另一個瞄準我的蛋蛋碰為什麼會沒半台車經過沒半台車只有警察他們從很遠的地方就封住路了他們知道我要來了貧民窟裡的某個人是抓耙仔告訴他們我要來了崔佛的臉被打爛了洛伊德被開膛剖肚我的頭也被分成兩半但我的心臟還在跳另一個警察彎了下來並說這是為了賽伯特然後直接朝心臟開槍心臟炸爛然後死掉了接著他站起來走回他的車上另一個警察也走回他們的車上而我升得越來越高越來越高但我還在路上而我可以看見他們全排成一直線那些警車他們扔下了我他們還開著警笛行駛所以大家會閃邊去而他們就如同一隻動物般開著車是一隻警笛變成的蛇一路開到國防大臣辦公室在的街區他們繞著那個街區繞了又繞繞了又繞繞了又繞同時還大笑著而我可以看見周圍跟上方跟下方的一切還有十年前發生的事彼得・納瑟帶著第一批槍一九六六年我收留了喬西・威爾斯還有我誤殺了那個男學生以及在一個灰色的地方發生的事好像我能做點什麼改變這些如果我大喊得夠大聲切掉腳趾快切掉腳趾啊別聽什麼白痴拉斯特的話他只會從大麻煙管吸你的血而已切掉腳趾而且不要讓什麼納粹碰你但是那白人站在路對面那個我認識又不認識的白人而他透過灌木看過來灌木就在路邊的小沼澤裡在沼澤裡駕駛在游泳沒有中槍的血這樣很好這樣就不會有鱷魚去追他了而他游啊游啊游的一艘漁船看見了他加速過來接他起來他爬上船又抖又哭說他做的就只有開計程車而已啊漁夫把船開走而我不再在水溝裡宣判了我根本就不在水溝裡那是超過一年前了而一切在一年前就都結束了一切都發生在對我的頭開槍和對我的心開槍的一個小光點之間我這輩子最後做過的所有事一次播放了出來以前發生的現在發生的一件接著一件發生同時也一次全部發生但是崔佛還在那滿身是血還有洛伊德死亡在他的喉嚨裡發出嘎嘎聲還有我也在那，先生們。我也在那。

艾力克斯・皮爾斯

輕輕來，在夜晚的時候來。事情一定他媽的會有轉機。快擺脫這首該死的歌幹你娘。媽的到底是什麼鬼，再這樣下去你就會不小心移動的，你就會抽一下或是你就會，我不知道，我他媽不知道，這會讓他發現的然後你最後就會變成一個操他媽的謀殺現場，白線啊寶貝快來找吧，因為你醒來時這首該死的歌在你腦裡搖她流著汗的聚酯纖維屁股。遲早，某個白垃圾就要因為身為那個會亂動的白人而付出代價了。我右邊的大腦說著至少你是為了比〈迪斯可鴨〉更崇高的使命犧牲的，至少我可能還沒醒來。我一定是的，用我的手指一根一根輕敲枕頭，四代表作夢，五代表真實，一二三四五。

幹你娘勒。

但如果我夢到這是真的怎辦？要是我在夢裡作夢呢？我在某個地方讀到說你死掉的時候就會這樣，真他媽夭壽，耶穌基督啊。慢慢呼吸，完全不要呼吸，不，慢慢呼吸，停止呼吸，不，他會感覺到的，他會知道你沒有睡著。我知道這是怎樣。我是說，一定是啊，老兄，你只是吸到爛貨了而已，你只是因為吸到爛貨大大崩潰了一波而已，你在四十二街和八街以外的地方買古柯鹼就是會這樣，四十一街和五街的老司機就是叫我去那。但是等一下，我沒有在嗨啊，我在牙買加從來沒有嗨過，牙買加本身就夠嗨了，還有老天爺啊不要再這麼認真思考了，再這樣搞下去你就會開始自言自語了，我有說任何話嗎？耶穌基督啊，耶穌基督啊，耶穌ㄨㄨㄨㄨ基一一一一一督啊，停下來，停下來快他媽的停下來，艾力克斯．皮爾斯，現在就冷靜下來，**幹、他、媽、的**快冷靜，閉上你的眼睛然後試著追上那個離開你的夢，去吧去追上那個夢，而當你醒來你的床緣就不會坐著一個人了。還更好呢，不會有人打開你的門，在你正要醒來時走進來，因為你從來沒有真的去睡覺也沒辦法真的在這張刑具般的床上好好睡覺。不會有人走進來，走到窗邊把窗簾拉上，手伸進他的衣服裡拿，別看，他媽的別看，然後坐在你床上。沒有一連串的喀噠喀噠滴答叩叩，閉上你的眼睛。就這麼簡單，這會有用的，**這、會、有、用、的**。

我人在天際線飯店。我兩天前入住，雖然我已經在京斯敦待了五個月牙買加則是八個月了。八個月自從琳恩對我下了最後通牒，牙買加還是她，他媽的死女人，我不期望她理解我的工作但我至少希望可以尊重一下我必須做的事吧。也不是說她不喜歡啦，媽的如果她討厭我還比較能接受，討厭至少算是回事，但她就只是這麼操他媽的冷漠讓我整個人都快起痟了，更糟的是她還對我下最後通牒對某件她真的完全連屌都不屌的事。對啦我是在找方法把這所有破事都推到她身上，但我對天發誓我覺得她說那本書或我選一個時只是把這當成一個他媽的事實查核任務而已，只是想看我會怎麼回答。

而這就是最靠北的部分啦，不管哪個答案她都不滿意。結果現在勒？對啦，我有點因為她不討厭我而討厭她，我討厭她走進我在布魯克林的書房，用鞍座書桌讓我的房間變得更棒，然後說，今天是你的幸運日哦，親愛的，你得在你這本不會有結果的牙買加書和這段不會有結果的關係間抉擇，因為兩者中的其中一個絕對得要有結果。我說，耶穌他媽的基督啊妳是在聽《慢車來了》嗎？因為妳還真會挑時間竟然在這時候變成巴布・狄倫的粉絲。她說我是個自以為是的混蛋幹嘛不回答問題就好，我說我最近讀了一堆心理學的新東西而這就是他們叫作情緒勒索的行為，所以我拒絕回答這個問題。她看著我然後說，好喔，那這就是你的答案了並走出我的房間，我們的房間。老天爺啊我願意付出一切換她賞我一巴掌都好，也許我應該賞她一巴掌的。

我不知道我在想什麼鬼。我應該要選她的，對啦，快樂會變成一種刻意的舉動而我們會再等上兩年才終於能承認我們都受夠彼此的腦袋了但也許這就是我應得的，成為一個無趣又滿足的家庭主夫照顧著一個充滿同情心的孕肚，也許這樣我就不會醒來然後發現有個男人坐在我床邊瞪著地板了。在布魯克林感到無聊，真好笑。嘿親愛的艾比[216]，甚至早在我替自己惹上麻煩前我就有解決方法啦。

事實是我回紐約的時候就知道我心裡有個第三世界大小的洞我早就知道她填不滿但我還是想辦法讓她填滿。或許我賭爛的是她沒有嘗試，給我來波戲劇化地說她沒辦法當神力女超人然後一把鼻涕一把眼淚跟我分手並寫些關於我的卡莉・賽門之類的爛歌。結果我的這個女孩呢，反倒是和我的另一個女孩，牙買加，用一樣的方式對待我，這代表我們擁有的事物也許很棒，但如果你覺得到了某一個點之後老娘還會在乎的話那你就是在自欺欺人，也許我愛上她的理由就跟我一直以來愛上牙買加的理由相同。我打從一開始就知道這不會成的但這不管怎樣還是沒有阻止我去追

216 譯注：應是指美國專欄作家暨電台主持人寶琳・菲立普斯（Pauline Phillips, 1918-2013）以筆名艾比姬兒・范・布倫（Abigail Van Buren）於一九五六年起開設的著名諮詢專欄「Dear Abby」。

尋，為什麼呢？我他媽完全不知道。如果我知道為什麼的話我還會這麼做嗎？幹，八成還是會。

與此同時有個男人坐在我的左床緣往下望著地板，我感覺他是在往下望著地板啦。我只有抬起我的頭一次然後在我一這麼做的時候就他媽的快嚇死了，他肯定也有感覺到吧，也許他沒有。有個男人正坐在我床上他超輕我幾乎沒感覺到床的下陷只除了他坐在被子上之外被子現在變得很緊並把我的右腳困在他正背後，天知道我的左腳在哪，總之別動就對了，別動就對了，你會沒事的。老兄你應該要繼續回去睡的，記住計畫是這樣的啊，好，就閉上你的眼睛假裝睡著了直到你真的睡著了而當你醒來以後他就會走了，別再想了不會有用的，笨蛋，你連試都還沒試欸。就閉上你的眼睛吧，用力閉上眼睛用力到你把眼淚都給擠了出來，用力閉然後數秒，一二三四五，太快了，他媽的太快了啦，一……二……三……四……五……六……慢一點，慢一點而當你睜開眼睛時他就會走了。他就會走了，不，他還在這。

他還在這，閉著你四分之三的眼睛看著他。他是把燈打開了嗎？這混蛋把燈打開了？誰他媽把燈打開了？不，別看，黑色長褲，不對是海軍藍，我確定那是海軍藍跟藍色襯衫？他是禿頭嗎？他是用雙手捧著他的頭嗎？白人？淺膚色？他是把頭放在他的手上嗎？誰會穿整套的海軍藍襯衫和長褲啊，別看。我打呼的話他會離開嗎？幹，我應該翻個身的，每個人都會翻身，如果我不翻身的話他就會知道我沒睡著，但要是翻身嚇到這混蛋導致他有所行動呢？牛仔褲還在書桌旁的椅子上，那張我什麼屁都沒完成的書桌，皮夾幾乎快從口袋裡掉出來了，公車票、保險套、三十塊美金不五十塊美金我他媽為什麼要瀏覽我該死的皮夾啦？肯德基的空盒子，這簡直是該死的牙買加食物邪教。我天殺的包包又跑哪去了？他是把包包拿到他腳邊了嗎？他就是在做這事嗎，翻我的包包？艾力克斯．皮爾斯，你這個死膽小鬼，就起來然後說衝三小啊兄弟，這看起來像是你房間嗎幹？

在說什麼啊？噢幹，老兄，我以為這是我房間。

這看起來像是你房間哦？

我們在一間飯店裡啊，兄～弟，不然你以為勒？

也是有道理。

老兄，我昨晚喝掛啦，噢兄弟啊，我甚至不知道我怎麼上樓的而且這全是你的錯啊你自己不鎖門的所以像我這樣喝醉酒的混蛋就可以這麼跑進來啦。還好你不是性感正妹啊不然你醒來就會發現我的屌在你裡面一路到星期天啦。

還好我不是性感正妹。

真的幸好不是呢。

你得滾出去，幹你娘，我是在跟誰講話？我是用想的還是說出來了？他動也不動，他沒有在動，他還是沒有在動。

他媽的振作一點啊，老兄，給我振作一點幹。慢慢呼吸，慢慢呼吸，也許我稍微踹他一下呢，我是說，這是間很安全的飯店，也許他是住四二三號房，真的只是個小誤會而且或許我真的也沒關門，也許飯店是便宜行事每扇門都給同樣的鑰匙還覺得我們永遠不會有理由發現，因為天知道在第三世界國家不問問題尋找美好時光的白男永遠不可能會喝醉。

天啊，我希望我可以不要再想了。快點繼續睡吧，老兄，回去睡而當你真正醒來的時候他就不會在這了。這就像，這就像，你知道這就像什麼嗎？就像你在房裡看到一隻蜥蜴時留扇窗不要關。拜託閉上你的眼睛。在那個肯德基爺爺的盒子旁，是一台太他媽的笨重的一流打字機，也許我可以壓著聲音碎念那值多少錢然後他就會拿了東西走人？就像作家以為小偷會在乎什麼破書一樣，老天爺啊。如果是曼尼克斯[217]現在早就抓著這盞檯燈揮過去了，就抓著基座然後朝後腦勺揮過去啊，但人生可不是每秒二十四幀的啦。巴納比．瓊斯[218]會試著做點什麼，大女警[219]也會試著做點什麼可是她卻從來沒成功過。

我左邊是書桌，我右邊是廁所而在我跟廁所之間則是那個男人。廁所，五英尺，六英尺才對，絕對不可能超過八英尺。門是開的。有鑰匙嗎，一定有鑰匙的吧，每間廁所門都有鑰匙的啊，不並沒有。我會直接從這張床上跳起來，從幾乎他下面把我的腳給抽出來然後彈起來，或許衝向門口，而在他反應過來之前我人就在廁所裡了，可能只是兩步，頂多三步，地板上有地毯所以我不會滑倒。就在那裡，他媽的廁所門就在那裡而我要做的就只是跑過去然後摔上門，如果沒有鑰匙的話就緊緊抓住門把可是明明有鑰匙的，一定有鑰匙的，一定有的不然的話我他媽就……我就會怎樣，到底？

我會站起來奔跑就在他往後靠並把我的臭腳死死壓在他屁股下的時候而他會有剛剛好足夠的時間揮那把彎刀因為天知道他一定是牙買加人所以這王八蛋一定有把彎刀，剛剛好足夠的時間可以砍我的大腿這樣我就跑不掉了而且他會砍那條我聽說的動脈，那條如果被砍到的話你幾秒鐘就會失血過多死掉的動脈而他媽的不管找誰來都一點辦法也沒一點他媽的辦法也沒有幹，拜託不要壓著我的腳啊，你這婊子養的。也許我可以就這麼彈起來好像我剛因為惡夢驚醒嚇到彈了起來然後用力踢他的背，呃，側邊啦，然後當他試著要做小偷會做的不管什麼事情時，讓自己鎮定，伸手拿槍，隨便怎樣的，我就直接跑向十二點鐘方向的門，門會是開著的因為他進來了嘛，直接穿著這條緊身白色三角褲跑出去然後開始大叫強姦啊謀殺啊警察啊叫什麼都好因為重點是這樣的：他不可能是為了我到這來的。

兄弟，你有聽到我講話嗎？是時候讓你想想要不要搞一把來啦。

一把？

一把啊，你看起來像是個愛用貝瑞塔的人。

三小？不，牧師，我他媽才不想要任何槍。你知道有槍會發生什麼事嗎？會有人被殺。

那不是重點，兄弟。

錯的人。

取決於在扳機前面的人是誰在後面的人又是誰。

我拿槍要幹嘛？幹，我為什麼會需要槍啦？

你最好是問你多快能拿到一把槍還有用槍會有多簡單。

好吧，那我多快可以拿到一把槍？

現在。

217 譯注：應是指一九六〇至七〇年代美國同名偵探影集中的主角Joe Mannix。

218 譯注：Barnaby Jones，一九七〇至八〇年代同名偵探影集的主角。

219 譯注：出自一九七〇年代美國警探影集*Police Woman*。

幹你ㄋ——

拿著這個。

什麼？不要，媽的才不要。

兄弟，拿著這吧吧。

牧師——

我跟你說拿著這吧就對了。

牧師——

兄弟，拿著這個並控制這個。

不牧師我他媽不想要任何槍，耶穌基督啊。

我有說什麼想不想的嗎？

牙買加人啊還有他們講話都在打啞謎，總有一天我會只想跟他說聽著，牧師，在那邊講暗號啊什麼狗屁的不會讓你變聰明多少。但這樣的話我就會失去全京斯敦最有用的線人了。

我現在認識你幾年啦？

哪知啊兩、三年吧？

我有跟你說過半件不合理的事嗎？

沒有。

那就搞把槍吧，或一把刀，搞點東西來，兄弟。

為什麼？

因為星期二之後來的是星期三，而你在星期二做的事呢會改變朝你來的星期三的種類。

耶穌基督阿，牧師，你可以好好跟我說清楚講明白嗎一次就好？

你以為我不會發現嗎？是我告訴你正在發生的一切的，記得嗎？我知道所有人在做的所有事，連你在內。

拜託不要再往床上沉了，不要翻身，不要碰我的腳，他是在翹腳嗎？沒人在翹腳啦，只有英國死基佬才會翹腳。他現在正在看著我，我感覺得到，這回事啊，你脖子後頭刺刺的因為你知道有人在盯著你，現在開始抽動了而且他媽還不停下來。他是怎麼看著我的？歪著他的脖子像條狗在思考你怎麼看起來這麼好笑啊也像那些牙買加小孩看到我的時候會多看兩眼並懷疑如果耶穌真的來了那他會是穿緊身牛仔褲嗎？他會伸手抓我的蛋蛋嗎？他可以透過被子看到我嗎？

兄弟，你知道你蠢斃了嗎？你知道你有多蠢嗎？現在我甚至不想跟你講話了。

現在是怎樣？上樓來啊，兄弟，下雨了啦。我會打給櫃檯說不要煩你。

我喜歡耶決定幫我洗澡的時候。

你真是太鬧了，牧師，現在是晚上九點半耶，我在他媽的雷聲中甚至都聽不到你。

上星期一你來找我說話，你說，牧師啊，我只想問那男人一個問題。我跟你說，你可以去問啊但是一他沒必要回答你還有二，如果他回答你了，你也不會喜歡答案的。你記得這回事嗎？

我當然記得啊，你就是對著我說的嘛，你說注意你問洛老爹的事。

唉唷我在講的不是洛老爹，你過去幾天問的問題不只有他一個人。

蛤？你是說幫派老大？那可不是你喬成的，是我。

我在說的是工黨那些人，兄弟。你跟喬西・威爾斯講話了。

對啊，那又怎樣？他就在那啊，我問說可不可以隨便瞎聊一下，他說好，所以我就問了。

我也告訴那人我的嘴巴很快就得拉起來啦因為他們開始在我身上聞到線人的味道了。兄弟，我做的就只有說實話而已，我甚至不像線人啊。

你不是線人，我懂啦。進來裡面啊，兄弟。

我也告訴過你說不要覺得牙買加的每個人看到白人時都會變成笨蛋，不要沒帶著你的貧民窟護照就跑到貧民窟去。

牧師——

我跟你說過沒帶貧民窟護照就別去的。

牧師，你不覺得你現在是在講屁話嗎。

我說在我讓特定的人知道之前不要到特定的地盤去，我跟你說過除非我和你一起去不然不要到特定的地盤去。

幹他媽的牧師，我花了一陣子才發覺他不完全是他說他自己是的那樣，但接著我想你能從最頂部獲取資訊的唯一方式就是你是個最低階的傢伙。我發現，無論你去到哪裡線人都是最低等的，你沒想到在你飛到的每個國家中他們都是同樣的、一模一樣的那種人。三分之一是黃鼠狼，三分之一是騙子，三分之一則就只是個可悲的魯蛇還跛著腳他們知道他唯一重要的時候就只有在他說自己這樣子的時候，特別是這個在那講一堆有的沒的彷彿《申命記》整本都是他寫的一樣勒。街頭護照個屌勒，我最後在八條巷講到話的那些傢伙他們都覺得他是貧民窟最他媽天大的笑話。牧師以為他講的話在八條巷代表個什麼屁啊？你以為因為牧師叫你來或跟你來你就能隨便來這哦？你知道他們為什麼叫他牧師嗎？

他跟我說那是因為他是唯一可以在哥本哈根城跟八條巷通行無阻的人。

靠北笑死我，他是這樣跟你說的？呦，你有聽到牧師跟他說的嗎，兄弟？

不是這樣嗎？

不是，老兄，有部分是真的啦，但不是因為他有什麼耶穌的神力，他媽的白痴每次都講得好像他要給你五條麵包跟兩條魚一樣。

蛤？

牧師能在貧民窟來去無阻是因為他是貧民窟裡唯一甚至連貓都沒在怕他的人啦。你以為大家幹嘛叫他牧師？

呃，他……

聽好啦，白小子。牧師想當大尾老大很久了，真的很久了。他每天都跑去問老大，老大啊，兄弟，給我把槍好嗎？給我把槍好嗎？你看不出來我生來就是要混的嗎？結果幫派老大被他盧到煩了在那像個小王八蛋一樣雞雞歪歪的所以就給了他槍。你不知道這男孩幹了什麼好事啊？我的老弟啊把槍塞在他的內褲裡就在那邊剛剛好所以呢，突然之間就碰碰了！他把自己的屌給射掉啦，他之後沒跑去死簡直是個奇蹟。

有次我問老大他是不是故意把保險打開的但是直到現在他都沒回答我。

那之後他竟然沒去自殺簡直是個奇蹟啊，我是說，如果你不能幹鮑的話，那你活著要幹嘛？

兄弟他舌頭還在啊。

你剛剛是講三小？

八條巷。是真的，牧師根本什麼屁也沒做還幫我跟八條巷喬好勒，我只是跑去牙買加教會協會問那名緊張的女士說我可不可以跟這和平協定背後的某些人聊聊，她打了通電話而我知道的下一件事就是她說你明天可以到下面那邊去啦。牙買加人啊，他們永遠都不會落掉介系詞，總是上面這邊要不就是下面那邊，上面這邊或下面那邊。跟哥本哈根城不一樣，這是肯定的。你先東轉西轉穿過市場如果你因為這一**大堆**東西還不夠頭暈的話，木頭攤子上擺滿香蕉，還有芒果阿開果葡萄柚波羅蜜有褶邊的洋裝跟用來做長褲的斜紋羊毛布然後，一眨眼你就會想念了，手捲菸，還有雷鬼音樂的重擊，總是都是重擊，你永遠不會在收音機上聽到這些狗屁，接著你幾乎走過了八條巷的一號巷。

但每條巷子都有一個街角而每條巷子都有四到六個人站在街角就在要搞事之類的邊緣，他們沒來煩我所以我想說到了現在，多虧歌手他們已經習慣白人在他們的地盤裡閒晃了。更好的答案是，如果老大沒有下令就沒人敢動作，沒有什麼東西比得上四個飢渴的男孩等著要出擊卻被一條隱形的狗鏈給拖住。牧師一直忙著警告我哥本哈根城他甚至連想都沒想過我可能會跑去八條巷，他在我下來這邊的前一天才剛說過而已，牧師還以為我是照著他的行程來的勒，他也以為我是什麼白痴美國人只因為他現在才能繼續保住小命呢。但是天知道下來這邊其實也可能是件蠢事。

想到我這麼努力不要被歸類成北海岸那群穿著「我瘋牙買加」T恤的混蛋，但是又有幾次你能說，兄弟啊，我去過真正的牙買加。滾石樂團在動能音樂錄《羊腦湯》時我就和他們在下面這裡雖然那張唱片是徹頭徹尾的一坨狗屎跟我半點屁關係都沒就是了。從一九七六年之後的幾年彼得・陶許也真的能看見我在同一間房間裡而不是堅持要我離開，還有當我告訴歌手他那版的〈而我愛她〉是保羅・麥卡尼有史以來最愛的披頭四翻唱時你也應該要在場的才對。

所以不，我並不怕深入京斯敦。不過老天爺啊，深入之外還有這個，而這是你以前從沒見識過的那種即便你已經見識過上百次了。我之前試過要類比但是當你人身在那裡時就是沒辦法，你經過街角的男孩們而你永遠不會想要抬頭看，掃一眼這個地方。於是你經過男孩們和玩骨牌的男人們。面對我的那個男人把他的手舉到超後面正要如旋風般地把骨牌用力摔到桌子上並且很可能會獲勝吧所以我可以看見他得意的笑，但是他看見了你他的手速慢了下來他就只是把骨牌放到檯面上弱到不行好像這招本身超爛害他覺得有個白人在旁邊看到了他會很丟臉似的。

你繼續走而你在想你是不是剛剛成了這場秀本身。你預期人們看著你，甚至瞪著你但你只是從來沒料到會這樣，像拍電影一樣。一切都崩解成了一種慢動作你的耳朵聽見的是沉默彷彿沉默的音量開到最大而你在想是不是有某個地方的音樂正好停了下來，或是有片玻璃剛破了還是兩個女人剛才倒抽了口氣或是其實一直以來都這麼安靜。然後你經過第一間屋子，不不是間屋子，也許是某個人的家吧，不過肯定不是間屋子而你試著不要邊瞪著邊經過門口的三個孩子，可是不管怎樣你還是這麼做了而你在想裡面怎麼會這麼亮？這是房子之間的通道嗎還是屋頂不見了？但是牆壁又藍又深而你在想是誰想到要來照料這個地方的。

那個小男孩，穿著黃色的《警網雙雄》T恤都長到他的膝蓋了，露出微笑，但那兩個女孩，兩個年紀都更大，已經有人教她們別這麼做。那個坐在最下層門階上的，幾乎快坐到路上的，把她的洋裝掀起來露出她下面穿的牛仔短褲。他們身後的門實在太破了根本是漂流木，但我也試著不要往那邊看因為就在下頭兩英尺左右有個女人正站在門階上梳著其中一個年紀更大女孩的頭髮她就坐在下一層門階。而在那三個小孩和那女人，是媽媽，之間是一堵磚牆牆上有一大堆磚頭被挖了出來簡直成了棋盤的紋路。某個人曾經想漆成白色但放棄了，這有點把你扔進了一個循環因為民族黨勝選了啊而這裡是民族黨的地盤，你會以為他們自己的貧民窟看起來會更好一點吧，結果卻比工黨的地區還糟糕。而在京斯敦糟糕每天都是相對的然後——幹三小啦，他媽的有個人坐在我該死的床緣結果我竟然在想一個操他媽十英里外的天殺的貧民窟。

噢幹，老兄，坐直吧，不要再往床上沉了。來吧你已經來這裡，現在多久了，十分鐘了吧？你是睡著了嗎？我就這樣做過，把我的額頭靠在我手上我的手肘則放在膝蓋上，不過我通常不是睡著了，我是吸嗨神遊了。我不知道，去你媽的我要翻身了啦，最糟是還能怎樣？他稍微受驚一下然後發覺我還沒醒來，我翻身只能說是件很自然的事。如果我不稍微翻個身他才會覺得很怪吧，他不會嗎？我真想看看他該死的臉，他在揉他的後腦勺，是禿頭我現在看見了而他的手是紅褐色的？也許是血衝上來了吧？我要翻個身然後踢他的背，對我就是要這麼做。

不。我只想在我自己他媽的飯店房間裡醒來並點一杯該死的咖啡，咖啡一定會爛到爆因為這是間便宜得要死的爛飯店覺得美國人蠢到不知道真正的咖啡喝起來應該是怎樣這其實算是對的啦如果你總是把垃圾喝得一滴都不剩的話，但反正不管怎樣我還是會喝，因為我就只是需要讓我的嘴巴有點事做在我膽打昨天這捲該死錄音帶的時候這裡面甚至可能不會有半點好料的。

接著我就可以拿起我的背包穿上我的牛仔褲跳上一台公車看著心想幹你娘，公車上有個白人老兄啊的人們只不過他們並不會這樣想而我也只會管好我自己的破幹事並在《拾穗者》前面的公車站下車然後跟比爾．比爾森講話即便他就是個工黨以及總是在餵《紐約時報》那個傢伙一些狗屎的美國政府的死走狗。不過他基本上是個好人啦而且要匿名引用一兩條消息的話他也總是很讚但我滿腦子想的就只有問他喬西．威爾斯是不是記不得槍手中槍（這還真是個大悲劇啊）是哪一天，他怎麼竟然能跟我說他們是在他正要遞一點葡萄柚給他的經紀人時對他開槍的啊即便根本沒人知道這個小小的事實除了歌手、他的經紀人跟我之外，因為我可是唯一他們提過這件事的人。我的意思是，也不是說這是什麼祕密還是怎麼樣的但這是那種只有在你完成了漫長又艱辛讓訪談對象覺得舒適的工作之後才會說溜嘴的細節。

我當然不會提到葡萄柚啦，只不過這個老大似乎對於這次暗殺嘗試的裡裡外外都擁有非常深入的知識，順帶一提我還不被准許這樣稱呼這次事件呢。上次我問歌手是誰試圖殺他時他盯著我，露出微笑並說這是最高機密。我也沒有跟喬西．威爾斯提起這事因為我也不知，我上次檢查的時候我的額頭上可沒有刺著「死娘炮」這幾個大字。

幹，我沒有辦法好好想事情。事情不是這樣發生的。我是說，這些事還沒發生，我還在八條巷的邊緣尋找幫派老大，而不是喬西．威爾斯。我他媽怎麼會在想喬西．威爾斯啊？他甚至不是那種會有人想到的人而我願意賭上一切他也比較想要這樣。喬西．威爾斯是哥本哈根城。那是之後的事啊，艾力克斯．皮爾斯。你在八條巷得知的事引領你到哥本哈根城只為了搞清楚這團他媽的爛事。但首先我在八條巷，如果我在八條巷這裡的話那就是要見幫派老大。我想知道和平協定還算不算數因為上週橘街和佩瓊街爆發了殺人事件，一個工黨的少年仔因為女朋友的事斃了一個民族黨的少年仔，還有最後跟警察的決戰穿黑衣和紅衣的男孩們找到了一大批你連在美國國民兵都找不到的槍枝跟彈藥。

我當然永遠不可能問這種問題啊。在經過向我爆了牧師料的歡迎委員會之後，我發現他坐在一盞街燈下等我。事實上他是這麼說的，弟兄，我真的等你等了好久啊。你代表你，也代表我，貧民窟的黑話，比電話上更迂迴也更直接。他就這麼坐在那邊一張從真正的酒吧拿來的鐵凳子上，離我走進來的轉角三十英尺，抽著一根菸，邊喝著海尼根邊看著骨牌遊戲自行結束。他看起來就像那種你會走上前去然後問，嘿，你看過這個叫作幫派老大的老兄嗎的人。

——你知道這裡可不是大家預期會看到一張亮晶晶凳子的地方啊。

——或是耶穌第二次降生，還帶著台錄音機勒。

——常常有人這樣說。

——你常常怎樣？

——沒事。

他也知道我是來聊和平協定的。結果他跟洛老爹兩個人同時鋃鐺入獄，就在殺手試圖幹掉歌手的那時候，就像所有剛好被湊在一起的講道理的人一樣他們也開始講起道理。下一件事你知道的，就是有個和平協定啦甚至連歌手雅各．米勒都為此寫了首歌呢，好啦，不是什麼好歌，而歌手也回來拍板定案另一場演唱會。我想知道究竟是什麼促成了這個協定還有協定的未來是不是也已經變成一坨屎了。我問他軍隊在綠灣殺死那些男孩前的那晚，就是一開始促成這和平協定展開的那件事。他聽過幼稚靈魂嗎？你不敢相信竟然有個名字像doo-wop樂風歌手的槍手真的存在，但要是他真的存在，幫派老大肯定會聽過他的。我是說，他對於這份和平協定的誕生也很重要啊，呃，以某種搞砸的方式來說啦。

——不，兄弟，我不知道那是誰？而且這不是工黨的事嗎？

——他們說幼稚靈魂是民族黨的槍手。

——槍手？

——非法分子。

——非法？

——算了，所以他不是來自這附近？

——這裡的人從來沒有叫這個名字的，耶穌男孩。

幫派老大說的差不多就是這樣了。在我問他我能不能再跟其他人談談之前他抓住了我，環顧四下看看有沒有人在看然後說，這個協定必須成功啊，我的小老弟，必須啊，他幾乎是在懇求了。我問了他的人一些白痴問題像是他們知不知道唱〈再來再來再來〉的歌手其實是個AV女優然後就離開了。

幾天前牧師幫我找到了某個甚至更有用的人。他帶我到工黨那一半京斯敦某條髒到不行、漏屎的巷子去見其中一個逃出綠灣的人，這是我第一次和真正來自王幫的人見面。他帶我到一間不到二十英尺外的酒吧然後開始大說特說，謠傳幼稚靈魂這傢伙之前混進南區，這是工黨的地盤，和王幫稱兄道弟，還說溜嘴軍方缺人去看守綠灣外的一座工地，幼稚靈魂幫他們牽線跟一個京斯敦飯店的交際花搭上她告訴男孩們他們很快就會拿到槍，還加上每人三百塊美金，然後睡了他們三到四個人把這事給搞定了。牧師跟我說的是幼稚靈魂的事但那個生還者跟我說的是莎莉Q，這手段還真不牙買加啊。可憐的孩子，八成甚至都還不到十七歲，不過對一個牙買加小孩來說第一次嘗到鮑魚的滋味也有點太晚啦。

所以幼稚靈魂這傢伙在一月十四日出現，他記得，呃，我把我那包萬寶路、七十塊、那捲我甚至不記得有放在我背包裡的傑瑞·拉佛提[220]錄音帶給他之後他想起來的。他跟著兩台救護車出現**看起來確實有點可疑**那孩子說，但是告訴一個年輕混混有槍可拿你只要過來拿就好了，就像是告訴一個毒蟲巷尾的垃圾桶裡有些海洛因上面沒寫任何人的名字哦一樣。他還說了某些事而且是超他媽重要的情報不過我現在想不起來是什麼了，我得查一下我的筆記才行。**我們大部分都是拉斯特，你知道的，不是支持工黨的，**就是這個，**我們從來不搞政治和政治手段，懂嗎？不在任何人的口袋裡所以我們為兩邊都做事，懂嗎？**但那時是一月，剛過完聖誕節而大家都知道貧民窟裡所有人都沒半點錢，更糟的是，王幫已經和京斯敦其他幫派都交惡回不去了。

所以說出現了新的建築工地而他們在找牙買加人去顧，可是他們又不給你半把槍所以你得自己去找你的槍，我知道這聽起來從來都不太對，但是當北邊孩子的媽告訴一個男人她需要餵嬰兒啊而南邊孩子的媽說你的小孩需要學校制服，你就不會去想某些事啦。總之，這個有槍的人確實和軍人搭上線了而我阿災，軍人扣扳機又不像快槍俠麥葛勞那麼快，你懂的。如果是警察那我就會跟幼稚靈魂說幹你娘勒然後把他也一起打一頓，但只要我們別擋他們的路那我們就從來不需要擔心軍人。就像我說的，我們從來不搞那些政治什麼的，但我怎麼知道，從那軍人說我們所有人都得站在那邊，在靶子旁邊時，我就，我就腳軟了像昏倒一樣，腳軟倒下去了，甚至就在他們開

槍之前。我爬過有刺的灌木叢，而我確實也打著赤腳，我不覺得我有喘氣直到我離開那片軍方的土地進到甘蔗園。那些人他們真的全派出了直升機要找我們，他們沒找到我們簡直是個奇蹟因為那所有刺把我的腳割得超慘讓我留下了一整條血淋淋的腳印一路到安全的地方。不過我的確認識綠灣，是我救了四個人我帶他們走出灌木叢，進入甘蔗園，感謝上帝甘蔗真的長得夠高到把我們藏起來讓直升機看不到，而且一路到市區到班乃迪克姐妹學校。我們其中一個想辦法成功地走了另一條路到海邊兩個漁夫把他從水裡給拉出來，就這麼一次我們還報警了呢，更多時候他們只會高興的不得了想宰了我們，但要是說有什麼東西會讓他們的血冷下來那就是當軍人快他們一步的時候，因為警察唯一比槍手還痛恨的東西就是軍人。你敢信嗎兄弟？來保護我們的竟然是警察！

我給這傢伙越多酒他就講得越爽，而他講得越清楚，就有越多事情兜不起來。牙買加國軍對這整件事的口風其實也沒有說多緊，事實上我還跟負責的軍官見了面他似乎人還挺不錯的，除了有點沒禮貌之外。這群人全是王幫或前王幫成員及相關人士他們闖進了綠灣牙買加國軍的訓練場並朝數名士兵開火士兵那天早上到那裡是要進行打靶訓練的。也許他們是計劃要找他們報仇因為他們用太多緊急狀況到他們的社區巡邏了，或是他們聽說那邊有個保安不太嚴的武器庫裝著新武器等人去拿，不管怎樣他們都是自找的**竟然在正午時過來，好像他們是牛仔一樣**，只不過……只不過，如果你沒有半把槍的話是不可能邊開槍邊衝過來的，幹，如果你是要來拿槍的話。

回到比爾．比爾森的辦公室我跟他說我遇到了其中一個從綠灣逃出來的人時他突然變得超

220 譯注：Gerry Rafferty（1947-2011），蘇格蘭歌手暨音樂家。

有興趣想知道他是誰。就某個傢伙啊，我說。你知道的，一段時間之後他們就長得全都一模一樣啦，我說。偏見的屁話，我知道，但是因為牙買加人打從心底相信每個白人不管怎樣反正都有點種族歧視這樣講還是夠有說服力可以打發他。總之，於是他給我看了一些照片他說某個傢伙剛剛留在他信箱裡的。某個傢伙？看看現在是誰在閃爍其詞啦，我幾乎要說出口，但沒有。我反倒是看著五具癱在沙子上的死屍，一張照片上有兩個，另一張也有兩個還有一張裡有全部五個除了士兵的陰影從上方看著他們之外什麼也沒有，每張照片裡都沒有半個士兵，只有其中一個死人有穿鞋子，沒什麼血，也許全都沉到沙子裡了吧，我也不知道。這不是我第一次在牙買加看到屍體。

——嘿，比爾，所以這是怎樣啊？牙買加國軍知道你拿到這些了嗎？

——他們現在肯定知道啦，我也不能保證這一開始不是他們洩漏的。

——噢真的假的？所以背後是什麼故事？

——你的故事是啥？

——蛤？不，兄弟，你先講。之前肯定有什麼官方聲明之類的吧，我是說，這都快一年前的事了。

——聲明？軍方才不會發聲明勒，但是你朋友那個少校——

——不是我朋友，兄弟。

——你可能會想跟某個槍手這樣講吧。總之，少校什麼聲明也沒發但他確實有說有一群暴徒想要攻擊一隊牙買加國軍的軍官就在他們綠灣的打靶訓練設施那裡。槍手也許是在想如果他們把那邊叫作靶場的話，那某個地方一定有槍的吧。

——誰說他們是槍手的？

——他們每個人都是從西京斯敦來的。

——這句是他說的還是你說的？

——哈哈，你一點也不好唬嘛，小子。總之，他說他們就這麼開下設施就在正午的時候好像他們是牛仔勒，牙買加國軍別無選擇只得還擊。

——你不是需要先被攻擊才能還擊嗎？

——你這話什麼意思？

——沒什麼，老兄，只是在嘖嘖幹話啦。所以這些人在正午發動攻擊，對吧？他說正午？

——嗯哼。

——哈啊，可是……

我搞不懂。我是說，拜託，這破事就在我面前展開活像個肥胖的脫衣舞孃。或許他要不是真的這麼蠢就是在跟牙買加人發現自己剛剛好卡在政治手段裡面時會表現出的那種我什麼也聽不見什麼也看不見哦一樣。少校所謂的聲明說幫派在正午攻擊他們然後他們還擊，但我正看著那些照片，看著照片裡的那些陰影，而每個陰影都很長又延伸出去，正午哪可能會有這麼長的陰影。這破事是在早上發生的，任何半瞎、老眼昏花、半弱智的老白痴都看的出來。可是我盯著看太久了，那些照片，他注意到我瞪著看太久而且他也沒忘記我把自己的問題給切成兩半啦。牙買加人會用某種方式看著你當他們終於發覺你是那種很快就跟上狀況的白小子。他們也會收起這種眼神，因為這時他們在想你已經跟上狀況多久啦還有他們是不是說太多了。如果說有什麼東西牙買加人到現在都還很驕傲的話那就是他們保持警戒的天才，不會說溜嘴任何事，不會透露任何事就算他們此時此刻就想幹死你而且還等不及了。

好吧，不知道我是怎麼會想到艾莎的，或許是因為我在床上吧。也許是因為我躺在一張床上他媽的還有個人坐在床緣，我真希望我戴著錶睡覺。兄弟，你就不能趕快偷點什麼東西然後操他媽的快滾嗎？幹你娘勒到底是有誰在幹一票的中途會想休息一下喘口氣的啦？噢耶穌啊，不要，拜託不要拜託不要不要坐下。天啊，他就要坐在我的……他坐在我腳上了，這小王八蛋瘦得要死的屁股就坐在我腳上。他在轉頭，幹他媽的。現在很暗，紅色的黑暗光線強迫自己穿透我的眼皮，慢慢睜開……不你這他媽的白痴，我是想看到他迅速斃了我嗎？如果他在我句子的中間射出一個該死的洞來也許還比較好勒。也許我死的時候應該要想些聰明的事，這就是我應該要想天堂和那些狗屁的時候了嗎？我路德教派的老媽一定會很驕傲的。他是覺得我睡著了嗎？第二顆枕頭跑哪去了？他會用那顆枕頭蓋住我的頭然後開槍嗎？我真是個膽小鬼，我真是個膽小鬼，真是個他媽的死膽小鬼。幹你娘。給我打開，這該死的眼睛。他並沒有在看我，他還是在看地上。幹，靠北，操你媽，他到底是在看三小？地毯上某個看起來像耶穌的汙漬逆？我以為只有天花板上才會有這種鬼東西，來自在我之前睡在這間房間的骯髒混蛋射精的汙漬嗎？我真的很希望他們先前有清過床單。但半路樹路上的飯店啊你永遠都不會知道的。

如果你往下走兩個街區並在切爾西左轉，就走到切爾西飯店的彎角那邊，你眼前會有個標誌說無論什麼情況下都不准兩名成年男性共租一間房間。我想如果你是個戀童癖的話又另當別論了，那樣的話這座城市是還滿酷的啦。我不知道我幹嘛想這個，我也不知道為什麼突然間我真的很希望這些是洗得乾乾淨淨的床單，讓我想用乾乾淨淨這種字的床單，不對，洗得乾乾淨淨才對。耶穌基督啊，幹你娘，快點離開吧，至少我不會記得在這整件事裡面我到底他媽的有多膽小，躺平在我的床上，希望破事沒有從天而降或是我的左腳不要再抖了，或者腳只是因為睡著而刺痛了起來，可是如果我的腳睡著了我是要怎麼死命衝到廁所？我腳。現在我用牙買加話在擔心了。兄弟啊，你難道不能是個變態就好了嗎？你難道不能抓抓我的蛋蛋然後就走人嗎？

所以一九七八年初軍方在綠灣斃了幾個孩子導致和平協定的誕生，警方不到一年後在市區掃射結果大家講得好像和平協定已經玩完了。通常如果槍手是在中立區活動而警察或軍隊突然帶著槍來到現場，那就是設計好的，有時候還是槍手自己的黨在搞呢。幾年前幾個民族黨混混身上發生的就是這種事（牧師是這麼說的）而我想問洛老爹的這個傢伙他可能也是發生了這種事。牧師確實喬好了這次會面，雖然只有天知道他們對我的看法如何，因為我在那邊的身分就是個認識牧師的臭魯蛇。我甚至搞不清楚這次謀殺是怎樣，因為牧師告訴過我和平協定的其中一個條款就是不會有人向警察出賣任何人。

幹，我和總理提到這整件事的時候他本人甚至還笑出來了勒。在我開始錄下整件事之前他說**私下說**，彷彿他上星期看電影時聽到了哪個混蛋這麼說過似的，但接著卻又重複了他在媒體上已經說過的話，說這些人會像狗一樣被追殺。提醒你一下狗通常其實是去追殺人的，而不是被追殺，但我猜人如果能找得到比喻就會用吧。他聰明到能夠注意到我在自作聰明所以這場訪談也就差不多這樣子而已，不過反正總理就是個人渣啦，還把他的蠢黑人捲髮超用力往後梳用力到都變直了。

我在瞎聊。重點在於這個和平協定有很大一部分，根據牧師的說法，就是不會再有人向總理這樣的人供出名字了。結果我們這裡還是有個死人，一個槍手，抱歉，在政治上很活躍，而且還剛好擁有犯罪情報哦，我知道條子他媽是絕對不可能有辦法自己找到那個人的。牙買加警察啊連半路樹上掛著一個看板上有個裸女雙腳開開邊用手指抽插她的鮑魚邊說快看上面這裡啊，條子們都找不到，除非有人告訴他們要往哪裡找。就像牧師，這個男人可以遊走在工黨跟民族黨的地盤之間，但不像牧師這傢伙他是真的有料，是洛老爹的二當家或三當家，這確實滿大條的吧，不是嗎？京斯敦竟然來到了這麼大咖的人會跑去跟那些他甚至可能殺過人家朋友的人一起喝醉的時候，你只要去跟比爾·比爾森、約翰·赫恩、隨便哪個記者、受過教育、住在交叉路口區以北的淺膚色人士聊聊他們全都試圖想找出新的方法去詢問這種狀況究竟會持續多久，不過不是出於擔心。那大聲的嘆氣和點頭是試圖表示我超不爽的，但要說的其實是甚至就連這事我們他媽的也不在乎啦。為什麼我一直在講什麼他媽的和平協定啊？這甚至不是一份真正的文件。只不過，洛老爹和幫派老大兩個人都飛到倫敦去和歌手碰面聊這個。也不是說這是什麼新聞，但事情是怎麼在短短一年內從希望滿滿變成無望呢，真的是他媽天知道。

事實上我知道。洛老爹也知道但他不說。幫派老大也知道，不過你知道的當某個人不再跟你講笑話或講故事因為他覺得你已經知道結局的時候。不過我真的不知道會怎樣。

有個穿著海軍藍的男人坐在我的床緣。我以前就見過洛老爹，就在這場和平演唱會前我和牧師一起到哥本哈根城去，他是個很大隻的人把手大大張開擁抱所有人讓他看起來更大隻了，我可不是那種容易被嚇到的老兄，但連我也有點被這個大男人的熊抱給唬住。大家在這裡都很安全！

我們在說的是和平跟愛的氛圍！他會這麼說，接著他會問米克．傑格人跑哪去了，搞不好他真的搞定了比他能應付還多的黑鮑哦。我花了整整兩分鐘才明白閃亮雙胞胎221的名聲已經傳出五四俱樂部啦。

——你聽過《某些女孩》嗎？這對他們來說是夢迴巔峰啊。

——我聽過好些女孩啦。

那次對話就這樣結束了。快轉到沒幾天前我從來沒看過這麼大隻的男人看起來這麼渺小，他甚至沒力氣跟牧師說幹他媽的竟然又把這白小子給帶回來啦。他不想談那個警方打死的人，他也不想談警察。他在做那件事，老人會做的那件事，當他們知道太多或也許他們終於度過了那個年紀你就只是搞懂了這整個世界，你搞懂了大家之間的破幹事還有我們為什麼全都這麼低賤卑鄙噁心我們真的只不過是他媽的禽獸而已，而這是人們到了某個年紀時會獲得的智慧。這也不必是什麼很老的年紀因為說真的洛老爹也沒這麼老，貧民窟裡沒有人能活到老。這是個你會學到某些事的年紀，我也不知道，但某種巨大又灰暗的事你就只是知道再努力下去也沒屁用了。不過就像我剛說的短短一年他就變成了這種樣子，而這讓他變得精疲力盡。不，不是精疲力盡，是厭倦了。

——警察為什麼要殺你的二當家？

——玫瑰為什麼是紅色的紫羅蘭又為什麼是紫色的？

——我不懂。

221 譯注：The Glimmer Twins，即米克．傑格和基斯．李察兩人在製作滾石樂團唱片時使用的化名。

——Y是個長著長尾巴歪七扭八的字，把尾巴砍掉你就得到了V。V代表的是失根的人，而你就是個失根的人。

——他們怎麼成功殺死他的？

——用兩三把槍吧，我聽說。

——你認為民族黨供出了你的人？

——什麼？

——民族黨啊，他們出賣了你的男孩嗎？而且為什麼警方不尊重協定呢？

——白小子啊，你真是鬼話連篇。誰跟你說警察有簽協定的？而且你說民族黨出賣的這回事又是什麼意思？

——你可能是對的。

——哈哈白小子，還輪得到你告訴我我是對還錯啊。他是對的。我提起二當家之死時幫派老大盯著我看，他看著我的方式跟洛老爹一模一樣。

——壞時機對某些人來說是好時機，我的孩子啊。壞時機對某些人來說是好時機啊。

——誰向警察出賣二當家的？

——你來這裡之後有見過喬西．威爾斯嗎？

——我只遇過他一次。

——他生活在另一側。去問他二當家的事。

——喬西．威爾斯？

——我再也不懂街頭的事啦，和平結束了。

——誰跟誰之間的和平？我可以問你是什麼意思嗎？我可以再多問幾個問題嗎？老爹？

我猜不行。結果不用去找喬西．威爾斯，他自己找上我。就在我離開洛老爹家門口時，不要問我離開洛老爹時幹嘛倒著走反正我就這樣然後背直接撞上兩個人，禿頭的那個什麼也沒說，甚至連他抓著我的手臂把我帶到街上時也看都沒看我一眼。老人現在要跟你講話，另一個傢伙說，他更大隻、更胖還綁著嬰兒的辮子頭。可是老大不是洛老爹嗎？這個問題我沒問出口。禿頭傢伙穿藍色，辮子傢伙穿紅色，踩著完美的步伐走在我兩側，這肯定像在演卡通。而街上的人們就只是別過頭去。我們經過時，他們就這麼別過頭去，而我說的是幾乎所有人。每個人都別過頭去，只有兩個女人和一個男人維持眼神接觸，盯著我，彷彿他們甚至不是真的在看我。好像我是個鬼魂，或是某個被趕出城的陌生人。牙買加所有村莊都是窮鄉僻壤。他們帶我到喬西．威爾斯家裡，讓我從前門進去，但沒人告訴我要坐在哪。一份Esso月曆把自己釘在客廳三扇大窗戶中的第一扇上。這是我見過唯一沒被射破的窗戶。每扇窗戶都掛著窗簾，紅黃相間的花紋，他有個女人和他一起住。

——窗簾不錯。

——你問題滿多的嘛，白小子。

——蛤，我沒……

——帶著你小小的黑色筆記本四處打探啊，你把所有事都寫在那裡面嗎？

我聽說過喬西．威爾斯很滿意他的英語。

——你在哪學會這樣講話的啊？

——你在哪學會拉屎的啊？

——蛤？

——你把聰明的問題留到最後啊？

——我很抱歉，我……我……我——

——你……你……你……

這整段時間我什麼都沒看到只有一顆纏在毛巾裡的頭連在一個坐在沙發上的人身上而那張沙發並沒有面對我。一個老大，男人，還有個女孩就只是坐在那裡保持著沉默。他的聲音他媽到底是從哪來的？

——你這張聰明的嘴這麼快就沒話說啦。坐下，白小子。

我在前門旁的餐桌椅上坐下。

——他們在你的國家裡不會進客廳坐啊？

我移到客廳去，如果你能這麼稱呼那裡的話啦因為那裡就跟醫生的候診室一樣小。事實上沙發是灰色的而且透明的塑膠套子還沒拆掉，坐在那裡的也不是個女孩，我先看到網眼背心，接著是那雙把毛巾從頭上拉下來的大手，他又揉了他的頭髮好幾次然後把毛巾丟到身後。也許他擁有的是那種會跟在他身後收拾的女人吧。喬西．威爾斯，他真的是個很大隻的男人，比洛老爹還輕，可是他的雙眼比你預期的還更細長，幾乎就像是中國人的眼睛了。他的肚子正擠向網眼吊嘎，這是貧民窟少年的制服雖然我猜他應該只有在家裡才會這樣穿。當一個牙買加壞人變大咖時你會先從他的衣櫥裡發現。他只要一踏出家門總是會穿著襯衫，我聽說啦，好像他隨時可能要上法院一樣。

——你隨時隨地都準備好你的筆了嗎？

——是的。

——我知道有的人拿著槍也這樣子，其中兩個此時此刻就站在我家外面。

——你不是嗎？

——槍口永遠不會冒出什麼好事。你那招還需要再多練練嗎？

——什麼招？

——動得更快啊。更快的反射動作，我想他們是這樣說的。

——我不懂。

——就剛剛啊，就在我剛說槍口永遠不會冒出什麼好事的時候。

——我有聽到你說的，威爾斯先生。

——只有法官會叫我威爾斯先生，叫我喬西吧。

——好。

——就在我剛說槍口永遠不會冒出什麼好事的時——

——我有聽到你講的話。

——是有什麼東西卡在你屁眼裡是不是你為什麼要一直打斷我？我剛剛在說，就在我剛說槍口永遠不會冒出什麼好事的時候，我看到你抽動了一下，你的眼睛瞬間睜得大大的，好像你從來沒預料到像這樣的話會從老大嘴裡說出來一樣。

——我沒有——

——你有，兄弟。但那只是大概一秒鐘的事吧，快到大多數人都會錯過，但我的三個名字可都不是大多數人，你自己八成也都沒注意到。

——對我沒有，而這還是我的身體呢。

——像你這樣的人不會注意到太多，總是在你的小書裡面記下小小的筆記，你甚至還沒走下飛機你就已經寫好故事啦，現在你只是在找看看有沒有什麼漏掉的狗屁可以加進去然後說，瞧瞧吧美國，牙買加就是這樣運作的。

——你知道不是每個人，不是所有記者都像是那樣。

——你是《旋律製造者》來的？

——《滾石》雜誌。

——那你現在在這待了快一年是在幹嘛？黑鮑有這麼香啊？

——什麼？不，不是，我正在努力寫一篇故事。

——你需要花一年寫一篇銅哥的故事？

——銅哥？

——銅哥。你甚至不知道你問了一大堆問題的那個人的名字哦，銅哥，那個讀錯協定的男人。

——真的有份文件？

——你可不是《滾石》雜誌派來這最聰明的男孩。

——呃，我也不笨嘛。

——《滾石》雜誌幹嘛派人來這裡超過一年啊？是什麼故事有這麼夯？

——啊，他們其實沒有派我來啦。

——這話倒是真的。事實上，你根本不是幫什麼他媽的《滾石》雜誌工作，還是替《旋律製造者》或其他雜誌做這件事。《紐約時報》，對啦他們會派一個記者駐紮在這外面一年，不過不是一個愛在封面上放死基佬的雜誌就對了。我以為你在這裡只是為了黑鮑勒。艾莎那女孩如何啊？對你好嗎？她的ㄅㄠㄩˊ還是跟針孔一樣緊嗎？

——噢我的ㄊ——

——看來我懂你比你懂我還多啊，白小子。

——艾莎，她不……她不是我女朋友。

——當然不是囉，像你這樣的白小子，你們是不會把黑女這麼用的。

——我沒有把任何女人這麼用。

喬西．威爾斯笑起來像在喘氣，像是咬牙切齒。不像洛老爹，他會把頭往後仰並且從大肚子的深處再推出來。

——這答案很屌哦，我的小老弟，又屌又狂野。

——我整週都會在這。

——不，你今天就要走了。

——這是個笑話嗎？我整週都會在這？我說了什麼讓你笑出來，你笑出來然後我說我整週都會帶著更多笑話在這？這是來自某個單口……算了沒事。

——你幹嘛四處跑來跑去問銅哥的事？

——沒有我——

——你甚至問了那個矮冬瓜蠢蛋，幫派老大。

——他真的沒有說太多什麼。

——那人為什麼會有話好說？他甚至都沒跟他那麼熟勒。

——你們兩個是朋友嗎？

——喬西．威爾斯愛大家啊。

——我是說，銅哥，不是幫派老大。他真的參與了中央和平委員會，對吧？

——嗯，你以為你真的懂什麼屁中央和平委員會啊？我敢打賭你根本就不知道這是個笑話。和平勒，只有一種和平可能會降臨到貧民窟，真的很簡單，簡單到連個智障都能懂，連白人都能。你在那邊說什麼和平怎樣怎樣的那一秒，讓我們來聊聊和平吧，就是槍手放下他們槍的那一秒，但是猜猜怎麼著，白小子。你一放下你的槍啊警察就掏出他的槍了。危險的東西啊，和平，和平會讓你變蠢，你會忘記並不是所有人都簽了和平協定，對某些人來說好時機是壞時機啊。

——哈，我敢發誓我聽過這……你是在說和平協定是個壞主意嗎？

——不，那可是你說的。

——所以你到底是啥意思？

——銅哥來自沃瑞卡丘陵，幾乎算是鄉下了，他不懂京斯敦是怎麼運作的，所以他來到哥本哈根城找他的好朋友，洛老爹，然後他走去和他另一個好朋友，幫派老大喝蘭姆酒，然後只要他身在工黨或民族黨的地盤上一切就都甜蜜又安全啦。

——但接著去年五月他去了開瑪那斯公園，那裡是——

——三不管地帶。

——更糟的是，他自己一個人去。

——和平的氛圍把他變成一個該死的白痴啦。這就是和平的問題，和平會讓你粗心大意。

——警察怎麼知道他在那裡？

——你覺得要找到一個槍手有這麼難嗎？

——但是那裡有一大群警察耶，不是什麼隨便兩個髒條子在賭一場喬好的比賽。

——伏擊啊。你喜歡牛仔電影嗎？

——我通常會說去死吧幹，老實說啦。我有一部分蘇族血統。

——酥族？

——蘇族，就像切羅基，就像阿帕契啊。

——你是印地安人啊？

——一部分是。

——懂。

——你知道是誰設計他的嗎？銅哥，我是說。

——搞不好是他自己設計自己的啊。

——但是這裡的某些人說他是洛老爹的二當家，也許甚至會變成大哥，某一天。

一個甚至不住在哥本哈根城因為他怕子彈的人嗎？這誰說的？

——就有人啊。而他一走……

一死——瞧瞧這個，就是他媽的同一顆他在躲的子彈啊，所以他死了又怎樣？貧民窟裡什麼人都可以取代的，就連我也是。

——我懂了。那你覺得歌手對這一切會作何反應呢？

——我看起來像是歌手的保母逆？

——不是，我是說……你跟他之間還是一樣相親相愛嗎？

——不知道你這話是什麼鬼意思，但那人經歷過很多，大家只需要讓他休息一下而已。就允許他，讓他休息一下。

——但他想必也全心投入理想吧，再次回來辦另一場演唱會，特別是在上次發生的事情之後。

——哈哈，這次沒有人會再動歌手啦。

——我敢打賭也沒人料到第一次會有人敢動他。

——上一次他允許朋友在他家裡搞賽馬騙局啊，他可不會再允許這種破事啦。這次不會有人對他胸口開槍了因為沒人在他背後捅刀。

——等等，你覺得他們是因為歌手的朋友而出動的嗎？這個騙局又是怎麼回事？

——我對歌手無話可說啦。
——但你剛是在講他的朋友啊，不是歌手。
——某棵樹很久以前就修剪過啦。
——現在你聽起來像洛老爹了。
——人走的時候就會發生這種事，他們會活在你的回憶中。
——我有時候聽起來就像我爸。
——我有時候教訓人起來就像我老爸。
——噢，真假？
——沒錯，白小子。貧民窟裡的某些人真的知道他們的老爸是誰，其中某些甚至真的有跟他們老媽結婚勒。
——我可沒這麼說。
——到現在為止你說過的所有重要的事都不是從你嘴裡說出來的。
——噢。
——洛老爹就是我們在貧民窟裡活得好好的原因，洛老爹就是當我沖馬桶時我永遠不用再盯著屎的原因。你把這當成理所當然，欸，白小子？你只要一壓下手把就永遠不用再去想你的屎了。沒錯，多虧洛老爹貧民窟的人們真的過得還不錯，洛老爹和歌手是一樣的。同樣的事也會發生在歌手身上。
——不好意思？

——你好意思就行了。

——不太喜歡他啊，我猜。

——寧願聽丹尼斯・布朗[222]。

——他似乎真心相信這個協定啊。

——你曾經坐過牢嗎，白小子？

——沒有。

——那很好。因為一旦他們把你扔進牢裡，警察就會把你往死裡打，不只是用警棍貓你臉或是踹你背或是打飛你兩顆好的牙齒這樣你就沒辦法好好吃東西而且幾乎會把自己舌頭咬斷而已，甚至不是當他們放兩條電線，一條纏在你蛋蛋上另一條在你龜頭上然後插上插頭。這只不過是第一天而且甚至不是監獄裡發生過最糟糕的事。監獄裡最糟糕的事情是他們怎麼解離你自己的時間、你自己的日期，甚至是你自己的生日，當你不再能夠分辨今天是星期三或是星期六時真的是他媽的。你會失去感覺，你會對外頭在世界上真正發生的事失去理解。你知道當你覺得黑夜和白天沒什麼差別時會發生什麼事嗎？

——告訴我吧。

——黑會變成白，上會變成下，貓和狗會變成朋友。你問問自己啊，這個和平協定？這是在兩個社群之間還是只是兩個人在監獄裡待太久了而已？

——那你有什麼看法呢關於——

——我不是來這裡思考的。

——不，我是說關於歌手。

——你一直覺得我應該要想歌手的事。

——不，我是說去年的第二場和平演唱會。也許他覺得他在協商和平的過程中是個大功臣啊。

——第一場演唱會是為了和平沒錯，這一場則是為了馬桶。

——蛤？

——你幫一本雜誌工作然後還什麼屁都不知道啊？搞不好你是在幫一家牙買加報社工作哦。

——話是這樣講沒錯，但在兩年後回來，在他們差點殺了他之後耶。

——他們是誰？

——我……我……我不知道，刺客啊。

——就像李小龍的電影一樣啊。

——殺手啊。

——就像克林．伊斯威特的電影一樣啊。

——我，我不知道他們是誰啦。

——哈，洛老爹好像知道哦。我也有個歌手的問題要問你，或許也只能問你吧，身為一個外國人，而且你受過教育吧？

譯注：Dennis Brown（1957-1999），牙買加雷鬼歌手。

——沒錯。

——這問題只有一個受過教育的人可以回答。你知道他們說的文學技巧是什麼意思嗎？

——知道。

——所以當歌手的胸口中槍那顆子彈是朝他心臟去的，你覺得他會把這當成只是胸口中了一槍就跟其他中槍一樣呢，還是他會認為這有更深的意義？這是個文學技巧。

——技巧，你是說像是象徵？

——差不多吧。

——你是說他是否覺得心臟差點中了一槍可能代表……

——所有朝心臟開的東西都有意義。

——你又是怎麼知道他心臟差點中槍的？

——我是這麼聽說的啦。

——聽誰說的？

——空氣中吹送來的天然神祕氣息。

我告訴牧師我和喬西．威爾斯聊過時他站在雨中拒絕進來。你知道就算身在黑暗中你還是能分得出來另一個人是怎麼看你的那種感覺嗎？

有個穿著海軍藍的男人坐在我床緣。席德．惡毒[223]兩天前掛了，大家都不知道到底是怎麼回事，但據說他媽餵海洛因給這個混蛋而且就在他剛勒戒出來之後。搖滾在紐約市病死了。發現他什麼都沒穿癱在床上跟一個八成也一絲不掛的女演員在一起，才二十一歲，反正他媽的龐克去死吧，我們唯一有共識的就是《雙七浩劫》。我媽一定會很驕傲，天知道今日樂團是鷹族雄風[224]的時候當個發燒友絕對不是最好的主意。但是席德．惡毒兩大前掛了耶，而且殺了他女友之後已經過了好幾個月。死人，這些全都是死人了。只有四個人知道歌手心臟差點中槍，歌手、他的經紀人、他的外科醫生還有我，因為我某天走運逮到他那時他沒有因為我一路跟著他到倫敦而踹爆我的屁股。只有三個人知道他當時在吃四分之一個葡萄柚，他切了一半要給經紀人吃。只有兩個人知道歌手當時說塞拉西一世耶拉斯特法理而我會知道完全是因為我某天在倫敦走運逮到他。

有個他媽的男人穿著幹他媽的藍色坐在我操他媽該死的床緣，而我開始覺得我像是遊戲裡被謀殺的角色活著是要告訴兇手快拿起他幹他媽的武器然後操他媽的趕快把事情給我辦一辦。他媽的拜託趕快搞定吧。

我的左腿睡著了。我正看見幾個黑人還有更多黑人而他們正融合成一個黑人同時卻也沒有黑人。有個穿藍色的禿頭男人坐在我床邊，揉著他的頭，揉著他的頭閃閃發亮又流著汗的淺棕色，他的襯衫是海軍藍，該死的左腿在他往下沉的屁股下面睡著了。快盯著天花板啊，艾力克斯．皮爾斯。快數灰泥上的凹槽，尋找耶穌吧，耶穌就在那。尋找十字架啊，尋找義大利，尋找一隻鞋，尋找一個女人的臉。坐在我床上的男人幹你娘勒有把槍他有把槍王八蛋有把他媽的槍在揮舞他在揮舞對著他的太陽穴對著我揮對著他的太陽穴旁他就要搞一齣他媽的海明威了他幹嘛要偷溜

223 譯注：Sid Vicious（1957-1979），本名Simon John Ritchie，英國龐克樂團「性手槍」（Sex Pistols）的貝斯手。

224 譯注：Hawkwind，英國老牌搖滾樂團，為太空搖滾先驅。

進我房間了結自己啊幹他媽的王八蛋我才不要當你的觀眾幹你耶穌別開那鬼東西啊然後把你的腦漿噴的我乾淨的床單整個都是變成髒床單幹他媽的死人渣操他媽的洨都結塊陰毛掉得到處都是的床單可是床單還是我的啊而我不想要你該死的血和腦子噴得這上面整個都是啦噢他不是要射他自己他是要射我他要射我了幹你娘心臟別再亂跳了啦他會聽到的，才沒人能聽得見心跳聲勒不他可以他會聽到你的噢幹噢幹噢幹你娘他在轉槍他在耍槍他是個牛仔而這是他的六發左輪手槍《日正當中》《雙虎屠龍》《一門他媽的四虎》[225]至少我會死得像個真正的牙買加人這並不好笑這他媽的一點也不好笑幹他媽的去死吧我今天才不要死我他媽的今天才不會死別再轉槍了就像個操他媽的死槍客一樣好像你剛拿起了播到爛的《槍手情歌》唱片在每個死牙買加人的家裡都有我今天是不會死的我媽才不會被孤零零丟在明尼亞波利斯－聖保羅機場外站在那整理一個該死的棺材勒，或是更糟的在全京斯敦貼滿海報寫著**失蹤你有看過這個人嗎？**並且上迪克・卡維特[226]的節目聊她可憐的兒子還有牙買加糟糕的官僚體系不願意幫忙她而這全都是陰謀啦，真的沒騙你，或者至少是在掩蓋什麼，也許只是非常糟糕的能力不足害她兒子喪命而她知道有什麼事情在醞釀，有人做了什麼事而她會上山下海找出真相即便警察、總理甚至是大使都不願意抬一根手指幫她的忙，我會變成一則故事而她會成為其中一個那種憔悴的老女人她的其他孩子會遺棄她（在她沉迷於某個鬼魂之前她可是世界上最棒的媽媽啊）而她會一無所有只剩下香菸還有未完成的任務，揭發真相的任務，她也會去上《六十分鐘秀》還有更多卡維特的節目而當大家都開始遺忘的時候她就會……我也不知道她會做什麼。

耶穌基督啊，拜託把他弄走吧，拜託讓這成真吧我會閉上我的雙眼，祢想要我閉多久我都會閉，而當我睜開眼睛時他就會不見了，祢想要我禱告嗎？因為我會的，我對神發誓，對神發誓，對祢發誓。噢去他媽的，我不會去想天堂是什麼樣子，誰他媽會這麼做啊？我才不會這麼做，我會直接跟他說如果你此時此刻殺了我我會直直盯著你的眼睛然後把我自己烙在你腦裡你活多久就會跟多久，我發誓我會像個王八蛋一樣纏著你勾勾纏就連大法師都會看著你然後說幹他媽的，我的孩子啊，你真的是沒救啦。我會和那個十字架混蛋琳達．布萊爾[227]還有那個從陰宅[228]來的幹姐妹大屠殺王八蛋一起來然後我會切下你一大塊腦子這樣我們三個人就全都能住在裡面了接著我們會由內而外把你給吃掉，就像癌症。我會死死纏著你的幹，你這混蛋，我會讓你在教堂裡尖叫惡魔附身啦我會讓你什麼屁也看不見然後再幹你的姐妹我還會讓你無論走到哪都在自言自語因為只有你和我才會知道你其實是在跟我說話。我還會讓你開出堤防直接摔進他媽的大海裡而且你還是死不了因為我不會讓你死的，我會讓你活一百歲以便永遠纏著你每次你洗澡的時候我都會在鏡子上寫我的名字然後有天你就會在天花板上讀到**準備好在地獄裡吸屌吧**我會讓你的床一直搖讓你的手肘一直癢你會一直抓一直抓抓到全世界都跑來找你要海洛因也不會有半隻狗敢靠近你因為牠們能夠察覺到有個鬼魂免費住在你腦袋裡，所以你最好快給我轉過去，你最好快給我站起來然後現在

225 譯注：*High Noon*、*Liberty Valance*應是指*The Man Who Shot Liberty Valance*，*The Sons of Katie Elder*此處加上敘事者的髒話，三部電影皆為西部片。

226 譯注：Dick Cavett（1936-），美國電視名人暨脫口秀主持人。

227 譯注：Linda Blair（1959-），即《大法師》系列的女主角。

228 譯注：Amityville，為一連串根據此地的真實罪案傳開來的都市傳說，曾啟發許多改編電影，此處應是指一九七九年的原版電影，二〇〇五年的重拍版台灣譯為《陰宅》。

就給我走出這間房間不然我對天發誓我絕對會的，我絕對會的，我絕對會的。

電話響了。

他跳了起來。

我跳了起來。

槍轉到一半，槍掉了。

他看著我看著他。

彎腰去撿槍啊快踹他快踹他。

踹他的背然後再踹後腦勺。

現在翻身，從床上爬起來，他抓住了我的腳。

快他媽放開我快滾開幹他在爬。

揍他他抓住我的手不還我。

把床給翻了啊啊啊啊啊啊啊，手在我脖子上。

擠壓。我好紅我好紅我越來越紅了是一隻胖紅鵝你的眼睛在哪裡。咳嗽咳嗽手掐住我的脖子擠壓壓爆喉結他才不在乎不能揍不能踹抓啊抓的他甚至沒有想阻止我抓他的臉頰抓他的臉他打了我一巴掌把我打到一邊就像我是個小婊子一樣一個他媽的死婊子咳嗽他坐在我胸口上我不能呼吸了我不能呼吸了緊緊掐住耶穌基督啊耶穌基督啊他抓住我的右手就像我是個愚蠢的小婊子真是個愚蠢的婊子真是個愚蠢的婊子啊我就是個他媽愚蠢的婊子動不了被壓住了我的脖子在燃燒頭快爆開了頭很亮頭很暗不我必須告訴她告訴她我知道她會離開的從我遇到她的那一天起就知道幹你娘這輩子是怎樣現在隨時就稍縱即逝了先把腳放鬆，先把腳放鬆至少讓他們找到我的時候是安詳的幹你娘是怎樣電話竟然響了我跳了起來他也跳了起來不再掐在我的脖子上我的手太慢轉回來他的手在我手上快搧我的手在他手上快搧他的手我的臉指關節快揍啊我搧了如果我是個娘們那我就是個娘們吧他什麼也沒說我的手指很滑他的手在我脖子上不是要勒死我而是壓著他在找東西噢他媽的幹是槍是槍是槍他在找我則看著檯燈那個他媽重死人的檯燈織品基甸會的聖經耶穌他媽的基督啊有拆信刀文具上還寫著飯店的問候語他又轉回來面對著我轉回來交給我槍？沒有槍？看不見槍也不記得我什麼時候抓住刀子的尖端黑色的那端他為什麼半句話都沒說他就要擠壓我的脖子了我擠壓拆信刀他擠到一半我揮到一半直接朝他脖子去，我的指關節重重打在他下巴上感覺像是一記重擊，我的手指滑掉了幹你娘不，拆信刀深深插進去了。他從高高的眉毛下盯著我眼睛睜得大大的他沒有碰刀子，拆信刀插在他脖子裡血在滴接著狂噴猛噴了一大堆就像水龍頭剛爆開一樣他的雙眼在做那件事彷彿眼睛不敢相信身體其他部分在做的事。沒有說話，他沒有說話他在抽動，他從我身上翻了下去，他在床上，他在床下，他走向門口右膝彎了起來站直身子右膝又彎了下去他在地板上了。

喬西・威爾斯

我早就知道了：有三種東西永遠都不應該回來。一是說出口的話，二我在一九六六年忘了，三是個祕密。不過如果我要加第四種，那會是他。要有多少顆子彈錯過你的心臟並射進你的手臂你才會了解家已經不再是家了？手臂裡的那顆子彈沒有醫生敢拿出來因為他們知道如果他們碰了那你就永遠沒辦法再彈吉他了。我才在我馬子剛拋光好的好椅子上坐下來電話就響了。要幾顆子彈？也許五十七顆？他們說他這麼說，但是沒人能告訴我是什麼時候或是對著誰，那五十六顆在屋子裡開的子彈，這個罪魁禍首應該也要死於五十六顆子彈才對啊。現在這類預言需要一種新的道理了，是每個人五十六顆，所以是五十六乘以八嗎？還是五十六除以八，這需要做很長的除法而我才沒時間變得那麼聰明呢。

或者他想的是五十六顆給計畫背後的那個人，那個最大尾的，那個大哥中的大哥。問問我我有多受夠了我從這個巫醫算命的狗屁得到的一切吧。如果今天有個人說自己是拉斯特啊，到下個星期滿嘴預言的就會是他啦，他也不需要有多聰明，只要知道聖經裡的一兩句地獄之火和硫磺就好了，或者就只要宣稱這是出自《利未記》因為根本就沒人讀過《利未記》。這就是你所知道的，沒有半個人讀完《利未記》還能認真看待那本書的。就算是一本充滿瘋到不行內容的書，那本書還是瘋到爆。你不可與男人同睡交合，像與女人同睡交合一樣[229]，我當然可以懂這個道理啦。但不能吃螃蟹[230]？甚至不能配好吃、軟綿綿、甜甜的烤番薯一起吃？那幹嘛為了這個殺人啊？還有相信我，任何強姦我女兒的男人最不可能做的事就是娶她了[231]。是要怎麼娶啦，當我把他一片一片割下來，全程還留著他一口氣並逼他看著我把他的腳餵給流浪狗吃的時候？

我記得去年在這些像頭蝨一樣在西京斯敦一直冒出來的和平協定派對上，有個拉斯特試圖跟我講道理討論是誰帶著獸的記號[232]。沒有什麼比提到「世界末日」更能讓一個拉斯特激動的了，所以那個拉斯特說，

——呦我現在不買半樣不新鮮的東西啦，兄弟，因為現在所有包裝過的東西都帶著獸的記號。你知道的，那些白色盒子上帶著黑線的密碼。

我那時正試著盯著一個在瞄我馬子的男人，她在街燈下看起來很熱情大家在她身旁跳著舞，是某個來自八條巷的男人他不知道這個女人的無名指已經有記號了。沒必要擔心，她早就知道該怎麼處理這種男人了，她對付他們比我還狠。但是拉斯特在講道理就是這樣，就算你知道這徹頭徹尾都在鬼扯，其中還是會有鉤住你的地方。

229 譯注：出自《利未記》十八章二十二節。

230 譯注：應是指《利未記》十一章九至十二節討論潔淨與不潔淨動物的經文：「水中所有的活物你們可以吃的，就是這些：凡是在水中，有翅有鱗的，不論是在海裡或是河裡的，你們都可以吃。在水中游動或生存在水中的活物，無論是在海裡或是河裡，若是沒有翅和鱗的，你們都要當作可憎之物。牠們是你們憎惡之物；牠們的肉，你們不可吃；牠們的屍體，你們要憎惡。所有在水裡沒有翅和鱗的活物，你們都要當作可憎之物。」有些人的詮釋包括螃蟹、貝類、龍蝦都不可以吃，因為這些東西都無翅也無鱗。

231 譯注：應是出自《利未記》十八章十七節討論亂倫的經文：「你不可揭露一個婦人的下體，又揭露她女兒的下體。」

232 譯注：參見《啟示錄》第十三章。

——條碼嗎？我說。但條碼可是有一大串不同的數字，而我很確定我一直都還沒看過六六六。

——你是說你有在看嗎？

——也不是，可是——

——但這是山羊啊，兄弟，想想這個道理，牙買加沒有人擁有獸的力量，他們只是吃獸在吃的東西，你沒注意到號碼總是從〇〇〇開始嗎？這是什麼十進位的科學啊，整數跟自然數跟重複數，這代表全世界所有條碼上的全部數字加起來會是六六六。

我從那人身邊走開因為這一切最糟糕的部分在於這開始聽起來有點道理了，而這和平派對裡他媽沒半樣東西是有道理的，拉斯特法理的十二支派分支沒道理，他們皮膚的顏色每個月都越來越淡，工黨和民族黨的屁話也沒道理，哥本哈根城和八條巷的人竟然一起玩骨牌抱在一起親來親去相親相愛的彷彿我三年前沒殺了你兄弟、老爸、阿公勒。和平到底是什麼？和平就是我在我女兒睡著流汗時在她額頭上吹一小口氣。這可不叫作和平，這叫作僵局。我是從愛醫生那邊學會這個字的。

愛醫生才剛飛去邁阿密說他有個總統要去讓他凍蒜，我也剛派愛哭鬼到那去，誰知道這兩個傢伙在搞什麼因為他們兩個都發覺他們愛書勝過女人。愛醫生說，**兄弟（西語）啊他們那些麥德林的王八會測試你，沒錯再次測試你，不然你期待會怎樣呢，夥計（西語）？上週他們從停屍間偷了個死嬰，跟魚一樣開腸剖肚，再把這小混蛋塞滿古柯鹼然後叫個女孩帶著飛到羅德岱堡，就在她十五歲派對的隔天，跟A片一樣哈扣，對吧？**我呢，我開始有點受夠測試了，他們知道我也知道十二月三日的事就只是個蠢測試，我給了他們一個訊息但他們說他們想要一具屍體，屍體就屍體啊，我又不在乎，但我確實在乎某個講西語的死爛屄以為這是什麼小男孩的實習他們可以就這樣一直測試再測試的。

一九七六年十二月，歌手剛在公園開完演唱會我則在他媽的牙買加電信浪費時間因為我得打一通國際電話結果卻只聽到愛醫生跟某個蠢蛋用西班牙語在那亂噴，不過不是古巴西班牙語所以我大部分都聽不懂，但我知道他氣瘋了。然後我在想這王八他媽以為他是在跟誰說話啊，好像我聽不懂**婊子養的**（**西語**）是什麼意思勒？他是以為我要幹嘛，開始爆哭然後說我真的很抱歉，老大，下次我一定會表現得更好的我保證嗎？跟一個需要她的皮條客好好教訓一頓的妓女一樣哦？我正要跟這個**死娘炮**（**西語**）說他媽的去死吧這時愛醫生跟我說，就把事情搞定吧**夥計**（**西語**），就去搞定吧。所以說牙買加敘利亞人、古巴人、哥倫比亞人全都想要一具屍體可是他們卻沒半個人發覺我給了他們比屍體更棒的東西。同一個星期彼得·納瑟打給我說，

——你他媽的你們這些死貧民窟傢伙是哪邊有毛病啊？

——這不是我第一次聽到你說「你們這些人」了。

——我不是說你們這些人，我說的是你們這些死貧民窟傢伙，你他媽的是哪邊有毛病？九個人？

——八個。

——八個人衝進ＯＫ牧場帶著，怎樣，十四把槍？結果沒半個人能射到東西？

——他們已經瞄得夠準了。

——啊你是怎樣成功變成史上第一個朝某個人的頭開槍結果殺不死他的人？拜託回答一下，大師。

——我不知道你說的你是在說誰。還是你他媽真的這麼智障以為電話不會被竊聽？

——三小？這看起來像間諜電影嗎？誰他媽會想竊聽你？

——就算這樣我還是不知道你說的你是在說誰，但我很確定他呢，無論他是誰，都沒有瞄準半個人的頭。

——他呢，無論他是誰，除了牆壁跟天空之外根本什麼屁都沒瞄準啦，看起來是這樣。不老兄，這種粗心跟木偶戲只會出現在喜劇裡，想像一下有好幾百顆子彈結果連他媽一個人都射不死，那是把他媽的機關槍欸，他媽的幹要射中是有多難？我以為路易斯已經教會你們這些人怎麼搞這些東西了。

——我不認識什麼路易斯而且我肯定也不知道什麼「你們這些人」。

——別在那給我嘻嘻哈哈的，喬西．威爾斯。我告訴過他你知道的，試著教貧民窟的黑鬼任何需要一點腦子的事都完全不合理，因為他們注定就是要搞砸，連我瞎掉的阿嬤都瞄得比你還準，你們八個都一個樣，我都不知道我幹嘛還浪費時間打給你。

——我也不知道因為你一直在講的那些人沒半個住在這。

——我幹嘛還要繼續浪費我的電話費啊，蛤？告訴我啊。

——這我也不知道，老兄。

——三小？你知道你是在跟誰說話嗎？你他媽知道你是在跟誰說話嗎，你這小——

——小？那你肯定脫下褲子又看了一次囉。

我把電話掛斷。當你發覺雖然你是唯一沒有去上一流學校和國外大學，但你卻是房間裡唯一有腦的人時真的是他媽的。我真的很想教育一下這個無知又不會講話的敘利亞草包，很多男男女女把歌手當成先知已經夠糟了，但如果殺了他這人還會變成烈士勒。而我這樣的話全世界就都會知道猜猜怎麼著，這個先知就跟其他人一樣只是個凡人，他跟其他所有人一樣也會中槍，就跟這個國家裡的其他所有人一樣，甚至就連他都不是安全的。我把這個人給射下神壇他又跌回凡人的大小了，但我並沒有跟彼得·納瑟解釋半句。你必須看穿一個人，看穿他的皮膚看到真正的膚色才能知道不管他有多白（以一個不去海灘的人的臉來說因為就算是古銅色看起來也是黑色），彼得·納瑟也只不過是另一個無知到不行的黑鬼而已。但是至少他最近都叫我兄弟，我得問問我馬子我到底是什麼時候變成了在梅菲爾飯店喝酒的白人。幹他媽的這爛人，我真討厭有個人讓我這麼火大火大到開始罵人。只有無知的人才會幹譙。

我跟愛醫生說，他那天晚上也打給我，我從一九六六年起就已經不再需要向別人證明什麼事了而如果他們真的認為這是什麼預科學校他們覺得他們一定要測試再測試的，那麥德林可以直接回頭去用那些巴哈馬的死基佬。不過接著，用拉斯特的話來說，我又想通了另一個道理，如果歌手真的變成烈士這會是個大問題，這是當然的，可是這就會變成他們的問題了，不是我的，彼得·納瑟會忙到挫賽試圖殺死一個傳奇忙到他根本就不會有時間用他的破幹事來煩我，因為老實說，他知我知我早就已經過了當政客說跳我說要跳多高的日子了。現在當政客說跳，我馬子會說他現在沒辦法接電話但我會幫他留個話。說到白痴，你覺得你一旦給了一個有腦的人一把槍會發生什麼事？你以為他會把槍還你嗎？就連洛老爹都沒這麼智障。

所以我決定來好好思考一下這個新的道理。十二月八號，一九七六年，消息剛傳來他和所有人都活下來了。醫院太多條子了而且，到了那個時候我已經找來東尼．帕華洛帝，因為愛哭鬼對任何需要這種技巧的事來說都不是適合的人選，但是在急診室那他們已經治好他並送他回家了，只有經紀人還待在醫院而做掉他也沒什麼用。於是我和帕華洛帝開車到希望路五十六號，以為會有警察，警察不代表什麼當你需要的就只是一槍時，此外，我只要打通電話他們在六十秒內就會消失，可是五十六號是座鬼城，車道是空的每扇窗裡都黑漆漆的，沒半個警察在這。我笑了出來帕華洛帝看著我彷彿他正要問問題，同時彼得．納瑟竟然這麼散漫使得這看起來就像個一個人究竟能犯多少錯的電視節目，這個腦殘人渣留了個訊息，一個他媽的訊息給我馬子說**如果這個聖人上台就會名留青史而他會變成怒火**。我這輩子少數幾次聽到東尼．帕華洛帝笑出來就是當我大聲唸出這則訊息時，我馬子不知道他媽的到底是發生什麼事所以她把我們兩個留在客廳，東尼．帕華洛帝人在客廳裡我在想我挑了愛哭鬼是不是犯錯了，我派他去善後我們剛剛做完的事，而比起親自出馬去處理他竟然打給一群拉斯特就像某些總是很害怕的女孩一樣，更糟的是他還是用我的電話打的。我打了通電話。

——鳥兒飛到哪裡去啦？

——兄弟，你打給我幹嘛？

——我不喜歡重複問題。

——他走了。他們把經紀人留在醫院並把他帶上白人山丘了。

——警察？

——一個和他們一起在車上，還有幾個留在那。十二支派在整座山丘上監視，還有個白小子——

——一個白小子？

——一個帶著攝影機的白小子，沒人知道他打哪來的，但他說他是和拍片團隊一起的。總之，我講完啦。

——不你還沒講完，警員。

——我已經唱完這首歌啦。

——唱完勒，你這金絲雀才剛開始而已。

——今晚就連耶穌本人都上不了那座山丘。

——那演唱會呢？

——來回全程都有警察護送。

——隔天呢？

——我不知道。

——給我說，賤人。

——隔天他應該會飛出去，他們幫他搞了台私人噴射機。

——什麼時候？

——五點半或六點。

——早上還晚上？
——你覺得勒？
——去哪？
——沒人知道。
——噴射機要起飛然後沒人知道要飛去哪？老大，你又在把貧民窟的人當白痴耍了啊？
——先生，我說的是沒半個人知道，連長官都不知道，他甚至不知道歌手計劃要飛出去勒。
——這是最高機密？
——比女王穿什麼顏色的內褲還機密，我們會知道完全只是因為我們和他們一起待在車上的人假裝他睡著了然後偷聽他們講話，他的白人經紀人在上山的路程跟他說他一完成演唱會——
——所以這是正式確定的了，他要去演唱會？
——不是，沒有什麼是正式確定的，他們只是都安排好以防萬一。總之，經紀人說演唱會一結束他就在機場幫他安排一架飛機但是會很早，甚至連機場都還沒開門。
——諾曼．曼利機場還是亭森欄？
——曼利。
——飛國外啊。
——你可以用無線電跟山丘上的警察聯絡。
——好喔，老兄，但我為什麼會想要——
——用無線電跟你在山丘上的警察聯絡，馬上。

早上六點機場看起來像是牛仔電影的第一捲，唯一缺少的東西是呼嘯的風和風滾草。粉紅色的天空。我和東尼．帕華洛帝在通往揮手走廊的階梯等待，某個人覺得把這面牆變得像什麼棋盤式花紋還有窟窿可以插步槍進去是個好主意。棋盤式花紋的陰影讓我們留在黑暗中，帕華洛帝在東喬西喬，他完全不覺得這個角度很舒服。但是飛機已經出來在跑道上了，正在等待著。帕華洛帝很安靜，右手扣著扳機左眼則靠在步槍的瞄準鏡上。

跑道遙遠的盡頭，有兩台吉普車懶洋洋地留在後頭，是牙買加國軍，四五名士兵位在車子後方，兩個拿著望遠鏡。我走出到揮手走廊的那一秒就看見他們了，看見士兵在警戒讓我想起歌手從白人的山丘下來，當他醒來看見沒半個警察時臉上的表情。他八成派了兩三個拉斯特弟兄在前頭看看道路是否安全，這代表他和他的左右手是獨自從山丘上下來，沒有士兵用望遠鏡在觀察。關於警察你永遠可以假設一兩件事：一，存錢到某個銀行帳號或是後口袋那就什麼事都有可能發生還有二，他們總是很便宜。但軍人的話你就永遠都不知道了。他們待在後頭，也許站在那監視，但他們也完全有可能就只是在等待，我在想飛行員有沒有預料到他們會出現。

——確保你在士兵他們開過來之前就幹掉他。

帕華洛帝點了點頭。

六點〇二分。所有人除了太陽之外都在等歌手，有那麼一秒感覺像是我在等一場遊行，就像每年十一月都會出現在電視上的粗糙顆粒狀新聞影片有關甘迺迪在達拉斯的事。每個人都在等歌手，不只我，不只那些軍人，不只東尼．帕華洛帝或那架飛機，還有彼得．納瑟、愛醫生，以及一個我自己從來不打的麥德林集團電話號碼。但接著我在想，大家等著看的是他的下一步還是我的？這集裡面誰才是真正的跳舞猴子？大家是在觀察誰的下一步？而如果人家說跳你想辦法跳得很高，他們是會不再叫你跳，還是會永遠都不尊重你呢因為你沒有表現得像個男人一樣然後說，幹你娘，壞人才不會隨便替別人跳勒。證明某件事的問題在於比起不要來煩你大家會一直提出新的東西要證明，更難的東西，狗屁破東西直到這變成一齣電視喜劇。或者就只是個笑話。

東尼．帕華洛帝輕拍我的肩膀。他來了。他和另一個拉斯特正走向飛機，沒有東西在動除了他們踢起的塵土，機場仍然很空而且在七點之前都不會醒來。他們邊走邊四下看，移動得很慢，停下來一秒然後才繼續移動，歌手看著飛機，往左掃又往右掃另一個拉斯特則倒著走確保他們身後什麼也沒有。他們兩個都看見了軍方的吉普車並停了下來，歌手盯著吉普車然後盯著飛機，沒有人動。東尼．帕華洛帝移動著槍瞄準，跟著他們，他的手指在扳機附近遊走，歌手看著軍人然後對那個拉斯特說了些什麼。他們又開始移動但更慢，在飛機正前方停了下來，也許他們在等誰出來。我想起東尼．帕華洛帝不需要我下令。我聽見一聲喀嗟聲。

——住手。

帕華洛帝盯著我，看著他們兩個現在跑向飛機。

——不用麻煩了。

他們跑向飛機還得自己關門。

隔天我接到兩通電話時我用同一句話打斷他們。你這麼想要他死，就自己去殺他啊。

現在我在我的客廳裡坐下來等電話響，這支電話最好趕快給我響起來，電話一開始響我就可以停止思考了，是行動的時候了沒時間思考了。我在想她有沒有付電話費？在我上床前電話應該要響三次的，在我的電話響起之前甚至連明天都不會到來。坐在這，等著電話響，歌手再次進入我的腦袋害我想罵人，那傢伙永遠都不會知道我是怎麼差點幹掉他兩次，我是怎麼放走他的因為我知道他一旦登上那架飛機他就永遠不會回來了。結果在一九七八年，走下飛機甚至還在海關引起騷動的人也是他，兩年內彼得·納瑟就知道最好不要像隻亂叫的狗一樣跑來找我而是要像對人一樣跟我說話，他甚至開始無時無刻都叫我兄弟，這讓我檢查起這個石碳酸皂是不是漂白了我的皮膚勒，我於是完全不再用了，這讓我馬子非常高興因為這樣她就不再覺得她睡在一間醫院病房裡了。我不知道哪件事更讓他驚訝，是歌手回來做另一場演唱會還是我先前就知道了並且也這樣告訴他。

——這堆什麼他媽的和平協定鳥事，你跟這破幹事有任何關係嗎？

我們人在粉紅女郎脫衣舞俱樂部，他稍微有點太過喜歡這裡了。愛哭鬼先前搞過的那些妓女似乎已經沒半個在這，看起來他一對她們失去興趣她們也就失去在台上幹百事可樂瓶子的興趣了，但是新一批女孩裡面包含一個淺膚色女孩所以這地方當然還是大爆滿囉。媽媽桑把我們兩個安排在樓上的一間房間並問我們是想要屌吸乾淨還是屁股洗乾淨呢，我說今晚不要，可是彼得·納瑟才不會放過用用貧民窟吸塵器的機會，他本人都這樣說，還會四下看看彷彿這種講法會變成流行一樣。即便婊子一邊在幫他吸出來他還是想要談生意。我說，兄弟啊，兩個男人的屌可不能在同一個房間裡露出來啊，你是這種人嗎？他最不想要的就是有男人叫他死基佬，所以在他問之前，我就說我去外面等。我說過十五分鐘再來找我但是當我在八分鐘後回來時她已經走出去了，還邊吐口水邊罵著那個他媽的死白人竟然口爆在她嘴裡。

——你知道我厭倦了什麼嗎？這一切跟和平協定有關的破幹事。現在雅各．米勒還為這寫了一首歌呢？你聽過了嗎？想要我唱唱嗎？

——不想。

——和平協定個屌勒。

——下次跟士兵說別開槍啊。

——士兵？你什麼意思，綠灣哦？這一切都是因為綠灣？你沒聽新聞嗎，死在綠灣的可都不是什麼聖人啊。

——好笑齁？他們不是全都來自你的選區嗎？其中一個甚至跟我說是某個叫作幼稚靈魂的人跑去你的地盤跟他們說他們可以拿到免費的槍勒。

——我不知道什麼鬼幼稚靈魂的事。

——但大家似乎都覺得我知道欸。我問人家，哪個貧民窟的人會有這種鬼名字啊？聽起來就像什麼來自摩城[233]的歌手。

——你知道的就是……算了沒事。

——也許他是在空氣裡之類的東西。

——一股天然的神祕氣息？

——你知道他要回來了嗎？現在因為這一切和平協定的破事他竟然要回來了。

——他來這裡只是為了這場他媽的和平演唱會而已。這還不夠嗎？他現在不是已經是個倫敦人了嗎？也許他想要親手去裝貧民窟的所有馬桶？

——所以說如果你真的給了貧民窟馬桶，那他就不會有理由回來了。

——當然囉喬西．威爾斯，因為現在是我的黨執政嘛。你似乎——兄弟，他媽的到底是有三小這麼好笑啦？

外頭的舞池正在播〈貝克媽〉，就算在人群大叫開玩笑幹譙尖叫要女人多脫幾件的聲響之外我還是能聽到，我懶得跟他解釋為什麼〈貝克媽〉會讓我想笑。

——沒什麼，兄弟。你真的覺得歌手會為了個馬桶再回來啊？

——呃當然不完全是為了個馬桶啦而是設施和安裝啊，或不管你想怎麼叫就貧民窟的人在鬼吼鬼叫他們現在需要的東西啦，他們可以繼續吵，誰叫他們要投給這個該死的社會主義政府，還兩次勒。你必須問，在你發覺有個死基佬在幹你之前那根屌能在你屁眼裡插多深啊？

——歌手來這裡才不是要修什麼他媽的馬桶的。

——所以他再回來就是因為這個他媽的和平屁事啊，我希望你知道這讓更上層的人非常擔心，非常擔心啊。你知道上星期有多少古巴人飛到牙買加嗎？而且現在那個幹他媽的死大使艾瑞克．艾斯特達在那邊囂張得好像這地方是他家開的一樣。

——歌手同時跟洛老爹還有幫派老大見面。

——他媽的是有誰不知道這個啦？大家都在希望路五十六號搞在一起搞來搞去的，就連你們

233 譯注：應是指一九五九年創立的Motown Records，旗下著名歌手包括麥可．傑克森。

他媽的總理以前也表現得像是他在那工作一樣啊。

——這三個人在英國見面就在和平演唱會之前。

——所以呢？而且和平演唱會來了又去了已經將近一年了，那又怎樣？

——你覺得三個最大尾的人離開京斯敦市區見面只是為了一場和平演唱會嗎？

——這三個人能搞的事似乎也就是這麼多啦。

——和平演唱會只是額外的福利而已。

——我就理所當然當你知道這字是什麼意思好了。

——當然，就像我理所當然當你的財政巫師頭子真的知道究竟是什麼導致通貨膨脹一樣。

又來了。彼得．納瑟只動了他的眼睛多看兩眼，這樣我才不會注意到。敘利亞人啊。

——這個雜種小王八到底是在搞什麼鬼，要創第三個政黨啊？到底是在幹什麼大事？

——一分鐘前你似乎還不想知道呢。

——兄弟，就他媽快說吧，老兄，靠北啊。

——和平演唱會後有個事項，一個計畫，就說是個目的吧。

——哪門子的目的？

——你準備好聽到這種消息了嗎？一個拉斯特政府。

——蛤？你他媽剛剛說了啥？

——這就是你要知道的，當一群來自英國的拉斯特突然間飛下來這裡，有些地盤已經是了。

等等我的男孩，你難道還不知道連洛老爹也變成拉斯特了嗎？他好幾個月前就沒在吃豬肉了。

十二支派集會？現在對他來說已經很平常啦。

——等他不再梳他的頭髮我就相信這回事啦。

——誰跟你說所有拉斯特都綁辮子的？夭壽哦。必須提醒自己不要讓他看起來太智障。

——你這什麼意——

——總之，你到底想不想聽拉斯特跟榮譽拉斯特在英國是在講什麼道理？

——我很專心在聽，兄弟。

——所以他們其中一個，我不確定是誰，說，主意就是讓拉斯特遍布社會、政治、庶民。

——真的這樣講嗎？

——我看起來像是接線生逆？

——哇靠，所以他們為了和平演唱會見面結果竟然開始聊起政府啊，就像牙買加每間屋子裡每個露臺上的每個男人一樣，這算什麼新聞？

——不是兄弟，他們是為了新的政府見面然後才開始聊起和平演唱會的。

——三小？

——你不知道響的是哪個鐘啊，你甚至不知道那是大笨鐘勒。聽聽他們的計畫吧：從貧民窟的兩邊創立一個新的反對黨，是真正為了人民的黨好用拉斯特的名義徹底擺脫你們。

——這是什麼牙買加版的茅茅[234]嗎？

——三小？

——但是拉斯特想去他媽的衣索比亞啊，他們幹嘛不就隨便找艘爛船在上面潑上紅、黑、綠油漆然後快滾？把這艘船叫作黑星航運二號[235]還什麼屁的啊幹。

——你以為倫敦的拉斯特懂個屁衣索比亞，倫敦綁辮子的是透過雷鬼知道拉斯特的，兄弟。不管雷鬼的家在哪都是拉斯特真正的家啦，英國的拉斯特一夕之間就去上商學院並競選國會議員還送他們的小孩去接受各式各樣的教育耶，甚至連女孩也是，你覺得這一切是為了什麼？英國才不想要他們，你覺得他們會去哪呢？

——幹。

——市區分裂了，主人。你應該知道的，因為就是你分的。

——我從來沒分過什麼屁東西。

——你現在把自己跟你的黨切割啦？你們兩個分的耶。我？我只負責執行囉。但你以為和平演唱會結束之後會發生什麼事？人民團結在一起之後會發生什麼事？

——不再有分裂了。

——那只是第一階段，先生。人民因為和平團結，這代表人民很快就會在政治上團結，人民已經在挑哪個老大可以當哪一區的議員啦，這表示沒你的份囉。

——而這一切都是在倫敦的這次見面發生的？

——騙你幹嘛。

——可是兄弟，那次見面是一年前欸。

——可不是嘛。

——你等了一年才告訴我這回事？

——不覺得你需要知道啊。

——你不覺得我需要知道。喬西．威爾斯，老子請你他媽是要你來思考的嗎？看起來像是我需要找人思考時，會叫個黑鬼來做這件事嗎？給我回答。

——提醒你你可能會得到一個你不喜歡的答案哦，我說並再次看見只動了眼睛的多看兩眼。

——幹你娘操雞掰幹，婊子養的鮑魚癢死賤屄。你的意思是現在有什麼他媽的祕密拉斯特教派正移民回來嗎就算此時此刻有這麼多人飛出國去？你知道現在可能有多少人在這裡嗎？你真的有想到這點嗎？

——沒兄弟，需要思考的時候，我就把這事留給你啊。

——幹，幹，他媽的幹，明年就要選舉了，他媽的就在明年，真的是操你媽的屄，你知道我現在得打給多少人嗎？真不敢相信你竟然等了整整一年才告訴我這回事，我絕對不會忘記這條的喬西．他媽的．威爾斯。

——很好。因為當事情合你意時你總是很愛忘記，因為你忘記了洛老爹一開始是為什麼要管事的，不過這是你和洛老爹之間的事啦。

——當然了，因為你現在時間全都花在你去邁阿密的小旅行啦，你以為政府裡沒有眼線嗎？

234 譯注：指茅茅起義，為一九五二至一九六〇年間肯亞民間為對抗英國殖民政府發動的軍事衝突。
235 譯注：典故應是出自馬庫斯．蓋維創辦的黑星航運（Black Star Line），目的是要促進非洲全球經濟中的貨物及人力流動。

哼，在你以為自己大尾到動不了之前，最好記得你的位置還是別人給的。

——這什麼意思？

——你說你想思考不是嗎？自己去想啊。

但我早在他必須問我任何問題之前就想出來了。我從一九七八年十二月八號那天起就想出來了，我從歌手搭上那架飛機前就想出來了想出要是他會回來，那他一定會帶著新的道理和新的力量回來。無知的小屌敘利亞人還不懂某些狗現在聞到不同的主人啦，而且即便是那個主人也已經錯把他當成僕人了。

我看著這個鷹勾鼻智障並理解了某件我很久以前從主日學校學到的事。這個人已經得了他的賞賜[236]，已經沒地方可以讓他去了，甚至連往下也不行。以為他能在那大小聲因為某些人還覺得白皮膚給了他們權威可以對所有人想怎麼說話就怎麼說話啊，特別是那些不懂像權威這種字的人。他真的是很走運因為此時此刻，我湧起一股好撒馬利亞人的感覺。愛醫生一年前跟我說了件講到爛的事，要把我的朋友留在身邊我的敵人則是要留得更近啊。陳腔濫調得跟狗屎一樣，沒錯，但是每次你往上爬一階這個撇步就會又新鮮起來，畢竟呢，獵人是不會射飛很低的鳥的。

彼得．納瑟在機場賄賂了三個人注意有沒有降落在諾曼．曼利機場的英國腔拉斯特，尤其是在晚上。因為某些理由他不覺得拉斯特革命會從蒙特哥灣襲來，他甚至還叫他們每兩個小時都要跑到機場唯一的公用電話打給他一次，接著他要我親自出馬，或是派我最好的人到倫敦去找到歌手並在他巡迴或錄音時想辦法做點什麼。我問他他是不是覺得這是什麼詹姆士．龐德電影啊還有我是不是應該也要幹掉和他在一起的那個選美皇后呢，因為要幹掉世界上最正的女人真的是太可惜啦，我在電話上大笑因為不然我就會開始大罵這個人又一次在浪費我的時間了。而且，歌手離開還真的比較好勒，讓一個人離死亡這麼近那麼你做的就比差點殺死他還要多更多。你拔起他的根，把他從家鄉扯走這樣他就永遠再也無法安安心心住在別的地方了。歌手要永遠回來只有一個方法那就是裝在棺材裡。

但那是一九七八年而我已經受夠一九七八年了。當那個舊的美國佬在一月離開去阿根廷時，有個新來的接了他的位子。新的美國歌，同樣的舊歌詞。他自稱柯拉克先生，就這樣而已，柯拉克先生，**柯拉克，只是少了E**[237]，他覺得這很好笑所以我們每次見面他都會說一遍，**柯拉克，只是少了E**。他之前就認識愛醫生了，但是好像每個在京斯敦走跳穿著流汗流得溼答答的白色襯衫領帶鬆開的美國人都認識路易斯・赫南・羅德里哥・德・拉斯・卡薩斯就是了。一九七八年四月我們人在摩根港口飯店，皇家港的白人住的飯店，我們從幾乎空蕩蕩的餐廳俯瞰京斯敦，呃，他們在看啦，我則是在觀察。我和兩個老外，他們已經感覺到海盜的精神從頭到屌掌控了他們了。這實在很值得一看，每次你帶白人到皇家港那種掌控了他們的感覺，你在想這是不是那同一種在他們一踏上某塊岩石就會在他們心中升起的精神，我敢打賭這就是，來自哥倫布和奴隸制度那麼久遠的時候，從海上登陸有某種東西讓白人覺得可以想說什麼想做什麼就去。

——黑鬍子[238]曾經洗劫和掠奪過這些地方嗎，朋友？

236 譯注：典出《馬太福音》六章二節。
237 譯注：這個新幹員的名字是Clark，和洛老爹的姓氏Clarke差了最後的E，中文為了區分譯為柯拉克。
238 譯注：Blackbeard，十八世紀的海盜，是史上最惡名昭彰的海盜之一。

——我只知道亨利·摩根[239]，先生。還有在牙買加你剛說的這個字指的是和一個男人在一起的不是他老婆的女人[240]。

——噢，糗啦。

離我上一次故意講話講很爛已經很久了，爛到愛醫生得翻譯兩次才行，至少這個不像路易斯·強森，把那本備忘錄拿顛倒在那假鬼假怪的要給白人看黑鬼讀不懂字，我還記得這件事。但接著他說，

——你們這些可憐、珍貴的人們啊甚至不知道你們已經在無政府狀態的邊緣了。

——我不懂，如果我們很珍貴為什麼我們又很可憐呢？鑽石就很珍貴啊。

——但你們就是這樣啊，我的孩子，未經加工的鑽石。這座島真的太簡陋了，沒有什麼加工又美麗，而且又這麼不穩定，我說的不穩定的意思是你們在邊緣搖晃，我的意思是說——

——不穩定齁？

——沒錯，**就是這樣**（**西語**），**就是這樣**（**西語**），是這樣講的嗎，路易斯？路易斯跟我認識很久啦，實在太久啦，看起來，在這之前還有幾個**拉美國家**（**西語**），是吧？

——你也是豬玀灣大笑話的一員啊？

——什麼？蛤？不，不是，那是在我的年代之前啦，離我的年代超久囉。

——嗯也許有天你們終於會找到一種真的對卡斯楚有效的毒藥吧。

——哈、哈、哈、哈，你很懂嘛，甚至還有點狡猾哦，是不是？是路易斯跟你通風報信的嗎？

——不是，是新聞跟我通風報信的。

先等一下，喬西．威爾斯。沒有什麼比當他們發現他們對你的看法是錯誤的更能惹火這些美國佬了，記得在他開車離開之前至少要說一次**沒問題，兄弟**，而且兄弟還要發得像這樣：兄ㄙㄙㄙㄙㄙㄙㄙ弟，這樣他離開的時候才會想著他找到對的人了。這輩子第一次我希望我有綁辮子或是知道該怎麼立刻開始慢跑像拉斯特一樣單腳起跳著地，即便根本沒有旋律可以跟著跳舞。因為我全程都在看著愛醫生對這個人說的一切點頭，我幾乎都快忘了大多數時間他都是在試著告訴我牙買加正在戰爭，比一九七六年還嚴重的戰爭他說，這是他第一次提到一九七六年。

冷戰，他說。

——你知道我們在說的冷戰是什麼嗎？

——戰爭又沒有分溫度。

——什麼？噢不是的，孩子，冷戰是個專有名詞，是在描述……就只是個名字在講這裡發生的事啦。你知道怎樣嗎？我現在手上有個東西……這邊來瞧瞧吧。

那白人竟然拿出了一本著色本。當你一直跟美國佬裝笨你就會知道發生什麼事都不奇怪，但是這招連我都傻眼了。

——這什麼鬼東西？

---

239 譯注：Henry Morgan（1635-1688），十七世紀著名海盜，後受封為英國爵士，並擔任牙買加總督。

240 譯注：matey一詞在英文中有「朋友、夥計」之意，牙買加方言中則是泛指男人在老婆或女友之外的炮友。

我顛倒著拿因為誰需要把封面翻過來才能讀懂**民主是給我們的！**的書名啊，那美國佬看著我把書給拿反了而我完全知道他在想什麼。**看吧路易斯，朋友啊（西語），我知道你很懂你在講什麼但你確定我們找的是對的人嗎？**

——這是簡單的解釋啦，就是這樣子。路易斯，他知道什麼是……我是說……你看，可以給我一下嗎？謝啦。我看看，我看看，我看看哦……有了！第六頁跟第七頁，有看到嗎第六頁這？這就是民主的世界，懂嗎？人們在公園裡，小孩跑向冰淇淋車，那邊可能有個人手上拿著Twinkies蛋糕，看這邊，有看到那個人在看報紙嗎？然後看看那個馬子，超辣，對吧？穿著條迷你裙。天知道那些小孩學的是什麼，但他們有去上學，而這張圖裡的每個成人勒？他們都可以投票，他們可以決定誰應該滾蛋，我是說領導啦，這個國家。噢還有，看看那些高聳的建築物，這都是因為進步、市場、自由啊，這就是自由市場，孩子，而且如果這張圖裡有任何人不喜歡正在發生的事他們也可以說出來。

——你要我幫這張圖著色嗎，老大？

——什麼？不，不用，我會跟你講要怎麼做，比如說我給你個幾十本給你地盤裡的學校。我們必須把訊息傳播給年輕人，在這些死左膠共匪吸收他們之前，這些共匪真他媽怪胎，你知道他們為什麼有這麼多是死玻璃嗎？因為像你我一樣的正常人，我們會生小孩，共匪呢？他們就像同性戀一樣，用吸收的。

或是跟所有來到這裡的美國教會一樣，我想，但沒有說出來。我反而說，

——說得好啊，老大，說得真好。

——很好，很好，你是個好人，威爾斯先生。我覺得我可以和你分享事情，我跟你說怎樣吧，這個呢，你接下來要聽到的是機密情報，就連季辛吉都還沒人跟他簡報過，就連路易斯啊也是第一次要聽到這件事哦。嘿路易斯，賭你猜不出來東柏林現在最大的產業是什麼？末期墮胎。沒錯，你沒聽錯，某些屠夫把嬰兒從懷孕五個月、七個月、有時候九個月的馬子身上給拖出來然後就在脖子從她鮑鮑那邊出來時把喉嚨割斷。你敢相信這種鬼事嗎？情況實在非常糟糟到女人甚至選擇殺掉自己的孩子而不是讓孩子出生在東柏林。東柏林的人民啊，他們什麼都要排隊，就像那本書裡一樣，威爾斯先生，媽的連肥皂都要排隊幹，你知道他們拿肥皂幹什麼嗎？拿去賣來換吃的。可憐的小混蛋們甚至弄不到半杯好咖啡所以他媽的死政府把這爛東西跟菊苣黑麥甜菜根混在一起然後把這整個東西呢叫作，拿鐵（德文）。聽起來就像惡作劇，對吧？我還以為我已經見識過大風大浪了勒，真的是會讓你他媽大吃一驚啊，我告訴你。大吃他媽的一驚啊，你喝咖啡嗎，威爾斯先生？

——我比較愛喝茶啦，先生。

——你這樣很好，我的孩子，你這樣很好。但是你在這邊看到的這個珍貴小國家呢？這裡不到兩年就會變成古巴，或是更糟的，變成東德如果這個過程現在沒有馬上逆轉的話。我在智利就看到這差點發生，我在巴拉圭也看到這差點發生，而只有天知道多明尼加共和國會發生什麼事。

某種程度上來說這些話有部分是真的。但他們就是沒辦法抗拒，這些ＣＩＡ的人啊，一旦他們覺得你相信他們那說謊就好像成了一種毒品，不，不是毒品，是一種消遣。現在來看看我可以跟這個無知黑鬼搞多久吧。我從眼角餘光看到他在觀察我，心想我就是他希望我是的人，等到路易斯・強森離開時他印象會超深刻一個讀不懂字的人竟然這麼聰明，當然是以一種受過良好訓練的狗聰明的方式囉，或是一隻好猴子，跟我講什麼外星人的看看我是不是會，用他的話來說，買單。但眼前的柯拉克先生實在變得超認真認真到我都抬起頭看天空想看看天空是不是要變成灰色了好幫他的故事加點情調。

——我想說的是你的國家正在十字路口，接下來兩年將會變得非常重要，我們可以仰賴你嗎？

我不知道這人到底是他媽想得到什麼答案。他到底是想要我講什麼啊，說我加一嗎？或許我應該說是的船長因為我們人在皇家港？愛醫生瞪了我一眼，接著閉上他的眼睛上上下下點起頭，這是他說就告訴這個蠢蛋他想聽的吧，**孩子（西語）**的方式。

——我上船啦，長官。

——很高興聽到你這麼說，幹他媽的讚啦。

柯拉克先生起身要離開，說他的車子會載他回去梅菲爾飯店他暫時睡在那直到他的公寓弄好，他留了十塊美金在桌上然後走開，但接著轉了回來並彎腰到我左耳旁。

——順帶一提，我注意到你最近去了邁阿密跟哥斯大黎加好幾趟，你還真是忙碌的小蜜蜂啊，是吧？當然啦，美國政府對牙買加和其離散成員之間的活動沒興趣，反正只要持續協助我們那我們就會遵守這項協議。幫他翻譯一下這話，好嗎，路易斯？

——一路順風，柯拉克先生。

——柯拉克，只是少了——

——E，我說。

——**再會啦**（西語）！

我盯著愛醫生。

——他真名是柯拉克嗎？

——我真名是愛醫生逆？

——他說我而不是我們。

——這我也注意到了，**老兄**（西語）。

——這是我應該要注意的事嗎？

——他媽的我哪知，就繼續運貨囉，老兄。你們拆你們那箱貨物了嗎？

——我以為美國佬都說貨。

——我他媽看起來像是死洋基佬嗎？

——你是想要我怎麼回答啦，李，吊帶褲醫生？總之，那箱早就拆啦。

他在講的是另一批貨，跟一九七六年十二月的上一批用同樣方式運來的，裝在一個寫著音響器材／和平演唱會的大箱子裡，就留在碼頭上給我、愛哭鬼、東尼．帕華洛帝和另外兩個人去清空。我們留了七十五把M16，二十五把我們賣給了在王三地的人他們最近似乎對火力很癢，我們留著所有彈藥，這是愛哭鬼的主意，讓他們自己去搞子彈吧，他說。

這看起來像是我們在為開戰計劃，即便其他所有人都在為和平打算，洛老爹本人從他在歌手被槍擊後把自己關進去的那朵烏雲中恢復，就像他認為他應該要負全責一樣，因為接受所有怪罪就只是搶走所有功勞的反面而已，跟歌手說都是因為他被關所以才會發生這種事不然事情是絕對不會發生的。洛老爹很久以前就搭了艘火箭飛出這個星球了，他乾脆去加入太空飛豬[241]算了。問題在於每天都有更多人搭上這班航班，和平協定的狂熱席捲了整個貧民窟誇張到殺了我表親的人還在第一支團結之舞的結尾跑來找我手臂開得大大的彷彿他期待一個擁抱一樣，我說他是個死基佬然後就走開了。

和平協定的狂熱還傳到像沃瑞卡丘陵這麼遠的地方銅哥這種人多年來還第一次下來呢，好像他忘記牙買加的每個警察槍膛裡都有一顆子彈寫著他的名字。連銅哥都離開丘陵跑來吃喝玩樂的時候，就是我開始仔細研究另一個國家的時刻啦。

就連洛老爹都跑來我家問說為什麼我沒有跟著新的和平旋律即興一下呢，現在正是黑人好好聽聽馬庫斯·蓋維這整段時間為我們計劃了什麼的時候啦，我都懶得問他他又懂什麼屁馬庫斯·蓋維了，還是說這是哪個倫敦來的死拉斯特在灌輸他的道理。但接著他的雙眼，我看著他的眼睛時是溼答答的，在懇求，而我突然理解了這個男人的某件事還有他究竟在做什麼。他的目光已經超越烏雲了，也超越貧民窟了，超越了時間跟他在世界上的位置，這個人在想的是他的墓碑上會寫些什麼，在最後一絲血肉從他的骨頭上爛掉很久以後大家說的會是他的什麼。忘掉他因為謀殺和謀殺未遂七次入獄然後七次都平安出來吧，忘掉在那個白人和愛醫生到來之前，他是那個教每個男人怎麼開槍的人吧，忘掉他和幫派老大兩個都是在他們自己畫下的界線上做事的吧，他想要他的墓碑上寫著他團結了貧民窟。

大家覺得我對洛老爹有敵意，不過我對這男人除了愛之外別無其他而我會對所有這麼問的人這麼回答。但這裡可是貧民窟，在貧民窟裡並不存在叫作和平的東西，只有一個事實而已，就是你殺我的力量只能被我殺你的力量給阻止，你有的只有活在貧民窟裡的人而他們看到的也只是貧民窟裡。但從我還是個小男孩時我看到的就只有外頭的事物，我起床時望著外頭，我去上學然後一整天都在看窗外，我走到馬爾史寇克斯路就站在分隔沃瑪男子學校和米可學院的柵欄邊，這只是一道錫柵欄大多數人都不知道分隔了京斯敦和聖安德魯、上城和下城、有東西的人和沒東西的人。沒計畫的人等著看，有計畫的人看著等正確的時機，世界並不是個貧民窟貧民窟也不是整個世界，貧民窟的人受苦是因為有的人以讓他們受苦為生。對某些人來說好時機也是壞時機。

這就是為什麼不管是工黨或民族黨都不屌和平協定，當戰爭有太多好處時是不可能出現和平的，而當這一切代表的是你還是會很窮的時候又有誰想要什麼鬼和平啊？我認為洛老爹懂這點，你想怎麼為一個人帶來和平就怎麼帶，你可以讓歌手飛出國讓他為了錢唱歌好在貧民窟蓋新的馬桶，你可以把你的垃圾排到雷鎮或是叢林區並和去年才剛殺了你兄弟的人稱兄道弟，但是在狗鏈把他拉回來之前一個人就是只能走這麼遠。在主人說，屁事搞夠了吧，我們不是要往那邊之前。腐敗國家機器的狗鏈、警察規則的狗鏈、槍枝法庭的狗鏈、二十三個統治牙買加家族的狗鏈，而那條狗鏈兩個星期前動了，當那個敘利亞王八彼得．納瑟想跟我在那打啞謎的時候。那條狗鏈一個星期前動了，當那個美國佬和那個古巴人帶著一本著色本來教我什麼叫作無政府狀態的時候。

這三個人讓我變成一個大忙人。柯拉克先生聊起古巴就像個無法接受他馬子不想要他了的男

241 譯注：Pigs in Space，一九七〇至八〇年代流行的布偶秀《大青蛙劇場》（*The Muppet Show*）中的單元。

人，而他是不會讓這在牙買加發生的，不管他覺得這到底是什麼鬼意思。一個男人竟然想幹一個他從來沒住過的國家真的是很怪，也許他應該先等個一年然後再問問自己這個國家是不是真的值得他買張情人節卡片。我告訴你，跟這些白人混得夠久你講起話來就會開始跟他們一樣，也許這就是為什麼彼得．納瑟現在都叫我兄弟吧，一個草包政客每天都在等一通機場打來的電話通知他即將來臨的拉斯特末日，一個對另一個美國人負責的美國人而那個美國人又對另一個美國人負責這個美國人則是只想踩著這個國家跳過去古巴。還有一個古巴人，住在委內瑞拉，想要這個牙買加人幫哥倫比亞人把他的古柯鹼運到邁阿密去然後在紐約的街頭上賣，因為巴哈馬人就是一群死基佬他們開始精煉他們自己的供貨然後把這鬼東西在當地賣。更糟的是這些小娘炮不喜歡血嘗起來的滋味，三個人都在等這第四個人，也就是我，為他們塑造一九七九年。我呢，我則是已經開始受夠去做其他人想要的事了，包括洛老爹。

不過洛老爹為了正義的任務倒是替自己充飽了電，這股能量就像摩登原始人維他命一樣在他身上流竄，你會以為他是為了在希望路開的五十六槍在做五十六次懺悔苦行。就在第二場和平演唱會前，我把出籠野獸供給他，告訴他出籠野獸躲在他媽媽的櫥櫃裡離他就只有五戶遠，不過並沒有跟他說他已經在那躲了兩年啦，那人聽到這消息時用力吸了口氣，分不出來是在抽搐還是在嘆氣。他跟東尼．帕華洛帝，還有其他幾個人走到那間屋子彷彿他是耶穌正要清理聖殿勒，他要把這變成一場秀，為了人民、為了貧民窟，甚至是為了歌手讓大家看看他正在進行沒有人叫他去做的復仇，他把那男孩跟他媽拖出房子接著當著大家的面痛打那個已經超過四十歲的可憐女人。

對一個想殺歌手的男孩你想說什麼都行，但如果是一個母親試著讓她唯一的男孩活命那就是不同的故事啦。可是洛老爹必須讓大家看到他有所作為，好像他讓某件已經過去了發生了無法改變的事有所改變一樣。他試著拿她殺雞儆猴，燒爛了她整個人生然後用他自己的靴子把她給踢了出去，但他做的一切就只是拿他自己殺雞儆猴而已，就像某個超級努力的黑鬼想要討好主人。

接著出籠野獸開始尖叫說是ＣＩＡ逼他做的，ＣＩＡ跟古巴來的人，這一點道理也沒有因為大家都知道古巴人是共匪而且不會跟任何從美國來的人扯上關係，好像洛老爹比隨便一個牙買加人還懂ＣＩＡ一樣。接著出籠野獸換成開始尖叫說這全是我的主意，我看著洛老爹看著我想看我有沒有眨眼，出籠野獸鬼叫了超久他都開始懷疑他是不是應該要相信了，畢竟在牙買加啊就算事情不是這樣，那也八九不離十了。事實上他就是一字不漏這麼跟我說的當他在我告訴他該去哪裡找的隔天來敲我家的門時，還帶著兩個超菜的少年仔他們的槍都滑進他們內褲裡了勒，我死死盯著他們兩個而他們都別過頭去，洛老爹左邊那個還像個什麼緊張的女孩一樣毛躁了起來，另一個把頭轉回來試著跟我互看，我記住他了。洛老爹踩著他的腳彷彿他已經很不爽了。

——就算不是這樣的事，那也八九不離十了，他說。

——出籠野獸現在是以為他在講三小啊？你不知道那句溺水的人的諺語嗎？

——溺水的人可沒空編出一個這麼不爽的故事。

我緊握我的指關節好阻止自己告訴他不爽並不是一個字。

——而我也沒空跟你解釋你為什麼不能相信一個像出籠野獸這樣的智障，有兩年可以能跑多遠就跑多遠，結果他能跑到最遠的地方就是他媽媽的櫥櫃？

——但你確實知道該去哪找他，我的兄弟。

——他媽每週都去買東西而且總是從市場買一大包回來，只有她一個人住在那幹嘛要買那麼多吃的啊？你以為她在開救世軍是不是？真正的問題在於你，身為大哥中的大哥，為什麼連注意都沒注意到？

——不可能每個角落和縫隙都有眼線的，我的好兄弟。這難道不就是我有你的理由嗎？

——是喔。總之別問我什麼跟歌手有關的蠢問題既然你都已經知道答案了。

——真的嗎？那快點給我個答案行嗎？因為你——

——如果是我要殺歌手啊，那五十六顆子彈沒有一顆會沒打中。

當你想要一個人知道這番爭論已經結束了的時候永遠都該說合適的英語，洛老爹離開了小男孩們跟在他身後蹦蹦跳跳。在這不久之後他就把出籠野獸帶去麥奎格水溝的某個袋鼠法庭以向自己證明他還是可以實行私刑正義的，有些人說歌手本人也到場觀看了，這讓我滿驚訝的做這事真的很怪全世界都在看著他的一舉一動耶，但說話我唯一相信的人是東尼・帕華洛帝而他什麼也沒說。接著他找到了幾個參與那場賭馬騙局的人然後把他們帶去舊堡壘那並把他們變成魚飼料了。我想問的是：當你在進行一場和平任務手上卻有這麼多血這怎麼行啊？

我的客廳越來越暗了，我在等三通電話。我的大兒子拿著一根雞腿經過我，他已經長得超像我了像到我都得揉揉我的肚子只為了確保我才是那個有肚子的人。

——小子，你在這幹嘛怎麼沒在你媽旁邊？嘿，我在跟你講話。

——靠北，爹地。我有時候真的很受不了她，說真的。

——你現在又做了什麼事讓那可憐的女人不爽啦？

——她都不喜歡我說一件你的事。

——我說你某件事才對，而且不喜歡就好，不用都。

——靠北，爹地。

——你跟你媽說了啥啊？

——哈哈，我說就連壞人煮飯都比她好吃。

——哈哈哈哈哈哈，小子你不容易啊，不過呢，這是實話。我從沒認識半個跟廚房這麼有仇的女人，也許這就是為什麼我不會在她旁邊待太久，她沒開槍打你算你走運啦。

——什麼？媽媽知道怎麼開槍嗎？

——你忘了她的男人以前是幹什麼的啊？你以為勒？總之，在我家裡像個鬼魂一樣晃來晃去現在對你來說太晚啦。

——但你還沒睡啊，你總是都這麼晚還沒睡。

——是哦？你是在幹嘛，監視你老爸啊？

——才沒有……

——你的說謊技巧跟你媽的廚藝差不多爛。

不知道我怎麼沒料到這會發生。我盯著這男孩，才剛上中學一年甚至還沒十二歲呢。他想表現得勇敢，直勾勾地看著我，眼睛對眼睛並稍微皺起眉頭因為他還不知道你必須變老才能擺出一張撲克臉。這是他第一次這麼做，他知我也知，兒子想瞪贏老爸啊，但男孩就只是個男孩還不是個男人，他撐不住，還撐不住。他先別開目光但又快速再次瞪起我來，可是他剛輸掉那輪了而且他也知道。

——我在等一通電話，去煩你弟吧，我說並看著他走開，我必須盯著他的時刻很快就會到來了。

有一天，我的兒子啊，你會懂得夠多也看得夠多到可以聽完後面的話，但不是今晚。唯一一通我不想要晚上來煩我的電話就是彼得・納瑟。現在離我第一次提點他拉斯特大浩劫的事已經兩個月了，而他要不是仍然還在埋頭苦幹就是在給粉紅女郎的某個蠢女孩她人生中最偷懶的七分鐘。有關歌手的問題已經被證明了，對他、對牙買加、對麥德林，還有卡利[242]，但他卻不願意放手，為什麼呢？因為就算歌手不會變成這個新黨派、新運動或隨便你想怎麼叫的聲音，他都會變成某種更加重要的東西：錢。到現在為止有三千個家庭每個月都會因為歌手有一點錢，甚至包括對他開槍的那個男孩的家庭。說到開槍，連我都快嚇爛啦，因為下一次我在《拾穗者》上看到他的照片時，在他旁邊的人竟然是赫克。

回到那晚愛哭鬼在垃圾場附近停下車並把赫克給扔出去之後我就再也沒看過他半根毛啦，又是另一個我沒發覺就算不是更勇敢，也是比愛哭鬼還更聰明的人，聰明到讓我非常仔細思考起我還留了誰活口。如此聰明的他是唯一領悟到在做完我們做的事之後就有去無回了的人。我喜歡當一個人能夠讀出不祥跡象，但是赫克早該知道他根本就沒有什麼好擔心的，報復是朝著蠢蛋去的，不是聰明人，如果我能跟他談談我會跟他說，兄弟，安啦，你還在這個世界上世界會更聰明的。不過他還是很快察覺出風向並落跑了，就這麼跳下車像隻被放走的狗，垃圾場甚至不應該是他的終點勒。愛哭鬼揪出大部分的人到底都逃到哪去了，而那些他找不到的呢，拉斯特也找到了。沒有半個人在說他們的事，因為拉斯特正在抓人的唯一證據就只有迪馬斯在紅頭禿鷹山上的一棵樹上盪來盪去，紅頭禿鷹已經把他的雙眼跟嘴唇都啄走了，但是沒人說得出該去哪找赫克，甚至連他馬子都說不出來，就連巴了她三次並抓著她的脖子差點掐死她之後也不行。我告訴你，這讓我更加佩服他了，這傢伙是個真正的人間蒸發大師。

但接著在將近一年後，洛老爹氣沖沖跑來我家比平常都還更抓狂，不只是抓狂而已，是非常不解他的雙眼幾乎都要變成鬥雞眼了。

——他帶著那個王八跟他一起巡迴？你敢想像嗎？他幫這傢伙搞來了他媽的簽證。

——冷靜點，老兄，你沒看到現在已經五點了嗎？

真的已經晚上了，貧民窟裡很平靜。

——我完全搞不懂，也許他真的就像是先知，我甚至不知道換成耶穌會不會也這麼瘋勒，而且他也真的很愛讓聰明人大吃一驚。

——歌手現在幫誰搞來簽證啦？

他在講的絕對只可能是歌手。

——我根本不敢相信直到我看見那個小王八蛋躲在他身後跟驚弓之鳥一樣，赫克，我在說的是赫克啊。

——赫克？真假？

242 譯注：Cali，哥倫比亞城市，本書脈絡中泛指和麥德林集團競爭的另一個哥倫比亞販毒集團。

天知道赫克在哪躲了將近兩年？和嬉皮在南岸嗎？還是古巴？不管他之前在哪，在歌手為了第二場演唱會回來的三天之後他就把自己給弄進五十六號啦。沒有槍，也沒穿鞋子還發出灌木的惡臭，歌手當然也完全知道他是誰即便我很確定他當時從未看見任何人。我不知道該比較佩服哪個，是他的勇敢還是他的愚蠢，但那傢伙就這麼走上希望路，走過保全在他們發現他看起來有多像死神之後，然後在歌手走出屋子時跪在他腳邊乞求原諒。殺了我或拯救我吧，我聽見他這麼說，現場每個活著的靈魂當然都想殺死他囉，他們甚至不需要擔心該怎麼處理屍體。

也許對赫克來說洛老爹當時人不在那算他走運吧，又或許他走運的是到了現在，歌手只會放眼長遠，或是歌手覺得這個雙眼空洞像是吸了蜥蜴尾巴大麻，聞起來像牛屎跟灌木，在第一根大拇指爆出來就把鞋子給扔掉的男人不可能再更慘了。也搞不好他真的是個先知，歌手不僅原諒了他，還讓他快速加入他的小圈圈，在他離開牙買加時甚至還帶著這個傢伙，而洛老爹也沒發現直到他看見《拾穗者》上的那張照片。

多年來第一次我必須重新再掂掂歌手的斤兩。洛老爹在幹譙著另一個他無能為力的情況，在歌手賜福之後誰敢吭半個屁？赫克變得碰不得了，他也從來沒再回到哥本哈根城或叢林區或玫瑰巷，而是就這麼住在那同一間屋子而他曾想殺死住在裡面的人。他不在那裡時就全世界趴趴走。

現在已經很晚了而我還在電話旁邊等電話響三次。這些人知道我對準時的感覺，我沒辦法接受遲到也討厭提早，準時就代表準時，一個人有四分鐘，加一個有八分鐘，再加另一個則有十二分鐘。

——見鬼了，今晚我的小孩是每個都中邪了嗎？

我最小的，那個女孩，正站在門口邊打哈欠邊揉眼睛。她單腳站著，另一隻腳則搓著她的小腿肚。她小小的神力女超人T恤就算在黑暗中也很顯眼，她媽媽在上床前把她的頭髮綁成兩條辮子，而我敢打賭她肯定會超級不爽如果她看見這個小女孩半夜不睡還四處趴趴走，還邊拉著內褲好像那邊很癢一樣。她長大之後那對屁股可不會消失，就像她媽媽也從來沒有，至少她的膚色跟她媽媽一樣淺。在牙買加黑妞是沒有未來的，雖然有什麼黑人力量的狗屁，我是說啊，看看誰剛贏得世界小姐就知道了。

——鬼把妳的嘴巴封起來啦，小女孩？

她什麼也沒說，反倒朝我走來，還繼續拉著內褲，並且停在我膝蓋旁邊。我的女兒又揉了揉她的眼睛並久久看著我彷彿她在確定這真的是我。依然一句話也沒說的她抓著我的褲子把自己給抬起來，爬上我的膝蓋接著睡在我大腿上，她這麼自由自在的到底是因為她媽還是因為我啊？

壞人的事業在電話發明之前又是怎麼搞定的？就連我都已經忘了以前消息是怎麼來來去去的了。第一通電話再三分鐘就會打來，另一通電話在我腦裡蹦了出來，我當然知道這是為什麼，這就是愛醫生稱作既視感的東西。差不多就在每個有腦的人都厭倦了這整件和平跟愛的破幹事時，差不多就在銅哥從山丘上下來那時候，彷彿大家，也就是我，會忘記在和平之前他有多王八一樣，先宰了女人的男人再強姦她們，就連洛老爹，我會宰了所有強姦女人的男人先生，都讓銅哥溜掉並爬上沃瑞卡丘陵。對某些人來說好時機也是壞時機而人們正要體會到壞時機來到那個新來的美國佬叫作臨界點的地方，臨界點跟被她男人打的女人一樣理解一件事，那就是事情當然是很壞沒錯，但要是這對你有用的話最好就不要亂搞，這種壞是我們懂的。那好呢？好是很好啊沒錯，但是好是某種沒有人懂的東西，好是個鬼魂，你沒辦法從好那裡拿到零用錢。牙買加還是壞比較好，因為這種壞行得通，所以當某些人發現他們因為這些威脅到下次大選的美好氣氛而幾乎要陷入恐慌時，尤其是當他們發覺這注定會搞出什麼事時，我的電話就開始響了。我馬子記下了訊息而訊息只有兩個字。

——銅哥。

——還有別的嗎？他還有說別的嗎？

——沒有，就只有銅哥。

我可沒問題，我打從第一天起就恨死這個肥肚人渣了，但是和平並沒有把銅哥變成一個智障，他在山丘那上面很安全在哥本哈根城也很安全，甚至在八條巷也是。不過他在警察面前可不安全，銅哥不會在他不瞭的地盤玩，所以某個星期天在雷鎮的即興演出上我跟他說，你知道的，銅哥，像你這樣住在山丘上的人啊，上一次吃到炸魚是啥時了呢？

——哎呀，兄弟，跟你講真的，我在那好久都沒吃那東西啦。

——什麼？不兄弟，這樣不對吧。就明天，明天我們直接去海灘搞些炸魚和炸餃子吧。

——哇賽，真的有炸餃子嗎？他們是放在魚油裡炸的嗎？你是怎樣，出來誘惑我的魔鬼啊？

——來點烤番薯、烤玉米配乾椰子、十個番薯餅，五個用胡椒蒸，五個用他們拿來炸魚的同一種油炸。

——夭壽喔，老兄。

——叫幾個你的人開車到克拉倫斯堡海灘去。

——那個假掰海灘？你在講三小？

——我會把你名字留給保全啦。拜託喔，裝得好像你不喜歡一樣。很多魚跟炸餃子哦，你可以踩爆腐敗國家機器的海灘而且不會有半個警察在那。

——老兄，如果你是女人那我就會跪下來跟你求婚啦。但是兄弟，我不能幹這破事，我一到堤防就會有三個警察來凶我啦，而且他們還不會先叫你把手舉起來勒。

——兄弟，用用你的腦袋啊。警察覺得他們很聰明，你以為他們不知道壞人會試著走小路要他們啊？

——但是——

——沒有但是，最好躲的地方就是大家眼皮子底下。

——這聽起來真是個爛到爆的主意。

——我看起來像是我這輩子有想出半個爛到爆的主意逆？你想要警察找到你，就走堤防，走川屈鎮，走馬克斯費爾德公園大道啊。你想要平平安安去到海灘，就走你害怕走的那條路。想想看，都這麼多年了你還不知道警察是怎麼想的嗎？他們想一百萬年也想不到你會在光天化日之下開下港口街啦，這就是為什麼他們才不會去那裡巡邏勒。

愛吃某個東西的愛吃鬼最後總是會變成愛吃所有東西的愛吃鬼。我叫銅哥去找珍妮小姐，她是個印度女人在海灘上有自己的魚店，還有兩個成熟的混血印度女兒叫作貝西和帕西，把其中一個帶回你的車上她就會送你甜點。那晚我用一通電話叫醒警員，銅哥永遠都沒抵達海灘。

一分鐘。

四十五秒。

二十秒。

五。

電話響第一聲我就接了起來。太急切了。

——嗯哼？

——你媽沒教過你禮貌嗎？體面的人會說哈囉。

——所以？

——成了。

——耶穌知道你幹走了他的台詞嗎？[243]

——老天啊，喬西．威爾斯，別跟我說你是個信神的人。

——沒，我只喜歡《路加福音》而已。哪？

——堤防。

——五十六次？

——我他媽看起來是長得像誰，老大，《芝麻街》裡的伯爵[244]？

——一定要確保某個人跟報紙洩漏說是五十六顆子彈，你聽到了沒？

——我聽到了，長官。

——五十六。

——五十六。還有件事，我——

我把電話掛掉，媽的這通死電話把整整四分鐘全用光了。他今晚不會再打回來了。

四十三秒。

三十五秒。

十二。

一。

負五。

負十。

負一分鐘。

——你遲到了。[243]

——抱歉，老大。

——所以。

——老大。媽的，我不知道該怎麼跟你說。

——最好的方法就是這麼跟我說。

——那人蒸發了，老大。

——人是不會蒸發的。人不會消失除非你讓他們消失。[244]

243 譯注：典出《約翰福音》十九章三十節。

244 譯注：Count，這個角色主要是在教小朋友算數，而算數的英文也和其名諧音。

——他走了，老大。

——你他媽是在講什麼，智障嗎？他是怎樣可以說走就走？他有簽證逆？

——我阿災，老大，但我們查過了所有地方，他家、他馬子家、他第二個馬子家、他有時候會去那工作的雷鎮社區中心，甚至還有歌手家他在那邊有個委員會的辦公室。我們昨天開始就在每條路上等他等了半天。

——然後？

——啥都沒。等我們又回去查他家時，所有東西都還在但有一整櫃的抽屜全都清空了，乾淨得跟什麼鬼一樣，連個蜘蛛網都沒有。

——你是在跟我說一個蠢拉斯特想辦法從十個壞人手上溜走囉？就像這樣子？是怎樣，你有先通知他你要來抓他是不是？

——沒有，老大。

——嗯你最好給我找到他。

——遵命，老大。

——還有一件事。

——老大？

——找出是誰跟他告密這件事的然後宰了他，還有兄弟，如果你三天內沒找到他的話，我會先宰了你。

我等著他掛電話。

幹你娘勒。

幹。

我不知道我是說出來了還是用想的。但是她還在睡，我的右膝泡滿了口水。崔斯坦．菲力普斯，那個真正畫出和平地圖並擔任聯合委員會主席的拉斯特，就這麼消失了，就像這樣，這讓他也變成了赫克那種人，不管是死是活，這人顯然走了。而由於彼得．納瑟已經蠢到不行，他現在肯定也不會聰明到哪去。我剛發覺我錯過了一通沒有打來的電話，來自一個從來不會遲到的人，永遠不會。

遲到五分鐘。

七分鐘。

遲到十分鐘。

十五。

二十。

東尼．帕華洛帝。我拿起電話想聽，但我又放了下來然後電話響了起來。

——東尼？

——不對是我，愛哭鬼。

——衝三小，愛哭鬼？

——啃你今晚內褲長螞蟻啦？

——你怎麼知道我醒著？

——大家都知道你不睡覺的，你現在這麼大咖了。
——什麼鬼？算了你知道嗎現在問這什麼意思已經太遲了。總之，快掛掉我在等一通電話。
——誰的？
——帕華洛帝。
——他本來什麼時候該打？
——十一點。
——他不會打給你的，兄弟。如果說好十一點那這位大哥就會十一點打給你，你知道他都怎麼熬夜的嘛。
——我也在想一樣的事。
——你幹嘛要他這麼晚打給你？
——派他去四季酒店善後一些事啦。
——這麼小的事啊他還沒打回來給你哦？我很驚訝你沒派兩個人過去給他看一——
——不要告訴我該怎麼做，愛哭鬼。
——老兄，你真的內褲裡在癢啊。
——我不喜歡哥本哈根城裡唯一可靠的人我竟然沒辦法靠他了。
——真受傷。
——受傷三小？你從你的美國新朋友那學到的哦？
——可能吧。聽著，也許發生了什麼事而他必須低調，你知道他的，他是不會打給你的直到好好把事情給幹好，在這之前不會的。

——我也不知道。

——我知道啊。話說，怎麼全世界除了我之外好像都知道計畫有變啊？我在那個哥倫比亞死婊面前看起來幾乎都要像個智障了。

——兄弟，我是要跟你講幾次不要在我的電話上討論這些事？

——靠北啊幹，喬西，我們要搞定的是草啊，你派我到這裡來時跟我說的是我們必須把草給搞定，你從沒跟我講過半點白老婆[245]的事啊。

——兄弟，這事我已經跟你講過四次了。草會帶來太多麻煩而且也他媽太占空間了，加上，洋基佬現在自己種他們的草啦不需要我們的了，白老婆則是不用占那麼多空間賺的錢還是七倍。

——我不知道，兄弟。我只是不喜歡他們那些古巴人，兄弟。共產主義者已經夠糟糕啦，但他們跑到美國更是糟糕到爆，而且他們沒半個人會開車。

——古巴人還是哥倫比亞人啦？愛哭鬼，我現在真的沒辦法處理你和他們的事。

——特別是那個女人，你知道她起瘠了，對吧？負責管整件事的那個女的，她真的是瘋到不行。兄弟啊，她舔鮑舔了一整晚然後隔天就殺了那女孩耶。

——誰跟你說的？

——我就是知道。

245 譯注：此處指古柯鹼。

——愛哭鬼，我明天再從牙買加電信打給你，像這樣的夜晚，一通電話可能有兩個耳朵啊。與此同時你看要去哪爽一下吧，你這種男人有很多可以享受的。

——喂，這話什麼意思？

——意思就是我他媽說的意思。還有不要再搞你上週在米拉馬搞的那種破事了。

——呦不然你想要我怎樣？那男的抓住我——

——你覺得我該拿帕華洛帝怎麼辦？

——讓他到早上吧，如果他沒打給你，那你也很快就會聽到他的消息了。

——晚安，愛哭鬼。還有不要相信那個哥倫比亞婊子，我上週才發覺她對我們真正要去的地方來說啊只是個休息站而已。

——啊。所以我們是要去哪呢，我的小老弟？

——紐約。

亞瑟・喬治・詹寧斯爵士

現在有什麼新的東西在空氣中吹送，一陣惡風，一場瘧疾。仍然還有更多人必須受苦，也還有更多更多人必須死去，兩個、三個、一百個、八百八十九個。同時我看著你像個托缽僧一樣在狂亂旋轉，在旋律之下又在其上，跳上跳下舞台，總是用你布魯圖斯的腳趾著地。多年前在足球場上，有個球員穿著釘鞋，誰會穿釘鞋踢足球啊？他重踩到了你的足球鞋上並割傷了那根腳趾，當你還是個男孩時你也差點用鋤頭把這根腳趾劈成兩半。癌症就是一種叛亂，某個細胞背叛了身體跟著變節者投靠另一邊並引誘一部分的你做出同樣的事，我會分裂你的不同部分並征服，我會一根接一根搞壞你的四肢，然後在你的骨頭裡灑下毒藥因為看啊，我裡面除了黑暗以外別無他物。不管你媽用紗布纏了多少次還撒上Gold Bond藥粉你的腳趾永遠都不會痊癒。

而現在有什麼新的東西正在吹送，三個白人來敲過你的門，已經過了五年第一個才警告你不准離開。深入一九七八年，第三個，他們總是知道該到哪裡找你，則警告你不准回來。第二個來的時候帶著禮物，你現在甚至記不得他了，但他那時就像東方三賢士之一，帶著一個盒子包得跟聖誕節似的，你打開盒子跳了起來，有人很懂貧民窟裡每個男人都希望他就是《雙虎屠龍》裡那個屠了龍的人。棕色靴子、蛇皮、搖曳著紅邊，某個人知道你超愛靴子幾乎跟你愛棕色皮褲一樣，你套上右腳卻尖叫得就像那個想要剖開一顆椰子但切斷腳的男孩，你脫下靴子，扔到一旁並看著你的大拇指隨著你脈搏的每一下跳動噴出血來。吉利和喬吉，他們手邊剛好有刀子，切開了縫線處，把靴子的皮挖掉然後就在那裡，一圈細細尖尖的銅線，一根又直又完美的針讓你不禁想起睡美人。

有什麼新的東西正在吹送。在沃瑞卡丘陵的山腳下，那個叫作銅哥的男人離開家裡關上大門。海軍藍色的夜晚正經過又流逝，流逝又經過，他走了兩步踏不出第三步。那個叫作銅哥的男人倒了下來並吐出那一點點沒有從他胸口和肚子猛衝出來的血。槍手丟下M1火箭炮，又改變心意，撿了起來，然後跑向已經在移動的車子。

你人正在錄音室裡和樂團做一首新曲子，時鐘滴答走的是牙買加時間，保全吸了兩口大麻昏死在左邊，兩條吉他聲線緊緊纏著彼此就像蛇在打鬥，新的吉他手辮子比較短，這個愛死罕醉克斯的搖滾客把導線拔掉，你快速瞥了他一眼雙眼瞪得大大的。

——別走啊！我可沒有太多時間。

有什麼新的東西正在吹送。那個叫作洛老爹的老大看完賽馬搭計程車回家還把車窗全搖下來一路開下堤防，某個人開了個玩笑而鹹鹹的海風搶走了他寬闊的笑聲，路並沒有轉向，只是彎到一座橋先往上升再往下降然後撞上擋住路的三台警車。甚至早在他的司機停車之前他就知道他們知道他是誰了，他們也知道他知道他們知道，就算是在他們大喊**例行檢查**之前。他知道在他們抵達前，還會有更多車子在他後面鬼鬼祟祟接近。警察一號說給我從車輛周邊離開這樣我們才能搜車，移動到左邊然後一直走直到你人在路邊的野生灌木前，警察二號找到了他的點三八，警察三、四、五、六、七、八、九、十、十一、十二、十三、十四、十五、十六號開槍。有的人會說四十四，有的人則會說五十六發子彈，和一九七六年十二月那週在希望路五十六號找到的彈殼數量一模一樣。

你在巴黎踢足球，在艾菲爾鐵塔底下的綠色草原，你和任何想來一場的人踢，追星的白小子跟那個法國國家隊的人，你的工作人員，就算已經巡演了好多年還是永遠都無法習慣，這些從來都不睡的城市，他們都沒精打采的，雖然現在才下午而已。法國人踢得跟英國人不一樣，他們沒有半個球員會故意炫技，這些男孩像個團隊一樣移動即便他們大多數先前根本就沒見過面，他們其中一個判斷錯誤，重重踩在你的右腳趾上並把指甲給弄掉了。

有什麼新的東西正在吹送。那個下令殺了我的人一天付王幫六十塊美金要他們到八條巷的其中兩條去掃射，那兩條最靠近海邊的巷子，巷弄以生鏽的鋅柵欄和腐敗的屎水不受控制四處延伸。幫派那天要開不開隨隨便便開車上去，用各式各樣的槍枝瘋狂掃射。這是子彈的狂潮，是場槍林彈雨。

你人在倫敦。切掉那根腳趾，現在就切掉吧，醫生說著並沒有看你的臉，把那些靴子塞滿衛生紙、棉花、油灰跟媽媽的話。聞起來像是殺菌劑丟到屎上面想要掩蓋，還有鐵味，彷彿隔壁病房的某個人正在刷鋼鍋，可是拉斯特都已經覺得跛了一根腳趾是來自神的詛咒了，你又以為他們對一根截肢的腳趾會作何感想呢？你人在邁阿密，醫生把斑點切掉並拿左腳的皮膚來移植，這相當成功，他說，不過不是用這幾個字，你記不得確切的字，但他說你的癌症消失了，你沒有癌症了。而每晚你從舞台上踩爛腐敗國家機器，你的右靴還是幾乎裝滿了鮮血。

有什麼新的東西正在吹送。東尼．麥佛森，民族黨的國會成員，跟他的保鑣被困在八月城，來自丘陵不過是和哥本哈根城結盟的槍手襲擊了這兩個傢伙並開火。他們開火回擊。槍手在車門、車窗炸出洞來，子彈從擋風玻璃上彈開，槍手狂轟濫炸，但遠遠留在鐵絲網勒住的柵欄和灌木後面。警笛，警察，槍手瘋狂撤退的腳步聲隨著每一步消逝，車輪揚起碎石開始打轉直到抓住路面。警笛中斷，靴子重擊地面，警察越來越近，也越來越大聲。東尼．麥佛森臉上掛著大大的微笑先站起來，臉部起伏也是個鬆了口氣的跡象你在四百英尺外都看得到。第三顆子彈從側面穿過他的喉嚨，炸爛了腦髓並在他的大腦發覺他死了以前殺死了脖子以下的一切。

你人在紐約，是九月二十一號，大家都知道你總是第一個醒來最後一個去睡的，尤其是在錄音室裡時。沒人注意到你已經一整年都沒做到這兩件事了，你醒來時像是在燃燒，床墊從你皮膚上吸走了兩磅重的水但你卻能聽見冷氣在你身旁某處嗡鳴。你想到你頭右側的疼痛而疼痛就在那裡，現在你在想直到你想到之前疼痛是不是只是個想法，又或許疼痛已經在你體內太久久到都成了身體看不見的一部分，是一粒藏在腳趾頭之間的痣，也可能你真的一語成讖就像山丘上的老女人們會說的那樣。你並不知道今天是九月二十一號，你對前一晚的第二場表演完全沒有記憶，你也完全搞不懂你人在哪或是誰和你一起在這，但你至少知道這裡是紐約。

有什麼新的東西正在吹送。艾賽達跟克里斯多夫說你記得把你所有的食物都吃光啊，你以為雞背有便宜到哪裡去嗎？她的男孩三口當一口吞然後就衝向門口，他停了下來並抓起檯子上的黑膠唱片，那天才剛熱騰騰壓好的，你剛想起來你明天有工作要做哦，艾賽達說，但又笑了出來並把他噓出門去。黃金街上的潮男穿得很潮他們穿著斜紋羊毛長褲和聚酯纖維襯衫性感女孩她們也很辣穿著緊身牛仔褲、露背小可愛這類東西已經準備好了，音響系統播夠塔木林[246]剛開始放全新的唱片，是新的密西根及史邁利[247]，但是克里斯多夫有來自黑烏呼魯[248]的新玩意會讓整個派對嗨到炸，男孩女孩都緊靠在一起，彼此嬉鬧著貝斯則跳到胸口上並在那住了下來，但是誰把鞭炮帶來派對的啊？不是鞭炮而是暴雨碰碰碰碰地打在鋅屋頂上，可是沒有人淋溼啊，賈桂琳大聲說出來就在兩顆子彈在她右胸炸出一個洞的時候，她的尖叫聲消失在所有人之中，她曾往回望，來自海上的陰影，機關槍開火時五角的光炸開。精選者[249]脖子中了一槍然後倒了下來，人群到處跑來跑去尖叫，竄逃過倒下的女孩，一個兩個三個人倒下，更多人從海上過來但卻穿著夜晚的顏色和光，他們散開開始掃射。賈桂琳跳過切過她膝蓋後方的鋅柵欄，她跑下拉德巷尖叫聲還繼續跟著她，她忘了鮮血正從她胸口狂噴出來，並倒在巷子中間，兩隻手將她抬了起來然後把她拖走。

槍聲下在鋅屋頂上，黃金街的男人只有兩把槍而已，更多人從海上抵達，有些人是從陸地，三個出口全都封閉了，像雨聲的槍聲叫醒了幾百英尺外睡著的警察他們抄起他們的槍並衝向一扇鎖住的門。拉斯特法理無處可逃而那些人來了，後頭的人們像道緩慢的浪接連倒下，地上的胖伯爵正在汩汩流血，某個拉斯特法理跳到胖伯爵身上，還沒死透，然後在他身上滾來滾去好沾到血，等到槍手找到他的時候，他們以為他才是那個真的死了的並斃了胖伯爵。槍手撤回海上。

你在中央公園南街的某個池塘附近慢跑，不同的國家，同樣的工作人員，有那麼一秒你感覺你彷彿回到了日出前的公牛灣，在黑沙灘上跑個步，到瀑布下泡一下，也許踢一下足球，為早餐帶來健康的胃口早餐全都是吉利煮的就等著你回去。可是你人還在紐約而溼氣已經掃過來了，你把你的左腿抬高，在踩到塵土前加大你的步伐但你的右腿拒絕移動，你的臀部擺動了，他媽的這到底是怎樣？可是你的右腿就是不肯動。別想這麼多抬起來就對了，這招沒用，邊想邊抬起來呢，這招也沒有用，而現在你的左腿也不動了，兩條腿都卡在那就算在你用三個幹你娘命令過了之後也是。你的朋友正從你身後走來你轉頭想要叫人，但你的脖子只扭了大概半英寸就鎖死了，沒辦法點頭說好，也沒辦法點頭說不，一聲尖叫在你喉嚨到嘴唇的途中消失，你的身體正在傾斜而你無能為力，不這不是在傾斜而是在倒下你沒辦法伸出你的手臂阻止墜落。地面重重撞上你，臉先著地。

你在艾塞克斯之家飯店醒來。手和腳都恢復了但恐懼還在徘徊，你太虛弱下不了床所以你不知道他們幾分鐘前才剛騙了你老婆並把她支開。你醒來聞到性愛、菸、威士忌，你看著等但沒有人在聽、沒有人在看、沒有人過來。你的雙耳醒來聽見讓房間帳單暴漲的朋友、吸了一呎又一呎白粉的朋友、幹迷妹的朋友、幹妓女的朋友、幹朋友的朋友、搞精煉在強姦神聖大麻煙斗的拉斯特。穿西裝的男人，無所不用其極想發大財成功的男人，商人在喝你的酒，你的房間是座聖殿等著耶穌來清理，或是某個先知，或是隨便一個先知。但你心懷感恩沉進床裡因為至少你能動你的脖子了，布魯克林男孩帶著槍經過，有屌的布魯克林男孩，拉斯特之火全都熄滅了，你沒有力氣站起來，沒嘴唇可以幹譙所以你低語**拜託把門關上**，可是沒有人聽見而當艾塞克斯之家膨脹並爆開時，朋友們就全都湧進第七大道上了。

246 譯注：The Tamlins，牙買加雷鬼組合。
247 譯注：Michigan & Smiley，牙買加雷鬼雙人組。
248 譯注：Black Uhuru，牙買加雷鬼樂團，uhuru為史瓦希利語中的「自由」之意，此處團名採取音譯。
249 譯注：The Selecter，英國斯卡樂團，此處應是指音響或收音機。

有什麼新的東西正在吹送。一種顛倒的演化，玫瑰城貧民窟的男男女女和小孩從站著走路，有時候從學校衝回家裡、從家裡衝到商店、從商店衝到蘭姆酒吧開始，到了中午大家全都坐著，玩骨牌、吃午餐、做作業、八卦豬屎巷的那個臭婊子，下午所有人則都往下彎到家裡的地上，等到晚上他們就從一間房間爬到另一間房間並在地上吃晚餐跟底棲生物一樣。而到了深夜大家全都躺平在亞麻油地毯上但卻沒半個人睡著，小孩臉朝上躺著等待子彈在鋅屋頂上炸開就像歡呼聲。子彈和子彈交會，颼颼掃過窗戶、穿過天花板、在牆上、鏡子、頭頂上的燈跟任何站起來的蠢蛋身上炸出洞來。同時那個殺了我的人出現在電視上，麥克·曼利和民族黨現在必須決定大選日期啦。

你在匹茲堡垮下。聽見醫生用oma結尾的字[250]在講話從來都不是件好事，oma已經從你的腳蹦蹦跳跳彈到你的肝、肺、腦了，在曼哈頓他們用輻射轟炸你你的辮子於是掉下來並散開了，你到邁阿密去，接著是墨西哥到那間沒辦法救史提夫·麥昆[251]的診所。

十一月四號，你老婆安排了在衣索比亞東正教會受洗。沒人知道現在你的名字叫作伯罕·塞拉西，你現在是個基督徒了。

有什麼新的東西正在吹送，京斯敦市區的一面牆上：IMF——是曼利的錯，大選訂在一九八〇年十月三十號。

某個人正開車載你穿越巴伐利亞，就在奧地利邊界附近，一座醫院從森林中竄出頭來彷彿魔術，背景中的丘陵尖端點綴著蛋糕糖霜似的雪，你認識了那個又高又冷淡的巴伐利亞人，那個幫助無望的人的人。他露出微笑但他的雙眼相隔得太遠因而消失在他眉毛的陰影下，癌症是個紅色警報表示整個身體都有危險了，他說。感謝上帝他禁止的那些食物，拉斯特法理很久以前就已經禁止了。日出就是希望。

有什麼新的東西正在吹送。一九八〇年十一月，一個新的政黨贏得大選而那個殺了我的人和他的兄弟們踏上講台接管國家。他實在等太久了久到他跳上台階還絆倒了。

巴伐利亞人下台一鞠躬，沒人提到希望，也沒人提到任何事，你人在邁阿密對航班一點記憶也沒有。五月十一號，睜開雙眼，你是第一個起床的（就像從前一樣），但你看到的就只有老女人的雙手爬滿黑色的血管還有瘦骨嶙峋、突起的膝蓋骨。一台很多管子的塑膠機器推進你的皮膚裡，替你進行所有生存的動作，你早就感覺像是睡著了，八成是因為那所有藥物吧，但是這次來得像是爬蟲類而你已經知道不管這次你到哪裡去，都不會再回來了。有什麼東西從窗戶外頭傳進來聽起來就像是史提夫．汪達[252]的那首〈轟炸之王〉[253]？在紐約市和京斯敦，兩個地方的天空都像正午般燃燒成一片亮白，雷聲爆出一道閃電刺穿雲朵。夏日閃電，足足早了三個月，那個在曼哈頓醒來的女人和那個坐在京斯敦陽台上的女人都知道了。你不在了。

250 譯注：英文中表示腫瘤的字根。
251 譯注：Steve McQueen（1930-1980），好萊塢知名動作影星，後因肺癌於墨西哥過世。
252 譯注：Stevie Wonder（1950-），美國知名盲人歌手。
253 譯注：Master Blaster，史提夫．汪達一九八〇年的歌曲，這首歌便是為巴布．馬利所寫，他曾在那年秋天的美國巡演找來巴布．馬利擔任開場嘉賓。

來幾排古柯鹼／在美國的孩子們

一九八五年八月十四日

多加・帕默

——妳知道那些女孩是怎麼留下來的，都大老遠來到美國卻還是表現得像她們是來自貧民窟的骯髒婊子一樣。我實在是受夠她們了，我才剛跟某個替寇瑟斯特小姐工作的臭婊說過。臭婊子啊，我說，只要妳還在這裡做這個工作並且住在那裡那個屋簷下，那妳最好就鎖好鮑鮑，妳瞭嗎？把鮑鮑給鎖好。但那婊子當然是當耳邊風囉所以現在她懷孕啦，而寇瑟斯特小姐當然也必須讓她離開，想當然耳是出於我的建議。妳能想像嗎？某個屁股臭得要死的黑鬼小孩在這地方跑來跑去還跑超快？在第五大道上？不可能的，老兄，白人們會像白人那樣子發作，崩潰到爆之類的。

——所以她到底是叫寇瑟斯特小姐還是寇瑟斯特太太？

——**所以她到底是叫寇瑟斯特小姐還是寇瑟斯特太太？**妳還真是有夠假掰。他們一定很快就會喜歡上妳的。孩子啊有時候就連我都不知道是哪個呢，她只要一開始讀什麼小姐的雜誌啊，就會說自己的名字是寇瑟斯特小姐囉，親愛的。我呢就只是叫她女士。

——女士？像什麼奴隸的東西之類的？

就那麼一次她看起來像是她不知道該回答什麼，我現在跟著神愛世人人力仲介公司已經三年了而每次我走進來這裡時，她都有個關於某個貧民窟臭婊在她的照看下竟然懷孕的全新故事。我不懂的是為什麼她總覺得我是那個可以講這些事的人，我沒有想要了解或同理，我只是想要找個他媽的工作這樣我的貧民窟房東才不會把我踢出我的五樓沒電梯高級公寓還有個馬桶在妳沖的時候會發出各式各樣殺人的聲音，跟一群現在覺得牠們可以就這麼坐在沙發上和我一起看電視的老鼠。

——在寇瑟斯特家人身邊時盡量不要講這些奴隸什麼的，住在公園大道上的紐約人對這種話是很敏感的。

——噢。

——至少妳有個那種他們喜歡牙買加人取的聖經名字，我上週甚至幫一個男的找到了個工作呢，妳能想像嗎？八成是因為他叫作希西家[255]，誰知道啊？搞不好他們覺得如果有人的名字不是出自聖經就會偷他們東西呢。妳不是會偷東西的女孩吧？

我每個星期來領薪水時她都這麼問我，即便我已經連來這三年了也是，可是現在她盯著我彷彿她真的很想得到答案似的。寇瑟斯特家顯然不是什麼常客，我的十年級老師現在跑哪去啦我要告訴她光是靠著知道怎麼好好講話我在人生中竟然打開了哪些大門呢。貝西小姐正看著我，帶著

254 譯注：本章章名前半部出自美國饒舌歌手梅利．梅爾（Melle Mel, 1961-）一九八三年的歌曲〈White Lines (Don't Don't Do It)〉，「White Lines」在歌詞中是雙關語，可指高速公路地面上的白線，或指分成一排一排拿來吸食的各種毒品，惟中文慣稱的白粉多指海洛因，與故事中角色們吸食的古柯鹼不同，故此處採意譯顯化譯出，特此說明。章名後半部則出自英國流行歌手金．懷爾德（Kim Wilde）一九八一年的單曲〈Kids in America〉。

255 譯注：Hezekiah，聖經中的猶大王，典故可參見《列王紀下》，本章敘事者Dorcas之名亦出自聖經典故，故按照經文譯為多加。

點忌妒沒錯，但是每個女人都會這樣子，也有一點羨慕因為我擁有選美比賽參賽者叫作儀態的東西，畢竟我是個來自聖安德魯區海文戴爾受過中學教育的女孩啊。驕傲，那當然囉，因為她終於有個人可以用來讓寇瑟斯特家留下好印象，這真的太重要了重要到她很可能在上個女孩身上編了些破事只為了讓她被炒。但也有可憐，這絕對有，她在懷疑像我這樣的女孩怎麼會淪落至此。

——不是，貝西小姐。

——很好，很好，真的太好了。

別問我為什麼我正走在百老匯經過五十五街因為他媽的什麼事都沒有發生，不管是在這條街上還是我的人生中，可是有時候，我也不知道，走下一條紐約的街道……嗯這不會讓妳的問題變得更簡單或更好處理但確實會讓妳覺得妳可以就這麼走著。也不是說我有什麼問題啦，事實上我什麼問題也沒有，而我願意跟任何人打賭一週七天裡我的什麼也沒有都比他們的什麼也沒有更重大，有時候沒有事需要擔心讓我擔心，不過這只是什麼心理學的狗屁要讓我自己覺得很忙而已。也許我只是無聊了吧，這裡的人有三個工作還在找第四個而我甚至沒在工作呢。

而這代表走路。雖然我知道這一點道理也沒有，不過這也解釋了為什麼這些人從不停止走路，就算是走到某個妳搭地鐵可以到的地方。妳真的會開始懷疑這座城市裡真的有人在工作嗎，為什麼街上有這麼多人？所以說我正從一百二十街走下百老匯，我也不知道。當妳走路走到某個時刻以後妳就已經走得太遠而除了繼續走之外也別無他法了，要走到何時呢，我也不知。我總是會忘記直到我發現自己再次開始走了起來，除此之外現在離時代廣場只有幾個街區了而天知道妳只需要在時代廣場待十分鐘就會懷念起一個像西京斯敦這樣別緻又迷人的小地方，但也不是說我有多著迷於西京斯敦啦。總之，我走下百老匯經過五十五街並隨時注意著怪胎、暴露狂，還有我總是在電視上看到卻從沒在這裡見過的一切（除了遊民啦而且他們從來沒有半個看起來像是蓋瑞・山迪[256]偽裝的）。五十一街上夾在兩間中國餐廳中間的小小招牌完全沒有任何作用，神愛世人人力仲介公司，名字本身就已經足夠清楚指出這是牙買加人開的了，但要是這還不夠，那麼招牌底部的諺語，「柔和的回答使烈怒消退」[257]，這幹他媽根本就一點屁關係都沒有，肯定也會讓人認出來，只差沒在公司名稱加上**國際**而已。不過我還有點膽覺得我可以高高在上對待一個存在目的是為了幫助像我這種魯蛇的地方，畢竟妳可以打給妳在阿肯色州的美國前任並跟他要錢度過難關就只能有這麼多次而已然後他就會說，好喔，我會寄點現金給妳，但要是妳再打到我家來還威脅說要跟我老婆講話的話那我就會打電話給美國移民暨歸化局再來妳就看看妳敲詐別人的黑屁股會不會出現在他媽下一班飛回牙買加的班機上吧還會緊緊抓著其中一個他們給被驅逐出境的人的那種透明塑膠袋所以全甘迺迪國際機場都會知道妳用哪牌的護墊啦。我不想跟他說黑鬼這個字完全沒有他期待的那種力道，婊子也沒有，賤屄也沒有因為牙買加女孩是不會對這種東西有所回應的。不過對啦我完全沒有立場可以就這麼經過任何叫作人力仲介公司的地方。他最後的禮物已經快用完了。

——妳知道我為什麼要給妳這個工作嗎？因為妳是第一個走進這裡還有點禮貌的女孩。

256 譯注：Gary Sandy（1945-），美國演員，此處可能是指他出演的戲劇《看臺游民》（*Bleacher Bums*）。
257 譯注：出自《箴言》十五章一節。

——真的嗎，貝西小姐？

我們以前也有過這種對話。她經營的這間人力仲介公司負責把絕大多數，大都也是移民的黑人女性，安排到這些上流家庭去照顧他們非常年幼的小孩或是非常老的父母而這些人，對我來說還真是新鮮呢，竟然也擁有一模一樣的需求啊。為了回報我們忍受各式各樣的破幹狗屁，有時候還是真的屎勒，他們不會過問有關移民或工作狀態的問題，這樣大家都有好處。呃兩個人有好處啦，我只是收錢辦事而已，我也不知道。妳跟妳老闆要現金是一回事，但是當雇主迫不及待想給妳錢的時候又是另一回事了。

她派我去的第一個客戶是一對住在葛拉梅西公園的中年白人夫妻，忙到沒注意到他們虛弱的老母聞起來跟貓屎一樣還一直在講那些美國海軍亞利桑那號[258]上的可憐男孩，她自己待在某間房間裡而溫控器無時無刻都設定在五十度。我第一次跟那對夫妻見面時老婆連看都沒看我一眼老公則是盯著我太久了，兩人都穿全身黑戴著同樣的黑框圓眼鏡，就像約翰·藍儂。她只是對著我身旁的牆壁說，她就在裡面，去做該做的事吧。有那麼一秒鐘，我在想他們是不是期待我殺了那個女人，而且哪有什麼女人啊？房裡除了堆滿床上的枕頭跟一張被單之外什麼也沒有，我必須走得更近才能看見床中間躺著一名瘦弱的老女人，屎尿幾乎讓我轉身離開，直到我想起阿肯色州已經不會再有匯票寄來了。

總之，我撐了三個月，而且離開不是因為屎的關係。當妳和一個男人同住一個屋簷下時總是會來到某個時刻他開始覺得他可以不穿衣服到處走來走去，他第一次這麼做的時候，我可以察覺他真的很希望我大吃一驚，但我只不過是又看見了另一個需要照護的老人而已。第五次時，他說他老婆去參加她的陣亡將士母親聚會而我說，所以你是要我找出你把你的內褲亂放去哪了嗎？第七次他在我面前抖了起來我開始大爆笑大聲到我都打起嗝來了，房裡的老母開始大叫是什麼這麼好笑於是我就告訴了她。嘿，我才不在乎呢，她也笑了起來，說他老爸也是一個樣，總是愛在那搞事即便根本沒人想看，那天之後老母在我身旁總是特別嗆辣，她甚至都開始有點沒禮貌了，對晃鳥俠來說實在有點太沒禮貌了。我在他炒了我之前就離職了，並告訴貝西小姐雖然再多的屎我都很願意去鏟，但我不想跟硬不起來的白屌扯上任何關係。她對於我有辦法全程都保持標準的英文相當印象深刻，就連我問說這裡是不是間附長照的妓院時也是。

——妳肯定是無染原罪中學畢業的，她說。

——是聖子中學，我說。

——差不多啦，她說。

約翰・藍儂被殺那天我在公園裡遛我的第二個工作。另一個老女人。她的健忘還沒達到她會忘記自己忘記的程度，我已經帶她到公園去過了，正要上床，這時她突然說她想去達科他公寓[259]還不閉上嘴一直講，所以若不是我們去走走不然就是她會陷入歇斯底里，而這通常會以她尖叫著這些陌生人跟一個黑鬼綁架她結束。

——我想要去，該死的，妳不能阻止我，她說。她女兒看著我彷彿我把她的煩寧給藏起來

258 譯注：USS Arizona，二戰時期的美國軍艦，在珍珠港事件中遭到炸毀。

259 譯注：約翰・藍儂的住所，他也正是在走廊上遭到槍殺身亡。

了，接著她揮揮手把我們兩個都打發出去。我跟她還有其他大概兩千個人吧在達科他公寓外待了一整晚，我想我們整晚都在唱〈給和平一個機會〉，某個時刻我也開始唱了起來甚至開始哭了。她在兩個星期後過世。

隔週我到布魯克林一間叫作星曲的牙買加俱樂部去，不要問我為什麼，我不喜歡雷鬼我也不跳舞，而且天知道這個社群從來對我都一點用也沒有，但是我覺得我就是必須去因為我無法把那些死亡從我腦中趕走。那地方是某座舊建築有三層樓，幾乎可以說得上是上流了，我走進去時播的是葛列戈里．艾薩克斯[260]的〈夜班護士〉，某些男男女女盯著我看好像他們的工作就是打量誰從這扇門走進來一樣，彷彿這是在演什麼西部片還是怎樣。三不五時就會飄來一陣大麻或雪茄的煙霧，如果我在這待得夠久那某個來自牙買加的人就注定會覺得她認識我，這感覺就像是世界上最糟糕的事，因為在某個時刻那個婊子將會問我我以前在做什麼，而在我回答以前，她會告訴我她之前在幹嘛她住在哪誰變得胖得要死誰又像隻他媽的兔子一樣狂生猛生。

某個時刻那個從我進來以後就一直在注意我的拉斯特在吧台溜到我身邊並跟我說我的背需要好好揉一揉。這就是他們教妳的那個部分說如果妳無視男人那他們就會走開，只不過男孩們總是一個樣。至少看一眼這男人吧，某個在我腦中聽起來更像我的人這麼說著。有辮子沒錯，但顯然是理髮師整理的，淺膚色，幾乎像是印度人，厚嘴唇可還是太粉了即便在多年的香菸試圖將其染黑之後。雅尼克．諾亞[261]跑來這幹嘛啊，如果我覺得他知道這是誰的話我就會這麼問他。他問我覺得歌手有沒有辦法恢復因為情況實在看起來不太妙，我差點就要問他是哪門子的牙買加人才會用看起來不太妙這種說法啊。我真的不想聊歌手，我說。我真的不想，他大講特講用他從他爸媽或可能是他鄰居那邊得到的一點點牙買加腔，我不需要聽到他把蒙特哥灣簡稱成蒙特哥而不是蒙灣就知道他不是真正的牙買加人了。他問我有沒有高潮時的那一秒就露出了馬腳，我睡著時他把他的號碼留在化妝台上。一部分的我已經準備好受到冒犯如果我在紙條下面看到錢的話，但另一部分的我也有點希望至少會有五十塊。

現在是一九八五年而我不想覺得我在幹沒認同感的牙買加裔美國人並且擦了四年的老人屁股，可是工作就是工作而人生就是人生。總之，反正那名女士把我跟寇瑟斯特家搭上了他們總算有點改變需要照顧的是個老男人，我也不知道，必須清理女人下面是一回事但男人下面又是截然不同的另一回事啦。對啦身體就是身體，但是女人的身體可沒有地方可以硬起來插到我裙底，不過我這又是在騙誰呢？那男人八成在尼克森不再清白之後就沒插過任何東西啦。可他畢竟還是個男人。

第一天，八月十四日，東八十六街八十號，在麥迪遜大道和公園大道之間，十五樓。我敲門而這個長得像萊爾．瓦格納[262]的男人把門打開，我就站在那看起來跟個白痴一樣。

——妳肯定是那個他們請來擦我屁股的新女孩了，他說。

260 譯注：Gregory Isaacs（1951-2010），牙買加雷鬼音樂家。
261 譯注：Yannick Noah（1960-），法國網球選手暨歌手，堪稱史上最強法國網球選手，NBA球員Joakim Noah之父。
262 譯注：Lyle Waggoner（1935-2020），美國男演員。

愛哭鬼

有人把被子扯掉了。看著我自己，我的胸口吸氣，我的胸口吐氣，一些毛，兩個奶頭，屌在我的肚子上睡著了。往左看著他，他把自己緊緊纏在被子裡就像三天後就要變成蝴蝶的毛毛蟲。天氣不冷只是個涼爽的早上，他躺在那好像有人同意讓他留下來或是累到沒辦法反對，我一開始以為他只是個拉丁佬金髮是染的但他說他百分之百流的是白佬的血，兄弟。早安，床邊的鐘這麼說，在他那一側，窗外，天上沒有任何東西能證明已經早上了。布魯克林的海軍藍，街燈在巷弄裡投下黑暗這裡男人會被殺、女人會被強姦、可憐的傻蛋會像婊子一樣被賞兩巴掌然後被搶，這是輸家要付的稅。

三週前，週六夜，親眼看到。抄近路回家，白人牛郎，瘦巴巴的肌肉在吊嘎裡繃緊，不是健身房練出來的而是吸快克搞的還走在後面像穆斯林的老婆一樣。我們誰也沒說話但丹妮絲．威廉絲[263]唱著**來為男孩專心聽吧**就在兩層樓上的玻璃窗後還有一排內褲掛在防火巷上。**瞧瞧這有病的死玻璃破事**有個黑鬼說，邊從巷子的牆上冒出來彷彿他是片七巧板勒，你們這兩個肛交狂挑到錯誤的貧民窟來幹這搞屁眼的骯髒事啦。白人快克毒蟲慢慢往後退而我說站住，他還在慢慢後退所以我轉過頭並盯著他，站住，我說。白小子發出了個聲音就像蛇的嘶嘶聲，某個東西說那黑鬼要先發制人逮到你啦。我快速閃過持刀的手來到左邊，用我的左手把他撂倒，轉過背正對他並迅速抬起我的右手，指關節正中鼻子。黑鬼大叫，但在這之前我已經用膝蓋踹他蛋蛋，搶走刀子，接著抓住他的左手腕，推向一扇釘著板子的窗戶然後把這王八蛋也給釘在上面了。黑鬼現在在尖叫我則對那白小子說，**現在你可以跑了**。他笑得超凶，我們跑走，抓著彼此，大笑，硬了起來，並停下來然後有根舌頭在我嘴裡就在我說我不用舌頭之前。等到我們來到我沒電梯的公寓時，我們已經兩階兩階往上跳了。最後一級階梯，皮帶扣解開，褲子掉到地上，內褲脫到膝蓋屁眼也抬了起來。你不擔心同志癌症嗎？他吐了口口水並插進來。不擔心，我說。

距今三週。

今天。

所以早上了。腳已經在地板上了，太陽無論如何很快就會出來。東北東。拉著被子的這一端把他給攤平，他會跌到地板上但是這至少會讓打呼停止。小子把自己纏得很緊像是保護一樣，在躲什麼呢？拉、扯、拉、扯、狂拉、猛拉、硬扯而在這整個過程中這個死小子甚至都沒醒過來。試著想起他的臉，棕髮、紅鬍子、細毛，紅色的細毛長滿跟孩子一樣白的胸口。噢你是個壞男孩，是吧？每次他深深插入時都會這樣說。終於把他給弄出被子他現在背朝上，就連這都沒吵醒他，睡覺也許害死他了。昨天河岸書店沒半本伯特蘭．羅素，沒什麼人知道我是個會思考的人。也許開扇窗吧，也許回到床上揉揉他多毛的胸口跟奶頭並把我的舌頭放到他肚臍上，往下移然後把他吹醒。昨晚他處在不同的心情是個發現了新天地的人，不覺得被幹的那個人就一定得是婊

263 譯注：Deniece Williams（1950-），美國歌手，歌詞出自同名歌曲〈Lets Hear It for the Boy〉。

子，我叫他閉嘴並給他看我的屁眼是幹什麼用的。我愛你——我不是那意思，我說。

踹他的腳並把他給踢出去。

留下他那等你回來時他可能會在這。

把他留在那然後回到一間乾乾淨淨空空如也的房子他甚至會把蟑螂都帶走。踹他的腳並把他給踢出去。

把他留在這然後等你回來時一起來一排。他並沒有要錢。

天空中有個粉點，東北東。太陽現在肯定要出來了，拉丁佬翻到側邊接著又翻回背朝上。用電影的方式思考吧，這一段你會穿上你的衣服，男孩醒過來（不過男孩應該是個女孩才對）然後你們其中一個會說寶貝，我得走了。或是留在床上並且該做什麼就做什麼，被子在男人的腰部卻剛好遮住女人的胸部，但這間臥房的場景永遠不可能上演電影。阿災。可以現在就回去床上，鑽到他的右手臂下面然後在那待上五天。沒錯，就這麼做吧，現在就去吧。今天可以是不需要我就能度過的一天。去吧，這可不是個男孩，這是個男人啊。現在在床上攤開來就像他歡迎一切而且什麼事也不擔心，盯著昨晚剛插進我裡面的東西，壞人是不能接受屌的，但我不是壞人，我比壞人更壞，壞人不會讓一個男人知道他幹他幹了個爽，因為這樣他就會發覺他上面的是個男的，最好是站起來或是趴下來這樣他才能從後面來並插進來，小小聲呻吟，發出嘶嘶聲，說大力一點，混蛋，就像色情電影裡被黑屌插的白女。但是你真的會很想要大叫、尖叫、嚎叫，沒錯我讀過〈嚎叫〉[264]，他媽不尊重人的白小子你以為只因為我是黑人而且又來自貧民窟我就沒讀過書啊？不過這不是有關什麼傲慢的白小子，而是關於你超級想要嚎叫和浪叫可是你卻不能嚎叫和浪叫因為嚎叫和浪叫就代表臣服而你不能臣服，不能對另一個男人，不能對一個白人，不能對任何男人，永遠都不能。只要你不浪叫出來你就不是女人，你不是生來做這種事的。

離開監獄然後說幹他媽的聖經，一個洞就只是一個洞而已，放東西進去或是領東西出來然後留點東西在裡面，你要不是存錢的人不然就是銀行。不管怎樣，在牢裡你的屁眼中總是會帶著什麼東西，而所有在欄杆後面的屁眼都會加總成一條貿易路線，東邊的屁眼運或到西邊的屁眼，目的地：南邊有錢或其他貨物的囚犯。一包古柯鹼、一包箭牌口香糖、好時巧克力棒、士力架巧克力棒、Milky Way巧克力、大麻、印度大麻、BB Call、牙膏、減肥藥、贊安諾、奧施康定、糖、阿斯匹靈、香菸、打火機、菸草、塞著菸草或古柯鹼的高爾夫球、捲菸紙、火柴、Lip Smacker護唇膏、潤滑劑、針頭上有橡皮的注射器、十五張樂透彩券，在監獄待三年一根屌就只不過是另一個你會放到屁眼裡的東西而已。躺在床上的那個男人聽起來不像紐約客，不覺得會再見到他了。一根屌就只是一根屌。他媽的我甚至都想不起來鮑魚的滋味了，自從邁阿密和他媽的葛蕾斯達．布蘭科[265]之後就沒辦法了。我得去機場才行。

六點十五分。九小時後喬西就會搭上飛機從牙買加飛來，十二到十三個小時後他人就會在這，我們要去一間布魯克林的房子他在牙買加就鎖定好了，紐約的每個街區都有一間快克屋而快克屋就是快克屋，但是他想要瞧瞧這問特定的快克屋。他想到最前頭看看是誰在買貨，又是誰在

264 譯注：*Howl*，垮掉的一代著名作家艾倫．金斯堡（Allen Ginsberg，1926-1997）之詩作。

265 譯注：Griselda Blanco（1943-2012），哥倫比亞大毒梟，一九七〇至二〇〇〇年代初於邁阿密叱吒一時，有「黑寡婦」及「古柯鹼教母」的稱號。

賣這樣他才能親自和麥德林報告，他在電話上是這樣說的，我問他有沒有人在竊聽，他爆笑了三分鐘然後說，去做你的工作不要再看電視了。紐約必須像邁阿密一樣好好管好，他說，但他沒說的是他實在不相信我做得到，我就只想鑽到這邊這個男人的手臂底下然後住在那裡。他說他來紐約是為了離開牙買加冷靜一下，但牙買加才需要好好離開喬西．威爾斯冷靜一下才對，兩週前小隊的某個傢伙路過布魯克林並告訴我五月發生了什麼事的消息。

復活節來了又去而瑞瑪區，哥本哈根城背後的那個腫塊，一如往常搞起事來，沒人知道垃圾場在哪邊結束瑞瑪區又是從哪邊開始但是每年至少有一次他們會吸飽氣挺起胸膛並宣稱他們想要更多。不只是當哥本哈根城的裙帶，還覺得他們可以提出要求跟威脅說什麼要轉去民族黨那邊之類的，北邊是垃圾南邊是海還不想吃他們可以捕到的半條魚勒。週六夜，晚上九點或許十點吧可能也還很熱，男人在玩骨牌，女人在後頭的消防栓邊洗衣服，女孩跟男孩在玩牙買加躲避球，六台車往下開到街道中間然後散開，三台在左邊，三台在右邊，喬西和五個人從第一台車上跳下來，還有十五個人也從另外五台車上跳出來，每個人手上都拿著M16。喬西和他的小隊沿路掃射，而男人、女人、孩子邊跑邊尖叫，一男一女跑向他們家但是喬西跟得很緊並在他們家門前幹掉了這兩人，大家開火射死所有玩骨牌的人，兩個男人想逃跑卻卡在子彈之舞裡，女人也抓著孩子逃跑。小隊從一間房子跑到另一間房子，一座柵欄跑到另一座柵欄把手伸到鋅柵欄上然後噠噠噠噠噠噠，男人們跑去哪了呢？十九個槍手跑來跑去開火，人群跟螞蟻一樣瘋狂竄逃。喬西．威爾斯用走的，他從來不跑。他看見一個目標，考慮一下，慢慢走上前然後開殺，小隊的人馬用子彈在鋅柵欄上標出一道痕跡，某個人對一個孩子開槍，那女人尖叫得太大聲也嚎叫得太久於是喬西走向她並把槍頂在她後腦勺。喬西和小隊從瑞瑪區離開，十二個人死亡。警方開車到哥本哈根城並拿走了兩把槍，可是就只有這樣而已，沒有人能動老人。

喬西要來紐約市了。不知道他以前有沒有來過這裡，他從來沒說過。他在布朗克斯的兄弟負責管上城，同個模子刻出來的他們從一九六六年就認識了，那個兄弟從一九七七年開始賣大麻，但分支成賣古柯鹼再來就叫作白老婆啦，他的生意超他媽大條：三十萬磅大麻、兩萬磅古柯鹼。布朗克斯是基地而他把產品從基地賣到多倫多、費城、馬里蘭，跟他不太熟喬西也不需要我去替他工作，也可能他跟喬西說別把這個人派上來這裡吧。他的小隊需要打手時，他會從京斯敦、蒙特哥灣、聖安娜運人過來，他說我很不受控，不過不是對著我說，他是對喬西說的。

喬西要來紐約市了。這和我有關。這和我無關也和床上的那個男人無關，一個牙買加人只要一來到紐約他就會消失，他會在布朗克斯搭車身旁是另一個實際上管事的人這樣他們就能在波士頓路和槍丘路中間建一個牙買加。不關我屁事。我想消失，這就是為什麼我離開邁阿密來到紐約。他晚上前還不會到，我也沒其他地方要去，三排半的古柯鹼就在咖啡桌上，那男人也在這裡就背朝上躺在床上，他的雙手放在他頭後面而且他正在看著我。上星期在東村，某棟公寓建築後面的某個停車場，有個白小子攤平在躺椅上還一邊吹噓搞得好像海灘就在一個街區外，棕髮、紅鬍子、白色的胸口上長滿紅色細毛，還有他捲得有夠高的藍色短褲我一開始還以為他穿的是比基尼呢，日光浴，他說。我問他他的意思是不是這樣躺在太陽底下就會讓他變乾淨，他從一包紐波特香菸裡拿了一根並給了我一根。

——不是來自這附近啊？

——蛤？

——你不是來自這附近的吧。

——呃，不是。

——還在找嗎？

——啊……不是……

——那你找到的時候該怎麼知道呢？

崔斯坦・菲力普斯

我看到你剛給了我那種眼神，艾力克斯・皮爾斯。不，不是你現在給我的那種眼神，不是那種貓頭鷹瞪進手電筒的眼神，是你十五秒前給我的那種。我知道那種眼神。你現在已經仔細研究我好一陣子了，幾個月啦，六個月？還是七個月？你知道監獄是什麼樣子的，每個人都會忘記日子就算馬桶上面就掛著一本月曆，也或許你不知道。說真的照我從越戰老兵吉米那邊聽來的啊，監獄就像是個新兵營，比什麼東西都還要更無聊，什麼事都做不了只能看著等。但你又沒有什麼東西要等，可是你發覺你其實不需要，你就只是在等待的途中而一旦你忘了你到底在等什麼，就什麼都沒有了只剩下等待。你應該試試看。

現在我數日子的方式是透過距離我必須從我屁眼裡拉出一罐快克還有多久然後瓶子再滑進某個獄卒的口袋裡這樣就能替我買到又一個月留著辮子的時間囉。上星期才有個男孩跟我說，可是辮子哥啊，你到底是怎麼在監獄裡把你的辮子留這麼久的啊？他們肯定覺得你裡面藏了十五把傢伙啊。我告訴他，抱歉，**告訴**他，我一直忘記你有在錄音，我花了好多年才說服當權者如果一個穆斯林弟兄可以留著他的帽子並把他的鬍子染成紅色，那麼我就有權利留著我的辮子。如果這招不管用我就跟他們說他們想聽的，這裡面有這麼多蝨子和跳蚤，就算只是碰一下他們也可能會得萊姆症哦。你又來了，你跟你的眼神，那個「要是哦」的眼神，那個「假如我擁有一堆運氣」，不，「一堆機會」，那麼我就可以變成別的東西，甚至是變成你。問題呢，當然囉，就是如果我是你，我會等上一輩子只為了跟一個像我這樣的人說話。不不不要問我他媽的貧民窟裡的生活，我已經忘掉那些日子很久了。如果你沒學會怎麼遺忘那你在萊克斯266連兩天都撐不過，幹，在這裡你連你其實不應該吸屌都會忘記。所以不，要問貧民窟裡像什麼樣子你問我就問錯人啦，又不是說我在那出生的。

一九六六？你真的要問我一九六六年的事啊，兄弟？不老兄，我才不會聊一九六六年，六七年也不聊。

但是說真的，艾力克斯，監獄圖書館真他媽沒在開玩笑的。我去過牙買加很多圖書館而沒有半間的書籍數量跟我在萊克斯這邊看到的一樣多，其中一本就是這本《中間地帶》，某個印度人寫的，V．S．奈波爾。兄弟啊，這人說西京斯敦就是個幹他媽超糟糕的地方糟到你連拍張照都沒辦法，因為攝影過程中的美麗會對你說謊讓你不知道實際上有多醜陋。噢你讀過嗎？相信我，就連他都搞錯啦，他把這個句子寫得那麼美麗也同樣在對你說謊讓你不知道實際上有多醜陋，西京斯敦真的非常醜陋醜到根本就不應該產生半句漂亮的句子，永遠都不該。

可是如果你不知道一開始是什麼引發戰爭你又怎麼會懂得和平呢？如果你不想知道背景故事那你算是哪門子記者啊？也可能你早就已經知道了吧，不管怎樣，你是不可能了解和平或戰爭或哥本哈根城最初是怎麼建立的除非你知道一個叫作巴拉克拉瓦的地方的事。

想像一下吧，白小子。兩根消防栓，兩間浴室，五千個人，沒半個馬桶，沒有自來水，被颶風扯爛只為了颶風下一次回來彷彿是用磁鐵固定在原地的屋子。接著再看看周遭圍繞的東西，最大的垃圾場在邦波廳，就是現在是一間中學的那個垃圾場，屠宰場的鮮血往下排到街道直接流到水溝，最大的汙水處理廠這樣上城就可以把他們的屎直接沖下來給我們。還有西印度群島最大的公墓，跟西印度群島最大的停屍間及兩座最大的婦產科醫院。加冕市場，加勒比海最大的市場、全國幾乎所有的葬儀社、加油站、鐵路跟公車總站，還有……但是你為什麼要到這裡來，艾力克斯．皮爾斯？你真正想知道的到底是什麼還有為什麼你要用這些牙買加資訊服務就可以回答的問題來浪費我的時間？噢，我懂了，我懂你的方法了。你上一次回牙買加是什麼時候？沒什麼真正的理由，只是你看起來就像某個要不是從來沒去過不然就是不能回去的人。這看起來如何啊？說真的我本來不知道直到我剛說了出來好看看你會怎麼做，現在我知道這看起來是怎樣的了。大老遠跑來萊克斯，你動用了多少人脈啊，嗯，皮爾斯？你知道怎樣嗎，別跟我說，我會找出來的就用我剛找出你和牙買加關係的同一種方式。問你的問題吧。

兄弟，你知道我從拉斯特法理區來，所以你幹嘛要問這種問題呢？你真的覺得工黨會幫助拉斯特地區或是民族黨會幫助巴拉克拉瓦啊？你還是這麼蠢嗎？總之，反正班叔叔速食飯的飯也硬到靠北啦。不過那一天啊，老兄，幹。

你知道怎麼樣嗎？巴拉克拉瓦其實從來也沒那麼糟看你是住在哪或是你是跟誰住啦，又不是說每天都會有嬰兒死掉或是有人的臉被老鼠啃掉之類的。我是說，情況是不太好沒錯，一點都不好，不過我還是可以想起某些早晨就這麼出門然後在草地上躺下，就只是純淨的綠草地並看著蜂

266 譯注：Rikers Island，擁有紐約市最大的監獄，情節中即代指此監獄。

鳥和蝴蝶在我身旁跳舞。我生於一九四九年，我總是覺得我媽生我時她已經在前往英國的路上了然後就這麼把我給丟下船。我不是太在乎老爸和老媽都退房了，可是他們為什麼非得留給我這張半印度的臉孔呢？就連我的拉斯特弟兄都會嘲笑這件事，說等到黑星航運號終於來接我們去非洲的時候，他們必須把我給劈成兩半才行。老兄，你又懂什麼屁牙買加階級？有時候我覺得當半個印度人比當個死基佬還糟。有次某個棕皮膚的女孩看著我然後說在上帝經歷了這麼多並給了我漂亮的頭髮之後祂竟然用這種膚色詛咒我這還真是令人難過啊，那婊子告訴我我的黑膚色做的就只有提醒她我的祖先是個奴隸，所以我說我看妳也滿可憐的啊，因為妳的淺膚色做的就只有提醒我妳的曾曾祖母被人強姦了。話說回來，巴拉克拉瓦。

星期天。我的小小床墊是他們丟掉的病床。我已經醒來了，但好像是轟隆聲吵醒了我。別問我我是先感覺到還是先聽到的，彷彿前一秒鐘還什麼都沒有，接著下一秒就出現了轟隆聲，然後我的杯子從爐子上掉下來。轟隆聲就只是變得越來越大聲，現在已經成了噪音，像一架飛得很低的飛機。聲響搖動了四面所有的牆，我在床上坐起來而當我看向窗戶時牆壁就這麼嘎吱嘎吱垮了。這個巨大的鐵下巴把我的牆給咬了進去然後扯走，就這樣扯進去咬走哦，我像個娘們一樣尖叫。我跳下床就在下巴突破更多鋅並吞掉地上的塵土、我的床、我的爐子、我用我自己的雙手蓋好的一部分屋頂之前，現在屋頂失去了兩堵牆的支撐於是開始倒塌，我在整座屋子垮掉之前跑了出去可是下巴還是不斷回來。

不我也不想要談沃瑞卡丘陵的事。你他媽是從哪弄來這些問題的？

老兄，你真正在乎的到底是哪一年，六六年還是八五年？快點決定然後別再問你他媽老早就知道答案的問題了，你來這裡是要談喬西．威爾斯的，去年五月之後大家想談的就只有這個。噢等等你不知道嗎？我人在萊克斯我還是什麼都知道啊你是其中一個記者結果你不知道哦？

我聽說我跟威爾斯以前住得離彼此很近不過要再過個十年我才會認識他，而且他是工黨，在工黨把我趕出巴拉克拉瓦之後我跟那些人就再也沒半點關係了直到和平協定時。總之，感謝塞拉西一世耶拉斯特法理不然我也不知道我會在做什麼。反正，在巴拉克拉瓦陷落之後也沒幹嘛啦，哈哈你有懂嗎[267]？反正啊，陷落之後，腐敗國家機器就把我關起來囉，甚至記不得是哪間俱樂部啦？唱盤嗎？還是海王星俱樂部？懂得更多的人事情也會做得比較好，大家總是這麼說。靠北的是我口袋裡就只有五塊錢跟一瓶約翰走路。我猜一年就算一塊啦，是吧？

所以我應該是在一九七二年從總監獄出獄的吧？然後牙買加就像是個截然不同的地方了，或至少是一個不同的政黨在管事，就連你聽到的音樂都不一樣啦，不過到頭來或許也沒那麼不一樣就是了。可是一九七二年時如果你是個年輕人而你想要什麼東西，一個工作、一間房子、媽的甚至是某種特定的女人，你都必須經過兩個人，彩旗說書人跟抹布，這兩個人是京斯敦最大尾的民族黨老大，也許還是全牙買加勒。我是說，我出獄然後我看見這所有人，幫派老大願他安息、蘇格蘭人、S90幫的東尼．閃電，所有人穿得都像是超大尾還有很多馬子看起來超辣也準備好了而我說的竟然是你們的錢打哪來啊？他們說，你最好聯絡一下彩旗說書人和抹布然後去貧民窟工程計畫找個工作，至少這算是點正當錢甚至你根本半次都不需要動到腦。我的意思是，你需要擔心

267 譯注：此處應是指該事件發生時同樣為秋天，英文中都是fall的雙關。

的唯一事情就只有警察，直到警方殺了彩旗說書人跟抹布為止。說來也好笑，槍手還在的時候我有正當的工作，但是他們一殺掉槍手我也變成了槍手。重點是，雖然民族黨的人很邪惡，他們卻從來就沒有什麼野心，惡棍的重點在於他的格局就是只有這麼小。幫派老大接手成為八條巷的大哥而他以前有個二當家現在八成是換他當家了，我想我們叫他玩笑哥，我現在甚至記不起來啦。反正呢，這些人有辦法做的就只是保護地盤並且確保他們不會從工黨的槍手手上失去任何地盤。可是工黨的混混啊，兄弟，這些人確實滿有想法的，喬西．威爾斯早在哥倫比亞人甚至還沒發覺他們會受夠巴哈馬人之前就在跟他們談了。噢而且這裡還有一件事情很多人都不知道，他會講西文，我有次聽到他在電話上講，只有天知道這人是什麼時候學會西文的。

這兩邊，民族黨跟工黨，發現他們有一個共通點。管你是有什麼條紋還是斑點的動物腐敗國家機器就是要宰了你，綠灣事件之後大家確實都明白這點了，不只是槍手而已。

如果你是民族黨那他們就從來不會一直狂搞你。可是他們這些警察和軍人啊誰都會殺，我應該跟你說說我撞上皮鞭的事，你不知道皮鞭是誰嗎？啊這樣你還要寫有關牙買加的書哦？皮鞭是牙買加警局的一名警官兼大名鼎鼎的政客私人保鑣，不我不知道他的真名。所以說我們那時在市區的兩個朋友夜店，非常市區，在碼頭上，而每個人的狀態都剛剛好，大家都很隨和，沒有什麼麻煩，沒人想要對別人開槍，大家都在喝酒講道理釣馬子因為丹尼斯．布朗的新歌實在很適合跳舞嘛。還有誰比皮鞭更適合搞砸這個場景呢？壞人跟混混誰都沒在怕但大家同樣都知道皮鞭也誰都沒在怕，於是我的男孩就進來用最時髦的方式掃除人渣啦，兩把槍用帶子掛在他身側彷彿他真的叫作皮鞭勒而他手上則是拿著一把M16。

現在所有人都知道皮鞭的規矩。如果他發現你帶著槍那你就死定了，就是這樣，不會問任何問題就去死吧，碰。我才剛用兩根手指把槍從我腰部掏出來好像這是嬰兒的尿布，並把一隻手臂放在我馬子腰上像是我在跟她跳舞然後把槍塞到她奶子正中間。

蘿拉！她名叫蘿拉，她是個……你是在笑三小？噢，好啦。總之，我想你是在問我和平協定的事，小子啊你還真的是很會離題，不過跟我說件事，艾力克斯．皮爾斯，這個主題是哪邊迷到你啦？是用這個字嗎？為什麼這個主題讓你這麼入迷呢？老實說現在我回頭看啊，這個和平協定就是個小屎痕第一次洗衣服就會被洗掉啦。

幫派老大就是和我接觸提出擔任和平委員會主席的人，一開始他跟洛老爹和其他幾個人全都到英國去說服歌手回來並辦一場演唱會幫貧民窟募點錢。現在問問我為什麼貧民窟裡每天都有這麼多政客，我們卻還是得辦一場演唱會來募款吧。總之，他把我的名字放上去擔任主席而沒有人反對，幫派老大啊兄弟，我從沒看過有哪個人給我槍時這麼哀傷的，彷彿我讓他失望了還是怎樣，即便身在槍手之間他總是給我不是槍手的事去做，像是籌辦舞會和安排葬禮，甚至還要我去跟那些來貧民窟的政客講了幾次話呢。有次一群帶著攝影機的白人跑來要拍什麼加冕市場的故事然後他就說崔斯坦啊，印度男孩，帶他們這些白人去瞧瞧市場吧，然後說說你的話。我不知道他到底在講什麼但是當那個白女打開她的攝影機時我看到她說她不只期望我帶她看看加冕市場，她也期待我聊聊這裡。於是他們全把麥克風塞過來給我好像我要主持《靈魂列車》[268]勒。幫派老大

268 譯注：*Soul Train*，美國音樂綜藝節目，主要以介紹R&B、靈魂樂、嘻哈音樂為大宗。

啊，兄弟，他真的是獨樹一格，他真的是……

他真的是……

我……我……

關掉錄音機。

關掉錄音機就對了，給我關掉他媽的錄音機。

你是要去哪？給我坐下……然後讓我跟你講個故事。歌手當時正在為第二場和平演唱會準備。燈光架設、麥克風、舞台、一切，歌手甚至再做了一次音響測試。我人在辦公室然後接到一通喬西．威爾斯的電話說其中一箱燈光設備還在碼頭而他們現在就需要運到台上，所以我打給國防部長要搞定這個箱子。威爾斯派了他其中一個工黨的人去處理設備，這個人自稱愛哭鬼，你只要和這個人待一分鐘你就會聞到他是在表演，他身上有什麼東西不在現場，他身上有什麼東西讓你就是知道你所看到的所有的他全部是他刻意安排表現出來的，他說對的方式甚至像是他在觀眾面前演出勒。所以我正在開會這時有個人告訴我說那箱設備根本從來就沒抵達演唱會場，即便我有文件就躺在我辦公桌上。當有人說哥本哈根城有許多男人都把他們的舊槍丟給王幫因為突然間出現了一堆新槍時我直直盯著愛哭鬼而他眼睛連眨都沒眨。我提早結束會議並提醒他們演唱會有些錢還沒有進來。

——愛哭鬼，等一下，我說而他頓了一下。——他媽的到底是發生什麼事了？

——他媽的什麼發生什麼事了？他說。

——燈光設備這破事到底是怎樣？你已經知道裡面裝的是槍了嗎？

——菲力普斯，不就是你派我去拿的嗎？你現在又問我？

——不要在那裝傻，王八蛋，這不適合你，我說。他整個臉皺了起來彷彿他聞到什麼很臭的東西，接著他對我說，

——聽著，兄弟，你在這邊搞和平的事，就去搞吧，我可不會擋你。我也是在處理和平啊，只不過不是你那樣拚就是了。

然後他就走開了。真好笑，我不覺得他會像這樣跟貧民窟裡的任何人講話，我到現在還是不知道他是想要讓我瞧瞧他很危險呢還是他很聰明，但他肯定不喜歡我跟他說他很傻。

不過現在講這王八蛋也講夠啦，告訴我真相吧，艾力克斯·皮爾斯。你為什麼不能回牙買加？

約翰—約翰・K

說到辦事，瘋到不行的哥倫比亞婊子別的不說還真的是很講究細節。慢慢殺死他，但要讓他知道雖然她沒有安排這次襲擊，可是從畢斯坎灣到西肯德爾的黑鬼都該學會尊重老娘，是她的原話，不是我的，因為這偷渡來的女同性戀從來沒把英文學好。就是這樣，我應該要讓這件事在這王八蛋邊流血致死時邊好好沉進心裡的。而且她還說了另外一大堆我也聽不懂的屁事，也許是因為她記不得原本的訊息吧，這婊子花了一大堆時間搞得好像命令是她下的，結果她只不過是個他媽的接線生而已啊。反正操他媽的葛蕾斯達・布蘭科，我人在紐約而且一切都他媽的讚到不行。

說到這個，我以前待在芝加哥，已經承諾幾個打手我永遠不會回去囉，因為這上一件案子啊，五年前呢，算是有點搞砸了。那時南區有個變成一張白花花支票的黑幫正式成員成了黑幫想要兌現的對象，我在丹尼那接了這單並談起生意，他們說給你五百塊讓你和你的兄弟帕柯去幹掉這個叫作尤斯塔斯的傢伙如何？尤斯塔斯？他是什麼死玻璃嗎？帕柯說。黑幫的人沒有回答。這夠單純的了：每週二的九點到十點他老婆都會出門去練習合唱團他則會跟自己的放映機坐下來，在地下室裡，一手拿著雪茄另一手握著屌，並看著《開飽者》一到四集癡癡地尻出來。帕柯不幹因為他說他是個賊，可不是殺手。我下到地下室半途那傢伙才聽見我，但是一手放在他的屌上另一手則遠在某個大部分男人不會想到的地方，他根本沒手可以掏槍。我開槍開到停不下來。一開始聲響有夠大聲我完全沒聽到老婆在尖叫，她逃跑而我追了上去，邊祈禱她還沒到門口，結果她不僅跑到門口還跑出去瘋狂尖叫。所以我們就在那，跑下馬汀街，她穿著她的睡袍和兔兔拖鞋像是要叫破喉嚨一樣，我追在她後面。我在路中間把她幹掉，這時兩台旅行車經過，一台停了下來所以我朝後擋風玻璃裡面開槍持續射擊直到他們開走並在七十碼外的地方撞上一棵樹。破事搞定後我就必須離開芝加哥了。

但接著在紐約避風頭躲了六個月後，我接到一通電話，消息似乎傳開來了。南區的襲擊拙劣又混亂沒錯，可是並沒有失敗，頂多就是連帶傷害很嚴重而已。我雖然年輕卻不蠢，自以為是卻聽得進別人講話而這一票也很簡單。過去十年替黑幫作假帳的猶太佬突然間又開始認真重新考慮起來，誰知道，大家知道的就只有他們有照片，照片裡他走進聯邦建築物並在三個小時後又走出聯邦建築物。隨便啦，反正那個希伯來人也兌現了，而我差不多就要在浴缸裡射老鼠了，我接到那通電話時就是這麼無聊。

十二月十四號，下午四點。二〇七街，猶太布朗克斯區，但是那些講話很好笑又從來不跟其他人混的牙買加黑鬼已經有些滲透進上城了。兩層樓跟一間閣樓，我從七歲就開始開鎖，真正的訣竅在於按部就班，我還期待他們有那種黏黏的毛皮垃圾勒，這樣就會蓋住所有嘎吱聲。他們沒有給我半點細節，比如屋子裡有幾間房間，所以我必須來硬的。

第一扇門是織品壁櫥，他媽的是誰會把織品壁櫥放在樓梯旁邊啦，第二扇門是浴室，第三扇門看起來像是間臥室所以我走了進去，因為新槍額外的重量而有點飄飄然的。空的。我走下走廊並推開最後一扇門，結果有個男孩坐得直挺挺的就靠在床頭好像他正在等我一樣，幹你娘勒，那男孩直勾勾地盯著我而我開不了槍，接著我發覺他並不是在盯著我或是看著任何東西，這孩子的視線直接穿透我正在尻槍，這真他媽莫名其妙。要是我現在開槍他一定會吵醒整間房子。

——他們現在都睡在閣樓，那男孩說。——你知道老人是從什麼時候開始總是希望所有東西都維持在五十度的嗎？

不到一個星期，《紐約郵報》就在那亂屁什麼可能有個新的山姆之子，接著帕柯打來說去邁阿密找他吧。操他媽的紐約跟剩下正在受苦的美國，下面這邊根本就是他媽的蛾摩拉，下面這邊他們會把鑽石凍起來然後當成冰塊用。我搭第一班飛機離開。

所以我們人在大蟒蛇俱樂部，而我發覺有關紐約襲擊的消息也傳出去了，警方報告說有一樁雙屍謀殺案，丈夫和妻子在睡夢中被殺，兩人都頭部中槍。在大蟒蛇俱樂部我正在體驗夜生活唐娜·桑瑪[269]在休息室裡還有其他幾個人看起來像是他們很有名，有個叫巴克斯特的老兄我知道他很酷跑過來找我。你們這些王八蛋全都聚在這裡曬點太陽啊？他笑了出來然後很嚴肅地看著我。

——紐約那票處理的不錯啊。

——我老媽，你知道我得讓這婊子驕傲的。帕柯知道你在這嗎？

——那個**小婊子**（**西語**）可以去死一死。

——所以就是不知道囉。

——你在這幹啥啦，約翰-約翰？講真的。

——放鬆啊，兄弟從紐約把我帶下來這，紐約太熱啦，來這邊把幾個馬子，不開玩笑。

——是哦，嗯那你可能會想到另一間俱樂部搞這事，試試看更往下走的熱帶城市吧。

——這間是哪邊這麼不好啊？

——古老的中國祕密。

——蛤？

——聽著我跟你說這個完全只是因為我喜歡你。

——三小？他媽的音樂實在太大聲了靠。

——看見那邊那些古巴佬沒？大桌子坐了六個人？

——嗯。

——我們要幹掉這些王八蛋。

——你怎麼知道他們是古巴佬？

——兄弟，看看那些夾克吧，至少哥倫比亞人還有點品味。總之，我們已經跟他們一段時間了但他們從不聚在一起，現在我們終於一網打盡他們啦，我發誓這就像是你馬子同天晚上同時幫你吸屌跟舔屁眼。桌邊那兩個用錯誤的方式搶了我老闆，而她可沒辦法忍受這種事，王八蛋們就要像美萊村大屠殺[270]那樣死得很淒慘啦。你知道的你最好還是快閃吧，比如說立刻。

——當然啦兄弟，感謝你的通知。

我在吧台找到帕柯跟某個婊子一起，他的手包著她的左奶就跟奶罩一樣。

269 譯注：Donna Summer（1948-2012），美國歌手，有「迪斯可女王」的稱號。

270 譯注：越戰期間美軍在越南進行的屠村事件。

——老兄我們得閃啦，有大事要爆發啦。

——笑死你竟然講爆發，現在想來一發嗎？我們可以在夏琳的奶上射個兩發，你覺得如何？

——老兄我們得快走。

——爆發你個頭啦，JJK。他們有唐娜·桑瑪欸，有人還說吉恩·西蒙斯和彼得·克里斯[271]在後台跟某個中國妞搞3P。老兄，放鬆啦，放鬆點，你看不出來我很忙嗎？

——我看起來像是他媽在跟你開玩笑嗎？有大事要發生了，所以你可能會想停止用手指插這個妓女然後聽我說話。

——你說誰是——

——冷靜點，甜心，他是那種同志男孩啦，不知道怎麼跟女士相處。

——沒錯，我不知道該怎麼跟女，帕柯，是在講三小？

——他媽的你是哪裡有問題啦，寶貝？

——剛遇到巴克斯特。

——巴克斯特？那個賤人在這哦？幹他媽這傢伙，靠，我——

——他是來這裡工作的，你這白痴，他跟大概十二個混混。

——幹！為什麼是這裡？他們會毀掉一間超他媽讚的俱樂部的。

——阿災，古巴佬和哥倫比亞人之間的什麼破事吧，他們要翻幾張桌。

——幹你娘勒，我最好警告一下我的好哥兒們。

——做你該做的事吧，我要閃人啦。

我走了出去留下帕柯，我猜他應該四處去告訴他的兄弟們這地方要炸開啦。一開始我在想我是聾了還是怎樣，結果不到五分鐘後大家就都衝出俱樂部，但還是沒有槍聲。火災警報響了，帕柯出來時說。

——你跟你的好哥兒們說快閃啊？

——對啊，也是件好事啦因為他跟大概五個國外來的表親一起來。

——一個？還五個？那張桌子坐了六個古巴佬？

——對啊，你怎麼ㄓ——

——你他媽的智障幹，幹你娘你這個臭低能白痴。

隔天我訂了一班回紐約的飛機。我到機場一跳出計程車他們就在等我了，四個人，其中一個穿著棕色西裝領子豎起來跟翅膀一樣，三個穿著夏威夷襯衫，一個紅色，一個黃色一個粉紅木槿。反抗根本一點都不合理，他們把我大老遠帶到珊瑚堡，途中什麼都沒經過只有一堆樹、路牌和電線桿還因為前一次熱帶風暴搖搖欲墜的道路、兩間在白天死氣沉沉的俱樂部。他們經過空蕩蕩的珊瑚堡中學，有兩層樓高一台福特野馬停在前面。

——我們應該要帶活著的你進去，但這並不代表我們要帶完整的你進去，粉紅木槿說。

——這是因為昨晚的事嗎？

——嗯哼。

271 譯注：Gene Simmons（1949-）、Peter Criss（1945-），兩人皆為殿堂級搖滾樂團Kiss創始團員。

——這破事該算在我兄弟帕柯頭上，你知道的。

——不認識什麼帕柯，巴克斯特說他警告過你。

——那你怎麼不去找巴克斯特算這筆帳？

——已經跟他講過了，已經好好跟他講過了。

——噢。你老闆，他是要……

——誰知道那個**瘋女人**（**西語**）要怎樣？

我說她就像個大聲的問號哦，但是因為車裡沒人回應，我猜應該沒人聽到。我就只是望著窗外的佛羅里達隨著每秒經過顏色變得越來越單一。

——我們還在珊瑚堡嗎？

——沒。

——如果她要殺了我，為什麼不讓你們現在就搞定這鳥事然後把我餵給某條鱷魚或什麼的。

——她太尊重鱷魚了，這就是原因。現在他媽的給我閉嘴，操你媽的紐約腔快把我逼瘋了幹。

——芝加哥。

——隨便啦，我們到了。

這裡看起來還是很像珊瑚堡，他們把車停在車道，這時兩個沒穿衣服的男孩跑出來，其中一個拿著水槍追著另一個。街道安靜又空蕩，路對面，一台藍色雪佛蘭在一台福特野馬後面等著。我來自紐約和芝加哥市，我從來都搞不懂郊區而這所有狗屁都延伸的他媽有夠遠，一間房子、兩台車、三棵樹一路來到路底在另一頭又接上一模模一樣樣的狗屁。這間房子跟前一間還有後一間真的是有夠像像到似乎是故意的，就像搞不好裡面的男孩（西語）或女孩（西語）嘗試得太過頭想要當個道道地地的美國人了。只不過這些房子都很無趣又超他媽大，全是一層樓，彷彿走上樓代表會失去空氣一樣。房子全都擁有西班牙瓷磚屋頂屋頂也全都有不同的粉彩，這一間是藍色的。你在珊瑚堡很快就會注意到這點，一間豪宅，暗示著某種階級，跟一間超大房子的額外房間一直蹦出來就像書呆子不斷冒出青春痘這之間的差別。三流的狗屁一直不停尖叫著對啦婊子養的，老子就是有錢啦怎樣，我現在就要買下這間房子。

這是條很長的車道，兩旁都有棕櫚樹林立彷彿這間房子是什麼椰子園，也不是說這房子這麼沒品味。前門不只是個門而是石頭拱門四周也都圍繞著寬人的玻璃板這樣你就可以從外頭看見客廳，真的是還滿有品味的。棕西裝傢伙指著前門這讓我稍微鬆了口氣，也許他們只是想聊聊，或至少先聊聊。文明、有禮，搞不好哥倫比亞人從身在一塊大陸上學到了什麼也說不定不像這些他媽粗魯的死古巴佬從來沒學會。只有棕西裝傢伙跟著我。

家庭料理。我餓了。我記不得我是什麼時候停下腳步的，可是棕西裝推我推的超用力我差點跌倒。

——靠北哦。

棕西裝用槍托的威脅打斷了我。

——女主人不喜歡在屋子裡講髒話，他說。左邊是另一座石頭拱門通往一間客廳和一個頭很大黑頭髮的小男孩，他在看《芝麻街》的〈我們全都住在大寫I上〉。培根和鬆餅，我們正跟著培根和鬆餅的香氣。

喬西・威爾斯

壞人不會在書裡做筆記。我跟你說某件我很確定知道就跟外頭的太陽只會越來越熱越來越烈一樣的事，你在你的腦裡寫下來然後你訓練你的腦記起來，原諒和寬恕不在我的字典裡，不是因為我不原諒人，如果我不原諒人啊國家英雄公園就會有一條血河一路流下京斯敦港囉，可是記住、等待並行動才是我做事的方式。廣播上的那個死基佬喬治男孩[272]剛問說**你會處理黑錢嗎**？我會處理所有黑的東西。

愛哭鬼在紐約跟我說他太老不能跳霹靂舞了，他就只是不是適合邁阿密的那種兄弟而已我甚至從他在牙買加時就知道了。愛哭鬼喜歡覺得他是個會思考的人，但這人根本不會思考，他只是讀過幾本書，就像這些男孩裡有些是怎麼覺得自己已經成熟又有經驗了但他們只不過是經歷過一些破事而已。我只讓愛哭鬼辦一件事，就是維持牙買加和葛蕾斯達・布蘭科之間的管道。她必須很快把貨弄到邁阿密這樣才能賣到紐約，我們則透過北海岸或古巴把貨從京斯敦運到邁阿密。

可是愛哭鬼有個問題他就是沒辦法跟任何女人好好相處，或者說問題是沒有半個女人可以告訴他該怎麼做，不過葛蕾斯達根本也不是女人，她是個吸血鬼屌在一百年前就掉下來啦。她失去對他的耐心而當像她這樣的瘋女人對你失去耐心時她連一個硬派牙買加混混都能幹掉，他媽的死婊子妳真的是有夠邪惡沒在開玩笑，不出幾個月她就會親手幹掉愛哭鬼了。

但在教會他們會講辨別力[273]。不只有牧師或充滿的聖靈才會有，是每個覺得他們可以跳進來這行長長久久帶頭的人都有。我見到布蘭科的那一秒就知道這人是個畜生，其實並不是多有腦，可是卻有足夠的決心可以幹倒一頭公牛。跟我一樣她也理解對跟錯只不過是某些蠢蛋發明出來的兩個字而真正重要的是我對你有什麼優勢你又有什麼把柄在我手上，不過她還沒想出該拿這怎麼辦有時候無知的黑鬼等於一個來自哥倫比亞的醜女蠢到不知道我同時和麥德林跟卡利往來而至少卡利的男孩們知道該怎麼思考。

辨別力。我總是可以盯著一個人並讀懂他，比如說愛哭鬼。我已經知道很多年了這傢伙不只在幹男人事實上他還是被幹的那個，而且不管他怎麼說，他對於離開監獄還是很遺憾，多年來我都應該為了這點宰了他，可是何必呢？這讓我更能動腦看著他一個鮑魚幹過一個彷彿基佬的行為是什麼積在他洨裡的東西而只要他射得夠多他總有一天就會射出在自己的屁眼裡塞根屌的需求。我是不太懂這些東西啦我也不讀聖經，不過要是說我真的知道什麼事的話那就是看得出來某個人在自欺欺人，但這還真的很值得一看。天知道他在紐約搞些什麼，我可不能派個人跟著他因為這樣那個人就會發現，而且有某些事就是只有愛哭鬼能做。

昨天我馬子問我是怎麼拿到去美國的簽證的然後笑了起來，她是該笑沒錯，但今年我有事要

272 譯注：Boy George（1961-），英國歌手暨DJ，後半歌詞出自他的樂團「文化俱樂部」（Culture Club）之歌曲〈Black Money〉。

273 譯注：gift of discernment，《哥林多前書》十二章十節譯為「辨別」，《希伯來書》五章十四節譯為「分辨」，此處因有前後文解釋，故另行翻譯。

做，我都想不起來上次我在乎京斯敦街頭發生的事是什麼時候啦。工黨想要這個國家想得要死而現在他們拿到手了，他們兩黨都可以去死一死。現在有其他街頭需要我的關注，而我要做的就只有觀察。壞人是不做筆記的，壞人會在他的腦裡寫下來。

布朗克斯的尤比。大家不懂我幹嘛留意這老兄，這裡的大家指的是愛哭鬼他受不了他。是很難喜歡上一個每兩週就剪頭髮，講話又像是他在什麼上流中學待了整整七年還不管天氣怎樣都總是穿著件絲質西裝的男人啦，但沒人發現的道理就在這：如果大家忙著覺得你是個皮條客那就沒人會覺得你是個毒販了。尤比是個念過書的男孩，而這讓他覺得自己有品味，他也確實有啦，一點點，小子都準備好要去上哥倫比亞法學院了卻沒去因為他看透法律了。尤比非常適合皇后區和布朗克斯我也讓他從愛哭鬼那邊接手邁阿密。沒跟愛哭鬼講，所以那個星期他打給我。

——兄弟啊，這他媽是怎樣？

——你看起來像是需要換個環境，邁阿密對你來說太鄉下啦，你需要紐約，紐約那邊有很多書，也有很多夜間公園。

——這他媽是啥意思？

——是什麼意思就什麼意思，王八蛋。我要派你到曼哈頓去，也許布魯克林吧。

——我根本就不熟這些地方。

——那就去買張他媽的地圖然後自己學一下吧。

兄弟，你知道我對事情有種直覺，而我就是不信任那傢伙，他每週都說幾乎差不多的句子，但愛哭鬼並不是個會思考的人，他只是讀過幾本書而已，反倒是尤比想得又遠又廣。他離開哥大去賣大麻因為有關賺錢的事哥大已經沒東西可以教他他都已經暸了。他幾乎可以說是太過聰明。這十萬磅大麻跟一萬磅白老婆才一年耶，我知他知愛哭鬼也知，這就是為什麼他依然受不了他。這人的大腦正在讓我們發大財啊，但這人的大腦需要我的供貨而且雖然我確定他已經試著自己去聯絡艾斯科巴[274]了，他們卻永遠不可能信任這麼滑頭的人的。我甚至不在乎他這麼做，還期待他這麼做呢，但我沒跟愛哭鬼說。愛哭鬼另一次打給我只是要說尤比絕對是唯一從牙買加來卻會去修指甲的人而且他一定是個基佬還是什麼的這讓我笑了超久久到愛哭鬼開始說他不是在開玩笑，我跟愛哭鬼說冷靜沒事啦，但我沒告訴他尤比呢，當他沒有親自出馬去殺人時，還有兩個兄弟，是真正的兄弟哦，已經幫他幹掉超過五十個人了，我聽說的啦。我很確定像尤比這樣的人有個名稱，但只有精神科醫生才會知道。

壞人是不做筆記的。相較之下我記名字就像是某些人記偉人那樣，我會做清單然後像唱歌一樣記起來，像一首搖籃曲。如果有人發現，也絕對不會有半個人把我當一回事。

所以說我派愛哭鬼和某個男孩去佛羅里達拿點裝備然後又叫他搭上另一輛車去維吉尼亞甚至是俄亥俄拿更多，結果警方在西維吉尼亞攔下一輛車。不久之後男孩們就在華盛頓、底特律、邁阿密、芝加哥還有整個紐約四處開槍。

而這傢伙始終還是放不下尤比。

——以為他是個潮男就只因為他把他老媽的窗簾當西裝在穿啊，我跟你說，喬西，記住我的

274 譯注：Pablo Escobar（1949-1993），哥倫比亞著名大毒梟，麥德林集團的創始人暨領導人。

話這人一定會背叛你的。

——我盯著他呢，愛哭鬼。

——是喔那你最好盯他盯緊一點，我不怎麼信任他，他總是把他手放在他下巴上，好像他在思考他該怎麼擺脫你。

——你認真的嗎？我盯著的不只他一個人，愛哭鬼。

——他媽這話什麼意思？

——是什麼意思就什麼意思。為什麼皇后區的人跟我說你跟尤比之間的供貨不穩定？紐約那邊沒管道嗎？

——才沒有不穩定，人該學會他媽的等待。

——你真的覺得有人會等嗎？你他媽是哪邊有毛病？

——你什麼意思？

——兄弟啊，紐約在你眼裡看起來像是獨占市場嗎？大尾老大幫、血玫瑰幫、辣舞者每條街都想分一杯羹而這還只是牙買加人勒。你不供貨他們就會去找另一個貨源，就這麼簡單。接著多虧了和你一樣這麼想的人，我就得到紐約去讓一切重回正軌，耶穌基督啊，愛哭鬼，你意思是我得去紐約一趟嗎？或者我應該直接讓尤比去處理皇后區然後把你調回牙買——

——不！不行，喬西。不行，兄弟。我不能……我可以搞定的。我只不過是……

——你只不過是怎樣？別再讓皇后區的人打給我了，那混蛋說的話我甚至有一半都聽不懂。

——沒問題，兄弟，我會搞定這事的，愛哭鬼說。但他沒說的是他已經焦頭爛額了，不是因為生意不好而是有個新幫派的人進駐他的地盤，就是那個同樣試圖進駐邁阿密的幫派。大家都忘了工黨在一九八〇年勝選時，有很多人很快搭機到美國去了，他們就是現在的血玫瑰幫、辣舞者還有特別是大尾老大幫，而且他們用槍在搶地盤的方法就像是大家還在京斯敦。這又一次需要思考但愛哭鬼不是個會思考的人，他只是讀過幾本書而已。

另一件事。事實是我也沒要求這麼多，但我跟愛哭鬼說，嘿你記得那個王八蛋崔斯坦．菲力普斯嗎？跟洛老爹、還有幫派老大、還有歌手搞和平委員會的那個？像變魔術一樣就這麼消失即便我派了不是一個而是兩個人去辦他這檔事的那個？他現在住在皇后區而我想要你讓這傢伙人間蒸發，在他做點什麼事比如加入這個民族黨幫派之前，雖然他是那個上美國電視講和平運動的人啦。

一九八二年我派愛哭鬼去處理那傢伙，跟他說買張機票前往紐約，然後搞把槍來結束這牙買加的篇章。一週後我接到一通電話不是來自愛哭鬼而是班尼打來的，他是其中一個幫愛哭鬼跑腿的男孩，訊息是事情搞定了。我都懶得問愛哭鬼他給這個小混蛋我的電話號碼時是嗑得有多嗨，更糟的是，竟然還有個傢伙覺得他可以這樣跟我講話：**愛哭鬼說告訴你人間蒸發的事搞定了，聽到了沒？掰囉**。這就是為什麼我連管都不想管，因為如果問說，你他媽剛剛幹嘛這麼做，他會說**做什麼？**不是因為他是個王八，而是因為對天發誓他根本就聽不懂。反正隨便，我讓這事過去了因為菲力普斯掛了這個章節也結束了。

兩個週四前，我其中一個剛從萊克斯放出來的人問我說我認不認識一個崔斯坦．菲力普斯因為他說他知道關於我的一切。我說，你說認識是什麼意思，你要說的難道不是，**曾經**認識嗎？他說不是，喬西，那老兄沒死啊，他人在萊克斯監獄剛蹲完兩年因為武裝搶劫被判的五年，他以前關在阿提卡但他們把他轉到萊克斯來了，而且他現在和大尾老大幫一起混。

我可以放話說要幹掉他，我的人說，但我說留著那傢伙吧。那週五我打給愛哭鬼。

——你知道我那天撞見誰嗎？崔斯坦・菲力普斯孩子的媽，她大老遠跑來工黨這邊要錢，她說崔斯坦突然拋下她所以不會寄錢給寶寶了。好笑吧，嗯？我說。

——對啊超好笑的，他說。

所以現在我打包了一個運動包要去紐約市，沒打算待很久。尤比已經做好所有安排了，我抬頭看見我家的男孩穿著學校制服站在門口盯著我。

——幹你娘勒，爹地，你剛從哪回來啊？你看起來超嗨。

——你站在那邊好像你很愛觀察人一樣。去上學吧，我的孩子。

——上他媽屁學。

——我看起來像是那種允許小孩在我面前罵髒話的父母嗎？

——不像，爹地。

——很好，所以你最好別再擺臭臉然後把你該死的屁股給我挪到學校去，你以為沃瑪男子學校是免費的啊？

——所有教育都是免費的，爹地，所以別來這套了。

——你知道有什麼也是免費的嗎，因為愛頂嘴用他媽的槍托在你腦袋上砸一下。所以你最好不要再擋在我門口然後在他們關上校門之前趕快把你該死的屁股給我挪到中學去。

——爹地，我該怎麼知道要做什——

——知道？知道三小？你是說你的教育嗎？我以為你要去的是學校，所以為什麼我還在看著你該死的醜臉？一天比一天看起來還更像你的死老媽了。

我對這小子微笑這樣他才不會覺得我威脅他過頭了，但是他現在已經十六歲，而我也還記得十六歲，所以我知道飢渴在他體內成長。這所有頂嘴都在從有點可愛變成有點威脅的意思。這有一部分讓我覺得很棒，看著這小王八蛋在吐氣。他轉身離開這時我說，

——下一趟，說真的。

這小子沒有微笑或幹嘛的只是點了一下頭就離開了，而我看著藍色的背包從我眼前離開。再一年，也許從現在起再兩年吧，我就沒有力氣阻擋他了。

崔斯坦・菲力普斯

你跟我說的是謊話。兩個朋友夜店一九七七年根本不在那？要一直到七九年才開幕？那我是在哪間俱樂部撞見皮鞭的，唱盤嗎？不兄弟，我無法想像是在唱盤，老兄啊就連總理本人以前都會去那呢，來自美好生活那邊的人跟中產階級的人混在一起好覺得他們跟文化有點連結，你知道這是怎樣的。你確定嗎？你是怎麼這麼確定的？對一個說自己一九七八年後就沒去過牙買加的人來說你對一九七九年懂得還真他媽多啊，你這傢伙也告訴我你在寫的是一本有關歌手的書，但是這些事又跟歌手有什麼屁關係啊？你知道那人一九八一年就掛了吧，對吧？還是你被關在一個屎坑裡現在才出來？我看起來一定很像我是牛生的一樣，你是在寫一個鬼故事嗎？歌手的鬼魂在玫瑰廳徘徊？說到這個，如果你真的是在寫歌手的事，他媽的幹嘛來找我講話啊？你覺得我是個天殺的白痴嗎，皮爾斯？

你很抱歉浪費我的時間——三小，坐下，皮爾斯。你看看你，一個小問題而已你就氣噗噗地要走人啦，這可能是你一整天來做出的第一件有趣的事哦，瞧瞧你的臉是怎麼漲紅得跟噎到的豬一樣吧。你他媽給我坐下，亞力山大・皮爾斯。好啦，不如這樣：你不告訴我你為什麼想知道和平運動跟喬西・威爾斯跟洛老爹跟幫派老大的事那我就不會告訴你我最後到底是什麼時候搞懂的。這聽起來如何？一言為定囉？

和平委員會甚至還有間辦公室呢。歌手開放了他自己家來用，一樓，屋子後頭，我們超級處得來大家以前還以為我們是兄弟。某方面來說，我們還真的是兄弟。我們兩個都擺脫了牙買加的貧民窟生活，一大票人都不知道，但我以前在音樂上也是很有名的哦，曾經和幾個男孩在總理，抱歉是前總理，的老爸家表演過，還跟歌手最好的朋友一起長大呢。我總是覺得自己很聰明可是我也不知道，也許歌手更聰明吧，有些人身上就是有某種東西，也許是來自貧民窟吧就算另一個人沒有毀了你，你也會毀了你自己，貧民窟的所有人天生就擁有這東西，但歌手不知怎地治好了。你看著照片中的我們倆啊，我們兩個人都比貧民窟還更聰明，但只有一個人真正離開，有些人注定就是要搞砸即便他們聰明到早知如此。

所以歌手給了我一間房間替和平委員會成立辦公室。我還在想辦法弄懂我們要做什麼，但要做的第一件事就是把和平演唱會的所有錢都收到。某天下午洛老爹派喬西．威爾斯來這送一些西入口門票銷售的錢，歌手在外頭大門附近，他剛踢完足球，喬西．威爾斯停下他的白色達特桑走下車而歌手看著他走過，接著目光穿透辦公室的窗戶直直盯著我。兄弟啊，我跟你講，如果說雙眼真的可以像X戰警漫畫裡的那個男孩一樣射出光束啊，他一定會把我燒穿到天國然後也把房子一起帶走，所以呢那人一離開歌手就直接走進辦公室。在這之前，我都還沒問發生了什麼事之前他就說，那兄弟是誰？我說喬西．威爾斯啊，兄弟，哥本哈根城的社區活躍人士，差不多就是洛老爹的副手啦。兄弟啊，在這段這麼短的時間裡我已經很懂歌手了，所以我看過他爆氣一兩次，但是我從來沒看過那人或是任何人有這麼生氣過，氣到他都開始發抖啦，他甚至有好幾分鐘都沒辦法講話因為他嘴裡的每個字都亂成一團出不來。我就只是坐在那裡看著歌手又喘又說不出話

的，他氣成那樣子啊。他說，

——崔斯坦，我認識那兄弟。他就在這，我中槍的那晚他人就在這。你不是想知道我是什麼時候知道這和平的東西是不會持久的嗎？就是從這時開始。

於是我飛去加拿大跟一些組織談和平委員會的事，然後去多倫多看一個弟兄，他和我說了跟演唱會有關的一切，詳細到我說兄弟啊，好像你人在那一樣呢。他說不，兄弟，我是在電視上看到的，那個播文化節目的頻道啊。我在想根本沒人來跟我談過權利他媽的在加拿大的人為什麼可以看到這場演唱會結果卻聽說某個叫作哥本哈根城宣傳的公司把影像賣給了多倫多、倫敦、密西索加的電視台，所以我當然馬上打給洛老爹啦然後說，兄弟啊，他媽到底是發生啥事啦？他說他從來都沒聽說過什麼影像的事，因為這整段時間他都在注意米克．傑格，但是為什麼會有人把他的公司叫作哥本哈根城宣傳如果他不是來自這個地區的話？接著他說，也許這是來自真正在國外的哥本哈根，好像我出生時額頭上就寫著我是蠢蛋一樣勒。我都懶得告訴他根本就沒有白人在拍那場演唱會了。聽著，他跟我都知道這事背後是誰，然後他說搞不好是幫派老大，我笑了出來準備掛掉電話，但在掛掉前我說，你把喬西．威爾斯的狗鏈牽緊一點不然我就來幫你牽。紐約的WLIB電台想要我回去在他們的脫口秀當來賓，所以我跟洛老爹說我把我的航班從多倫多改到甘迺迪國際機場了，但我一掛掉電話我就改變主意了反而去了邁阿密，邁阿密有很多牙買加人甚至連聽都還沒聽過委員會勒，加上我也可以在電話上上電台啊。

四天後我人在邁阿密。我去看我巴拉克拉瓦時期的兄弟A+，我敲那傢伙的門他打開的時候，這人竟然尖叫得像個娘們一樣。你聽好了，他差點就要逃跑因為肯定是魔神仔來找他了，魔神仔就是鬼魂的意思啦，順帶一提。我跟你說，這人沒辦法決定是要尿在還是要挫在自己身上，他抓著我彷彿我是他小孩一樣而你知道規矩的，壞人是不會擁抱的，絕對不會跟另一個男人啦，這傢伙卻擁抱了我然後說，耶穌基督啊，崔斯坦，你在這幹嘛？你是怎麼活下來的啊？

——從什麼活下來？我說。

——你什麼意思，老兄？有人才剛跟全世界說他宰了你。

——三小？你他媽是在講三小？

——喬西．威爾斯的四眼田雞副手啊，愛哭鬼。他兩天前才跟大家說他剛飛到紐約去做了你。

——做了我？那A+啊，我現在是鬼魂還是怎樣？

——你搞得我現在也在思考同一件事啊，沒騙你。

——兄弟，這王八蛋不僅沒宰了我，我還根本沒去過紐約勒。

——三小？

——沒啊兄弟，我發現我可以用電話上電台之後就改變主意啦，反正邁阿密也有太多人想聽和平委員會的事了。

——兄弟啊兄弟，你出現還真是件好事，因為我正要找兩個人來教訓教訓那王八。

——等等，你這什麼意思？他人還在邁阿密？

——對啊，兄弟，他就在他朋友三十大道和四十六街口那的房子附近講幹話。你知道林肯紀念公園在哪嗎？

——知道，兄弟。你這邊有什麼傢伙嗎？

A+給我看一把湯普森衝鋒槍還有一把九毫米手槍，我挑了手槍他負責衝鋒槍然後我們就開去林肯紀念公園。我們把車停在兩個街區外走路去那個朋友的院子，你有看過那部分的邁阿密嗎？一層樓的房子，側邊有露臺有時候還有玻璃窗，死掉的青草和乾掉的泥土就是他們叫作草皮的東西，這屋子再來一台停在草皮上的破車啊那你也可以說是東京斯敦囉。總之，我們接近房子，A+走前面，我則繞到後頭，這群王八蛋當然是沒關門啦，我們當然也聽到愛哭鬼的聲音大聲又清楚，從走廊左邊傳過來，我往前走了兩步他就在那裡，背對我對著馬桶尿尿。我撲向他，把他推過馬桶於是我跟他撞破浴簾然後他撞在牆上，他臉直接撞上去，大力到他嚇了一跳。他的眼鏡掉了下來，在那傢伙能有任何反應之前我就把槍抵在他太陽穴上然後讓他聽見喀噠聲。愛哭鬼開始發起抖來大力到他差點都把我手上的槍給撞掉了。那傢伙還在滴尿勒。我說，

——王八蛋，想像一下我在邁阿密下了飛機卻發現有人說我死了而且全世界都聽到了除了我之外。你覺得這如何啊？

——喂，喂，我哪知啊，崔斯坦，我哪知道你是怎麼死的啦。你，你人不就在這嗎。

——你哪知？可是兄弟，不就是你四處跟人家說你宰了我嗎？你是什麼時候宰了我的啊？上星期？還是昨天？

這時候他朋友也走進浴室雙手舉在空中背後是A+拿著衝鋒槍對著他脖子。

——所以愛哭鬼我的好兄弟啊，跟我說說你是怎麼殺了我的，因為小子啊我得告訴你，我一點都沒覺得我死了呢。

——誰跟你說我殺了你的啊，老大？誰在那到處說謊？

——我只是想知道你怎麼會這麼急勒。我是說，兄弟，至少先殺了我再開始吹噓吧？

那王八蛋什麼也沒說。他開始哭另一個人也開始哭了起來，不過他們並不是在哭，他們兩個是在爆哭啊。當然囉今天沒殺了我的人，明天也會殺了我所以我把槍抵在他太陽穴上要幹掉他，結果另一個人開始鬼叫並幫他求情。我是說，他真的開始求情跟拜託，整個人都跪了下來實在是太誇張了但總之，我現在還是忘不了那人是怎麼哭哭啼啼瘋狂求情的，好像愛哭鬼是他的小孩還是怎樣的。在我把槍移開之前愛哭鬼快速瞄了那人一眼，我從來沒看過有人這麼生氣的，我們用槍托砸了他們兩個然後就走了。

我剛說的這一切你都聽得很自在啊，艾力克斯．皮爾斯，你在桌子下面是嚇到漏尿了嗎？不過呢，有什麼東西告訴我你也不是被嚇大的啦。

我怕什麼？報復哦？相信我，愛哭鬼是全世界最不可能會來追殺我的人。但是同一時間警方幹掉了銅哥，再來是洛老爹，你必須理解一件事，這個和平呢是在工黨貧民窟跟民族黨貧民窟之間，警察可從來都沒簽過什麼協定工黨跟民族黨也沒有。只不過牙買加警察從來就都不是以思考聞名，你太年輕了不知道古早的電影，你有看過出現拱心石警察[275]的電影嗎？有哦？嗯牙買加警局就是一群拱心石警察，銅哥和洛老爹都聰明到知道警察在街頭上有太多仇殺了根本不可能參與什麼他媽的協定，但他們也蠢到家了竟然查不到像銅哥這樣躲他們躲了十年的人。你還滿聰明

275 譯注：Keystone Kops，拱心石電影公司早年製作電影中虛構的無能警察。

的，艾力克斯．皮爾斯，你肯定知道我等等要講什麼。總之呢，接著雅各．米勒撞車了，幫派老大很快理解發生了什麼事於是搭了五班航班中的一班到邁阿密去，可是後來他又從王幫某個人的兄弟那邊幹走了古柯鹼存貨然後逃去布魯克林。結果你知道怎麼樣嗎，就在星光舞廳王幫在紐約的其中一個兄弟找到了他並殺了他，當場就在俱樂部裡斃了他。在你察覺之前，所有參與和平委員會的人都死了除了這個女人，跟我之外。不管是意外或是蓄意，我都不想等著去搞清楚了。我飛回牙買加埋了銅哥，然後又飛出去。沒有，我沒有再回去。

多加・帕默

所以說現在我已經坐下來看著這個男人坐下來看著我一個小時了。我知道我在等待來自這個寇瑟斯特小姐或太太或不管這女人選擇要怎麼叫自己的指示，但他也就這麼坐著好像他也在等待指示一樣。背挺直，雙手放在大腿上，頭直直面向前方就像C－3PO[276]，我會說這讓他看起來像是隻寵物狗，但這樣的話身為女性就會讓我變成寵物婊了。這感覺一定很讚，是種全新境界的許可知道你可以讓人等你要多久就多久，我總是在想這是不是某種權力手法的狗屁，某種讓人知道他們地位的事。付支票的是我，來親我屁眼吧，支票就在這，現在把計程車給我停下來然後等上四個小時。這個該死的國家。不過呢，反正這是她的錢嘛，如果她想因為我閒閒沒事幹付我錢那我就按小時收費而她要買單囉。說真的這男人看起來實在很像萊爾・瓦格納，而我每個星期都會看卡蘿・伯奈特[277]的重播，高大、黑髮在太陽穴處是白色，還有個彷彿直接出自卡通的帥哥下巴。每隔幾分鐘他就會望向我這邊，但當他看見我的眼神等著他時就會快速轉開。

也許我應該直接說我需要小便這樣我就能離開這房間了，或者說我得尿個尿，耶穌基督啊我

276 譯注：《星際大戰》系列中的機器人。
277 譯注：Carol Burnett（1933-），美國著名演員，此處應是指她最知名的節目《卡蘿・伯奈特秀》。

實在受不了尿尿這字，任何超過十歲的男人都不應該用這個字，每次我聽到有男人用我滿腦子就只有小屌在尿尿。他突然盯著我，八成是因為我低聲笑出來了吧，天啊，我希望我沒有把這些事都大聲說出來才好，現在已經沒救啦只能假裝這全程都是在咳嗽。那個小姐／太太剛從她的辦公室提高聲音，大概是在跟老公或誰講話吧，萊爾．瓦格納盯著她的門然後笑了起來，全程一邊點著頭。哪種男人會穿粉紅色長褲啊？這算是勇敢嗎？還是同志？呃如果他是同志的話那應該就不會有半個女兒跟孫女了吧，我猜。白色POLO衫他的胸膛跟二頭肌用美好的方式把衣服給撐起來，說真的萊爾．瓦格納如果出現在濫交派對上他也不會被踢出去，我敢用我下一份薪水打賭他會穿內褲，還有比基尼去泳池，你甚至可以說他是個性感老爹或惹火狐狸美國女孩就是這樣叫那些她們幹不到的男人的。我希望那個小姐／太太趕快講完她天殺的電話不然我遲早就會開始自言自語起來而且我還不會發現直到這邊的萊爾．瓦格納開始一臉震驚地指著我。

還是也可以來參觀一下房子。我本來都要站起來了但是有什麼東西告訴我萊爾．瓦格納會脫口而出，在我一抬起腳要移動的時候說不要碰那東西，這看起來就像那種房子你就是知道桌上的空花瓶裡不會有零錢或是弄丟的鈕扣。當然是玻璃桌，但不是餐桌。我跟他都坐在木椅上有圓形椅背跟蓬鬆的椅墊，編織的花紋看起來像奶油跟棕色變形蟲，牆上掛著常見的畫作，三個老白女衣服一路穿到脖子上，跟兩個白男，全都臉超臭白人在畫作裡總是都這種表情。房間左右側還有兩張椅子跟我們正坐著的一樣，地毯也跟椅子一樣，咖啡桌上放滿《城市和鄉村》時尚雜誌，那是房間唯一看起來有點不整齊的部分。紫色的雙人沙發跟我家裡的浴缸一樣有同樣的動物爪椅腳，就是你總會在《紐約時報雜誌》後頭的廣告上看見的那種客廳。左邊牆上的畫作真是瘋了。

——中間那幅是幅波洛克[278]，他對我說。

——事實上應該是德庫寧[279]，我說。

他瞪著我並點了點頭。

——嗯，我不知道我家人到底他媽的買了些什麼，雖然這幅已經掛在那好一陣子了，看起來就像有個小孩吃光了他所有粉蠟筆並嘔吐出了整個東西，如果你問我意見的話。

——好喔。

——妳不同意。

——我不怎麼在乎其他人對藝術的看法，先生。懂的就懂不然就是不懂，當你可以輕輕鬆鬆獨享更多的博物館空間那等別人懂似乎滿愚蠢的，真感謝少了一個白痴告訴我他的四歲女兒是怎樣也可以完成同樣的事啊。

——他們到底是去哪找到妳的啊？

——先生？

——肯。

——肯先生。

——不是，只……算了。妳覺得忙碌蜜蜂太太有可能會想起來要尊重其他人的時間然後**他媽**

278 譯注：Jackson Pollock（1912-1956），美國抽象表現主義名家。

279 譯注：Willem de Kooning（1904-1997），美國抽象表現主義名家，生於荷蘭。

的趕快掛掉電話嗎？

——我不覺得她有聽到你說話，先生。

——我跟妳說了我的名字是……隨便啦。雖然妳八成也不可能知道這個，但妳知道我媳婦是不是有特別要求要黑人女傭？

——我無從得知這類資訊，先生。

——肯。

——肯先生。

——我只是想想而已，因為康蘇薇拉，至少我覺得她的名字是康蘇薇拉啦，他媽的幾乎偷走了每樣她可以從屋子拿走的東西。

——好喔。

我非常確定不存在什麼叫作康蘇薇拉的牙買加女傭。

——我覺得她很天才。她偷的每樣東西，她都會放到家具下面，懂嗎？比如說她今天要偷的是床罩，她就會藏到床底下，隔天可能會是臥房門附近椅子下的肥皂，下個東西則是就在外頭的桌子旁，接著是客廳裡的扶手椅，然後是下一張扶手椅，就這樣一直下去直到她把某個東西移到大門邊的茶几，這樣一來，每天只要把每樣東西都移動一點，她就永遠都會有某個東西在大門邊可以拿走了。我跟她說，那個偷渡客就在我們家裡蓋了一條他媽的地下鐵路[280]啊！妳知道她說什麼嗎？她說，這樣講話在北方是不被允許的，老爹，好像我不是在該死的康乃狄克州出生的勒，所以我猜她已經受夠波多黎各人了。

——牙買加人。

——還用妳說，我去過牙買加。

而我滿腦子能想到的就只有噢天啊要來了，又是另一個白人要告訴我他有多享受八河鎮，要是沒這麼貧窮的話他還會更享受，還有這國家實在有夠漂亮人又都超友善而且即便是在這所有悲劇之中大家都還是想辦法擠出笑容特別是幹他媽的小孩們。雖然他看起來像是尼哥瑞爾派的啦。

——嘿啊，寶藏海灘。

——啥？

——不好意思？

——抱歉，寶藏海灘？

——妳知道嗎？

——當然啊。

事實是我不知道，我甚至根本沒聽過幾次呢。我在想那是在克拉倫登還是聖瑪麗，是其中一個我從來沒去過的教區因為我們已經沒有奶奶還住在鄉下了，或是其中一個你得是個觀光客才會知道的那些地方，比如法國人海灣或什麼的，隨便啦。

——完全沒有被蹧蹋破壞。確實，大家對一個他們忙著蹧蹋的地方都是這樣說的，這麼說好了，那邊沒半個人會穿「我瘋牙買加」T恤。我那時問了某個人因為他穿著白襯衫和黑長褲他能

280 譯注：典故出自十九世紀時協助黑奴逃亡的路線。

不能給我來杯可樂，然後他說，他媽的自己去拿不會嗎，想像一下吧，當下就愛上那地方啦。總之呢，妳——

那個小姐終於走出房間邊抓著她的包包邊摸她的頭髮。

——老爹，親切一點然後帶帕默小姐四處看看吧，可以嗎？只是這次你不要太操勞啦，好嗎？

——我很抱歉，帕默小姐，不過妳背後是有個他媽的小孩嗎？在門口的某個地方。

——老爹。

——因為我不知道她是在跟誰家的小孩講話。

——噢看在老天的份上啊，**老爹**。總之，你兒子因為新公寓徹底起痟啦就只因為我想要個微波爐，說什麼太貴了，所以我得閃啦。記得給她看廚房在哪哦老爹，還有帕默小姐，妳介意我叫妳多加嗎？

——不介意，女士。

——讚哦。清潔用品在水槽下面，用阿摩尼亞時小心點，那味道總有辦法卡得到處都是。晚餐通常五點吃，但這次妳可以點披薩，不過不要叫喜客披薩，那家太鹹了。我還忘了什麼呢……嗯……我也不知道。總之，走啦，掰囉老爹。

她關上門把我和她公公留在屋子裡，我應該告訴他我並不是女傭而且神愛世人人力仲介公司也不是女傭仲介公司嗎？

——我覺得一定有哪邊出錯了。

——還用妳說。但反正我兒子還是娶了她，所以就這樣囉。

他站起身來走到窗邊，還是很高，我越是看著這個男人就越是懷疑我到底在這幹嘛，我完全可以假設我必須幫這男人清他自己屎，或是在我換完所有搞的到處都是的床單之後把他抱回床上的時刻永遠都不會到來。他真的很高現在正靠向窗戶，一條腿伸直另一條彎曲彷彿他正試著推開玻璃，我不覺得我這輩子有看過半個老男人還有屁股的。

——妳是這個月的第二個了。我懷疑妳能撐多久，他說，依然看著窗外。

——我很抱歉，先生，但我不知道我為什麼在這裡。

——妳不知道妳為什麼在這裡。

——神愛世人人力仲介公司並不是女傭服務，先生，這可能就是為什麼另一名雇員待不下去。

他轉過身，現在換成他的背靠向窗戶。

——我不知道什麼神愛世人人力仲介公司的事，還有拜託、拜託、拜託不要再叫我先生了。

——肯先生。

——我猜最好頂多就是這樣了吧。現在幾點了，妳餓了嗎？

我瞄了一眼我的錶。

——十二點五十二，而且我帶了一個三明治來，肯先生。

——會什麼遊戲嗎？

——什麼？

——開玩笑的。雖然我更喜歡妳說啥，比起妳的什麼，這是少數幾次我覺得房裡有個真正的牙買加人。

我告訴自己，這是餌，不要咬、這是餌，不要咬、這是餌，不要咬。

——如果不是真正的牙買加人那我是什麼呢，肯先生？

——我阿災，某個想成功的人，也可能是某個在演戲的人，我很快就會搞清楚的。

——這我可不知道，先生，因為你媳婦顯然找錯仲介公司了，我不做女傭的工作。

——噢拜託放鬆點，那個蠢賤屄覺得在這裡的每個人都是女傭，我很確定是我兒子打給妳的仲介公司的，不是她。通常她都會無視我，但我最近很常跟我的律師講話所以她大概滿擔心我在改我的遺囑吧，她不知怎地說服我兒子我已經來到一個需要受人照顧的時候了。

——為什麼？

——這妳就得問我兒子啦。總之呢，我很無聊，有什麼笑話嗎？

——沒有。

——噢天殺的妳就真的這麼沒幽默感又無趣嗎？好吧，那我就跟妳講個笑話，妳看起來像是需要一個。好啦我要講囉。妳覺得鯊魚為什麼從來不攻擊黑人？

我才正要說你瞧，這裡就有個會游泳的牙買加人呢這時他說，

——因為牠們總是把他們誤認成鯨魚屎。

然後他就笑了出來，不是大爆笑，只是咯咯笑，我在想我是不是應該要整個美國黑人大發作尖叫著冒犯，或者我是不是應該就這麼讓沉默懸在那直到這個時刻慢慢逝去。

——白女要花多久拉屎？我說。
——噢哇喔，我……我阿災。
——九個月。
他就像這樣臉紅了起來，長長的一秒鐘沉默接著他開始大爆笑，他笑得有夠久久到他都要昏倒了，喘個不行又咳嗽又流眼淚的。我真的不覺得這有這麼好笑。
——噢我的天啊，噢夭壽哦。
——總之呢，肯先生，我該離開了。你兒子需要打給女傭服務並——
——不不不，他媽的不，你現在不能離開。快點，為什麼黑人有白色的手跟腳？
——我不確定我想知道。
——上帝幫他們噴漆時他們四肢著地。
他又笑了，我試著不要笑，但我的身體開始抖動甚至在我笑出來之前。他現在正走向我，笑得有夠厲害他的雙眼都快消失了。
——四肢著地啊，嗯？我說。如果你被一群白男輪姦那你該怎麼辦？
——噢我的天啊，什麼鬼？
——什麼都不用做，除非你會擔心被針幹。
他的手現在在我肩膀上了，而他笑得有夠厲害我覺得這是為了要支撐。
——等等，我想到一個給妳了，而這次是個白人笑話。白女跟棉條有什麼共通點？
——我不知道，兩個都會吸血嗎？

——不是！兩個都是塞他媽的屄[281]。

現在換我的手在他肩膀上了而我才是那個笑到停不住的人，我們同時停下來又再次開始笑。

我不知道我的包包是什麼時候掉下我的肩膀並落在地上的，我們都在面對面的扶手椅上坐下。

——拜託別走，他說，拜託不要。

281 譯注：stuck-up，意為「自視甚高」或「傲慢」，字面上則是塞。

約翰—約翰·K

三扇門後的廚房全是培根的香味、劈哩啪啦的。到處都是深色的木櫥櫃，其中一個打開來露出Wheaties、家樂氏、Life牌麥片。有個男人，跟棕西裝沒差多少，坐在桌首就像老大哥還什麼狗屁的，邊讀著報紙邊用一支紅色馬克筆畫線。他兩側坐著兩個男孩，其中一個看起來年紀比較大留著他花太多時間塗凡士林的鬍子，男孩很可愛我敢發誓他眨了眼，但他的耳朵跟《抓狂》雜誌上的阿佛雷德·紐曼[282]一樣大。另一個男孩則讓我希望我十二歲每次試著把我的頭髮留長時沒有一個會叫我他媽死gay炮的老爸。

——樹薯！樹薯！樹薯！

——阿圖羅！是要我講幾次不要在餐桌上大叫，她說。她的背似乎吐出了每個字，她的螺紋毛衣給了她太多米其林寶寶曲線，但她的白色休閒褲很成功，有種俗氣的有錢人感就是那種會買帆船卻不會開的。她把她的頭髮緊綁成一個包頭，這使她的眉毛在她轉過身時似乎抬了起來。黑眼睛，以這麼早來說太多睫毛膏了，嘴唇也比塗Lip Smacker的青少女還更閃亮。

——你真矮。

282 譯注：*Mad*，美國著名幽默惡搞雜誌，Alfred Neuman為其封面吉祥物，形象是名小男孩，缺了一顆牙、大耳。

——啥？不好意思。
——不好意思？我是有咕噥、碎唸還是結巴嗎？
大孩子開口抱怨。——妳要逼死我們啦，媽，他說。她露出微笑。
——你愛吃嗎，小帥哥？
——對啦，媽，所有時髦的貓都會狂吃猛吃。
——你可他媽別想糊弄我。
大孩子再次抱怨，另一個孩子則拿起他的盤子要更多樹薯。
——你，坐下來吃早餐吧，她說，並把平底鍋指向我。
我有點愣住了，我不確定她在說誰，直到棕西裝推了我，比較像是在我背後揍了兩拳啦。大孩子看了我一眼接著轉過頭去，小孩子吸起看起來像是白化薯條的東西而那男人什麼也沒說，一次都沒把視線從報紙上移開。去幫他拿個盤子，她對空氣說，那男人站起來從櫥櫃拿了個盤子，接著又回去看報紙，她把樹薯舀進我認為是我的盤子裡，還有紅色平底鍋裡的西班牙辣香腸。
——你就是那個破壞我好事的王八蛋啊，她說。
——不好意思？
——又在那邊找一堆藉口、藉口、藉口。你需要去拉屎嗎？
小孩子笑了起來。
——要出來了嗎？
——就掛在那啊，媽！幹！

——我的**孩子**（**西語**）啊，不覺得我英文有說多好啦。我跟他們說我是個美國女企業家所以我必須聽起來更美國，是吧？例行公事而已。

——說得好，媽。

——總之，你——對，我就是在說你，我在跟你講話，你就是那個搞砸我襲擊的賤人。

——我不是故意的，你的男孩——

——那男孩已經是歷史了。

——歷史，媽！

——歷史。那男孩已經是歷史了。太粗心大意啦，當你交代黑人工作時總是會這樣，沒有紀律，什麼屁也沒有，他們就只會出一張嘴對對對是是是。他跟你說了什麼？

——什麼也沒說，真的。說他要殺光一整桌偷渡客——

——管好你他媽的嘴，**賤人**（**西語**）。

——抱歉。說他跟他的男孩要在俱樂部裡幹掉一些古巴佬，先通知我要我閃人。我告訴我兄弟帕柯說我們得閃啦，他說他要去警告他朋友，想說是某個保鑣還誰的，不是某些——

——說夠了吧。你這邊的故事呢……並不有趣。你知道有趣的是什麼嗎？他們那些死娘炮六個月來都沒出現在同一個地方，六個月呢，臭婊子。

——白鬼，媽，耶穌基督——

——受夠你在餐桌上的沒禮貌了，她邊說邊指著男孩，他馬上閉上嘴巴。

——回到你。你知道我是誰嗎？我是美國女企業家，你剛害我虧了一大筆錢，大把大把的鈔票，現在我想知道的是你打算怎麼辦。

——我？

我吃了一塊樹薯。想說如果這是我的最後一餐那這餐是早餐也算是滿合理的。電視的聲音終於飄進房間，是什麼四十英尺呎的猩一一一一ㄙㄙㄙㄙ，那男人還埋首在報紙裡，我從來不覺得邁阿密有發生什麼有趣的事值得某個人坐下來讀。不過這樹薯還真好吃，也不是說我這輩子有吃過樹薯啦，但這是頓家常菜而這絕對代表會很好吃，雖然我媽煮的飯難吃到爆就是了。

她大力搧了我一巴掌。說什麼我沒在注意聽，但這巴掌讓我整個人都他媽傻掉了，我迅速把手伸進我的夾克快到我都忘了我根本就沒槍。在我該死的臉痛得熱辣辣之前，在葛蕾斯達收回裝滿油的滾燙熱鍋準備攻擊之前，在我跳起身來椅子向後倒之前，在我甚至都還來不及罵她是個幹他媽的臭賤爛屄婊子養的偷渡賤人之前，我就聽見了喀噠聲。五把十毫米跟十五毫米一次出籠，我記不得夏威夷襯衫仔是什麼時候進來廚房的但他們人就在那，還有那個穿棕色西裝的男人，跟那個坐在廚房桌邊的男人，以及大孩子，所有人都用同樣的皺眉盯著我，也全都拿槍對著我，九毫米跟克拉克甚至還有一把白色象牙柄的六發左輪手槍。我舉起雙手。

——坐下，桌邊的男人說。

——你們最好他媽全都學會尊重一下老娘，她說。

粉紅夏威夷襯衫給了她一個淡褐色信封，她把信封扯開拿出一張照片。葛蕾斯達傻笑了起來笑得有夠厲害還開始喘氣跟發抖，裡面的鬼東西肯定讓她爽到不行，她把照片交給桌邊的男人他用跟讀報紙時同樣的臭臉看著照片。他把照片丟給我，照片在空中旋轉了幾圈還是掉了下來，幾乎完美而且是直直地，掉在我面前。

——看起來鱷魚比較喜歡自己殺獵物來吃，是吧？下次我就餵牠們一個活的王八蛋，不是死的，這樣好了？

是巴克斯特。鱷魚想不出來該拿他的頭怎麼辦。試著不要嘔吐，一直說一直說試著不要嘔吐那你就不會嘔吐。

——幹掉巴克斯特有什麼意義啊？

——傳達訊息。有耳的，就應當聽[283]，以前修女在那個他們叫什麼地方啊？修女院嗎？啊哈，都會這樣說。巴克斯特搞砸了你也一樣，但是我的男孩們去調查了一下，對吧？聽說你在紐約幹了一票就連警察都覺得很乾淨啊。

我差點沒笑出來。大家都知道我很粗心，邁阿密的人是要有多差我才能表現得像個乾淨俐落的殺手啊？

——你要替我做的就是這個。

我上床時一定已經斷片好幾個小時了，完全不知道還有別人在床上直到，

——不我不知道我要替你做什麼。

是昨晚的油頭牛郎。天啊，我真希望我把這臭玻璃帶回家不是只為了在他下面昏死過去，但

283 譯注：出自《馬太福音》十一章十五節。

是他人還在這所以要不是他很愛就是他找不到我的錢包然後想要收錢，也可能他沒其他地方可以去。唉這還真是一團亂，我在地上只穿著我的T恤，這個哥倫比亞臭婊跟她的垃圾指令跳進我的夢裡而我甚至不記得我從邁阿密搭到紐約市的班機。我想想哦，晚上七點降落，九點在切爾西的旅館房間登記入住（你幹嘛想去切爾西啊？粉紅夏威夷襯衫問我，我沒問為什麼我說切爾西的時候他眼睛都要彈出來了），發現了這個小牛郎穿著超緊運動短褲跟一件雷蒙斯樂團的團T好像他在十一點二十分的肉品加工區真有這意思一樣勒。

——呃？現在要怎樣？

——你說你想要我替你做件事，除非你多付錢，不然我就要走了。

——你要走了？碼頭上的好戲精彩到不容錯過啊？

——碼頭那？你老啦，老兄。在那地方你會摔破地板然後得破傷風或什麼屁的，而且啊，現在已經沒人會去那裡囉自從他們開始把那個同志癌症的狗屁叫作愛滋病之後，他們也關掉了一些三溫暖。

——噢真假？那不如我們這麼做吧，你把這條長褲給我脫掉，等等、等等，先他媽等一下啦，先把我他媽的錢包從你天殺的後口袋裡拿出來齁，因為我手上拿著的這個東西呢，你知道的這個我剛從床底下拿出來的東西，在我扣下扳機時可不會有旗子碰一聲跑出來。

——天啊，爹地。

——別他媽搞爹地那套，這樣做就對了好男孩。下一次你幹人家錢包啊別在那等半天還想做早餐啊，你這智障。現在呢有關你等等要做的那件事。

我翻過去背朝下，雙腿抬到空中，並把兩腳都緊勾在我手臂上然後像朵他媽的花一樣開得大大的。

——你最好確保你用上一大堆口水。

好啦，我也沒有期待會有份檔案還怎樣的但是她對這個牙買加人的描述真的有夠簡略使得他本身就超級神祕。一開始我問幹嘛不讓我接著巴克斯特的那票幹並完成工作就好了，但她說不，我得先自己掙得一席之地才行（對啦我有注意到她說了先，只透過暗示就說得很清楚，之後還會有第二次或許第三次跟天知道還會有幾次）。我得在紐約幹掉某個牙買加人而今天就是那千載難逢好好搞定這件事的機會，是她做的戲劇效果啦，不是我——老天啊我是個同志。她實在很不會描述特徵只說他是個黑人跟他身上八成會有武器而已，棕西裝補充了他的地址跟基本犯罪手法。一九八〇年的某天他就這麼跟一個自稱愛醫生的古巴佬冒出來然後就這樣了。葛蕾斯達不跟任何他媽的死古巴佬打交道，在她想把他們全殺光時不可能，所以跟那古巴佬還有牙買加人合作的命令想必是來自麥德林。於是他就這麼出現啦彷彿他已經擁有了邁阿密還帶著一個提議要讓牙買加變成哥倫比亞和邁阿密之間的最佳中繼點，尤其是現在，他媽的巴哈馬人搞砸了管道還在打他們自己的貨。葛蕾斯達發現那個牙買加人也同時和卡利集團合作而這還真他媽很大條啊，可是麥德林那邊覺得牙買加人沒問題甚至還表達出了他們對指揮層級的尊重，她只好跟他們合作，她不喜歡這件事可是也無法拒絕。光是從她講話的方式你就可以知道她不喜歡他的幫派把她夾在中間，控制了從哥倫比亞到美國的運貨管道還進展到在街上一包一包零售快克的男孩們。他還說那牙買加人是CIA訓練出來的，這八成是在講幹話但依然是件我得多注意的事。

無論如何，他現在人在紐約而有人想要他消失。她沒說是誰但明顯表示並不是她，我只是送信的，她說。老實說這對我來說也沒多大差別，我從來都不需要知道為什麼有人想要某個人消失只要他們願意付錢的話。但這很怪，甚至在發完案給我之後她還想要我留下來跟她聊聊，她把所有人都趕了出去，一直在講他的事，說她是怎麼聽說他從來不能接受玩笑，永遠都搞不懂某個人是在唬爛他或是要來真的，結果就變成他某次斃了一個人因為那傢伙說他的厚嘴唇就是生來吸他懶趴的。我不知道耶，臭婊子，你覺得牙買加人會覺得《傑佛遜一家》[284]好笑嗎？《三人行》[285]呢？我告訴你，那傢伙從來都不覺得有什麼好笑的。

總之，有人想要他死而且這跟生意無關因為他生意做得很好。這次的誅殺令是由更高層的權力下令的，權力越高層，理由就越不合理。葛蕾斯達閉上嘴巴，她的下唇顫抖著，表情看來像要說出一個句子卻在講出來之前打住。她有什麼地方不太對勁，她想講什麼事卻沒辦法，這超出她的掌握之外。某個來自牙買加的鬼魂回到紐約市找這個傢伙了，不管是誰想要他死，都不太在乎方法，但我只有一天、一晚的機會，精確來說就是今晚。襲擊最好是在家中，目標才會大大放鬆戒心，她說他大概直到深夜才會回家，屋子裡也八成會有一堆打手所以最好用狙擊手的方式搞定這事。

隨便啦，反正我只想要潛進去，幹掉他然後落跑。這牛郎越來越煩躁了，還邊瞪著我的錢包邊端詳著我的枕頭，我把槍收起來了但現在我也不確定這王八到底想幹嘛。

——啊你是要幹我了沒還是怎樣？

284 譯注：*The Jeffersons*，美國情境喜劇，一九七五至一九八五年播映，主角即為同名的傑佛遜一家。

285 譯注：*Three's Company*，經典美國情境喜劇。

喬西・威爾斯

電話響起時我正看著我馬子打包我的愛迪達包包，我正要去接但她卻用她的「你以為你有請女傭啊」表情瞪著我。

——喂？

——兄弟，我希望你至少有幫我打包個三顆麵包果、十條鯡魚、一籃米飯加豆子，有嗎？

——尤比。一切都還好嗎，兄弟？

——你知道情況的。只是想讓人生好過一點啦，你看不出來嗎？

——那可不行啊，老兄，有時你得控制好一個東西並讓事情行得通啊，直到再也行不通為止。

——我也這麼覺得啦。兄弟那你如何呢？

——很讚，老兄，很讚。

——提醒你一下，我知道像你這樣的人不愛搭飛機。你有護照跟簽證了吧？這東西可不是公車票啊，你知道的。

——尤比，一切都很好啦。

——水哦，那麼喬西啊，你以前有來過紐約嗎？

——沒兄弟，只去過邁阿密。生意人沒時間度假的，兄弟。

——確實、確實。大嫂還好嗎？

——她聽見你叫她大嫂會愛死的，臭女人現在已經煩我一整個月啦問說我們什麼時候才會像真正的上城人一樣結婚還有為什麼我們必須這麼沒名沒份還住在貧民窟啊。你要跟她講話嗎？

——哈哈，不了兄弟。但是老兄啊，聖經上說覓得賢妻的，就是覓得幸福[286]啊。

——那你是在說我的女人是個東西囉，尤比？

——我嗎？才不是。聖經才是吧？你和上帝要好好討論一下這事啦，雖然說聖經並不是要你按照字面讀的，你ㄉㄨ——

——我懂啦，尤比。我不需要去上哥大也能懂這個。

——哇喔。總之呢，我現在已經在紐約住了快十年啦就連我都還搞不懂這裡呢，知道你的感想一定會超有趣的。紐約啊，就像我描繪的，擁有摩天大樓跟一切[287]……

——這誰，傑佛遜一家哦？

——史提夫．汪達啦，兄弟。你們牙買加人知道這老兄的應該不只有那首〈轟炸之王〉，對吧？

才講兩分鐘而這已經是尤比第二次想要告訴我我很無知了。

——你們牙買加人？你不就上星期才在紐約跳下船因為船不肯停下來而已嗎？

---

286 譯注：出自《箴言》十八章二十二節，原文作「a man who finds a wife finds a good thing」，因此才會有下一句回答。

287 譯注：出自史提夫．汪達的歌曲〈Living for the City〉。

——哈哈哈，嗆得好，喬西．威爾斯，嗆得好啊。

我馬子剛給了我一個「你他媽是在跟誰講話」的表情，她看得出我對尤比是什麼感覺即便她從來沒見過他。尤比的問題在於不像這邊所有西京斯敦養大的人，尤比並不是來自貧民窟，甚至在我認識他之前他就已經發跡啦，他幫麥德林牢牢掌握住布朗克斯和皇后區早在我開始考慮要把邁阿密留給那個臭鮑魚葛蕾斯達．布蘭科之前，反正她也比較愛跟巴哈馬人打交道。而他最早從七七年就開始從哥本哈根城帶某些最好的兄弟過去了，好笑的事情是我幾乎記不得他，他並不是來自巴拉克拉瓦，還是鄉下或加薩而是某個好家庭有兩台好車也受過良好的教育，有次他來拜訪而他看著大家就像他人在動物園裡一樣時我就看出來了。他的汗還透得整個絲質西裝都是，卻不願意從口袋裡拿出白手帕擦一下臉，這一行有各式各樣的人因為你就是會在其中發現自己，所以你湊合著過直到你幹出一番大事。可是我也不知道，如果我是他從他來的地方來，我絕對不可能想像自己進入這行，尤比是我認識唯一加入這行不為別的只為欲望的人，更屌的是，我覺得這對他來說就像某些男孩一個新鮮鮑魚換過另一個新鮮鮑魚那樣。一個野心很大風險很小的男人。不過同時，對一個男人來說，他才剛打來兩分鐘就以都市人自居，那條白手帕還是滿誇張的因為美國沒有半個人會知道這表示這傢伙害怕巫師比某些人害怕魔鬼還嚴重勒。

——所以呢尤比，你是等不及聽到我的聲音就算你很快就要看到我了，還是你要跟我確認什麼事？

——喂，你很敏銳嘛喬西，有人跟你說過嗎？

——我媽。

——哈，對啦我打給你是有事要問，某件我……呃總之呢，兄弟，你一說這不關我屁事的那一秒我就會閉上我的嘴啥屁都不講啦。

——到底什麼事，兄弟？

——嗯我確實有想辦法跟你的兄弟愛哭鬼聯絡要講那件事可是我找不到他而且——

——哪件事？

——所以愛哭鬼沒打給你嗎？我真的還以為你要告訴我這事很久以前就搞定了呢，就只是當你人遠在布朗克斯聽到什麼布魯克林的事啊，你會覺得，這又不是我的事，這事歸那個叫愛哭鬼的男人管。但就像我說的，我打那個你很久以前給我的號碼到他家去結果沒有人叫愛哭鬼，他換號碼了嗎？

——哪件事到底？

尤比停頓，他肯定不怕我所以我知道他並不是在緊張。他是在慢慢來，拖延一下，他想要我知道他擁有某個我想要的東西即便我並不這麼覺得。

——呃當這種事發生一次的時候呢，並不代表什麼意思，有時候這些毒蟲就是會從一區跑到另一區想辦法搞到更多貨嘛，對不對？我是說，這又不是什麼大不了的事，但是當有六個傢伙一路從布魯克林大老遠跑來布朗克斯那就肯定是發生什麼事啦。

——你是說你那邊今天有六個來自布魯克林的客戶？也許他們在布魯克林不知道要找誰。

——你是從哪來的啦，喬西．威爾斯？快克毒蟲就是需要待在固定的地方嘛，相信我，這些婊子養的知道該找誰啦，他們是負擔不起沒辦法在當地搞到貨的，周遭的便利是成功的關鍵啊，兄弟，但當然囉我只是在跟你說些你早就已經知道的事而已。總之呢，我的其中一個男孩找來了某個毒蟲並問他幹嘛要大老遠跑來皇后區啊，然後他說他再也受不了布希維克啦。

——布希維克那發生了什麼事？

——不是你的手下愛哭鬼在管布希維克嗎？

——布希維克發生什麼事了，兄弟？

——那傢伙說那兩個毒販突然間收起了平常兩倍的價錢，就是這樣子。我知道你知道我們正在這裡建立顧客忠誠度之類的而且我們也總是在尋找新客戶可是因為我不記得你有說過什麼要漲價的事，我很驚訝價格在布魯克林竟然就這麼一飛衝天啦。我是說，這根本一點都不合理啊，就是因為價格固定我們才不需要在區跟區之間一直移動不是嗎？

——嗯……

——還有另一件事，我的小老弟啊。你有好幾個毒販似乎也有在用，我不知道在邁阿密事情是不是這樣運作的啦，但是在這裡這永遠、永遠都對生意不好。其中一個毒蟲說他找不到你的毒販所以他跑去快克屋想說會有人可以給他來一下卻發現那兩個毒販嗨到不行。兩個一起欸！我是說，幹他媽的你怎麼能讓你的兩個毒販都待在屋子裡結果外面還有一大排人想解個癮啊？而且他媽你是怎麼能信任快克毒蟲去做生意呢？還有如果他們不是在燒光你自己的供貨那他們是從哪拿到貨的啊？

——喬西？

——嗯，我還在聽。

——嘿兄弟，我只是說說我看見的而已。當有人得跑到另一區只為買個兩三包這聽起來像是個問題啊，還用我跟你說，我在布朗克斯這邊也管得很嚴，就算從我只允許一點大麻那時候起就是了。一九七九年那時我跟所有生意 樣剛起步，比其他店都還好因為我打從心底知道呢兄弟啊如果你的基礎沒有打紮實那你是永遠不可能擴張的，我可不能在那當好人結果漏了正事啊。如果是我兄弟來那還會更慘勒，你知道我跟上一個搞砸的人說什麼嗎？我給他一個選擇，我跟他說，我的小老弟啊，我接下來會為你這麼做，你可以自己選你想失去哪隻眼睛，右眼還左眼。如果你的車方向盤鬆鬆的，那很快就會掉下來然後害死所有人，而布朗克斯的道理也適用於皇后區。

我還是不敢相信這人剛剛竟然叫我小老弟。

——誰雇他們的，你還是愛哭鬼？我是說，愛哭鬼早該知道會這樣的然後快點杜絕才對但是話說回來呢，愛哭鬼啊……嗯你一定知道你在幹嘛的啦。

——沒錯。

——但我跟你說，上次我有個副手開始用了之後沒多久我就得幹掉那老兄啦。因為問題是這樣的，喬西，古柯鹼跟快克不一樣，至少古柯鹼毒蟲還有點格調而且就算他們完全沒有格調那他們至少還有錢，你還是可以像個紳士一樣把事情給處理好。快克呢？那傢伙為了嗨起來會幫你吹喇叭或是剖開他們自己寶寶的心臟啊，你不能讓這種混蛋賣你的貨的對吧？不，我的小老弟啊，絕對不可能。只不過你跟愛哭鬼認識很久了，對吧？

——也沒那麼久啦。

——噢。

嗯我也不知道啦，如我所說你一定很瞭愛哭鬼，但你至少還是該去看一下你在布希維克的點發生什麼事啦。我呢，不管我面對什麼狀況我都會帶著針頭和槍，我要不是治好你就是幫你從你的痛苦解脫。你如果需要我去整頓一下貝－史圖、布希維克還是哪裡的，只要一句話就行，我會需要更多人手但我還是——

——我已經跟你講過了，尤比，這些地方我都控制得好好的，你處理你瞭的地方就好啦。總之，我到了再打給你。

——蛤？喔對啦，當然。再打給我吧。

我掛掉電話，我馬子還在盯著我看，我打給愛哭鬼電話一直響卻沒人接，我知道她在觀察我因為我生氣的時候她一定知道。我都已經能聽到她開始說不要在她留下的最後一個純潔孩子面前讓他們看一些有的沒的了。我看著她看著我。

——沒事啦，沒什麼，不要再這樣看我了，我說。

——你要接嗎？

——不要。

——你不是要去機場接什麼兄弟嗎？

——我有跟你說這事哦？等一下才要去啦。

——至少把鈴聲切掉吧，那東西是在——

——我知道他媽的鈴聲在哪。K－Y潤滑液勒？

——天知道，在這張床上的某個地方吧。

——哪裡？

——說了我哪知，搞不好你正躺在上面，或是在你下面的枕頭下。知道怎樣嗎？翻過去吧。

我當然可以繼續啊，我不知道口水到底是有哪裡不好，牙買加人對唾液的態度實在有夠怪。

——講這什麼話啊？你在別人身上吐口水，這很不尊重耶。

——就只是水而已嘛，難道你是會吐口水在我屁股上然後舔一舔哦？

——靠北，當然不會。

——是因為屁股還是口水？你知道舔屁股反正也是在舔你的口水嗎。

——你是要怎樣才能把自己的口水給舔回去啊？口水只要一離開你嘴巴就離開了啦，永遠都不應該再回去。

——哈哈，翻過去啦。

——啥？

——你聽到了，翻過去。

——我喜歡這樣子⋯你深一點。

——深我的屌勒，你只是不想看著我而已。

房裡的下午，我翻了過去。床太軟了我沉下去他在上面把我往下推進床單，沉下去，他說很ㄍㄧㄥ哦但我不知道他是什麼意思，雖然他說的時候帶著微笑，還盯著我並且不想轉過去。今天是個週二，看起來泛黃的一天⋯他還在看著我⋯我的嘴唇太乾了嗎？還是鬥雞眼？他以為我會是先別過頭的那個啊，但我可不會別過頭而且我甚至都不會眨眼。

——你真美。

——少來這套。

——我跟你說，沒有幾個男人拿掉眼鏡能看的。

——天啊你他媽別再講了，男人是不會跟男人說這些事的這是某——

——某種同性戀的事？我知道啦你前面講的那七次我都有聽到，我敢發誓你一定會愛波多黎各人。他們不覺得吸屌或幹屁眼這兩件事會讓他們變成同志，只有在你被幹的時候，那你才是個死玻璃。

——你是說那些老兄是幹他媽的死玻璃啊？

——噢不，你對鮑魚很著迷哦。

——我愛鮑魚。

——老兄我們是要幹炮還是我應該當你這個麥克．翁特基的哈利．漢姆林[288]啊？

——你他媽是在講三小？

——你想猜猜看我光是這兩年就有過多少次剛才的討論嗎？這樣很累欸，大哥，而且我也已經厭倦吹喇叭的時候不講話了，特別是你們這些黑人啊，我就只是想幹炮而已。

我緊緊閉上嘴唇，我在等他，但他已經開始吸我右邊奶頭了然後更用力吸左邊的，好像他要扯下來一樣，奶頭開始痛了起來我正要說幹他媽為什麼會痛但他接著開始舔，輕彈他的舌頭，又彈又舔的。我顫抖起來，我想求他舔右邊只為了停止顫抖，我感覺到一圈溫暖的口水在我奶頭上他吹乾吹涼，他得停止把我當成女人才行，不是因為幹我是因為吹我奶頭。

——天啊，就叫出來吧，你這賤人。你再繼續嘟噥你會窒息的。

——什麼鬼？

——你不能同時冷靜到不行然後又很享受你自己該死的身體啦，所以放棄其中一個吧，也許我應該閃人等你決定好之後再打給我才對。

288 譯注：Michael Ontkean（1946-），加拿大演員、Harry Hamlin（1951-），美國演員，此處應是指兩人一九八二年於《做愛》（Making Love）一片中飾演的角色，故事描述一名已婚男子接受自己的同志性向。

——**不要**。我是說，不。

他又回到我嘴裡就在我能說壞人是不接吻的之前，吸著我的舌頭，把他的嘴唇移到我嘴唇上，舌頭纏著舌頭，舞動著並讓我回應，他正讓我跟個臭玻璃一樣思考。

——啊，看看你。你剛才像個女學生一樣傻笑呢，你可能還有救哦。

嘴唇在嘴唇上，嘴唇轉到側邊到嘴裡舔我，舌頭在舌頭上，在舌頭下，嘴唇吸著我的舌頭而我睜開我的眼睛看見他的雙眼緊靠，那呻吟來自他不是我，我伸手捏他奶頭但並不大力，我還是分不出熱辣辣跟疼痛。可是他依然呻吟出來而現在他把他的舌頭移下我胸口來到我的奶頭跟我的肚臍留下一條溼溼的痕跡感覺冰冷即便他的舌頭很溫暖。紐約正監視著我做這件事嗎？間諜啊你看見了什麼？一個很緊的**屁**、**眼**。窗外是五層樓高但我也不知道，對洗窗工或鴿子或爬上這道牆的任何人來說都太高了雖然根本就不會有人爬牆，沒有人會看見的除了天空，可是牙買加航空會這麼飛過去而喬西會看見我。那男人用他的舌頭搔我的肚臍我抓住他的頭，他抬頭看了一秒露出微笑經過我指間的頭髮這麼的細，這麼的軟這麼的棕，你描述的時候會讓你聽起來像是白人的頭髮。

——回神啦，混蛋。

我想說我在這啊但他這時吞下了我的屌所以我嘴裡說出來的不是這個。什麼有關包皮的事，他正在說。把包皮褪下去，盯著龜頭然後開始吞吐我跳了起來，**你們這些沒割的傢伙真的是很敏感啊，嗯？**舔著、吸著龜頭的部分接著整根吞下去直到他撞上我的陰毛，上上下下，吹著我的屌，我感覺到他的嘴唇他的舌頭他喉嚨的頂部溼溼的暖暖的真空的吞吐吞吐吞吐而他每次把包皮褪下去我都忍不住緊抓他的肩膀。還有這畫面，白人探到黑人下面又冒上來，白人探下去又冒上來加上粉色舌頭的纏繞和舔拭，第三次時我緊抓著他的肩膀並用力捏，他終於停了下來，但接著他抓住我的兩隻腳踝把我的屁股抬起來然後用舌頭幹我。我沒有在想我其實沒這麼喜歡這樣，也沒有在想這感覺就像是有什麼溼溼的東西在把我的屁眼弄溼。他把我的雙腿留在半空中，他滾下床拿起一個保險套，我還是分不出戴套跟無套的差別，有款保險套的名字也叫作無套所以我實在是不懂，我知道這裡有五層樓高但要是有人現在經過窗邊然後看見我的雙腿懸在半空中呢？這真的會再度發生，我還沒糟糕到每次都不會去想這真的要發生了，我也還沒糟糕到不會去想房裡有另一根硬梆梆的屌而且不是我的，但我卻只想去抓去捏去拉那根屌，也許有天也會去吸吧。接著他的手指現在正在我的屁眼裡抹潤滑液，而就這麼一次我沒有想到監獄炮，雖然光是說我不會去想監獄炮我確實就是有在想監獄炮啦可是他在我屁眼裡抹那東西真的是抹得有夠爽同時用他的手指在幹我他碰到了某個東西跟某個地方讓我跳了起來而不我沒有在想當我頂到點時女人是不是就是這種感覺，因為幹他媽的女人幹他媽的鮑魚幹他媽的想把死基佬給幹出來都去死吧，至少此時，此刻在五層樓上。還有操他媽的去想白人在上面會代表什麼事因為我根本就沒在想白人在上面直到我想到這裡可是美國而要是我像個黑鬼一樣思考那麼白人在上面就真的會代表什麼事了或許我才應該要在上面才對雖然他還是可以騎我啦。感謝上帝我不是那個必須讓屌硬起來的人。

電話又響了。

——某個時候你總會讓我進去的吧，親愛的？

——什麼？噢。

——你到底是在焦慮什麼啊？我得說啊親親，這整件牙買加人都超放鬆的事啊已經變得越來越像是個迷思囉，只是講講啦。

——我沒有在焦慮。

——寶貝我八成可以掛在天花板上然後把我的拇指塞進你屁眼勒。

——哈哈。

——啊哈，所以訣竅就在於讓你笑口常開囉，或者是在黑暗中幹你，你那時候感覺似乎沒什麼問題。

——每部我看過的電影他們都在黑暗中幹，就連在電視上也是。

——那你是什麼時候才發覺並不是所有在美國的男人看起來都像巴比・尤英[289]的？

——我喜歡黑暗。

——天啊在轉移話題欸，蝙蝠俠。

——你才在轉移話題，不是我。

——你知道在那扇窗戶外面唯一能看到你的人就只有超人而已嗎，信不信由你。我得去射個尿，馬上回來。

必須掌嘴這樣我才不會說出快一點，我還是忍不住一直在想喬西會從窗戶外頭冒出來就像那個到此一遊的塗鴉[290]一樣。而你知道怎樣嗎，我會說啊，這裡可是美國我想幹嘛就幹嘛啦所以管你們誰說什麼都去死吧幹，或是像美國人會說的那樣，來親我屁眼吧。下東城全都牢牢掌握了我也親自搞定了貝－史圖那事不需要打給那個智障尤比，而要是他不注意那我很快也會接管布朗克斯啦，事實上我根本也不需要布朗克斯跟他媽的黑人，我在曼哈頓這裡有白人願意付三倍的價格。而當那架飛機今晚終於降落時他將會看見紐約是愛哭鬼管的他需要的一切也都辦好啦，因為有我事情才會辦得更好所以他媽的拜託別理我不要跑來我家也不要往被子下面看但是假如你真的往被子下面看了，也什麼都不要說。我到底是還得做多少他媽的事才夠？

人生就是很沉重，就是這樣，人生就是很沉重。

他走出浴室屌硬梆梆的彎向左邊而且已經套上套子啦，白人穿內褲的地方膚色會比較淺形狀也跟他們穿的內褲一模一樣，在他屌跟蛋蛋旁邊的是一叢火焰般的陰毛。我在想男人是不是應該要溫柔，就是這樣的溫柔讓這整件事感覺像是臭玻璃，不然的話根本就不會有這種感覺。在礦井俱樂部、鷹巢俱樂部、尖刺俱樂部、新大衛劇場、阿朵尼斯劇院、西方極樂園俱樂部、珠寶82劇院、鑽石俱樂部、克里斯多夫街書店、傑伊的家、地獄火俱樂部、男人們俱樂部、安妮街書店、硬梆梆俱樂部，或惡地俱樂部還有漫步俱樂部都不會[291]，跟還要回家見老婆的生意人、或自行車騎士、或留長髮的嬉皮學生、或帥哥（西語）和男孩（西語）和小玻璃（西語）、教會男孩、以及各種在他們的牛仔褲上透出二十公分大屌痕跡的男人翻版、或是其他男人說是富二代的男人、

289 譯注：Bobby Ewing，影集《朱門恩怨》中的角色。

290 譯注：Kilroy was there，二戰期間開始流行的美國塗鴉，形象為一個大鼻子的光頭男攀在牆緣往前窺探。

291 譯注：Mineshaft、Eagle's Nest、Spike、New David's Theater、Adonis Theater、West World、Bijou 82、The Jewel、Christopher Street Bookstore、Jay's Hangout、Hellfire Club、Les Hommes、Ann Street Bookstore、Ramrod、Badlands、Ramble，皆為當時男同志活動的社交場所。

或是遛狗的白髮男人、還是看起來像在做正常的事除此之外什麼也不會做的正常男人也都不會。我把我的短褲脫下來時有些直接從我後面進來，有些人會帶我回家如果他們有白老婆的話，雖然在美國從來沒有人知道我說的白老婆是啥所以我就直接說檸檬、或耶呦[292]、或黃鼠狼粉末或大C，或者就只是他媽的古柯鹼。一個毒販是可以把他自己的貨偷回來的，在家裡或公園我把短褲脫下來而他們吐口水或用潤滑液之後開幹我會等到那一陣顫抖有時候他們則是等到我先射出來，接著他們就直接尻在我屁股上。但這感覺就只是像男人緊抓著一個男人要當個男人，在床上又這麼軟我們感覺卻像是兩個死玻璃，我們聽起來就像兩個死玻璃，那又怎樣？我們就當死玻璃吧。

——你是要站在那尻一整天嗎？我說。

這時電話響起，他盯著電話接著看著我沒有在看電話，他準備要說些什麼卻沒開口。電話還在響。我等著電話停下而他爬上床緊抓我的腳踝，鈴聲停了他讓我的兩條腿都懸在空中。我等著電話再次開始響，因為要是這真的很重要的話他她牠一定會再打回來的。他用潤滑液抹我的屁眼，電話沒有響，他用潤滑液抹他的屌。電話也沒有響，我幾乎都要期待他說我們來吧而雖然他沒說我反正還是傻笑了起來，像個娘們一樣。他露出微笑，直直盯著我然後把自己插進來，不快也不慢但他很堅定也沒有停下來而那一秒鐘的疼痛就這麼消失當他用那根彎彎的屌剛剛好插進來並頂到點的時候。

到廁所尿尿結果幹他媽的電話又響了。

——喂？

幹，床上的男人竟然接了電話。

——喂？我再說一次，喂？等一下，我覺得是找你的。
五秒後我接了電話。
——喂？
——他媽的剛那是誰？
——誰？你是在講三小？
——你他媽覺得我是在講三小？剛剛是鬼接電話的是不是？
——不是，尤比。
——那剛那是誰？
——是我隔壁間的兄弟啦，他過來這因為他……聽到我在播點音樂你……你知道菲爾·柯林斯[293]嗎？
——啊你讓他接你的工作電話？
——現在給我等等，尤比，我從來沒叫他接任何東西，我從廁所出來就看到他已經接了。所以，一切都還好嗎，我的小老弟？怎啦？
——別在那邊裝美國人跟我講話。
——那你也別在那邊搞得好像你是我老爸。發生什麼事了嗎？

292 譯注：yeyo，西文中的古柯鹼俗稱。
293 譯注：Phil Collins（1951-），傳奇前衛搖滾樂團「創世紀」（Genesis）鼓手，演員Lily Collins之父。

——他媽跟你打賭絕對有事發生啦，我已經打給你三次了。
——啊你現在不就找到我了。
——我肯定是找到了什麼啦。
——你他媽什麼意思？
——隨便，計畫改變了。我去接喬西，不是你跟——
——幹你娘勒，如果他的計畫改變了喬西會自己告訴我。
——那你想來機場就來啊然後看我接走他吧，人越多越熱鬧啦我總是這麼說。另一件事，喬西不想再去東村了，他想看看布希維克的狀況。
——布希維克？他突然之間想去布希維克有什麼理由嗎？
——你突然之間覺得我會通靈有什麼理由嗎？你對喬西有意見就去跟喬西說啦。
——我本來要先帶他去奎妮小姐的，全紐約市最棒的牙買加菜啊，就在布魯克林的平林。
——愛哭鬼，喬西．威爾斯看起來像是他離開了無時無刻都能吃牙買加菜的牙買加特別飛上來吃什麼冒牌的垃圾嗎？你是白痴還是你剛剛在電視上演完啊？
——喲，你是在說誰——
——我九點半去接他，到布希維克跟我們會合。

多加・帕默

也許某些人知道什麼我不知道的事吧，但我從來沒遇過半個說「我只是好奇」卻沒有任何其他用意的男人，**妳自己住嗎？我只是好奇**，對，這就是美好一夜的起點。當然啦，一開始決定把他帶回家我就是個白痴了。為什麼呢？因為在那間有夠大聲的牙買加俱樂部因為那個男的看起來不像牙買加人而去把他，釣到這個男的，還在停車場給他理由更進一步之後，我並不想去他家因為是哪門子的婊子會做這種事啊？無染原罪始胎中學的校長肯定會這麼說。把那男的給帶回家然後他馬上又多長出了七隻手，一隻摟著我脖子，另一隻已經探到我內褲裡，還挖著我因為他一定是以為陰蒂跟屌一樣從前面凸了出來，好笑的是啤酒酒氣是怎樣只在酒吧裡聞起來很性感的。我說我改變主意了結果他緊抓著我的喉嚨然後開始掐，我抓住他的手但他只是掐得更緊一邊說，我們不會有任何問題的對吧？我說不會的寶貝，我只是想進去臥室換上更舒服的衣服，你知道的，就像人家在電影裡那樣。

——那樣的話吧台在哪呢這樣我就可以幫自己弄一杯。

——你沒時間搞這個的，親愛的。

於是我走進臥室而我也確實找到了某個讓我覺得更加更加舒服的東西，我還記得一路走下幾乎快到槍丘路的盡頭才找到一個，店主盯著我然後問這是我打算要買的東西嗎。那男的自顧自坐在我客廳裡其中一把餐桌椅上，沒問題，我只需要走個一或兩個街區就會有另一把椅子在那邊等我了。連帶傷害嘛。他正彎下身，拉著唯一剩下的衣物，不成對的襪子。彎刀劃破空氣非常之快我差點都控制不住了，刀子乾淨劈過扶手頂端然後卡在椅背裡，那男的跳了起來卻不夠快。他做了男人覺得他們該做的事，往前靠近，慢慢接近慢慢接近還一邊大笑彷彿他覺得這麼做女人會害怕似的。可是並不是下一揮把他給嚇得要死，而是我能夠這麼快穩住自己然後再次揮刀，好像我是李小龍電影裡的特技替身一樣。女孩需要個嗜好我媽會這麼說。我再次拿刀砍他並開始尖叫著滾出我他媽的房子！他說著冷靜點寶貝，冷靜點而我開始尖叫強姦啊！滾出我他媽的房子。我揮刀讓這看起來像是我沒砍到他卻砍爆了我的超貴花瓶，不過花瓶事實上根本連個屁也不值而我把花瓶砸爛只是要表示這個瘋婊子是來真的，他依然往後退的太他媽慢了。我至少可以拿著我的衣服吧？他說但我持續尖叫並追在他後頭，左右揮舞著天殺的彎刀彷彿我在割草，他跑向門口溜了出去邊沿著走廊一路尖叫著某個瘋到家的死婊子。不知道他是在講誰，我在想我以前是不是更牙買加現在則除了什麼美國蠢婊之外什麼都不是，然後——

——好喔別告訴我，我不需要知道。

——知道什麼？

——我發誓，我那個得阿茲海默症的表親賴瑞他的專注時間都比妳還敏銳。

——噢，不好意思。

——不，妳不用不好意思。現在我得來跟妳說個笑話啦。

——老天爺啊，肯先生，不要再講黑鬼笑話了。

——噢天啊當然不會啦，拜託。這跟阿茲海默症有關啦。好笑的是，有大A的人在拿有大C的人開玩笑，彷彿有什麼能讓你不記得自己生病而讓這個病好一點。

——所以你是大A還大C？或是大P？我在牙買加的家人全都是大D。

——大D？

——糖尿病啊。

——當然囉，那P是帕金森氏症嗎？有時候我都希望我得的是一個中世紀的疾病，像是肺結核，或是痢疾。

——你得的是什麼？

——我們先別這麼快把這變成本週電影吧，好嗎？因為這樣的話我就會覺得我是活在我媳婦的電視裡啦。事實上這整個橋段應該更不像《春風秋雨》[294]而更像《格列佛遊記》才對。

他走到門口拿起他的帽子和圍巾。

——我們走吧。

——什麼？去哪？小人國嗎？送披薩的很快就要來了。

——噢我從不吃這垃圾的，他們會放在樓梯間然後從我們的帳戶扣錢。我們趕快從這閃人吧，我真他媽有夠無聊。

294 譯注：*Imitation of Life*，美國作家范妮．赫斯特（Fannie Hurst，1889-1968）一九三三年的小說，曾兩度改編為電影，以一黑一白兩對母女的人生際遇描寫當時的種族、階級、性別議題。

事實是，我也真的很想離開。這所有奴隸時代的家具妳就是知道是幾年前才剛做的真的是讓我很抓狂，在這間屋子的某個地方寇瑟斯特太太還收藏著每一期的《維多莉亞》雜誌，八成還有《紅書》雜誌[295]吧以免她隨時想要自己做糖霜。

——我們要去哪？

——他媽的誰知道，也許妳會帶我去布朗克斯吃晚餐啊。所以我想妳讀過史威夫特囉？

——牙買加的學童在他們十二歲時會讀《格列佛遊記》。

——噢天啊，她在接下來四十分鐘還會揭露什麼驚喜呢？好奇寶寶真想知道。我們走吧。

這男人說要去布朗克斯不是在亂講的。我不確定我為什麼也什麼都沒說當我們在計程車一抵達聯合廣場就跳出來，走進地鐵站然後跳上五號線，馬上又坐回我們來的地方時。我們兩個一起坐在門邊的三人座，我不想抬頭注意有沒有人在看我。塗鴉現在也跑到裡面了，直到我們抵達九十六街之前，車廂裡大多數都是白人，八成沒地方去的老男人跟女人還有不急著回家的學生。在一百一十街和一百二十五街之間大部分白人都下車了剩下拉美裔跟一些黑人，到了一百四十五街車廂裡就幾乎全都是黑人了。沒有一個群體能夠抗拒盯著我們看，我真希望我穿得像個護士而他看起來不像萊爾．瓦格納，搞不好黑男會覺得這男的一定有兩把刷子才能搞定一個黑女，又或者他們在想他是不是真的跑了這麼遠只為了一個應召女。更糟的還有，因為我們要去一百八十街所以我得坐著等直到車上已經沒人可以盯著我們看為止。

——妳住這附近嗎？

——沒。

——隨便問問而已。

——你知道在一天的這個時候坐在這班車上前往這個地方是不安全的，對吧？

——妳在講什麼啊？現在才不到下午五點耶。

——現在是布朗克斯的下午五點。

——所以？

——你有電視嗎？

——人們可以決定他們在這世界上該害怕什麼，多加。

——住在公園大道的人可以決定他們今天想不想害怕一下，對我們剩下的人來說這代表五點以後不要去布朗克斯。

——所以我們幹嘛要去勒？

——我沒有要去，是你要去，我只是跟著你而已。

——哈，不就是妳跟我說波士頓路上的牙買加煙燻烤雞的嗎，而我告訴妳我一九七三年之後就沒吃過牙買加菜啦。

——所以就是這樣囉，每個白男肯定都有他們自己的《黑暗之心》經驗。

——我不知道我該對哪件事比較印象深刻，是妳讀了這麼多書這件事呢，還是我們離第五大道越遠，妳對我講話的口氣就越大膽啦。

295 譯注：*Victoria*、*Redbook*，皆為女性時尚雜誌。

——接下來是什麼呢，肯先生？妳英文講得真好啊？美國人念中學時不讀書的嗎？至於口氣，因為聘雇我是個錯誤，我想你可以確保你明天之後就不會再看到我或是半個來自人力仲介公司的人了。

——哇，那這肯定會是個天大的錯誤啦，他說。不是對著我而是對他正看著窗外的隨便哪個東西，我還顧車廂想看看有沒有人在注意我們的對話。

——我想我知道你在幹什麼了，我說。

——真的啊？說說看。

——不管你得的是什麼病，顯然你都一心求死，你已經不需要再害怕任何東西了，所以你想幹嘛就幹嘛。

——可能吧。又或者呢，佛洛伊德，我只是想吃點該死的煙燻烤豬肉跟番薯，再來點蘭姆潘趣酒，並且完全他媽不在乎妳天殺的十元商店大眾心理學。妳他媽的有想過這件事嗎？

兩個男的抬起頭來。

——抱歉啦，我已經從我兒子跟他老婆那邊聽這狗屁聽膩了。真的是完全不需要，尤其是從某個我付錢請的人身上。

三個男的和兩個女的抬起頭來。

——好喔，真感謝你讓所有人都覺得我是個妓女了，我說。

——什麼？妳在說什麼鬼？

——大家都聽到你說的話了。

——噢，噢不。

接著他竟然站了起來，我把我的手提包大大打開並且在想我整顆頭究竟塞不塞得進去。

——聽著各位……我呃……了解你們可能在想什麼。

——你認真嗎？他們什麼也沒在想啦，快坐下。

——我只是想說，這裡這位多加呢，她是我老婆啦，不是什麼妓女。

我知道我在我腦裡尖叫，我不知道我是不是在大家面前這麼做了但在我腦裡我幹他媽的肯定大叫特叫。

——我們現在已經結婚幾年啦，四年了吧，親愛的？而我必須說，每天都像是第一天一樣，不是嗎，寶貝？

我分不出來他是在保護我的名譽這件事上大爆死了還是他真的很享受這件事，與此同時我正努力看著努力不要看過來的人們。有個年長女士正摀住她的嘴巴爆笑，我也想笑只是要清楚表達我也身在這個玩笑之外，可是就是笑不出來。有趣的是我甚至不覺得對他生氣，他正緊抓扶手，隨著列車搖擺幾乎就像是他要跳起舞來了。列車在莫里斯公園停下。

——我們的站到了。

——是嗎？可是這裡是莫里斯公園，我以為我們要在槍丘路才下車？

——就是這一站。

車門一打開我就跳下車而且沒有等他，我甚至沒有回頭看。我幾乎希望他好好待著，隨便他愛去槍丘路就他媽去吧幹，但接著我聽見他在我後頭喘氣。

——天啊這還真好玩。

——讓人丟臉很好玩？

我站在月台上，等一個道歉因為我看過電影，你就是應該要這麼做才對。

——也許妳該問問妳自己為什麼妳這麼容易就會覺得丟臉。

——啥？

——妳講牙買加話的時候我超愛的。

——你認真？

——噢幹他媽的勒，多加，妳根本就不認識列車上的半個人，妳也永遠都不會再見到他們了，而就算妳真的遇見了，妳甚至也不會記得他們長怎樣，所以誰他媽在乎他們怎麼想啊？耶穌他媽的基督啊，我實在很討厭我不是現場最合理的那個人。

——我們應該等下一班列車。

——去他媽的勒，我們用走的吧。

——你要用走的，在布朗克斯。

——對，我就是要這麼做。

——你知道他們幾乎每天早上都會在黑芬公園發現一具屍體嗎？

——妳要跟一個退伍老兵聊屍體啊？

——你知道犯罪並不像你在《大女警》上看到的那樣吧。

——還《大女警》勒？妳上次看電視是西元幾年啊？

——我們就是不能走在布朗克斯。

——別擔心，多加，最糟糕也不過就是他們會覺得妳在幫我搞海洛因嘛。

——你剛剛是說海洛因嗎？

這一定會讚到爆，我一個紀錄可疑的移民在晚上跟一個顯然不屬於這裡的陌生白男走過某個布朗克斯社區因為他剛喝了「我是白人我無敵」飲料。

——然後你甚至都不打個電話給你家人？

——他們去死吧。我媳婦因為聽到這件事皺眉產生的皺紋啊，尤其是在她整完形之後哦，一定會很值得。

崔斯坦・菲力普斯

噢，所以你想什麼時候回去牙買加就可以什麼時候回去囉？這樣子啊？你聽起來就像是那些說他們隨時都可以戒掉海洛因的人耶。提醒你一下，艾力克斯・皮爾斯，牙買加可以貫穿你的血管並變成像是每個對你不好的黑暗甜蜜物質啊。但我已經受夠打啞謎啦，問題在於，除非你確實知道該到哪裡找我，不然你是絕對不可能找到我的。對啦，對啦，你在意的是和平協定的那個秋天，那你跟我說件事吧，要是你從一九七八年以後就沒待在國內了那你是打算怎麼樣得知任何相關事項啊？我很驚訝你甚至聽過這回事勒，畢竟這事發生時你人根本就不在那座島上啊。所以你接下來要去找露西聊哦？兄弟，你不是認真的吧，露西是關鍵，我跟她是和平委員會唯一還活著的人，你得到牙買加追蹤她才行啊，我的小老弟。你曾經想過為什麼我們兩個還活著但其他所有人都掛了嗎？當然沒想過啦，直到此時此刻，你都還以為只有一個人活著呢，你該記得的是，在紀錄上我應該也是個死人啦。所有人都被殺了端看你是跟誰談，這其中也包括歌手。跟我說件事吧，你可曾聽說過有人感染了癌症嗎？

我依然不懂的事情是為什麼這個話題讓你這麼緊張，你把這搞得好像是牙買加的末日啊，彷彿這地方還會有什麼別的下場似的。所以你在牙買加最愛的地方是哪？川屈鎮？是哪款人會挑川屈鎮當他最愛的地方啊？幸好你是白人哦，嗯？讓我問你件事，你覺得川屈鎮對任何住在川屈鎮的人來說是他們最愛的地方嗎？你以為會有人坐在門廊上說，現在人生就是這樣了嗎？觀光客真的有夠好笑，孩子。

噢你不是觀光客啊，還用你說：你了解真正的牙買加。你在下面那邊確實有個小女友嘛？艾莎。很棒的名字，聽起來就像你射出來的時候會說的話，所以她是個好女孩嗎還是她會吸你屌？哈哈，我不介意啦白小子，我是世界公民，第三世界啦，但依然是。我們今天還有多少時間？無限制哦？在萊克斯耶？兄弟，你剛剛是動用了什麼人脈啊？我們最好還是回到正題，是吧？

直到歌手跟我說喬西·威爾斯的事之前我從來都沒多想過這傢伙，但接著事情和更多事情發生，而你會開始看到徵兆即便你從來都沒喜歡過教會。我是說，如果他真的在乎要殺死歌手那他隔天晚上肯定會把事情搞定的，人一定要跳出框架思考才能有所突破啊。我的意思是，幹，兩年後直接大搖大擺走進歌手的庭院彷彿什麼屁都沒發生過一樣？真有人膽子這麼大的啊？那最好別擋他的路哦。現在很容易就能說當年的和平注定失敗因為戰爭就是貧民窟男人的天性，對啦，這聽起來很睿智沒錯，但你得了解，你知道當希望這麼新穎又新鮮甚至都有顏色了？就像你存留在後腦勺裡的東西因為這永遠不可能發生但接著突然之間這看起來像是真的有可能成真？這就像是你發現你真的可以飛。我們從來不是牛生出來的，或是像你會說的很天真。我們全都不是笨蛋，我們所有人確實都知道這樣的和平有百分之九十的機率會失敗可是啊，老兄，我們這輩子也從來沒有過百分之十這麼大的贏面啊，你可以就這麼伸手去抓。而當幫派老大跟我說我得當這個和平委員會的主席時，就像是有個人盯著我而且破天荒第一次看見了什麼不一樣的東西甚至連我自己都看不見。我……

我……

我再次迷失了自我。

接著眨眼間：銅哥被射殺、洛老爹被射殺，一開始我真的以為是警察趁著我們不備時追上分數，或是更糟：根本從來就不想要和平的政黨趁著下次大選前在擺脫這一切。但我們已經聊過警察的智商啦，而且就算是政客也不想要傳出風聲說是他們扼殺了和平。你得看得更深入才行，警察殺壞人是因為他們有仇，可是除了有具屍體能在市區遊街示眾外他們殺人其實沒有什麼實質的利益。你得去想，在這些殺戮之後有誰現在處在比先前更有利的位置了？只有一個人。

喬西．他媽的．威爾斯。

洛老爹掛了讓他現在成了哥本哈根城的老大，幫派老大掛了民族黨在紐約的幫派自此四分五裂，也包括我自己的幫派。所有在紐約的人都在吸、抽、打白老婆而哥倫比亞人需要個有手腕的人可以讓這東西更深入美國，現在甚至到英國去啦，我聽說。讓和平協定不再擋路，他就是送了特定政客一個超大的人情他們會用餘生去償還，毀掉拉斯特的所有運動那美國人就沒有理由再害怕我們會靠向古巴那邊了。我沒辦法確定任何事啦，但我敢打賭就連某些更高層級的人，也許是那些控制海岸巡防或移民或海關或什麼狗屁的人啊，現在全都對特定的小船和飛機和船隻睜一隻眼閉一隻眼囉因為有個人在一九八〇年把牙買加放在盤子上端給他們。

兄弟啊，要是我知道為什麼我這樣的人會落到獄中，那我這樣的人就不會落到獄中囉。你可以這樣開頭你的第一段沒關係，就說這是貧民窟的智慧或什麼的吧，反正就你們白人被鬼鬼祟祟的黑人搞得團團轉時會寫的那樣。對啊我也有在讀書的，艾力克斯．皮爾斯，讀的還比你多勒。

老兄啊，像我這樣的人就是會讓你興奮，嗯？把一個白人記者帶到他自己的「蹣跚李」[296]旁邊你的腦袋就會起瘡啦。是因為你自己沒有故事嗎？對啦，這不是跟你有關，你是來這裡說故事的，不是要成為故事，只不過還是有部分的我告訴我這其實是你的故事，不是我的。你對一九七八年以後的其他年份有興趣嗎？一九八一年如何？發生了很多事哦，歌手終於有機會認識一下這個叫作天堂的地方而我也有機會認識一下這個叫作阿提卡的地方。什麼，你以為大家是因為看了手冊才跑來萊克斯的啊？你是畢業才來到萊克斯的，兄弟。

所以話說回來，即便我知道那個基佬愛哭鬼不會再來追殺我了，卻不代表喬西．威爾斯不會，是說，你有見過這傢伙嗎？沒有哦？你滿嘴和平協定的卻從來沒見過……算了。我真的沒辦法知道那人計劃要幹什麼，所以我開始跟大尾老大幫混。這很簡單啦：風暴隊，就是喬西．威爾斯，就是哥本哈根城，而大尾老大幫就是八條巷。因為我從他們夷平巴拉克拉瓦的那天起就是八條巷的一份子了，我是還能去哪勒？不兄弟，政治戰爭是不會只因為你轉移戰場就結束的，我需要人數帶來的安全，他們則需要大腦因為這些愚蠢的小混蛋甚至沒辦法追蹤誰在哪條街賣，或是在哪條街你會被尤比．布朗跟他的風暴隊開槍勒。

沒問題兄弟，換你的卡帶吧。

總之，說到這風暴隊跟尤比，還有喬西．威爾斯呢，他們會在戲院幹掉一整排人只為了其中一個人，不過起碼他們還有點格調啦，或者說至少尤比還有點格調，也可能只是他知道該怎麼穿

296 譯注：Stagger Lee，本名Lee Shelton（1865-1912），美國黑人罪犯，因一樁著名謀殺案成了民間傳說及歌謠的主角。

絲質衣服看起來又不會像皮條客吧。可是我的人勒？他們就只是骯髒、下流的黑鬼，就像有一次啊，老大聽說有個來自牙買加在費城落腳的人剛拿到一大批大麻，雖然他是哥本哈根城的一份子卻沒有風暴隊的保護因為這白痴不覺得他需要。於是老大派我到費城去。

這人真的沒在提防我們竟然可以直接走進他家裡，他甚至沒鎖門。以一個應該擁有一大批貨的人來說他的表現卻完全不像這樣，我記得跟大尾老大幫的人說假如這批貨是給尤比的那麼五個區域中至少有一區會掀起另一場戰爭，可是他們深信這個人是個體戶，彷彿有人會這樣走著走著就跌倒在一批大麻上。總之，那人看見我們就開始跑上樓拿槍因為他身上竟然沒帶半把槍。我對自己說，這個業餘仔到底哪位啊？大尾老大幫很確定他們派我去的地方是正確的房子，因為這人表現得不像是他有什麼值錢的東西要藏，那個跟我一起去的他媽死智障接著還說搞不好這是什麼顛倒的心理學狗屁勒，你知道的，要是他表現得像是沒有什麼要保護的那我們就會以為他真的沒有並離開。很討厭這樣說但這確實有幾分道理，所以我們把他綁起來並意思意思打他巴掌叫他供出存貨不然情況只會變得更糟，結果我甚至還沒跟他說會變得多糟，那個天殺的智障就用槍托直接往他嘴巴砸下去了。你他媽是有什麼毛病啦？我對那個白痴說卻只看見他像個智障一樣衝著我笑。這人現在得開口啦他說，如果你把他要用來開口的地方搞爆了那他是要怎樣講話啦幹，你這個天殺的腦殘智障低能兒？我說，然後他就閉嘴了，不過他先盯著我看了很久，彷彿這狗屁破事嚇到我一樣勒。

而要是她從來都沒尖叫我甚至不會知道他有個老婆呢。她試圖逃跑，可是你手上抱個嬰兒是沒辦法跑太遠的，我們強迫她坐在一張椅子上我則抱著嬰兒，因為這個他媽的智障本來想把嬰兒直接放在冰冷的地板上。我又問了那人三次大麻存貨的事，而他又說了三次他根本沒有什麼大麻。我知道他在說謊，他幹嘛要說實話啊？畢竟現在還沒有什麼風險啊。而那個他媽的智障全程一直盯著老婆並抓著他的該邊，他用他的腳把她的裙子掀到她腿上好看到她的綠色內褲。綠色的？怎麼不是粉紅色的啊？他說。我已經開始受夠這屋子、這男人跟他老婆還有這個他媽的智障了，甚至還包括這個睡在我肩膀上的嬰兒這時那個天殺的白痴說，喲，我的小老弟啊你來看看，我要來這婊子抬起來然後把屌放進去，你有看到嗎？在我能說出半句話之前他就已經脫掉他的褲子並開始隔著他的內褲弄他的該邊啦。妳是那種會吹喇叭的淫蕩美國婊子嗎？因為妳現在可以吹個爽囉只是不要讓我在幹妳之前射出來就好。噢，而且這代表不能接吻囉。

——你不能強姦她，我對那個他媽的智障說。

——你什麼意思，是誰要攔我啊，你嗎？

他對我說好像他在挑釁一樣，我心想，幹，這個天殺的蠢貨就要在這個可憐女孩的寶寶面前強姦她了而我什麼也不能做因為所有東西從車子到旅館都是用他的名字訂的。老婆尖叫起來他往她臉上揍了一拳。

——你他媽到底是發什麼神經？

——我一點問題也沒有，我要來讓這婊子瞧瞧什麼叫沉默是金。他脫下內褲並說，妳是要自己張開腿打開鮑魚還是我得幫妳開？老婆開始哭並盯著寶寶或我，我分不出來。

——兄弟，把你的褲子穿回去啦。

——幹你娘，等我的屌軟掉就會穿回去了啦。

——你要在她男人面前強姦這女人啊？

——逼他看並讓他學學該怎麼對付女人。

——兄弟，我說不要強姦人。

接著他把他的槍對準我，閉嘴，他說。她問他有沒有保險套然後他說，保險套是用來讓黑人絕種的，而且，反正，保險套會讓他軟掉。

我看著他硬把那女人的腿打開，那男人盯著我我則盯著寶寶。東西在地下室的書架後面他說，但我只有五包，他說。我想在這之後他說了拜託，不過老婆正在啜泣因為那個天殺的智障在捏她奶，接著他把她拖到地上。

——兄弟——

——別吵。

——你是智障嗎？我們拿了大麻就閃人啦，他又不能叫警察。但要是你強了她警察就會跑來這，而且他們會找到我們我們甚至來不及到州界勒。

——那我們就殺了他們。

他就像這樣說出口。嘿，要掃射一整間俱樂部的王八蛋我是完全沒問題啦，但我才不要冷血殺人全家就只因為他們做錯選擇並覺得他們可以搞定毒品。

——你坐牢過幾次，白痴？

——你是在說誰白痴——

——我說你他媽是坐牢過幾次？

——一次而且我才不要再回去。

——所以要是你強了她，他們就會用強姦罪抓你，要是你殺了她那他們就會用謀殺罪抓你。因為也許你沒注意到，但是我們兩個只有一個有戴手套而那個王八蛋並不是你。

他盯著我彷彿我引導他走進陷阱，但你蠢就只能怪自己，尤其是因為他整趟車程都表現得像是大哥中的大哥一樣。

——現在你怎麼不穿上你的褲子然後去拿大麻？

他走下地下室卻只拿著四包上來，一包大小大概跟你做筆記的紙差不多。這次我親自用槍托砸他。我跟這老兄說，聽著別他媽跟我扯謊不然我就會離開這裡而這傢伙想對你老婆怎樣就怎樣。他開始哭，這可憐的男人，八成不知道自己惹上什麼麻煩了。要是老婆在這之後還留在他身邊那愛就不只是盲目的了，還是耳聾、愚蠢又智障。他說還有一包在臥室裡，那個天殺的智障在床底下找到，還加上三把他顯然是要自己留著的槍。我不在乎，我甚至懶得跟他說這槍一定很好追蹤，此外，有什麼東西告訴我這對夫妻絕對不會去跟警察報案的。險惡的時代，是吧？但至少對喬西·威爾斯而言，如果他說屋子裡有五包，那相信我屋子裡肯定就會有五包，結果我跟的卻是大尾老大幫就連門開開的他們都走不出去。

不過你知道一件事嗎，艾力克斯·皮爾斯？每次我一提到喬西·威爾斯你都會跳起來，只有一點點啦，但也夠了，緊張到抽搐哦，是嗎？希加會緊張到抽搐，你則是會跳起來。我想我搞懂你為什麼來見我了，所有有必要知道的人，都知道某個時刻喬西·威爾斯想要我死，但他顯然不再繼續追殺我了。最重要的問題是，你怎麼知道外面有人付錢要你的人頭？

愛哭鬼

——我說我抓到那個幹他媽的死婊子想吸我家小男孩的屌為了他的零用錢。就是在門口那邊的那隻小母牛，你以為我他媽瞎了嗎？他才十二歲欸，這所有婊子養的快克妓女帶著她們臭得要死的鮑魚在這個社區裡走來走去，你們都說你們會把她們趕走因為你們的生意快合法啦什麼屁的，他媽的你們都可以來親我的黑屁股啦幹。還有另一件事……

布希維克。日落離開很久了但布希維克的一切無時無刻都他媽的熱。這女人就站在我面前，當著我的面我都能聞到她身上的大蒜味，有眼影但沒塗口紅，蓬鬆的捲髮正在乾掉，肚子是個馬芬溢出她的牛仔褲。我們在街上但她一直指著那個開始跑著走著離開的快克妓女。

——而且你從來沒說過你要把那邊那地方變成一間快克屋啊，真是受夠這狗屁了，是市政府擁有這些建築欸，不是你。

她並不住在這棟建築物。她住在對街的其中一間房子裡，那讓布希維克看起來像布朗克斯的成排單層磚房。三個黑人男孩跟一個女孩正在她的鐵柵欄前面修一台腳踏車，但是柵欄並沒有保護什麼草皮，只有水泥。路的另一側有五間屋子而且全部都有柵欄，我們在我的建築物前面，三層樓上面就是據點，巡邏車開始開下街道太常來了所以我們現在得把貨存放在室內並給毒販們剛剛好的量一次只賣一點點，量從來都不夠多警察根本他媽不在乎。這樣子比較好，至少你可以控制，市政府整修了這棟建築物，遊民搬了進來，還有我們，他們乖乖閉上他媽的嘴，我讓他們知道這樣值得，要是他們不他媽閉上嘴我提醒管理員說如果警察抄掉了據點那他那份也沒啦。布魯克林有很多大樓管理員都希望從我能為他們帶來的那份生意中分紅。但是布希維克真是一坨狗屎，東村從來不會為我帶來半點麻煩，可是布希維克每週都會搞出一個全新的。而且這條街從頭到尾我都沒看見半個報馬仔或跑腿的。

兩個幾乎廢棄的街區外報馬仔帶著他的收音機坐在路緣石上大聲播出**怪胎在夜晚出沒**[297]。小男孩還在試著塞進太過乾淨的運動鞋裡，上週他還沒有運動鞋也沒有收音機，甚至都沒看到我過來勒直到我站在他面前。

——他媽的滾開啦，死婊子，我又沒在上班，他頭也沒抬地說。所以我說，

——把頭抬起來，王八蛋。

這男孩的十五年都嚇到沒了。

——遵命長官！遵命長官！

——這裡看起來像是軍隊逆？

——不像長官！

——這裡發生什麼事了？

他往下盯著地上，彷彿他很害怕告訴我某件我不會喜歡的事。

297 譯注：出自美國嘻哈團體「伍迪尼」（Whodini）的歌曲〈Freaks Come Out at Night〉。

——兄弟，你的工作就是要告訴我消息。我不會殺信差的，生意到底怎麼樣了？

他還是盯著地上，但他咕噥了些什麼。

——三小？

——沒什麼，先生。這裡已經有好幾天什麼屁都沒發生啦。

——幹你媽放屁，所有毒蟲都一覺醒來開始改吸海洛因了哦？市場不可能就這樣乾掉的。

——呃……

——呃什麼呃？

——呃有個兄弟受夠了把貨往那頭送結果只是又讓他們跑回來而已然後還說我一定是在做白工啦還怎樣的因為那條巷子裡根本就沒人有貨啊。我有做好我的工作哦，我一英里外就可以看見打手了。我都一副沒事似的接近他們然後說呦，布希維克真是有夠讚的啊，如果你們是想要來點熱氣還是跳跳糖還是這類狗屁的，他們於是點了點頭然後就在他們說出什麼蠢到爆的快克狗屁之前我就會朝貨後頭的巷子點頭。

——你知道貨在哪？

——全世界都知道該去哪找他媽的貨，他們只是不想惹你而已。總之呢，通常你在那邊會有兩到三個跑腿的帶他們去拿貨，然後把東西好好賣出去但是現在已經四天了，人們又回到這頭來說我根本就是在唬爛因為街上根本就沒有跑腿的啊。而且也沒有毒販，你的保鏢真的也是受夠了這破事所以他也跑了還在平林找了個真正的工作勒。

——跑腿的都跑哪去了？

——我阿災，他們也沒人可以帶路啦，你的毒販又沒在供貨。

——那他們在衝三小？

——也許你應該去瞧瞧快克屋。

我盯著這男孩表現得好像他很勇敢一樣而我在想是要用槍托砸他還是要升他職。喬西再不到五個小時就要來這了，幹你娘。

——還有嘿，因為我已經沒有顧客可以看啦，所以我還看見了其他鳥事，喲。兩天前我看見某台垃圾龐帝克開來開去我敢打賭這些黑鬼肯定是大尾老大幫的，他們已經發現這個地方啦因為他們知道保全很弱。

——對一個小廢物來說你還看見滿多東西的嘛。

——那要讓我錢包滿滿嗎，喲。

我盯著這男孩已經開始在想我需要他怎麼在喬西來之前整頓整頓布希維克，我甚至沒注意到那個臭女人跟著我。

——首先是那隻臭得要死的小母牛一路走過我他媽的大門掀起她的裙子裡面沒穿內褲跟我家小兒子說只要兩塊就給他插，幸好我一聽見我家門口有什麼騷動就來到窗邊了。結果我知道的下一件事就是三個下流的廢物跑來這裡覺得這裡是什麼他媽的快克屋因為在你的建築裡發生了什麼破事。

我自己的建築。貨。全紐約市保守得最爛的祕密。紅磚就像牙買加的紅土，朝外的每間房間都有兩扇窗，中間是防火巷，往上走三步就來到圓頂入口彷彿這地方很高級一樣但是曾經住過布希維克唯一的有錢人以前是在做啤酒的。我跟歐瑪現在已經在外頭待了快十分鐘了，而自從這個很顯然是來自對街而且住在她窗戶旁邊的女人知道我人在這裡以來，都還沒有半個毒販或保鑣走到外頭。還有這男孩也是對的，到處都看不到跑腿的。

——歐瑪，去裡面看看，找出那兩個婊子養的男孩到底是不是在裡面。

——好。

歐瑪左右查看，這是習慣，接著他衝過坐在前門台階上的快克妓女門輕輕推一下就開了，真他媽壞兆頭，我正要跟他說把他的槍掏出來，卻沒必要。路上頭有輛道奇廂型車停在四個街區外等著有人拿輪子來，修腳踏車的孩子們消失在下頭的地鐵站搭L線去了，那女人還在鬼叫著雖然她根本就不在乎如果有黑鬼想要搞出一番事業公事公辦嘛要是有哪個蠢黑鬼或白垃圾想把他的錢花在這玩意上那也沒差啊，但是從來就沒人跟她說過這裡會冒出一間快克屋，而且是哪門子的毒販會在他們賣快克的地方旁邊弄一間快克屋的啊？我正要叫她去死一死吧因為一旦一個毒蟲搞到一些貨他就癢到想要當場抽掉這垃圾啦一秒鐘都不能等，所以附近有個安全的地方可以抽，還有更多他們可以買的貨就代表兩倍的收入，再加上他們現在也不必擔心警察在他們身上找到任何吸毒用具。但我這裡的道理是不必向這個婊子解釋事情搞得好像她是我學校的校長一樣。

歐瑪在門邊點頭表示沒人，直到他點頭我才驚覺那男孩是對的他們真的丟下貨選擇快克屋了。

西邊兩個街區外，蓋茲大道和中央大道的街角，這個街區唯二剩下沒有被人蓄意縱火或因為意外燒毀的建築物，現在在布希維克幾乎每個街區或每條街都會發生一次，一間房子或公寓，或高級住宅都有人蓄意燒毀這樣就可以領保險金，因為他媽根本就不會有人在布希維克賣房子。我們人在蓋茲大道和中央大道的街角，快克屋。

——他媽的死牙買加人裝得好像你們很行勒，你們根本就不行，他媽的連自己拉屎都控制不了，你們什麼都不是，全都撿角啦。你該做的應該是要請我來幫你們管生意因為你們他媽什麼屁都管不了，而且——

我把這句話剩下的部分一巴掌從她嘴裡搧掉大力到她蹣跚往後退，她搖了搖頭幾乎要尖叫出來但我的拳頭在任何話吐出來以前就抵達她的嘴巴了。我抓住她該死的喉嚨開始掐直到她聽起來像隻鴨子。

——聽好了，妳這死肥婊，我已經受夠妳在我耳邊雞雞叫啦跟幹他媽的蚊子一樣，妳不是每週都有拿到一些錢嗎？所以妳是想要錢還是想死，妳他媽的想要哪個？哪一個？嗯哼，我也是這麼想的。現在他媽的快消失在我眼前不然就等著我用妳的死肥肚來練拳啦。

她扶著自己跑走了，我開始走向快克屋歐瑪和那男孩跟著我。

有人把危樓標誌當桌子用，我並不需要找多久。我的其中一個毒販就躺在前頭房間裡的一張床墊上，就在他媽的門口左邊。他看起來像是剛來了一下，煙管懸在他手指上像是快掉下來了，但他發覺並牢牢抓住。我看不見他的眼睛。

——喂，王八蛋，你在偷你自己的供貨啊？

——噢，發生什麼事ㄕㄕㄕㄕㄕㄕ啦，兄弟，你來是要來一下的嗎？沒什麼沒什麼，我不是自私的兄弟，我會跟你一起分享的。

——賤人，如果你在裡面這裡那誰在看守貨？

——貨？

——貨。那個放著存貨你應該要顧好的地方，那個你應該要他媽處理好供貨給跑腿的地方。是說他們跑哪去啦？

——跑腿的？跑腿……什麼啦……跑什麼……所以你是要來一下還是……因為如果你不想要的話那我就自己來啦。

接著他盯著我彷彿他知道我會想要。

——你知道你是怎麼搞砸這一切的吧，小子？現在我得去找新的跑腿、新的毒販、甚至是新的保鑣勒，而且還要在四個小時內找到哦，因為他媽的毒販竟然變成客戶啦。

——毒販變客戶……

他講得像是他想要附和但同時也想睡覺。

我也懶得去檢查快克屋裡面了，但那個想要吸小男孩屌的女人把她的頭探進房間好像她認識他，或是我。我對著她揮了揮我的槍她甚至連跳都沒跳起來，只是上下打量了一下然後就又回到黑暗中。歐瑪在窗邊，市政府把窗戶封起來了但毒蟲又把窗戶敲破，只有我的毒販跟他的打火機躺在床墊上。

——你的副手勒？我說。

——誰？

——你知道怎樣嗎？幹他媽的給我起來，在我在這裡扯爛你衣服之前。

他盯著我，一開始他的雙眼呆滯但接著像是變清澈了，又或者他這才第一次用力瞪著我看。

——才不聽什麼脖子上種草莓的死玻璃命令勒。

我舉起我的槍時直視著他的雙眼並直接在他額頭上開了一個他媽的洞，他往後跌回床墊上時依然盯著我看，我抓住他的左腳把他拖到窗戶正下方的房間那一側。那女人來到門口又窺看了一次，並彎下身要拿他的煙管，我把槍對準她。

——在我他媽對妳開槍之前快滾。

她轉過身退回去跟她出現時一樣緩慢。我把他拖過去並布置得看起來像他蹲下身一樣，我把他的手臂交疊在他膝蓋上並把他的頭往下壓這樣他看起來要不是在睡覺就是剛從一段糟糕的嗑藥經驗中清醒。兩包貨從他口袋裡掉出來，我把煙管、打火機、貨放進我口袋，歐瑪在外頭等我。

——歐瑪，找到另一個毒販，並馬上把那個死報馬仔帶到我面前。

約翰—約翰・K

幹我真希望這事已經結束了，或至少我從來沒遇見過那個哥倫比亞死婊，或從沒撞見巴克斯特，還是去那間該死的俱樂部，還是那個死男孩一開始沒有再給我多一個前往邁阿密的理由，因為這樣就會回到芝加哥去找另一個死男孩，我敢打賭他根本連一分鐘都沒有想過我。**嘿寶貝我很抱歉我現在回來了，喔是哦，都沒注意到你離開了欸，你身上有亞硝酸酯**[298]**嗎？**然後事情就會是這樣了，不是嗎？就跟吸嗨了以後一樣真實，**這**他媽到底是怎麼發生的？需要某個人就得付出這樣的代價嗎，讓他幹他媽的不需要你？但是曾經有一次，有一次那時候——

——爹地，你要給我幾張美金還是怎樣？還有我也需要點計程車錢才能回去肉品加工區。

我給了他十五塊。那男孩一臉好笑地看著我然後把現金塞進他左前口袋，他把他的褲子拉上去然後低聲說著幹他媽的窮酸臭玻璃，如果這是發生在一年前那我肯定會直接往他臉上扁下去，他會搖搖晃晃往後退然後絆到他自己的褲子，還會摔得很慘，頭大力撞上那張在他摔倒的過程中就在那裡的邊桌。我會抓住他就算他暈得跟三小一樣，把他拖到外頭的防火梯然後掛在欄杆上，幹他媽的窮酸臭玻璃哦，是吧？我就讓你瞧瞧誰才是幹他媽的窮酸臭玻璃，我會把他的背抬起來，但只有等到他尿溼了牛仔褲之後。不過我這次冷靜下來並讓他走了。

世界上沒有書在談怎麼當打手，但要是有的話，那我肯定會是「該怎麼搞砸」章節的範例一。冷酷到爆，不，冷血到爆，流暢的要死而且只有一點點神經質。不是我，我是粗心大意的芝加哥小賤婊皮膚很細脾氣很差莫名被捲進某件根本不關他的事的事。之前偷過車還有西區粗心大意的襲擊，但在這之間我只有黑色的畫面，是一團雲而不是一段記憶，在這男孩之前我甚至從來沒理由去記一組電話號碼。幹他媽的反正都是他害的，那個婊子養的八成在家裡並且無視打來的電話吧。

夜深了，我知道這件事是因為葛蕾斯達三十分鐘前打來過，那時我跟這個牛郎忙得很勒她說**孩子（西語）**啊，夜深囉還邊跟她兒子說把該死的電視關掉乖乖吃他的墨西哥玉米粽。

那個牙買加人。葛蕾斯達的夏威夷襯衫魯蛇給的地址是對的，我本來懷疑了一秒，大部分是因為我對平林根本就啥屁都不瞭，而且那些男孩就是他媽的魯蛇。東十八街，四一〇六號公寓，某棟紅磚六層樓無電梯公寓的四樓，是間面東的套房有日出的景色。她把找出他在不在家這件事留給我，美好的老紐約，整條街上除了六層樓的無電梯公寓一路延伸兩個街區之外什麼都沒有，至少入口還有個藍色遮雨棚可以找啦。想說我就這麼站在對街的路緣石這邊等到天色更黑因為嘿，一個打扮得乾乾淨淨的白人男孩可一點都不顯眼啊，其他建築物正好證明了紐約市的黑人審美觀都不怎麼樣，審美觀啊。聽我說，他媽的死玻璃。

一個合情合理打扮得乾乾淨淨的白人男孩剃了顆金色的寸頭穿著二手軍用夾克，我差點都帶上他們為我準備的耐用手提箱了，裡面裝著他媽的烏茲衝鋒槍是粉紅夏威夷襯衫提供的，沒開玩

298 譯注：poppers，一種毒品，吸食後可放鬆括約肌，常用於在男同志性行為時助興。

笑因為他們在邁阿密就是這樣做事的。他真的是愛上了跟我解釋我的工作，指示是用完就扔，黑手黨風格嘛，但因為我是要幹掉一個人不是要幹掉一個民族，我還是用我的九毫米手槍。好啦我的九毫米跟一把AMT手槍因為女孩總是需要備胎嘛，耶穌基督啊，真希望我能停止表現得越來越gay，我在這個他媽的死城市待越久情況似乎就越來越嚴重。用AMT如果你需要靠近的話**孩子（西語）**，粉紅夏威夷襯衫說，也許這個gay達狗屁是真有這回事因為要是我在邁阿密再多待個一晚那那個**混蛋（西語）**可能就會變成深深督進我屁眼裡的蛋蛋啦。你都可以拿這東西去搶銀行了。回到旅館當我看到烏茲衝鋒槍時，我說我他媽到底是要去殺誰啦，甘迺迪逆？現在無事可做了只能等待。

芝加哥。他在家，不是嗎？蜷縮在公寓的某個角落裡就是不接他媽的電話，現在有個孩子痛恨上床囉。也許他就像是什麼蠢女人蜷縮在爹地的床腳試圖想像該怎麼殺了他老爸，**你有免費工作過嗎？**聽著我知道我很粗心，粗心又自以為是而且我大多數時間都沒在思考，還有點蠢沒錯，大家已經警告了我好多年有關我應該很暴躁的脾氣，就連我那個不覺得我有種出去跟人家混的老爹也是。

第二次襲擊，在南區要除掉、幹掉一個替黑幫在四十八街和八街管帳的智障，這破事並沒有按照計畫進行，委婉一點來說是這樣啦。那傢伙有夠他媽肥肥到射進他身體裡的子彈就這麼卡在脂肪裡而這畜生就只是爆笑，花了我一點時間，在那傢伙叫我小賤鮑之後，我才想到我應該直接朝他腦袋開槍就好。但是就算在子彈直接穿過他的左眼他的後腦勺也噴得床板和牆壁都是之後，這傢伙還是一直狂笑不肯停止。

我不斷開槍又開槍靠得也越來越近直到剩下來的就只有他脖子的根部和亂糟糟的頭髮，可是笑聲還是一路跟著我走上八街，而我根本就甩不掉。

等我回到我的公寓時我只覺得幹他媽有夠冷我還在發抖而那笑聲已經鑽到我皮膚底下了。洛基碰了我我緊緊抓住這男孩然後把他推到牆上，我放開他讓他脫下我的衣服彷彿我是個小孩，接著把我抱進浴缸並在浴缸裝滿溫水時搓揉我的頭髮。他整晚就只說著放輕鬆，寶貝，放輕鬆，這個他媽的臭男孩，這個他媽的死男孩，我應該要很忙的時候最不需要想到的就是他了。

而現在我在平林失控。因為這個早我一步的死玻璃表現得有夠蠢，這男孩比他媽的午夜還要冷酷竟然搞上了一個殺人維生的人因為他遲早也會殺了那一個，一切開始的那一個，讓他變成這副該死模樣的那一個。幹他媽的去死吧，我要朝這個世界跟內褲開一槍並射出一個彈孔，還有那些在淋浴間抓到我在盯著另一個孩子看的孩子們，跟健身房裡所有扯掉我他媽的毛巾讓我露出我天殺的勃起的人。

如果我再繼續這樣想下去那我是不會成功的。現在無事可做了只能等葛蕾斯達再度打來，也可能其中一個夏威夷襯衫仔會出現，因為她肯定派了一個來確保我把事情辦成，然後善後。也許是粉紅夏威夷襯衫吧，他對俱樂部懂得太多，而且搞不好要是我幫他吹出來他會願意放我走，我是說，就算吹得很鳥也會讓一個男人閉上他的雙眼並希望漸入佳境吧。我只需要一秒就可以抄起這把槍從下巴乾乾淨淨把他腦袋轟掉，並看著鮮血噴上屋頂。我真希望我人回到芝加哥市偷車。

十英尺外，有個電話亭。

——喂？

——洛基？你他媽死哪去了？你到底是要不要接我電話啦幹？

——約翰－約翰。

——我打給你過，不只一次。

——我真的得睡個覺。

——我猜你今天超他媽忙啊。

——沒，也還好。我在想要寄給爸哪一種聖誕卡，我每年都會寄。你打給我幹嘛，約翰－約翰？

——什麼？蛤？你這話什麼意思？

——我一直都很清楚我是什麼意思。你到底打來幹嘛？

——呃因為啊，因為。

——我才剛看完一集超鬱卒的《外科醫生》[299]還有另一集更鬱卒的《踏實新人生》，要不是再看一集《盧．葛蘭特》[300]就是去睡覺。雖然這集講的是某個有自殺傾向的蠢妞啦不過這只是上半部而已，《踏實新人生》嘛，你知道的。你想怎樣？

——什麼？我想怎樣？我什麼都不想要。

——我真的得去睡一下了。

——那他媽就去睡啊幹。

——蛤？你是哪邊有問題啦，是怎樣？

——我一點問題也沒有，只是這樣真他媽超屌對吧，嗯？怎麼有人一整天都閒閒沒事幹還會這麼累的啊。
——我還以為我繼母已經死了勒，結果她現在正在跟我講電話。
——幹你繼母勒。
——你想我了，對吧？
——別讓我他媽笑出來，這問題真是幹他媽超蠢。
——對啦很蠢，如果你說對的話這也會讓你聽起來像個同性戀。
——你才是同性戀。
——那你顯然就是個十二歲小屁孩。隨便啦，我不在乎。
——你不在乎我是不是死玻璃？
——不是我根本沒在乎到想跟你聊這個。還有事嗎？
——你幹嘛這麼他媽的……？你知道怎樣嗎？算了，他媽的算了，小洛。
——那好吧，晚安。
——晚安。等一下！我是說，等等。
——怎樣？
——我……呃……我……你……你跟其他人做過了嗎？

299 譯注：*M*A*S*H*，一九七〇至八〇年代美國戰爭喜劇影集，主角是一群韓戰期間的美軍戰地醫生。
300 譯注：*Lou Grant*，一九七〇至八〇年代美國影集，為經典情境喜劇影集《瑪莉．泰勒．摩爾秀》的衍生劇。

——關你屁事啊？

——幹你娘，小洛，去他媽的！

——沒有，答案是沒有。我看不出來這有什麼差，我們又沒在一起還是怎樣的，你想幹嘛就幹嘛啊。那你有跟其他人做了嗎？

——沒。

——不知道你幹嘛不試試看。你人在紐約市，有一堆死玻璃、老古董、洋腸而且你還很年輕啊。隨便啦，我要去我的床上睡覺了。

——那才不是你的床。

——晚安。

——等等。

——現在又怎樣啦，靠北？你是想來點電愛嗎？你想要我說快幹我爹地直到你尻出來嗎。快幹我，噢快用你超粗的大屌幹死我爹地，噢噢噢射在我臉上，把我當小母狗，噢——

——耶穌他媽的基督啊，你就不能說點好話嗎？就這麼一次。

——我很抱歉哦。我……哇這還真是個大哈欠啊。我們剛講到哪？

——晚安。

——下次ㄐ——

掛這婊子電話的感覺超讚。專心，我在對街等著要幹掉那個牙買加人，只不過我還沒想出要怎麼幹就是了，我甚至知道這是不是一個人就能搞定的工作，事實上應該不是才對當有這麼多東西唾手可得的時候，我甚至也不知道他會不會一個人待在他家裡。已經好幾個小時沒人進出了，我想是這樣但我也不知道因為現在仍然太黑了燈還沒亮起來。我真的是又瞎又蠢地走進去，彷彿這不是展開葛蕾斯達智障低能計畫的第一步。把那人幹掉，但要是他也把我幹掉了那這還真是他媽的一箭雙鵰啊。現在才八點，就算他人在那裡他也不可能在睡覺，最好的辦法是等到他離開然後在街上把他幹掉，但要是他真的是她說的那樣，那他絕對不可能一個人上街，這有可能就是為什麼這些邁阿密男孩到頭來還是給了我烏茲衝鋒槍。這事真他媽的變得越來越複雜。無事可做了只能等到一個合理的時間然後進去，裝上滅音器，把鎖打開，觀察房間，開槍掃射然後把他幹掉。也許要當專業的需要的就只是像個專業的一樣思考而已，就跟冰人一樣。

然而我卻緊張到不行，無論如何這都不應該是我他媽的襲擊才對，我只是想多保住小命幾天而已。耶穌基督啊，哪門子的殺手會有戀父情結?十年前，在芝加哥某個街角的7-11，那天之前我走了二十個街區才找到一間，在我老爸又肥又邋遢的皮衣裡滿身大汗。前一天我在觀察那地方時，有個老人在櫃檯那邊聽電台的談話性節目。這一次則是個女孩穿著件寫著「維吉尼亞超適合傻大個子」[301]的智障T恤，邊跟著電台上的〈戀愛列車〉[302]搖擺，我走進去時她連頭都懶得抬，雜誌架的遠端擺著《閣樓》、《讚啦》、《閣樓論壇》、《閣樓來信》，《好色客》[303]還不賴因為他們有屌照即便我當時不知道我想要屌，不過除此之外，還有《老大》、《男性約會》、《英

301 譯注：應是在戲謔維吉尼亞州的觀光標語「維吉尼亞州超適合情侶」（Virginia is for Lovers），將lovers改為諧音的lubbers。
302 譯注：歐傑斯合唱團（The O'Jays）之歌曲。
303 譯注：以上皆為男性成人雜誌。

寸》、《黑英寸》、《直達地獄》，而且《藍色男孩》[304]沒有封起來也沒有人走下走道。有一會兒我在想是誰他媽像達斯．維達[305]一樣在喘氣直到我發覺就是我本人，二十個街區遠耶，沒人會發現的，對吧？有個傢伙在跟她說這個伊朗的事啊真的會失控總統老兄最好做點事。封面上那男孩的牛仔帽把一切都遮在陰影裡但那對溼潤的嘴唇彷彿就要舔起香菸來了。一九七九年三月號的《藍色男孩》。**法外之徒：無時無刻都想要的壞男孩們**。

有病，老爹也這樣子說我，有天這傢伙在那翻我的東西找現金這樣他就能去買香菸汽水洋芋片讓他的肥屁股膨脹的更大。我真希望當他找到《超爆大屌》、《超爆垂屌》、《挑逗大屌》、《飢渴大屌》，還有艾爾．帕克[306]看起來像個勃起耶穌的那本《超硬大屌》時我人能夠在那。他看到那本之後有吐出來嗎？他有搖搖頭然後說我就知道這男孩有哪裡不對勁嗎？他有坐下來讀個幾本嗎？所以說我終於回到家完全沒準備好被人嗆一頓，更別說是這臭魯蛇了，卻只看見這傢伙拖著腳步走出來到客廳，手裡還拿著那本粉紅色封面的雜誌，《超爆大屌》，並大吼你他媽這骯髒的臭玻璃！你他媽這骯髒的死玻璃！地獄有個特別區留給像你這樣的人，真不敢相信他媽的我兒子，他媽的一個正常人生出來的兒子，竟然在外面幹爆什麼混蛋的屁眼，這一定是來自你媽他媽的娘家那邊啦幹，你就是這麼做的嗎，死玻璃，一整晚都在幹屁眼哦？

——搞錯啦，老爹。通常呢是我的屁眼給他們幹啦，一整晚哦。

——你他媽是在說三小？

——你不知道嗎，老爹？我是全東區最辣的屁眼哦，他們排隊排了一整個街區就只為了看我，特別是那些黑人老兄。有次有個老黑啥都沒做就督了進來我甚至都沒辦法——

——我要——

——你要怎樣，老兄？

老爹走向我但我已經不是十歲小孩了。他當然比較大隻，也更胖，但我已經等這一刻等好幾年了。

——我要——

——你要滾回你他媽的房間去看《一家子》[307]然後少來管我他媽的閒事，老爹。你想要兩塊錢去買點Fritos玉米片嗎？

我直接走過他要回我房間但老爹抓住我的手臂把我拉了回去。

——我要為了你替這個家丟的臉宰了你。

——把你他媽的手從我身上拿開。

——你會在該死的地獄中燃燒，你——

——把你他媽的手從我身上拿開。

——我要——

我從槍套裡把貝瑞塔手槍拔出來，他媽的讚啦還好我在那時候已經有帶槍了，以免那些車子

304 譯注：以上皆為男同志成人雜誌。
305 譯注：《星際大戰》系列中的著名角色，此處應是指他戴著面罩的形象。
306 譯注：Al Parker（1952-1992），美國同志色情影星，後死於愛滋病。
307 譯注：*All in the Family*，一九七〇年代美國情境喜劇，主角是一名典型的美國保守派人士，透過他的觀點來諷刺社會。

的駕駛還在裡頭而且還開始大驚小怪的。老爹往後跳，兩隻手僵在原地，彷彿什麼被搶的銀行職員勒。

——你是要怎樣，你這婊子養的？我看起來像是有在怕你嗎？

——你，你……

——我只是其中一個你自以為你認識的人而已，無時無刻都在那講你的屁話。我要進去我該死的房間然後他媽睡個覺，永遠都別再進來我房間了，你聽到了沒？

——我要你滾出我該死的屋子，你什麼都不是只是個小廢物。

——而你是個臭魯蛇只能養出一個死玻璃啦，把這狗屁留到你跟柯斯塔先生的下一場橋牌牌局上吧。順帶一提，每次他上樓來上廁所時我還都會幫他吹出來勒。

——你他媽給我閉嘴。

——還會跟魚一樣噎到他屌超大的啦。

——我要你滾出我家。

——噢我這就走，臭老頭，我他媽說走就走，受夠這地方跟你的狗屁啦。你想要點現金嗎？

——我才不想要半毛你這死玻璃的錢。

——你自己選的啦，那搞不好我會拿這些錢去買我自己的死玻璃金賓威士忌。

——你真是個天殺的惡魔。

——而你是個天殺的臭魯蛇。

我走進我房間，那傢伙咕噥了些什麼。

——你說什麼啦？

——離我遠一點。

——你他媽是在說三小？

——你以為你很聰明，是吧？我可能是個天殺的臭魯蛇沒錯，但你是那個所有人都會覺得甚至比我還要低等的人渣。麗莎，她生你的時候那麼苦，你出生時還差點害死她。耶穌基督，我他媽才不需要想起這件事。我不需要，我真的不需要。我只想離開這座城市，我甚至沒發覺我人已經回到電話亭了直到電話終於接通。

——洛基，是我。是我。是呃……我……我人在紐約而我……我……我想要，我想要呃……我……——

——請留言。**嗶**。

我用力摔上電話。

多加·帕默

現在已經太暗了沒辦法用**越來越**暗當藉口來要他離開。另一個多加·帕默，更聰明的那個，可能會在想這天晚上他媽是怎麼演變成這個男人跑到她公寓來的，不過話說回來誰又他媽在乎啊，一個男人就是可以出現在一個女人的公寓裡卻不用擔心鄰居會怎麼想，再加上，我也不認識我的鄰居啦。不過要是他覺得今晚會變成什麼法國喜劇我躺在床上，被子遮到我的奶子他則露出滿意的微笑一邊抽事後菸，那他可就是令人遺憾的搞錯啦。他正從我的窗戶凝視著天際線，我之前竟然還覺得我房間的景色超屌的呢。

我知道這部分，我看過《朝代》[308]。我應該問他要不要來點喝的，只不過我只有便宜的伏特加反正烈酒就是會一直變苦嘛還有一點我不太確定是不是已經壞掉了的鳳梨汁，而且問他要不要來點喝的難道不就是個暗號等於在問你現在想要幹我嗎？而這並不會發生雖然他長得確實真的很像萊爾·瓦格納我還聽說萊爾幫《花花女郎》拍過照呢，難過的是我確實也真的很想換件舒服一點的衣服，在一個炎炎夏日穿著這些他媽的粗花真的是要癢死我全身了幹，而且我的腳還有嚴格的五小時高跟鞋限制之後就會開始尖叫媽的臭婊子是怎樣啦幹，妳是想殺了我們嗎？我偷笑得太大聲害他轉過頭來盯著我看。一個男人的笑容可是頭期款啊，多加·帕默，千萬不要賣他任何東西。

——我知道我承諾過絕對不會說什麼要回家的事，我說。
——那就不要。妳知道我認識多少人沒辦法信守承諾嗎？
——聽起來像什麼好野人的問題。
——不好意思？
——你聽到我說的話了。
——我發誓我為什麼不能離開的一部分原因——
——不能？
——不能，就是妳似乎一小時比一小時還更大膽，天知道妳十點的時候會變成怎樣。
——我不太確定這是不是在稱讚。
——我也不確定，我看那我們就得等到十點才知道啦。
我本來想針對這男人有膽跑到我的地方，侵占我的時間還假設我沒有更好的事情要做說點什麼，但接著他說，
——不過話說回來，比起娛樂一個老男人妳一定有什麼更好的事要做吧。
——我已經說你根本不老兩次了，也許你應該要釣個新的稱讚才對。
他大笑起來。
——太陽下山了，這裡有什麼可以喝的嗎？

308 譯注：*Dynasty*，一九八〇年代的美國肥皂劇，描述一個富裕家族的故事。

——伏特加，一點鳳梨汁吧我也不知。

——有冰塊嗎？

——我確定我可以弄點出來。

——也就是說妳有東西可以喝啦，那我就來杯伏特加摻點鳳梨汁或管妳冰箱裡有什麼鬼。

——你手麻了是不是？伏特加跟乾淨的玻璃杯都在流理台上。

他盯著我，點點頭然後開始爆笑。超他媽愛這樣的，他說。我開始懷疑這是不是那種無禮黑人女傭給了老男人再次活下的理由的電影了，只不過目前還沒有證據顯示這個男人在任何方面上很老或是因此需要誰的幫助啦。

——你兒子跟媳婦現在一定很擔心。

——可能吧。冰箱裡有蘇打水，我可以用嗎？

——可以。

——還有現在可能是時候丟掉那片披薩了，跟那半盒拉麵。

——謝囉，對於我的冰箱還有什麼其他建議嗎？

——我也會扔掉那顆吃了一半的漢堡，而且沒有半個自重的人會被發現在喝酷爾思啤酒。

——我並沒有真的期待你給我的冰箱建議。

——嗯……那幹嘛問？妳想來杯帶點鳳梨味的蘇打伏特加嗎？

——好。

——馬上來。

我看著這男人接管我的廚房。記不得我是什麼時候買萊姆的肯定是最近吧因為他正在用，他用我的刀子試著切了三次然後他拿出另一把刀子並用兩把刀互敲彷彿他自己在鬥劍一樣，接著他切開了萊姆。他看著我放在流理台上的玻璃杯並看似可憐的點了點頭，我也不記得有留兩個辣醬瓶但他竟然找到了。切、磨、擠、攪，沒錯看著一個男人做事真的還滿不賴的，我不知道我這輩子有沒有在電視以外的地方看過男人進廚房，事實上這不是真的。他拿著兩個瓶子走過來並把其中一瓶交給我。

——如何？好喝嗎？

——很好喝。

——嗯感謝妳的捧場。

——很讚啊，真的。

他坐進那張我請我的鄰居幫忙從街上搬上來的扶手椅，在那之後我就沒跟那個鄰居講過話了，我希望椅子聞起來沒有還很臭。他正慢慢啜飲，彷彿他不想要這杯酒有喝完的一天，而透過不斷延長就不會喝完。

——妳穿這件裙子不會很癢嗎？我是說，現在是夏天。

——我才不要把我的裙子脫掉。

——不覺得我有要妳脫啊。妳在想邀我過來這裡究竟犯下了多大的錯。

——並沒有。

——那就是有囉。

——我講話不打迷糊仗的。

——很好。

想這個很奇怪但我能描述他坐著的方式就只有很穩，我在他家就注意到這點了在地鐵上也是，他拒絕了所有邀請他癱下去的椅子並把背拱起來坐得直直的，這一定是來自他的軍旅歲月。

——警察現在不是應該已經在找你了嗎？

——超過二十四個小時之前是不能去報失蹤人口的。

——綁架的話多快可以報？

——我有點太大隻沒辦法被綁架啦，妳不覺得嗎？

——我還以為身材沒關係勒。

——繼續這樣下去那妳可能就會跟我一樣覺得好玩囉。妳有在聽音樂嗎？

——你想聽聽這年頭的孩子們到底都在聽些什麼啊？

——當然囉，一定要的。最新的是什麼啊？那首〈美好時光〉[309]真的很讚，對吧？超讚的？

——孩子啊，你退流行囉。

我站起身放上一張唱片，呃就唱片堆上最上面的那張啦，真好笑，以前在牙買加時，唱片是我爸在聽的東西，而且總是枯燥的演奏狗屁像是比利．沃恩[310]的〈鴿子〉還有詹姆斯．拉斯特管弦樂團的東西。都一九八五年了我肯定是唯一還擁有那種多合一音響櫃的人，或至少是一個叫德律風根的牌子。我還記得我媽唯一買過唱片回家的那次，那只是張米莉．傑克森[311]的四十五轉唱片叫作〈如果你們到了週一還沒重新墜入愛河〉，但我覺得她是等到我們所有人都不在家才願意播來聽。

——管風琴？我的天啊，你要播教會的音樂嗎？

——沒。

——那是個牧師，他在講來生的事，而且那肯定是管風琴沒錯。

——閉嘴安靜聽就對了。

他坐了回去這時王子說，**在這一世你得靠自己了**[312]。

——噢天啊，噢天啊，我還真的滿喜歡這首的。

他又站了起來，邊打響指邊點頭，我在想貓王紅的時候他是不是還是個青少年還有他對披頭四有什麼看法，我想問他他喜不喜歡搖滾樂，但對一個邊打響指邊踩著拍子彷彿比爾・寇斯比剛教他怎麼搖擺的男人來說這問題似乎很蠢。

——**讓我們狂起來吧，讓我們瘋起來吧**，他說。我因為沒有跳舞感到內疚，所以我起身開始跳，接著我做了某件我永遠、永遠、永遠都不會做的事。

——**「一切都會沒事的。」醫生，會讓一切都出錯，藥丸和顫抖水仙花會害死人，要撐住啊，孩子。他要來了，他要來了，他要來了，他要來了，嗚呼呼呼。**

309 譯注：應是指美國迪斯可樂團奇可樂團（Chic）一九七九年的歌曲〈Good Times〉。
310 譯注：Billy Vaughn（1919-1991），美國音樂家暨歌手，歌曲為〈La Paloma〉。
311 譯注：Millie Jackson（1944-），美國R&B暨靈魂歌手，歌曲為〈If You're Not Back in Love by Monday〉。
312 譯注：此句及下文皆出自王子的歌曲〈Let's Go Crazy〉，收錄於經典的《紫雨》（*Purple Rain*）專輯中。

我抓起廚房流理台上的梳子當成麥克風又唱了三次嗚呼呼呼，接著吉他獨奏到來而一開始我以為他心臟病發了，但他其實是在用雙手模仿吉他獨奏，我則邊跳邊大叫著**瘋起來吧，瘋起來吧**這首歌就這麼讓這個時刻持續延伸，我是說，我已經聽這首歌聽幾百萬次了卻從來都沒有這麼長過，直到一切就這麼垮了下來我們也是。我在地板上，他在沙發上，〈帶我一起〉[313]開始播的時候他又馬上跳了起來，但我還在地板上，邊喘邊大笑。

——這可能是我在披頭四上《艾德．蘇利文秀》[314]之後最享受的一次了。

——你們這輩人對披頭四的印象就是這樣嗎？

——他們只不過是史上最棒的搖滾樂團而已啦。

——上個客戶那天晚上要我們在約翰．藍儂的飯店外面站一整晚。

——為了什麼？他是和保羅在錄音嗎？

——什麼？我可不確定這玩笑好笑。

他走向音響拿起唱片封套。

——機車上這個醜女同性戀是誰啊？

——那是王子。

——什麼王子？

——就是王子啊。鬍子不就是線索了？

——呃我的第二個想法是這可是史上最性感的留鬍子女人啊。

——他有部電影在上映，就叫作《紫雨》[315]。

——紫霧？

——雨啦，是王子，不是吉米[316]。我大概該關掉了，他開始有點露骨了。

——甜心，我是五個街區內唯一擁有綠頭蒼蠅[317]唱片的白人，這個王子才嚇不倒我。抱歉我叫妳甜心，我理解女人現在已經不愛被這麼叫啦。

我想告訴他我並不介意而且這依然算是好一陣子以來第一次有任何人，當然是說有任何男人，對我說好話了。不過我望向窗外看著天際線點亮燈火。

——專輯封面上的女孩是誰？

——阿波洛妮雅[318]，她應該也要是他現實生活中的女友才對。

——這麼說他不是gay囉？

——你一定很餓了，你在你家半片披薩都沒吃耶。

——我是有點啦。妳有什麼吃的？

——墨西哥起司辣肉醬玉米片跟拉麵。

313 譯注：同一張專輯的下一首曲目〈Take Me With U〉。

314 譯注：*The Ed Sullivan Show*，一九四八年至一九七一年播映的美國綜藝節目，由艾德．蘇利文（1901-1974）主持，曾邀請過許多大牌明星，除了披頭四外，也包括貓王、滾石樂團等。

315 譯注：專輯同名電影，一九八四年上映。

316 譯注：指吉米．罕醉克斯，他有另一首歌曲叫作〈紫霧〉〈Purple Haze〉。

317 譯注：Blowfly（1939-2016），本名Clarence Henry Reid，美國音樂家，以二創其他作品，描寫色情主題著稱。

318 譯注：Apollonia Kotero（1959-），《紫雨》的專輯封面後方可看見她斜倚在門邊。

——老天，不是一起吃吧？

——還是你想要放了一星期的麥克雞塊？

——夫人您說的有理。

我打開電熱水壺煮麵，這代表過程中我們就只是坐在那聽完專輯，等電熱水壺開始叫的時候專輯也快播完了，而我在想要不要再翻回A面因為我知道我沒辦法坐著度過沉默而且他也無法。

——所以妳到底是來自哪裡？

——什麼？

——妳是從哪……妳可以把那關掉嗎？又不是說貓王會跑掉。妳是從哪來的？

——吃你的麵。京斯敦。

——這妳已經說過啦。

——一個叫作海文戴爾的地方。

——那是在市區嗎？

——郊區。

——像中西部嗎？

——像皇后區。

——真糟糕。那妳為什麼要離開？

——因為是時候離開了。

——就這樣而已嗎？前幾年不就是麥克·曼利跟所有共產主義的有的沒的鬧得正凶的時候？

——我看你很懂冷戰哦。

——甜心，我可是在五〇年代長大的呢。

——我是在諷刺啦。

——我知道。

——話說回來，為什麼一定要有什麼事促使我離開呢？也許我就是想離開。你有跟家人待在一起過卻還是覺得你待太久已經不受歡迎了嗎？

——耶穌他媽的基督，還用妳說，如果是在你他媽自己付錢買的破幹房子裡那還更糟。

——最後你還是得回去的。

——噢妳這麼覺得啊，真的啊？那妳呢？

——我已經沒什麼好回去的了。

——真假？沒有家人？沒有甜心嗎？

——你還真的是五〇年代長大的小孩欸。在牙買加，甜心指的是你背著老婆在搞的女人。

——怎麼這麼讚。說到這個，我得跟妳借個廁所。

——回到你進來時的走道往下走，右手邊倒數第二扇門。

——瞭。

要是現在打開電視看見克朗凱[319]帶頭開始報導寇瑟斯特的大家長遭到綁架還要求贖金那一定會很好笑。老婆／媳婦對著鏡頭痛哭直到她發現她的睫毛膏正在流下臉頰並大喊卡！兒子則是看起來一臉鎮定因為他要不是不想發言就是他老婆拒絕閉嘴。**我們以為那地方聲響卓著，但你永遠**

都不知道，她看起來這麼值得信賴，她的名字還叫多加耶，天殺的，只有天知道她會在勒索信裡要求多少贖金。我在想她會不會一路梳妝打扮到新聞台的攝影機出現之前，我的照片在電視上看起來又會像怎樣，雖然我很確定人力仲介公司並沒有我的照片，至少我不記得有啦，不過姑且就說他們有張我的照片，只要脈絡稍微改變個一點點看起來就會像是犯罪大頭照啦，我敢打賭會是在我離開公寓並且忘記弄好頭髮的那天拍的。那對夫妻八成會牽著手她則邊拜託綁匪，也就是我，有點人性因為她公公狀況並不好，一點也不好，而且——

——這是什麼？

我沒聽見他走出浴室，沒有沖水聲，沒有開門的嘎吱聲，什麼都沒有，我神遊到不知道哪裡去了而我甚至沒注意到他直到他就站在我眼前。

——我說，這是什麼？妳到底是誰？

他在我面前揮了揮那東西。我已經告訴過自己又不是說我有預期今天最後會搞到有人來我家裡，我是說，這間房子的主人就是一個永遠不會期待有伴的女人，但是幹他媽的勒，我早該先檢查一下廁所的，就算不為別的也是為了要確保一下水槽上有全新的紙巾吧。而現在他就站在我面前好像他是警察一樣，揮舞著那本通常安安全全躺在我枕頭底下的書。

《如何徹底消失並且永遠不會被找到》320

道格·里奇蒙著

幹你娘勒。

319 譯注：Walter Cronkite（1916-2009），美國記者、冷戰時期著名主播，為CBS當家主播。

320 譯注：*How to Disappear Completely and Never Be Found*，Doug Richmond著，一九八五年出版。

崔斯坦・菲力普斯

放屁、放屁、放屁，你講這麼多屁話你的舌頭八成都變棕了啦。哦沒有？好吧，你知道怎樣嗎，我們就來照你的方式玩啊，你還有什麼要問我的，巴拉克拉瓦？那個你已經問完了。銅哥？查查你的筆記吧，白痴。洛老爹跟幫派老大，我從八條巷跟著後面那個一路來到布魯克林，所以去查查你的筆記吧。

噢？真假？

我在想的才不是那樣，你想知道我在想什麼嗎？你根本就沒在記筆記，你在那上面潦草寫下的一切都是些塗鴉跟狗屁，就我所知你整段時間都是在用西文寫瑪莉有隻小綿羊啦，不是嗎？那就讓我看看啊，來嘛，對啦對啦，就像你們老美說的那樣，我在想的就是這樣沒錯。白小子，真的別再講屁話了，最好呢，你怎麼不繼續悶不吭聲然後讓我來告訴你你為什麼會在這裡？看看你，老兄，我是說，都一九八五年了，你還不去好好理個頭髮，留這什麼嬉皮爛髮型啊？跟牛仔一樣穿什麼牛仔襯衫、迪斯可牛仔褲勒而且還用你說，牛仔可不穿機車靴勒。幹，就連監獄裡的人至少都看過兩集《邁阿密風雲》[321]，你有半個看起來像裡面那樣的美鮑嗎？噢你知道美鮑什麼意思啊？真的啊，你的風格就是這樣還是你被插了一年然後大家就把你丟在那了？

我是說，你跑來這裡面告訴我你在寫一個有關和平協定的故事。第一，這都已經是七年前的事了然後講到現在你都還沒辦法給我個好理由說這事為什麼還這麼有趣，你以為我很蠢嗎？兄弟，有種東西叫脈絡啊而你講到現在都還沒辦法給我一個，別因為我有時候話講得很爛就侮辱我啊，你確定你知道脈絡是什麼意思嗎？你知道我們實際上到底在做什麼嗎還是你以為我們做的就只是和歌手一起開一場演唱會而已？順帶一提，你到目前為止問的所有事都是有關和平協定的結束，從來都沒有開始甚至從來都沒問到過程。快點啊，白小子，對一個宣稱從一九七八年後就沒見過牙買加島的小子來說，你到目前為止提到的每一件事大約都發生在一九七九年和八〇年欸。你有問洛老爹沒錯，但只問了他怎麼死的，你也問了銅哥，但也只是有關他的死，你從來沒問過露西而且就算在我提起她之後，你就只是這麼帶過彷彿她什麼屁都不是。

噢，你只是想要詳細一點啊，是喔，嗯你才是記者啦，畢竟。

嗯哼。

沒錯我的小夥子。

你想知道更多我一九八〇年加入大尾老大幫的事啊。

皮爾斯啊。

皮爾斯啊。

艾力克斯啊。

我從來沒說過我在一九八〇年加入大尾老大幫，我只有說我加入了大尾老大幫。又或者你想

321 譯注：*Miami Vice*，一九八〇年代美國犯罪影集，二〇〇六年曾改編為電影，主角由柯林・法洛及傑米・福克斯飾演。

知道喬西・威爾斯的事？他要來紐約了，你知道的。萊克斯謠傳他今天就要降落，誰知道他來幹嘛的，還是為了誰來。

噢。

你現在安靜了耶。看看你，事實上呢，每次我一提到喬西・威爾斯你就會安靜下來，不，兄弟，不過幾分鐘前當我在講威爾斯是怎麼搞爆了和平委員會時你馬上轉移話題到我最後是怎麼來到牢裡的即便你顯然早就已經知道了。你完全沒問我半件你沒辦法在我替委員會做的訪問中找到的事，就連我提過的那次在紐約的訪問裡也找不到呢。但這是真的，喬西・威爾斯今天要來紐約啦，而他肯定不是來見我的。

看看你，坐在那邊好像想試著表現得你一點也不怕一樣，我給你五分鐘結束這次訪問因為你有些急事然後就快衝回你在貝－史圖的公寓躲在水槽底下吧。哦沒錯，艾力克斯・皮爾斯，你以為我需要多久才能找到我需要知道的你的事啊？以為你住在貝德福和克里夫頓你就很硬漢啊，克里夫頓公寓兩百三十八號，對吧？一樓的公寓，不，等等，二樓才對，我都忘了你們老美不用G樓那套，哈哈。你那條街上的每個人都是黑人還穿得好像他們要去幫〈顫慄〉[322]試鏡一樣而你自已看起來則像是老鷹合唱團的團員。你真的很屌哦，艾力克斯・皮爾斯，讓我猜猜看，我把你比喻成老鷹合唱團讓你氣炸啦，但我看錯你了，你五分鐘後還不會走，在你完成你此行的目的之前你不會走。喬西・威爾斯跑來紐約只是讓事情變得更麻煩而已但你來這裡還是為了某件事。

嗯哼。

嗯哼。

對。

蛤？

繼續說。

就像那樣？就像那樣坐在那哦？

你知道怎樣嗎？我閉嘴所以你快說吧。

嗯……

嗯……

幹，艾力克斯・皮爾斯。

幹。

哈哈哈哈哈哈。

拍謝，不是故意要笑的，但這還是滿好笑的啦。在自己床上醒來結果發現有個男人坐在你旁邊，你確定你們先前不是在打炮只是他先醒來嗎？冷靜點啦，我的小老弟，大家都看得出來你不是死基佬啦。

你以前殺過人嗎？對，艾力克斯・皮爾斯，這就是我想知道的。你可以閉上嘴什麼幹他媽狗屁都不講，或者我就叫警衛來囉。回答問題吧。

322 譯注：指麥可・傑克森的名曲〈Thriller〉之著名MV。

在那之後還有殺過人嗎?哈哈,我懂啦,只是在跟你開玩笑齁。殺人真的是件很讚的事,是吧?超他媽讚,他本來打算從日出到日落要去做的一切就這麼被你給終結了,就像這樣。是好人或壞人根本就不重要,你看著一個死人然後開始在想他呢,或者任何人,展開這一天時有沒有想到這就是最後一天了,很怪吧,對吧?你醒來,吃早餐、午餐、晚餐,你去工作、開派對、幹炮然後你又醒來全部再重來一次,但是這一晚呢,這個傢伙永遠都不會再看到另一個明天了,他不會再起床、洗澡、拉屎、過馬路、搭這班公車、跟他的小孩玩,什麼屁都不會了。而這都是你幹的,你從他身上奪走了這一切。我有聽到你說的,但是當時也別無選擇了吧,他正要把你給幹掉而你就只是按照本能行動,不然你現在就不會出現在我面前啦。他死掉的時候看起來怎樣啊?你有碰他嗎?還是就這樣丟著?那你怎麼知道他已經死了?

我的小老弟啊,你離開飯店房間然後在那之後啥都沒發生?真有趣。又不是說你是用假名訂房間的,所以說沒有新聞報導、沒有調查、沒有警察打給你,什麼都沒有,幾乎就像是你夢到了這整件事。冷靜點啦,白小子,我從來沒說過這是你夢到的,但是有人幫你善後啦,還好好善後了,而且……等等,你說藍色的軍服?很像藍色的軍服嗎?

還有禿頭?

他是不是有點紅?我是說,淺膚色,混血長相?

幹你娘勒。

所以你是在跟我說你就是那個宰了東尼·帕華洛帝的人?

幹你娘勒我的小老弟啊,操你媽。

不我從來都不認識他，但貧民窟裡哪個人沒聽說過東尼·帕華洛帝啊？那人可是喬西·威爾斯最高級的打手，聽說那傢伙鐵石心腸呢，還有人說他是個啞巴因為從來沒有人聽過他說半個字。你有聽說過那個叫作美洲學校的地方嗎？你得要人不在美國才有可能會聽過啊，我知道的就只有帕華洛帝是唯一真的是從那地方出來的傢伙，而且還是唯一確實知道該拿槍怎麼辦的人，是個比警察或軍隊都還更好的狙擊手啊，然後你跟我說某個瘦巴巴的嬉皮男孩幹掉了牙買加的頭號殺人機器？噢不，兄弟啊我呢，真的是快要笑死啦。不，也許你是對的，也許吧，我是說，你肯定對此感到很沮喪，這是絕對的。我的意思是，你確定那是他嗎？噢等等你根本就不會知道，你只是知道他長怎樣而已。抱歉啦，兄弟，但我得再消化一下這回事，這就像是我正盯著那個宰了哈利·卡拉漢的男人啊，你記得這事是什麼時候發生的嗎？

一九七九年二月啊，所以現在真相大白囉，你一直到一九七九年二月人都還在牙買加，你跟我說過你揭發了什麼有關綠灣的破事，對吧？雖然這並不代表任何事啦，就連牙買加的報紙在很久以前都揭穿了這事背後的真相囉。可是如果東尼·帕華洛帝當時在追殺你，那麼命令肯定確實是來自哥本哈根城的，而因為這並不是洛老爹的風格，唯一可能派他來的人就是喬西·威爾斯囉。哇靠，我的小夥子，你是做了什麼惹到喬西·威爾斯搞到他要派人來追殺你啊？

你不知道哦。

也許你沒發覺你其實知道吧。哪門子的記者連有關他自己的事實都搞不懂的？你肯定真的是挖到了什麼有關喬西·威爾斯的事而其他人都不知道，話說回來也不只是這樣啦，喬西發現你手裡有什麼他的把柄你甚至都沒發覺自己有勒。沒錯，這是六年前的事啦但這很顯然纏著你所以你一定得想起來，一定是在你的筆記裡還哪的，不過還真好笑因為看起來喬西似乎天不怕地不怕啊，他可能是你們這種人叫作心理變態的人。快點，老兄，好好想想，有什麼事情是只有你和他知道的？

你知道什麼毒品管道嗎？還是黑幫人脈？你最近寫了關於哥倫比亞的故事嗎？不，等等，這應該是那時候的事，一九七九年時根本就還沒半件事真的發生，你會知道的肯定半件都沒有。綠灣嗎，不可能，你又不報政治，你是在寫和平協定的事可是這故事是哪邊吸引了你？你在跟歌手嗎？噢，歌手啊，為什麼？

噢。

兄弟啊。

你剛剛說溜嘴啦，皮爾斯。你剛才洩漏了整個計畫而你還看不出來勒，我們之間的共通點比你知道的還多，想想看吧，現在全世界都知道不管是誰對歌手開槍都是對準心臟卻打中胸口而且這完全只是因為他那時在吐氣不是在吸氣，對吧？我是說，就連那本有關他的書裡面都有寫到，但是回到一九七八年那時除了歌手、槍手還有從我剛聽起來的樣子，你，之外還有誰會知道呢？所以他發現他跟你說了某件他不應該知道的事，畢竟，甚至就連醫院都沒辦法說出殺手本來是要瞄哪邊的啊，只能說出打中哪邊。我的意思是，我知道是喬西開的槍啦，但我要一直到七九年才知道。而且就算到了那時，也沒人知道背後的意圖只知道誰中槍還有誰試圖痛下殺手。他沒有特別盯著你看嗎？但在這之後他確實打發了訪問吧？他肯定有，媽的勒我的小老弟啊，你還真是在演電影啊。問題是，即便我們全都知道綠灣的事，如果我沒搞錯你意思的話，那你早在其他所有人之前就發現真相了啊，你是哪位，福爾摩斯哦？所以他要不是因為你發現他試圖親手殺了歌手而想要殺你，不然就是因為你發現了綠灣的真相而想要殺你，雖然他想殺他自己的人根本就一點道理也沒有。現在我搞混了啊。

你知道怎樣嗎，忘了綠灣吧，雖然你對這事也知道的太多了，不過是東尼·帕華洛帝想要殺你依然解釋了某些事，這表示背後肯定是喬西，毫無疑問，喬西·威爾斯發覺你知道他試圖幹掉歌手。或至少你就快發現了，雖然我不知道你有沒有他想的那麼聰明啦因為都過了整整六年你甚至連想都沒想過以上的一切。

現在這就合理啦，所以這就是你為什麼來看我嘛。我肯定是世界上唯一跟你一樣擁有這個共通點的人，真屌啊，喬西·威爾斯唯二想幹掉卻還活著的人，而現在他隨時都會降落在紐約囉。

喬西・威爾斯

這架飛機二十五分鐘前降落在甘迺迪國際機場而我們才剛要離開海關，某些鳥兒告訴我這只有在牙買加人降落時才會發生，我不知道我是怎麼知道的，但我就是知道。上次我飛到巴哈馬時那個海關的王八竟然還真的說，請所有牙買加人站到隊伍左邊，才不要，我才不要站到他媽的左邊而當我直接穿過海關給他們我的護照時也沒有半個白痴敢吭半個屁，甚至沒打開我的手提箱勒。歌手有一次不就也這麼做嗎？海關官員開始搞一些海關的破事時他也在排隊，然後他就直接拿起他的包包直直走了出去。這一排有兩個牙買加人已經被海關拖走了，其中一個還有三個警衛在護送她，真他媽智障，我希望她是把古柯鹼放在她屁眼裡而不是她的鮑魚或是更慘的還吞下去，因為在裡面耗的那些時間會害死她。聽我說，他們竟然覺得所有牙買加人一定都在運毒。

可惜的是他們竟然擋下了那個看起來就像是在運毒的女孩但他們真正該擋的應該是那個在頭等艙丟整個國家臉的白痴才對。大家都在那，就在三萬兩千英尺的高空上空姐宣布開始供應晚餐，那女孩看了一眼她們供應的東西然後說，**妳們他媽竟然把這叫作食物哦？幸好我帶了我自己的食物**。接著我就得看著這個死婊子打開她的包包並拿出一個冰淇淋桶裡面裝著炸魚跟飯跟豆子，他媽的臭魚薰得整個頭等艙到處都是害我差點都要問我可不可以換到靠後面的另一個位子了勒，我甚至願意付錢。要不是這樣就是我掏出一把槍用槍托教她點格調啦，如果我有帶的話。

——歡迎來到美國，——先生。

我經過門來到行李區卻瞥見兩個官員抓著那個他們拖出隊伍的年輕女人然後把她摔到地上，都出了海關但我們還是在機場裡，又一件跟牙買加不一樣的事。而尤比人就在那，就站在人群正前方，很多人都是黑人，很多人都有印度臉孔，等著人出來。王室藍的絲質西裝前口袋放著白色手帕彷彿他是《邁阿密風雲》裡的那個黑人，我真的得看看這齣劇才行，有什麼東西告訴我如果我叫他塔布斯[323]，尤比會很喜歡的，想裝硬漢的上城男孩，只不過他真的是硬漢啦。我也花了很多時間在想愛哭鬼的事，但不是用同樣的方式也不是為了同樣的事。還有這傢伙手裡拿的他媽是什麼東西啊？

——尤比。

——兄弟啊！我的老大唷，他像美國黑人一樣說。他還舉著那個寫著喬西．威爾斯的牌子，就像他身旁的兩個司機舉著的那種牌子。

——這是三小？

——哈哈，這個哦？這是個我們叫作喬西．威爾斯的笑話啦。

——喔，我可不覺得好笑。

——耶穌基督啊，喬西，你的幽默感跑哪去了啊？還是你從來都沒有過？

我真的很賭爛牙買加人開始學美國人的講話方式，當他們來回切換的時候實在是讓我非常不

323 譯注：即該劇兩名警探主角中的黑人警探。

爽。我笑了起來。

——這才像話嘛，雖然你沒有用心。

接著他就這麼把那張紙給扔到空中，拿起我的包包然後開始往外走，我跟著他但依然看著那張紙在空中飄來飄去並掉在一個租車櫃檯附近。

——晚上降落在紐約應該滿有趣的，跟白天比起來是個截然不同的城市。

——我們還要多久才會去布希維克？

——放輕鬆，兄弟，喬西。夜還很長而且你才剛到呢，你餓了嗎？

——飛機上有吃的。

——這我很確定你他媽肯定沒吃，去波士頓路上的波士頓牙買加煙燻烤雞吧。

——說真的，你以為我離開牙買加是要去吃什麼次等的牙買加菜嗎？你是這樣想的嗎？

——好吧，還是你想吃個大麥克？起司華堡如何？

在停車場，一台黑色的小廂型車開過來並在我們面前停了下來，也許我沒帶著我的槍是件好事不然我早就已經掏出來了，但話說回來這裡又不是京斯敦市區。車門打開尤比指著裡面，因為某些原因我沒有動直到他先坐了進去，他正在點著頭。

——好樣的老喬西，在這麼多年後還是不信任任何人啊。

他笑了，但我還是不知道他到底在講三小，我記不起從前的尤比了。在外頭我們似乎一直在開過紅綠燈，雖然我以為我們馬上就會開始經過很高的建築物。到目前為止紐約看起來就像是邁阿密的勒瓊，但我以為街道會更寬一點，高速公路上快速經過的就只有車子，這還滿奇怪的因為就是尤比本人說紐約根本沒人開車的，也許這裡並不是紐約，我本來想問，但尤比已經覺得他自己太聰明了。廂型車慢了下來這時我第一次察覺後頭還有另一個人，蠢死了，真蠢啊喬西·威爾斯，你沒這麼笨的，沒帶槍，身旁圍繞著一夥人他們的老大是我一起合作但事實上卻不信任的人，我至少應該在我們一踏出機場時就要把槍的。我們轉下大條的高速公路我看見一個路牌寫著皇后大道，這條大道竟然比高速公路還寬很多真的是很怪，我們開下這條有磚造連棟房屋的街道，屋子全都是三層樓有時還是四層樓外頭還有個露臺跟塑膠椅跟好幾台腳踏車。

——這裡就是皇后區，順帶一提。

——我知道。

——你知道？

我沒回答他。我們撞上一個坑洞我彈了起來。

——畢崔，衝三小啊，老兄，你是剛撞到一頭山羊逆？

——坑洞，老大。

——替老大著想一下，老兄，離開牙買加結果卻撞上坑洞，真他媽的。

——我們不想讓他覺得自己人生地不熟嘛，尤比。

——哈哈。

我希望沒有人看見我在黑暗中跳了起來，不然我就得做點什麼了。

——我兄弟喬西跟看到鬼一樣跳了起來欸。

大家全都笑了，我不喜歡他是怎麼跟所有人打成一片彷彿他跟他們平起平坐。我也不喜歡有人他媽的不尊重我，即便是在開玩笑，這傢伙真的覺得我跟他是同一個檔次的，他是真的這麼覺得。我在想如果是愛哭鬼用他看起來在管皇后區和布朗克斯的方式管曼哈頓和布魯克林會不會發生這種事，我們一離開這台廂型車我們就得好好聊聊。與此同時我也在想後面那人到底在幹嘛，接著我們又開上另一條高速公路，我向外望有片海洋或一條河還有個老百事商標的霓虹招牌，跟我還是個男孩時一樣老。

——所以，喬西，我在想呢。我——

——你要在廂型車裡談正事嗎？

——什麼，是怎樣？我百分之百信任我的人，喬西，意思是——

——你不會要告訴我這什麼意思吧。

——喂，喬西很有一套嘛，對吧？跟罪惡本身一樣壞的男人！但這沒什麼啦，我們可以等我們到了波士頓牙買加煙燻烤雞那，很好笑吧，哈？機率有多低啊，來自波特蘭的波士頓牙買加煙燻烤雞竟然來到紐約的波士頓路？這就是我兒子會叫作諷刺的事，從他文學課上學來的，他們實在長大的很快，對吧？你大兒子現在幾歲啦？

——十四歲。這一切難道不能等到我們下車嗎？

——只是在閒聊嘛，但你隨意囉。

廂型車停了下來。我甚至沒注意到我們人在布朗克斯了，我知道現在已經過九點了但街上依然繁忙，人們在路中間跟人行道上走來走去進出商店彷彿天還沒暗一樣，車子停在路的兩側全部都是別克或奧茲摩比或雪佛蘭。布拉小姐的美髮沙龍、方丹兄弟貨運、西聯匯款、又一間西聯匯款、彼得精品男裝、蘋果銀行，接著就是波士頓牙買加煙燻烤雞，這地方看起來像是要打烊了，但某個人肯定看到了尤比，因為後頭有盞燈就這麼亮了起來，所以我現在在想尤比是不是忘了我說不要吃牙買加菜，或這是不是另一個可愛的小玩笑。我們坐下，就只有我跟他在門口附近的橘色塑膠雅座他直接面對著我，他其中一個手下在收銀檯旁另外兩個站在外頭。

——你這邊通常需要多少人手保護？

——不用太多，大尾老大幫知道最好不要試著進駐波士頓路或槍丘路，上次他們有動作時幹掉了我兩個毒販，現在你就知道這黑鬼可不會白白躺在那任人宰割了，對吧？我們聽說在黑芬公園那有個派對很多大尾老大幫的人都會去，所以我們開了三台車下去，跳下車然後彈洗整個公園，我們開槍甚至都不是為了殺人勒雖然那天確實有一兩個人很不好過啦，我在乎的就只是他們至少有個人餘生都要用人工肛門拉屎了，這就是他們這些死基佬最後一次來布朗克斯搞事了。在費城那邊狂推海洛因是他們做過最明智的舉動啦，話雖如此他們在布魯克林還是越來越大膽了，太大膽了，你問我意見的話。

——跟我說說。

——什麼？

——跟我說說有多大膽。

——呃，你的人愛哭鬼最能告訴你——

——我沒有在問愛哭鬼，我是在問你。

——好啦，好啦，那就說真話啦。你的男孩用各種方式搞砸事情，而大尾老大幫呢，則在百老匯、蓋茲大道、香桃木大道這個三角地帶開車上上下下，看著你的男孩搞砸。報馬仔找不到跑腿的，毒販自己在吸毒，同時他們這些男孩開著他們的雪佛蘭到處巡邏因為他們知道他們可不能涉足布朗克斯或皇后區啊。我的人向我報告了這一切。

——你的人？他怎麼知道這麼多的？

——別會錯意了，但我讓愛哭鬼其中一個跑腿的幫我注意一下。

——這幹他媽的啊，尤比，你在監視那傢伙，監視我？

——噢真他媽的勒，喬西，講得好像你沒有人在監視我一樣，不然礡塊每晚跑去電話亭打對方付費電話是要打給他馬子啊？我是不在乎啦，事實上我真的完全不介意，這讓我時時刻刻保持警惕並提醒我不要搞砸啊。我的人一個星期才跟我回報兩次，我是說，我也想不出來他會發現什麼你不是早就知道的事。

——比如什麼？考考我啊。

——比如說你的男孩愛哭鬼也在用。

——愛哭鬼最早從七五年就在吸古柯鹼了，這又不是什麼新鮮事。

——不過新鮮的是，喬西，現在他在吸快克囉而你知我知快克可不是古柯鹼，一個人就算吸了古柯鹼能不能還把事給辦好呢？這是當然，我認識的每個搞音樂的人都會來點古柯鹼，他們叫作妓女吹個喇叭，我的小老弟啊，以前那時這產業確實還算是有點格調呢。但快克就是完全不同的事啦，每個從古柯鹼改吸快克的毒販通通都會搞砸，吸快克的話你連思考都沒辦法思考，什麼屁事都幹不了。因為快克就是你的事，你吸快克的時候沒辦法加數字，也分不出什麼要賣什麼要買，事情都搞爆啦而你甚至不在乎。你見到愛哭鬼時記得問他他上次去布希維克是什麼時候，都在那吸快克嘛還有……呃……他也還在搞其他事啦，但那傢伙真的是個幹他媽的快克毒蟲了，這真是他媽的操。

——你怎麼知道他在吸快克？

——我的人看到他在吸。

——他媽的鬼扯，尤比。

——兄弟，你怎麼會覺得他有要隱藏呢？你不懂，人吸快克的時候他才他媽的沒在屌，這就是他媽的鬆懈了啊，老兄，那傢伙跟什麼快克婊子一樣在吸快克，還搞砸了他的據點而當他沒在這麼做的時候，就去搞一大堆他一定是在邁阿密時迷上的噁爛事因為他在牙買加時是絕對不可能幹這破事的——

——夠了。

——而且大尾老大幫完全就是紅頭禿鷹嘛，屍體都還沒死透他們就開始盤旋靠近了。

——我說夠了，尤比，幹你娘。

——好啦兄弟，好啦。

——這他媽的狗幹破事講夠了吧，我們走吧。

——兄弟，食物甚至都還沒上欸。

——我他媽看起來像是餓了逆？我現在想做的就是去布希維克，現在立刻馬上，尤比。

約翰—約翰·K

所以說之前有次在邁阿密一直要到南灘的柯林斯那邊，我邊在一台聞起來已經臭得要死的福特野馬裡抽百樂門，邊耍婊抱怨有人給了我超爛的情報要我來拿大麻但這卻他媽根本就永遠都不會發生（沒錯，目的是要幹走這批貨然後拿去賣），而就像蛾聞到了新的印花棉布時，有幾個男孩開始往這邊過來。有個金髮的，頭髮又長又捲彷彿他大多數時間都在學法拉·佛西擺姿勢，一路溜了過來，牛仔褲在側邊分叉裁得像熱褲似的，都高到白色的口袋凸出來啦。他也在哼歌，聲音低到可以讓法拉的氛圍消失無蹤，**再來、再來、再來，你喜歡嗎你喜歡嗎**，我都想跟他說，媽的死玻璃現在已經一九他媽的八三年啦。

這王八蛋的溜冰鞋介於某種娘炮的粉色和紫色之間，可能是叫作丁香紫吧，反正就是某種臭玻璃會知道的顏色啦。穿溜冰鞋的小婊子根本就沒看到他過來，骯髒的那男孩，黑髮有夠髒的都快變成灰色了，溜上來穿過車子的死角好像他在跟著陰影一樣。我根本就也沒看到他直到那個穿溜冰鞋的婊子養的直接撞上那男孩的戰鬥靴使出的功夫踹然後往側邊偏，溜冰鞋婊子還在繼續溜，又搖又晃地像什麼喝醉的舞會皇后，試圖想恢復平衡卻沒辦法停下來同時又不跌倒在柏油路上，死婊子又尖叫又幹譙地想要保持平衡用一隻腳往後撐接著換成另一隻直到他屁股先著地撞上鐵絲網邊的一大堆垃圾桶。把你的淋病和臭屁股帶到海利亞去啦，那男孩說。當然是拉丁佬啦，不過是個滿可愛的拉丁佬，可能剛從古巴過來不久，還沒久到讓這個骯髒的**小男妓（西語）**知道《飛車黨》[324]已經是部他媽的老掉牙的電影啦還有皮衣對還算是熱帶的地方來說可不是最酷的選擇。

拉丁佬彎身鑽進車窗聞起來像是他三十分鐘前才剛抽過。他的左犬齒不見了，但他的雙眼漆黑又飢渴，他的下巴跟《歡迎回來，柯特》裡的維尼．巴巴里諾[325]一樣剛硬，這孩子把他的手塞進車裡而我抓住了他，獵人的直覺。是菸啦，那孩子說，我放開了他，那孩子什麼話也沒再說，就只是繞到右邊並坐進車裡，我大可就在那讓他幫我吹，但幹他媽的我得射出來才行，這些破敗的藝術裝飾風格旅館真的是讓人越來越掃興了。那孩子說，衝三小啊，老爹，我不坐人家車的。我說，那他媽的就滾出我的車啊。孩子改變主意說那載我去個好地方吧，他又從菸盒裡掏出一根菸然後塞在耳朵後面，我在想幸好步槍沒放在床上不然這孩子會嚇死的，孩子就只是盯著我的牛仔靴看。

——你是什麼牧場工人嗎，老爹？

——把我他媽的帽子給放下來。

糟糕的是我滿腦子想的還是只有洛基。即便我的手在這孩子骯髒的頭髮裡，隨著他的頭上上下下起伏，我想起了洛基的規則，我們有一些規則，也或者我們以為我們有，如果你要跟某個人

324 譯注：*The Wild One*，一九五三年美國犯罪電影，主角由馬龍．白蘭度飾演。
325 譯注：該劇角色，由約翰．屈伏塔飾演。

做，那就在沙發上幹他們因為在床上這就是出軌。而且只能是當那傢伙真的、真的很可愛時，因為每日小語說我們只會經過同一條路一次而你就是必須跟他做，我們是男同性戀所以其他狗屁規則都不適用，呃，異性戀的規則啦。

但是幹他媽的勒，老兄，我多年前就已經搞定了的東西過去這幾天真他媽在我腦中計劃起團圓來了啊。我最好是知道為什麼啦幹，我根本就從來沒來過紐約，**來，就像這樣子，看，吸我的手指吸啊吸的直到你變成真空，看，就像你在吸一個塑膠袋直到所有空氣都吸出來為止？就是要吸這麼用力，就是要吸這麼用力用力到我沒辦法把手指拉出來，我知道該怎麼做啦**。沒人告訴我紐約市是一個鬼魂橫行的地方，**你真是個他媽的死怪胎，約翰－約翰**。我從來都不是故意要推那男孩的。是我是。我從來都不是故意要讓那男孩受傷的。是啦我他媽的就是。我從來都不是故意要殺死他的。故意究竟是，什麼意思呢？當他臉朝下摔在鐵軌上而我把他拉起來，只為了把他的頭擺到橫樑上這樣他鬆開的嘴才能咬著接著重重踹他後腦勺一次又一次直到我聽見啪啦聲，我滿腦子能想到的就只有夏令營。**進來了嗎？噢對，一路到底嗎？嗯哼**。十四歲，從夏令營回來我爸就馬上猛揍了我肚子一頓並告訴我我是個他媽的懦夫需要硬起來，夏令營全都跟爛食物、克癢寧乳液、拿著尺到處走來走去要塞在舞伴中間**以替耶穌留點空間**的輔導員有關。我跟湯米．馬提歐，頂著顆紅色爆炸頭的白男孩坐在邊線上低聲說著這一切真是狗屁不通。**嘿，你想抽菸嗎？呃，好啊**，夏令營結束兩週後我滿腦子想的都是再見到湯米，在電話上他似乎不一樣了，很忙，好像他是在跟其他人講話。你知道林肯那邊的舊火車隧道嗎？我到了那裡而他待在很遠的後頭，彷彿他不是那個我每晚在他媽的樹林裡都插著他屁眼的男孩，我靠得太近時湯米往我臉上噴煙。

湯米，你想要嗎，你知道的？

三小？才不要，你這他媽的死玻璃。

你才是他媽的死玻璃勒，被人這樣子插。

幹你娘，那是因為那裡他媽沒半個女生。

是在說能插你屁眼的女生哦？營隊那邊一堆女生好嗎。

沒有半個我想幹的女生啦，幹，就連你都比她們所有人還更可愛。但是我們已經回家了而且這裡的女孩都很可愛。

我才不想幹女生。

你應該要的，不然的話你就是個死玻璃。你就是個他媽死玻璃啦而且我要告訴你爸。

幹、幹、幹、幹、幹。我現在到底幹嘛要想這一切狗屁啊。這傢伙臥室的燈亮了，又熄了，浴室的燈亮了半個小時然後也熄了，現在已經熄半個小時了。給一個男人差不多半小時的時間睡著，他有可能是關著燈在幹某個妞啊，不過這樣的話同樣的規則也一樣適用啦，他要不是睡著了就是會分心。我會爬上防火梯但這可有三層樓高而要一整路都躡手躡腳實在是他媽很難搞的一件事，葛蕾斯達給了我一副鑰匙可是從前門進去感覺像是個超蠢的舉動，這裡可是紐約，他們上肯定他媽有鎖的啊，也有可能他正在幹某個妞而且不想要她留下來啦。

過了街我人就在建築物裡了，三不五時我都會得到某些暗示我真的只是個刻板印象中的玻璃而已，比如說呢，是誰他媽的這麼天才想出把這整個大廳區域都漆成芥末黃的啦？十、十五英尺而第一道階梯的樓梯上還鋪著地毯，走上三層樓我知道我背上流下的不是汗水，到了門前而在我察覺之前我就把我的手在上面抹了一下彷彿我在確認這是真的木頭還是什麼垃圾。由於我非常不信任那個哥倫比亞死婊，我半是期待鑰匙會打不開，我把鑰匙插進去然後用力轉，想說會爆炸或怎麼樣的，但竟然開了，他媽的碰一聲就開了，幹你娘，一開始我想說計畫要流產啦，搞不好在外面這裡聽起來比裡面還更大聲？不管怎樣把他媽的保險打開才算明智啦。

大門嘎吱嘎吱打了開來裡面沒有客廳，我猜住紐約市的人並不真的需要一個吧。就在眼前，一張餐桌和兩把椅子，也可能其他椅子放在別的地方吧，從外頭只透進一點點光線，所以我能看到的就只有一張推到牆邊的沙發另一側則是推到牆邊的床。窗邊有台電視，分不出被子是黑色的還是說床邊就只是很暗。不管怎樣，我走向床邊，注意著被子底下最輕微的動靜並從彈匣裡快速射出七發子彈。三件事：滅音器的噗噗聲、子彈炸開枕頭的輕微砰砰聲、還有我身後倒抽一口氣的聲音。我轉過身看見一名全裸的白人可能是紅髮吧，在黑暗中分不出來因為他走出浴室時把燈關了，臭婊子跟我講錯間公寓了幹你娘，我舉起槍要往他頭開但他丟了某個東西直接打到我眼睛而這就像是我在我身體外面聽著我自己他媽的尖叫，有東西流下我的臉我吃到了，幹他媽的漱口水。等我衝進浴室洗好我的眼睛他已經推起窗戶跳出去防火梯上了，而我追在他後頭，這個全裸白人邊尖叫邊跑下每一級樓梯我則試著好好瞄準開一槍。我開槍子彈打中金屬，噴出火花，我在公寓裡才沒跑三步然後我就跳下另一道階梯，邊朝那個尖叫的裸體老兄開槍，我不知道他在該該叫什麼不過聽起來不像是救命，但我射中的全部都是他媽的防火梯幹，他跳下剩下的階梯而不是用梯子。

我們就在那跑下巷子，他喉嚨都快叫破了，我在他後頭，幾乎半瞎而且我的右眼仍然他媽的痛得要死。更糟的是，我們每一步都踢起這屎爛酸臭水，我試圖好好瞄準，但只有電影裡的婊子養的才能邊跑邊打中目標，而且那還是兩眼都看得到時幹。我所有的子彈不斷消失在黑暗中，沒有亂跳亂彈啥屁都沒有，他打赤腳跑得還滿快的又跳又跑地穿過這條黑暗的小巷，到處都是坑洞和垃圾桶，我踩到某個黏糊糊的東西根本懶得去看是不是隻老鼠。我們來到一個十字路口突如其來的車頭燈和街燈讓他完全停下腳步太久了點，我就在他又準備開始跑起來時幹掉了他，就在兩台車經過他兩側時，其中一台停了一秒接著疾駛離去，猛往右轉還差點撞上一根路燈，然後又左搖右晃消失在某條街道。街上現在沒有半個人，這對紐約來說還真他媽詭異，我想，一開始我覺得牆壁看起來很怪，又黑、又亮、又閃，接著我發覺那是一大堆垃圾袋，一個疊著一個變成了一道他媽的牆蓋住了兩側一路往下延伸直到完全的黑暗中。我走向那男的，抓住他的左腳踝然後把他拖回巷子裡。

多加·帕默

——說真的妳有仔細看過這狗屁嗎？仔細看一下封面？一副粗框眼鏡跟一個大大的粉紅色鼻子。這誰啦，格魯喬·馬克思[326]？還有我的天啊看看這家出版社的其他出版品。《美國地下陽春武器》，還有這個，《專業自製櫻桃炸彈》，跟這本注定成為經典的，《如何在財務上永遠擺脫你的前妻》[327]。這些到底是什麼鬼啊？我還以為妳是國民兵勒但妳又不在德州而且據我所知國民兵也還沒放寬他們的不收黑鬼政策啊。

與此同時我正試著搞懂這男人究竟為什麼會開始覺得他有資格在我家裡隨便發作，對啦他一整天都表現得差不多是這個樣子，但這搞得好像他是我爸或我老公或怎樣的狗屁實在是達到了全新境界。不，他是個無聊的老男人終於有個謎團可以破解還表現得像這很大條一樣。不，他以為他認識我因為我對他負有某些義務，而且他還這麼失望勒。不管這到底是怎樣這男人還真的是滿有種的。

——冷靜點。

——妳說冷靜點是啥意思？妳是什麼逃犯嗎？妳為什麼會需要這樣一本書？

——也不是說我欠你一個解釋，但我在某間書店看到覺得好奇啊。

——哪間書店，傭兵書店？那些怪胎會讀書哦？

——這就只是本書。

——這是本手冊，多加，如果這是妳的真名的話。沒人會買手冊除非他們計劃要使用，而從書的折角看來，妳還滿常用的。

——我沒必要回答你任何事。

——那就不要。不過說真的，這本書當然是在話唬爛吧？

——對啊，超垃圾的就像你說的。這就是為什麼我沒有用來——

——我是說這本書是垃圾，我不是說妳沒有在用。

我怎麼沒有因為他竟然對我生氣把他給轟出我家？這裡他媽是我家耶，房租是老娘付的。

——還有沒人講話能比我大聲。

——什麼？

——我說這裡是我家而且沒人在我他媽的家裡講話能比我大聲。

——抱歉。

——不用道歉，我才是該抱歉的那個。

他坐了下來。

——這裡畢竟是妳家。

326 譯注：Groucho Marx（1890-1977），美國知名喜劇演員，著名形象即為眼鏡與大鼻子。

327 譯注：*Improvised Weapons of the American Underground*、*Professional Homemade Cherry Bomb*、*How to Lose Your Ex-Wife Financially Forever*，皆為真有此書。

另一個版本的我會說我很感激他在乎，甚至因而感動竟然有人願意在乎我即便不怎麼認識我，但我什麼都沒說。

——我沒有用這本書。

——噢感謝主。

——因為——

——因為？

——因為大多數裡面說要做的事，我都已經做過了，世界上可不是只有這本書而已。

——妳在講什麼？

寇瑟斯特先生抬起我其中一把餐桌椅然後坐在我正前方。他脫下他的夾克而我試著停止在一切事物中讀出徵兆，至少就這麼一晚，這是某件我從美國女人身上學到的事，試著閱讀一個男人做的每件事認為裡面隱藏著給我的祕密訊息。現在他才是他媽的逃犯，他正歪頭盯著我彷彿他問了我一個問題並且在等待答案一樣。我真希望這個男人可以理解我並不像他在《唐納修秀》[328]上看到的那所有人，這些人懷著私事渴望告訴一千三百萬人，只要跟其中一個人說聲嗨他們就覺得他們必須彎下身來告訴你他們知道的事。所有人就只是想要自白，但他們其實什麼也沒告訴你，什麼事都沒透露。

——紐約法拉盛四十六大道法拉盛公墓。

——蛤？

——法拉盛公墓。如果你用心找就可以在那裡找到她。

——誰？

——多加·帕默。多加·奈芙寧·帕默，一九五八年十一月二日生於牙買加克拉倫登的史波汀，一九七九年六月十五日死於皇后區的艾斯托里亞，死因為悲劇事件，訃聞上寫的，意思是她被車撞了。你能想像嗎？有人在紐約市被車A死。

——A？

——被車撞死啦。

——而妳就這樣用了她的名字？

——克勞黛·考爾白[329]開始聽起來太明顯了。

——不好笑。

——我沒有在開玩笑，克勞黛·考爾白開始聽起來太明顯了。

——妳不能就這麼隨便用個死人的名字，這不是很好追蹤嗎？

——這可能會很令人震驚，但是負責死亡證明的單位還真的不是市政府裡最大的。

——我比較震驚的是妳一直在諷刺，我對牙買加人的印象可不是這樣。別那樣子看我，如果妳堅持每五分鐘就丟下震撼彈，那我也堅持當我需要的時候要讓這狗屁輕鬆一點。

——好喔，你真的很想聽這件事是吧。

328 譯注：*Donahue*，美國長青電視脫口秀，由菲爾·唐納修（Phil Donahue，1935-）主持，一九七〇至一九九六年間總計播出二十六年。

329 譯注：Claudette Colbert（1903-1996），法裔美國知名女演員，曾三次提名奧斯卡最佳女主角，封后一次。

——妳聽起來像是妳真的很想講這件事。

——不，並沒有。我完全不愛現在到處都在流行的自白狗屁，你們這些老美跟你們的「你想要聊聊嗎？」我是說，真靠北哦。

——隨便啦。

——反正呢，這裡是紐約，正因為這裡是紐約，沒有很多人是死在這裡、生在這裡的，而且國家對所有人也沒有什麼大規模的全國紀錄。事實上呢，管出生紀錄的單位，還有死亡紀錄的其實彼此根本就沒什麼往來，甚至不在同一個地方勒。所以就算有紙死亡證明，也沒有——

——出生證明。

——而要是你能搞到一紙出生證明——

——那麼妳就有證據證明妳是妳了，而且真正的妳還不會來追殺妳。那她的家人怎麼辦？

——全都在牙買加，他們負擔不起飛來參加葬禮。

——社會安全局呢？

——噢她現在已經搞定啦。

——她才沒——

——你需要做的就只有搞到一紙出生證明。沒錯我直接打給牙買加的戶政人員並且要一份我的，呃，她的出生證明，甚至記不得我付了多少錢啦，大家總是準備好相信最糟的事超過沒那麼糟的，所以為什麼不直接告訴他們最糟的呢？你會很訝異有多少地方你可以直接說，我很抱歉但我弄丟我的護照了，或者就說被偷了。不過我確實擁有我的出生證明。

——我猜假如妳的名字還是克勞黛．考爾白那也不會有什麼大問題。

——或是金．克拉克。

——誰？妳是什麼時候當她的？

——離現在已經很久啦，她已經離開了。我做的下一件事是聯絡人口普查局要求提供他們擁有的所有多加．帕默資訊。

——噢是喔，而他們就像這樣交給妳了？

——不，他們拿到七點五塊美金之後才交給我。

——耶穌基督啊，妳幾歲？

——你為什麼需要知道這個？

——噢是喔，妳把這件事當作祕密啊。社會安全局難道不覺得妳這麼晚才來申請號碼有點奇怪嗎？

——如果你是移民的話就不會，如果你有你的出生證明卻找不到你的護照的話就不會，如果你有個夠長又夠無聊的故事他們願意做任何事只為了把你弄出隊伍的話就不會。只要帶著這兩樣東西那你就能輕易拿到一張美國身分證，在這之後三十五塊就能幫你搞到一張護照，但我沒有拿到，那是第二章的事。

——可是妳並不是美國公民？

——不是。

——甚至不是居民？

——呃，我有牙買加護照。
——上面是妳的真名嗎？
——不是。
——天啊，妳究竟做了什麼？
——我？我什麼事也沒做。
——妳還真敢說。少來了，妳肯定是在逃亡，這個故事已經是我從甚至想不起來什麼時候以來聽過最刺激的事了。你他媽到底做了什麼？妳在逃離誰？我得說這實在很血脈賁張啊。
——誰知道當你打開你家的門時你的一天會變成這樣呢？還有我並沒有在逃亡，罪犯又不是我。
——妳找了個婊子養的當老公他以前會打妳。
——對。
——真的嗎？
——假的。
——多加啊，或者不管妳叫什麼名字。
——現在叫多加了。
——我希望妳有好好感謝她的慷慨願意分享她的名字。
他站起身又走回窗邊。
——因為妳用假名移民到這裡來，我可以合理假設妳在逃的那個人是在牙買加，但是他們顯然擁有資源可以在這裡追蹤妳，所以才用假名。
——你應該去當偵探。
——你他媽又為什麼會覺得妳現在安全得要死呢？
——你擋到月亮了。因為我從一九七九年起就住在這了他都還沒有找到我。
——所以你在逃的是個男的囉。妳有被迫丟下任何孩子嗎？
——什麼？沒有，沒有孩子，老天。
——他們沒這麼糟啦直到他們開始學會講話。妳在逃的這個傢伙是誰？
——你為什麼想知道？
——也許我能——
——怎樣，幫忙嗎？我已經幫我自己很大一把了，他離紐約市遠得要死，而且八成也沒理由來這。
——很多牙買加人住在紐約市，可能有人認識他，這就是為什麼我不住在牙買加人附近。
——但妳還是在躲藏。
——但是為什麼一開始要選紐約市？
——我才不要在馬里蘭度過餘生勒，而且阿肯色也行不通，再加上，整體來說一座大城市也會比較好，有大眾運輸，所以你永遠不會需要一台車，你也永遠不會很顯眼除非你跟一個白人一起搭一班往上城的列車，還有不會有人多過問的各種工作。而且就算是在轉職的時候你還是必須看起來像是有在工作，所以每天都同個時間離開家裡，每大晚上也都在差不多同個時間回家。我沒在工作的時候我就會去圖書館或是MOMA。
——所以才會知道波洛克跟德庫寧的差別。
——他媽的，我不需要去MOMA就知道這個了好嗎。
——如果妳還在瞻前顧後的聽起來不像有什麼生活啊，妳不會感到厭倦嗎？
——厭倦什麼？
——確實也沒什麼好厭倦的啦。
——目前生活就是有個地方住並建立起信用，這裡幾乎所有的一切都是分期付款的即便我根本就完全可以預先付清所有東西，這是第四章的事啦。聽著，如果現在就是我們來到大冷場的時刻，那麼我很抱歉讓你失望了。
——噢當我想到妳的時候我是絕對不會想到失望這個字的，親愛的。我真的應該跟他說我不是你的親愛的，我真的應該這麼說的，但我卻說，
——已經很晚了，你該回家了。
——妳怎麼能提議要一個上了年紀的尊貴白人紳士把自己給弄出……我們在哪？
——布朗克斯。
——蛤？真怪啊我竟然完全忘了。那我們是怎麼……算了，我內急啦。
他關上門。他的夾克滑下椅子我撿了起來，太重了，對一件夏天的夾克來說也太重了，我在想，甚至還有內襯，我如果穿著這件夾克屁股一定會流汗流爆。我正要把夾克摺好這時卻看見左肩非常上方的字，看起來並不像清洗提醒，是手寫的，彷彿是有人用Sharpie麥克筆寫的。

如果你正在讀這行字並且正在這件夾克的主人附近請撥212 468 7767，事出緊急，請立即撥打。

電話響了三次。

——爸！爸！耶穌基督啊，你還——

——我是多加。

——哪個多加？

——多加．帕默。

——他媽哪……等等，妳是那個人力仲介公司派來的女人嗎？親愛的，是那個人力仲介公司的女人。

——對，人力仲介公司派來的。寇瑟斯特先生——

——噢我的天啊，拜託告訴我他和妳在一起。

——對，先生在這沒錯。我只是想讓你知道是他堅持要離開家裡的，我是說，他是個成年人了想幹嘛就幹嘛但我不能丟下他一個人而且——

——你們現在在哪？他還好嗎？

——在布朗克斯還有他沒事，怎麼——

——我現在就需要妳的地址，立刻，妳聽到了沒？

——當然了。

我給了他我的地址而他就這麼掛斷電話，沒時間講廢話啦就跟美國人說的一樣。我敲了敲廁所的門。

——肯？肯？聽著我、我打給你兒子了，他說他要過來接你，抱歉但是時間已經晚了而你不能待在這。肯？肯？寇瑟斯特先生？

——妳是誰？

我把頭壓向門因為我很確定我聽錯了。

——妳他媽的是誰？他媽的離門遠一點，我說他媽的滾開幹。

——寇瑟斯特先生？

我伸手往下抓住門把，但他把門從裡面反鎖了。

——他媽的給我滾開。

崔斯坦・菲力普斯

現在跟我說實話吧。你真的以為喬西・威爾斯飛這麼遠來紐約，是遲了六年要親自出馬來搞定你啊？你看起來像是因為有點太過自大而在受苦唷，我的兄弟，只是提點你一下啦。不過話說回來呢，我可是很確定喬西・威爾斯不再管我的理由是因為他真正想要殺死的其實是和平運動，而和平運動一死他就不需要再殺死其他東西啦。再說，我也鄭重強調不會擋他的路他也不擋我的路了，因為跟我槓上就代表直接跟大尾老大幫槓上，對啦我們是沒有像風暴隊那樣那麼大沒錯，但他要試著消滅我們依然會浪費很多時間。至於愛哭鬼，他知我知他為什麼從來都沒對我下手。

但你的案例就有點不一樣啦，也有點特別。喬西下令要你人間蒸發結果你卻幹掉了他最好的人，也許他因此尊敬你了呢，他對這些事情有時候還滿怪的，也許他完全忘記了你……但話說回來呢不，喬西・威爾斯是不會遺忘任何事的。他一定是覺得你是死是活都沒差啦，嗯差別在於幹掉你要花的時間和金錢，也可能他的優先順序改變啦。

總而言之，我不覺得他來這裡是為了你。這裡的人就是只知道這麼多，但喬西已經不是那個你說你六年前沒見過的人了，他和這個叫作尤比的傢伙啊他從一九七九年就來到這裡賣大麻跟古柯鹼囉，幾乎快把他們的生意變成合法的事業了，幾乎。我跟你說，為什麼風暴隊永遠都會比大尾老大幫還大的其中一個原因呢，就是他們這些男孩有野心啊，他們有計畫，這裡面的人告訴我說風暴隊在紐約、華盛頓、費城、巴爾的摩都在搞事。我是說，從我入獄之後啊他們就把所有古巴佬都趕回下面的邁阿密去了，多虧他們麥德林集團連想都沒想過要跟大尾老大幫聊聊，當在這波快克大流行中你卻是那個被卡到必須動用海洛因的人那你就知道情況很糟啦。但喬西・威爾斯那個傢伙啊，他是個會思考的人而尤比還比他更聰明。比如呢，他們兩個都太聰明了不願意信任彼此。

你似乎不買單他不是為了你來的啊，聽著，兄弟，喬西・威爾斯不是來追殺你的除非你給了他新的理由，他們這群男孩也沒有人急著想殺白人啦，因為這樣的話聯邦就會來打探囉。沒事兄弟，你安啦，除非你要針對這一切寫些什麼文章。

一本書哦？

嗯有些人就是自找的嘛，啊？兄弟，你可不能寫這事的書啊，讓我搞清楚一下，你在寫有關歌手、混混、和平協定的書。但一本有關幫派的書？你知道的，每個幫派都值得一本書啊。不管怎樣你是要寫什麼鬼啊？你又半點屁證據都沒，除了我之外還有誰敢跟你談？

聽著，你現在已經在享受上帝的恩典啦，你敢寫這些事一個字，看誰能保你，現在你已經不再是某個他需要提防的人啦。你有家庭嗎？沒有哦？為什麼不？不管怎樣，這樣都很好啦因為這些男孩可沒在怕去搞你的家人。啊你說沒有家庭意思是沒有兄弟、姐妹或老媽哦？幹，皮爾斯，這樣的話你根本就是有一大堆家人好嗎。才今年的事，他們發現兩個閃光幫的毒販在布朗克斯做生意，就這麼一次風暴隊沒有彈洗那地方。真的沒有先生，他們反倒把那兩個男孩的頭砍了下來然後交換到各自的身體上。你怎麼不幫你自己個忙等到所有人都死光了再寫？兄弟，我們在講的可是幫派啊，你八成不需要等太久，看看我就知道，我應該是那個早知如此何必當初的人，你知道我甚至上過電視嗎？還兩次勒去講戰爭與和平，大家都看著我並覺得現在終於有個人要從貧民窟畢業啦，但是……對啦，在這之後是一段狗屁倒灶的人生嘛但……但就連我這個懂得更多話也講得更好的人，你看看我現在在哪？看到了吧。

那喬西怎麼樣？

不我的小老弟，那樣的人是不會進監獄的。事實上，我不覺得他從一九七五年以後有見過監獄。哪支警力、哪支軍隊有壞到想抓他啊？我七九年之後就沒見過哥本哈根城啦但我有聽說過，兄弟，那就像你在新聞上看到的那些共產國家啊，洛老爹和喬西的海報跟壁畫跟圖畫整個社區裡到處都是，女人把他們的小孩叫作喬西一世和喬西二世，雖然他除了他老婆之外誰也沒幹過，沒，他們沒有真的結婚啦。以他自己的方式，你可以說他是個滿有格調的老兄，不過一樣啦，你想抓到喬西你就必須先夷平整個哥本哈根城，而且還不一定抓得到，你也得搞垮這個政府才行。你什麼意思，政府？靠，老兄，艾力克斯．皮爾斯啊，你以為是誰讓這個黨贏得一九八〇年的大選的？

你知道我學會了你什麼事嗎？你肯定是個記者啦，毫無疑問，你可以跑到某個地方然後就這麼得到資訊，尤其是那些大家沒有打算要給你的資訊，我是說，看看你光是今天就從我這得到了什麼吧。你會問正確的問題或者至少是那種會讓大家想要繼續講下去的錯誤問題，但你知道你哪邊出錯了嗎，也可能這並不是錯誤啦，那就是這正好證明了你就是個記者，你完全不懂該怎麼把一切湊在一起欸，也可能你湊得起來啦但你就是不知道該怎麼做，很好笑吧，嗯？喬西．威爾斯竟然為了某件你甚至都做不到的事情在追殺你，噢你現在做得到了哦？這就是你為什麼要寫一本書嗎？因為你想得出來了還是你繼續邊寫邊想？

我有個問題要問你。

我想知道牙買加究竟是什麼時候勾住你的。不，我不想知道為什麼，你只會跟我說那同一套騙白痴的狗屁白人每次講到牙買加的時候都會那樣說，彷彿她是婊子有個很香鮑魚的婊子而你依依不捨，或某種類似的蠢幹話。某個屌只有三公分的死白佬有次就那樣說，但因為你有個牙買加馬子所以我要假設你的屌比三公分還長，那麼就跟我實話實說吧像老美說的那樣，牙買加是哪裡吸引你了？美麗的海灘嗎？因為你知道的，皮爾斯，我們可不只是一座海灘，我們是個國家。

噢。

感謝你沒跟我說同一套屁話，牙買加**就是**個屎坑，熱得跟地獄一樣，交通總是塞得要死，人們也不是全都掛著微笑三小的，也沒人等著要告訴你沒問題，先生。那裡又爛，又性感又危險同時也真的、真的、真的很無聊，老實說我也不喜歡啦，但是看看我們兩個吧，只要情況改變那我們就等不及想回去了。不過這真的很難，對吧？你很難不去把她比喻成一個女人。恭喜你啊，這對你來說實在是很不白人啊。

這還真是不高潮啊！反高潮哦，他們是這樣講的嗎？你得承認要是喬西．威爾斯就在這監獄門外等著你那這肯定會是個更有趣的故事了。至少你還有得離開，我能做的呢就只有等待了。

一九八六年三月，我的小夥子。

我要做什麼哦？我哪知，去布魯克林某個我能吃到阿開果配鹹魚的地方吧。

哈哈，說得好像我能退出大尾老大幫一樣，我的人生就跟你的一樣不會變啦，皮爾斯。像我這樣的人，我們的人生在我們出生之前就寫好了，也沒有問過我們的允許，上帝決定祂要丟給我們什麼我們可沒有太多辦法啊，哦？他們把這叫作宿命論啊？我不知道，兄弟，這個字似乎跟致命比較有關係而不是跟命運有關係啊。你知道怎樣嗎，也許你真的該寫這本書，我知道，我知道我剛說過什麼，但我現在想得更深入啦，也許某個人應該要把這所有的瘋狂都拼湊在一起，因為沒有牙買加人會這麼做，也沒有牙買加人能這麼做，兄弟，要不是我們太靠近了就是會有人來阻止我們。甚至不需要走到這一步勒，光是害怕有人會來追殺我們的恐懼啊就會讓我們停手囉，但我們沒有半個人會看到這麼遠的，我是說，幹。

幹。

真他媽的。

大家必須知道。他們需要知道我猜啊之前、之前曾經有一次我們本來可以這麼做的，你知道嗎？我們真的可以做到，大家就只是夠有希望夠疲憊受夠了也做夠了夢以為真的會發生什麼改變。你知道的，有時候我看著這裡面的牙買加《拾穗者》啊而這一切都是黑白的只有一兩條頭條是紅色。你覺得距離我們有一張彩色照片還要多久呢，三年嗎？五年？十年？不會有半張的，兄弟，我們確實已經擁有過顏色但卻失去了，這也有點像是牙買加，不是說我們從來沒有過好日子而現在有了什麼東西可以期待。我們確實擁有過變好的事物但接著就變成屎了，現在都變屎這麼久了久到大家在屎裡面長大覺得他們就只是屎。但是大家得知道這件事，也許這對你來說太遠大了，也許這對一本書來說也太遠大了，而你應該要讓事情保持貼近跟縮小，聚焦嘛。我是說，真他媽的勒，看著我要求你寫下四百年來我的國家為什麼總是會一直在試著不要失敗的所有理由，你應該會笑死，如果我是你那我肯定也會笑死，但是啊，兄弟，你確實注意到了，對吧？這就是為什麼這些和平的事會一直纏著你就跟這一直纏著我一樣久，就連通常期待最糟糕的事發生的人也是，只要開始稍微想著和平兩三個月接著一直想啊，那麼之後他們滿腦子想的就只有和平啦，這就像是山雨欲來之前你就能在微風中嘗到了。看看我吧，我甚至還沒四十歲呢而我就已經開始只看得見我身後的事了，跟什麼老人一樣，但是呢嘿，這個十年只過了一半而已，對吧，什麼事都有可能發生。他們叫這鄉愁哦？一定是因為我在國外待太久啦，又或者是你就是沒辦法在監獄裡創造新回憶。你覺得如何呢？你有了你第一個句子之後應該要通知我，我會超級想知道那句是什麼的，噢，你已經有了啊？不兄弟，別告訴我，我想要你先寫下來。

嗯，你可以用我的真名沒問題。啊不然你是要用誰的名字啦？但是對啦，兄弟，去寫那本書吧。不過記得幫我跟你自己一個忙，等到所有人都死光了再出版，好嗎？

喬西·威爾斯

——不過呢，我還是得稱讚一下你的男孩愛哭鬼。布希維克。我還在努力思考牙買加人為什麼能來到一個地方五倍大房租三倍高的貧民窟然後還覺得他們這樣更好。是怎樣，沒人分得出一個好東西跟一個更大的爛東西之間的差別嗎？這個問題得留給其他老兄去想出來了。到目前為止我們經過的每個街區至少有兩間房子燒個精光，前一個街區只有兩間還在而且除了流浪狗、流浪漢、碎石瓦礫之外什麼都沒有。除此之外所有地方，就連好的街道都有一種臭味盤旋在空氣中接著朝你直衝而來。

——對啊，老兄，至少他想到了——

——為什麼每個地方聞起來都像是肉鋪的後頭？

——布希維克啊，我的男孩。所有肉品加工廠都還在布希維克這，呃，一兩間啦，大多數都倒了這裡的人找不到半個工作。

——那所有房子又發生什麼事了？

——縱火啊兄弟，就像我說的，工廠都倒囉。大家失業，房地產價格跌得有夠低搞得比起試圖賣房你不如放火燒了自己的房子領保險金還能賺更多錢勒。這地方徹底完蛋啦甚至連個髒婊子都不會在這附近買房子。

——那幹嘛在這附近設據點啊？

——這就是你朋友愛哭鬼聰明的地方囉。就像我說的，這裡完完全就是你會想設據點的地方，你覺得大尾老大幫為什麼這麼想要這裡呢？想買快克的人才不想要人家看見他們買快克那你還能去哪？某個全紐約市都視而不見的地方囉。看看你四周吧，兄弟，你想要人家忘記你來這邊就對了。接著就是在路邊設一間據點屋這樣他們就不用走太遠啦，我不知道我怎麼從沒想到要這麼幹，如果我剛買好快克的話我才不想等太久就想直接點煙管了，而且我他媽的肯定也不會想要把東西帶回去我來的地方。喔不，兄弟，你的兄弟讓我也開始想要在皇后區設點小破屋了呢，沒騙你。

我慢慢轉過身掃視這整個地方，我得問問自己我是在期待什麼。這地方看起來就像是一定會有生意做的地方，我是說，不然布希維克是還能長怎樣？不過一樣啦，你是沒辦法懂的直到你來到這裡才會知道你對美國所知的一切有多少都來自電視。街道很寬，卻很荒涼，更糟的還有，我滿腦子能想的就只有在這外頭除了我和尤比和尤比的人之外半個人都沒有。

廂型車現在在兩個街區外我們用走的，在這間窗戶用板子封起來的房子前，我們停了下來。

——就是這裡？

——沒錯，兄弟。

——那就讓我們進去吧，我——

——還不行，喬西。你是來這裡巡視運作狀況的，所以讓我們來看看事情是怎麼運作的吧。

他向下指著街道但我什麼也沒看到。要一直到兩個人走出陰影來到街燈下，我從這邊分不出來，但其中一個人肯定是報馬仔，另一個把他的臉藏在帽T裡。報馬仔轉過身朝著我們的方向也向下指著街道，帽T仔繼續走直到第二個人阻止了他或說至少試圖阻止他，但帽T仔還是一直繼續走。第二個人喊了什麼帽T仔於是停了下來並走了過去，更下面的地方第一個人已經在跟某個剛出現的人講話了，帽T仔和第二個人握了握手並站在街燈下。尤比把我拉回黑暗中。帽T仔翹起她的屁股，是個女孩，第二個人走了大約十五或二十英尺吧並和第三個人握手那個人是從一根電線桿後走出來的。我以我眼睛很利自豪但就連我先前都沒看到他，第三和第二個人放下手，第二個人走回去帽T仔那，她也開始走而當她經過第二個人時他們兩人都沒停下來手卻碰在一起，帽T仔走過我並走上街道。

——去哪？

——快克屋，尤比說，我們可以去看看。

——不。把那男孩叫過來，我說，並指向那個隱藏在電線桿後方的男孩。尤比把他叫過來而他走向我們大搖大擺的我注意到這些美國黑人少年欸都會這樣子，彷彿他們走路的時候手腳都必須朝相反的方向大力擺動。他直直走到我面前並沒有真的站好，而是撐在那。

——怎。

——三小？

——他是說有什麼事嗎，喬西。怎麼了，發生什ㄇ——

——我懂了。

——這年頭年輕人就是這樣講話啦，我甚至也都聽不懂我自己的男孩他們在講什麼了，沒騙你哦？

——生意如何，我說。

——今天是週五夜，你他媽覺得生意如何？大家領到錢了在街上徘徊要找鮑魚跟屌啦，快克婊子為了一點爛錢在吸屌他們還叫我來。週五夜欸，喲。

——愛哭鬼叫你到外頭這多久啦？

——誰？

尤比靜靜笑了出來，但又大聲到讓我聽見。

——愛哭鬼，你老大。

——噢對齁，麥可．傑克森。他在附近啦，至少他直到幾個小時前還在，八成回家放鬆了吧，那王八蛋今天很忙啊。

——你怎麼有種叫你老大王八蛋啊？

——喬西，在這邊意思不一樣啦。大家這樣叫是友善啦兄弟，叫老大王八蛋。

——他媽的這算三小，尤比？我不喜歡這破事。

——OK，老大，不會再叫王八蛋了。靠北，那男孩說。

——你好像很懂自己在外頭這裡幹什麼嘛，愛哭鬼讓你當這個據點的跑腿多久了？

——你有錶嗎？

——有啊怎樣？

——現在幾點了，喲？

——十一點。

——那就是五個小時啦，我數學一直都很好。

——什麼鬼？你剛說什麼？五個小時？他這麼快就讓新來的人當跑腿的？

——我永遠都不可能信任一個新來的男孩去當跑腿，尤比說。

——不是新來的啦，老爹。只是剛當跑腿的，我當報馬仔大概當了兩週吧。

——我看得出來你在管這個點，我說。但你是怎麼升得這麼快的？

——因為我他媽超厲害啊這就是為什麼，今天晚上情況都還不錯，還算好啊因為一週前一切都爛得跟屎一樣。

——再多跟我們說說，尤比說。

——先生，我跟你這邊這個皮條客什麼屁也不會說啦，他說，指著尤比但直勾勾看著我。

——皮條客勒？皮條客？你他媽是在說誰是皮條客？你想看我剛——

——尤比，少年仔亂講話嘛，我說。我是不會笑出來的，但我確保尤比看見我露出微笑，我喜歡這男孩，我走向他並把我的手放在他肩膀上。

——這樣很好。真的讚，你有直覺而且你不隨便被別人糊弄，很好。不過要理解一件事，愛哭鬼付錢給你是因為我付錢給愛哭鬼，愛哭鬼讓你活著是因為我讓愛哭鬼活著，這樣你懂了嗎？

——完全懂，老爹，你是老大的老大。

——但先等等，他是在哪裡學到這些東西的啊，喬西？

——他媽的死牙買加人到處都是啊，喲，好像你在這邊拉皮條的妓女到平林會有客可以接勒。

——兄弟，我說了我不是什麼皮條客。

——你是說你是真的穿成這樣哦？夭壽，老兄。我可以看著這傢伙搞瘋尤比一整晚。

——上星期有多糟？我說。

——老兄，好啦。只是你要先知道我不是什麼他媽的死抓耙仔哦，但要是那王八蛋再讓這破事繼續下去一天啊，這裡現在就會是大尾老大幫的街角了。

——什麼？

——我看起來像是有結巴逆？喲，你有報馬仔把客戶帶去給跑腿的跑腿的再試著從毒販那邊弄點貨來但接著你有兩個毒販結果兩個人都忙著在那裡用自己的貨嗨，我是說，不然你覺得是會怎樣？

——看到了吧，和我跟你說的一樣，喬西。

——那愛哭鬼做了什麼？

——得把事情交給你的男孩啦，他像個王八蛋一樣搞定這破事了，其中一個毒販在快客屋那邊當場要給他貨欸然後他就這樣子崩了他了，老兄，好像那傢伙啥屁都不是，真的是夭幺幺幺幺壽啊。你們牙買加人不亂來的這點真的是沒在唬爛，然後他帶我過去，當場幫我升職並問我有沒有什麼兄弟想要賺點錢的，我說他媽當然有啊我當然有些兄弟囉。然後我們現在就都在搞這事啦，老爹，我們把這條街控制得死死的。

——誰在供貨給毒販？

——你的人愛哭鬼吧，我猜。

——他跑哪去了？

——幾個小時前在快克屋跟他分開啦，想說他應該還有其他點要去巡吧。總之呢，老兄，我在這邊閒聊越久我他媽能幫你賺的錢就越少啦。

——很好，很好。你叫什麼名字？

——女孩們都叫我羅密歐。

——很好羅密歐。

我看著他又大搖大擺走回去。

——這裡的所有人他都今天才請的？媽的他連要控制住重要的地盤都不知道是不是？不是欸，說真的，兩個新來的男孩現在在那負責顧貨？我們得去檢查一下，喬西，就在那邊——

——不，我們去檢查那間快克屋就好了，我說。——你的男孩們呢？

——他們在那邊等著。

——用無線電通知他們先別過來，我想看看這間房子是什麼情況先不要來硬的。

我們走了兩個街區接著往右轉，那地方看起來就像這裡的其他所有屋子有三層樓高板子封起來的窗戶有一半的板子都掉了，就像京斯敦市區的某些房子如果你仔細看，你可以看得出來以前算是滿高級的。三層樓高但階梯只會帶你到二樓，各式各樣的廢物跟垃圾還有看起來像是有隻狗抓完自己屁股掉出來的東西，這一切之外還有個他媽的柵欄，彷彿有什麼家庭住在這裡而且正要幫草皮澆水，在黑暗中分不出來不過八成是磚造的就像這條街上其他所有屋子一樣。街燈聚光燈般照在階梯上，街區其他部分都是斷垣殘壁，有個男人坐在階梯底端彷彿他在盯著街燈是怎麼改變他的影子的，屋裡有兩種光，小小的白光掃過整個地方就像手電筒，還有搖曳的火光、蠟燭、快克煙管。我去年才終於去了考卡山谷[330]，現在我卻在這間屋子外頭。

——你想一起進去嗎？尤比說。我沒回答，我不想要他把這當成我害怕了，但我也還不想進去，我感覺到他站在我身後等著要找點事做。愛哭鬼可能在裡面。

——呃我要來去後頭尿個尿，馬上回來。

我聽著他的腳步聲走得越來越遠。要是愛哭鬼在裡面待這麼久，我也不知道，要是愛哭鬼在裡面這麼久那他……要是愛哭鬼在裡面也許他會有個他的愛哭鬼式藉口。要是愛哭鬼在裡面這麼久，也許他不應該出來，要是——

——王八蛋，你最好把那鬼東西全都給我！全都給我！

我轉過身先聞到他，汗水、屎尿、嘔吐物，他的頭髮爆出各種報紙屑，是個穿著大衣的黑人還抓著他的左腿，另一隻手拿著一把槍對準我的臉，他瞇著眼彷彿他很痛苦，左右快速張望然後又看回我。還在抓他的腿，我沒辦法確定但看起來他打赤腳，他一隻腳換過另一隻腳斜著身體並把他的大腿夾在一起好像他要防止自己尿出來一樣。

——你以為我在開玩笑嗎，王八蛋？我看起來像是在開玩笑嗎？我會對你他媽的屁眼開槍就像這樣子！把那所有鬼東西給我放下！

他又揮了揮槍。放下那鬼東西，他說。我從前口袋掏出幾張鈔票，我正要伸手拿我的錢包這時他從我手上把錢抽走，我盯著他他則舉槍對著我的臉，我看著他扣下扳機而就在我甚至都還沒做好準備之前就有什麼東西打中我的額頭並滴下我的臉。

水。

不是。

尿。

那男的大爆笑然後跑走，跑上階梯經過上面的男人並進去快克屋，階梯上的男人動也不動，我也沒有。我把尿從我臉上抹掉，尤比朝我走回來還有另一個男人從他身後跑來，那男人超過他先來到我身旁。

愛哭鬼。

——喬西！喬西我的好兄弟，你自己一個人在這幹啥？尤比就這樣把你給丟在這？啊這三……他媽的兄弟這三小怎麼這麼臭啊？

——是尿啦，愛哭鬼。幹他媽的尿。

——但哪來的？

尤比來了，我都懶得問他他是去尿了一條尼羅河出來是不是。你身上有什麼傢伙？我直直盯著他說。

——九毫米手槍。

330 譯注：位於哥倫比亞，即卡利的所在地。

——給我。愛哭鬼勒？

——一樣還有一把克拉克。

——給我那把克拉克。

我把兩把槍的保險都打開，左手拿著九毫米右手拿著克拉克，然後朝快克屋走去。

愛哭鬼

兩把槍一手一把彷彿是真正的不法之徒，沒有說話、沒有聲音、什麼也沒有只有腳步聲，喬西·威爾斯腳步重踩慢慢走進黑暗往快克屋走去，他聽見我們兩個跟著他於是轉過身並停下腳步注視。我們也停了下來，等待著直到他再次邁開腳步不過尤比站在原地我則跟了上去，喬西走得很快並像頭野獸一樣弓起他的肩膀，我想問尤比發生什麼事了，卻還是繼續走。微風把尿味從他衣服上吹進我鼻子裡，他直接經過階梯上的那個男人並走進大門，蠟燭沿著地板擺得到處都是讓這間房子看起來像座教堂，蠟燭散發出黯淡的光線，也不是說喬西走得很快，地板上有很多啤酒罐等著被踢到。廢紙、板子、亞麻油地毯滑了開來並捲起來像是破皮，牆上的燭光讓塗鴉跳躍起來，一個大大的K和一個大大的S在右邊，剝落的油漆在左邊，中間有另一個門口喬西已經穿過去了。他把槍舉在他右側然後突然之間火光一閃，他踢走了一個威士忌空瓶而我就在他正後方，跟著他，右邊有個男人平躺在地他的血慢慢滲了出來，浴室也在右邊，白人或拉丁裔吧，有個直髮的男人坐在馬桶上褲子脫下來，也許他在拉屎但他正拍著他的左手臂要讓血管浮出來。喬西舉起克拉克開了兩槍，第二顆子彈把那男人轟下馬桶他重摔在地上，他通過右邊下一扇打開的門，手電筒用膠帶黏在櫥櫃上，這裡肯定是廚房，手電筒往下照著一個跪著的男人彷彿他在禱告，玉米鬚髮型，臉往上看但雙眼緊閉，一點小小的紅光，是快克煙管在燃燒然後啪啪啪，槍聲聽起來從來就不像電影裡的碰永遠都是啪啪啪啪。喬西繼續移動而這間房子還沒醒來，每一步都是嘎吱踩過啤酒罐跟可樂罐跟披薩盒跟中式餐館外賣跟四十盎司的酒瓶跟乾掉的屎，他繼續重踩著腳步穿過另一個門口那裡有個男人微微靠在門鏈上但他依然背對我們在他腰部附近有兩隻黑色的手拉下他的皮帶，接著是扣子，她的寶寶抓在她的背上，吸著一個奶嘴她則同時在吸屌。喬西對他開槍他往後跌在門上但依然站著她也還在用力吸屌並把屌從她嘴裡掏出來搓啊搓的因為他軟掉了而要是他沒有射出來他就不會付錢給她，喬西走開了我也走開了留下她把屌又放回她嘴巴裡。我們走進客廳，你是在找誰我想這麼說但沒說而在右邊有個黑女穿著白奶罩，左邊的肩帶垂了下來，正在抽菸，她身後的男人沒穿衣服只穿著白短褲，也可能是件黑短褲吧因為這裡光線不夠亮，但是他的香菸在頂端燃燒接著啪啪啪那男人往後跌回沙發上。那黑女轉身向後看，接著盯著我，然後她又轉過身，又看了一次，開始尖叫，這就夠了，一聲尖叫導致另一聲尖叫而在蠟燭跟手電筒的光線中有個白女也開始尖叫卻弄掉了她的注射器她撲到地板上卻臉先著地而針頭直接刺穿了她的下唇她還東翻西翻著垃圾在那找她身邊的所有人都從黑暗中湧出現在全都開始又跛又跳又爬又跑。然後喬西把兩把槍都舉起來開始狂射猛射，人們奔跑絆倒摔跤有個男人直接跑向喬西但他的額頭炸開了然後他直接像棵樹那樣直直倒下還有個女人又跑又跳穿過後頭的窗戶但我們人在一層樓高的地方而我很確定她掉下去的全程都在尖叫我希望她沒有頭先著地接著有個戴著頂棒球帽穿著格紋襯衫手拿裝在棕色紙袋四十盎司酒瓶的男人從一間房間走出來來到側邊然後說衝三小啊接著胸口就中了兩槍酒瓶掉到地上碎掉而在房間裡面有兩個人，一個淺膚色的捲髮男孩跟一個戴著頂拉斯特圓帽的女人正要吸進快克煙管的第一口菸這時子彈把她的額頭給炸爛煙管掉了下來婊子養的妳把幹他媽的煙管弄掉了啦妳把幹他媽的煙管弄掉了啦，那個捲髮男孩說。但喬西繼續前進房子開始清空我想抓住他然後說你他媽的是在幹嘛但喬西聽不見任何話他走上樓梯並待在左邊彷彿他身在黑暗中，右邊的一些階梯壞掉了而我跟著他。一個男的直接出現在樓梯頂端而他兩把槍同時開火那男的滾下欄杆，還有個女人抓著她的孩子跑進一間小房間並及時摔上門喬西的三槍於是打到門上，他踹掉一個門把走進房間，有個很大隻的黑人在地板上的床墊上幹一個女孩幹得很爽啪啪啪那男人往下跌在那女人身上她得用力甩頭甩掉快克的迷茫才能開始尖叫。有個男人跑過門邊喬西跑出去並大叫王八蛋！他奪門而出用右手的槍朝那男人開槍接著是左手再左手打中他的脖子在耳朵附近然後右手打在肩膀上左手在後腦勺右手在背上左手在脖子上他跪了下去，左手的槍再把他腦袋上半部轟掉了一大塊，右手的槍於是穿過一片黑暗的區域可是血還是從他嘴裡猛噴出來他倒了下去他的腦袋裡飛出一堆報紙屑。喬西走向那男人他繼續開槍又開槍直到兩把槍都喀噠喀噠沒子彈了，他還在扣扳機喀噠喀噠喀噠的。喬西，我說，而他迅速轉過身來，把槍指著我腦袋然後喀噠。他站在那裡槍對著我的腦袋我站在那裡盯著他我挺直我的背吐出我的呼吸縮緊我的肚子。給我你的另一把槍，他說。他走到那男人身旁，把他翻過來並把錢從那男的口袋裡拿出來，接著他走回臥室裡那女孩在那男人死沉沉的重量下啜泣因為他是個很大隻、很大隻的男人然後又朝他頭開了一槍。再來喬西就走下樓轉進那間房間開了一槍又走出來我往裡面看那個淺膚色男孩揉著那女人的孕肚在哭。喬西經過眼睛流血的那個男人然後對著腦袋一聲兩聲啪啪我們又經過客廳裡那個白女注射器插在她嘴唇裡，她依然四肢著地在廢物跟垃圾中翻找著她的注射器。我們又經過臥室那個穿白奶罩的女人不見了可是那男人的香菸還在燒喬西朝他腦袋開了一槍我們經過最後一扇門那個男人還靠在上頭那女人也還在吸懶趴那嬰兒也還緊緊抓在她的毛衣上她繼續在套弄那根屌說著快硬起來啊寶貝，快硬起來啊她還一邊繼續吹。我們經過她我們也經過那個玉米鬚髮型的男人他也還在淺淺喘著氣在他的血跟口水裡嗚嚕嗚嚕嗆到手電筒照出他的脖子狂噴出鮮血喬西把槍抵在他額頭上然後開槍接著他走進廁所對那個白／拉丁裔男人開了一槍而我們終於接近門口了他忘了最後一個男人正在我幾個小時前打死的那個男人屍體旁邊吸並走出前門而黑夜將他吞噬我停下來很長一段時間接著跑過前門並跑下階梯。階梯上的男人不見了，我走向喬西和尤比而喬西轉過身再次舉槍對著我，他握著槍對著我腦袋附近很久，久到我都可以開始在喀嗟聲之前數喀嗟喀嗟了。

喬西？

喬西？

這是怎樣，兄弟？

喬西？這到底是怎樣？

接著他甚至沒有把槍還給我，就這麼扔在地上然後走開了。尤比轉身也跟著走開，但又停了下來，轉過身對著我。我看不見他的臉。

多加・帕默

我也不知但我已經他媽快要蓋棺論定覺得海瑟・洛克萊兒[331]的髮型在《T・J・胡克》[332]裡比在《朝代》裡還好看，也可能我只是不喜歡《朝代》裡必須為一切奮鬥掙扎的那唯一的女人竟然是這婊子吧，甚至不是像艾莉西絲・凱林頓[333]那樣真正的婊子，因為她一毛錢也沒有，所以她其實就只是個假婊子。這就是為什麼她的髮型在那齣劇裡他媽的就是行不通，而且她在《T・J・胡克》裡的扮相也實在讓我很想也去搞一套制服來穿。搞不好還真的會跑去當女警勤因為一天到晚都想穿漂漂亮亮的衣服實在是天殺的太貴啦，就算妳沒有想要看起來很美也一樣，有時候妳就只是想要一件依然能讓男人知道妳有奶的衣服而已。

他還在浴室裡。我在這段時間裡一直叫他的方式實在是很怪，呃，過多久了，現在，五十五分鐘了吧？我是說，我完全搞不懂在我浴室裡的人他媽到底是誰。問題在於，我越是想找出來一切就越來越不合理，所以最好的方法就是乾脆完全不要思考了，就像《罪與罰》裡的那個男人杜斯妥也夫斯基說他已經超越思考了或之類的。我對天發誓有時候我真希望我依然是個愛讀書的女

331 譯注：Heather Locklear（1961-），美國女演員。
332 譯注：*T. J. Hooker*，一九八〇年代美國警匪劇，講述同名警探的故事。
333 譯注：《朝代》劇中豪門凱林頓家族大家長之前妻，海瑟・洛克萊兒飾演之角色則是為錢嫁入豪門。

人坐在某班公車上要前往城市的某個地方。在某個時刻這就只是變成了努力彷彿我正在嘗試，這其實也不是什麼問題啦直到我開始懷疑我究竟是在試圖做什麼呢，我猜到頭來一切還是都需要有個目的吧。我不知道我他媽的在想什麼啦。總之，這男人還在我的浴室裡就像在演《鬼店》，我在外面這邊則搞得好像要跟傑克．尼克遜一樣牙起來了，這整段時間我都在想辦法弄懂這麼一個魁梧的男人到底是會有什麼健康問題而我甚至連一次都沒想到他的問題顯然不是生理上的。我對苦難還真是嗅覺太過靈敏了呢，我對天發誓。不過至少如果他把自己鎖在浴室裡那他就不會變成斧頭殺人魔啦，從現在的情況看來，在這個故事裡我才是斧頭殺人魔。

我是說，這根本就一點都不合理。不行，這會讓我再次開始思考。不如這樣吧：有個男人在我的浴室裡他得出來才行。我沒辦法把他弄出來所以他的家人要過來把他給弄出來。現在我終於能得到些許平靜啦就從專注在這個情況的事實之中，我喜歡這是怎麼把一切簡化成某件我不需要去在乎的事的。我喜歡簡化、歸納、刪去、拋下，現在已經受夠各種比喻了就只是要把沒必要的破幹事從我的人生中斷開而已，而此時此刻所有沒必要的破幹事呢就都鎖在浴室裡啦。

有兩種聲音我是知道的。窗戶往上滑又往下降，但是那邊有個欄杆防止人爬出去再加上我們可是在五樓耶。但我猜他也記不得啦，他正試圖逃脫，離他鼓起一點勇氣把門踹爆跟我幹一架還要多久？他會不會在發現就只有一個女人孤家寡人待在房子裡之後就離開了呢？還是會想要痛打我一頓？這些退伍軍人啊我也搞不懂，你知道的。這個城市裡的所有人看起來都像是隨時會崩潰一樣。你知道怎樣嗎？我還是來去好好坐在沙發上，弄平扶手上的紅色天鵝絨然後來看《T．J．胡克》的結局吧。我要坐在這裡等到他的兒子或是隨便哪個誰出現，雖然他們打了三通電話才搞懂地址啦所以誰知道他們什麼時候才會出現？

也許我應該問問他有沒有需要什麼，這些電視劇裡大家總是會這麼問，但我肯定是不會問他想不想聊聊的。也許我應該整理一下我的公寓因為有人要來嘛，對啦，好像他們來這是要檢查這地方一樣，他們甚至不會注意到他們的老爸坐在上面的浴室腳墊，搞不好他坐在馬桶上，或是浴缸的邊緣，我也不知道。他到底在裡面幹嘛？耶穌基督啊，幾個小時前他還那麼正常，正常又人很好還有那些就只是不值得再用來形容男人的詞，瀟灑、有風度、跟其他什麼D開頭的字之類的，我是說，他幾乎都……我的意思是，我已經盡全力不要用那種方式去想他了因為用那種方式去想男人永遠都沒好下場，結果現在勒，不管怎樣還是沒好下場啊。蕾絲邊一定是這顆星球上最滿足的人。也許我應該走去門邊再跟他說一次他兒子要來了，雖然「幹妳娘，不管妳是誰」在我第一次聽到的時候不怎麼有趣，而且第二次也完全不會變得更有趣就是了。我在想我們之中是誰剛從一個惡夢裡醒來呢？

等著看還是看著等？從來沒想過要把這句話顛倒過來，說得好像我們在等待行動，結果大多數時候卻似乎是行動在讓我等待啊。我看著門等著他出來，也許拿著我的馬桶塞、或吹風機、或電棒捲當武器也可能他會發覺我是個女人並覺得他至少可以痛打我一頓。好笑的是寇瑟斯特一家很方便地忘記提到我可能要應付一個瘋子，雖然如果我那時候說……

敲門聲。寇瑟斯特太太駕到她頭上圍著一條圍巾看起來像是她在遮髮捲，還穿著一件超厚的駝色大衣因為這在一個夏夜實在是合理到不行啦。她低聲說著我的天啊然後直接走過我進到屋裡。因為我很確定我已經丟掉工作了因此不必對雞歪的白人保持禮貌，我正要告訴這個假掰過頭的婊子在我家最好他媽的給我禮貌一點但這時兒子走上樓梯也直接走到我門口。

——對於這一切我真的是非常非常抱歉，他說。他也一樣沒有等我請他進門，現在我覺得我是我家裡的陌生人啦，事實上我還真的在走路時控制我的腳步並且希望我沒有太大驚小怪他們則聚在我的廁所門前。

——老爹，噢老爹這真是太荒唐啦。快出來吧。

——幹妳娘，臭婊子。

——爸，你知道我很不欣賞你這樣對我老婆講話。

——我有名字，蓋斯東，她說。

——一次處理一個問題，親愛的。老爹，你現在可以出來嗎？這裡可不是家裡，以防你沒注意到。

——誰他媽把我放在這的？

——老爹，這是因為你不肯吃你的藥。

——為什麼這個吵死人的婊子一直叫我她老爸？

——你有來參加我們的婚禮啊，爸，不要再裝得好像你也忘記這件事了。兒子盯著我並用嘴型說，對於這一切我真的很抱歉。

——總之，爸，我們真的得把帕默小姐的公寓還她啦，她已經快受夠了。

——我是怎麼來這的？

——你沒有被綁架，老爹。

——我知道我沒有被綁架，妳這蠢婊子，妳以為那個小小隻的黑女人可以綁架我嗎？小小隻？

——爸，我們聊過——爸？我們有聊過你的發作，記得嗎？

——我人在哪？

——你人在布朗克斯，老爹。

——是誰他媽的發作了然後跑來布朗克斯的？

——顯然就是你，老爹。

——能不能來人讓這婊子閉嘴？

——夠了你真的鬧夠了，爸。別再鬧了快出來。

——你就是個笑話。

——好喔，爸，好喔，我就是個笑話。那剛剛發覺他人在某個女人位於布朗克斯某個地方的廁所裡然後完全不知道他是怎麼來這的成年男子又是誰啊？我是笑話？聽著，老爹，我不知道你是怎麼來到這個可憐女士的公寓裡的而且我也真的不怎麼在乎，但是除非你想要她叫警察來並因為侵入和入室把你的屁股拖去監獄，如果不是更重的罪的話，不然你他媽最好就給我從她的浴室裡出來這樣我們才能幹他媽的閃人啦。

——我才不會——

——快點啦肯！

老婆走向我。那張扶手椅，是丹麥現代牌的嗎？她說。我說不是，但我真的很想跟她說這實在有夠現代現代到幾天前才被扔在街上。她就像是隨處可見的有錢女人，包括在牙買加，要不是有那串珍珠項鍊那她們永遠都不知道自己的手要擺哪裡。肯終於出來了，雖然誰都不用說我就知道我之後沒辦法再這麼叫他了。他看起來一模一樣，只除了他的髮型已經不再像是個電影明星，有些頭髮掛在他左邊眉毛上，他挺起身子並開始走出我家兩手還擺在前面彷彿有人幫他上銬了一樣。蓋兒，親愛的，妳可以陪爸走回車上嗎？

——認真嗎，親愛的，我確實認為我有些話要跟——

——我才不要跟這婊子走去任何地方。

——你們兩個現在都他媽給我離開這名女士家裡並坐進該死的車上。

老婆離開了邊用力拉著珍珠看起來就像是她用那條項鍊拖著自己。寇瑟斯特先生停下來盯著我，不是像假掰鬼那樣上下打量，而是直視我的雙眼。我先別開眼神，我沒有看著他離開。兒子坐了下來。

——我不覺得我們見過面，他說。

——對，你那時去上班了。

——對。妳叫多加，對吧？

——沒錯。

——他是怎麼來到這的？

我不知道我是該回答他還是該多看幾眼他看起來也長得很像萊爾．瓦格納，我在想如果我說他們看起來像兄弟他會開心還是生氣。

——是他想要離開的，也不是說我有辦法阻止他，我能做的就只有跟著他並確保他不會惹上麻煩。

——可是到布朗克斯，到妳家耶。

——你知道我不必為這負責的，是你們自己找錯人力仲介公司，至少看起來是這樣沒錯。是他自己想到布朗克斯吃東西的，我又沒必要跟著他。

——嘿，我不是在批評妳，女士。

——什麼事也沒發生。

——多加小姐我真的不在意啦。所以你知道我爸是怎麼回事嗎？

——你太太根本就沒時間解釋半件事，但我猜如果你打給人力仲介公司那肯定是有什麼事。

——對老爹來說每一天都是全新的一天。

——對大家來說每一天都是全新的一天。

——對啦，但每天相關的一切對老爹來說也都是全新的，我父親有點狀況。

——不確定我有聽懂。

——他記不得事情，他不會記得昨天，或是今天。不會記得遇見妳、他早餐吃什麼，等到明天中午他甚至不會記得人在妳的浴室過。

——這聽起來像是電影裡才有的狀況。

——那會是部非常、非常長的電影。他記得其他東西，比如怎麼打他的領帶跟綁鞋帶、他的銀行在哪、他的社會安全碼，但是總統還是卡特。

——而且約翰・藍儂也還活著。

——蛤？

——沒事。

——妳告訴他也沒關係，妳告訴他什麼都沒關係，等到隔天他就會忘了。他大概從一九八〇年四月開始就記不得任何事了，所以他記得他的孩子，他也記得討厭我老婆因為他們在狀況發生的那一天吵了一架，但是每天早上孫子都是我們拋給他的驚喜。而且對他來說媽也是兩年前才過世的，不是六年前。當你跟他解釋這一切時他也不會相信，我是說，他何必相信呢？誰想要每天早上都這麼崩潰？至少感謝主他也不會記得這件事，我的意思是，妳也看到他是怎麼直接走過妳身邊的，某個他才剛整天待在一起的人耶，就在他媽的布朗克斯。

——他發生什麼事了？

——這故事說來話長，意外、疾病，四年後這也都不重要了。

——他也從來都記不起來他會忘記。

——沒錯。

——狀況越來越糟了嗎？

——我真的不知道。

我在想這也不算太糟啦。

——妳應該知道這就是為什麼妳之前的上一個人辭職了。

——真的嗎？這不是……

——蛤？

——沒事。她辭職了？

——沒錯，我猜幾週後她就受不了了，每天都必須向一個不知道她為什麼在這的怪老人自我介紹，而且就算這樣她也過不去不把他當病人看待這關，即便這就是她來這裡的目的。妳基本上就是每天在等著一顆炸彈引爆。

——他並不老。

——蛤？對……我想他確實不老。總之呢，我們得帶他回家去，我們明天會再打給人力仲介公司並讓他們知道這並不是妳的錯只是我們需要一個新的——

——不。

——蛤？

——不用打給人力仲介公司，我想要這份工作。

——妳確定？

——對我確定，我接了。

約翰—約翰・K

老天，真是個粗心大意的王八蛋。他一踏進門就幹掉他了，呃，敲昏他啦，也許他一進來就應該把燈打開的。現在我讓他坐在自己的凳子上就像個笨學生，雙手綁在他背後。我有想過對他來點硬的，但我也不知道，也許是因為他才剛走進來，也可能我就只是想要……我哪知。

——你是愛哭鬼嗎？我說。

——你他媽是哪位？他說。

我把滅音器給旋回去。

——噢，你是那個誰啊。你長得像某個我認識的人，我認識你嗎？

——不。

——你確定？我不會認錯人的，只要有人走進來我就記住他的臉啦，以免他……

——有什麼好笑的嗎？

——以免他有把槍。你這是什麼槍？

——九毫米手槍。

——廢物爛槍。我竟然是這種下場，要被一把死基佬槍殺死了。

——死基佬？

——真他媽見鬼了。

——三小？你怎麼不閉上嘴？

——那你幹嘛不塞住我的嘴如果你不想要我講話的話？我是說，我可以大叫殺人啊。

——叫就叫啊，凱蒂．吉諾維斯[334]。

——那誰？

——不重要啦。

——你想要我跟你說些什麼，是吧？

我抬起一把椅子坐到他前面。

——抽菸嗎？我說。

——我是比較愛抽大麻啦，但還是塞根菸到我嘴裡吧，嗯？

——那我就把這當成好囉。

我塞了根菸到我嘴裡，另一根到他嘴裡並把兩根菸都點燃。

——你肯定是我這輩子見過的第一個白人打手，而且我從來都沒看過你在這附近出沒。雖然我知道我見過你啦，也許你來牙買加觀光過。

——沒。

334 譯注：Kitty Genovese，一九六四年於紐約皇后區的公寓外遇害，後來《紐約時報》撰文表示當時有數十名目擊者目擊事件卻未伸出援手，此案引發了所謂「旁觀者效應」之相關研究，即旁觀人數越多，伸出援手之機率越低。然而，現代有其他研究踢爆，《紐約時報》當年聲稱的目擊者人數實際上根本沒有那麼多。

——我知道每個幫葛蕾斯達工作的人但我卻不知道你。

——你怎麼知道是葛蕾斯達派我來的？

——把有辦法的人扣掉那些有想法的人囉。

——哈。你跟葛蕾斯達是有什麼過節？

——那個巫婆、臭屄、瘋婊子，她知道她惹到誰了嗎？很久以前牙買加那邊派我來設立哥倫比亞到邁阿密的供貨管道，我那時候就受不了跟那個死婊子共事了，但我早該知道的當我告訴她把她寶寶的腳塞回她的臭屄裡時她就會覺得這是在針對她啦。死婊子以為她可以打我巴掌勒就因為貨遲到了那麼一次，等謠言傳出去說她開始窩裡反時，他們就會從她天殺的陰蒂把她給吊起來啦，你記住這句話，她ㄐㄧ……但是等等，她才不跟白人搞在一起的，她不信任他們任何一個，那她怎麼會找上你？

他咳了起來我抽出那根菸，等他停下來並深呼吸兩次之後，我又把菸給插回去，塞到他嘴巴旁邊，就像電影裡的混混一樣。

——我的腦子就是滿足不了那個死婊啦，你知道的。

——蛤？

——葛蕾斯達啊！我不懂她是怎麼想的，但要不是因為我，她現在還在搞那些古巴佬勒，我是說，她知道殺了我會為自己惹上什麼麻煩嗎？她以為等喬西．威爾斯聽到這事她會怎麼樣？他媽的死女人幹。啊所以說你是哪位？

——無名氏，某個幫忙的人而已。

——你不能同時是無名氏又是某個人啦，也許你是某個無名氏，哈哈。

——愛哭鬼又是哪門子鬼名字啊？

——總比四眼田雞好吧。

——好笑哦。想要再來一根菸嗎？

——不要，這些該死的菸會殺了你。那個死婊子、那個死婊子，他們付你多少？

——很多。

——我會加倍，你想要古柯鹼嗎？我可以給你兩間裝滿這東西的房子，那你接下來十年就會過得跟貓王一樣啦。還是你想要鮑魚，那我也可以幫你搞到你在紐約想要的任何鮑魚，就連還沒變成鮑魚的鮑魚也行。還是說你想要的是賽康啊。

——賽康？

——肛門、直腸、屁眼啊。

——噢，我懂了。

——我是不在乎大家想幹嘛，男人跑去幹屁眼還傳染了一卡車病勒。大家想幹什麼就幹什麼，我呢只是想要錢。聽聽這個，有個在管某個民族黨選區的男人？這個大家叫作玩笑哥的人？無時無刻都在叫男人吸他屌跟舔他屁眼啊，然後他還會在結束之後當場斃了他們。

——講什麼鬼啊？

——我說說而已啦。

——不過啊，如果他們其中一個舔他舔得很爽那他媽不就浪費一張好嘴了嗎。你笑屁笑，我可是很認真在講這破事耶。

——啊你幾歲？

——夠大了。

——你只是個孩子啦，你才剛開始而已，這裡這回事啊，把我綁起來讓你殺我勒，這一點道理也沒有。而且也不要覺得他們會讓你活著走出這間房子，殺完人之後一定會有善後的而你會臭得跟上星期的垃圾一樣。

——我會活著的。

——你一扣下扳機你就死定啦。她到底付你多少？我會加倍、三倍啦，你知道的。

——你看問題就出在這，你可以加倍、三倍、四倍、五倍，數目都還是一樣。

——啥？她一毛都沒付給你？你免費幹這事？你真的是比那個醜婊還要變態的賤貨，你們全都起痟啦，起痟了、起痟。老子殺了一堆人沒有任何一個不是公事公辦的，你們這些人太習慣擁有射不完的子彈囉，在牙買加啊，在牙買加你會省著用子彈，因為貨可不是永遠都會準時到啊。跟我說件事，嗯？現在她既然搞爆了牙買加的管道，那是誰要當中繼站？她覺得她可以再跟那些死古巴佬合作嗎？她兩週前才剛在某個俱樂部想幹掉他們六個人欸。

——你知道那件事？

——我當然知道那件事啊。

——啊你免費幹這事哦，他們是有你什麼把柄？你逮到她在舔鮑魚哦？

——葛蕾斯達是女同性戀？

——強尼・凱許[335]會穿黑色逆？她無時無刻都跟那些脫衣舞孃聚在一塊接著等她膩了之後，一顆子彈，感謝妳啦女士。她跟玩笑哥應該去組個團唱歌才對。

——這還真他媽好笑。

——她就是個瘋婊子啦，你也知道。但她以前從來不會讓這擋在錢途上的。

——這是因為這又不是她的單。

——啥？

——她只是幫忙安排而已啦，老兄。

——你怎麼知道的？

——不就是你剛說這樣的襲擊對她來說根本沒道理的嗎，看起來某些人在隱藏他們的行蹤想逮到你啊。

——才不是老兄，你真是滿嘴屁話，不可能有牙買加的人在這背後的，就算真的是這樣子好了，他們也不會這樣搞。

——你可以說有人對她提出了一個她沒辦法拒絕的提議，無關私人恩怨，我聽說她對你除了滿嘴稱讚沒其他意見啊。

——她可以拿個百事可樂的瓶子去自慰啦幹。

——不，是真的。這八成不關我屁事啦，但有人提出了一個她無法拒絕的提議，瞭？像《教

335 譯注：Johnny Cash（1932-2003），美國傳奇音樂人，以黑衣裝扮聞名，此處為反諷。

父》那樣？不懂哦？真的是有代溝耶，老爹。
——所以是錢囉？
——他媽的死牙買加人，你們是不太懂諷刺吧，嗯？
——是錢還是不是啦？
——不是錢，對她或對我都是。我只是他媽在錯誤的時間在他媽錯誤的地方被逮到而已，你呢則只是落在他媽錯誤的敵人手上。
——比她還大尾？哥倫比亞的老大嗎？他們又不需要我死，他們比她還更公事公辦勒，喬西多年前先聯絡他們的，才不是她。
——我猜他們也比哥倫比亞更大尾吧。
——那就只剩下上帝啦。是上帝，對吧？哈，那你是哪個天使？加百列？還是米迦勒？也許我們應該在我門上潑點羔羊血。
——哈哈。真希望有人警告過我這座該死的城市。
——紐約有哪邊這麼不好啊？在這邊活出夢想啊，兄弟。
——活過啦。
——幹你娘勒。
我們都笑了。
——等不及搭機離開這座他媽的城市啦，我說。
——你要趕回誰身邊啊？

——蛤？你為什麼會這麼問？

——那鮑鮑肯定緊到不行哦。

——鮑鮑？

——鮑魚啦。

——噢，我猜你是可以這麼說沒錯啦。

——所以你很愛那婊子囉？

——啥？幹，這他媽三小問題。

——聽起來是哦。

——你是在拖時間。

——跟我說說那女孩吧。

——不要。

——我是能怎樣？去跟《國家詢問報》講逆？

——你就是在拖時間。

——早跟你說過了，我又不是這裡唯一多活多久算多久的人。

——閉嘴啦，你。

——她可愛嗎？

——不。

——你喜歡普妹啊？

——不。

——那她就是個可愛的小淘氣囉，她叫什麼名字？

——洛基。湯瑪斯．艾倫．伯恩斯坦，但我叫他洛基啦，你現在可以閉嘴了沒？

——噢。

——對啦，而且我不需要聽你在那講屁話。

——所以他可愛嗎？

——他媽ㄙ——

——嗯假如你要當基佬，至少也要搞到最棒的賽康吧。

——賽康？噢對齁，你剛跟我講過。哈，說到這個他賽康確實是滿可愛的啦。

——你第一個看的是賽康啊？搞不好你真的是牙買加人哦。

——他的賽康很可愛，還有他的臉，酒窩，那男孩有酒窩，他總是想要刮鬍子但我多希望他永遠都不要刮啊，還有他的雙手看起來像是他很硬漢不過他這輩子從來沒有苦幹實幹過任何一天。可是他笑起來像隻他媽的黃鼠狼，他還會打呼，還有——

——好了啦，老兄，也講太多搞基的事了吧。

——很會拖哦你，真可惜，你是這座他媽的城市裡第一個值得聊天的人。

我站起身走到他身後，我把槍抵進頭髮裡直到碰到他的腦袋。

——你闖進來的時候有人在這嗎？有任何人在這嗎？

——沒。

——噢，噢很好，很好。

我正要扣下扳機。

——等等！等等！先等一下，你怎麼可以對我這樣？我沒有最後的遺願嗎？讓我來一下行嗎？就最後一下，電視櫃後面就有一包已經割開的，最後一下啦，至少讓我不會在意我是不是中槍了吧。

——幹，老兄，我還得離開這座城市欸。

——你就不能他媽的割一包開讓我來一下啊？讓我來一下就好啦，老兄，讓我來一下。

——你們牙買加人都是這樣搞的哦？在芝加哥沒有人邊用邊賣的啦，至少不會用他們自己的貨，這事發生的時候總是注定完蛋的。

——這就是為什麼你們這些年輕白鬼子總是無時無刻都一臉賭爛啦，你們沒有在享受嘛。你也不告訴我如果不是她的話那是誰要花錢買我的命嗎？

——我哪知，老兄。你要用吸的嗎？

——你要幫我弄一排嗎？兩隻手都有點忙啦，以免你沒注意到。

我找到那包，事實上電視櫃和牆壁之間有超多包的，我用一把瑞士刀割開其中一包，然後把那包貨丟到地上，古柯鹼灑了出來。

——接著就弄一排吧，不用教你吧，他說。

我用兩根手指挖出一些古柯鹼，然後在書桌上弄了跟雪茄一樣長的一排。

——你這邊是有頭大象要殺還是怎樣啊？

——這應該會讓你很嗨。

——這會讓全平林都很嗨好嗎。

我分出新的一排跟火柴一樣長。

——我手綁著這樣很難用。

——自己想辦法。

那牙買加人彎身到書桌上並把他的頭往左歪試著用他左邊鼻孔去吸，他放棄了換成歪右邊。——幹你娘勒，他說。他又試了一次，吸得更用力，兩次、三次。

——幹，我真的得把這吸起來才行啦。

——幫不了你囉。

——真他媽的，還是不敢相信這個死婊，明晚就有一班飛機要來了，他媽的明晚耶。東村跟布希維克已經夠頭痛了，更糟的是，喬西人還在紐約。沒有我的話明天會發生什麼事啊？

——我哪知啊，老爹。

——他們會因為這件事幹掉她的，你知道的。因為這件事牙買加人跟她會全面開戰。

——我跟你說過了，我不覺得是她幹的。

——但她跟你講過啊，你要回報這件事的也是她。沒事啦，一切都很好，誰他媽會比葛蕾斯達還大尾啊？肯定也比麥德林還大尾囉，我呢只是個小小的生意人，我到底是招誰惹誰啦？

不知道為什麼但我走到窗邊去看有沒有人站在路邊，我需要另一把槍。接著我想起來了。

——差點忘了，她不是在跟我說啦但她說過那人住在紐約，說什麼他會消滅邁阿密的大尾老大幫來交換。

——三小，風暴隊在邁阿密跟大尾老大幫又沒過節。

——顯然某個人有啦，而且他住在紐約。

——然後勒？住在紐約還跟大尾老大幫有仇的人，兄弟啊，那就只有我而已啊，我還有……

幹。

他盯著我但他一臉茫然。

——尤比。我跟尤比。

——我才正要說他的名字聽起來很像低音號勒。

那個牙買加人瞪著我雙眼張得大大的，跟史特平・費奇特[336]一樣一臉看到鬼，但並不好笑。一點也不好笑。他的下唇鬆垮垮垂下彷彿他正想說什麼卻說不出來。嘴唇抽動了，他的雙肩也垂了下去。他看著我並低下頭。

——幹他媽的婊子養的想要獨占全紐約，而喬西永遠都不會知道，他永遠都不會知道因為這看起來會像是大尾老大幫襲擊我。

——拍謝啦，兄弟。

我又回到窗邊。

——呦，我的小夥子啊，過來這裡。

336 譯注：Stepin Fetchit（1902-1985），美國喜劇演員，擁有牙買加及巴哈馬血統。

——啥毀啦？

——如果你要幹掉我，那至少讓我死在天空下，行嗎老兄？

——老兄，我他媽聽不懂你在講什麼鬼。

他用頭指了指那袋古柯鹼。這東西上次可沒多嗨啊，還記得嗎？我說。

——這就是為什麼你要幫我用打的。

——現在是又怎樣？

——用打的，注射，反正古柯鹼用吸的本來就很白痴，他媽的來打一針，除非你有快克你就應該用抽的但我這裡沒有半點貨啦。

——老兄我才沒時間跟你……

——跟我怎樣，你男友在外面等還怎樣逆？

——幹你娘。

——你才去死啦幫一個死人完成他的遺願是會怎樣，針頭在浴室的櫥櫃裡。浴室那，就在你——

——我知道浴室在哪啦，我說。

——要拿新的針頭喔。

我打開他的櫥櫃並從包裝撕了一根下來。

——我再來是要怎樣？我邊說邊走回他旁邊。

——就從那包裡面隨便混一些然後用注射器吸起來。

——好喔，老兄。啊我是要用什麼混，口水嗎？
——隨便什麼水都行啦，你以前從來沒用過哦？
——信不信由你，不是每個人都會跟他媽一起吸古柯鹼的。
——就這樣拒絕囉，嗯？很好，很好。你就用水混一點吧。
——我真不敢相信我在幹這事。
——做就對了啦。
——別他媽命令我啦幹，王八蛋。
我拿起那包走到水槽邊，咖啡杯可以嗎？我說，而他點了點頭。
——要多少古柯鹼？老兄你得一步一步跟我說啦。
我打開水龍頭拿起咖啡杯，他看向我這邊然後說，
——不要，用湯匙。
——用注射器吸一點水起來，他說，然後擠到湯匙裡，之後加進大概一排古柯鹼的量，再用你的手指什麼的稍微攪一下，應該不用花太久因為古柯鹼溶解得比糖還快，最後再把整個東西吸回去注射器裡。
——打哪，兄弟？我是說，畢竟你雙手都有點忙啦。
——屁眼。
——幹你娘勒。
——也不是說我能阻止你啦。

——哈哈，你不需要找手臂啦，兄弟，你可以從我腳趾中間打進去但這樣會很痛，感覺一下我脖子上的脈搏然後就打吧。

我碰了碰他的脖子。

——如果你跟碰鮑魚一樣你是不會有什麼感覺的。

我很想用槍托砸他，卻緊抓著他的脖子彷彿我要掐死他，他的脈搏在我的食指下怦怦作響。

——就推進去然後壓嗎？

——沒錯，老兄。

——好喔，你說是就是。

我插進去然後開始壓，鮮血湧進針筒我跳了起來。

——老兄……血欸……幹……

——沒事，沒事，有血是好事，不要停。對……對……爽啊啊啊啊啊。

——打完啦，老兄。幹，他們裡面是混了什麼，維他命B嗎？

——哈哈，沒混啦，我的兄弟啊，這是——

愛哭鬼眼神一變，有什麼貫穿他全身彷彿彈珠打中錯誤的感應器並亂彈，王八蛋開始顫抖，一開始微微的像是被電到，接著更大力也更大聲彷彿他發作了，他雙眼翻成白眼卻沒有翻回來，他的嘴巴湧出一大堆泡泡，流下他的胸口，聲音也衝出他的嘴巴就像呼吸，呃、呃、呃、呃、呃、呃，他的頭開始抖動得超級厲害我往後跳，他的該邊也瘋狂漏尿，我抓住他，想要大叫**婊子養的你竟然讓我給你純古柯鹼**，但他的雙眼睜得非常大並開始尖叫。他把自己推下凳子我們兩個都往後倒，愛哭鬼正在踹什麼可怕的東西，彷彿有什麼怪物抓住了他的雙腿一樣，我可以聞到他的呼吸全是啤酒的臭味跟屁眼跟其他某種東西，他還在抽搐、嗆到、並發出嘶嘶聲，就像嘶嘶嘶嘶嘶嘶嘶嘶是他嘴裡唯一能發出的聲音。而我呢我也不知道為什麼，我他媽真的不知道幹但我抓住他胸口附近並緊抱住他即便他人在我上面。我不知道為什麼可是我正抱著他抓著他擠著他而他就只是顫抖，老天啊，顫抖又顫抖了好幾下他的後腦勺撞到我的額頭，嘴裡不斷冒出泡沫。我抓住他的脖子卻沒有掐。愛哭鬼又喘了三口氣接著掛了。

亞瑟・喬治・詹寧斯爵士

四個牧師用閃電遮住他們的臉，說著會眾之外的人都不懂的禮拜詞。每個門徒都寫有聖約，但並非所有聖約都在聖經裡，某個男人對某個不懂的女人說，直排有十張金屬座椅，橫排有三十張就在國家體育場裡。歌手的葬禮。福音和異端為了屍體展開一場混戰。拉斯特吟唱著《哥林多書》即便長者要他從《詩篇》裡挑句子，而十個長者都好端端坐著在他竟敢把一個國王稱為，上帝時。真是異端。衣索比亞的大主教說，**為什麼要去非洲呢當在牙買加為了更好的生活一起奮鬥能帶給你更多益處的時候？**拉斯特法理教徒生起悶氣並咒罵，大主教也帶著武器過來，每個拉斯特法理都想要在沙希滿地醒來，由一個被罷黜的皇帝賜予的五百畝土地，幾個挑釁的拉斯特大喊耶拉斯特法理，只有幾個問為什麼這竟然是個衣索比亞東正教葬禮歌手明明就是個拉斯特啊。幾百個人或坐或站觀禮，受難者依然愛戴的舊總理依然坐著，失落地弓著背，新總理也坐著直到有人叫他起立，他為一個他幾乎不認識的人致悼詞，卻以祝福作結，**願他的靈魂在耶拉斯特法理的懷抱中安息**。福音和異端的對決，異端獲勝。

你要怎麼埋葬一個人呢？把他埋進土裡還是踩熄他的火焰？他們在歌手的病榻上賜給他一個榮譽，功績勳章。黑人的革命於是加入了英國紳士和騎士的行列，腐敗國家機器的光榮頌，那把點亮辛巴威、安哥拉、莫三比克、南非的火就這麼被兩個字熄滅，O跟M。現在他是我們的一份子了。但歌手很狡猾，人們將及時看見他早就預言過的同樣的事了，早在這錯誤的榮耀甚至還沒授予之前他就唱出來了，早在疾病帶走他之前。我聽見他在睡夢中歌唱，有關美國的黑鬼士兵，二十四和二十五步兵團的美國黑人士兵，還有在白佬命令下去屠殺科曼切族、基奧瓦族、蘇族、夏安族、猶他族、阿帕契族的第九跟第十騎兵團。十四個穿著骯髒靴子的黑人因為殺死一個民族跟一種思想得到榮譽勳章。印地安人叫他們水牛士兵[337]。榮譽勳章、功績勳章，只是同樣的聲響顛倒過來，同時我看見歌手在包裹和信件的右上方來來去去。我已經離開時間之外了。

而這整段時間那個殺了我的人依然不會死去。他反倒是腐爛了，我看著他就在他的祕書碰觸他慘白的頭皮，充滿著血管就像藍色的小蛇並用黑色的染劑沖洗他稀疏的頭髮時。他的新老婆才不想碰這種事，這會毀掉她的指尖並染黑她的指甲油。**你確定你不想要稍微灰一點嗎，P先生？會看起來年輕但稍微自然一點？我想要黑色，你聽到了沒？我想要黑色就對了。民族黨**讓他的黨失勢，但他每天早上還是梳妝打扮彷彿要去上班，真是個陌生的十年啊，看起來跟七〇年代一點都不像了而他因為身邊已經沒有任何人說他的語言感到茫然，他黨裡的惡棍不再需要他而那些會思考的人也從來都不需要他所以他現在對著共產主義跟社會主義大吼大叫，他的下巴和公雞一樣擺盪。我看著他往車子走卻在這週第三次忘記他已經不再獲准開車了，他絆到了花園的水管並重重摔在水泥地上，這一摔讓他七葷八素，也殺死了所有尖叫、大喊或啜泣的希望，他在那裡躺了將近一個小時煮飯的女人才從廚房的窗戶看到他。新的髖關節、新的心律調節器、新的藍色小藥丸才能幹老婆她已經習慣他從她上面掉下來了，還像隻鼻涕蟲。他再次嘲笑死亡。笑我。

我看著那個某天晚上來拜訪他的男人，他也變得更胖、更大隻了，大尾到兩人已經不再能平起平坐。飛往紐約和邁阿密的班機，生意好到從後口袋滿出來，一千個人死去，最後都會有錢的並衝擊貧民窟。在國外的貧民窟裡人們吸、煉、沸、注。哥倫比亞、牙買加、巴哈馬、邁阿密。**這是驚人的一連串事件，我們到哪都看得見謀殺**。華盛頓、底特律、紐約、洛杉磯、芝加哥，買槍、賣粉，創造出怪物時千萬別驚訝牠們變得太恐怖啊。新的條件、新的幫派，是他們前所未見的那種。在紐約，頭條的字體有一英寸粗：**讓全市對快克上癮的牙買加人**。一個在審判中聽命於大尾老大幫的陪審員，不是喬西·威爾斯的朋友，她第一次出庭。

——我對他腦袋開槍。

——腦袋的哪裡？

——後面。

——有幾——

——一槍。你只需要一槍而已。

——你怎麼處理屍體？

——扔在某條水溝裡啊，然後跟司機說把車燒掉。

——你得知他燒光了所有證據之後做了些什麼呢，先生？

——我什麼也沒做，我上床去睡覺。

他盯著她說出最後一句話。一個陪審員，穿得像學校老師一樣，已經三天沒睡覺。

337 譯注：出自巴布·馬利與痛哭者樂團的歌曲〈Buffalo Soldier〉。

有三個殺手活得比歌手還久。一個死在紐約，一個在京斯敦看著等身邊圍繞著錢跟古柯鹼，還有一個消失在鐵幕後方他坐在那裡心知肚明，等著腦袋的那槍。很快。

三個來自喀什米爾的女孩玩著貝斯、吉他、鼓，青澀的臉龐從穆斯林長袍中綻放，紅、綠、金條紋繪成的歌手背景支持並維繫著她們，跟柱子一樣厚重，她們自稱「第一道光芒」，是和初升的太陽一同微笑的歌手在靈魂上的姐妹。從包覆的臉龐傳出一陣如此脆弱的旋律幾乎都要消失在空氣中了，但卻以一陣鼓聲降落將旋律踢回歌曲徘徊、綿延、撫慰之處，歌手現在成了橫跨數個破碎世紀的香脂。但很快，那些殺死女孩的男人頒布了一道聖令而全山谷的男孩都發誓要清好他們的槍、挺起他們的屌，以壓制和奪取。歌手雖是支持，卻無法保護，樂團於是解散。

但在另一座城市、另一座山谷、另一個貧民窟、另一個破敗破碎的地方、另一座城鎮、另一次起義、另一場戰爭、另一次出生中，都會有某個人唱著〈救贖之歌〉[338]，彷彿歌手寫這首歌不為別的理由只為了讓這些受苦受難的人們能夠歌唱、大喊、低語、痛哭、哭喊、尖叫，就在此時，就在此刻。

338 譯注：〈Redemption Song〉，巴布．馬利與痛哭者樂團的歌曲。

雷鬼男孩開殺339

一九九一年三月二十二日

一

——你覺得他在打瞌睡嗎？

——我對這不予置評，老大。

——蛤？好啦隨便，指他的牢房給我看就好了。

——我兩分鐘前就指出來了，又不是說地牢下面這邊還有其他人。

——地牢？這個字還真不吉利。

——你搞定之後就自己離開吧。

——不一路護送我啊？

——不喜歡黑暗啦。

我走路時腳步聲迴盪著而我滿腦子能想的就只有我有點希望我能親眼見到。沒開玩笑。他們用那個小婊子葛蕾斯達·布蘭科的風格發動突襲，這還真是個在牙買加磨練到完美的邪惡主意啊，都歸功於這個人間蒸發的親愛婊子，不管怎麼她都確實留給了我們一項偉大的發明。事情是這樣的，當他老爸喬西在那數著日子直到他被引渡到美國因謀殺、勒索、妨害司法、販毒等等，諸如此類族繁不及備載的罪名受審時，一切就都交到他兒子手上啦，班吉·威爾斯，已經長大成人（不過比他老爸還肥、還黑長相也更無聊）能當哥本哈根城的老大管事了。有點像是攝政，或是先卡位，還是之類的事。所以說班吉正在籌劃紀念洛老爹的年度板球賽。總之呢，這某種程度上就代表了在國王街的一場聚會，而這地方在西京斯敦東部。當一個西邊的老大要去東邊時總是件麻煩事，更糟的還有，他是自己一個人騎著機車去勒。他來到十字路口時八成只是瞪著前方，心裡想著自己的事，這時另一台機車就這麼停在他旁邊，等到他轉頭看看是誰時呢，兩個一身黑的男人就開槍啦，把他的心臟都從胸口給轟了出來。

好笑吧，哈？這件班吉的事，對啦他老爸是喬西他媽的威爾斯沒錯，而且他無時無刻都會看見槍擊，但他還是遊歷過世界，呃遊歷過美國啦，上了間上流學校而且這輩子從來沒有一天需要餓著肚子上床睡覺。結果你得到什麼勒？一個幹他媽太習慣過好日子的槍手，他也完全可以是隨便一個走出老爸在中央公園西大道公寓的死小屁孩。他那個把這個國家搞到停滯不前至少三次的老爸在牢裡他的屁股終於要還給他自己啦，結果我們這個金童做了什麼？他自己一個人騎著他媽的機車跑出去？他是在想什麼啊，以為其他所有槍手都會上教堂是不是？而且葛蕾斯達風格的刺殺也不是瞎靠運氣才發生的好嗎，這破事不僅已經設計好了，還縝密安排到就是會在那個十字路口發生。這些年輕男孩啊，他們真的就是不會思考。我他媽的已經老啦。我以前覺得老了是當你第一次彎下身並在挺起背時悶哼出**啊**的時候，現在老了則是撞見老到沒辦法幹架的敵人，你在一場陳年戰爭中僅剩的就只有他媽的鄉愁而已，而任何形式的鄉愁都是要慢慢啜飲不是一口乾掉的

339 譯注：出自牙買加DJ梅加・班頓（Mega Banton, 1974-）一九九三年的歌曲〈Sound Boy Killing〉，「Sound boy」一詞指的是DJ，惟在牙買加方言中有更深層的意思，代表傳播雷鬼文化者，故此處採意譯處理。

東西。

進入的傷口在頭部、胸部離開的傷口則是在頭部、頸部、肩膀、背部。上週我跟這個羅培茲醫生講過話他是那天早上在急診室值班的醫生，幹他媽的，他說，我這輩子從來沒這麼害怕過，而且不只是替他自己害怕的基本恐懼還有擔心這將會是急診室的世界末日。等到班吉・威爾斯抵達醫院時這男孩基本上已經死定啦，你能做的就只剩宣布死亡而已。但是班吉的屍體還帶來了大概三千個不速之客，擠得整個急診室裡裡外外全部都是，對醫生來說剩下的事就只有宣布死亡時間而已，但是因為外頭有三千個人，期待你讓耶穌顯靈因為醫生就是要為老大這麼做啊，所以你只好經歷了最荒唐的劇場卻不叫作歌舞伎。這全部都是羅培茲醫生跟我說的。他們得把他搬到一張病床上，這就已經是在浪費空間了，但到了這時候人群已經在大喊**救活班吉**大聲到你都能在一英里外的山谷聽見他們的聲音。一開始他們試著恢復呼吸道，你本來就應該要這麼做，以控制災難般的出血，只不過等到他們把他帶進來時他的肺裡除了血之外已經沒有其他東西了。同時人群正變得越來越大聲，醫生們只得對著一具屍體他媽的在那假鬼假怪演戲。想像一下試圖幫一具早已不會循環的屍體恢復血液循環吧，沒有脈搏、沒有血壓、沒有無論任何程度的意識，不是說他停止了哦，而是他就是他媽的死透了。我問他那他們是什麼時候要告訴人群他已經死透了，然後他說，**不騙你，老大，從我們開始在搶救他的時候我也在期待奇蹟出現勒**。外頭的人群非常激動甚至打破了兩扇玻璃窗。

最糟糕的部分是去顫。他們每一次電擊班吉而他的身體抽動時，整個人群也會跟著抽動，甚至是外頭那些根本就沒看到的人也會。電擊——身體抽動——人群跳起來、電擊——身體抽

動——人群跳起來、電擊——身體抽動——人群跳起來。一個小時後羅培茲醫生終於宣布從他們把那具屍體推進來的那一分鐘開始就應該要宣布的事，然後接著，哇，消息接著就這麼在人群中瘋傳開來說他們救不了他。班吉．威爾斯掛了。他們先踹爆了急診室的門，三千名男男女女跟小孩，大多數人都帶著槍，剩下的人則帶著那種不需要槍的心情。**我們幹你娘勒**。**我們要殺光你們所有人，我們要殺光這間幹他媽的破醫院，五十個醫生和護士竟然殺了班吉**。幾個男人抓住一個護士並開始打她巴掌，羅培茲醫生說他跳了進去但兩個男的抓住他還用槍托砸他的頭。他們把接待櫃檯給掀了可憐的保全只好做了他們唯一能做的事。他們落跑了。醫生不知道事情是怎麼發生的，但就在這時一波新的浪潮就這麼沖刷過人群他們開始大喊著並不是醫生殺了班吉，是民族黨才對。

到了週日晚上他們襲擊了八條巷的六號巷，他們射殺了每個看得見的男人並強姦了每個碰得到的女人，燒光了幾乎三分之一的房子還斃了幾個小孩搞定這整件事。兩天後他們又他媽夷平了三號巷，接著他們把這事也搞到了邁阿密開車到處掃射，本田雅哥和夜店到處都是彈孔。我有兩個兄弟說他們差點就逃不出勞力士俱樂部了，牙買加人自相殘殺的那種方式哦。總理還得聯絡工黨弄個停戰協定出來，就算是那時候他們也還是得找教會去組織幾次和平遊行，但只有等到這場殺戮卡到班吉的葬禮計畫時他們才停了下來。我並沒有去參加葬禮，我甚至連來都不該來，名義上啦。好啦，我在說謊，我確實有去葬禮，但我覺得他們可能把我誤認成某個保鑣還是什麼的。距離我上次看到這麼大規模的葬禮還是歌手的葬禮呢。

至少有兩萬個人。前總理人也在那，這當然啦，還用說，一九七六年時他是反對黨，八〇年時成了總理現在九一年又當回反對黨啦。首先是行進樂隊，幾乎就像在紐奧良，男人穿白色制服女孩穿紅色迷你裙拿著彩球。接著是棺材，黑色的有銀色的把手死掉的男孩則穿著黑色天鵝絨西裝，如果你永遠都不會流汗那幹嘛不穿著冬裝出門呢？棺材放在一輛幹他媽用白馬拖的玻璃靈車上就跟在行進樂隊後頭，接著前總理和班吉的選美皇后馬子走在一起她穿著緊身黑色小洋裝，戴著厚重的金鏈像你在那些饒舌傢伙身上會看到的那種，大大的耳環。你只要一看到她你就會注意到那裡的其他所有女人，金銀錦緞的迷你裙、粉紅迷你裙、白色迷你裙、網襪、銀色高跟鞋、把鳥當成帽子、帽子像鳥一樣、更多像綁貨物的鏈子。其中一個女孩穿著件露背洋裝直接開叉開進她的股溝裡，所有女人走下街道彷彿這是個伸展台。

喬西也試圖請假（這麼說實在是有夠怪的）去參加他兒子的葬禮但他們不允許。他們何必呢？讓老大出獄去見兩萬個他自己的子民，你他媽是要怎樣再把他關回來啦？美國政府八成聽到這個主意並尖叫了一千次不要不要不要。好笑的是八〇年代大多數的時間中當喬西在建立他的帝國時，當然有人大力協助啦，他們並沒有像現在這樣太屌他。幹他媽的紐約，媽的，我早跟他說過他不應該那麼幹的，這些黑人男孩真的要好好學會控制他們該死的脾氣幹。一九八五年那天喬西．威爾斯不知道從哪冒出來馬上登上幾乎是緝毒署跟聯邦名單的最頂端，而等到工黨一被踹下台他馬上就變成一個幹他媽的活靶了。

但是在這一切之前，他變得越大尾就變得越碰不得。喬西某次正開下某條街，我忘記是哪條了，但這是在某個叫作德納姆鎮的地方，威爾斯直接撞上一台公車，下車的他火大到不行，但公車司機也整個牙起來並吸引了一群人圍觀。不知道他講了什麼啦但他就是一直噴一直噴，又鬼叫又威脅的還有天知道怎樣，只有等到某個女人大喊**是喬西．威爾斯啊**的時候他才閉上嘴巴而整條街瞬間鳥獸散只留下那個可憐的公車司機。那人跟嗶嗶鳥一樣直接衝去警察局時喬西甚至連看都沒看他一眼，可憐的傢伙，大約三十分鐘後，喬西．威爾斯帶著他手下的十個男孩出現在警察局，他們直直走進去，抓住那個公車司機，然後又直直走出去，甚至沒半個條子站起來。那人肯定拉了滿身屎，而且還跟個他媽的娘們一樣爆哭當他看見警察在他們自己他媽的辦公室裡別過頭去的時候，就在外頭，在條子和群眾眾目睽睽之下，有槍的那些人朝公車司機開槍，沒槍的則拿刀捅他，就像烏鴉看見新鮮的屍體。他們逮捕了喬西，這當然啦，但檢方就是找不到半個證人，連一個都沒有哦。

同時卡利那邊說這個王八蛋真的是壞到不行耶彷彿其他壞蛋從來他媽的都沒使壞過一樣，並把英國給了他跟他的幫派。

這就是那個帶著他的男孩跑到瑞瑪區去的男人，然後就像這樣殺了十二個人。為什麼哦？因為那裡有些人開始抱怨他們的小社區被忽略，喬西一直都是一個清楚讓別人知道他重點的人。警方發布了通緝令，喬西溜到美國去，但他現在已經是嫌犯啦所以他又溜回牙買加。他們帶他出庭，但那唯一的證人呢她突然間得了健忘症，不等等，她人不在那，不等等，離現在已經很久囉她沒有去重配眼鏡驗度數所以她現在跟蝙蝠一樣瞎，真的啦她就是想不起來嘛而且整件事也搞得她有夠困惑的，因為到處都是槍聲飛來飛去的啊。

可是去年，他女兒跟她的男朋友在某間俱樂部外頭有幾個八條巷的混混就這麼不知道從哪冒出來並對他們兩個開火，他們把那老兄射得跟蜂窩一樣直到他身上已經沒有地方可以再開洞，他們直直走向她時女孩正抱著他的屍體然後朝她腦袋乾乾淨淨開了一槍。我滿腦子能想的就只有至少他們沒有先強姦她，我依然在想他們到底知不知道她是誰。我是說，事實上，就像葛蕾斯達在邁阿密做的一樣，如果你一直逼一直逼逼得太緊，那遲早你的敵人也會開始反擊，而要是你一直樹敵，那遲早他們也會到達臨界點，這樣等你遇上跟你一樣殘暴的敵人也只是時間問題而已，畢竟你就是那個一直挑戰極限的人。我呢我從來沒有在一個地方待得夠久到可以惹到一大群敵人，這破事就像其他所有關係一樣啊，你自作自受啦。這就是為什麼我從來不替哥倫比亞或京斯敦辦事，我只是居中協調。說到臨界點呢，現在聯邦已經在喬西身上累積了好幾條罪名而且他們超想抓到他，某個人終究得贏得毒品戰爭嘛而這他媽肯定不會是一個來自某個加勒比海屎坑的黑鬼他應該一直賣大麻就好的不要換。這次，他們把他關進牢裡啦，而且這次他會在裡面腐爛。

沒錯，我到監獄裡去找他而且也不是在訪客時間哦。我一說嘿喬西，他就在床上坐了起來並花了好一會兒才抬起頭。當他抬起頭時，他在微笑，但只是一個小小的微笑幾乎像是他很害羞。接著他說，

——我就知道他們會派你來。

——過得如何啊，**老弟**（**西語**）？

——正看著你這個過得比較好的呢，愛醫生。

二

——瑟格里小姐？瑟格里小姐？米莉森．瑟格里？瑟格里小姐？

——不是小姐。

——噢，我很抱歉。

——沒問題的，瑟格里太太。

——不是太太，也不是小姐，是米莉森．瑟格里。

——好的，女士。

——你知道怎樣嗎？隨便啦。總共多少錢？

——整張處方箋總共是十四塊，女士。

你知道的，女性主義這回事呢有很大一部分只不過是美國白女在告訴不是白人的女性要做什麼跟該怎麼做，還有這個高人一等的「如果妳變得跟我一樣妳就會自由」狗屁，但如果說這鬼扯裡面有什麼事是我同意的話，那就是我很討厭當一個男人覺得我有義務向某個我甚至不認識的人表明我的婚姻狀態。就連這狀態本身都是狗屁彷彿已婚和未婚就是我定義自己的唯二選擇，或因為我是個女人我就應該要有個狀態才行。嘿大男孩，我的狀態是這樣哦。嗨，在我告訴你我的名字之前我的狀態是這樣哦。也許我應該直接說我是個蕾絲邊然後把問題丟回他們臉上讓他們自己去定義才對。

贊安諾是焦慮，煩寧是失眠，百憂解是憂鬱，非那根是噁心，泰諾是頭痛，鎂力是脹氣，美多是抽筋。我說，耶穌基督啊，我都已經停經了，潮紅難道就沒有什麼特效藥嗎？又不是說我這輩子可能會生小孩，所以為什麼還要讓他媽的店門口一直開著啊？我在布朗克斯東徹斯特的Rite Aid藥局，離我在科沙大道的家只有一個街區，到了八月就表示我已經住在那兩年了。當然啦即便在以色列之家醫院工作，這還用說，那裡肯定有個藥局，但我還是會到東徹斯特領處方箋的藥因為誰想看到一個護士買這麼多藥？

對啦事情是保密的沒錯但我從來沒遇過半個人如果真的有機會的話會不講妳的事的。這麼做只會讓事情變得沒那麼複雜而在過去幾年中我就是變得對複雜的事過敏，甚至包括男人。你受不了某個昨天、今天、永遠都一成不變的男人嗎？給他我的號碼吧。總是在他們開始講他們的感受時，我超愛這句的，還有這會怎麼發展呢？這時我就會覺得超噁噁心到我得伸手拿非那根才行。

所以我過街到公車站並吞了一粒善胃得，早餐狼吞虎嚥吃了顆馬芬之後我會需要一粒善胃得，我真希望Dunkin'甜甜圈不是非得一路走到槍丘路才有，不然我還真的可以來點咖啡，但我實在受不了槍丘路，尤其在這些潮溼的日子冬天沒辦法決定要離開春天也沒辦法決定要出現，而在決定出來之前我才不要再搞爆另一雙鞋子。公車站外總是同樣沒地方可去的老男人而我分不出來他們是用男人的眼光看我，還是用牙買加人的。光是要從街上走到大門再從閘門走到月台就已經夠難了，我還得站在那堆鴿子屎裡等五號線，而且這屢試不爽，等車的人沒半個看起來像是有地方可去。沒有購物袋，沒有後背包，沒有公事包，沒有人提著任何東西，我呢看起來則像是聖母瑪利亞因為我正要去醫院。不是護士，是還在受訓中。

學校的主任盯著我然後說我們不常收來到妳這個人生階段的女性，通常她們都才剛開始而已。誰有資格說我不是現在才剛展開新生活的呢？我對那男人說他顯然不買單這一套，但出於某些原因也不想跟一個女人說她太老了。我每天去上班，都想找出這背後的原因是什麼，只不過天知道我對於了解他人所知的一切都只是在他們需要從我身上得到什麼的脈絡下。米莉森，現在時間還太早啦別這麼刻薄。妳其實還滿喜歡白色的絲襪和「這裡不能幹炮」的鞋子的，記得嗎？與此同時在以色列之家醫院妳是負責檢傷並且發現妳非常喜歡這件事。

但是兩週前，有大概七天吧各種中了槍的牙買加人不斷送進來，他們全都是男人，其中有四個等到他們來到這裡時，已經回天乏術了，女友和孩子的媽尖叫著**喂！我該拿孩子們怎麼辦啊？**彷彿我知道答案一樣。我呢，我換上特別重的美國腔並開始說**水兒**而不是水之類的屁話因為我不想要任何人發現我是牙買加人，這真的是一坨狗屎因為到目前為止我確實還滿喜歡醫院認為我是他們自己版本《崔普．約翰醫師》[340]裡的瑪奇．辛克萊兒[341]，其中一個醫生有次甚至還叫我厄妮勒即便我說**我的名字是米莉森，醫生**，我卻還是忍不住露出微笑。但這就是很怪，這些中槍的牙買加人從布朗克斯過來，那裡離這間醫院根本一點都不近。我沒有問這星期是發生什麼事了不過有個醫生問了，而其中一個屁股卡了三顆子彈的男人說，**他們殺了小班吉，現在是世界末日啦，京**

340 譯注：*Trapper John, M.D.*，一九八〇年代美國醫療影集，為《外科醫生》之衍生劇。
341 譯注：Madge Sinclair（1938-1995），牙買加女演員，於劇中飾演資深護士厄妮絲汀．舒普（Ernestine Shoop）。

斯敦、邁阿密、紐約、倫敦。他們殺了小班吉。這個班吉到底是哪位啊他又是怎麼死掉的？醫生問。我在那邊手裡擠著點滴袋擠得超用力差點都要擠爆了。

——護士？醫生說。我把點滴袋鉤到那男人的手臂上看也沒看他一眼。我不想要他給我認同的眼神，我跟他又沒有志同道合。這個班吉到底是誰啊？醫生又問了一次而我想說他媽的閉嘴啦，但我能做的就只有開始吊點滴。感謝主，當我終於盯著那個男人時他正用一種眼神瞪著醫生，眉毛抬起很憤怒的樣子彷彿他在想，**你說誰是班吉是什麼意思？**我呢肯定是不想知道的。

——班吉．威爾斯，大哥中的大哥的兒子，那男人說。

醫生的表情沒什麼改變，但我得別開頭去。我就只是卡住了，我也不知道，有什麼東西就這麼變黑我於是走開，我甚至能聽見醫生在說，護士？護士？但這就像是來自遠處的某個電晶體收音機，我就只是一直走一直走直到我人在電梯裡面，接下來一個小時都在一樓的咖啡廳裡度過。跟他們說我突然頭很暈還得忍受至少有三個人問我我是不是懷孕了，我差點就要說還是我把我的鮑魚割下來然後放在我的額頭上啊。我得告訴他們我偏頭痛痛得厲害很難找到打點滴的靜脈。

我有一個這樣的機制。真的就只是三個字而已：**別搞事**。是從厭倦又受夠男人還有他們所有狗屁的美國黑人女性那邊學到的，我不想要任何大驚小怪、吵架、衝突、意見不合或是糾結，我甚至不想要電視上那些鳥事。自從牙買加人把他們那幫人帶來醫院以後我就得在我的清單裡加上泰諾並提高贊安諾的劑量這樣我才有辦法去上班。威爾斯，只是個名字而已。只是個幹他媽的名字而已。就像米莉森．瑟格里。

正在等M10直達車。從那之後我右邊太陽穴的正上方就開始頭痛，從來不會變得更好或更糟，但就是不肯消失，搞不好是個腫瘤，也許我應該停止把自己訓練成一個疑病症患者。說真的才兩天前我實在焦慮到不行我都沒辦法呼吸了還想起真的有人死於焦慮發作，而這當然只是讓我變得更焦慮囉，這在上一次發生時我得開始大聲唱出〈剛領到薪水〉[342]才有辦法度過，就在曼哈頓的某個公車站，我想那時有個小女孩也開始跟著我唱。有個黑人小女孩正在這座公車站的長凳附近跑來跑去，另一個則坐在她父親的大腿上，他坐在凳子上等公車，跑來跑去的那個小女孩正唱著某種聽起來像是〈我知道男孩們喜歡什麼〉[343]的東西但她絕對不可能聽過這首歌。那個父親正試著平衡他女兒，其實真的只是個寶寶，還有他的報紙，小女孩頭朝前撞進他的肋骨，他悶哼了一聲並笑了出來，她把她的貝果塞進他的嘴裡而他像頭熊一樣咬了一口，她發出尖叫聲。我試著別過頭卻沒辦法，除非他們先盯著我看。

愛她們老爸的女孩們總是會靠向他們側邊，我在醫院裡無時無刻都會看到，老爸抱著他們呼吸困難或昆蟲咬傷的生病寶貝女兒，支撐著生病父親再去做一次MRI或化療的女人，也許老爸就只是側邊比較窄一點吧。昨天，急診室裡有個青少女，在對她父親尖叫了十分鐘之後，就只是靠在他的側邊，用她的雙手緊緊纏住他直到她的手指交會，然後把她的頭靠在他的腋下讓他拎著她。也不是說我想念我爸啦，我甚至不知道他掛了沒，但我開始想念起不用吃贊安諾的日子。

我在公車站等車跟那名父親還有他的兩個女兒一起，他就只是大笑、呢喃、發出啊哈跟好

342 譯注：應是指巴哈馬歌手Johnny Kemp（1959-2015）一九八八年的歌曲〈Just Got Paid〉。

343 譯注：美國新浪潮暨後龐克樂團The Waitresses的歌曲〈I Know What Boys Like〉，最初於一九八〇年以單曲形式推出，後於一九八二年收錄在該團首張專輯中。

啊甜心。仍舊分不出來他是不是牙買加人，你在槍丘路和波士頓路之間的每個地方就是會這樣假設，她們甚至沒注意到他正用老爸的眼神看著她們。醫院裡有個男人對我說過，你先前就是不會知道你可以這麼愛一個人或一件事。這無時無刻都會把你給嚇壞，在每一次你聽說某個孩子被公車撞了的時候。老爸的眼神，我在想他們是什麼時候弄丟的。

我從來沒聽說過什麼好消息，所以我不再看新聞。我甚至不想知道牙買加發生了什麼事，但要是消息傳到布朗克斯跟曼哈頓那肯定不會是什麼好事，這裡的牙買加人也從來不會跟我說半件我想聽的事所以我不跟牙買加人講話，我從來沒想念過這個國家，一次也沒有。我痛恨鄉愁，鄉愁並不是回憶而我的記憶力實在太他媽的好了一點。問題在於，如果這一切都是真的，那我幹他媽到底幹嘛還待在牙買加布朗克斯啊？科沙大道、芬頓大道、波士頓路、吉文大道，你根本就可以把這整個地方叫作京斯敦二十一區了。在科沙大道上我是那個住在街角屋子裡的獨居女子，那個在任何人甚至不會想到她究竟發生了什麼事之前就會死掉、腐爛、墳墓長出罌粟花的人，住在街尾的巫婆，那個布·雷德利[344]。我他媽是在騙誰啊，他們八成覺得我只是個虔誠的基督教婦人從來沒交過半個男朋友吧，我是那個傲慢、雞歪的護士總是穿著白色絲襪和相稱的鞋子又每次都穿著制服離家和回家這樣就沒有人會在其他任何脈絡中認識她而且她也不跟半個人講話。

我在想到底有沒有人曾經看過我在晚上外出。我喜歡覺得我他媽才不在乎別人怎麼想，但接著我卻又總是從後門離開，我只希望不要再有更多中槍的牙買加人出現在醫院了，我只希望……妳知道一件事的，米莉森·瑟格里，帶著妳的想法往那個方向繼續想下去從來不會有什麼好事，就算只是想著想著那些事都只是會讓頭痛更大力衝擊我的腦袋側邊而已，幹他媽的別再想了。上週有個白人大學男孩聽見我的腔調問我說我有沒有見過歌手，而我突然想到，我是少數幾個對這個問題可以回答有的人，但這依然讓我超級不爽的。接著他開始唱起那首有鳥的歌[345]，而有那麼一會兒我還可以忍受直到這讓我想起死去的歲月。幹，一想到想起死去的歲月總是會讓我真的想起死去的歲月幹、幹、幹、幹你娘這一切。操你媽的死人。我還活著。

公車到了。

我還活著。

344 譯注：Boo Radley，美國文學名著《梅崗城故事》中的角色，足不出戶，因而成了孩子們繪聲繪影描繪的對象。

345 譯注：應是指巴布．馬利與痛哭者樂團的歌曲〈Trree Little Birds〉。

三

——不，這是C線。A線要一直到一百二十五街才會停。

——啊。

那人從門口退回去彷彿他在列車上看見某個他不想碰到的人，我看著車門把他隔絕開來並坐了回去這時列車開始移動。紐約客啊，上城的列車一直都在對你說謊。你應該這麼做才對，你搭C線從一百六十三街到一百四十五街然後跳上直達車因為你他媽的超趕時間而且這裡是上城，總是會有誤點或什麼鳥事的。我是說，才上星期的事，當我正衝去甘迺迪國際機場趕一班回明尼蘇達的班機因為老媽身體不太舒服，有個人竟然脫下他的褲子開始在列車上拉屎，他就這樣蹲下來開始拉，全程還一邊鬼叫好像他在生小孩一樣，而他當然是在列車一離開富爾頓街站的那一秒這麼做的啦這代表列車一路抵達布魯克林的高街之前會花上永遠。我們六或七個人吧，我不知道有幾個，衝向門邊卻只是發現這扇門是因為轉車到下一輛車不會開的那一扇，我在那裡想著，拜託求你了千萬別開始扔你的屎啊，拜託，拜託不要。列車終於駛進高街站我們全都跌跌撞撞衝出去並開始奔跑，不過我的重點不是這個啦，我的重點是呢，你搭C線到一百四十五街接著換成A線因為那是直達車，可是A線又比C線還他媽慢很多。說到這個，到西四街站等個一兩分鐘，就會看到你在一百四十五街跳下來的同一輛該死C線列車啦。

所以說現在呢我就是坐C線不換車並試著閱讀，這不是真的啦，我待在C線列車上觀察人家讀《紐約客》雜誌，我在想他們是不是正在讀**那個**。我有個愛爾蘭小說家朋友跟我說他有次在列車上看到某個人在讀他的書，他問她，好看嗎？而她說，一部分啦但其他時候都很難讀，因為某些理由這讓他那天爽到不行，而她甚至都沒認出他勒。所以對啊，有時候我坐在C線上尋找著那個女人，而幾乎總是會有個女人在讀《紐約客》雜誌我同時希望可以坐在她們旁邊並等到她們翻到**那個**，我就可以說，哇靠，這就像是在演電影欸，我是說，這從來都沒在現實生活中發生過，對吧？然後她會說發生什麼事了？我就會說有個作家剛好在坐車的時候看見某個人真的在讀他的東西。在這個版本的故事中她同時也會很可愛，順利的話也會是黑人而且如果不是單身，那肯定也不會受某個跟一夫一妻制一樣迂腐的概念束縛。我是在騙誰啊？在這所有自由戀愛的狗屁之下我敢說我才是聽起來很迂腐的那個。多虧共和黨跟愛滋病，現在全世界都在結婚啦，就連男同志都在考慮這回事了。

但有個搭C線的人他是個穿著破破爛爛的棉褲下面還穿了件衛生褲的孩子，以及皮衣但我看不到太多其他細節因為他正在讀《滾石》雜誌封面上的人看起來像是艾索爾．羅斯[346]。槍與玫瑰理論上在幾年前應該拯救了搖滾樂，或至少那是每個在《滾石》雜誌工作的人會告訴你的事。我會說如果這是真的，那為什麼我在電台上無時無刻聽到的都是來自娘娘腔英國佬的垃圾舞曲流行

346 譯注：Axl Rose（1962-），即槍與玫瑰樂團的創團成員暨主唱。

歌啊？還有個他媽的樂團叫作耶穌瓊斯[347]勒，基督啊。還有拜託天殺的千萬不要再播黑烏鴉樂團[348]的那張專輯了，我第一次聽到的時候那張專輯還叫作《順手牽羊》[349]，天啊，也許車廂這麼空的原因就是因為所有人都感覺得到我已經變成了一個超級愛引戰的王八蛋。尖峰時刻過後到午餐時間以前實在是段很奇怪的時間你可以在光天化日之下搭一班空無一人的車，車廂滿布新的塗鴉，在車窗上、座椅上、甚至是地板上新的塗鴉看起來很尖銳充滿科幻風還有字母，我想應該是字母啦，看起來像是融化的金屬，這些東西還有臭死人！拇指外翻非侵入性治療跟他媽的《西貢小姐》[350]的海報。

幹，我真希望我有本《紐約客》雜誌，或隨便什麼都好。衝出辦公室是因為我發覺我離交稿期限很近而且在面臨壓力時比較喜歡在家裡工作，我昨天交出了第四部，七部裡的第四部，對啦一部分的我希望大家還是會讀《紐約客》雜誌或至少注意到這本雜誌用他們沒幾個月前對珍奈特・馬爾康[351]所寫傑佛瑞・麥克唐諾[352]跟喬・麥金尼斯[353]事情的那種關注。也不是說我在寫什麼那麼沉重的東西，而且啊，他媽的現在除了兄弟會的大學生之外有誰在乎什麼歌手或是牙買加個屁。你呢，艾力克斯・皮爾斯，就是現在的孩子們叫作老古董的東西啦，而且現在才三月呢。

我在一百六十三街下車，爬上階梯希望那個想跟我討根菸抽的人不在那裡不會再要一根。媽的，如果他每天都能從我這搞到一兩根那他幹嘛要自己去買一包啊？我離C-Town超市越遠我心裡就越是覺得我的冰箱裡實在是一點好東西都沒有，我回家竟然沒東西吃，這只會讓我幹他媽的超不爽而已，而我會再穿上這件大衣再走回去我此時此刻正在遠離的C-Town超市。但是幹他媽的，我都已經走到一百六十街了。

現在是三月，還該死的超冷而且你甚至不能把這些該死的房子拿去送人。我買的這間高級住宅不需要任何裝修但原屋主卻癢得要死急著想脫手害我都開始相信裡面一定有什麼嚴重的問題，而這只是讓他繼續降價而已，他還試圖跟我推銷什麼路易斯・阿姆斯壯[354]曾經住在這裡的狗屁，結果才三分鐘後他又改口說是凱伯・凱洛威[355]。隨便啦，我喜歡一個大家都想要逃離的社區，雖然如果你問我的話，大家開溜八成是因為他們討厭華盛頓高地的這個地區，不好意思，歷史悠久的哈林區呢，是怎麼自從七〇年代末期開始爛成一坨屎的，八〇年代雖然出現過曇花一現的繁榮現在還是徹底沒救啦。

我想要說的是這條街呢，特別是在一天中的這個時間，通常還滿空曠的。所以為什麼那邊會有四個黑人，全都穿得像是他們剛從某個饒舌MV走出來一樣，坐在我的門階上呢？我沒辦法

347 譯注：Jesus Jones，英國另類搖滾樂團。
348 譯注：The Black Crowes，美國搖滾樂團。
349 譯注：*Sticky Fingers*，滾石樂團一九七一年發行的專輯，此處應是在諷刺搖滾樂沒有進步及創新。
350 譯注：*Miss Saigon*，經典音樂劇，將普契尼的《蝴蝶夫人》故事搬到越戰時期的西貢上演。
351 譯注：Janet Malcolm（1934-2021），美國作家暨《紐約客》雜誌專職記者，此處所指應為她以下一句的兩人為例，探討新聞倫理的著作《記者和謀殺犯》（*The Journalist and the Murderer*），該書起初即以連載形式刊登在《紐約客》上，並引發各界關注。
352 譯注：Jeffrey MacDonald（1943-），前美國陸軍上尉暨軍醫，一九七〇年擔任陸軍特種部隊軍醫時涉嫌謀殺他懷孕的妻子及兩名女兒，並於一九七九年遭到定罪。
353 譯注：Joe McGinniss（1942-2014），美國作家，原先受雇於麥克唐諾撰寫相關事件的書籍《致命幻覺》（*Fatal Vision*），卻在進行研究途中認為麥克唐諾有罪，本書也成為定罪證據之一，後續卻引發一連串有關新聞倫理的爭議。
354 譯注：Louis Armstrong（1901-1971），美國傳奇爵士樂手，又稱「爵士樂之父」。
355 譯注：Cab Calloway（1907-1994），美國爵士歌手。

轉身，因為他們已經看見我了，如果我搞得像是個害怕的白人那他們馬上就會逮到我，或是聞到恐懼並追著這狗屁。幹他媽的。其中一個人，辮子綁成他媽雙馬尾的，站起來並觀察著我。我離我家就只有二十英尺然後有四個黑人坐在階梯上，其中兩個剛剛大聲分享了一個笑話。我往後稍微退了一小步感覺像個白痴，他們就只是坐在我階梯上的黑人而已，可能是隨便哪個誰的階梯啊而且聽著，混蛋，他們可能是你的鄰居耶你不認識他們半個人根本就是你的錯好嗎。我拍拍我的屁股彷彿我要伸手拿根本不在那裡的錢包一樣，並且試著裝出一個「噢幹我忘了我的錢包」的表情，但雙馬尾還是盯著我，甚至可以說是在瞪了，但這也可能是我在無中生有啦。我不能就這麼站在這裡，也許我可以直接經過並進去轉角的咖啡店，坐個幾分鐘等他們離開，雖然他們看起來就像是無處可去的樣子。幹。我不能就這麼站在這裡，我是說，這裡是紐約市欸黑人男孩在伯尼·戈茲[356]之後知道最好不要去搞毫無防備的白人，對吧？雖然這已經是好一段時間之前的事情啦。

我走到門階時發現我的大門大大敞開。雙馬尾讓到側邊示意要我進去，彷彿這是他家。我停了下來，希望心情好的時候就會在那繞圈的警車，很快就會慢慢出現。雙馬尾又示意了我一次，這次動作有點大好像他是吉夫斯[357]似的於是我往前踏了一步。其他人也瞪著我，一個穿著件灰色的帽T遮住他的臉，另一個頭上套著看起來像是絲襪的東西，還有一個頭髮編成辮子就像牙買加人燙成爆炸頭之前會弄的那樣，褲子全穿得超低胯下那邊都垂到膝蓋啦而且他們所有人還都穿著黃褐色的Timberland。如果他們有帶武器，那他們顯然不覺得我值得他們亮出來。我不想要雙馬尾第三次指示我進去我自己的房子裡，所以我走上前去，我幾乎都快動不了了，耶穌基督啊。才上星期我有個朋友，以前曾賣過古柯鹼給佛利伍麥克[358]，說他洗手不幹了因為他媽的死牙買加人正在接管而且他們才沒在屌要殺誰跟要殺幾個人的。**兄弟啊我說不要這樣子搞**，外頭某個人用牙買加腔說。這感覺像是我該開個玩笑說牙買加媽媽應該教教他們怎麼維持一個地方整潔的時刻，但沒有人可以跟我分享這個笑話。

我走下我的走廊彷彿這是別人的走廊地板發出嘎吱聲出賣了我，經過我自己的樓梯來到二樓並傾聽樓上的人的動靜，某個人或幾個人在廚房裡搞事，一個高大的黑人穿著背心和一條吊帶垂下來的卡其吊帶褲正在應該是我的果汁機裡面打黃色的果汁。另一個傢伙走進我的視線好像有人大喊了一聲開拍蓋過噪音一樣，他開始跟我講話一邊坐在水槽旁邊的凳子上，他也是黑人，頭髮剪得很短而且有點嬰兒肥，不過比穿背心的老兄更高，他穿著件王室藍的絲質西裝前口袋裡的白色手帕就像有朵凋謝的花從他心臟蹦出來。我不認識這傢伙，我不認識他們半個人，我不覺得我這輩子有看過這麼亮晶晶的鞋子，同樣是暗紅色的，某些部分都接近黑色了。我抬起頭並且看得出來他注意到我在欣賞鞋子。

——喬治·布魯提尼的。

我想問這是不是喬治·亞曼尼[359]的B級片版本，但我接著想起面對牙買加人時打出諷刺並不

356 譯注：Bernie Goetz，一九八四年十二月二十二日，於紐約地鐵列車槍擊四名年輕黑人男子，聲稱他們想要搶劫他。
357 譯注：Jeeves，英國幽默作家P．G．伍德豪斯（P. G. Wodehouse, 1881-1975）筆下的管家。
358 譯注：Fleetwood Mac，英美搖滾樂團，一九七五至一九八〇年代紅極一時。
359 譯注：即著名設計師Giorgio Armani（1934-），前一句的鞋款品牌則為Giorgio Brutini。

總是最明智的一張牌。

——噢，我說。

——所以給我聽好了，你在這邊看到的這傢伙，懶狗啊？他以為我請他是因為他在扳機後頭表現得很好，但我請他過來真的只是因為沒人打的果汁比這邊這位老兄還好喝啊，耶知道勒。

——靠北啊幹，老大。別介意我現在得去上烹飪學校啦。

——你最好是去上夜間部啦，哈哈。

絲質西裝傢伙舉起一根手指以打斷我正要說的話，但我根本什麼都沒有想說。他拿起一個玻璃杯喝了五大口把整杯東西都給喝光了。

——芒果，他說。

——哪種？背心仔說。

——朱利跟……等等……我知道……東印度。

——耶知道勒，老大，你一定是會通靈還是怎樣的。

——或者我就只是個鄉下少年仔很瞭他的芒果啊，幫這個白小子倒一點吧。

——我真的不渴啦。

——我是有問你渴不渴逆？微笑露出來又消失了，就像那樣，我發誓這是某種我只見過牙買加人做過的事，而且他們全部都能這麼做，表情突然一變就變得很冷酷，眉頭皺起來，但是雙眼鎮定到不行，可以讓一個十歲小孩嚇得要死。

——我猜我是可以喝點東西啦。

——聽到你這麼說真好，我的小老弟。而且你冰箱裡的所有牛奶、優格、新鮮水果也不客氣啦，幹他媽的勒，懶狗打開你這老兄的冰箱我差點還以為你是個連續殺人魔裡面冰了具屍體。

——沒開玩笑，老大，老鼠到現在還沒打個洞鑽進冰箱底下真的是奇蹟，背心仔說。

——你知道你裡面確實有一月放到現在的牛奶嗎？

——想說來試試自製優格嘛。

——這傢伙是個諧星啊，老大。

——哈哈，聽起來是哦，也可能他就只是個笑話啦。總之呢，兄弟，過來這邊這樣我才可以好好瞧瞧你一下。

我坐上凳子。我分不出來直視他的眼睛是會讓他刮目相看還是惹他不爽，接著他開始在我身旁走來走去彷彿我是什麼展覽品似的。我差點都要說這間博物館閉館囉，我真的差點。我不知道為什麼我覺得開玩笑能夠緩和一下眼前的狀況因為他媽的永遠都不可能欸，永遠。

——懶狗，我有跟你講過一個叫作東尼．帕華洛帝的人嗎？

——你從來沒跟我講過但我知道他，哪個少年仔成長期間沒聽過東尼．帕華洛帝啊？

——呦，都快十五年啦，我都在找你欸，你知道這件事嗎？

我花了整整三秒才發覺他是在跟我說話。

——可是尤比啊，你為什麼會提起東尼．帕華洛帝，他不是七七年就掛了嗎？還是七八年？

——七九年啦，一九七九年。懶，來認識一下殺了他的人吧。

四

——你的頭髮發生什麼事了？

——變白了，太早變灰然後就變白了，小姐們說我是隻銀狐狸。

——太早個屌，你變灰變得正是時候。

——好笑哦，喬西。

——你現在在美國住太久啦，你聽起來就像他們之一。

——就像我住在美國？

——不是，就像你跟古巴佬住在一起。

——哈哈，肯定不會有人相信我的如果我說喬西·威爾斯有幽默感的話。

——是哦？你是都跟誰聊我？

——老兄啊，喬西，看看我們吧。你有想過從前嗎，**孩子（西語）**？

——沒有，你知道我從來都不會想他媽的從前的，那狗屁會幹死你而且你還不能幹回去勒。

——你在監獄裡舌頭變得還真臭啊，**老弟（西語）**。

——臭嘴啦，入境隨俗嘛。

——哈哈，讚哦，喬西，讚——

——別他媽再在那邊假掮了啦，路易斯，這句怎麼樣啊，哈？一個很屌、很屌的字專門送你哦。我都七年沒看到你這傢伙了結果我們現在在哪？監獄。懂我說現在他媽也超怪是什麼意思了嗎？尤其是當過去在這星期一直出現的時候，從我甚至都忘記了的孩子的媽到擔心錢的親戚，不是我的，是彼得．納瑟的，那傢伙讓我真希望牢房裡有隱藏攝影機。光是那傢伙就讓我開始懷疑起人是不是真的越老會越長智慧。

——彼得．納瑟？

——不要裝得好像你不認識他一樣。

——一九八〇年之後就沒跟那人講過話啦，你忘了我只是透過他找上你而已嗎。

——反正既然現在他想要成為一個爵士，他希望過去不要偷偷摸摸搞他一把。

——搞什麼？

——偷偷ㄇ……就是搞到他啦。

——啊，但是那個先生的東西呢，**老兄**（**西語**）。他想變成一個先生？他不是已經有一根屌了嗎，**老兄**（**西語**）[360]？

——一個騎士啦。一個爵士，就像藍斯洛爵士[361]那樣。現在他想要跪下來這樣女王才能用她的劍祝福他啦，這對所有黑人來說都是很自然的事，他們還是希望白女告訴他們他們成功了，不

360 譯注：英文中的爵士與先生都是同一個字「sir」，此處愛醫生搞混。
361 譯注：亞瑟王傳說中的騎士。

是嗎？

——我都不知道他是黑人呢，喬瑟夫。

——好笑了，五分鐘內你就叫了我五個不一樣的名字。

——我能說什麼呢，**老弟（西語）**？我每次看到你，你都是不同的人啊。

——我都是同一個人。

——不，你不是，你才剛說你從來不會想起從前，這就是為什麼你看不出來你長什麼樣子。

——我聽不懂你他媽是在講什麼鬼啦，就這樣走進來然後滿嘴蠢話的，再繼續這樣下去，就會有小提琴開始拉囉。

——又來了，似乎沒有人聽說過的喬西式幽默。

——老兄，這樣真的很煩。而且你知我知這不是你的最後一站。

——不然我是還會去哪？

——回去找那個派你來的婊子養的啊。

——要是沒人派我來呢？

——除非是為了支票不然愛醫生連在床上翻身都懶呢。

——你知道我們是什麼嗎，喬瑟夫？

——我知道我們完全就是在講幹話。

——老古董。

——你有聽到我剛說的任何事嗎幹？

——某種來自昨日的東西，一種紀念品。

——耶穌基督啊。

——這表示呢，我的朋友，大多數的人永遠都不會了解。也許某個人會在我們身上找到某種價值，但是大多數時候我們就只是被扔掉。

——老兄，如果你正試著用比喻跟我講某件事哦那你他媽真的是講得很爛。

——只是想讓氣氛輕鬆一點而已啊，**老弟**（**西語**）。

——不，你在拖延因為你以前從來都不必近距離做某件事，你到底是怎麼幹人的啊還真是個奇蹟欸。

——電愛？

——真假？

他笑了出來。

——現在超流行的，所有拍A片的傢伙都在拆掉他們的布景並接上電話線囉。某個肥宅，從沒結過婚的老兄只要打去1-900-超淫-臭婊就會有個五百磅重的婊子用性感的聲音說，嘿水手。他打手槍然後費用就記在電話帳單上啦。

——真的假的啦？

——跟何利菲德[362]一樣來真的啦。

362 譯注：原句為Real deal Holyfield，典故出自美國次重量級及重量級拳王Evander Holyfield（1962-），他的綽號便是Real deal。

——早就知道我應該去當皮條客的。

——啊災，毒販的結果也不賴啊，直到你栽在這地方。

——真想要換個風景。

——現在換誰在用超爛比喻啦？

——這麼多年來我連你半點屁消息都沒聽說。柏林圍牆都倒塌了，詹姆士．龐德也講到沒故事了而愛醫生還閒閒沒事做。是怎樣，你定下來然後回去當個真正的醫生了逆？先等等，真的假的？你現在真的是個醫生了哦？你是要怎麼做手術啦，我的好兄弟，把身體炸開哦？

——哈哈。

——讓人活著賺錢為生似乎超出你的渴望之外啊。所以現在告訴我吧，愛醫生，這椿家族爭吵是怎樣一路傳到邁阿密的你耳裡的？

——誰說我人在邁阿密的？

——我看得跟你一樣遠。

——嗯，喬瑟夫，你真是個聰明人，你是我遇過最聰明的人。想當然你期望要是你繼續講講得夠久那各式各樣的人就會聽見你。

——我兩年前就開始講啦，幹嘛要挑現在又何必挑你？

——我只是在觀察嘛。

——他媽的。你知道嗎？我們就加快腳步吧因為這真的是讓我有夠賭爛的幹，你知道要是我出了什麼事，某些檔案就會開始出現在某些地區檢察官的辦公桌上囉。

——街頭謠傳說——

——你他媽懂個屁街頭。

——緝毒署的幹員，他是什麼時候來拜訪你的啊，上週四嗎？

——如果你知道緝毒署來見我，那你一定早就知道他媽是哪天了。耶穌基督啊，路易斯，我真希望你是個老古董，因為說真的，現在這個版本的你真的是超級令人失望的。自從我上次見到你以來你是肥了幾磅啊？

——人生過得非常愉快嘛。

——人生把你變成了一個死肥宅，你確定你扣扳機的那根手指還塞得進去嗎？

——你看起來挺不錯的。

——你以前屁話講得好多了。

——你也是啦，混帳，還唬爛什麼檔案啊幹，全世界都知道你從來不記筆記的，喬西。緝毒署想要的是你腦子裡的東西，不是在什麼他媽的檔案裡，不管你活著的時候知道什麼，都會跟著你一起死去啦。你一度很低調的，他媽根本就沒人屌你直到你八五年時決定要清理那間快克屋，差不多同一時間你在緝毒署的新死黨就開始注意你啦。我會去問愛哭鬼這是不是其中一次那種老大突然控制不住脾氣的罕見時刻，但他似乎也跟著八五年一起消失了。

——愛哭鬼發生了什麼事根本他媽就沒什麼好神祕的，他老兄就是忍不住去碰自己的存貨，那結果注定遲早會發生。

——幫自己注射純古柯鹼？哪門子毒販會搞出這樣的意外啊？就算他有在用也是。

——也許那並不是意外。
——你是說你的男孩有自殺傾向？
——愛哭鬼？他才沒理由自殺，就在他開始像他一直想要的那樣生活的時候？早在紐約之前你就知道狀況很差了啦他這輩子唯一快樂的時候就是當他在……幹，就是當他在這裡的時候，就在這同一座監獄。
——那你現在到底在說什麼，喬西？
——我什麼也沒說，是你先提的。幹他媽的死愛哭鬼，我就知道這終究會發生。你來就是為了這個嗎，路易斯？因為你在講的一切似乎都是些離我很遠的破事啦。
——真好笑你應該聊一些愛講話的人才對。見到你真的很開心啊，喬西，即便情況是這樣。
——要不是情況是這樣我根本就不會見到你。
——說得對，我想。
——你什麼時候離開？
——牙買加嗎？還沒安排耶。
——什麼時候？
——明天，早上六點，第一班離開的班機。
——時間很夠。
——什麼的時間？
——做你該做的事的時間，還有發新聞稿。

——所以你和緝毒署先生已經聊過認罪協商囉？

——認罪協商？你很急哦，哈？必須要先真的開庭才行，愛醫生。

——噢，噢真的假的？

——對真的，當你的人生繞著監獄跟法庭轉動的時候真的會學到很多事。

——說到法庭呢，這真他媽在亂搞啊，上訴法庭沒辦法拒絕引渡。

——那是樞密院，才不是上訴法庭。而且他媽的是亂搞誰了啊？亂搞我嗎？在我看來我早就該去一趟美國啦。

——你聽起來像是你要去你阿嬤家。

——因為我要去美國監獄嚇到他媽冒冷汗的可不是我，那會是派你來的不管是誰。

——沒有人派——

——好啦老兄，就繼續講那些你覺得應該不能講的事吧。但不管你要做什麼，都等我睡著了再做。

——那是場非常棒的葬禮。

——啥？

——真的很不錯，是我參加過最吵的葬禮，不過真的不錯，我不覺得我這輩子有看過靈車後面跟著一個行進樂隊，還有拿著指揮棒的女指揮，拿著指揮棒穿著迷你裙的性感女指揮欸。一開始我想說這實在很俗但她們穿的是藍色內褲讓整個格調滿分，她們好好送了你兒子一程。

——不要講我兒子。

——不過，還有一件事啦。實在是很奇怪，因為呢，呃，我以前從來都沒看過。

——路易斯。

——當他們把班吉放到墳墓裡時，一群男男女女會排成兩列，對吧？就在墳墓的兩側嘛接著某個人呢，可能是他馬子吧？她把寶寶交給第一個人然後他們接著來來回回傳著他，在墳墓上頭哦，一路傳下去直到隊伍盡頭。這代表什麼意思啊，喬西？

——不要講我兒子的事。

——我是說，我只是想知道ㄓ——

——我說他媽的別講我兒子的事幹。

五

——那他到現在不是應該已經醒來了嗎護士?護士?護士?他不是應該要醒來了嗎?

——女士,嚴格來說他並沒有睡著,我們現在必須暫時讓他維持鎮靜狀態,為了他著想。

——啊是醫生這麼做的?為什麼你們不想要他醒來?你們要做什麼?

——女士,這妳得去問醫生了,女士。

——女士。妳真是有夠假掰的,妳從哪來的啊,莊園公園哦?

——布朗克斯。

每次監測器發出嗶嗶聲她都會跳起來。我在門口附近想離開這個房間到現在已經有五分鐘了,對啦,我知道我是個護士,但是當你在一間醫院裡工作時那味道就會纏上你,不是訪客沾到的那種味道也不是病患沾到的那種,是其他味道。就像是有個人受了重傷或有個人情況變得非常糟你會知道,就算還沒有確認,他已經永遠都回不來了。像這樣的人聞起來彷彿儀器,就像乾淨的塑膠、擦洗過的便盆、手部消毒劑,這麼多清潔讓你都感到噁心,這個躺在床上的男人有條管子插進兩條手臂裡還有他的脖子,另外四條綑成一束穿進他的嘴巴,一條帶走他的尿還有一條則是要帶走應該是屎的東西。上週他需要引流因為他腦袋裡有太多液體了,牙買加男人,白色被子下的一個黑人穿著件睡袍花樣是點點。我不是其中一個必須每隔幾小時就幫他翻個身的護士,要讓他稍微往左靠，接著幾個小時後再讓他稍微往右靠。也不是那個得檢查他維生系統的護士，她五分鐘前剛離開。來這裡也不是要檢查他的點滴或他的營養，或是要確保他正處在良好的鎮靜程度下，大多數時候我甚至不應該出現在這層樓，因為我在急診室總是有一大堆事要忙。但我人在這裡，又來到加護病房，還這麼常來害這個女人以為我是他的護士，可能是他孩子的媽吧，我是說，她總是帶著個寶寶來這裡不過今天沒有啦。我不能就這麼說我不是因為這樣她就會開始懷疑我每天都在懷疑的事。我到底在這幹嘛？

我不知道。

大部分出現在急診室的牙買加人都會受到治療並送回家包括一個接下來整整六週拉屎前都會好好想一想的男人。兩個沒有活著離開，兩個在到院前死亡，接著還有一個中了六槍、頭部嚴重創傷加頸椎骨折的男人，就算他撐到下週或是下下週，每件讓他的人生之所以是人生的事現在八成也都完蛋了。我應該心懷希望，或保持親切但抽離就像他們教妳怎麼跟命危病患的家屬相處時那樣，但我能擠出來的頂多就只是某種冷漠，而這個女人遲早會注意到。

在她離開前我就會離開，但大多數時候我很早去時她就已經在那了，坐在床邊抹著他的額頭。昨天我提醒她他同時也有感染的情況所以在抱寶寶前至少還是用一下門邊的消毒劑，而她盯著我彷彿我在羞辱她。這只是個建議，女士，不是醫院的政策，我說。我真的很想在她不在這裡的時候看著他，告訴我自己我不知道為什麼真的有用只要我不要太常去想這件事的話，這個男人躺在醫院裡是因為某種不管一個牙買加人能跑得多遠，總是會在後頭緊緊跟著你的東西，我並不想知道他為什麼在這裡。這什麼開戰的狗屁我根本一點興趣都沒有，我會在布朗克斯的唯一原因依然還是我負擔不起搬去別的地方，所以要是牙買加人想要因為毒品或隨便什麼鬼互相開槍血流成河，那還真的是他們的事。我不想聽見那男人的名字，就連他們在講他兒子時也不想，曾經有段時間聽到這名字就會讓我尖叫起來，現在聽到的時候我會不知道發生了什麼事直到我找回自己或是某個人找到我，在咖啡廳瞪著窗外彷彿我失了魂或怎樣的。他媽的要是我能想起為什麼那個名字對我會有這樣的效果就好了，他媽的雖然知道我永遠都沒辦法騙自己，我卻還是一直、一直嘗試。

——所以妳到底知道些什麼？

——不好意思？

我希望她不是一直在跟我講話，她正在碰他的頭並沒有看我。

——你們能講的就只有你們不知道什麼。妳不是護士嗎？他有沒有在好轉？你們沒有要給他新的藥嗎？為什麼沒有人願意跟我講他這輩子能不能再走路，我聽說過脊椎的事妳知道的。我已經受夠那個死護士進來這裡拿起病歷看一下，然後碰一下他，然後移一下他，做這些有的沒的卻什麼都講不出來只會說去問他媽的醫生。他媽的醫生是死去哪了？

——我很確定醫生就要來了，女士。

——醫生已經到啦，女士們。

我希望我剛剛沒有大聲講出什麼破事。又來了。史蒂芬森醫生用他的神氣醫生腳步直接走進房間，他的金髮這次梳得整整齊齊，也許這邊結束之後他要去哪吧。高大、蒼白又帥氣以某種英國人的方式啦，代表他還沒有開始用他兩三個月前訂到他辦公室的健身器材但是看起來還是像他剛從《火戰車》[363]走出來一樣。上星期他捲起他的短袖露出他甚至更白的手臂給我看並問我覺不覺得他在牙買加可以曬成古銅色，因為他在其他地方都曬失敗了。這個死女人拖到我了，我根本就不應該在這，顯然不該待這麼久竟然讓一個醫生撞見我。

——在這遇見妳真棒啊，瑟格里護士。是急診室今天下午滿閒的，還是他們終於把妳調來加護病房啦？

——呃……醫生，我只是剛好路過並進來看——

——為什麼，出了什麼問題嗎？妳有通知值班的人了嗎？

——不什麼問題也沒有，什麼問題也……我只是剛好路過。

——嗯嗯，急診室現在會派實習護士上來加護病房啦？我敢發誓妳一定是我唯一知道名字的，瑟格里護士。

——呃，我得走了，醫生——

——不，再待一下子。我可能正好需要妳。

我正要說點什麼但他就這麼閉上雙眼並點點頭同意了一次，彷彿敲定這件事需要的就是這樣而已。

——妳好，女士。

——為什麼大家跟我說話都搞得好像我是個老女人一樣？

——蛤？護士，她是在說……呃，隨便啦。這是妳的丈夫嗎？

——史蒂芬森醫生，我說。我想說就趕快跟這該死的女人講話啦不要再試著搞懂她幹他媽的

婚姻狀態了因為要是她開始認真跟你解釋普通法的婚姻那你就要再花一個月才能搞懂，不過我只有說，

——她的身分是直系親屬，醫生。

——噢。嗯，女士，現在說這個還太早了，他正在產生反應……呃，他正在對治療產生反應啦，但現在還在初期。他目前還滿危險的，不過幾天內他應該就會穩定下來了，與此同時我們得進行更多測試——

——更多測試？要測試什麼？你們一定是以為他在上學你們竟然要測試他，而且你們沒有半個測試可以給我結果的。

——啊……呃……米莉森？

——米莉森？那女人說。我不需要看就知道她現在正狠狠瞪著我並皺起眉頭，醫生把我拉到一旁卻不夠遠，我知道她會聽見他說的所有事。

——米莉森……啊……我該怎麼說才好？我其實跟不太上她到底在說什麼，我是說，我覺得我有講到重點但不想說錯話或造成誤解，如果妳懂我意思的話啦。妳可以跟她講講看嗎？

——啊……當然。

——也許用妳的母語跟她講。

——什麼？

363 譯注：*Chariots of Fire*，影史名片，主角是兩名奧運田徑選手，全片經典開頭即為一群身材健美的男子運動員在沙灘上奔跑。

——妳知道的，牙買加話啊，真的是很有音樂性就像是邊聽燒矛[364]邊喝椰子汁。

——椰子水。

——隨便啦，總之很美就對了，老天啊，我他媽完全聽不懂妳們到底在講什麼。

——她想知道我們為什麼要做那麼多測試，醫生。

——哦？嗯，妳能不能告訴她——

——她聽得懂英文，醫生。

——但妳可以跟她用她的母——

——那並不是個語言，醫生。

——噢嗯，女士，如妳所知妳的丈夫因為槍傷造成的嚴重頭部創傷及不穩定的脊椎骨折進行了手術，有時候呢，尤其是當患者送進來時還有意識的話，我們就可以分辨情況會怎麼樣，但妳的丈夫並沒有。此外，槍傷非常討厭會在離開你身體的地方造成更大的傷害而不是進入的地方。由於他失去意識而且叫醒他風險太大，我們依然不確定他的脊椎功能，或是他的精神狀態是否出現了任何改變。我們需要進行測試是因為他的狀態可能隨時改變，甚至可能會變得更好啦。但沒有定期測試的話是不可能完全確定跟知道的，我們可能會需要增加藥物劑量，或減少劑量。他甚至可能會需要進行更多手術因為有些狀況就是不那麼明顯，這就是為什麼我們會需要定期測試。我希望這聽起來有道理，女士？

——你沒問題的醫生，我說。心知這番評論會讓他賭爛得要死。他先對她點點頭，接著對我，然後就走了。我現在就能聽見他之後會在茶水間對我自以為高人一等的訓話了，還好我對他現在已經年紀太大他在這麼做的同時不會把他的手放在我手上。這是個伎倆，應該會讓護士的內褲溼答答的。我敢發誓要是醫生別再擋路那護士就能夠繼續接手真正去幫病人治療了。

——所以妳從牙買加哪裡來的？

——不好意思？

——不好意思妳個頭。妳是從牙買加哪裡來的啦？

——我看不出來這關妳——

——聽著，小姐。我聽到妳說的了妳告訴醫生就這樣只是路過而已，就在我帶他來的同一間急診室的整整十三樓上面欸。他會怎麼說呢如果我真的去告訴他妳每天都跑來我男人的病房好像這是妳男人一樣，沒半點理由？所以他媽別再那假鬼假怪了因為有個像米莉森這樣的名字啊你他媽除了牙買加是不可能從別的地方來的，米莉森．瑟格里哦？妳不僅是從牙買加來的，妳還是從鄉下來的，所以妳愛怎麼學他們那些白人假掰就怎麼學啊，但妳可別想騙過任何人。

我告訴自己我沒必要忍受這些而且如果我現在就離開，這間醫院大得要死她永遠都不會再見到我了，我需要做的就只有離開，我需要做的就只有把一隻腳放到另一隻前面然後走出這裡在這個女人越來越放肆之前。

——因為我很確定妳離開牙買加的時候不可能是這樣講話的。

——要是我是來自上城呢？

---

364 譯注：Burning Spear，本名Winston Rodney（1945-），牙買加雷鬼歌手。

——可能吧，妳聽起來確實跟那些上城女人一樣又無聊又蠢，但至少妳看起來不像是妳住在妳的屁眼裡，不妳——

監測器發出嗶嗶聲她又跳了起來。

——妳會想聽到這聲音的，我說。——當妳聽到一長聲不會停下來的嗶嗶聲時才表示很糟。

——哦？是喔，我從來都不知道，從來沒有人告訴過我。妳為什麼要一直上來這裡看我老公啊？

——我跟妳老公一點關係都沒有。

——相信我，親愛的，我從來都沒擔心這回事。

我同時想告訴她去死吧還有我欣賞她的機智。

——這間醫院裡沒什麼牙買加人，只有一個老女人去年因為中風過世了。接著突然之間我們就來了一大群，全部都是中槍，而他是最後一個還待在這的人，我當然會很好奇。

——好奇個屁，如果妳好奇的話妳就會走進來讀他床邊其他所有護士都會讀的病歷啦。但妳進來只是在看而已，而且要是我晚來妳總是都在這，如果我早來妳一看到我就會趕快離開。

——在牙買加大家無時無刻都在互相開槍來開槍去，但我是來紐約才近距離看到的。

——近距離看到？妳根本就什麼也沒看到，等到妳看見某個男孩在俱樂部被開槍再說吧。

——但他們為什麼要把這帶到這裡來？為什麼要帶來美國？妳會以為妳都來到這裡了妳可以把這所有狗屁都拍掉然後重新開始。

——妳就是這麼做的嗎？

——我可沒這麼說。

——但這是真的，妳跟妳假掰的說話方式。

她這時站起身來幾秒鐘然後又坐了下去，我還是離門口很近，在想我是該慢慢往後退還是快一點。

——對某些男人，對很多男人來說，都是那同樣的狗屁帶他們到這裡來的，不然他們根本就沒辦法到美國來。

——我想也是。

——這是事實，沒有錯。而妳人在這裡不只是因為妳從來沒在這看過牙買加人，妳來這裡是為了別的事。小姐，我也是女人，妳知道的，當一個女人想要什麼東西的時候我是知道的。

——我真的該回去急診室了。

——那就去吧。然後下一次我就可以告訴醫生比如說妳是怎麼一天到晚想到的時候就跑來這裡的。

——妳到底想知道什麼？

——我老公。我有辦法再聽到他說話嗎？

——這妳真的該去問醫生——

——給我說。

——妳不會想從我這邊聽到的，我又不是醫生。

——說，給我說。

——像個四歲小孩吧，搞不好。而且這還是他康復的話，他會需要重新學習一切但他聽起來還是會像個智障。

——喔。他有辦法再走路嗎？

——照現在看起來，他可能連再拿個杯子都沒辦法了。我希望妳知道因為我剛剛跟妳說的他們可以開除我。

——因為妳是第一個說實話的人而開除妳嗎？

——跟妳說實話不是我的工作，我的工作是告訴妳我們覺得妳可以接受的事，而且這裡沒有半個人可以真正預測某個病人會發生什麼事，所以沒人會想要說些什麼結果之後卻不是這樣。他有可能會康復或他也有可能——

——死掉。

——那也有可能。

她看著我彷彿她在等我問那個問題，也可能我只是從她的表情讀出了我想要的。監測器又發出嗶嗶聲但這次她沒有跳起來。

——是喬西．威爾斯對他開槍的嗎？我終於說出來了。這麼多年來我一次都沒有說過他的名字，甚至從來都沒辦法鼓起勇氣去說，我知道之後我就會開始譴責自己因為我多年來是怎麼放任我自己的思緒瘋狂馳騁一直覺得這個男人在追殺我，但我卻很確定如果我直接走過他身邊他根本就認不出我，就算他停下來跟我搭訕也一樣。

——喬西．威爾斯？

——我不是說親自，我的意思是，他的幫派。

——妳在布朗克斯沒認識半個牙買加人嗎？

——這跟這一切有什麼關係？

——他們不叫幫派，他們叫作小隊。而且喬西哪都去不了因為他現在在坐牢已經超過兩年了。

——什麼？

——所以妳甚至連一期《拾穗者》都沒讀也沒在看牙買加的新聞嗎？他們這個月要把他送來美國上美國的法庭，親愛的，是喬西．威爾斯的小隊掃射俱樂部的沒錯，大家都知道破布是大尾老大幫的夜店嘛，店不是他們開的還是怎樣的，但他們總是會在裡面。妳知道好笑的是什麼嗎？我還記得那時候播的是什麼歌勒，因為我才剛問某個人為什麼〈夜班護士〉聽起來還是這麼讚，不要問我為什麼我沒料到這回事。喬西．威爾斯的兒子在牙買加被人幹掉了而不管是誰做的一定或多或少都跟大尾老大幫有關聯。妳很走運妳想辦法跑到離牙買加很遠的地方了，但對我們剩下的人來說牙買加就是一直跟在我們後頭啊。

——所以妳老公只是個路人？

——不小姐，他是大尾老大幫的。

六

——所以耶穌基督殺了東尼．帕華洛帝？

——還真的是耶穌勒。看看這傢伙的頭髮，你馬子讓你這樣子出門啊？而且我還真的是知道所有白男都會刮鬍子除了那些加入某個邪教跟他們姐妹生小孩的傢伙。

——啊這件是喇叭褲嗎？夭壽哦。

——兄弟啊，我想知道的是呢，我該去哪拍電報告訴你現在已經一九九一年了？你看起來就像你要唱〈迪斯可鴨〉了。

——不，兄弟，尤比，是〈在海軍裡〉[365]才對。

——你整個人都可以活在過去，因為你不知道這種裝扮現在不流行啦，你都沒在看MTV台的嗎？不看哦，兄弟，我的男孩就是握著他的槍一直等等到這種裝扮又重回流行啦。

——那他媽還真的是要等超久。你這快十四年來是在等什麼啊？等我們其中一個來找你嗎？

我有種預感這群人你是不能請他們講重點的，他們把我留在凳子上而現在我在一群人中間他們圍著我彷彿他們隨時都會在我頭上戴頂懲罰帽一樣，還是拿根球棒從我頭上砸或敲下去，一開始我覺得他們像鯊魚一樣包圍著我但現在對爛比喻來說也還真是個超他媽爛的時機。幹他媽的智障，都有一群帶著槍的大隻黑人接管了我家我還在這邊瞎掰我的人生勒，而且我們可以排除搶劫，雖然我一度希望這他媽就是搶劫。都好多年沒聽到東尼．帕華洛帝這個名字了，可能已經七年還幾年了而且我也只聽過一次而已，是崔斯坦．菲力普斯提到的。我根本不會想到那一天，其他任何人也不會想到因為根本就沒人做什麼事啊，我甚至還去調查了一下，總之是盡我所能啦透過牙買加報紙的微縮檔案但是根本就什麼也沒找到，沒有謀殺案的警方報告，甚至連飯店發現了一具屍體都沒。幹你娘，福克納，過去還真的沒有死去勒，甚至根本就還沒過去[366]。我根本就不知道那人的名字直到我遇見崔斯坦．菲力普斯。

——對脖子，我說。絲質西裝跟雙馬尾同時看著我彷彿我打擾了他們。懶狗，或至少我覺得這是他的名字啦，把剩下的水果放進冰箱並把果汁機拿到水槽，我可以聽見這要來了，我會告訴他不要為了一台果汁機就用洗碗機啊。但是雙馬尾跟絲質西裝依然在看著我。

——我就是對著脖子做的。

——做什麼？絲質西裝說。我很確定他說他名叫尤比，但我似乎記不住任何事，此時此刻這裡可能總共有七個人或六個，可是我就是記不得。

——殺了他，我是說，捅了他啦。我的意思是，我捅他脖子，八成捅到頸動脈了吧。

——他是說捅進脖子了啦，老大，雙馬尾說。尤比怒瞪了他一眼他整個人縮了起來。

——我們之中是誰去上過哥大啊？蛤？我們之中是誰啦？你以為我不知道頸動脈在哪嗎？他

365 譯注：美國迪斯可團體村民合唱團（Village People）的歌曲〈In the Navy〉。
366 譯注：典出福克納的名言：「過去從未死去，甚至都還沒過去。」（The past is never dead. It's not even past.）

花了多久才死，兩分鐘？

——快五分鐘。

——那你捅錯根頸動脈啦，我的小老弟。

——又不是說我對這個領域很專業。

——真的？有你愛問的那些問題跟你愛寫的那些東西啊也許你應該稍微想一下這件事，尤其是從我在《紐約客》雜誌上讀到的那些東西。

——每個人都是評論家啦，我說。

我沒有看到拳頭過來。直接打在太陽穴上，我眨了眨眼，想把震驚抖掉並大喊一聲幹。

——這對你來說看起來像在演電影逆？我看起來像是我有時間跟愛開玩笑的死白人耗嗎？

——我猜你們牙買加人就愛記仇，哈？

——我不覺得我有聽懂你說的話，年輕人。

——這個老兄東尼・帕華洛帝？你們最厲害的人，你們這些傢伙把他講得像是最壞最屌的婊子養的一樣，結果某個瘦得要死的記者竟然用一把他媽的拆信刀幹掉了他。然後你們這群人在十五年後出現——

——十六年。

——我他媽在乎個屁。出現然後要幹嘛，完成他的工作哦？你們還真是有夠《教父二》的。

——老大……

——沒事，懶狗。老兄以為這裡沒人看過電影啊。

我揉著我的太陽穴他們還是包圍著我，他等到走到我身後才開口。

——你是覺得他們這所有人，懶狗在這裡是打算要幹嘛。你以為他是來這裡打果汁的哦？

——我哪知。

——懶狗？

懶狗盯著我然後說，

——M60。

——M60。這個幫派裡的每個人都得挑一班公車然後挑一個站牌，第一個下車的男人或女人他們就會開槍，如果打死了還會有獎金。

——我應該要被這嚇尿嗎？

——你瞧瞧，老大，看起來某人的蛋蛋在褲子裡變得很硬哦，雙馬尾說。

我呢我則正看著一個綁成雙馬尾的男人，一個穿背心打果汁的男人還有一個男人穿著絲質西裝前口袋裡的白色手帕蹦了出來看起來就像個他媽的汙漬因為老媽沒教過他該怎麼好好摺成正方形而我突然發覺這一切究竟是有多荒唐幹。不不是荒唐，是幹他媽的有夠白痴。

——你現在很邱哦，小子，懶狗說。

——沒，我實在是嚇尿了啦。

——給我聽著——

——不你才聽著，我真他媽是受夠你們這些傢伙在那邊一臉屌樣好像你們在演什麼幹他媽的情境喜劇，操雞掰跑進我家還打他媽什麼果汁幹還在那邊假鬼假怪講話講得好像你們是什麼高智商罪犯一樣，以為跟什麼電影演的那樣高深莫測還是怎樣的，啊你們只不過是一群幹他媽只敢對女人跟小孩開槍的死流氓而已。我他媽才不在乎你上過什麼狗屌學店勒，我他媽也不在乎你有多聰明，更不要說你天殺的垃圾現打果汁了幹，還是我怎麼幹掉你們這群混蛋從那座垃圾小島上能生出來的最屌最壞的混混。事實上為什麼不趕快把事情辦一辦呢，蛤？就動手啊。反正我聽越少你們講的屁話，我走得也更舒服啦，就他媽的快把事情給搞定啊，然後他媽滾出我的房子這樣鄰居才可以叫條子來。還有把你該死的水果也一起帶走，我甚至不喜歡喝什麼狗幹果汁。

——你說得對，尤比說。——這真的不應該讓你嚇尿的，當我想要嚇死別人時我他媽不講話的。懶狗，好好料理這個婊子養的吧。

七

——所以彼得．納瑟到底想要什麼？

喬西．威爾斯在他的牢房裡走來走去，我敢打賭他一定沒發覺自己在踱步。但他每次走進黑暗的角落，我都覺得他會拿著某個骯髒的驚喜出現，或許不是一把槍，但可能是根桿子他可以像匕首一樣直接朝我其中一隻眼睛扔，而這狀況每次都會發生。他慢慢走過牢房的欄杆，盯著我看直到他來到角落，再轉過去朝後頭走直到歪斜的陰影將他吞噬，接著他會安靜下來所以你在黑暗中甚至無法跟著他的聲音，就連腳步聲都不行。有時候他會停下來然後你不禁想，他在那裡面幹什麼？他在準備什麼？接著當他從陰影中出現時有那麼一秒你的心臟也會跟著猛跳起來，而且他每次這麼做的時候都會。我記不得他們說哪一個更危險了，是受傷的獅子還是被困住的。

——一個不會再拉他自己滿身的理由。你幹嘛突然間在乎起彼得．納瑟？不是欸你才剛說你都十一年沒看到那傢伙了？而他剛剛好是這週第六個對我致敬的人。現在全世界都想知道要是我被送去美國的監獄我會怎麼做，嗯，他們一開始就應該多做點事讓我不要入獄才對。好笑的還有大家似乎都覺得美國法院會判我有罪，不過瞧瞧這個，當洋基佬的司法先來敲門時，全世界都忘了喬西然後留給我自己去想辦法啊，結果現在當事情解決不了的時候大家一夕之間又都想要自己去搞定了。

——意思是？

——意思是某些人還在試著找個好方法要宰了我，我是說，他們試過一兩次啦，也可能三次，但不是四次。我在這裡面的人上星期處理了第四次而且甚至都沒告訴我勒直到其中一個獄卒進去尿尿時發現那個婊子養的頭卡在馬桶裡，一直到現在他們都還搞不清楚一個犯人的頭在獄卒的馬桶裡到底是在衝三小。至於獄卒呢，就是一群幹他媽的死菜鳥，這些男孩們哦。第一個獄卒？現在要用一條管子拉屎了而等到第二個來到我的牢房並開始朝一個空床墊瘋狂開槍時，他早就變成一個鰥夫啦兩天後才會發現他本來會成為一個父親的。

——夭壽哦，**老兄（西語）**。

——有些人忘了他們為什麼坐在高位還有他們他媽是誰把他們弄上去那裡的。

——你說得好像有人欠你一樣。

——他們確實欠我，他媽的全世界都欠我，我把國家給了那個該死的政府。

——那個政府現在已經不是政府啦而且他媽沒人欠你個屁，喬瑟夫。沒人強迫你哦，也沒人阻止你變成他媽的東尼．蒙大拿[367]，而且大家對視而不見都沒問題啊直到你決定要在某間該死的快克屋裡殺幾個一文不值的廢物毒蟲根本完全沒理由啊除了某個人可能不小心踩到你的新鞋了吧，你這人就是這樣。你已經得到你以為他們欠你的了而且還更多，是你自己他媽搞砸了，你聽到了沒？你他媽搞砸了。

他又退到黑暗中，我等著他回來，邊聽著他現在是不是正拖著腳步，但喬西可不會這樣，他走出陰影站得直挺挺的，幾乎太挺了，彷彿他正為了什麼抬頭挺胸似的。

——你想殺快克毒蟲就去新京斯敦的敦福瑞路想殺誰就殺誰不會啊，誰他媽的會想念某個該死的快克毒蟲？

——根本就沒有人。但是某個快克毒蟲懷孕的女友呢？這就不一樣啦，《紐約客》雜誌裡有一整篇關於她的故事。這是你的行為模式啊，喬瑟夫？喜歡幹掉懷孕的小妞哦？

——去死吧你。

——真的很有格調，老大。你手下一整群的牙買加人跟他們的「當你可以夷平整個街區那幹嘛要只射死一個**老兄（西語）**」思考模式。彈洗哦，蛤？風暴隊嘛，真屌。

——你才是那個創造出他們的人，老大，不是我。不要創造出怪物又在那雞雞歪歪哭說他們怎麼那麼恐怖。

——老兄，我在跟你混的時候這些男孩裡有些根本還在喝奶呢。他們有樣學樣的又不是我，老爹。

——你知道我檢查我的食物要花多久嗎？

——三小，你是在講——

——二十分鐘，一天三次。問老鼠就對了，我每天都會丟點食物到地上然後看看牠們會不會吃，每天我都期待有隻老鼠會當場暴斃，每天我都得拿起每根香蕉然後切斷一點點，每坨飯我都會弄碎，每盒果汁我都用牙縫吸只為了阻擋任何碎掉的玻璃，或是生鏽的釘子或甚至是某種會傳

367 譯注：Tony Montana，經典電影《疤面煞星》（Scarface）的男主角，由艾爾．帕西諾飾演，原是名古巴難民，後成為大毒梟。

染愛滋病的東西。你知道光是在我吞下一小匙食物之前我要花多久嗎？而且我還早就已經買通廚房裡的所有人了勒。

——可是根本沒人敢啊，喬西。

——可能不敢吧，但因為外頭的所有人都因為他們覺得我的嘴會做出的事而他媽的怕得要死所以這只是時間問題而已，兄弟，只是時間問題而已之後他們就會找到某個獄卒或囚犯更怕他們而不是怕我。

——你待在欄杆後面太久啦。

——也許我應該重新裝飾一下，放幾張窗簾。

——從沒想過你會開這種死亡玩笑啊，**老弟**（西語）。

——我還沒死呢，愛醫生。

他在床上坐下並別過頭去彷彿他現在已經講話講夠了，這也是自從我來到這裡之後第一次移開視線，還有我第一次注意到這間牢房，以及整個走道，都是紅磚建的，其中有幾塊已經脫落了。我想牙買加就是你會找到當某個人說到監獄時你會想到的那種監獄的地方吧，至少地板現在是水泥的了，說真的這就是那種你覺得你需要的就只有一根湯匙還有一點這些老美叫作毅力的東西，然後你幾年內就能挖出自由康莊大道的監獄。

——彼得．納瑟，這可憐的婊子，在這裡跌倒還想威脅我勒。

——喔是喔？發生了什麼事？

——有點像是一個陽痿的男人試圖要強姦你啦，他突然擔心起金絲雀會不會唱起歌[368]。他就是這麼說的哦，我是永遠不會說這種蠢幹話的。

——我知道。但他不是唯一一個，喬西。

——這第兩百次導向了你來這裡的原因。

——也許我只是順道來拜訪啊。

——你可以到美國再拜訪我，我兩天內就會在那啦。

——他們不讓你出去埋了你的孩子真的是很可惜。

——你真是個幹他媽的人渣，德．拉斯．卡薩斯，就是個幹他媽的人渣。

——你知道我一直覺得你很迷人的地方是什麼嗎，喬西？大多數我認識的人啊，老兄，他們可以關掉又再開起來，但你可以同時做這兩件事。你可以根本不想談到你死去的兒子，但又可以聊什麼就這樣子幹掉兩個懷孕的小妞。你就像是他們說的心理變態那樣啊，怎麼了？有什麼這麼好笑的？

他爆笑了起來，笑得有夠久他都開始打嗝了，而就算這樣他也還在繼續笑，久到我都開始有點討厭他了，我是真的這麼覺得，我以前從來沒有對他有這種感覺過。

——那一整句話，你來這裡之前先練習過是不是啊？

——幹你娘，喬瑟夫。

——不說真的，他們是怎麼叫那個人的，你知道我在講誰啦，他有一次甚至在電視上有個節

368 譯注：意即有抓耙子告密。

目，你知道的那個人有個布偶坐在他大腿上，布偶的嘴巴在動但卻是另一個人在說話。

——腹語師，你在說我是個腹語師？誰的，CIA嗎？

——不是，我是在說你是那個布偶。所以是誰派你來的啊，老兄？柯拉克只是少了E先生嗎？現在說真的啦，那些傢伙還在哦？

——我也已經好多年沒想到他啦，我聽說他在科威特。

——你的記憶力還真鳥，另一方面呢像我這樣的人則是會記得一切，比如說名字，你知道大多數的人是怎麼忘記名字的嗎？比如路易斯·強森、柯拉克只是少了E先生、彼得·納瑟、路易斯·赫南·羅德里哥·德·拉斯·卡薩斯、沙爾·芮尼克？我可不會忘記名字。還有某些事情像是狼人行動？我也不會忘記事情，甚至是特定的日期比如一九六八年十月十六日、一九七六年六月十五日、一九七六年十二月六日、一九八〇年五月二十日、一九八〇年十月十四日？我不會忘記日期的。你覺得如何呢？聽起來你無話可說啦，**孩子（西語）**。

——我覺得最近大家比較擔心的是你可能會說的事。

——一定會說的，路易斯，一定會說的。這個洞是大家挖給我的，我又沒叫他們挖這麼大大到把他們也給吞下去了。我不知道你老闆擔心的是什麼啦，他需要做的就只有打通電話給緝毒署，聯邦嘛，對吧？打通電話，然後一部分的故事就會搓掉啦。

——緝毒署又不是聯邦，而且他們也控制不了。

——他們？所以確實有人派你來囉。

——我比較喜歡我們在同一邊時我們的對話。

——門在那裡鎖也在那裡，過來吧。

——你老了之後突然幽默起來啦，老兄。

——還是比你年輕啦。你想怎樣，愛醫生？你有些錢鎖在某個地方如果我保持沉默等我出獄要給我是不是？

——我可沒這麼說。

——嗯那就讓我幫你說順便回答吧。你怎麼會覺得我會出獄勒？

——那個你八成會跟緝毒署談好的交易。

——還是不知道你是在擔心什麼啊。愛醫生很飄忽，不就是你這麼告訴我的嗎？大多數人甚至不知道他的存在。也許你死在豬玀灣，也許你把自己在往巴貝多的飛機上給炸飛了，也許你現在是在幫他們那些桑定民族解放陣線[369]的傢伙做事。

——是反革命分子[370]啦。

——都一樣啦。也搞不好你只是某個大家在需要布偶時隨便拼湊出來的東西。

——也許我是個現在正在跟你講話的鬼魂。

——你很可能是啊。世界已經不再需要你這種人了，你知道我是從什麼時候知道這點的嗎？從一九七六年開始。政治什麼屁也不是，權力也什麼屁也不是，金錢才有意義，給大家他們想要

369 譯注：Sandinista，尼加拉瓜左翼政黨，得名自該國民族英雄桑定（Augusto Sandino，1895-1934）。

370 譯注：Contra，西語中的反革命之意，泛指該國親美反共的右翼團體。

的。彼得·納瑟以為他可以派人來跟我說我的做事方法哪裡錯了，但全京斯敦哪個人不是我擁有的呢？

——你確定嗎，喬瑟夫？每個人嗎？

——對。

——一個都沒有少？

——怎樣，我這邊需要麥克風是不是還是你耳聾了？

——真的一個都沒有少嗎？

——對啦，幹。

——就連在紐約也是？

——尤其是在紐約，肯定就是為什麼他們那麼想要我去那。

——那你覺得是誰幹掉了你的男孩愛哭鬼？

——你是說除了他自己之外嗎？這個說法已經開始讓人厭煩啦，愛醫生，你不需要看得多仔細就能找出愛哭鬼發生了什麼事。

——嗯，在她他媽的人間蒸發之前我和葛蕾斯達·布蘭科小姐好好聊了一下。

——麥德林不是早就已經搞定這個瘋臭婊的事了嗎？

——之前啦，喬西。聽我說，好嗎？這是之前她發現各種不祥之兆並且在找朋友的時候，她跟我說了一個幫派，呃……一個叫作大尾老大幫的幫派，你有聽說過他們嗎？他們大部分都是牙買加人。

——有，路易斯，我知道大尾老大幫。

——噢，我不知道你知不知道他們嘛。總之呢，反正她那時候在跟我說他們是怎麼曾經一度差點接管邁阿密的生意的，可是在不到一個月內吧他們就全部都不見了。

——所以？

——所以呢，雖然葛蕾斯達顯然很想擺脫他們但她絕對他媽沒那個腦搞定的，也沒有人力可以對付你們牙買加人。要對付牙買加人她就需要一個從那座島上來的傢伙，最好是一個已經在美國可以快速動員而且擁有既得利益的人，而那個婊子養的可不是你，喬瑟夫，也不是說你會低估某個人啦，**老弟（西語）**。他把南邁阿密還給了她，她則給了他愛哭鬼，然後接著他就只是決定等待萬能的喬西．威爾斯囉，就只是等著你他媽搞砸，進去快克屋。為什麼你就是不肯放下這件事呢，老兄？

——因為我痛恨尿的味道。

——什麼？

——沒事。

——不你說了些什麼。

——我他媽什麼話也沒說，愛醫生。

——有個人除外，喬西。

——尤比？

——尤比。

八

——我就只是從來沒有接觸過一個，妳知道的，從來沒……

——一個什麼？

——一個男人，我是說，這種男人。

——妳還真是不尊重啊，我有跟妳說我男人是他們的一分子嗎？

——妳說他和大尾老大幫一起混的。

——又不是每個上教會的人都是基督徒。

——我不確定我有聽懂妳的重點。

——妳不確定妳有聽懂我的重點。說真的，妳講話一直都這麼假掰嗎還是妳是想跟白人炫耀啊？

——妳覺得每個好好講英文的人都是想要模仿白人嗎？

——想要模仿什麼就是了。

——喔那所以講話講得很爛肯定就代表妳是個真正的牙買加人囉。嗯如果這會讓妳感覺比較好的話白人比較愛聽你們這些人講話遠遠超過我。

——你們這些人。

——沒錯，你們這些人。真正的牙買加人，你們全都他媽的超真，而妳……妳知道怎樣嗎，我在這裡已經大大越線了，這可能會害我被炒，我在跟直系親屬講話已經夠糟糕了，我現在還吵起架來了勒，妳會知道的下一件事就是有人提出抱怨而我要不是被炒那也會被罵。我真的很希望他能康復。

——妳說妳從來沒見過半個槍手是什麼意思？為什麼妳會想見槍手？

她正盯著我彷彿她真的想知道，她的眉毛抬起來嘴巴微張，好像她真的很好奇。我真希望我可以攻擊她的防衛心，但這就像是她真的就只是想知道，而我沒有半個聽起來合理的答案，大半是因為我真的也不知道為什麼。她從他身旁站起來並走到窗邊，今天不會有結果的，而且現在是三月了？

——我想不出全世界還有誰我永遠都不想再見到的。

——我懂。

——妳本來是從哪來的？

——海文戴爾。

——那妳就不懂，而且妳從來沒有近距離看過半個。

——沒有。

——嗯……等等。聽聽我們在說什麼吧，講得好像我們在動物園裡而他是隻猩猩，我該笑的因為這實在很好笑。大尾老大幫跟風暴隊之間的這件事已經醞釀很久很久了。

——但為什麼要搞到這裡來？

——妳什麼意思？不然還能去哪裡呢？不就是這裡有這麼多人想要毒品嗎？

她盯著我就像她是個剛對她孩子失去耐性的媽媽，我想告訴她我又不是什麼白痴，但我也走到窗邊並站在她身旁。

——至少這已經快結束了。

——什麼？這句話講得很小聲我懷疑她有沒有聽見。

——這場殺戮。

——妳怎麼知道？

——已經沒剩什麼人好殺了，而且喬西·威爾斯會待在洋基佬的監獄好一陣子啦。雖然我要等我親眼看見才會相信。

——我都不知道他在坐牢。

——嗯妳對牙買加又懂個屁？牙買加的報紙能寫的新聞就只有喬西·威爾斯而已，沒錯我識字，每天都會有一篇新的故事有關法院和審判和證人和延期和樞密院，他殺的所有人還有美國人多想要他，打開電視就連美國新聞都在講他好像他是電影明星一樣。就只有喬西·威爾斯、喬西·威爾斯、喬西·威爾斯跟……妳還好嗎？耶穌基督啊，小姐……撐住……我扶妳……我扶妳。

我點點頭並發覺我正坐在那個大尾老大身旁的椅子上。我怎麼坐下的幾乎飄出我的腦袋了，但我又沒有暈到能忘記。

——妳現在還好嗎？

——我不需要一杯水。

——啥？

——在電視節目裡他們永遠都會給人一杯水啊。

——他媽的我的女孩啊妳得昏倒才會講牙買加話啊？還真厲害。

——我沒有昏倒。

接著她非常大聲地笑了出來，大聲到我覺得她可能會吵醒那個大尾老大，也久到笑聲變成一抹微笑，再來是咯咯笑，然後她的胸口就這麼開始起伏。有什麼東西告訴我笑到某個時刻時她就已經不是在笑我了。

——妳上次講牙買加話是什麼時候啊？

——妳什麼意思，我隨時都在講牙買……妳知道怎樣嗎？上週當他媽的某個在布朗克斯開Rite Aid藥局的小肥仔問我我的白色絲襪穿到多高的時候。

——靠北啊，妳怎麼回他？

——比你這輩子能摸到的還高啦，你這幹他媽的死肥仔。

我的頭已經不再暈了，我想，我也不知道，不確定為什麼一開始會暈，但接著她說，

——我在想電視會不會播那場審判。

——什麼審判？

——妳剛剛完全沒在聽我說話嗎？喬西．威爾斯啊。

你知道當一個女人在假裝某件事並不困擾她的樣子嗎？她是怎麼挺起本來就已經很挺的背，

並開始玩她的項鍊跟別過頭即便根本就沒有人在看她，還有她是怎麼微笑的彷彿有什麼鬼魂跟她講了個笑話？一直微笑到根本笑不出來為止只有她感覺到她的嘴唇拉到她的牙齒後方？對啦我在監視那個鏡子裡的女人就在那個大尾老大的床對面。

——那男的應該要吊死才對，應該要有人在監獄裡斃了他妳聽到我說的了。

——因為這個嗎？我說。我真的不想指著床上的那個男人，這似乎實在是他媽的太過戲劇化了所以我點頭代替，真微妙。

——是怎樣，大尾老大幫就沒殺過半個人嗎？我說——真好笑，我試著把那所有狗屁都阻隔在外但我卻記得，竟然，不久之前《紐約郵報》才剛刊了一則頭條……沒錯……那個讓全市對快克上癮的牙買加人而那說的就是大尾老大幫的老大。我記得是因為那是我最後一次拿起《紐約郵報》。

——大尾老大幫才沒有老大勒。

——當然沒有啊，他在坐牢欸。

——不是，我是說他們沒有像喬西．威爾斯那樣的老大，那個傢伙不一樣，有次某個人撞到他的車，不對是他撞到那個人的車結果反而還追著人家勒，妳敢信嗎？那人直接跑進警察局裡。

——警察載他回家了嗎？

——沒有。他們袖手旁觀這時喬西帶著其他幾個人走進警局，把他拖了出去然後當街殺了他，就在警察局前面。

——噢老天啊。

——噢老天噢的好啊，但妳知道，你如果這麼邪惡的話那當邪惡回頭來找你時你就沒資格驚訝了。他女兒跟他兒子啊，那個他送去沃瑪男子學校的因為他覺得他可以讓他變得很上流，兩個都被槍殺了。哎呀，身為母親孩子死掉的時候我覺得很遺憾。但從我自己的角度來說，那混蛋活該，可是就是這引發了一連串屁事，妳能想像嗎，他們殺死女孩時啥屁都沒發生但他們殺了男孩京斯敦就全城都燒起來啦。真的是哦，而且那把火還一路燒到邁阿密跟紐約，我男人跟我說濃煙甚至還一路吹到堪薩斯去了。妳知道堪薩斯在哪嗎？

——不知。

——我也是。

——反正他在坐牢啦，而且他也不會出來的。

——他出不來的。如果他要出來他就會在牙買加出來，但從我聽說的啊，他開始講太多話囉，嚇到太多人了真是蠢。如果我是他我昨天就會搭飛機到美國了。

——那他現在人在牢裡囉？他不會出來吧？

——現在暫時不會。妳幹嘛這麼關心喬西．威爾斯啊？畢竟妳又不是從貧民窟來的？

——我……

現在甚至還沒聖誕節，才剛到十二月就已經有人在放鞭炮了但我跑了又跑跑了又跑跑了又跑，接著跳了起來，然後直直走到距離五十六號大門只有大約十英尺處，腳走得越累鞭炮就變得越大聲，特別是快速的噠噠噠噠噠噠那種我不喜歡所以我轉過身而五十六號的大門已經打開了歡迎著我就這麼一次大大敞開彷彿大門是兩隻手臂說著進來吧姐妹這裡只有愛跟合而為一直到鞭炮直接穿過我身邊。往後跑的男人差點撞倒我穿著網眼吊嘎的男人差點跌倒的男人兩隻手拿著機關槍的男人還因為後座力在顫抖？後座力後座力他們在電視上把這叫作後座力，機關槍在腰部搖晃噠噠噠噠噠，不是啪啪啪啪啪啪男人跑過我接著在我後面而我用我的雙眼跟著他來到白車像是台柯蒂納幹你娘勒有個男人說我望向四周還有兩個男人在奔跑一個邊往前邊大叫另一個男人往後還拿著兩把手槍邊四處開火啪啪而我的身體正隨著每一聲啪抽動然後一個男人撞到我側邊在他跑過我的時候又有另一個男人撞到我的另一邊我轉啊轉的轉啊轉的轉啊轉的然後另一個男人開了兩槍尖嘯聲白車不見了另一台車停了下來我沒有看到另外那台車車就這麼停了下來而我依然覺得我在旋轉雖然我知道我剛停下來了因為我用力朝地板跺腳好停下來而警笛把我叫醒也可能是蚊子吧而就在那邊就在警衛室附近一個女人平躺在泥土上，血流得她腦袋附近全部都是還有尖叫大家在尖叫太多尖叫了我轉身開始走卻撞進他的胸口一個很高的男人比我還高而且也跟男人一樣魁梧卻也很瘦皮膚是黑色的也可能是因為晚上吧而他的眼睛跟中國人的一樣窄但他是黑人不他是黑暗而直接對著我直接對著我的臉直接對著我的脖子他吸了又吸吸了又吸吸了又吸就像條狗喬西他媽的快上車白車說而他把槍直接對上我的臉槍口不是一個O不對是一個O沒錯有個洞聞起來就像你剛劃開的火柴喬西他媽的快上車車裡的男人正在大吼但他還在我面前把槍揮得越來越近越來越近直接對著我的左眼但警笛越來越大聲了而他倒退走開了邊盯著我並用槍瞄準著我他走得越來越遠越來越遠卻又離得越來越近越來越近他在車子裡了但我感覺到他的呼吸吹下我的脖子他開走了但我聞到他還在這裡而我動不了那女人還躺在泥土上但一群孩子跑向她一邊尖叫著有些人從後頭過來了一定還有更多人可以射我跑啊跑的跑啊跑的跑啊跑的一台車的喇叭響起一陣警笛一陣嗚呼呼呼繼續跑一台巴士在紅燈那慢了下來又跑又跳摔倒在階梯上大家都在看我。到家必須拿我的行李箱不我的旅行袋不我的手提包他媽的死女人你才不需要什麼他媽的死手提包，拿那個小行李箱放在床底下妳跟丹尼拿去尼哥瑞爾的那個，就那個外國白男拿行李箱拿行李箱幹你他媽的蜥蜴蜥蜴蜥蜴蜥蜴你他媽的床底下好多灰塵幹現在沒時間搞這個了，紅洋裝、藍裙子、藍牛仔裙、Fiorucci牛仔褲、Shelly-Ann牛仔褲、牛仔露背小可愛一大堆牛仔衣服但是妳要去哪呢？印花洋裝不要、紫色洋裝不要、天鵝絨裙子不要買這件真是有夠蠢的就像妳老媽那樣說：買來的內褲在最上頭的抽屜，襪子誰需要襪子啊，化妝品誰需要化妝品啊，不要口紅，胭脂色的眼線筆耶穌基督啊小女孩啊他帶著一個O來裡面有顆子彈但是妳要去哪呢？牙刷、牙膏、漱口水誰他媽還有時間漱口啊快走快走快走快走吧女孩筆記本，是要寫什麼？聖經，是要讀什麼？無綁帶高跟鞋、去哪都能穿的愛迪達長裙，換衣服？我應該要換衣服，我應該要換衣服這樣他才認不出我他跟蹤我他在門口他在我之前開走所以不不不不太多洋裝了穿洋裝沒辦法跑很快需要更多長褲和慢跑鞋不我不能……不……就留在原地吧。就留在妳家裡吧又不是說他認識妳，又不是說他這輩子有可能找到妳，他是要去哪找啦？但京斯敦很小，牙買加很小但京斯敦更小他會像條狗一樣狩獵這肯定就是為什麼他那時候在聞我他要來追殺我了然後像隻狗一樣斃了我就在今晚，天殺的快思考啊耶穌基督啊快點想，警方會把妳稱為證人而且他們不會保護妳，帶著聖經吧，不，要啦婊子給我帶著聖經，不要打開收音機，不要打開電視他會透過電視找到妳他會聞出妳然後殺了妳，那個O有個洞裡面還有個洞我知道的。誰不知道貧民窟的啊，這就是為什麼我們會有緊急狀態因為貧民窟裡的男人想去哪裡就能去哪裡，如果貧民窟來的男人可以闖進我媽家裡並爆打我爸還強姦她那他們想在哪裡找到誰就都可以不要去想他們，把他們擋在外面，把他們擋在外面，把他們擋在外面。

把所有人都擋在外面。

把所有人都關掉。

就這麼離開吧。

但我還是聞得到他，我現在就聞到他了。

——護士？護士？

九

《七殺簡史》——

〈一間快克屋、一場大屠殺以及一個犯罪王朝的建立〉

第三部

亞力山大・皮爾斯著

莫妮法・錫伯杜斯這次是認真的。她母親知道她是認真的因為她的聲音中有種決絕。只不過她之前就曾聽見過這種**決絕**，而這就是像莫妮法這種人的狡詐之舞，這種決絕是流動的，決絕每週代表的是不同的東西正當你以為一個人已經不可能再繼續沉淪時，他們又會跌進一個可憐母親永遠不可能想像得到的全新深淵。但這次「認真的」不知怎地和其他次感覺不太一樣即便風險似乎沒有那麼不同。她明天就要戒除她的惡習了。

她對她的母親安潔莉娜・簡金斯這麼說。她也對她最好的朋友卡拉重複，她三年前和她絕交當時她在她的浴室發現莫妮法的腳趾間還插著針頭。她甚至告訴了她的前男友賴瑞，他一度想要娶她，而且還進展到去Zales珠寶店挑了個戒指要給她驚喜。這就彷彿她剛結束一個十二步驟的戒癮課程回來並且正在進行一項任務要修補先前對愛她的人造成的傷害。

莫妮法明天就要戒了，但是戒掉代表克服她自我吞噬的吸毒惡習並從她自己的母親口中所謂的快克婊子給變回來。對莫妮法來說明天永遠都是一天之遙，她兩個月前才剛說過明天就要戒了，在那之前五個月也是，還有再之前七個月，更前面十六個月。不過這一次，明天，指的是一九八五年八月十五日。

一九八五年八月十四日，莫妮法已經接近一個星期沒吸了。她是史圖文森高中的中輟生並在十七歲時懷孕，要是她沒有讓自己的敘述變得這麼錯綜複雜的話那她本來可能只是個貧民窟陳腔濫調中陳腔濫調的概念。在SAT測驗中拿到一千九百分的高分後從學校輟學而且在懷孕的大多數期間都沒有碰毒，在她母親位於波多黎各布希維克的公寓及貝-史圖和布朗克斯的家庭之間輾轉成長，她呢，根據她姐妹的說法，不顧一切想要逃離命運幾乎早已劃好格線只留下數字等著塗上顏色的人生。

——只留下數字等著塗上顏色勒？你寫這東西的時候真的覺得自己很聰明，是吧？

——老大，他說沒吸是什麼意思啊？他是說這女孩也像他媽的死基佬那樣互吸哦？

——懶狗，你覺得每個不跟你幹的女人都是基佬嗎。第一，適當的用詞應該是蕾絲邊才對還有第二，這裡的沒吸指的是她不吸古柯鹼了啦，所以說我的女孩啊已經一週沒去舔快克煙管囉。

——瞭。

——不過我想知道的是，在第一部你說有十一個人被殺，那為什麼你只寫七個人的事而已？

我不知道我該不該回答。五分鐘前我跟他們說我得尿個尿而這位尤比老兄說，我又沒阻止你，我站起來結果懶狗直接往我臉上尻了一拳把我的左臼齒都給打鬆了。在那之前，雙馬尾在地板上踹我。在那之前，尤比告訴懶狗說好好料理我於是他抓住我的襯衫然後撕個稀巴爛。接著我身後的某個人打了我的頭我的膝蓋撞到地板，不記得他們是什麼時候把我的長褲脫掉或我的靴子，他們抓著我的雙手把我拖到樓上，讓我的頭撞上每一級階梯，而他們則邊大笑或大吼或尖叫，我也不知道。懶狗抓住我的脖子然後我們就在我的浴室裡了某個人又笑了出來接著他推了我我往後摔掉進浴缸裡我試著站起來卻滑倒了而且他又這麼他媽的壯，他又抓住我的脖子我又揍又抓又拍又扯著他，另外一個人又這麼笑了出來並把我給猛推到水龍頭正下方然後把水開到最大。水打中我的額頭跟雙眼我試著記得不要呼吸，但反正水還是跑進我的鼻子裡了還有我的嘴巴而每次我想要尖叫我的嘴巴都會裝滿水。我感覺到有隻靴子把我的胸口往下壓我的手也動不了水就這麼一直狂轟濫炸猛揍猛拍我的嘴唇痛扁我的牙齒挖進我的眼睛還有我的鼻子裡我開始嗆到跟咳嗽跟哭但他還是抓著我的脖子而這就是我能想起的全部了。我渾身溼答答來到椅子上只穿著我的內褲還一邊嗆到。尤比把《紐約客》雜誌丟給我並叫我讀。

——我……我真的需要尿尿，我真的需要……

他們看著我然後大爆笑。

——拜託。拜託。我需要用廁所。

——你才剛從廁所回來欸，小男孩。

他們全都笑了。

——拜託，我必須——

——那就尿啊，白痴。

我坐在凳子上而且我是個他媽的大男人，我想要說我是個他媽的大男人還有你們不能這樣對待別人還有我……我真的好想睡覺我想站起來我也想憋住，只是為了讓他們看看我也可以做到的，但我沒辦法做這麼多事。我甚至記不得要深呼吸了，我的雙眼熱辣辣的而我內褲的正面變得又溼又黃。

——老大，他真的尿在自己身上了啊？

——三小，他是六歲是不是？死髒鬼。

——我猜他憋不住了吧，這個小男孩要關禁閉囉。

他們爆笑，他們所有人除了尤比，我每隔幾分鐘都得揉揉我的眼睛因為他們會變得模糊，而我讀這東西讀得非常慢，因為只要我一唸到文章結尾他們就會殺了我。我可以聞到我自己並感覺我的腳趾在我的尿裡。

——其他四個人找不到半點資訊，而且，七是一個很棒的整數。

——寶寶需要包尿布囉，懶狗說。

——繼續唸，尤比說。

他又朝我走過來了我往後退得太用力害我直接摔倒，他把我拉起來我又開始哭了然後他說，振作點，男孩。

——現在繼續唸吧。

——但是……但是……但是……但是接著、但是接著、但是接著來了個——

——兄弟，從上一句啊。你以為我們還記得是不是？

——我很ㄅ……我很抱歉。

——沒事啦，控制一下你自己，我們哪都不會去的。

——她呢……她呢，根據她姐妹的說法，不顧一切想要逃離命運幾乎早已劃好格線只留下數字等著塗上顏色的人生。但是接著來了個男孩。

「總是會有某個ㄍ——的男孩」，她的姐妹說，她在平林的雪莉餐館靜靜啜飲著冰淇淋汽水的空檔間已經哭過兩次了，身高不高、嬰兒肥是——

——你為什麼一定要把她描述得這麼貧民窟啊？

——蛤？我不ㄉㄨ——

——身高不高、嬰兒肥，我還記得剩下的，「是個黑人還有著看起來就像接髮剛拿掉的頭髮。」這三小，白小子，你覺得她讀到這個會喜歡嗎？

——這就是為什麼

——這就是為什麼，是什麼啦？

他就在我身後而我正試圖不要發抖，每次我打開我的嘴巴時我的臉都很痛。

——你會不會喜歡啦如果我寫說「亞力山大·皮爾斯走出廁所他三公分長的陰莖剛抖完尿」。

——你……你是在告訴我要怎麼寫嗎？

——我發現那個聰明鬼亞力山大·皮爾斯終於回魂囉，我是在告訴你我對你該死的懶趴根本什麼屁都不知道，而你對黑女的頭髮也什麼屁都不懂好嗎。

他的手在我脖子上，他就這麼牢牢抓住，並不柔軟因為我能感覺到他的各種繭磨過我，但也不結實我也搞不清楚，接著他稍微掐了起來。

——你現在懂我意思了沒？我想要你知道我不是在開玩笑，我就是那個會把你的頭切下來然後寄給你老媽的人，而我說這話不是為了戲劇效果，你懂了嗎？

——懂了。

——說出來。

——說出來？

——說我懂你意思了。

——我懂你意思了。

——很好，繼續唸。

我咳嗽咳了整整一分鐘。

——ㄐ……接髮剛拿掉的頭髮。「愛錢的女人正要離開這裡，你聽懂了沒？她看著布希維克然後那女孩就像是，再會啦，你就是能夠感覺得到，你知道我在說什麼嗎？我是說，她就是聰明的要死——」

——哈哈，沒有什麼能讓一個白人聽起來更像白人了當他試著聽起來像個黑人女孩的時候。

——啊……「聰明的要死。而接著那個王八就不知道從哪冒出來然後毀了她的人生，我甚至不會怪那個毒販殺了她，我怪的是他。」無論她是不是從跟她的前男友共用針頭那裡染上了吸快克的習慣，到了一九八四年時莫妮法已經徹底快克成癮並成了個癮君子而這是早在毒品於八〇年代中期到末期爆炸性普及之前。這種毒品在紐約市光速般的崛起可以追溯到少數幾個人身上，包括那個殺了她的混混。

對癮君子來說在他們戒毒之前爽個最後一次可說頗為普遍，事實上莫妮——

——這個可憐的婊子也講夠了，繼續往下。

——好喔，往下到哪邊？

——你開始講那間快克屋的部分，你知道的大概在第二部吧，那是第二殺，對吧？說真的第二部確實更真實啦，至少你沒有花那麼多時間想要炫耀你知道多少花俏的字。往下到她變成第三殺的那邊。

——啊……呃……啊……等一下哦。

——你不知道你自己寫的故事？

他掐住我的脖子。

——好啦，好啦，從哪邊？

——快克屋。

——謝啦。存在一個從街道層面可以看見的布希維克，但從快克層面只要你一抬頭往上看這一切就會消失了，在所有毒品交易、毒品管道、兼差妓女、騙子、毒蟲、詐欺犯、嘻哈音樂之外，布希維克依然是紐約少數幾個鍍金年代[371]往下瞪著你的罕見之處。破敗的特維德老大[372]風格房

371 譯注：美國歷史上約介於一八七〇至一九〇〇年間的時代，以經濟發展著稱。

372 譯注：指威廉·特維德（William Tweed, 1823-1878），美國政治家，在當時的紐約叱吒一時，這是他的綽號。

屋由加工肉品百萬富翁所有，擁有使用進口磚塊及石塊脫胎自歐洲豪宅的俗豔柱子及巨大的前立面，遺留在外頭的殘跡是廚房窗戶及防火巷，裡頭的則是小型升降機及祕密通道，彷彿是強盜男爵為快克男爵量身打造了布希維克一般。

蓋茲大道和中央大道街角的那幢快克屋依然保有大多數尊貴的磚紅色，兩道階梯通往兩道拱門中間夾著第三道拱門，還有寬敞的窗戶向外頭揭露曾是個起居室的空間，兩道拱門也仍然冒出綠色的油漆。但房子剩下的部分可說是來自經典的鬼屋片場，從前落地窗在的地方現在是空洞洞的缺口，破洞用木頭補上，或是用報紙塞起來，其他窗戶則用飽經風霜的腐爛木板封死，一樓到處都是塗鴉流浪狗在跟雪堆一樣高的垃圾堆中跑進跑出。到了一九八四年時，頂樓也已經搖搖欲墜還有個癮君子從木地板上摔了下來脖子插到一根釘子上，他流血至死並掛在那掛了整整七天才有人報警，那——

——耶穌基督啊白小子快跳到殺人那邊啦，快點啦老兄，你沒看到懶狗已經快睡著了嗎？

懶狗打了個浮誇的大哈欠。——這是真的，他說。

我讀下去，

——對快克成癮者或任何這類癮君子來說在他們戒毒之前爽個最後一次可說頗為普遍，所以莫妮法前往快克屋時沒有半個人感到意外，即便知道了這件事她的朋友們依舊相信她隔天開始就會半點毒也不沾了。如果說你是在布魯克林弄到快克的話，那麼蓋茲大道和中央大道街角的那幢快克屋可說就是你的麥加——

整間廚房都哀嚎了起來。

——夭壽哦，白小子，你真的寫這樣子啊？他說。

——我寫了哪樣子？

——那樣子啊。你剛把全世界最神聖的地方之一跟一間快克屋比較欸，你是要我們把這段用釘書機釘在你胸口然後把你丟到伊斯蘭國度[373]門口啊。

——我不是故意要——

——你根本就沒在思考，我應該單純因為這事就叫他們其中一個斃了你的，你他媽的智障，幹他媽的超不負責任。

——沒想到某個毒犯突然之間就要開始對我訓ㄏㄨ——

他踹了凳子我摔到地上。

——起來。

我站起來，但是痛苦再次襲向我的肚子我於是又倒了下去，我甚至沒辦法呼吸了。他就只是盯著我，等待著並且氣到不行。我又起身，但只能跪著，喬好凳子然後坐下，一部分的我希望我臉頰上的是口水，而不是眼淚，而一部分的我則開始不在乎了。

——讀完剩下的，給我讀。

——離毒販只要往下兩個街區，不過還是在中央大道上。沒人可以確認她跟G錢的關係，他是來自這個地區的前毒販被踢出了幫派因為他用掉太多他自己的存貨了，話雖如此他們確實共享

373 譯注：Nation of Islam，美國黑人民族主義宗教暨政治組織，主張黑人優越。

吸快克的樂趣。G錢，半墨西哥混血擁有茂密的捲髮跟大大的笑容，在沉迷快克之前也曾經有過野心，那晚他的兄弟們在晚上八點左右看見他離開跟某個他們認為是個男人的人，不過莫妮法穿著帽T跟過大的牛仔褲比較像是要隱藏她的身孕而不是女扮男裝，就算是老江湖的快克毒販看見一個孕婦也會猶豫。

像蓋茲大道上這幢一樣的古老豪宅擁有許多房間、角落、通道、走廊，這就是為什麼要弄到快克、賣快克、抽快克、注射快克，甚至是為了快克賣淫全都能夠發生在同一個屋簷下。G錢弄到了二樓階梯旁的臥室，那是唯一還有床的一間，而莫妮法，又把她帽T的帽子蓋回頭上，則到街上去弄快克來，雖然她比較喜歡自己一個人注射，用抽的話她卻總是會跟G錢一起。一層樓上在一間他們完全獨占的房間中兩人還渾然不覺樓下已經血流成河了，一群暴徒，和掌管布希維克大多數街道的販毒幫派有牽連的幾名男子，闖進了快克屋並開始屠殺正在飄飄欲仙的所有人，在廚房剩下的部分煮飯的巴布牧師，還有席先生都已經掛了。一樓的癮君子們亂成一團，在試圖逃跑保命跟不想在黑暗中失去他們的煙管、針頭、小瓶子之間被逮到。而在二樓，有個女人跳出走廊盡頭的一扇窗戶並在摔下去時跌斷了兩條腿，就在他們兩人的門外也有另一個男人因為胸口中的兩槍倒下，槍是從一把克拉克和另一把半自動武器開的。暴徒把門踹爛，朝莫妮法頭上直接開了一槍，力道之大把她擊倒在床上，她的孕肚則是床墊上死去的土丘。而G錢呢，在他甚至都還不知道發生了什麼事之前，就握著她的煙管先被擊斃了。

暴徒繼續肆虐，還有更多人可以殺，他們自稱風暴隊，警方的紀錄顯示這間快克屋也是他們在管的，這場殺戮可能是個警告，一名目擊者宣稱並不是一群暴徒開槍的而是其中一個成員，有可能是幫派的老大。但無論如何，這都是該幫派典型的犯罪手法：風暴隊，和牙買加黑幫藕斷絲連的盟友，是吸著第三世界暴力和哥倫比亞毒錢的奶水長大的，不到幾年便成為東岸最令人聞風喪膽的犯罪集團。

尤比把《紐約客》雜誌從我手上拿走。

——第四部：T雷．班尼提茲及牙買加的人脈。你交出這份了嗎？

——交了。

——那太糟啦，因為你現在馬上就得打給他們然後改一大堆地方了。

十

——喬西，說真的，**老兄（西語）**，喬西啊。

我甚至看不見他，床墊遮住了我的視線自從他用雙手抓著床墊然後朝我丟過來之後，我往後跳接著他抬起金屬床框直到整個床框立起來再弄倒好撞擊牢房的欄杆，床墊吸收了力道但是床頭敲到欄杆火星飛得到處都是。我往後跳還摔倒了即便他根本就不可能有辦法砸爛這些欄杆，他在另一頭的黑暗中悶哼跟咆哮還做了其他什麼野蠻的屁事甚至在他沒辦法踹爆他媽的水槽之後試圖把水槽從牆壁上拔出來。

——喬西。

喬西。

喬瑟夫。

——你他媽到底想怎樣？

——你可不是第一個坐牢的時候想要砸爛水槽或是馬桶的傢伙。

——**幹**、**你**、**娘**。

我在牢門邊，想用我的左手把床墊跟床架給推開，兩者動也不動，我試圖用我的右手去推而他抓住了我的手。

——衝三小啦，喬西？

——別他媽再叫我喬西了，你這婊子養的，如果我連斃了某個懷孕的死婊都他媽不在乎了你是覺得我會對你怎樣？

他用力猛拉我我的太陽穴跟右眉大力撞上鐵條。

——一覺醒來大家好像都覺得他們可以搞死我啦。

——喬西。

他又扯了我一次，把我整個肩膀給扯了進去，欄杆擠壓我的胸口，他正在把我拉進去。

——喬西啊。

一陣閃光而我覺得那是因為我正在眨眼。

——喬西，放手啦，拜託。

——想知道第四個進來這裡想幹掉我的警察發生什麼事了嗎？

——我的天啊，喬西。

——但因為我跟你稱兄道弟我讓你自己選，手肘上還是手肘下？好好選，因為我聽說義肢可不便宜哦。

——夭壽啊。

——啊哈，瞧瞧愛醫生，以為因為他能炸掉飛機跟殺死反正都想死的老人，他就很壞啊。進來這邊東晃西晃好像我跪著在等你他媽想給我的隨便哪根骨頭啊，蛤？你低估我低估不膩啊，王八蛋？我演給你看說我有刀柄你有刀片你還看不膩啊？現在呢，婊子養的，我說你自己選。

他往我手肘上方大力揮下開山刀，刺穿皮膚並流出血來。
——手肘上呢……
他往我手肘下方大力揮下開山刀這次更深而且也流血了。
——還是下面？五秒內決定好不然就換我選囉而我可能會拿走整個肩膀。
——喬西，不要。
——五、四——
——我的天啊。
——三、二。
——你還有另一個，喬西。
——另一個什麼？另一秒嗎？沒有的是你。
——你還有另一個兒子，喬西。
閃亮的刀鋒往上揮然後消失在黑暗中。
——你還有另一個兒子。
開山刀重新出現正對著我的脖子，他還在把我的手扯過欄杆。
——你剛剛說什麼？
——耶穌基督，喬西。
——你幹他媽聽見我剛剛說的了！你還有另一個兒子，你以為我們不知道嗎？你的長子死了，你女兒也死了，你只剩下一個，喬西，如果你覺得我們不會去追殺他的話那我對天發誓我會用這另一隻手把他跟條死魚一樣開腸剖肚幹。

——啊哈？你是要怎麼做到啊你甚至到不了門邊就會流血至死了呢？

——因為你是對的，喬西，不只是我而已，你他媽是在想三小啦，**老兄**（西語）？以為我會就這麼溜進這裡來跟個天殺的智障一樣嗎？以為我不懂你逆？你以為爹地的小混混們可以保護他遠離我嗎？恁北可是愛醫生欸，婊子養的幹，你似乎忘記了我幹他媽的能力了。所以你他媽的趕快放開我幹。

——我看起來肯定像是個他媽的蠢蛋，放你走這樣你就可以連兩條電線然後把我家他媽給炸了哦？

——不，**老弟**（西語），這樣我就可以把那兩條電線分開並阻止這件事。

他扔下開山刀並放開了我，我抓住我的手臂但除了等到不再流血之外什麼事都做不了。

——我想他們在這裡面該不會剛好有給你一捲紙巾吧？我猜是沒有啦。

——我早該宰了你的。

——但就算你宰了我又怎樣，喬瑟夫？他們只會再派另一個而已，他們就只會再派另一個。

他從我身旁走開並用剛好的力量拉了床框讓床框倒下來害整個空間都在搖晃，床墊滑到地板上，他坐在彈簧上但沒有看著我。

——尤比想對我兒子怎樣？

——他對你他媽的兒子完全不想怎樣，他甚至不想對你怎樣，只要你他媽的遠離紐約就好，我在猜啦。

——CIA又想怎樣？

——拉斯特不會替CIA工作的。抱歉，爛笑話，我來這裡不是要告訴你誰派我來的，喬西。放輕鬆，沒人想動你兒子，他可以變成另一個你我們也完全不在乎，至少現狀是這樣啦，信不信由你，大家本來都沒什麼問題的啊直到你他媽搞砸了，你甚至沒那種腦想到要在你自己的政府掌權時被抓勒。

——我不想要有半個人動我兒子，路易斯。

——我說了我又不是在追殺你兒子，喬西。

——但你真的去我家裝了炸彈？

——我他媽當然去你家裝了炸彈啊，你知我知你聞得出唬爛。

他笑了我也笑了，真希望有個地方能坐一下，他還在笑我則蹲坐到地上並且背倚著牆面對他。

——搞了這一大堆而你還是不告訴我是誰派你來的。

——噢，我想說你到現在應該已經猜到啦，我只對兩三個人負責而已。

——你對開最大張支票的人負責。

——也不是這樣，也是有人知道我會無償做一兩件事。

——我甚至不知道這是什麼意思勒。

——沒事啦別擔心。

——真好笑竟然沒半個人進來看一下發生什麼事了，尤其是這裡出了這麼多麻煩。

——今晚不會有人回來的，**老兄**（**西語**）。

——早就該猜到的從你走進來的那秒開始。你是不會告訴我是誰的，對吧？

——我還可以告訴你誰槍殺了甘迺迪勒。靠北，我今天的笑話都超沒哏的。

——對啊，你的笑話不是今天讓我笑得要死的原因，愛醫生。

我聳了聳肩。他站起身來走向欄杆就在我正前方。

——要是我不唱出那些重要的事就好呢？

——你是說你一直在威脅要唱出來的那所有事嗎？

——對。

——你現在還分得出什麼算重要嗎？

——你真的以為一個小人物可以搞垮任何人嗎？

——幹你基督勒，你們牙買加人就愛用問題回答問題。但我哪知，喬西，提出這個可能性的人是你。

——跟你的人說我們可以找到某種方式，他們只要打好他們的牌，我就可以一夕之間忘掉一九八一年以前的一切，我可以跟他們說每條線索都通向我，一九七六年關他們屁事，一九七九年也是。我是說，對方是緝毒署啊，他們只想要定毒品罪而已。

——這樣的話電視喜劇就可以不用再幫南西·雷根[375]做特輯了啦。

——啥？

——另一個垃圾笑話啦。[374]

——跟你的人說我可以用健忘症誆他們甚至不用花大錢。

——別這麼做，喬西。

——別怎麼做？

——不要求人。

——壞人才他媽沒在求人的。

——那不管你正在做什麼，都不要再做了。

——我只是在講道理，路易斯，我什麼時候不講道理的？你以為緝毒署的那些人有半個證人啊？我的律師說我最多就是判七年如果真的有那麼多的話而且只是因為販毒跟詐欺，他們其他都辦不成啦。

——你很方便地忘了一大堆事了嘛。

——比如什麼？

——你之前可不是這樣說的，你說如果他們敢讓洋基佬逮到你，那你就要拖所有人一起陪葬，不是原封不動啦，不過是以你自己多彩多姿的方式說的。哎呀，**孩子（西語）**，以目前的狀況看來……

——看看你四周吧，腐敗國家機器崩塌了嗎？你以為這一切是怎樣，路易斯？你真的以為他們手上有半個我他媽的把柄嗎？所以在他們幫大報紙做了超大的秀還開了超大的記者會說他們贏了毒品戰爭之後，看看他們有多快就不屌半件事了吧當他們發覺他們根本就動不了我時。這所有破事都只是為了讓隆納·雷根還有喬治·布希看起來像是他們拯救了親愛的白人女孩沒有變成快克婊子，你就等著看吧等我一搞定這洋基佬的狗屁我就會直接回去哥本哈根城，就像啥屁都沒發生過一樣。而我會記住我的朋友的，路易斯，還有把我丟在這邊他媽腐爛的人，要不然就是試圖要幹掉我，我會記住的，路易斯。麥德林也會記住的。

——你就這麼確定不是麥德林派我來的，喬瑟夫？

一如往常如果你觀察喬西的表情你是看不出任何事的，你得看的是他有沒有在擠壓他的指關節就像他剛剛做的那樣，肩膀稍微縮了一點，就像他剛剛做的那樣，大口吸氣然後又大口吐出來就像他剛剛做的那樣還有直挺挺站起來背還拱得超級僵硬。沒錯，這句話讓他大大震撼，接著他輕聲說輕到我差點都要請他再講一次了，

——麥德林派你來的？

——你知道我不能跟你講的，但說真的，喬瑟夫，這真的不是重點。這一切。你跟我說你可以怎麼做，你在討價還價。你已經知道這會怎麼結束的，兄弟，如果他們還對做交易有興趣那他們就會派其他別的傢伙來的，不是派我。

——當然了。

——我沒有跟他們交流，他們也沒有跟我交流，我不替他們傳話，我也不替你帶話，事情就是這麼運作的。如果愛醫生已經來到你的城市了，寶貝，那就已經太遲啦。

——我應該砍斷你的手的。

——可能吧。不過我還是不會碰你的小小王朝啦，就是這樣子。

374 譯注：Nancy Reagan（1921-2016），雷根總統之妻。

——我怎麼知道你到頭來不會殺了我兒子？

——你沒辦法知道。但是不管是誰去追殺他，而且我們是在騙誰呢，喬西，最後終究有人會去的，不過那不會是我。

他瞪著我很長一段時間，我假設他是在把這全想過一遍同時他也給了我他最臭的撲克臉。

——別讓尤比靠近我的男孩。

——不覺得那人有在屌你的男孩啦，但我會通知他，他會聽我說的。

——為什麼？

——你知道為什麼的。

——嘿。

——怎？

——你覺得CIA先生曾經發現過我懂西語嗎？

——靠北啊，你現在要問我這個？沒有。再加上他們讓他無限期休假啦當他在波札那爆打了一個當地的女孩一頓之後。路易斯·強森真他媽是個死人渣連他自己的辦公室都讓當地警方拘留了他四天才要求釋放他。

——幹他媽的。

——隔牆有耳啊，老兄，真的悔不當初哦。

——我猜你甚至連帶個滅音器都懶。

——不會用到槍。

——不會嗎？

——對付喬西．威爾斯他們想要比那個還更戲劇化的東西。

——耶穌基督啊，愛醫生，那會炸垮整座監獄。

——還擔心勒，人真好，不過也不是炸彈啦。因為第一，設置那鬼東西會搞死我，還有第二，呃，我沒有第二點啦，不過這依然會是個糟糕的主意嘛。

——今天幾號？

——幹他媽我哪……等等，三月二十二號，對三月二十二號。

——一九九一年。

——你幾號生日啊，喬瑟夫？

——四月十六號。

——牡羊座哦，他媽的我早猜到了。

——你期待來點重大的台詞這樣他們拍成電影時觀眾就會哭出來嗎？

——可不會這麼奢望哦，老朋友。

——所以是怎樣？

——別擔心啦。

——是怎樣？

我走向欄杆並伸出我的手。

——拿著這些。

——他媽的這是三小？

——拿著就對了。

——不要，滾開。

——喬瑟夫，幫你自己倒杯水然後拿走幹他媽的藥啦。

——這他媽是哪款垃圾方式啊？

——**老弟（西語）**，聽著，他們非常明確表示要讓你受苦，我通常不是會違背命令的人但我這次就違背啦。

——你不能就快快了結嗎？

——不能。

——還有這些藥是幹嘛的，某種讓我不會受苦的魔術嗎？

——不是，某種讓你不會在乎的魔術。

——耶穌基督啊，路易斯，耶穌基督啊，耶穌ㄐ——

——別，兄弟，我們之間不要這種感傷的狗屁啦，老兄，現在別來這套。

他接下藥然後走回黑暗中。水龍頭的水轟隆隆流了下來，我聽見他裝滿杯子但我沒聽到他喝。他走回我身邊，搬起床墊並放回床框上，他又看了我一眼，然後爬上床，仰躺著。我盯著他並聽著他吸氣吐氣，吸氣吐氣，邊瞪著天花板，他就躺在那邊，雙手放在胸口，而我想說，**老弟（西語）**，你不需要搞得好像你已經躺在他媽的棺材裡一樣啦。但我自從一九七六年開始就在跟這傢伙說話了而我終於也無話可說了。

——多久？

——不會太久，繼續講話吧。

——路易斯。

——我在，**老弟**（**西語**）。

——我有時候會想起他。

——誰？

——歌手。那首在他死後出的歌，〈水牛士兵〉，這讓我開始思考。

——我已經五十二歲了，他媽老到沒辦法思考啦。你覺得你曾經想殺他你很抱歉啊？

——什麼？不是。我很抱歉他受苦了，一槍斃了他反而還更輕鬆。有時候我覺得像我這樣的人和他擁有的唯一共通點，就是或許我們都該死吧，不管我們再怎麼聰明，都不會善罷干休的除非我們直接滾開。可別忘了這個貧民窟的男人是個聰明的兄弟啊。

——喬瑟夫，我才是那個他們會忘記的人。要記得，我甚至都不存在。

愛醫生，我真希望現在是一九七六年，不，一九七八年。

——一九七八年有哪裡好？

——一切啊，兄弟，一切，你ㄎ——

其實只要一顆藥丸就可以弄暈他的，但我不打算冒任何風險。我在那裡站了二十分鐘才從我的口袋裡掏出鑰匙並打開牢門。你也知道大家是怎麼說受傷的獅子的。

十一

——所以我現在在這，享受這份超棒的小小快克毒蟲簡介，某個人總得發覺就連人渣也是人啊，你知道的，這些暖心的東東把他們變回「人」這樣白女才可以在那邊講她們是多感動跟怎樣的幹。但接著你他媽就搞砸了啊因為你在那邊自以為是在扮偵探。

我什麼也沒說，我也沒看著他或懶狗或地板而《紐約客》雜誌就要滑下我的手了。

——對一個不知道他能不能撐過接下來十分鐘的人來說你肯定是白人叫作吊兒郎當的人欸。

——你似乎對白人非常感興趣的樣子。

——我對很多事情都非常感興趣啦。回到我剛在說的，這部分是哪邊提到第四殺？

——你想要我回答嗎？

——不，我想要你跳奔跑舞啦。不然你以為我想怎樣？

——呃，在某個時刻你得根據某個故事拓展嘛，你不能就只是一直聚焦，也得要有廣度啊，破事不是只發生在真空裡的，會有種種漣漪跟後果而且就算有這所有事外頭還是有一整個幹他媽的世界在運作啊，無論你是不是正在幹什麼大事，不然這就只是份報告關於某個地方發生的某件破事而已而你從晚間新聞就可以知道啦。我是說，當莫妮法因為來一下快克被射殺時某個人也正從其他人那邊買了一瓶快克，那個人又是從另一個人那邊搞到的，而供應又是來自其他人。

只有他和懶狗和我一起待在廚房裡，其他人八成已經覺得無聊了吧，而且就連懶狗都回到冰箱前自顧自拿起了他說要留給我的芒果汁，我不斷告訴自己眼前的場景還是跟十分鐘前差不多危險，只是看起來像這樣而已。一群殺手把我家當自己家而我開始覺得我是在一個饒舌ＭＶ裡了，直到我感覺到我溼透的內褲，或是微笑，或是吞口水。

——最重要的事先來。你寫的所有這些有關風暴隊的屁話，這些破事大部分甚至都不是真的勒。比如說，玩笑哥是來自八條巷的而且他也還待在那所以他絕對不可能是風暴隊的一員的，還有是誰告訴你大家叫我們風暴隊是因為我們，你怎麼說的來著？會瘋狂彈洗幹掉我們的敵人跟無辜的路人，這裡有半個人看起來像是會用彈洗這種字的人嗎？你他媽的是哪邊有毛病啊？不過我現在想想確實覺得我們挑風暴是因為颶風實在是他媽太長啦。

——我有個消息來源。

——你的消息來源哦。

——他誰也不是。

——瞧瞧你多高貴啊，還想保護崔斯坦．菲力普斯勒。你以為他對你也一樣嗎？

——他跟你告密的？

——也不是說那傢伙有想保守任何祕密啦，而且你哪位啊憑什麼覺得他應該幫你保密？幹，你的第一部登出來的時候，我手下兩個以前和大尾老大幫混過的人就想到崔斯坦有提過你而且他根本就不在乎有誰聽到。兄弟啊，說真的你可以考慮看看換個新造型啊，他們才看了你的照片一眼就砰正中紅心啦。總之呢，這就是我怎麼找出你的。

——崔斯坦出賣了我。

——崔斯坦唯一出賣過的兄弟就是崔斯坦，那人現在舔快克煙管舔得可起勁的勒，幹他媽的智障，真是浪費，不過對大尾老大幫來說人生就是這樣啦，如果風暴隊裡的人開始抽他自己的貨我絕對會馬上幹掉那老兄的。不過要是你真的去牢裡看了崔斯坦那肯定至少也是好幾年前的事了，幹嘛到現在才寫這鬼東西啊？

——我知道喬西．威爾斯也入獄了。

——所以你就覺得他現在動不了你了哦，還是你以為他就這麼無知蠢到他從來都不會聽說過某個叫作《紐約客》雜誌的東西啊？

我不知道該說什麼所以我就只是盯著懶狗手裡拿的那杯果汁並試著回想他現在到底喝幾杯了。

——別擔心，我的兄弟，你這兩個打算都沒錯啊。不過這個叫作尤比的人呢就是另一個故事啦，看看那本雜誌的封面你甚至還會看到我的名字跟郵箱號碼在上面勒。你以為因為他坐牢你就安全了啊？給我回答。

——對，對我這麼以為。

——這種鬆懈的思路會害一個王八蛋中槍的啊。

尤比抓了張我餐桌邊的椅子然後搬過來我身旁，他坐著面對我，近到我都能看見他前口袋白手帕上的蝴蝶花樣了。

——現在來到你要告訴我放棄我的故事不然你就會想對我怎樣就怎樣的部分了嗎？我說。

——你真的就是忍不住欸，對吧？到了最後都還要嘴硬，又或者你終於覺得你也沒有什麼好失去的啦，嗯沒有哦，我的好兄弟，就連我都想知道這會變成怎麼樣呢。我是說，我知道這會變成怎樣啦，但我喜歡你在過程中會做的其他事情，不過先不要看太遠並且他媽的管好你自己然後我跟你就一刀兩斷啦。

——我不懂。

他用《紐約客》雜誌搧我巴掌，一陣刺痛但沒有那麼痛。

——別裝得一副你他媽很蠢的樣子，你不是我今晚唯一的一站而另外兩個人的下場可不會像你這麼好。第三部結束的時候你就離開了那間該死的快克屋因為你要開始寫牙買加的人脈，所以——

——你想要我把那些拿掉。

他又打了我一巴掌。

——我想要你在我他媽跟你講話的時候不要再打斷我了。

——但這就是你想要的，對吧？你想要我把牙買加的部分全部都刪掉？

——不是，我的小老弟，完全不是，你他媽想留牙買加哪些東西就留沒關係，留下喬西・威爾斯那部分，事實上你還想知道他什麼事嗎？我可以跟你說一件事，某件你作夢也想不到的事，這個莫妮法女人呢甚至都不是他第一個殺的孕婦。留下他，留下牙買加，乾脆燒光那個他媽的死國家吧我根本就不在乎，但是不要扯到紐約。

——不好意思？

——你在這邊提到風暴隊在紐約有別的派系，這我可不是很能接受。

——可是風暴隊就是在紐約啊。

——小子，你是又變蠢了逆？一個原因呢，這裡又有另一件你不知道的事啦，因為根本就沒有什麼幹他媽的幫派去那間快克屋裡掃射，就只有喬西一個人，一個人帶著兩把槍，喬西．威爾斯一個人殺光了那間快克屋裡的所有人，我親眼看到他幹的。

——我……我……這真是太難以置信了。

——喬西就是那樣，而且你是對的，那傢伙確實想要傳遞一個訊息，不過那不是什麼像你在這篇故事裡寫的深奧的狗屁。

——那這個訊息是什麼，勇於說不喔？

——這小子真的渾身是哏欸，嗯？我們沒辦法變成朋友真是太可惜了。

——噢。

——結果現在這個白小子還是開不起玩笑啊，懶。我看起來像是那種智障會在某個記者寫他的大故事寫到一半的時候宰了他嗎，而且他家裡還全都是我他媽的指紋？我看起來像是想變成下一個高提[375]嗎？

——我猜不想。

——不要用猜的，要清楚知道。

——所以訊息到底是什麼？

——別朝大哥中的大哥臉上射尿。

——不好意思，你說什麼？

——我不會再講第二次啦，白小子。不過現在聽我說，我不想要這個人跟任何該死的地方有半點牽連，如果聯邦或是緝毒署想要起訴那老兄，那就去起訴吧，但是我不想要半個人來追殺我因為他們在找紐約這邊的美國管道，你聽懂沒？

——認真嗎？那只是時間問題而已，老兄，緝毒署可能動作很慢而且跟聯邦還有競爭問題，但他們可不蠢。

——也許吧，但不是今天就對了，而且那個會幹掉我的老兄也不會是你。

——聽著，沒有半個幹員曾經接觸過我或怎樣的，你完完全全不用擔心。

——那是因為你到目前為止還沒有他們可以利用的地方，但是有了這邊的第四部他們就可以了。就你所知，快克屋裡的那些男孩從牙買加飛上來是為了特別的目的。別給我寫什麼紐約幫派、或波士頓、或堪薩斯城的鬼東西就對了。

——他們知道你在這裡。在這座城市裡啦，我是說。

——但他們不知道我很有條理，或者只是我他媽的有多麼鎮定。

——可是這樣故事就會留下一個該死的漏洞啊。

——你擔心的竟然是漏洞啊？我不是在告訴你該怎麼寫欸，老大，不過你的故事是有關中槍的人哦，所以就寫跟中槍的人有關的事就好了。

375 譯注：John Gotti（1940-2002），紐約黑手黨老大，生平故事曾多次改編為影劇，最近一部為二〇一八年約翰·屈伏塔主演的《紐約教父》（Gotti）。

——那些殺戮並不是發生在真空裡的，先生。

——我喜歡你似乎還覺得這是在協商之類的。我又沒說那是發生在真空裡，這就是為什麼你想怎麼把喬西·威爾斯掛在外面鞭屍都可以啊，但把其他所有屁事都給恁北刪掉啦。我不想跟威爾斯先生一起分享聚光燈，這樣你瞭了嗎？

——所以嚴格來說你是在勒索我囉？

——噢不，我的好兄弟，嚴格來說我是沒有要殺你。你在寫一部七殺簡史，對吧？那你就還有四殺可以寫。

——我懂了。那如果——

——不要讓這變成故事裡那個當你問如果我拒絕會怎樣的部分好嗎，我沒這個耐心而且懶狗今天也玩夠了。

尤比站起來走向懶狗，不管他們在說什麼悄悄話我都不知道不過懶狗走了，幾秒鐘後前門打開又關上。他走回我身邊坐了下來，更近了，冷泉古龍水，我就知道我最後一定可以認出來。這次他靠了過來，幾乎是在低語但他的聲音非常沙啞。

——所以呢我在這想啊，如果說東尼·帕華洛帝在追殺你的話，那肯定是某個人派他去的，而那只可能是洛老爹或喬西·威爾斯，然後因為老爹直到死前都在搞和平我就直接當成是喬西·威爾斯啦，懶得去確認了。所以為什麼喬西這麼想要幹掉你？

——你真的期待我回答嗎？

——對，我真的期待你能回答這個問題。

——這是三小？某種「反正我都要死了所以乾脆坦白吧」的狗幹破事嗎？

——狗幹破事？兄弟啊，我真的很愛你到現在還會講牙買加話呢。至於殺了你嘛，我看不出來我為什麼要這麼做當我已經很明確表達我的願望了，還有附帶一提，喬西．威爾斯有很長一段時間都不會動任何人啦，更不要說動你了。

——他有跟你提過我嗎？

——有提到某個很像你的人，他記不得你的名字，只有說某個《滾石》雜誌的白小子發現太多有關毒品的事了所以他派東尼去幹掉他，不過年份對不起來，而且也不會有半個白人會知道半點毒品的事不管他有多聰明。顯然如果你幹掉了他最好的人他也是不會再派另一個去啦，另外，你在那之後也人間蒸發了。反正，喬西．威爾斯現在人在牢裡而且他不會活著出來囉，所以我想知道你他媽到底是發現了什麼竟然讓他試著幹掉一個來自美國的白人。而且還是在一九七九年？我是說，靠，他那時候大概觸犯了十五個不一樣的禁忌吧。

——可是，你是風暴隊的欸。你難道不是替他工作嗎？

——小子，我他媽不幫任何人工作，更不可能幫某隻京斯敦的貧民窟老鼠，婊子養的連個表格都看不懂還以為他超他媽的天才勒。我不會再問你第三次，白小子。

——我……我也一直都沒發覺直到多年後才知道是他派那傢伙來的。以前在牙買加就是發生了那麼多事，那麼多狗屁事，可能是隨便哪個誰，甚至是他媽的政府。有個傢伙讓我發覺的……幹，幹，我不知道你幹嘛要問我這個啦，你跟他一起混所以你早就知道了吧，你八成還跟他一起計劃那破事勒。

——什麼破事？什麼鬼破事啦？

——歌手啊，要殺死歌手，他就是那個對歌手開槍的人。

——你剛剛說了啥？

在我回答前他就快速彈起身並開始在我身旁走來走去。

——婊子養的，你剛剛說了三小啊？

——他就是一九七六年時對歌手開槍的那個人。

——你是說他在那幫人裡？老大啊，就連我都知道一定是哥本哈根城的男孩們想要殺他啊，雖然我從來都沒想到竟然會是——

——我是說那槍真的是他開的，好幾槍啦。

——你他媽怎麼會知道？

——事發幾個月後我採訪過歌手，大家都知道他是胸口和手臂中槍，是吧？對吧？

——對。

——那時候全世界只有三個人知道要是他當時是吸氣而不是吐氣那子彈就會直接射過他的心臟。就醫生、歌手、我。

——所以？

——七九年時我到哥本哈根城去採訪老大們談和平協定的事，我跟威爾斯談話時，有提到歌手，他說真的是搞砸了啦他們竟然想直接對歌手的心臟開槍，他那時候絕對不可能知道這件事的，除非他是醫生、歌手、我本人或——

——槍手。

——沒錯。

——幹你娘勒，操雞掰，我的小老弟。我都不知道。

——現在換你嚇到我啦，我以為每個跟威爾斯有關係的人都知道。

——誰跟你說我跟威爾斯有關係了？我在布朗克斯建立事業的時候他媽的威爾斯人死去哪了？你知道有很長一段時間我真的都以為在這件事背後的是另一個人。

——那會是誰？

——好笑了，而且他還是唯一我知道還沒死掉的人。

——威爾斯？

——不不是他。

——那你剛說這是什麼意——

——你知道嗎，皮爾斯先生，歌手確實原諒了他們其中一個男孩，不只是原諒他而已還帶那人去巡迴勒，把他帶進他的小圈圈裡比兄弟還更親近。

——三小啊，認真嗎？我覺得我對那男人早就已經爆棚的欽佩剛剛又爆表啦，幹，啊他發生什麼事了？

——歌手一死他就人間蒸發啦，他知道情況不安全。

——他就這樣消失了，就像這樣哦。

——呃，沒有人可以真正永遠人間蒸發的，皮爾斯。

——我有些阿根廷家庭要介紹給你。

——什麼？

——沒事。

——你德文好嗎？

——我是有聽一些泡菜搖滾啦……不好。

——可惜了，你想要一個故事，故事就在那裡。每個追殺歌手的人最後都掛了就除了那一個。

——但是喬西．威爾斯沒——

——唯一有可能還活著的，一九八一年時人間蒸發而似乎沒半個人知道他跑去哪。只有我。

——啊那是在哪？

——你似乎不太有興趣啊。

——不我很有，真的，他人在哪？

——如我所說，你又沒興趣。

——而我說我有，你怎麼知道我沒興趣的？

——因為我才剛告訴過你他人在哪，不過你別太煩惱啦，這八成對你來說太大條了，有天某個人就需要為這寫本書啦。

——噢，好吧。

——你呢就回去寫你的《七殺簡史》啦。

我差點都要說謝謝你了但我瞬間發覺這樣的話我就是在謝謝這人沒有殺我只不過是勒索我而已。我真他媽受夠坐在這張凳子上了好像我是個笨學生但我並沒有站起來，反正也不重要了啦。我正要問說如果照他說的寫這狗屁的話是不是代表我永遠都沒有榮幸再看到他了，卻想起牙買加人很少聽得懂諷刺而且他媽的天知道這並不是其中一次那種情況你會想要他們誤解意思當成徹頭徹尾的敵意，最好就是不要再想這些屁事了，反正這麼超現實的一天根本就不可能真的發生。懶狗回到屋裡他們站得沒有離我太遠咕噥著什麼屁我猜一定得保密吧。

——還有一件事，白小子。

他轉過身，他的手上，是一把槍，滅音器。他的手上。一把槍跟滅音器。他的——

——不不不不不！幹你娘勒操！操你媽的屄！噢我的天啊，幹你ㄋ——幹你娘勒。

——對還有一件事。

——你他媽的開槍打我！你操他媽的開槍打我幹！

血正從我他媽的腳上幹他媽的泉湧而出好像我剛他媽的被釘在十字架上一樣。我抓住我的腳並知道我在尖叫卻不知道我已經掉下凳子並在地板上打滾直到尤比抓住我並把槍抵在我脖子上。

——他媽的給我閉嘴，幹他媽的閉嘴，婊子養的賤人，懶狗邊說邊抓住我的頭髮。

——你他媽的開槍打我！他開槍打我操。

——而且天空是藍色的水也溼溼的勒。

——噢幹你老天，噢天啊。

——你知道嗎這超好笑，中槍之後從來沒有人說過半句有創意的話，幾乎就像大家都讀過一本指南只為了以防萬一。

——幹你娘。

——噢別哭啦，大叵嬰，牙買加的十二歲男孩隨時隨地都會中槍他們也不會像個婊子一樣在那雞雞歪歪的。

——噢夭壽哦。

我的腳他媽的在慘叫而他正彎下身來還他媽的抱著我彷彿我是個他媽的死嬰兒。

——我得他媽的打一一九幹，我得去醫院才行啊。

——你也需要叫你馬子來清理這一團亂啦。

——噢天啊。

——聽著，白小子。這是為了要提醒你，因為嘿，我們處得這麼來啊你八成都忘了，你他媽要搞人的話就千萬別搞恁北，你瞭了沒？喬西．威爾斯是我這輩子遇過最神經病的婊子養的，而我才剛他媽幹掉了他，所以你覺得這讓我變成了什麼？

——我不——

——這只是個假設問句啦，王八蛋。

他伸手往下碰我的腳，在我襪子上的彈孔附近摩擦然後將他的手指插了進去，我大聲對著懶狗剛剛摀在我嘴巴上的手掌裡尖叫。

——雖然我很喜歡你目前的陪伴也很愛我訂的《紐約客》雜誌，但還是要確認你不會給我理由再到他媽的這裡來了。你懂了沒？

他移開他的手但我能做的就只有大哭，甚至不是啜泣，是他媽的大爆哭。

——你懂了沒？他邊說邊伸手又要碰我的腳。

——我懂了，天殺的幹，我懂了啦。

——很好，真的是讚讚讚棒棒棒，我馬子超愛說這句的。

懶狗抓著我的肩膀把我拖到沙發，這會痛得跟婊子一樣在他用力拉掉我的襪子之前他就只說了這些，我得摀住我自己的嘴巴才能把尖叫擋在我的喉嚨裡。他丟開襪子，將我的廚房紙巾揉成一顆球然後把我的腳放在上面，我甚至不敢看。懶狗走開然後尤比拿起我的電話。

——我們走了之後打一一九。

——他媽是要ㄗ……是要怎……腳裡面有子彈，我是要怎麼解釋……子彈卡在我腳裡啊？

——你才是作家欸，亞力山大·皮爾斯。

我遮住我的蛋蛋所以他把電話去到我大腿上時砸到的是我的指關節。

——隨便瞎掰一下啊。

十二

每次我搭地鐵轉公車時我都會忘記公車其實慢上非常多，這就是我為了避免只要在地底下就會過度換氣所需要付出的代價吧。至少我是清醒的。上週我睡過頭七站醒來時對面座位裡的男人仔細打量著我，彷彿他正試著搞清楚該碰我哪個部位叫我起來。今天公車上沒有半個男人。

東徹斯特也空蕩蕩的。也許牙買加足球隊正在哪邊輸了場比賽吧，這說明了有關我這個人的某件事因為即便在我自己的思緒中我也是個超級死婊子，我很確定一般人在他們自己的思緒裡也跟我一樣粗魯、種族歧視、愛生氣又骯髒，所以我也不知道我幹嘛要在這邊譴責自己。我只需要回家，煮點拉麵，把自己扔到沙發上然後看個《歡笑一籮筐》[376]或其他耍廢的節目。

我真的得不要再去想牙買加了，又或者我真的需要增加贊安諾的劑量，我是說，我此時此刻並沒有覺得很糟啦，我真的沒有，但是普通感冒也並不是唯一妳可以感覺到快要來的東西。

回到科沙大道。我家沒有半點食物，我兩天前吃完最後一包拉麵，今早把所有中式食物扔掉而那些麥克雞塊真的是個糟糕的主意，就算還是新鮮的時候也是，我正盯著我那看起來像是我忘了關的大門和窗戶，即便現在是三月並且心知我家裡沒半點食物。我真的不想去波士頓路，但這就是接下來會發生的事，我會坐在裡頭看著電視直到我現在沒有感覺到的飢餓變得更嚴重，然後最後反正都還是會出門去。

所以我正走下科沙大道到波士頓路還在期待我的瑪莉・泰勒・摩爾時刻。這真是史上最蠢的主意就在一條擠滿魯蛇的街上，但我還是想像了起來，事情就是會這樣當妳的人生只有工作、電視、外賣。這幾乎就像是我像個美國人一樣在生活，靠北，去你們全部的還有你們的規則啦。我也不知道。不過我確實知道如果我吞了一顆贊安諾那我現在肯定不會在這邊瞎雞巴亂想這麼多。我喜歡相信在我家裡的一切，從顏色一模一樣的所有毛巾，到我只要按個按鈕的咖啡機出現在那邊都只是為了要讓我的生活變得更輕鬆，但我卻發覺這一切東西在那邊只是要確保我不會胡思亂想而已。想像一下吧，我媽還覺得我永遠都沒辦法好好振作生活。

波士頓牙買加煙燻烤雞。牙買加烤雞及料理，現烤現賣。兩排橘色的塑膠雅座每張桌子上都放著番茄醬、鹽、胡椒粉。在這邊內用嗎？這個想法在我一想到的時候就消失了。就在收銀機旁邊的櫃檯上，椰子糖[377]放在蛋糕盤裡讓我想起鄉下。從來都不喜歡去鄉下，太多椰子糖和茅坑了，就在這旁邊另一個蛋糕盤裝著看起來像是馬鈴薯布丁的東西，我一九七九年之後就再也沒吃過馬鈴薯布丁了，不，更久以前。我越盯著看我就越想吃，這感覺也越來越像是我該把這當成一個徵兆象徵某種更深層的事物，代表我真正想要的其實是嘗到牙買加而這聽起來還真的就像什麼心理學的狗屁勒。更好笑的是想到我竟然會想要某個牙買加的東西在我嘴裡而且還不是陰莖。他媽的色女人，不，他媽的髒女孩。

376 譯注：*America's Funniest Home Videos*，美國長青綜藝節目，內容顧名思義便是一些搞笑家庭影片。
377 譯注：coconut drop，牙買加甜點，由椰肉、薑、紅糖製成。

現在我覺得我整晚都想講方言，而且不是因為我整個下午都逗留在那個女人還有她的槍手男友旁邊，也許是因為我正盯著他媽的椰子糖還想問他們有沒有在賣牙買加甜粽、牙買加玉米粉或椰子餅。

——今天要來點什麼呢，女士？

甚至都沒看到他坐在櫃檯後面，但我接著就發現他為什麼也沒看到我了，他座位旁的塑膠椅上小小的黑白電視中播著板球的畫面。

——西印度群島對印度，當然我們又是啥也沒做就在那瞎搞啦，他說。

我點了點頭。從來都沒喜歡過板球，永遠都沒有。黑皮膚，大肚子夾在兩條肌肉發達的手臂中間和白色的山羊鬍，這很可能是我好幾個星期以來第一個講話的牙買加男人而他的眉毛也抬了起來，已經受夠我啦。

——我可以來份烤雞不炸雞好了對炸雞和飯和豆子如果你有飯和豆子的話再來點炸芭蕉跟碎沙拉還有——

——喂，小姐，慢點慢點，食物又不會長腳跑走。

他正衝著我笑，呃，更像是微笑啦而且我不介意只不過現在這讓我開始在想我上一次讓一個男人笑是什麼時候。

——不過你們有熟芭蕉嗎？

——有的，小姐。

——多熟？

——夠熟啦。

——噢。

——小姐，別擔心啦，熟得很呢。芭蕉在妳嘴裡馬上會入口即化的。

我抗拒著告訴他當我說那還真是我這輩子聽過對食物最美味的描述時我絕對是真心誠意的，然後說，

——麻煩來三份。

——三份？

——三份。我想一下，那你們有賣牛尾或咖哩羊肉嗎？

——牛尾週末才有，咖哩羊肉剛賣完了。

——那炸雞就好了，腿肉跟大腿謝謝你哦。

——妳有想喝點什麼嗎？

——菜單上現在有酸模汁嗎？

——有，女士。

——我以為只有在聖誕節才買得到酸模。

——先等一下，過去這麼多年妳都在哪啊，小姐？牙買加的一切現在都裝到盒子裡買得到啦。

——好喝嗎？

——不難喝。

——那我來一杯吧。

不是很想把這一大堆食物拿回家裡，我也不知道但我很愛這個主意就這麼坐在這間小餐廳裡邊偷聽電視上的播報員因為板球興奮起來邊吃炸雞。對面的雅座上就有份牙買加《拾穗者》跟一份《牙買加星報》，還有《牙買加觀察家報》，我從來沒聽過這份報紙。那男人打開掛在天花板上的大電視，第一個出現的東西就是板球。

——那是JBC電視台嗎？我問。

——不是，是某個剛冒出頭的加勒比海電視台，可能是千里達的吧，每個人講話聽起來都那麼像在唱歌，就是因為他們所以牙買加現在才有嘉年華。

——嘉年華？索卡[378]音樂的哦？

——嗯哼。

——牙買加人什麼時候開始愛聽索卡音樂的啊？

——自從上城想要一個可以穿著他們的奶罩和內褲在街上跳舞的理由開始。是說，妳都沒聽說過嘉年華的事啊？

——沒。

——那妳肯定沒有太常回去，或是妳在那座島上沒家人啦。妳有在看報紙嗎？

——沒。

——妳想遺忘的是遺忘。

——什麼？

——沒什麼，親愛的。我希望妳是像牙買加人那樣養大妳的小孩的不會有半點美國人的懶散，妳知道的。

——我並沒有——我是說，對。

——很好、很好，就像聖經上說的那樣，教養孩童走他當行的路[379]還有——而我已經懶得理他了。我在一間小小的牙買加餐廳裡懶得理一個正在跟我分享阿嬤智慧的男人，但是靠北這炸雞還真好吃，淡棕色的幾乎說得上厚實裡面又超軟彷彿他先炸過再烤過，再加上飯和豆子拌在一起哦，不是Popeyes炸雞店分開的那種垃圾我還得自己拌。這盤芭蕉我已經吃光三分之一而且就快要將酸模汁推崇為我最愛的加工、很可能有毒、化學實驗室重製原創飲料了。

——幹你娘操雞掰勒。

想不起來上次我聽見這幾個字不是從我的嘴裡說出來是什麼時候了。

——幹你娘操雞掰勒。

——發生什麼事了？

——快看，親愛的，他媽的啊。

我能看見的就只有模糊的影片裡面是一群牙買加人，八成是他們過去十五年來重複使用的同一段庫存影像吧只要有人做牙買加的報導就會拿出來用，同樣穿著T恤和吊嘎的黑人，同樣跳上

378 譯注：soca，源自千里達的音樂，一九七〇年代初興起，曲風融合卡利普索民歌、靈魂樂、放克等。

379 譯注：出自《箴言》二十二章六節。

跳下的女人，同樣用紙板做成的標語永遠都是拼不好字的人做的，同樣的軍隊吉普車在鏡頭裡外進進出出，真的是別鬧了。

——幹你娘操ㄐ——

我正要問他這則新聞到底是哪裡這麼特別了這時我看見螢幕底端的新聞標題。

喬西·威爾斯成為牢房焦屍。

那男人轉大音量但我還是半句話都聽不見，就只有螢幕上的畫面存在。有個男人腰部以上半裸，皮膚亮晶晶的彷彿因為所有高熱融化，他胸口的碎片和燒焦的側邊，大片大片的白斑好像燒掉的就只有他的皮膚而已，皮膚從他的胸部剝落跟隻乳豬一樣。我實在分不出來這張照片是失焦了還是說他真的融化了。

——哥本哈根城現在變成一片火海啦，而且還是在他們要埋葬他兒子的同一天耶？老天啊真夭壽。

字幕現在開始跑過螢幕：**喬西·威爾斯成為牢房焦屍＊喬西·威爾斯成為牢房焦屍＊喬西·威爾斯成為牢房焦屍**

——沒有強行侵入的跡象，牢房今天也不開放任何訪客進入，沒人說得出來這人是怎麼燒成這樣的，搞不好他只是不小心燒到自己，幹他媽的我真不敢相信——

——他們確定是他嗎？

——不然還會是誰啊？另一個關在總監獄也叫作喬西·威爾斯的人嗎？靠北，幹。不好意思哦，小姐，我現在得打給一大票人，我真不敢ㄒ——小姐，你還好嗎？

我撐到出了大門剛好趕在嘔吐物從我的嘴巴炸開之前然後噴得整個人行道到處都是，對街的某個人肯定在看著我大爆吐炸雞就在我自己的肚子一直緊縮快要把我搞死的時候。沒有人過來但我還是在他的門邊留下了一大團混亂，我試著站直但我的胃又在踹自己了我彎下身乾嘔不過沒有吐出來，至少那男人又回到櫃檯後了。我走進去，拿起我的包包然後走出去。

我坐在我的沙發上電視已經開著兩個小時了可是我還是不知道我到底看了什麼。不覺得我這輩子有看過有人看起來像是煮熟了一樣。我真的該幫這個沙發弄個套子來才對。或許也搞幅畫或什麼的擺在客廳。還有一盆認真的植物，不假的植物好了，所有活的東西都會死在我手下的。電話現在已經放在我大腿上好幾分鐘了，就在片尾字幕開始跑的時候電話響了起來。

——喂？

——現在幫您接過去，女士。

——謝謝你，謝謝。

我的雙手在發顫，害話筒在我的耳環邊嘶嘶摩擦。

——喂？喂？喂，請問是哪位？

我的雙手發顫而我知道要是我現在不說點什麼，那我就會在她再次開口之前用力摔上電話的。

——金咪？

致謝

即便早在我知道自己會有本小說之前，Colin Williams 就已經在替這本書做研究了，他辛勤工作的一部分會出現在這本書中，不過有更多會出現在下一本書裡。等到 Benjamin Voigt 接手繼續研究時我已經有個敘事了，甚至還有好幾頁呢，但還不太算是本小說。問題在於我分不出來這究竟是誰的故事，一份草稿接著一份草稿、一頁接著一頁、一個角色接著一個角色，卻依然還是沒有完整的情節、沒有敘述的骨幹，什麼屁也沒有。直到某個週日，我在明尼蘇達聖保羅的 W.A. Frost 餐廳跟 Rachel Perlmeter 吃晚餐時，她說要是這並不是只屬於一個人的故事呢？還有，我上次讀福克納的《我彌留之際》是什麼時候？嗯可能不是一字一句原封不動啦，但我們也聊到了莒哈絲，所以我也跑去讀了《中國北方來的情人》。我有本小說了，而且這整段時間就一直放在我眼前，半成形和已成形的各個角色、不知道該安插在哪的場景、需要順序和意義的幾百頁草稿，一本只由敘事的聲音驅動的小說。不過最起碼我知道該如何跟其他協助我研究的人也就是 Kenneth Barrett 和 Jeeson Choi 說，到底要去找什麼。與此同時，多虧瑪卡萊斯特學院（Macalester College，也就是我教書的地方）所資助的一趟旅程和研究津貼，我也有辦法自己進行不少研究了。而如果沒有無時無刻都在挑戰我的那些聰明又有創意的學生，以及堅強的後盾英語系，花在這本小說上的四年絕對不可能這麼成功又充滿收穫，那一年的研究休假也還不錯啦。那年研究休假中有很大一部分的時間我都花在邁阿密南灘的某間法式咖啡店寫作，這要感謝 Tom Borrup 和小

Harry Waters 超讚的支持以及免費的包吃包住，他們（感謝老天）到現在都還沒收我房租雖然我發明了各種理由好隨時占用他們的地方。事實上，我最後給我超棒的經紀人 Ellen Levine 還有優秀的編輯 Jake Morrissey 看的草稿，也是在距離真正的海灘不遠處寫好的。在他們之前當然還有 Robert Mclean，我的第一版草稿讀者，而且他依然是唯一我相當信任可以讓他讀草稿即便我才寫到一半的人（雖然他還是搞不懂到底是為什麼啦）。Jeffrey Bennett，我美好的最後一版草稿讀者，逐行校對了整本書之後才送去出版社那邊並且更正了，在各個地方之外，我對從甘迺迪國際機場開車到布朗克斯的車程錯誤百出的描述。一個作家可能會經歷無數分心煩躁和自我懷疑的日子，所以要感謝 Ingrid Riley 和 Casey Jarrin 堅定不移的友誼、支持和偶爾踹一下我屁股鞭策我。感謝我的家人和朋友，還有這次啊也許我媽應該要遠離這本書的第四部才對。

New Black 026

七殺簡史

A Brief History of Seven Killings

作　　者　馬龍・詹姆斯（Marlon James）
譯　　者　楊詠翔

堡壘文化有限公司
總 編 輯　簡欣彥
副總編輯　簡伯儒
責任編輯　張詠翔
行銷企劃　游佳霓
封面設計　mollychang.cagw.
內頁排版　家思排版工作室
文字校對　魏秋綢

出　　版　堡壘文化有限公司
發　　行　遠足文化事業股份有限公司（讀書共和國出版集團）
地　　址　231 新北市新店區民權路 108-3 號 8 樓
電　　話　02-22181417
Email　service@bookrep.com.tw
郵撥帳號　19504465 遠足文化事業股份有限公司
客服專線　0800-221-029
網　　址　http://www.bookrep.com.tw
法律顧問　華洋法律事務所　蘇文生律師
印　　製　韋懋印刷實業有限公司
初版1刷　2024年5月
定　　價　880元
ISBN　978-626-7375-71-6
ESIBN　9786267375723（EPUB）
ESIBN　9786267375815（PDF）

國家圖書館出版品預行編目（CIP）資料

七殺簡史／馬龍・詹姆斯（Marlon James）作；楊詠翔譯. -- 初版. -- 新北市：堡壘文化有限公司出版：遠足文化事業股份有限公司發行, 2024.05
　面；　公分. --（New black；26）
譯自：A brief history of seven killings.
ISBN 978-626-7375-71-6（平裝）

885.58457　　　　113003025